한국 고소설 강의

한국 고소설 강의

한국고소설학회 편저

2019년 1월 11일 초판 1쇄 발행
2024년 10월 11일 초판 6쇄 발행

펴낸이 한철희 | 펴낸곳 돌베개 | 등록 1979년 8월 25일 제406-2003-000018호
주소 (10881) 경기도 파주시 회동길 77-20 (문발동)
전화 (031) 955-5020 | 팩스 (031) 955-5050
홈페이지 www.dolbegae.co.kr | 전자우편 book@dolbegae.co.kr
블로그 blog.naver.com/imdol79 | 트위터 @Dolbegae79 | 페이스북 /dolbegae

주간 김수한
편집 이경아·최양순
표지디자인 민진기 | 본문디자인 이은정·이연경
마케팅 심찬식·고운성·조원형 | 제작·관리 윤국중·이수민
인쇄·제본 한영문화사

ISBN 978-89-7199-921-9 (93800)

이 도서의 국립중앙도서관 출판시도서목록(CIP)은 서지정보유통지원시스템(http://seoji.nl.go.kr)과
국가자료공동목록시스템(http://www.nl.go.kr/kolisent)에서 이용하실 수 있습니다.(CIP제어번호:
CIP2018041356)

책값은 뒤표지에 있습니다.

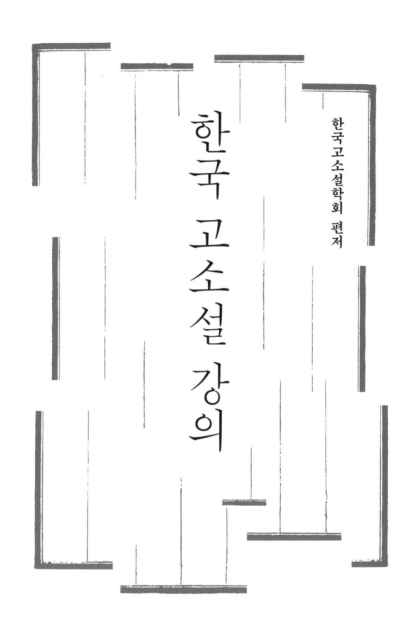

한국고소설학회 편저

한국 고소설 강의

돌베개

발간사

한국고소설학회는 한국 고소설을 전공하는 연구자들이 모여 주기적으로 학술 대회를 개최하고, 학술지 『고소설연구』를 간행하는 우리나라 유일의 고소설 전문 학회다. 고소설을 전공하는 연구자만의 모임이기 때문에 회원 수는 다소 한정되지만, 학술 대회 때마다 많은 회원이 적극 참여해 열띤 발표와 토론을 벌여 왔다. 동학으로서의 우애를 다지면서도 회원 모두가 고소설에 대한 남다른 애정과 학문적 열정을 바탕으로 고소설 연구의 발전과 심화를 위해 다투기를 서슴지 않았다. 그 결과 한국고소설학회는 우리나라 고소설 연구의 중추적 학술 단체로 자리 잡았다.

한국고소설학회에서는 1991년에 『한국고소설론』을 간행한바 있다. 당시 고소설 분야에는 제대로 된 개설서 한 권 없었기에 대학 강단에서 고소설론을 강의하던 교수들이 적지 않은 고충을 겪었다. 이에 학회 회원들이 의기투합해 책을 간행한 것인데, 이 책은 30여 년이 지난 오늘날까지도 대학 교재로 활용될뿐만 아니라 고소설 전공자들이 필독해야 하는 입문서다.

오늘날 대학생의 언어 감각은 예전과 사뭇 다르다. 『한국고소설론』을 교재로 사용할 경우 언어 감각의 차이 때문에 학생들이 어려워하거나 읽기 꺼리는 경향마저 나타났다. 또한 그간 고소설에 대한 연구가 양적, 질적으로 매우 심화된 터라 이를 반영한 개론서나 대학 교재를 새로 발간할 필요도 절실했다. 이에 우리 학회에서는 2017년 초에 대학 교재용 개론서를 새로 편찬하기로 결정하고, 박일용 교수와 이정원 교수, 조현우 교수, 정선희 교수, 황혜진 교수, 엄기영 교수, 이지하 교수 일곱 분을 교재 편찬위원으로 위촉했다.

교재 편찬위원회는 '제4차 산업혁명 시대에 부응하는 대학 고소설 교육의 올바른 방향과 내용 제시'라는 목적에 따라 편찬 방향과 내용을 설정하고, 집필진과 검토진을 섭외했다. 그 결과 현재 대학에서 고소설을 강의하는 소장 학자 63명이 집필진으로, 중견 학자와 신진 연구자 53명이 검토진으로 참여했다. 그간 편찬위원회는 열 차례 이상 모임을 갖고 집필 상황과 내용, 검토 결과 반영 여부 등을 점검하면서 서술 체제의 일관성과 질적 제고를 도모했다. 이런 점을 고려할 때, 이번에 발간하는 『한국 고소설 강의』는 우리나라 고소설 연구자 모두가 적극 참여해 함께 만들어 낸 책이라고 해도 과언이 아니다.

『한국 고소설 강의』는 I.총론, II.고소설의 양식, III.고소설의 작품 세계, IV.고소설의 새로운 지평, V.부록으로 구성되었다. 이러한 구성은 고소설 개론과 작품론을 아우르면서도 고소설의 현재적 지평과 가치를 새롭게 제기하려는 집필 취지에 따른 것이다. 또한 이 책은 세부 항목마다 '탐구 활동'을 통해 독자가 고소설의 특징과 가치를 주도적으로 이해하고 탐구할 수 있는 방향을 제시했다. 따라서 대학생은 물론 일반 독자들도 이 책을 통해 고소설의 성격과 내용, 현재적 가치와 의의 등을 보다 수월하면서도 깊이 있게 이해하리라 기대한다.

이 책이 나오기까지 편찬위원과 집필진, 그리고 검토진 등 실로 많은 회원이 노고를 아끼지 않았다. 아무런 대가 없이 오로지 고소설에 대한 애정과 학문적 열정만으로 이 책을 엮어 낸 분들을 생각하면 "한 송이의 국화꽃을 피우기 위해 봄부터 소쩍새는 그렇게 울었나 보다"라는 시구가 절로 읊조려진다. 이 자리를 빌려 『한국 고소설 강의』를 엮어 낸 분들을 비롯해 관심과 애정을 갖고 지켜보신 한국고소설학회 회원 모두에게 깊은 감사의 뜻을 표한다. 특히 어려운 여건 속에서도 이 책의 발간을 기꺼이 응낙하고 지원해 주신 돌베개출판사 한철희 사장님과 이경아 편집자께 감사의 뜻을 전한다.

2019년 1월
한국고소설학회 회장 이상구

목차

IV. 고소설의 새로운 지평

1. 새로운 시각

2. 새로운 자료

3. 새로운 활용

V. 부록

I

총론

고소설의 개념

고소설이란 근대 이전에 창작된 소설 전부를 말한다. 명칭이 의미하듯이 근대소설이나 현대소설 이전에 나온 소설을 총칭하는데, 그 시점과 범위는 어디부터 어디까지인지, 소설과 유사 장르들을 변별할 요건이나 특성은 무엇인지, 근대 이후의 소설과 연속적인지 단절적인지 등 논의할 부분이 많다. 이는 모두 고소설의 개념과 많건 적건 연관된 질문인데, 이를 간단히 검토해 보기로 하자.

1. 고소설의 개념과 범위

고소설을 근대 이전에 창작된 소설이라고 했지만, 근대 이전, 즉 근대문학의 출발점을 어디로 볼 것인가부터 문제다. 갑오개혁(1894)을 근대문학의 출발점으로 삼는 견해가 많았지만, 그 밖에도 개항(1876)이나 한일병합조약(1910), 기미독립운동(1919)에 이르기까지 근대문학의 기점을 파악하는 견해는 다양하다. 이에 대해서는 여러 관점이 있겠지만, 근대의 주체성이나 자발성을 지나치게 강조하는 관점을 취하다 보면 어차피 근대란 강요된 선택이었다는 점, 비주체적이고 비자발적인 선택일지라도 자기 형성 과정의 일부였다는 점을 간과할 수 있다. 그리고 근대를 극복하려는 다양한 시도를 제대로 평가하는 데도 장애가 될 수 있다.

구체적인 작품으로는 1917년 『매일신보』에 연재된 「무정」無情을 본격적인 근대소설의 효시로 보는 관점이 여전히 다수인 가운데, 1906년 『만세보』에 연재된 신소설 「혈의 누」血의 淚가 교량 역할을 했다고 보는 설이 김태준의 『조선소설사』(1933) 이래 한국 문학사의 일반적인 견해로 자리 잡았다. '신소설'이란 이름 자체가 '구소설'을 의식하고 이를 개량하겠다는 목적으로 지은 것인데, 구조나 기법상 여전히 고소설의 영향을 벗어나지 못한 측면이 있다. 비슷한 시기에 나온 '신작 구소설'新作舊小說[1]이라는 표제를 단 작품들이 암시하듯이 '신작'과 '구소설'이라는 모순 어법이 공존하는 과도기가 이 시기의 특징이라면 특징이다.

다음으로 고소설의 기점도 문제다. 논자에 따라 「최치원」崔致遠, 「김현감호」金現感虎, 「조신」調信 등의 전기傳奇가 창작된 나말여초를 고소설의 기점으로 보는 관점도 있고, 고려 시대의 패관문학稗官文學[2]이나 가전假傳,[3] 여말선초의 불교 계통 설화를 주목하는 논자도 있으며, 「홍길동전」洪吉童傳이 창작된 조선 중기에야 본격적으로 소설의 시대로 접어들었다고 보는 관점도 있다. 하지만 여전히 『금오신화』金鰲新話가 창작된 조선 초기를 고소설의 기점으로 보는 관점이 다수다.

이는 무엇을 소설로 볼 것인가와 밀접하게 관련되어 있다. 조동일(1991)은 한국, 중국, 일본에서 사용하는 다층적인 소설의 개념을 분석하면서 '①대단치 않은 수작, ②기록한 서사문학, ③작품으로 다듬어 수식하고 기록한 서사문학, ④자아와 세계가 상호 우위에 입각해 대결하게 창작한 서사문학 작품, ⑤그 가운데 현실 인식을 자세하게 나타낸 작품'으로 분류한 바 있다. 이 분류를 통해 소설이 매우 다층적인 의미를 지닌 개념이라는 사실을 알 수 있다.

먼저 이 가운데 ①은 소설小說이라는 말의 어원을 이루었다. '소설'이란 원래 경經·사史에 비해 격이 낮은 자질구레한 글들을 낮춰 부르는 말이었다. 『장자』莊子나 『한서』漢書의 용법이 대체로 이와 같다. 이는 말의 가치와 경중에 대한 평가지 장르 개념은 아니기에 더 이상 유효한 소설 개념이라고 볼 수는 없지만, 그 어원부터 새겨진 주변성은 근대 이전에 소설이 불온시되고 천시되는 이유였다.

②처럼 소설을 기록한 서사문학을 총칭하는 개념으로 쓴 것은 조선 중기까지

일반적인 용법이었던 것 같다. 어숙권魚叔權의 『패관잡기』稗官雜記[4]나 이수광李睟光의 『지봉유설』芝峯類說[5]에서는 잡록, 설화, 야사, 전 등 여러 서사 양식을 모두 소설이라 일컬었는데, 조선 중기까지도 소설이라 하면 ②처럼 기록한 서사문학을 포괄적으로 지칭하는 경우가 많았다. 문제는 소설이라는 용어의 뜻을 이렇게 쓸 경우 그 범위가 넓어 여러 서사 장르와 소설을 변별하기가 어렵다는 점이다. 기록한 서사문학을 소설이라 통칭한다면 굳이 이 이름을 써서 서사문학의 변화와 발전을 설명해야 할 필요가 없다.

이 때문에 기록한 서사문학 가운데 문식성文飾性[6]이 더해진 작품부터 소설로 보려는 관점이 대두되었으니, ③이 그런 관점을 취한 소설 개념이다. 이 관점에 따르면 여러 양식 가운데 본격적이고 의도적으로 문식성을 갖춘 것은 나말여초의 전기 양식부터다. 하지만 이 관점의 문제도 전, 야담, 설화, 판소리 등 여타 서사 장르와 소설의 변별 문제다. 이야기 구조와 인물 관계들이 복잡해지면서 점차 소설로의 경사를 보여 준다는 것이 이 관점의 입장이지만, 문식성이란 주관적 해석의 영역일뿐더러 서사문학의 기본적인 속성이기도 하다는 점, 모든 서사문학의 발전이 소설로만 귀결되는 것은 아니라는 점을 고려해야 한다.

이에 반해 ④는 서사 속 인물인 자아와 그를 둘러싼 세계의 관계가 상호 우위에 입각해 팽팽한 대결을 벌이는 것을 소설의 특징으로 보는 관점이다. 자아와 세계의 대결을 취한다는 점에서 소설은 신화나 전설, 민담 같은 서사문학과 기본적인 특징을 공유하지만, 자아와 세계가 상호 화합함으로써 숭고함을 자아내는 신화나 자아로서는 어찌할 수 없는 세계의 경이를 전하는 전설, 자아의 가능성이 세계의 사정에 구애되지 않는 민담과는 변별되는 진실성을 갖춘 것을 소설의 기본 요건으로 보았다. 이런 기준으로 보았을 때 김시습의 『금오신화』가 비로소 기준에 부합

1. 신작 구소설: 근대 전환기 이후 신소설의 새로운 소재에 영향을 받으면서 창작되었으나 구소설의 형식을 모방한 일련의 작품을 말한다. '새로 지은 구소설'이라는 뜻이다.

2. 패관문학: 패관稗官이 모은 것과 같은 문학이란 뜻이다. '패관'이란 민정을 파악하기 위해 민간에 떠도는 이야기를 모아 기록하던 한漢나라 때의 임시 벼슬아치를 말한다.

3. 가전: 식물이나 동물 또는 사물을 의인화해 그 일생을 허구적으로 서술한 전傳을 말한다.

4. 『패관잡기』: 조선 명종 때 학자 어숙권이 지은 책으로, 잡록의 일종이다. 조선 전기 민간을 떠돌던 야사野史, 기문奇聞, 일화逸話, 풍습 등을 모았다.

5. 『지봉유설』: 1614년 이수광이 편찬한 일종의 백과사전. 고서古書나 고문古文을 중심으로 25부문에 총 3435 조목을 가려 뽑았다.

6. 문식성: 어구나 문장을 수식해 글을 아름답게 꾸미는 특성.

하는 소설의 효시라는 것이 ④의 관점이다. 문제라면 자아와 세계의 상호 우위에 입각한 대결이란 주관적 판단에 따른 해석 영역이어서 설화와 소설을 변별하기가 모호하다는 것이다. 왜 나말여초의 전기는 설화 수준에 멈춘 서사체고 『금오신화』는 소설에 이른 것인지 해석의 주관성이나 자의성을 피하기 어렵다.

⑤는 서양의 노블novel[7]에 해당하는 소설 개념이다. 시민계급이 대량 출판을 바탕으로 현실을 사실적으로 묘사하는 허구적 서사체를 발전시켰을 때 노블이 형성되었으니, 그에 걸맞은 작품이 과연 한국 문학사에서는 언제 출현했는지를 따져 보자는 것이 이 관점이다. 그런데 서구와 다른 발전 경로를 취하는 우리의 경우 서구의 문학사를 기준으로 삼는 것이 무슨 의미가 있는지 생각해 볼 문제다. 이미 김태준이 『조선소설사』에서 천명했던 바 노블에 맞춰 소설을 파악할 필요는 없다. 우리는 패설, 해학, 야담, 수필, 전기, 연의演義 등을 소설이라 불러 온 전통이 있으며, 서양도 로맨스romance,[8] 스토리story, 픽션fiction 등 서사체를 부르는 여러 명칭이 있다. 엄격하게 말하면 노블에 해당하는 고소설이란 있을 수 없고, 우리 환경에 맞는 고소설만 있을 뿐이다. 그 전통과 발전을 어떻게 찾고 재구성할지는 우리에게 주어진 과제다.

이처럼 다층적인 소설 개념을 제각각 사용하다 보니, 논의는 분분하되 합의는 어렵다. 더 근본적인 어려움은 서사문학 전체가 점차 문식성과 허구성을 발전시켜 나가다가 소설로 이어졌다는 귀납적 설명이 근대문학의 총아인 소설이 어느 시점에 형성되었는지를 소급해서 따지는 연역적 설명과 충돌한다는 것이다. 여러 서사문학이 소설을 향해 발전하고 있었다는 견해는 근대를 미화하고 불가피한 것으로 받아들이는 근대목적론이나 근대주의라는 혐의를 피하기 어렵다. 우리가 맞닥뜨린 근대가 자연발생적이고 필연적이며 불가피한 것이 아니듯이, 소설이 모든 서사문학의 당연한 귀결점은 아니다. 우리가 소설을 문제 삼은 것은 일본을 통해 받아들인 근대문학이 소설을 중시했기 때문이라는 점도 사실이다. 소설이 중시되자 그 전통을 소급해 재구성한 데서 고소설도 성립했다. 시간상으로는 고소설이 먼저 있고 그 유산으로 근대소설이 출현한 것이지만, 실제로는 근대소설이 성립하면서 역으로 고소설이 뒤이어 '발견'된 것이다. 이러한 시간의 혼돈, 전통의 역설은 거의 모든 근대적 개념에 새겨져 있다.

고소설론은 이런 지연과 소급의 역설, 즉 전통이 현재를 규정하고 현재가 전통을 재조명하는 끊임없는 왕복 운동을 인정하면서 전개할 필요가 있다. 다만 근대를 상대화, 객관화할 수 있는 능력이 커지면 커질수록 각 양식 나름의 서사적 전통을 존중하는 입장이 강화되는 것이 현재의 추세인 듯하다. 하나의 목적을 향해 나아가는 단선적인 소설사가 아닌, 다양한 글쓰기를 아우르는 다층적인 소설사를 구축해 보자는 것이 요즘의 추세다. 그렇게 하려면 소설의 개념을 너무 엄격하게 잡을 필요는 없을 것이다. 또한 어떤 목적론적 가정도 필요 없다. 역사가 발전하고 사회가 복잡해질수록 각종 서사 양식들도 복잡해지겠지만, 그 양식마다 존중하는 규범이 있고 극복해야 할 저마다의 한계가 있다. 이러한 양식 내부의 다양한 움직임이 반드시 근대와 소설로만 귀결되지 않는다는 사실, 새로운 고소설론은 이 지점에서 출발해야 할 것이다.

2. 고소설의 명칭

고소설은 고전소설, 고대소설, 구소설, 옛소설, 조선소설 등 여러 이름으로 불린다. 처음 신소설이 나오고는 구소설이란 말이 많이 쓰였으며, 일제강점기부터는 조선소설이란 말이 많이 쓰였다. 하지만 신소설의 '새로움'(新)이 그토록 의미 있는 새로움이 아니고, '조선'이란 고소설뿐만 아니라 근대도 포괄하는 명칭이어서 계속 쓰지는 않았다. 해방 후에는 고대소설, 고전소설 등이 많이 사용되었지만, '고대'가 고대와 중세를 포괄하는 용어로는 부적합하다는 점, '고전'이란 가치 평가적인 용어로 널리 쓰인다는 점이 문제였다. 그래서 근대 이전의 소설 전부를 지시하는 '고소설'이 가치 중립적인 용어로 제안되었고, 점차 확산되어 가

7. 노블: 시민계급이 성장하던 근대 초기부터 창작된 허구의 장편 서사문학을 일컫는 영어로, '새로움'이라는 의미의 라틴어 '노부스'novus가 이탈리아어 '노벨라'novella를 거쳐 영어로 들어왔다. 대체로 '허구로 지은 장편의 새로운 이야기' 정도의 의미를 지니지만, 그 정의는 논자마다 다양하다.

8. 로맨스: 본디 12세기경 프랑스의 방언인 로망어로 쓰인 운문의 전기담傳奇譚을 일컫는 데서 유래했다. 그러다가 소설적 이야기를 가리키는 말로 쓰였고, 그 가운데서도 사랑과 관련된 이야기를 가리키는 말로 쓰이고 있다.

는 추세다. 이름보다 실질이 중요하다는 점에서 여러 명칭을 쓸 수 있겠으나, 어떤 맥락에서 어떤 의미로 사용되는 용어인지는 살펴볼 필요가 있겠다.

3. 고소설의 형성 기원

고소설의 형성에 대해서는 앞의 고소설 개념에서 부분적으로 논의했거니와 이를 보충하면서 간략히 정리하고 새로운 견해들을 덧붙여 몇 가지 관점을 제시해 보려 한다. 먼저 김시습金時習의 『금오신화』金鰲新話를 고소설의 효시로 보는 관점부터 소개해 보자.

조윤제의 『한국문학사』(1963)를 거쳐 조동일의 『한국문학통사』(1982~2005)에서 완비된 이 관점에 따르면, 유사한 전기 양식이라고 하더라도 김시습에 이르러서야 설화를 넘어선 소설이 출현할 수 있었다. 김시습은 명혼冥婚[9] 모티프와 몽유夢遊 모티프를 설화가 아닌 소설로 만들어 냈으니, 여기서 명혼이나 몽유처럼 기이한 모티프는 세계의 경이를 나타내기 위해서가 아니라 세계와 화합하고자 하나 끝내 용납되지 않은 비극적 대결을 나타내기 위한 역설로 사용되었다. 김시습은 조선 왕조의 사회적·이념적 모순이 노출되면서 소설을 성립할 수 있게 한 역사적인 전환기를 살았던 그 시대의 반역적 지식인이었다. 그는 시대와 자신이 화합할 수 없다는 사실을 절감했으며(身世矛盾), 이를 소설 창작으로 표출했다.

다음으로 소설이라는 개념을 좀 더 폭넓게 사용한 임형택(1984)과 박희병(1993)의 관점을 살펴보자. 그들에 따르면 나말여초는 성시城市가 발달하고 사회적 갈등도 심화된 역사적 전환기였다. 특히 골품제의 모순이 심해짐에 따라 신분 갈등도 심화되었으니, 이는 당대唐代에 유행하던 전기소설에 '애정 갈등'이라는 낭만적인 소재로 착색되어 나타났다. 이러한 외부의 변화와 함께 등장인물의 고독한 내면도 묘사되었으니, 창작에 뚜렷한 목적의식이 전제되고 화려한 문어체를 동반했다.

나말여초의 전기를 소설로 볼 것이냐, 아니면 소설의 전 단계로 볼 것이냐가 두 관점을 나누는 기준이었다면, 김종철(1988)은 나말여초의 전기부터 『금오신화』의 전기까지를 묶어 '전기소설 시대'라고 부르고, 「홍길동전」부터는 '본격소설 시대'로 층위를 나누어 부르자고 제안한다. 그가 '전기소설 시대'라고 부르면서도 아직 '본격소설'에 이르지 못했다고 평가하는 것은 전기 양식이 사회적 모순을 간접적인 방식으로 반영할 수밖에 없었던 한계를 지녔기 때문이라고 본다. 이를 충분히 극복하지 못하면 희작화 내지 교술화를 피하기 어렵고, 이는 16세기의 『기재기이』企齋記異를 통해서 확인된다. 그 한계를 돌파해 본격적인 소설의 시대를 열기 위해서는 자아와 세계를 더 분명히 묘사해야 하고, 세계와 맞서는 자아의 궁극적 승리를 담보해야 한다. 「홍길동전」이 적서 차별이란 자아와 세계의 갈등을 구체적으로 묘사하고, 영웅의 일대기 구조를 통해 자아의 승리를 구가할 수 있었던 것은 본격적인 소설 시대로 들어섰다는 증표다.

마지막으로 살펴볼 것은 장효현(1991)이 제시한 일종의 다기원 형성론으로, 그는 '설화에서 소설로'라는 단선적인 발전 구도만으로는 기록 서사문학의 다기한 전개와 발전 과정을 설명하기 어렵다고 본다. 소설이 성립하기 전 기록 서사문학의 전통을 살펴보면, 크게 허구적 서사(fictional narrative)와 경험적 서사(empirical narrative)로 나눌 수 있다. 우리 문학사에서 허구적 서사에 해당하는 것은 '전기'傳奇와 '우언'寓言[10]이며, 경험적 서사에 해당하는 것은 '전'傳과 '잡록'雜錄[11]이다. 전기와 우언은 신라 후기에 뚜렷한 자취를 보여 주는데, 주로 신라의 귀족 지배 체제에 도전한 육두품 지식인의 세계관을 대변한 서사 장르였다. 전과 잡록은 특히 고려 후기에 뚜렷한 자취를 보여 주는데, 고려의 권귀權貴 지배 체제에 도전한 신흥 사대부의 세계관을 대변한 서사 장르였다.

이처럼 15~16세기 허구적 서사로서의 '전기'와 '우언', 경

9. 명혼: 귀신과 사람의 사랑 이야기를 소재로 한 소설을 명혼소설冥婚小說, 그런 소재의 설화를 명혼담冥婚譚이라 한다.

10. 우언: 한문학의 한 양식으로, 다른 사물에 빗대어 자신의 의견을 말하는 것을 일컫는다. 고대 중국의 『장자』나 고대 그리스의 『이솝 우화』 등을 예로 들 수 있다.

11. 잡록: '잡스럽게 기록하다'라는 뜻으로, 생활 주변의 견문을 기록한 단형의 서사적, 교술적 글쓰기를 총칭한다. 여말선초 사대부 사이에 성행한 양식으로, 야사野史부터 야담野談, 필기筆記, 시화詩話, 골계전滑稽傳까지 망라해서 부르는 경우가 많다.

험적 서사로서의 '전'과 '잡록'이 복합적으로 발전한 형태가 바로 '소설'이라는 것이 이 관점의 입장이다. 김시습의 『금오신화』와 채수蔡壽의 「설공찬전」薛公瓚傳, 심의沈義의 「대관재기몽」大觀齋記夢, 신광한申光漢의 『기재기이』企齋記異, 임제林悌의 「원생몽유록」元生夢遊錄·「화사」花史·「수성지」愁城誌 등이 잇따라 출현했으니, 이들은 주로 현실에서 소외된 사대부 지식인들이었다는 데 공통점이 있다.

이상 소개한 네 관점은 지금껏 제기된 여러 소설론 가운데 여전히 논쟁할 만한 여지가 있는 이론들을 간추린 것이다. 모두 나름의 훌륭한 설명력을 갖춘 이론들이다. 하지만 아쉽게도 이런 관점 이면에 루카치[12]나 바흐친,[13] 스콜즈[14]와 켈로그[15] 같은 서양 소설 이론가들의 소설론이 바탕을 이루고 있어, 한국 소설을 다루면서도 우리 현실에 기초한 한국적 소설 이론을 전개하기가 매우 어렵다는 한계를 드러내기도 한다. 지나친 민족주의나 국수주의는 피하고 과도한 추상성도 버려야겠지만, 한국의 현실에 기반하고 실상을 존중하면서 이를 담담히 포착하는 것, 어렵고 난해하지만 반드시 요청되는, 한국 고소설론이 앞으로 나아가야 할 길이다.

---

12. 루카치György Lukács(1885~1971): 헝가리의 사회주의 문예 이론가. 마르크스주의에 대한 깊은 이해를 바탕으로 역사와 문학을 조망하는 많은 글을 썼다.

13. 바흐친Mikhail M. Bakhtin(1895~1975): 소비에트의 문학 이론가이자 철학자.

14. 스콜즈Robert E. Scholes(1929~2016): 미국의 문학 이론가이자 비평가.

15. 켈로그Robert Kellogg: 미국의 문학 이론가.

탐구 활동

1. 나말여초의 전기 가운데 한 작품을 골라 왜 소설인지, 아니면 왜 소설이 아닌지를 논증해 보자. 이 질문에서 소설은 하나의 장르라기보다 서사의 수준을 재는 척도로 쓰인 셈이다. 전기는 설화를 바탕으로 문인 작가의 독특한 문식성을 더해서 형성된 양식이다. 그래서 애초 소설과 친화성을 가진 양식이다. 이 질문에 더해 『금오신화』는 이것과 무엇이 같고 다른지를 논의해 보자. 이러한 일련의 질문들은 한국 문학사에서 전기는 왜 독특한가, 전기와 소설의 관계는 무엇이며 설화와 소설의 관계는 무엇인가를 생각해 보는 좋은 계기가 될 수 있다.

2. 고소설사에는 소설과 비슷하면서도 양식상 변별되는 유사 양식들이 많다. 전, 야담, 판소리 등 저마다 다른 양식 전통을 지니면서 소설로도 평가되는 작품들이다. 소설은 이것들과 변별되는 하나의 양식이라기보다 이들을 포괄하는 범주라고 할 수 있다. 그러면 단일한 소설사를 해체하고 복수의 양식사들로 대체하자는 주장이 나올 법도 하다. 그럼에도 소설 개념을 유지하고자 한다면 그것에 어떤 효용이 있기 때문일까? 소설 개념의 쓸모에 대해 논의해 보자.

참고 문헌

김종철(1988), 서사문학사에서 본 초기소설의 성립문제
김태준, 박희병 교주(1993), 교주 증보조선소설사
박희병(1993), 조선후기 전의 소설적 성향 연구
임형택(1993), 한국문학사의 시각
장효현(1991), 근대 전환기 고전소설 수용의 역사성
조동일(1977), 한국소설의 이론
조동일(1991), 한국문학과 세계문학
조윤제(1963), 한국문학사

필 자   강상순

고소설의 역사

인간에게는 이야기하는(敍事) 본능이 있으며, 인간은 이야기를 통해 경험과 세계, 자신을 바라보고 이해하는 존재다(Homo-Narrans). 구술 문화에서 이야기는 구비서사시, 설화, 서사민요 등 인간의 몸으로 향유되었으나 문자 문화 시대가 되자 문자 매체로 정착되거나 창작되어 향유되기 시작했다. 문자 매체로 향유된 이야기의 대표적인 사례가 소설이다. 중세 보편주의의 동아시아 공용어인 한문으로 한문소설이 쓰였으며, 중세 후기에 민족어로 국문소설이 창작되었다. 특히 한문의 압도적인 지배에서 벗어나 국문 문학을 향유하게 된 변천은 그 자체로 근대적 전환을 보여 주기도 한다. 이렇듯 소설은 중세에서 근대로의 이행기 문학으로서 새로운 시대의 의식과 문화를 견인하는 역할을 했다. 이 글에서는 근대 이전의 소설인 고소설에 한정해 그 연원과 발전, 변모 과정을 역사 시기별로 살펴보도록 하겠다.

1. 서사문학의 전통과 고소설의 연원

서사문학의 토양과 소설의 기점을 둘러싼 논란

소설은 한민족 문학의 큰 흐름으로 존재하는 서사문학의 전통에서 특정 시기에 뚜렷한 갈래로 부상했다. 소설의 연원을 형성하는 데는 오랜 시간 전승되어 온 신화와 전설, 민담, 구비서사시, 서사무가 등 구비문학과 전기傳奇, 우언寓言, 전傳, 잡기雜記 등의 기록문학이 지대한 역할을 했다. 이와 더불어 중세 사회의 모순이 심화되어 새로운 시대를 열망하는 움직임이 강해진 시기에 배태된 자아와 세계에 대한 의식이 소설이라는 갈래를 역사적으로 성립시키는 주요 요인이 되었다.

김부식金富軾(1075~1151)이 편찬한 『삼국사기』와 일연一然(1206~1289)의 『삼국유사』는 신화, 전설, 민담 등을 살필 수 있는 설화문학의 보고寶庫다. 문인 지식인들은 이러한 설화의 토양을 바탕으로 우언과 전기를 창작했다. 고구려에 억류되었던 김춘추金春秋가 들었다는 「구토지설」龜兎之說[1]이나 설총薛聰의 「화왕계」花王戒[2]를 통해 우의적으로 작자의 뜻을 나타내는 우언의 면모를 확인할 수 있다. 또 중국 당대唐代의 문인들이 문장 실력을 과시해 출세를 도모하는 수단인 온권溫卷[3]으로 활발히 지은 전기傳奇는 신라 문인들에게 널리 수용되어 전기 창작 의욕을 자극했다.

전기의 성격을 띤 북송北宋의 『태평광기』太平廣記[4]도 고려에 유입되어 고려 문인들의 관심을 끌었으나 고려 시대에는 성리학의 영향으로 '술이부작'述而不作[5] 정신이 만연하면서 전기가 활발하게 창작되진 않았다. 대신 전傳과 잡기雜記가 문인들의 서사 욕구를 발산하는 통로였다. 전 가운데서도 임춘林椿의 「국순전」麴醇傳, 이규보李奎報의 「국선생전」麴先生傳과 「청강사자현부전」清江使者玄夫傳 등 사물이나 동물로 인간 세계를 가탁假托한 가전假傳과 자기상을 객체화한 존재를 등장시키는 탁전托傳은 서사 기법과 주제 의식 측면에서 서사문학이 발전하는 데 크게 기여했다. 한편 이인로李仁老의 『파한집』破閑集, 이제현李齊賢의 『역옹패설』櫟翁稗說, 최자崔滋의 『보한집』補閑集 등에는 가담항어街談巷語인 야사野史와 일화逸話가 많이 담겨 있어 서사 제재의 편폭을 넓혔다.

고소설의 연원과 관련해 소설의 효시나 발생 시점에 대한 논란이 있다. 소설의 효시를 「최치원」으로 삼아 소설 발생 기점

1. 「구토지설」: 『삼국사기』에 실려 전하는 설화로, 「수궁가」와 「토끼전」의 근원 설화로 알려져 있다.
2. 「화왕계」: 신라의 학자 설총이 신문왕을 위해서 지었다는 설화. 『삼국사기』 설총 열전에 기록되어 있다.
3. 온권: 당나라 때 과거 시험 응시자가 과거 시험 담당 관리나 유명 문인에게 자신의 글을 보내 인연을 맺던 관습.
4. 『태평광기』: 977년 북송 태종太宗의 명에 따라 이방李昉 등이 편찬에 착수하고 이듬해 완성해 981년에 간행한 책으로, 475종의 고서 가운데 이문기담異聞奇談의 성격을 갖는 글을 뽑아 편찬했다.
5. 술이부작: 기술記述만 할 뿐 지어내지 않는다는 뜻이다. 옛 성인聖人의 말이나 사실을 있는 그대로 전하고 자기의 설을 지어내지 않는 것을 말한다.

을 신라 말 고려 초로 잡는 견해는 일찍이 지준모, 임형택에 의해 제시된 뒤 많은 학자의 지지를 받고 있다. 김종철(1995)은 17세기 이전까지를 전기소설의 시대로 보고 「최치원」과 「조신」의 갈등 구조가 『금오신화』의 갈등 구조로 이어진다고 했으며, 박희병(1995)은 「최치원」을 중세에 형성된 최초의 소설 양식으로 규정하면서 인물과 환경의 구체적인 형상화, 성장, 변화, 형성의 시간 개념, 고독한 내면성을 지닌 주인공의 미적 특질, 뚜렷한 창작 의식 등을 설화와 (전기)소설의 차이로 들었다.

그러나 나말여초의 전기가 기존의 이야기에 세련된 문식을 가한 정도에 불과하며 갈등의 심각성이 드러나지 않는다는 점(조동일, 2005), 설화와 소설의 차이가 전기의 소설성을 증명하는 것은 아니며 17세기까지 서사문학사의 다단한 발전 흐름을 전기소설 일변도로 파악하는 것은 부적절하다는 점(장효현, 2002), 「최치원」이 조선 초기의 한 문인에 의해 소설화되었을 가능성이 있으며(박일용, 2003) 「최치원」과 함께 나말여초의 전기로 논의되는 「조신」·「김현감호」 등의 장르적 특성이 다름을 섬세하게 고려해야 한다는 점(박일용, 2007) 등의 반론이 이어지며 소설의 기점을 둘러싼 논란은 지속되고 있다.

소설의 산실: 중세에서 근대로의 이행기

조동일은 중세에서 근대로의 이행기라는 시대적 배경이 소설 장르의 산실이라고 한다. 그의 소설론은 철학사, 서사문학의 전통, 사회사 등을 아우르며 정합적으로 설명할 수 있다는 장점이 있다. 먼저 철학사와 관련해, 소설은 氣 영역에서 벌어지는 음양의 대결을 관심사로 삼으면서 자아와 세계의 대결을 전개할 수 있었다. 또 서사문학의 전통에서 보면, 소설은 그 내용에서 설화를 계승해 자아와 세계의 대결을 전개하되 심각한 대결 구조를 마련하는 것으로 설화의 단순 대결 구조를 극복했으며, 傳을 허구적·흥미 중심적으로 변개한 '가짜 전'으로 전통의 혁신을 거쳤다(조동일, 2007).

사회사적으로 소설은 다원적 시대인 중세에서 근대로의 이행기를 배경으로 한다. 이 시기는 이질적인 것들이 다양하게 공존하면서 서로 다투고 화합하는 시대로 중세와 근대, 자연 경제와 시장 경제, 신분과 계급, 귀족과 시민, 지배층과 민중, 보편주의와 민족주의, 초월주의와 현실주의, 공동문어共同文語[6]와 민족어, 고답적인 시와 대중적인 산문 등이 소설 안팎에서 서로 대립하며 경쟁했다(조동일, 2002). 이런 시대적 성격은 소설의 특성을 이루었으며, 소설은 시대의 성격을 구현하는 주요 장르가 되었다.

6. 공동문어: 서구의 라틴어나 동아시아의 한문처럼 여러 민족과 나라에서 공통으로 사용하는 문자 언어.

7. 방외인: 세속의 지배적·주류적 삶의 방식이나 가치관에 따르지 않는 삶을 살면서 현실 비판 의식과 내심의 고민을 문학을 통해 표현하기도 한 무리.

2. 15세기부터 17세기까지의 소설: 초기 소설의 특성과 전개 양상

15세기 문제작 『금오신화』와 16세기 소설사의 이면

중세에서 근대로의 이행기인 17세기 이후 본격적인 소설 시대가 시작되나 그 이전, 15세기에 『금오신화』 같은 성취도 있었다. 15세기는 중세의 이념에 기반을 둔 조선이 건국된 지 얼마 지나지 않은 시기로, 중세의 단원單元적인 사회 질서와 문화가 완강한 시대였다. 그러나 김시습은 문제적 개인으로서 이상과 현실의 심각한 갈등을 겪으며 현실 초월적인 욕망과 좌절의 문제를 전기소설傳奇小說의 틀, 즉 이계異界와의 교섭과 비극적 결말을 활용해서 그려 냈다.

김시습 소설의 주인공들은 현실의 고독에 대한 보상을 이계에서 찾았지만 끝내 현실과 타협하지 않았다. 이렇게 자기 정체와 개성이 뚜렷한 인물, 차라리 이계 존재와 소통할지언정 현실과 타협하지 않는 대결 의식 등은 『금오신화』가 거둔 소설적 성취라 할 수 있다. 김시습이라는 예외적 방외인方外人[7]에 의해 이루어진 선구적인 작업은 이후 비판적 지식인들의 소외 의식과 현실 비판 의식을 표현하는 전기소설의 흐름으로 이어진다.

16세기에는 채수(1449~1515)의 「설공찬전」薛公瓚傳, 신광한(1484~1555)의 『기재기이』에 실린 작품들이 전기소설의 전통을 계승했다. 이 밖에 16세기 소설로 비정批正되는 「최고운전」崔孤雲傳을 통해 소설로 이어지는 설화의 저류底流를 확인할 수 있다. 이러한 서사문학 전통의 계승과 이 시기부터 본격적으로 유입된 중국의 소설문학은 우리 소설의 자원을 풍부하게 했다. 한편 16세기는 가전, 전기, 몽유록, 필기筆記, 패설稗說 등의 전통적인 서사 갈래가 소설과 경합하면서 서로 갈마들기도 하는 서사문학의 실험기이자 융성기였다(김현양, 2007). 이러한 갈래적 경합과 혼류 덕분에 17세기, 본격적인 소설 시대를 예비할 수 있었다는 점에서, 소설사상 '낙후의 세기'라 여겨지는 16세기 소설사를 재검토할 필요가 있다.

본격적인 소설 시대인 17세기 소설사의 전개

임진왜란과 병자호란으로 시작된 17세기에는 소재나 시공간의 확장을 통해 서사의 편폭을 넓히고, 현실을 반영하고 사실성을 추구하는 경향을 강화하는 등 소설사의 커다란 변화를 겪었다. 전란의 참상과 포로 체험, 명군과의 접촉은 소설의 제재가 되었으며, 조정을 비롯한 지배층에 대한 불신과 권위의 부정, 신분적·계급적 모순에 대한 반발, 화폐 경제와 매관매직 등으로 인한 신분 질서의 혼란이 소설에 반영되기도 했다. 한편 지배층은 이반된 민심을 수습하기 위해 중세 이념을 강화하는 방향을 택하기도 했다(장경남, 2007).

허균許筠(1569~1618)은 「홍길동전」洪吉童傳을 통해 무능하고 무책임한 지배층에 대한 문학적 반발을 나타냈다. 국문으로 창작한 최초의 소설이라고 하는 「홍길동전」에서 마련된 일대기 소설의 모형과 영웅의 일생은 이후 '민중적 영웅소설'의 유형적 틀로 기능했다. 이 유형에 속하는 작품으로는 「임경업전」林慶業傳, 「전우치전」田禹治傳 등이 있다. 이 소설의 주인공들은 영웅적인 투쟁을 전개하지만 도피나 패배로 결말을 맞는다. 이런 결말은 현실 질서 자체의 변혁을 목표로 삼은 영웅들의 필연적 귀결이지만, 그 저항 의지와 변혁의 열망을 독자에게 전이하는 미학적 효과가 있다.

이에 비해 현실 세계의 질서를 인정한 뒤 개인의 욕망 성취를 문제 삼는「구운몽」九雲夢, 「숙향전」淑香傳, 「설저전」薛姐傳 등의 작품이 있어 대극을 형성했다. 이 작품의 주인공들은 초월적인 힘의 도움을 받아 현실 세계에서 자신의 소망을 성취해 나간다는 점에서 '통속적 영웅소설'의 모태가 된다. 정적政敵의 모함과 제거, 부모와의 이별 등의 시련을 극복하는 서사 구조, 환몽幻夢 구조[8]에 대응하는 적강謫降 화소話素,[9] 수난의 극대화와 환상적인 해소 등은 「유충렬전」劉忠烈傳, 「옥루몽」玉樓夢, 「옥수기」玉樹記, 「장풍운전」張風雲傳, 「장경전」張景傳 등 후대의 통속적 영웅소설로 계승된다(박일용, 2001).

한편 지배층은 백성을 대상으로 성리학적 지배 이념을 강화함으로써 신분적인 특권을 확보하면서 내부적으로는 벌열閥閱[10]을 형성하며 동족 집단의 조직화를 이루려 했다. 그 결과 가부장제의 이데올로기가 '예치'禮治라는 명분으로 강화되고 가문 의식이 발달한다. 이를 배경으로 등장한 초기 가문소설인 「소현성록」蘇賢聖錄과 「사씨남정기」謝氏南征記, 「창선감의록」彰善感義錄 등은 사대부의 출장입상出將入相과 가문 창달의 이상을 반영하고, 가문의 안정을 중시함으로써 '가문의 극대화'(김석회, 1989)를 꾀했다.

가문소설의 독자층은 사대부 부녀와 사대부들이다.[11] 이들은 가부장제의 이념에 따른 부와 권력의 집중화 문제의 심각성을 절감하면서도 가문을 유지하기 위해 가부장제 이념을 앞장서서 실천해야 하는 역설적인 상황에 놓여 있었다. 17세기 가문소설은 벌열화 경쟁에서 탈락해 가는 상층의 소망과 꿈을 반영해, 주어진 가문과 현실 질서를 인정한 상태에서 낭만적으로 개인과 가문의 욕망을 성취해 나가는 과정을 통해 독자에게 심리적 보상과 안정감을 안겨 주는 통속화 경향을 강화했다(박일용, 2001).

이 시기 전기소설도 내적 변모를 겪는다. ①사건 위주의 서사에서 일대기 형태로의 전환, ②기이함과 비현실성의 축소, ③가족의 이산과 재회 등 현실적인 문제의 제재화, ④여성의 처지와 목소리의 부각 등이 변모의 방향이다. 이 시기 작품들은 주인공의 소외 의식을 내면화하기보다는 소외 상황을 극복해 나가는

8. 환몽 구조: 꿈과 현실을 오가는 이야기 전개 구조를 말한다. 이 구조는 주로 '현실-꿈-현실'의 몽유 양식으로 실현된다.

9. 적강 화소: 천상의 존재가 인간 세상으로 내려오거나 인간으로 태어났다는 이야기의 요소.

10. 벌열: 권력 싸움에서 승리해 세력을 누리며 지체를 유지한 가문.

11. 상층 사대부 여성들은 국문 가문소설의 주요 독자였다. 「구운몽」은 1687년 평안도 선천宣川에서 귀양살이를 하던 김만중金萬重이 어머니를 위해 지어 보낸 것이라 밝혀졌다. 「창선감의록」의 작가로 전하는 조성기趙聖期도 어머니를 위해 소설을 지어 드렸다고 했다. 이를 통해 17세기에 국문소설이 적지 않게 나와 사대부 부녀들이 즐겨 읽었음을 알 수 있다. 사대부 부녀들은 저속한 전傳책보다는 녹錄책을 즐겨 보았는데 「구운몽」과 「사씨남정기」는 전책이 녹책으로 나아가는 길을 열었고, 「창선감의록」은 다양한 설정이 유기적인 관계를 맺는 녹책의 본보기가 되었다.

과정을 구체화했으며,「최척전」崔陟傳은 전쟁으로 인한 가족 공동체의 해체를 문제 삼았다. 17세기 대표적인 전기소설은「주생전」周生傳,「운영전」雲英傳,「상사동기」相思洞記,「최척전」등인데, 여기에 등장하는 여성들은 자신의 목소리로 자기 처지에 대한 울분을 표출하며 자유로운 애정과 삶에 대한 욕망을 표현한다.

한편 유몽인柳夢寅(1559~1623)의 『어우야담』於于野談으로부터 모습을 드러낸 야담野談은 생동하는 인물과 현실을 핍진逼眞하게 재현하는 데 크게 기여했다. 근대로의 이행기, 중세 봉건 사회의 해체 과정에서 나타난 새로운 세태와 신분제의 동요, 화폐 경제의 발달, 민중 의식의 고양 등을 적극적으로 반영한 야담 일부는 야담계 소설(한문단편)이라 일컬어진다. 자세하고 생동감 있는 서술로 자아와 세계의 긴장감 있는 대결을 펼치는 야담계 소설은 인물 형상화와 현실 인식, 대결 의식 등 주제 측면에서는 오히려 국문소설보다 혁신적이라는 평가를 받기도 한다.

3. 18, 19세기 소설: 영웅소설에서 판소리계 소설까지

17세기가 전쟁으로 중세적 삶의 질곡이 노골화되는 때이자 이러한 위기를 보수적인 이념으로 누르려는 반동의 움직임 역시 거센 시기라면, 18세기는 문예 부흥기라는 사회 문화의 표면적인 안정 이면에 경제 체제가 격동하며 중세 신분제 사회를 근본부터 뒤흔드는 변화가 일어나는 시기라고 할 수 있다. 18세기에는 '백성은 나와 한 핏줄'(民吾同胞)임을 강조하는 애민적 군주들의 통치가 이어졌으나, 상업 경제의 발달로 빈익빈 부익부 현상이 진전되는 가운데 중세 질서를 지탱하던 신분 질서가 와해되는 과정을 겪었다.

18세기에도 중세의 제도와 질서를 완고하게 유지함으로써 위기에 대응하려는 시도가 이어져, 가문 안에서 적장자 중심의 종통을 확립해 가문의 안정을 꾀하려는 가부장적 이념 강화 노선이 지속된다. 오히려 가문 창달을 위한 벌열 가문의 경쟁은 치열해지고 그로부터 떨려 나간 소외된 가문이 늘어남에 따라, 가문 창달의 소망을 낭만적으로 구현해 독자들의 세속적 욕망을 충족시키며 조화로운 가부장적 질서를 회복해서 위안과 안정감을 주는 가문소설의 경향이 가속화된다.

세책가 풍경을 담은 영화 〈음란서생〉(김대우 감독, 2006)의 한 장면

가문소설이 인기를 끌었던 데는 책을 빌려 주는 세책가의 역할도 지대했다. 시장 경제가 발달하고, 이에 따라 가정용품을 구입할 수 있게 되자 시간적·경제적 여유를 가진 부녀자들을 상대로 한 세책가가 성행했다. 세책가에서는 부녀자 고객을 위해 국문본 위주의 책을 장편으로 만들고, 그럴듯한 허구를 설정하는 데 용이하고 갈등을 풍부하게 다룰 수 있도록 하기 위해 중국을 배경으로 삼았다. 특히 이 시기 가문소설은 여러 가문의 내력을 삼대에 걸쳐 다룬 것이 예사며, 많은 인물의 복잡한 관계를 유기적으로 구성해 주로 상층 여성 독자들의 인기를 끌었다.

한편 통속적 영웅소설 향유층은 상층 사대부 남녀를 넘어 중하층 남녀로 중심을 옮겨 간다. 그리하여 통속적 영웅소설은 중하층 소설 향유층의 경험을 반영하고 그들이 겪는 고난이 낭만적으로 해소되기를 바라는 소망과 꿈을 투영하는 변모를 겪는다. 이 시기 통속적 영웅소설은 선과 악의 대결이라는 이분법 구도, 온갖 시련을 극복하고 선인이 승리하는 결말, 아슬아슬한 서사 전개, 영웅의 승패에 대한 지나친 정서 유발 등 통속 서사물로서의 특징적 문법을 보여 주며 구매력을 갖춘 하층 향유층의 요구를 반영했다.[12]

이러한 서사 문법이 유형적으로 확립되었음을 보여 주는 작품으로는 「조웅전」趙雄傳과 「유충렬전」이 있다. 이 소설들은 이본異本 수로 보면 필사본, 방각본, 활자본을 통틀어 조선 시대에 가장 많이 읽힌 소설 1, 2위에 해당한다. 한편 통속적 영웅소설

12. 통속적 영웅소설의 인기 사례
• 이덕무李德懋: "담배 가게에서 영웅소설을 낭독하던 사람을 칼로 찔러 죽인 일도 있다."
• 조수삼趙秀三: 이야기책을 전문적으로 읽어 주던 사람인 전기수傳奇叟에 대한 시에, "아녀자는 상심해서 눈물을 뿌리는데 영웅의 승패는 칼로써 가리기 어렵다."

의 인기와 「바리데기」 등으로부터 이어진 여성영웅의 서사 전통에 힘입어 여성을 주인공으로 한 통속적 영웅소설도 잇따라 등장했다(「정수정전」鄭秀貞傳, 「홍계월 전」洪桂月傳, 「방한림전」方翰林傳 등). 이러한 소설들은 하층 여성들이 소설 향유 층으로 편입되어 자신들의 요구를 주장하기 시작했음을 알려 주는 지표이기도 하다.

전국의 독자에게 보급된 방각본 소설로 인기를 모았던 것은 애정소설, 세태 소설, 판소리계 소설 등이다. 애정소설은 애정이라는 내면적이며 진정한 가치로 서 당대 주류 이념과 불평등한 제도가 강요하는 지배 가치에 맞서는 갈등 구조를 갖고 있다. 「윤지경전」尹知敬傳, 「숙영낭자전」淑英娘子傳, 「옥단춘전」玉丹春傳 등의 애정소설은 개인의 내면성과 욕망의 강렬한 부상을 보여 주며 새로운 시대, 수평 적인 사랑과 혼인의 윤리관을 선취先取하고 있다. 또한 가부장적 신분 사회에서 정상적인 혼인을 하기 어려운 선비와 기생, 노비 후손과 양반녀, 선비와 유부녀 노비 등의 결연結緣을 제재로 삼음으로써 평등한 사회에 대한 열망과 사회상을 반영했다.

애정소설은 대장편 독자에서 제외된 하층 시민과 일반 민중이 함께 즐기는 대상이었으나 여성 독자들의 선호도가 높았던 반면, 세태소설은 주로 남성 독자 를 중심으로 향유되었다. 세태소설은 일상의 자질구레한 문제를 본격적인 제재 로 취하면서 범속한 삶의 실상과 경험을 소설의 전면으로 부각하는 사실주의 경 향을 확대했다. 여기에는 「종옥전」鍾玉傳, 「오유란전」烏有蘭傳 등 한문으로 쓰인 훼절소설을 비롯해 「배비장전」裵裨將傳, 「이춘풍전」李春風傳, 「옹고집전」雍固執傳 등의 소설이 있다. 한편 계모형 소설인 「장화홍련전」薔花紅蓮傳, 「김인향전」金仁香 傳 등은 가정 안에 갈등이 심화되는 세태를 잘 보여 준다.

이 시기 한문소설은 다양한 주제와 모습으로 나타난다. 한문소설은 야담에 기반을 둔 한문단편, 상층 사대부의 세계관을 일대기 형식으로 구현한 한문장편 으로 크게 구별된다. 한문단편은 현실적 소재로 생활과 긴밀하게 연관된 생생한 삶을 기록했다. 또 기록자가 이야기꾼에게 들은 내용을 다듬으면서 자신의 취향 과 관점을 보태 소설적 긴장도를 높이기도 했다. 「양반전」兩班傳, 「호질」虎叱, 「허 생전」許生傳 등 박지원朴趾源의 한문단편은 부의 변동과 신분제 변화, 새로운 인간상, 현실 비판 의식, 정치적 식견을 담아낸 명편名篇에 해당하며, 서술자의 개입을 줄이고 세태 자체의 문제성을 드러낸 이옥李鈺의 작품 역시 문제작이라 할 수 있다.

소설의 위상이 높아지자 지체 높은 사대부가 한문장편(장편 한문소설)을 쓰기도 했다. 「삼한습유」三韓拾遺의 김소행金紹行(1765~1859), 「육미당기」六美堂記의 서유영徐有英(1801~1874?)이 그 예다. 명문가에서 태어났지만 정치 현실에서 소외된 이 작가들은 현실에서 펼쳐 볼 수 없었던 정치적 식견이나 해박한 지식을 작품 속에 한껏 녹여 놓았으며, 주인공들이 성취하는 영화로운 삶으로써 자신들의 소망을 반영하기도 했다. 파란만장한 결연, 당쟁과 전란 등의 시련을 유기적으로 엮어 가는 홍미로운 작품인 남영로南永魯(1810~1857)의 「옥련몽」玉蓮夢과 「옥루몽」玉樓夢은 한문으로 쓰였으나 국문으로 번역 유통되었으며, 활자본 시대에도 발췌 축약본으로 출판될 정도로 상하 남녀 독자의 큰 호응을 얻었다.

19세기, 소설사의 마지막 단계에서 단연 빛을 발하는 소설은 「춘향전」, 「심청전」, 「홍부전」 등 판소리계 소설이다. 서민 예술의 총화인 판소리가 소설로 정착되어 널리 유통되면서 통속적 영웅소설 유형과 함께 19세기 국문소설의 주류를 형성했다. 판소리계 소설은 언문 일치의 일상어를 사용하고, 조선 후기 서민층의 성장한 의식을 반영하며, 현실주의적 세계관을 견지함으로써 고소설을 근대소설에 접근하게 하는 데 크게 기여했다.

이후 고소설은 근대소설에 구어체 표현, 전형적인 인물 형상, 홍미를 유발하는 구성, 보편적인 삶과 관련된 제재, 현실에 대한 인식적 관심 등을 전승했고, 현대에 이르기까지 서사적 상상력을 자극하고 펼치게 하며 삶의 문제를 진지하게 탐구하게 하는 서사 전통의 원천이 되고 있다.

탐구 활동

1. 다음은 조선 후기 소설에 관한 논평을 모은 것이다. 자료를 종합해 사대부들이 소설을 어떻게 생각했는지 말해 보자.

> 이덕무(1741~1793): 소설이야말로 간사한 것을 만들고 음란한 짓을 가르치니 자제들이 보지 않게 금해야 한다. 부녀자들이 소설을 빌려다 탐독하느라고 길쌈을 폐하니 그대로 둘 수 없다.
>
> 김춘택金春澤(1670~1717): 소설 가운데 허황하고 경박하지 않으면서 백성의 도리를 돈독하게 하고 세상을 교화하는 데 보탬이 되는 것은 「사씨남정기」뿐이다.
>
> 이양오李養吾(1737~1811): 「구운몽」은 종횡으로 붓을 달려 변화를 일으키고, 풍류로운 말재간으로 기롱譏弄을 마음대로 했다.
>
> 이이순李頤淳(1754~1832): 세상에서 소설이라고 하는 것들은 모두 비속하지 않으면 허황하지만 「사씨남정기」와 「창선감의록」 등 몇 편은 사람의 마음을 감동시켜 분발하게 하는 뜻이 있다. (소설은) 가공구허지설架空構虛之說로 이루어졌으나 복선화음福善禍淫의 이치가 있다.
>
> 홍희복洪羲福(1794~1859): 문장 하고 일 없는 선비가 필묵을 희롱하고 문자를 허비해 빈말을 늘어 내고 거짓 일을 사실같이 해서, 보는 사람으로 하여금 천연히 믿으며 진정으로 맛들여 보기를 요구하니, 이로부터 소설이 성행했다.
>
> 이우준李遇駿(1801~1867): 소설은 빈 데 시렁을 매고, 허공을 꿰뚫어 생각을 쌓고, 뜻을 포개어 기이한 말을 지어내는데, 본뜻을 캐면 깊고 또한 이치에 맞다.

2. 구술 매체, 문자 매체 시대에 이어 영상 매체와 인터넷 환경이 우리 시대 이야기 문화를 바꿔 놓고 있다. 이러한 매체 환경의 변화가 소설 장르에 어떤 영향을 끼칠지 말해 보자.

참고 문헌

강상순(1997), 전기소설의 해체와 17세기 소설사적 전환의 성격

김경미(2011), 19세기 소설사의 쟁점과 전망

김석회(1989), 서포소설의 주제시론

김종철(1995), 전기소설의 전개 양상과 그 특성

김종철(2003), 17세기 소설사의 전환과 가家의 등장

김종철(2011), 고전소설사에서의 17세기 소설의 위상

김현양(2007), 16세기 소설사의 지형과 위상

박일용(1993), 조선시대의 애정소설

박일용(2001), 가문소설과 영웅소설의 소설사적 관련 양상

박일용(2007), 소설사의 기점과 장르적 성격 논의의 성과와 과제

박희병(1995), 전기적 인간의 미적 특질

서대석(1993), 영웅소설의 전개와 변모, 고소설사의 제문제
소재영(1998), 고소설사의 시대구분 문제
이상택(1995), 조선후기 소설사 개관
이헌홍(2012), 한국고전문학강의
인권환(1992), 고소설사 시술의 괴제와 문제점
장경남(2007), 임·병 양난과 17세기 소설사
장효현(1995), 전기소설 연구의 성과와 과제
장효현(2002), 한국고전소설사연구
정길수(2016), 17세기 한국소설사
조동일(2002), 소설의 사회사 비교론 1~3
조동일(2005), 한국문학통사 1~3

필 자   황혜진

고소설의 작자와 독자

고소설 연구는 '작품'으로부터 시작한다. 소설 작품을 읽고 분석하는 과정은 고소설 연구의 가장 기본이고 중요한 작업이다. 그러나 문학 작품은 종종 생산 주체인 작자와 수용(소비) 주체인 독자 사이에서 긴밀한 관계를 형성한 채 그 존재 가치를 더욱 발산한다. 때문에 어떤 작품의 창작과 수용을 둘러싼 여러 의문을 더 깊고 폭넓게 이해하기 위해서는 작자와 독자에 대한 고찰이 매우 중요하다.

작자는 먼저 '작품 세계'를 이해하는 데 있어 중요하다. 작자는 소설 창작의 주체로서 창작 의도와 주제 의식을 지향한다는 점에서 그 작품 세계를 온전히 해석하려면 작자의 삶과 환경, 시각에 대한 탐구가 필요하다. 작품 외적 정보인 작자에 대한 단서가 풍부할수록 작품 세계의 핵심에 근접할 수 있다. 다음으로 고소설사의 시대별 전개 과정과 특징을 파악하기 위해서는 작자에 대한 연구가 뒷받침되어야 한다.

독자는 작품의 유형적 성격, 사회적 인식, 시대적 위상 등을 파악하는 데 있어 긴요하다. 독자와 작품이 만나는 지점에서는 재미와 파적破寂,[1] 권계와 교훈, 긍정과 찬사, 비판과 부정, 지극히 사적이거나 정치적인 시선 등 매우 다양한 수용 시각이 작동한다. 이는 고소설이 유포, 전승, 확산, 성장 또는 차단, 억제, 위축, 쇠퇴하는 데 중대한 영향을 미쳤다.

1. 고소설의 작자

작자를 알 수 있는 소설

현전하는 고소설 가운데 작자를 알 수 있는 작품은 일부에 불과
하다. 지금까지 밝혀진 작자와 작품을 정리하면 다음과 같다.

번호	작자명	작자 생몰년	작품명	참고
1	김시습金時習	1435~1493	금오신화金鰲新話	
2	채수蔡壽	1449~1515	설공찬전薛公瓚傳	
3	신광한申光漢	1484~1555	기재기이企齋記異	
4	임제林悌	1549~1587	수성지愁城誌	
			원생몽유록元生夢遊錄	
5	권필權韠	1569~1612	주생전周生傳	
6	허균許筠	1569~1618	홍길동전洪吉童傳	국문 창작
7	조위한趙緯韓	1567~1649	최척전崔陟傳	
8	윤계선尹繼善	1577~1604	달천몽유록㺚川夢遊錄	
9	황중윤黃中允	1577~1648	삼황연의三皇演義	
			달천몽유록㺚川夢遊錄	
10	권칙權伏	1599~1667	강로전姜虜傳	
11	김만중金萬重	1637~1692	구운몽九雲夢	
			사씨남정기謝氏南征記	국문 창작
12	이정작李庭綽	1678~1758	옥린몽玉麟夢	
13	김경천金敬天	1675~1765	염승전廉丞傳	
14	김수민金壽民	1734~1811	내성지奈城誌	
15	박지원朴趾源	1737~1805	허생전許生傳	
			호질虎叱	
			양반전兩班傳	
16	이옥李鈺	1760~1812	심생전沈生傳	
17	김소행金紹行	1765~1859	삼한습유三韓拾遺	
18	김예연金禮淵	1781~1837	화왕본기花王本記	국문 창작
19	목태림睦台林	1782~1840	종옥전鍾玉傳	
20	심능숙沈能淑	1782~1840	옥수기玉樹記	
21	서유영徐有英	1801~1874?	육미당기六美堂記	
22	남영로南永魯	1810~1857	옥루몽玉樓夢	

23	박태석朴泰錫	1835~?	한당유사漢唐遺事	
24	정태운鄭泰運	1849~1909	난학몽鸞鶴夢	
25	이병정李秉正	1812~1874	쌍선기雙仙記	한규와 공동 저술 국문 창작
26	엄익승嚴翼升	1859~?	삼화기연三花奇緣	
27	김광수金光洙	1883~1915	만하몽유록晩河夢遊錄	

　　현재 학계에 보고된 고소설 작자로서 논란의 여지가 거의 없는 경우는 위의 27인을 들 수 있다. 한규는 이병정의 벗으로 「쌍선기」를 공동 저술한 사람이나 자세한 인적 사항은 알 수 없다(양승민, 2013). 이 밖에도 학자로 이름난 신후담愼後聃은 「남흥기사」南興記事라는 4권짜리 장편소설을 지었으나 아직은 실물이 발견되지 않았다. 그런가 하면 몽유록을 남긴 작자로는 심의沈義, 인흥군仁興君 영瑛, 신착愼諱, 김면운金冕運 등이 있고, 남하정南夏正·정기화鄭琦和·유치구柳致球는 각각 「사대춘추」四代春秋·「심사」心史(「천군본기」天君本紀)·「천군실록」天君實錄 같은 가전체소설[2]을 지었다. 이항복李恒福, 신광수申光洙, 유득공柳得恭, 김려金鑢, 이덕무李德懋 등은 소설에 가까운 전傳을 지은 일군의 작가 중 중요한 위치를 차지한다.

　　『금오신화』와 『기재기이』는 각각 5편과 4편의 단편소설을 수록한 한문소설집이며, 『삼황연의』 또한 「천군기」天君紀(「천군연의」天君演義), 「사대기」四代紀, 「옥황기」玉皇紀 등 한문소설 3편을 합편合編해 놓은 책이다. 따라서 김시습, 신광한, 황중윤을 비롯해 임제, 김만중, 박지원 등은 2편 이상의 소설을 지은 작가로 기록된다. 이와 함께 허균은 「홍길동전」 외에도 「장생전」蔣生傳, 「남궁선생전」南宮先生傳, 「장산인전」張山人傳 등의 소설 같은 전傳을 지었고, 박지원이 남긴 작품으로는 「마장전」馬駔傳, 「예덕선생전」穢德先生傳, 「광문자전」廣文者傳, 「민옹전」閔翁傳 등이 더 있으며, 이옥은 「심생전」 외에도 「포호처전」捕虎妻傳, 「부목한전」浮穆漢傳, 「신병사전」申兵使傳 등 여러 전을 남긴 작자로 유명하다.

별호만 밝힌 작자, 희곡 작가

이름은 분명하지 않으나 별호別號가 드러난 작자로는 「옥선몽」玉仙夢의 탕옹宕翁, 「일락정기」一樂亭記의 만와옹晚窩翁, 「청백운」靑白雲의 초료산주인鷦鷯山主人, 「광한루기」廣寒樓記의 수산水山, 「절화기담」折花奇談의 석천주인石泉主人과 남화산인南華散人 등이 있다. 이들은 실명을 감추는 대신 호를 씀으로써 신분이 대단치는 않으나 자부심 있는 지식인의 저작이라는 점을 암시했다.

희곡은 소설은 아니지만 소설사의 토대에서 발전했다. 조선시대 한문희곡 작가로는 「동상기」東廂記를 남긴 이옥, 「북상기」北廂記를 지은 동고어초東皐漁樵, 「백상루기」百祥樓記의 저자 정상현鄭尙玄 등이 있다. 현재까지 발견된 희곡은 이 3편에 그친다. 조선 시대 희곡은 공연이 전제된 극본으로 만들어지긴 했으나 실제로는 공연 대본이 아니라 소설처럼 하나의 독본 또는 강창講唱용으로 읽혔다(이창숙, 2017).

개작본 작자

현전하는 고소설 중에는 기존의 작품을 고쳐서 새롭게 만든 것이 많다. '개작'은 창작에 버금가는 저작 행위의 산물이라는 점에서, 개작본을 남긴 사람도 작자로 여길 수 있다. 기존의 「김영철전」(「김영철유사」金英哲遺事)을 대폭 줄여서 새롭게 만든 홍세태洪世泰의 「김영철전」, 조위한이 지은 「최척전」을 절반으로 줄이는 가운데 여주인공 '옥영' 중심의 전傳 형태로 개작한 김진항金鎭恒의 「최척전」, 「춘향전」을 한문소설로 개작한 수산의 「광한루기」와 목태림의 「춘향신설」, 「금화사몽유록」金華寺夢遊錄을 손질해 새롭게 완성한 김제성金濟性의 「왕회전」王會傳(「남호몽록」南湖夢錄) 등을 거론할 수 있다. 엄익승이 지은 「삼화기연」도 기존의 「홍백화전」紅白花傳을 새로운 한문장편소설로 대폭 개찬한 작품이다(이민호, 2017). 또한 19세기에 한 지방의 김기행이라

2. 가전체소설: 가전假傳의 기법과 문체로 지은 소설. 가전은 사람이 아닌 동식물이나 사물의 일대기를 의인화해 지은 전傳.

는 사람은 사기史記(옛이야기)를 좋아하는 모친을 위해 당시 한양에서 회자되던 「금향정기」錦香亭記를 토대로 개작본(3권 3책 국문본) 「금향정기」를 지은 바 있다. 사실 현전하는 고소설 이본異本들 중에는 무명작가들이 생산한 개작본이 많지만, 이렇듯 이름을 알 수 있는 개작소설 작자들은 그 신분과 성향 등을 더 분명히 파악할 수 있다.

작자 논란

고소설 작자로 거론되었으나 논란의 여지가 있거나 근거 부족으로 확증하기 어려운 경우들이 있다. 「원생몽유록」-원호, 「화사」-임제, 「위경천전」韋敬天傳-권필, 「천군연의」-정태제鄭泰齊, 「김영철전」-김응원金應元, 「창선감의록」-조성기, 「홍백화전」-김만중, 「일락정기」-이이순 등이 그렇다. 원호元昊는 임제가 지은 「원생몽유록」의 저자로 회자된 사례고, 「천군연의」 작자는 정태제에서 황중윤으로 수정해야 하며(김인경·조지형, 2014), 「일락정기」는 만와옹이 이이순李頤淳이라는 근거가 없다. 나머지는 논란의 여지를 안고 있거나 추정 단계에 머물러 있는 경우다.

고소설 작자의 층위와 성향

고소설 생산은 식자층이 주도했다. 한문이든 언문이든 글에 능숙해야 소설을 창작할 수 있기 때문이다. 먼저 소설사를 개척하거나 두각을 나타낸 작자들은 크게 두 부류가 있다.

한 부류는 상층 사대부 문인들이다. 이들은 고소설 생산의 중요 담당층으로, 대체로 한문소설을 지었으며 저자명이 밝혀진 경우가 많다. 허균, 김만중, 김예연 등과 같은 일부 사대부 문인은 국문소설을 짓기도 했다. 소설을 국문으로 지었음에도 저자를 알 수 있는 것은 사대부 신분이라는 사실과 무관하지 않다. 이때 이들 사대부 문인 작가들은 대부분 비판적 지식인이었다는 사실이 중요하다. 그들은 기질과 세계관이 현실과 화합하지 못한 지식인, 한때 낙척落拓했거나 평생을 출세하지 못해 불우하게 여기며 살아간 문사文士들이었다. 김시습, 신광한, 임제, 허균, 권필, 조위한 등은 시문으로 이름을 날린 문인들이면서도 현실과 마찰을 빚으며 굴곡진 삶을 살았다. 이들은 대부분 방외인方外人 문인으로 활동하는 가운데 여기餘技[3]인 기이奇異와 소설을 통해 비판적 현실 인식을 담고자 했다.

다른 한 부류는 몰락 양반과 여항閭巷 문인들이다. 이름이 알려진 작가로는 김경천, 목태림, 김진항, 홍세태, 이옥, 정태운 등이 있다. 이들은 여항인[4] 출신 문인이거나 양반 사대부가 출신임에도 실제 삶은 중간 계층 정도에 머물던 사람들이다. 몰락 양반, 서얼, 무반, 향리 같은 중간층 사람들 중에는 문학적 소양을 갖춘 지식인으로서 조선 후기 소설사 발전에 크게 기여한 사람이 많았다. 오히려 그 신분적·사회적 환경 탓에 소설의 생산과 공급, 양식의 변화를 주도했다. 이병정과 엄익승은 상층 무반 가문 출신 작자로 기록되나 무반인 데다 현달하지 못했다는 점에서 여항인 소설가와 상통하는 점이 많다. 사실 고소설 작품 대부분은 지은이를 알 수 없다. 무명작가가 남긴 상당수의 국문소설은 이들 몰락 양반과 여항인들이 지었을 것으로 추정된다. 특히 여항인 소설가들 중에는 평민으로서 글을 배운 언문 식자층도 다수였을 것으로 보인다. 영웅소설, 세태소설, 가정소설 등과 같은 평민 독자 취향의 중편 국문소설은 대부분 이들이 발전시킨 유형이다.

이 밖에도 고소설 작자층으로는 전문 직업 작가와 여성 작가들이 있다. 직업 작가들은 도시를 중심으로 강담사로 활동하면서 전문 공급자 역할을 한 사람들, 방각본坊刻本[5]의 저본이나 세책본貰冊本[6]을 만들어 내는 일로 생산자 역할을 한 사람들이 있다. 이들은 국문소설의 생산, 공급, 전파에 기여한 직업적 전문성을 갖춘 작자층으로, 여항인 중에서도 평민 출신의 언문 식자층이 주로 활동했을 것으로 추정된다. 그런가 하면 조선 사회는 여성의 저술 행위를 금기시한 탓에 여성 소설가로 확증할 수 있는 사례는 거의 없다. 무엇보다도 여성은 국문소설 필사본의

3. 여기: 유학자의 공부나 정통 문예에서 벗어난 문화 활동.

4. 여항인: 특별히 서얼, 무반, 중인, 서리, 평민(몰락 양반) 등을 일컫는 용어.

5. 방각본: 민간에서 영리를 목적으로 목판에 새겨서 출판한 책. 소설책 방각본으로는 경판본, 완판본, 안성판본이 있다.

6. 세책본: 책을 전문적으로 대여해 주는 민간 세책점에서 돈을 받고 빌려 주기 위해 특별 제작한 필사본 소설.

생산 담당층으로서 중요한 역할을 했다. 특별히 필사 과정에서 적극적인 개작이 이루어지기도 했으므로, 넓게 보아 그러한 필사본 이본을 만들어 낸 무명의 여성 필사자들을 작자층으로 파악할 수 있다.

2. 고소설의 독자

조선 시대 각종 문헌과 필사본 소설책들 가운데는 고소설을 누가 어떤 생각으로 읽고 향유했는가를 보여 주는 자료들이 비교적 풍부하게 남아 있다. 우리나라는 소설에 대한 전문성 있는 비평론은 빈약한 편이나 소략하고 단편적이며 인상비평적인 자료들은 상당히 많다. 크게 보아 문집, 사서史書 등과 같은 권위적인 문헌에 전하는 경우와 수많은 필사본 소설책 속에 남아 있는 독자나 필사자들의 다양한 '필사기'들이 있다. 고소설 독자의 실상과 생각을 엿볼 수 있는 일부 중요 자료들을 간략히 정리하면 다음과 같다.

번호	독자	관련 자료	참고
1	김시습	『전등신화』를 읽고 「제전등신화후」題剪燈新話後라는 감상시를 남김.	
2	기대승奇大升	「삼국지연의」三國志演義, 『태평광기』, 『전등신화』의 폐해를 지적함.	대표적 소설 비판론자
3	이황	허봉許篈에게 보낸 편지(「답허미숙」答許美叔)에서 김시습과 『금오신화』의 수준을 저평가함.	
4	임기林芑	조선 주해본 『전등신화구해』를 만들었으며, 그 발문(「전등신화구해발」剪燈新話句解跋)을 남김.	
5	윤춘년尹春年	명종 연간에 『금오신화』 간행(초간본)을 주도하고, 『전등신화구해』에 대한 발문(「제주전등신화후」題注剪燈新話後)도 남김.	
6	김인후金麟厚	「차금오신화어윤예원」借金鰲新話於尹禮元이라는 시를 써서 『금오신화』를 예찬함.	
7	신호申濩	조완벽趙完璧과 함께 『기재기이』를 간행하고 발문을 남김. 『기재기이』의 유익함을 강조하면서 입언立言의 이치가 잘 담겨 있는 소설 중 모범작이라고 칭송함.	

8	16세기 여항의 국문소설 독자	민간의 평민들 사이에 이미 언문소설이 꽤 널리 읽힘. 「오륜전전」五倫全傳 서문(1531), 채수의 「설공찬전」 관련 『중종실록』 소재 기록 등이 대표적인 근거임.	
9	어숙권	『패관잡기』에서 『파한집』, 『소문쇄록』謏聞瑣錄, 『금오신화』 등 18종을 소설류로 열거함. 또한 「남염부주지」를 소설의 우등으로 평가함. 「설공찬전」 일부 줄거리를 들어 놓는가 하면, 「안빙몽유록」을 인용하기도 했음.	
10	이수광	『지봉유설』에서 『필원잡기』筆苑雜記, 『오산설림』五山說林, 『금오신화』, 『기재기이』 등 18종의 저술을 소설류로 열거함. 또한 「수성지」愁城誌에 들어 있는 시를 찬미하는가 하면, 윤계선의 「달천몽유록」에 의문점을 제기하기도 했음.	
11	김휴金烋	『해동문헌총록』海東文獻總錄에서 98종의 필기 야사류 저술을 '사기류'와 '제가잡저술' 항목으로 나누어 분류하는 가운데 최치원의 『신라수이전』은 사기류에 올리고, 『금오신화』와 『기재기이』는 제가잡저술에 등재함. 또한 심의의 「대관재기몽」 전문全文을 『해동문헌총록』에 수록함.	
12	이항복	이항복의 정고定稿로 「수성지」가 17세기 초에 임제의 『백호집』白湖集(초간본)에 수록되는 영광을 누림. 명문장으로 평가되어 소설임에도 빠지지 않은 것임.	
13	야사, 잡록 편자들	『금오신화』와 「원생몽유록」은 야사적 가치가 있다고 평가되어 윤순거尹舜擧의 『노릉지』魯陵志에 수록된 바 있음. 특히 「원생몽유록」은 수많은 야승野乘에 초록되었음. 최현崔晛의 「금생이문록」琴生異聞錄은 16세기 말에 선산 읍지인 『일선지』一善志에 먼저 실렸음. 심의의 「대관재기몽」은 『해동문헌총록』 외에도 『대수잡록』代睡雜錄에 초록되었다가 다시 훗날 안정복安鼎福의 『잡동산이』雜同散異에 등재되었음.	
14	권전權佺	「주생전」을 쓴 권필의 조카로, 병중에 아이들이 읽어 주는 「상사동기」相思洞記를 듣고 감상시를 남김(『석로유고』釋老遺稿).	국문본 추정
15	이건李健	「상사동기」, 「주생전」, 「교홍기」嬌紅記, 「가운화환혼기」賈雲華還魂記를 읽고 감상시를 남김. 또한 권칙이 지은 「강로전」(한문본) 국문본을 다시 한역漢譯함.	
16	김집金集 추정	이른바 『신독재 수택본 전기집』愼獨齋手擇本傳奇集을 읽고 일종의 독서 후기를 남김. 자신은 잡기雜記를 좋아한다고 하면서 훗날 독자들을 위해 구두점을 찍어 둔다는 사실을 밝힘.	
17	이민성李民宬	장편시 「제최척전」題崔陟傳을 남겨 「최척전」과 저자를 신랄히 비판함. 동생 이민환을 「최척전」에 부정적으로 형상화한 데 대한 불만을 표출한 것임.	개인적인 이유에서 노골적으로 비판
18	홍세태	기존의 「김영철전」을 축약해 개작본을 만들고, 「독김영철유사」讀金英哲遺事라는 감상문도 남김.	

19	유몽인	「최척전」의 구전설화본 「홍도이야기」를 『어우야담』에 채록함.	
20	오희문吳希文 집안	『쇄미록』瑣尾錄의 저자로 유명한 오희문은 「초한연의」楚漢演義를 언문으로 번역해 딸에게 필사하도록 함.	
21	허균	허균이 「서유록발」西遊錄跋에서 거명한 중국소설만도 「삼국지연의」, 「수당연의」, 「동한연의」, 「서한연의」, 「제위지」, 「오대잔당연의」, 「북송연의」 등 8종에 이름.	대표적 중국소설 독자
22	황중윤	「일사목록해」逸史目錄解에서 황중윤 자신이 읽어 본 연의소설로 「제열국지연의」諸列國誌衍義, 「초한연의」, 「동한연의」, 「삼국지연의」, 「당서연의」, 「송사연의」, 「황명영열전연의」皇明英烈傳衍義 등을 열거함.	대표적 중국소설 독자
23	이식李植	『태평광기』 같은 문언소설류를 경계하고, 「수성지」의 기이함을 언급했으며, 「삼국지연의」·「수호전」 같은 통속소설에 대해서는 심히 비판함. 『택당별집』澤堂別集에서 허균이 「홍길동전」을 지었다는 사실을 비판적으로 밝힘.	통속소설 비판론자
24	정태제	황중윤이 지은 「천군연의」天君衍義를 읽고 서문을 남김.	정태제의 글은 '독자 서문'임
25	홍주원洪柱元	국문소설 「소생전」蘇生傳을 읽고 「희서언서소생전」戲書諺書蘇生傳이라는 시를 남김.	「소생전」은 미전未傳
26	17세기 왕실	선조가 정숙옹주에게 보낸 언간諺簡(1603)에서 『포공연의』包公演義 한 질을 부마에게 전하라고 함. 현종이 대왕대비전과 명안공주(숙종의 누이)에게 보낸 언간에는 「옥교리」玉嬌梨, 『태평광기』, 「위생전」魏生傳, 「환혼전」還魂傳, 『박안경기』拍案驚奇, 「왕경룡전」王慶龍傳 등의 소설 제목이 부기됨.	「왕경룡전」만 조선소설
27	김만중	『서포만필』에서 임란 후 조선에서 「삼국지연의」가 유행했음을 밝히고, 중국 『동파지림』東坡志林의 내용을 인용해 「삼국지연의」의 저력과 통속소설이 지어지는 이유를 기록함.	
28	김춘택金春澤	김만중의 「사씨남정기」를 한역漢譯함. 김춘택은 「논시문」論詩文이라는 글에서 『태평광기』, 「서유기」, 「수호전」, 「평산냉연」平山冷燕 등을 거론하면서도 「사씨남정기」를 최고의 작품으로 칭송함.	
29	권섭權燮	국문본을 한문으로 번역한 「번설경전」翻薛卿傳을 남김.	
30	영조조 왕실	『승정원일기』에는 영조가 「구운몽」과 「사씨남정기」를 비롯해 다양한 중국소설까지, 이야기책을 매우 좋아했음을 보여 주는 기사가 다수 실려 있음. 또한 왕실에서 『중국소설회모본』中國小說繪模本(1762)이라는 화첩을 편찬 간행했는데, 사도세자가 서문을 남긴 이 책에는 80종의 중국소설 목록도 올라 있음.	
31	심정보沈廷輔	영조가 중국소설 「황명영열전」(「대명영열전」)을 언문으로 번역하라고 명한 사람.	

32	이덕무, 이광석李光錫	편지를 통해 『어우야담』에 실린 「홍도이야기」는 조위한이 지은 「최척전」이 와전된 것임을 논의함.	
33	이덕무	야담, 전기傳奇, 지괴志怪는 군자와 박물자博物者들이 취하지만, '요즘 소설'은 폐단이 많다면서 신랄하게 비판함. 특히 부녀들의 소설 독서 열풍을 경계함. 「수호전」이 소설의 우두머리라고 비판하면서 소설의 세 가지 의혹을 역설함.	한때 소설을 탐독했으나, 특히 통속소설 비판론자로 돌아선 사람
34	이규경李圭景	조선의 소설가 수준을 낮게 평가하면서, 볼만한 작품으로 「구운몽」과 「사씨남정기」를 꼽음(『오주연문장전산고』五洲衍文長箋散稿).	
35	김진항金鎭恒	「최척전」 개작본을 만들면서 끝에 '외사씨왈'外史氏曰을 덧붙임. 「최척전」을 「김영철전」의 기이지사奇異之事에 비견되는 작품으로 평가함.	
36	유만주兪晩柱	노론 명문가 출신의 경화사족京華士族으로 평생을 독서인으로 살면서 『흠영』欽英이라는 방대한 일기를 남김. 4대 기서奇書는 물론 청대 염정소설도 다수 구해서 탐독함. 「최척전」을 요약한 「기최척사」記崔陟事를 『통원고』通園稿와 『흠영』에 수록하기도 했음.	대표적 중국소설 독자
37	이양오李養吾	「사씨남정기 후서後敍」에서 「사씨남정기」가 소설임에도 세교世敎에 도움이 되고 사람을 감동시킨다면서 적극 옹호함(『반계초고』磻溪草稿).	
38	효명세자	효명세자(익종으로 추존)는 순조의 아들로 문학과 서화에 조예가 깊었던 인물. 거질巨帙의 중국 단편소설집 『형세언』型世言(규장각본)을 읽고 책 위에 직접 비평문을 남김.	
39	홍희복洪羲福	중국소설 「경화연」鏡花緣을 언문으로 번역한 「제일기언」第一奇諺을 남겼으며, 서문에서 당대에 유행하던 웬만한 소설은 거의 다 탐독했다는 사실을 스스로 밝힘.	대표적 소설 독자
40	거자擧子 및 이서배吏胥輩들과 『전등신화』	심노숭沈魯崇은 『전등신화』를 천 번 읽고 과거에 합격한 사람의 일화를 남김. 이규경과 유득공은 여항의 이서배들이 이문吏文에 밝아지고자 『전등신화』를 널리 읽는 18세기 유행 풍조를 증언함.	
41	여성 독자들	• 김만중은 모친 윤씨 부인을 위해 「구운몽」을 지어서 올림. • 조성기는 모친을 위해 「창선감의록」, 「장승상전」 같은 소설을 올렸다고 전함. • 조태억趙泰億은 모친 윤씨를 위해 과거에 잃어버린 「서주연의」 한 권을 자부子婦와 함께 되찾아 드림(「언서서주연의발」諺書西周演義跋). • 신후담은 모친 우계 이씨를 위해 「남흥기사」를 지어서 올림. • 괴산 풍산 홍씨가의 홍씨 부인은 언문과 한문 실력이 뛰어나 김예연의 「화왕본기」(국문 창작)를 한역漢譯함. • 이병정은 자신이 지은 「쌍선기」를 정서해 18세 며느리(함안 윤씨)에게 물려줌. • 기타 여성 필사자나 독자가 남긴 다수의 의미 있는 필사기들.	

소설은 패관소설稗官小說[7]이니 도청도설道聽塗說[8]이니 하는 것들로부터 출발했고, 소설이라는 명칭은 하찮고 자질구레한 이야기를 뜻하는 말이었다. 소설은 경사經史[9]와 육예六藝[10]에서 벗어난 속俗된 것이었기에, 전근대 시대 내내 문예文藝의 반열에 오르지 못했다. 그럼에도 소설은 미진한 역사를 보충해 주고 박학博學의 길로 안내해 주며 풍교風敎에 유익하다는 점이 인정되어 비판과 배척 속에서도 성장할 수 있었다. 그런가 하면 소설은 거짓을 사실처럼 꾸며 낸 이야기, 즉 '허구'의 정도가 높아지면서 더욱 경계와 비판의 대상이 되었다. 그러나 권선징악의 이치와 충효 의리의 득실을 깨닫게 해 주고, 세도世道를 붙들고 명교名敎에 보탬이 되며 사람의 마음을 감발하게 한다는 긍정적인 효용성이 인정되었다. 나아가 더욱 다양한 양식의 소설이 등장해 소설사가 변화하는 가운데 '허구'에 대한 인정, 즉 '소설은 본디 허구'라는 본질적인 성격을 독자들이 널리 인식하는 단계로 발전해 갔다. 그러한 사회 분위기 속에서 소설을 직접 창작하는 사람들이 늘어나고, 이름 모를 작자가 지어낸 소설책을 빌리고 베끼고 구매해서 읽는 독자층이 두터워지는가 하면, 새로운 이본을 만들어 내거나 비평적인 생각을 남기는 독자까지 나타났다. 소설이 전근대 사람들의 문화적 욕구를 충족하면서 가장 대중적인 장르로 성장했다는 점에서 고소설사 발전의 배후에는 독자가 있었다.

특별히 독자는 국문소설 중심의 소설사 발달에 크게 기여했다. 필사(자)나 번역(자) 같은 소설의 전파 체계들이 나름대로 성장했고, 중국소설마저 국적에 관계없이 불특정 다수에게 성행하는 소설사의 저류低流가 형성되었다. 동시에 소설이 평민이나 여성 독자층의 오락물로 파고드는 정도의 소통 환경이 이루어지는 가운데 그들이 소설 생산의 잠재적 후원자로 성장했다. 따라서 독자는 그 자체로서 중요한 연구 주제이기도 하다. 신분 계층, 성별 층위와 시각, 독자층의 시대별 양상, 소설 유형별 독자의 성향, 향유 방식, 작품의 전승 지역, 그리고 필사 및 번역 과정과 이본 생성을 둘러싼 문제들 등이 주된 관심거리다.

7. 패관소설: 민간 여항에 떠도는 이야기. '패관'은 그러한 이야기를 수집해 보고하는 관리.
8. 도청도설: 길거리에 떠도는 이야기.
9. 경사: 경서와 사기. 유학에서 성현의 말씀과 나라의 역사를 뜻하는 말.
10. 육예: 유학 교육에서 군자君子가 되기 위한 여섯 가지 기초 교양 학과목. 예禮, 악樂, 사射, 어御, 서書, 수數.

참고 문헌

권혁래(2006), 김영철전의 작가와 작가의식

김수연(2015), 명말 상업적 규범소설의 형성과 조선 왕의 소설 독서

김인경·조지형(2014), 황중윤 한문소설

무악고소설자료연구회(2001), 한국고소설 관련자료집 I

무악고소설자료연구회(2005), 한국고소설 관련자료집 II

양승민(2004), 승정원일기 소재 소설 관련 기사 변증

양승민(2010), 국문 창작 가전체소설 화왕본기와 그 한문번역본

양승민(2013), 쌍선기 원고본의 발견과 저자 고증

우쾌제 외(2002), 원생몽유록 작자 문제의 시비와 의혹

이민호(2017), 삼화기연 연구

이창숙(2017), 조선 한문극본의 필사체제와 장르 특성

정민(1993), 위경천전의 낭만적 비극성

정길수(2003), 창선감의록의 작자 문제

조광국(2002), 벌열소설의 향유층에 대한 고찰

필   자   양승민

고소설의 유통과 향유

고소설의 유통流通은 유명·무명 작가가 쓴 작품이 독자에게 전달되기까지의 다양한 방식이나 전달의 주요 수단인 유통 매체를 일컫는 말이다(류탁일, 1981). 따라서 우리에게 익숙한 경제·금융·상업 분야의 자본이나 화폐에 의한 유통과는 다소 차이가 있다.

소수의 독자만이 고소설을 읽던 시기에는 구연口演이나 개인적인 필사筆寫 같은 단순한 유통 방식만 있었다. 그러나 18세기에 들어와서 사회 경제적·문학적 환경 변화에 따라 모든 계층의 사람들이 고소설을 선호하고, 이러한 수요를 충족시키면서 이윤을 추구하려는 전문 필사자·서쾌書儈(서적 중개인)·세책점貰冊店, 상업 출판(세책·방각본·구활자본) 관련 직종이나 기구가 생겨나면서 고소설 유통은 한층 복잡해졌다. 그 결과 고소설의 독자층은 두터워졌고, 이에 따른 새로운 향유 문화도 생겨났다.

고소설 연구는 그동안 작품 분석에만 치중해 왔다. 최근 고소설의 유통과 향유에 대한 새로운 자료와 기록들이 발굴되면서 이 분야가 재조명되고 있다. 문학 작품의 생명력은 독자에게 수용될 때 그 존재 의미가 부여된다는 점을 생각한다면 고소설의 유통과 향유는 고소설 연구에서 대단히 중요한 분야라 할 수 있다.

1. 고소설의 유통 방식과 유통 매체

고소설을 유통하는 데는 구연口演과 문헌文獻의 방식이 있다. 구연은 글을 모르는

전기수 공연 상상도
(김도연 그림, 『거리의 이야기꾼 전기수』, 사계절, 2013)

사람들과 글을 읽을 수는 있지만 남이 읽어 주는 것을 선호하는 이들을 모아 놓고 이루어졌다. 구연자는 주거지 근처에 살던 목청 좋고 작품의 분위기와 내용을 전달하는 데 탁월한 이름 없는 사람들, 강독사講讀師나 전기수傳奇叟[1]처럼 전문 직업인들이 맡았다. 구연을 통한 소설의 유통은 소통이나 내용 전달 측면에서는 효과가 있었지만, 시간과 공간의 제약으로 소설 독자를 확산하는 데는 한계가 있었다.

문헌에 의한 유통은 차람借覽, 구매購買, 대여貸與의 방식으로 이루어졌다. 차람은 소설의 소유자에게 책을 빌려 보거나 빌려 온 책을 직접 필사하던 방법이다. 구매는 서적 중개인에게 또는 책방에서 자신이 직접 돈을 지불하고 책을 구입하는 것이다. 대여는 세책점貰冊店에서 일정 금액을 주고 책을 빌려 보는 것이다.

문헌의 유통이 활발하지 못하던 시대에는 필사본筆寫本 소설이 성행했다. 필사본은 자신이 읽기 위해, 늙은 부모님을 위해, 시집가는 딸을 위해, 한글을 배울 목적에서 다양하게 만들어졌다. 이렇게 만들어진 필사본 소설은 필사에 의한 물리적·시간적 한계가 있었으며, 유통 범위가 협소했다. 그러나 18세기 이

1. 전기수: 책 읽어 주는 사람. 조수삼趙秀三의 『추재집』秋齋集에 자세한 내용이 있다.

후 고소설 독자가 증가하고 상업 출판업자가 영리를 목적으로 만든 세책貰冊소설, 방각坊刻소설, 구활자본舊活字本 소설이 등장하면서 고소설 유통은 개인의 필사보다는 대여나 구매로 집중되었다. 상업 출판업자의 등장과 새로운 유통 매체의 등장은 시간이나 공간의 제약 없이 소설을 읽을 수 있는 환경을 제공했고, 고소설을 문화 상품으로 인식하게 해 경제적 여건만 허락되면 누구나 소설을 구매해서 읽을 수 있는 시대를 열었다.

세책소설

세책소설은 현재 도서대여점의 원조元祖인 세책점에서 돈을 받고 사람들에게 빌려 주던 소설책을 말한다. 세책소설은 대략 18세기에 등장해 20세기 초까지 번성했다(이윤석·大谷森繁·정명기, 2003). 세책소설이 번성한 이유는 서민층의 소설에 대한 요구에 부응하기 위한 것에서 비롯되었다.

세책소설은 외형상 독특한 특성이 있다. 책이 많은 사람의 손을 거치기 때문에 파손을 최소화하기 위해 책을 두껍게 만들었다. 그리고 대여 과정에서 본문의 글자가 지워지는 것을 막기 위해 본문을 적당히 비워 두기도 했다. 또한 책의 상단에는 장수張數를 기재해 해당 부분이 훼손되었을 때 쉽게 보수하도록 했다. 마지막 장에는 향목동, 사직동처럼 세책점이 있던 동명洞名이나 상호명을 적어 영업자를 분명히 밝혔다.

세책소설은 대여를 통해 이윤을 얻는 것이 목적이었다. 따라서 원래 한두 권인 작품도 최대한 권수를 늘려 놓았다. 세책점에서는 대여자들의 다양한 독서 욕구를 충족시켜 주기 위해 단편부터 대장편소설, 중국소설의 번역본, 노래책 등을 구비해 영업했다. 이러한 세책점의 영업 실태는 세책점 장부에서 확인된다. 세책점 장부에는 대여자들의 신분, 성별, 주소 같은 개인 정보부터 이들이 주로 빌려 간 책의 제목까지 기재되어, 다양한 계층의 사람들이 소설을 빌려 보았음을 알 수 있다(정명기, 2003).

세책소설의 가장 큰 특징은 세책 대여자들이 남긴 낙서다. 낙서는 책의 여백이 있는 곳이면 어디든지 해 놓았다. 단순히 몇 글자를 적어 놓은 것부터 세책점 주인과 가족에 대한 욕, 세책 내용과 대여료에 대한 비난, 성性과 관련한 각종 음담淡談, 당대의 유행가 가사나 시대에 대한 소회 등을 낙서해 놓았다(유춘동, 2015). 세책소설은 개인에게 빌려 보거나 필사만으로는 더 이상 소설 수요에 부응할 수 없는 상황에서 등장한 것이다. 그러나 세책소설은 일정 수량만 제작할 수 있었다는 점, 일정 지역에서만 유통되는 한계가 있었다.

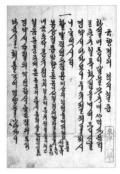

세책소설 「금향정기」錦香亭記

방각소설

방각소설은 세책소설의 한계를 극복하고 늘어난 소설 수요자들의 욕구를 충족시키기 위해서 생긴 것이다. 많은 사람에게 소설을 공급하기 위해 목판木板에다 소설의 내용을 새겨 대량으로 찍어 냈다. 방각소설은 경제 활동이 활발했던 서울, 안성, 전주에서 간행되었다. 학계에서는 이러한 생산지를 고려해 이를 경판본京板本, 안성판본安城板本, 완판본完板本이라고 부른다.

현재까지 확인된 방각소설은 세 지역 모두를 합해서 대략 60종이다. 이 가운데 간행 연도가 가장 앞선 것은 1725년 나주에서 간행된 한문본 「구운몽」이다. 한글본은 이보다 늦은 1780년 서울의 방각업소 경기京畿에서 찍어 낸 「임경업전」이 있다(이창헌, 2000).

방각소설이 사람들에게 인기를 얻자 한 지역 안에서도 여러 방각업자가 출현해 경쟁적으로 책을 출간했다. 서울에서는

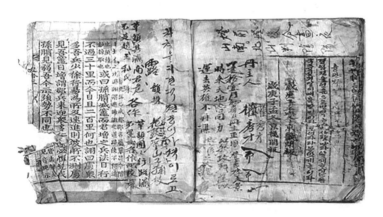

경기京畿에서 찍어 낸 방각소설 「임경업전」. 연세대학교 국학자료실 소장

경기, 광통방, 남곡, 동현, 미동, 무교, 송동, 석교, 석동, 어청교, 유동, 야동, 유천, 자암, 합동, 홍수동, 화산, 화천, 효교 등의 방각업소가 등장해 경판본을 간행했다. 이곳은 모두 서울에서 상업 유통의 핵심 지역이거나 사람들이 많이 모였던 곳이다.

완판본 역시 전주의 완남, 완서, 완북, 서계서포, 다가서포, 칠서방, 양책방, 완흥사서포처럼 지역 곳곳에서 만들어졌다. 전주는 전라 감영이 있던 전라도의 핵심 지역이었는데, 완판 생산업체는 대부분 남부(남문) 시장에 집중되어 있었다. 그 이유는 시장이 열릴 때마다 소설을 판매하기가 쉬웠기 때문이다(이태영, 2018). 안성판본은 동문이방각소, 박성칠서점에서 간행되었다. 안성은 조선 시대 무역의 중간지로서 중요한 역할을 했다. 안성의 방각업자들은 이러한 지역의 특성과 시장 거래를 염두에 두고 소설을 생산했다(김한영, 2013).

방각소설은 생산된 지역마다 특성이 있다. 경판본은 본문의 글씨가 작고 한 장에 많은 내용을 새겨 권당 30~40장으로 출간했다. 이로 인해 소설의 내용이 간략하다. 반면에 완판본은 글씨를 큼직하게 새겨 가독성을 높이려 했고, 한 장에 적은 분량을 담아 권당 80~100장 정도로 출판했다. 따라서 같은 제목의 소설을 놓고 경판본과 견주어 보면 완판본의 내용이 훨씬 자세하다. 특히 완판본은 판소리 사설을 본문에 차용해 서술의 품격을 한층 더 높였다. 안성판본은 경판본과 같은 계통으로 보거나 독자적인 것으로 보기도 한다. 하지만 안성판본은 경판본에서 이미 간행한 것을 가져다 다시 출간한 것이기 때문에 경판본 계통으로 보아야 할 것이다.

방각소설은 소설을 본격적으로 상품화한 것이다. 상품 유통에 생산자, 생산에 따른 유통 기구와 전문 업자, 소비자가 있듯이, 방각소설의 등장으로 작자(제작자)-유통 매체-독자라는 상품의 생산과 소비의 유통 구조가 분명해졌다. 방각업자는 제작 비용을 줄이기 위해 원책의 내용을 생략하거나 축약해서 간행했다. 그리고 후발 업자는 시장 경제 원리에 따라 기존 본보다 장수를 더 축소해 비용을 절감하려 했다. 지식인들은 이러한 시각에서 방각소설을 조악粗惡하다고 평가했지만 독자들은 이와 같은 경쟁 과정에서 더욱더 저렴한 가격으로 소설을 구매했고, 그 결과 소설의 독자층이 광범위하게 확산되었다. 방각소설을 '상업 출판물의 효시'라고 말하는 것은 바로 이 때문이다.

구활자본 소설

구활자본 소설은 서양의 신식 활판 인쇄기를 들여와 출판했던 고소설을 말한다. 연구자에 따라서 '구활판본', '활판본', '이야기책', 울긋불긋한 표지에 주목해 '딱지본'이라 부르기도 한다(이주영, 1998; 권순긍, 2000). 현재까지 확인된 구활자본 소설 가운데 간행 연도가 가장 앞선 것은 1906년 박문사와 대동서시에

다양한 구활자본 소설의 표지

서 공동으로 발행했던 「서상기」西廂記[2]다(최호석, 2017).

　20세기 초반 소설 출판 시장을 장악했던 것은 '신소설'이었다. 그러나 1912년 이해조李海朝의 「옥중화」獄中花가 간행되어 대중에게 폭발적인 인기를 얻자 상황은 달라졌다. 이후부터 각 출판사는 고소설을 경쟁적으로 출간했다. 그래서 1913년부터 1916년까지 61곳의 출판사에서 100종이 넘는 고소설이 간행되었다. 이러한 구활자본 소설의 인기는 1970년대까지 지속되었고, 총 330종의 구활자본 소설이 3000여 회에 걸쳐 간행되었다(최호석, 2017).

　구활자본 소설은 조선 시대부터 전해진 고소설, 신소설의 영향을 받아 창작된 고소설, 중국이나 일본의 소설을 번역한 고소설로 나눌 수 있다. 출판 초기에는 인기리에 읽혀 왔던 고소설과 중국소설의 번역본이 많았다. 하지만 이후에는 고소설 대부분이 구활자본으로 간행되었다.

　구활자본 소설이 본격적으로 출간된 시기에는 출판법을 시행해 저자, 발행인, 발행처(출판사), 발행 연도를 기재한 판권지를 부착해야만 했다. 고소설은 「홍길동전」이나 「구운몽」 등을 제외하면 작품의 원작자(저자)를 알 수 없었다. 이에 따라 출판사의 사주社主가 저자로 기재되었다. 이처럼 저작권 개념이 모호한 구활자본 소설을 출판사마다 중복해서 출판하거나 무분별한 표절을 해서 출판했다. 그 결과 저작권 분쟁이 일어났는데, 이 문제를 해결하기 위해 1930년대에 경성서적조합이 만들어져 분쟁을 중재하기도 했다.

　구활자본 소설의 인기를 극명하게 보여 주는 것은 1928년 조선총독부 경무국에서 발행한 「조선출판물실태조사」였다. 이 보고서를 보면 문학 관계 서적 가운데 1위를 차지한 것이 구활자본 소설이었다. 출판계에서는 이 문제의 심각성을 제기하는 보도가 잇따라, 김기진金基鎭[3] 같은 문학평론가는 당대 대중이 고소설을 탐닉함으로써 생기는 여러 문제점을 지적하기도 했다.

　고소설사에서 1900년대 이후는 고소설의 쇠퇴기라고 기술한다. 그러나 역설적으로 그 시기에 고소설이 재조명되고 대중에게 가장 많은 인기를 얻었다. 이러한 매개체가 바로 구활자본 소설이었다(유춘동·김효경, 2016).

2. 고소설 향유 문화의 변천

고소설 향유는 전 계층에 걸쳐서 나타났다. 국왕을 비롯한 사대부 계층부터 하층민에 이르기까지 남녀노소를 불문하고 고소설이 인기리에 읽혔다. 이러한 내용들은『조선왕조실록』을 비롯한 역사서, 개인 문집, 필사기筆寫記[4] 같은 고소설 관련 기록 등을 통해 확인할 수 있다(무악고소설자료연구회, 2001·2005).

국왕인 연산군, 선조, 숙종, 영조, 정조는 경연經筵이나 국정國政을 논하면서 고소설을 언급했다. 이들은 중국 연행燕行을 가는 사신이나 역관譯官들에게 소설을 구입하라고 명하거나 특정 작품이 유입되어 유행하면서 생겨난 사회 문제점을 거론하며 이를 국정 운영에 반영하기도 했다. 양반 사대부들의 소설 독서는 특정 작품을 구매해 읽었다는 식의 짧막한 기록부터, 소설의 특정 대목을 가져와 책문策文이나 과문科文을 작성한 경우 소설의 효용에 대한 찬반 입장 등에서 살펴볼 수 있다. 고소설의 긍정적인 가치를 인정하고 실제 창작도 했던 김만중金萬重(1637~1692)은 사대부 중에서 소설을 열독熱讀했던 대표적인 인물이다. 현재 전해지는 필사본의 필사기를 종합해 보면 장편 소설의 주 독자는 사대부가 여성들이었다(김종철, 1994). 이들은 고소설에 적극적인 관심을 두고 소설을 애독했으며, 작품 창작에도 직간접으로 참여했다. 역관 또한 소설 읽기에 열중했다. 이들은 특히 중국의 백화白話와 속어俗語에 능해 소설 번역에 적극적으로 참여했다. 마성린馬聖麟(1727~1798) 같은 중인은 시사詩社를 조직해 여러 사람과 중국소설을 읽기도 했다. 평민을 포함한 하층민들도 소설을 열심히 읽었다. 이들은 세책점을 통해서 자신들이 읽고 싶었던 작품들을 읽었다.

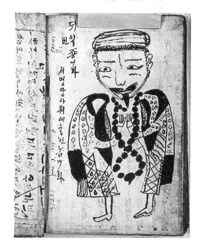

세책소설에 남은 낙서

이처럼 고소설 향유는 특정 계층에 국한되지 않고 광범위한 계층에 퍼져 있었다.

고소설이 확산되면서 여러 변화가 생겼다. 먼저 독서 방식이 변했다. 고소설의 유통 체계가 정립되지 않았던 시기에는 사랑방, 규방, 담배 가게, 저자거리 같은 곳에 여러 사람이 모여 누군가가 읽어 주는 낭독朗讀 형식의 독서가 대세였다. 하지만 경제적 비용을 지불하고 구매하는 상업소설이 등장하면서 혼자서 읽고 싶은 책을 마음껏 읽는 시대가 열리자 낭독 형식의 독서는 지금처럼 개인적인 묵독黙讀 형식으로 점차 대체되었다.

한편 고소설이 사람들에게 인기를 얻자 전에는 없던 사회 문제가 생겼다.『조선왕조실록』에 실린 것처럼「임경업전」을 사람들에게 재미있게 읽어 주던 이야기꾼이 갑자기 이야기를 듣던 사람의 칼에 찔려 죽는 사건, 과거 시험에서 소설을 인용해 답안지를 작성한 일들, 부녀자들이 가사를 돌보지 않고 소설에 몰두하는 일 등이다. 이러한 변화는 전 계층의 사람들이 소설에 탐닉해서 생긴 결과로, 당시 소설의 인기가 어떠했는지를 보여 준다.

고소설의 유행은 소설로 먹고사는 직업도 탄생시켰다. 소설을 전문적으로 생산해 냈던 작가, 소설을 사람들에게 필사해 주는 전문 필사자, 글을 모르는 사람들을 위해 소설을 읽어 주던 전기수 같은 사람들, 책을 유통시키는 책 거간꾼, 그리고 중국소설을 우리말로 옮겼던 번역가들, 책을 대여해 주는 세책점, 상업 출판업자인 세책업자, 방각소설업자, 구활자본 소설 업자 등이 등장했다.

참고 문헌

권순긍(2000), 활자본 고소설의 편폭과 지향

김경미(2003), 소설의 매혹

김동욱·황패강(1994), 한국고소설입문

김재웅(2015), 필사본 고소설의 지역별 유통양상과 향유층에 대한 실증적 연구

김한영(2013), 안성판방각본과 안성의 인쇄출판 전통

류탁일(1981), 완판방각소설의 문헌학적 연구

무악고소설자료연구회(2001·2005), 한국 고소설 관련 자료집 Ⅰ·Ⅱ

사재동(1999), 한국문학유통사의 연구 Ⅰ·Ⅱ

유춘동(2015), 세책본 소설 낙서의 수집, 유형 분류, 의미에 관한 연구

유춘동·김효경(2016), 세책과 방각본

이문규(2002), 고전소설 비평사론

이민희(2007), 16~19세기 서적중개상과 소설·서적 유통 관계 연구

이상택 외(2005), 한국 고전소설의 세계

이윤석·大谷森繁·정명기(2003), 세책 고소설 연구

이윤석(2016), 조선시대 상업출판

이주영(1998), 구활자본 고전소설연구

이창헌(2000), 경판방각소설 판본 연구

이태영(2018), 완판방각본의 유통 연구

정명기(2003), 세책본소설의 유통양상

정병설(2016), 조선시대 소설의 생산과 유통

최호석(2017), 활자본 고전소설의 기초 연구

한국고소설학회(1994), 고소설의 저작과 전파

필 자 유춘동

II

고소설의 양식

전기소설

전기소설은 한국 고전소설사의 초창기 양식이자 가장 긴 역사를 지닌 서사 장르다. 전기소설사는 '전기'의 형태로 초기 서사가 등장한 10세기경부터 '전기소설'로 본격화된 15세기를 거쳐, 장편화와 사실화가 강화되며 장르 속성의 질적 변화가 발생하는 17세기와 장르 특성의 해체 양상이 발견되는 19세기까지 근 천 년에 걸쳐 있다. 일반적으로 초현실성, 환상성, 낭만성을 특징으로 하며, 삽입시를 비롯한 다양한 문체를 포괄하고, 남녀 간의 비극적인 사랑과 지식인의 불우한 처지를 주요 모티프[1]로 삼는다. 초기 작품으로는 신라 말과 고려 초의 『수이전』殊異傳 일문逸文, 15세기 김시습의 『금오신화』가 대표적이다. 17세기에는 「운영전」雲英傳, 「주생전」 등 애정 전기소설류가 유행하고 사실성이 강조되며, 서사의 편폭도 확장된다. 그 밖의 전기소설로는 「설공찬전」, 「하생기우전」何生奇遇傳, 「상사동기」, 「최척전」, 「포의교집」布衣交集 등이 있다.

1. 모티프: 작품의 제재나 소재. '화소'라고도 한다.

1. 소설사적 위상

전기소설의 장르와 명칭에 대한 논의는 이른 시기부터 지금까지 고전소설사의 주요한 쟁점 중 하나다. 김태준은 『조선소설사』에서『수이전』일문을 '설화 시대의 소설'로,『금오신화』는 '전기소설'로 명명했다. 조윤제는『국문학사』에서『수이전』일문을 '설화문학'으로,『금오신화』는 '전기체 소설'이라 규정했다. 조동일도『수이전』일문을 소설 이전의 전기를 다듬어 문장 화한 '전기'로 보았다.『수이전』일문을 소설의 장르로 적극 수용한 것은 임형택 이다. 임형택은 중국 문학사의 '전기' 장르와 관련해『수이전』일문 등을 '전기소 설'에 포함했다. 이에 대해 박일용은『수이전』일문의 형상화 방식과 작품 발생의 사회 역사적 성격에 대한 정밀하고 구체적인 해석이 선행되어야 함을 주장하며, 『수이전』일문은 기록문학과 구비문학의 성격을 공유하고 소설과는 질적 차이를 지니는 '수이전체 문학'으로,『금오신화』는 조선 시대 소설의 하위 양식들 명칭에 준해 '전기계 소설'로 명명했다.

전기소설의 명칭과 효시 작품에 대한 논쟁은 전기소설이 지닌 장르 속성과 관련이 있다. 임형택은 전기소설의 장르 속성을 사대부 작가의 문식文飾과 사회 현실의 풍부한 반영이라 보았고, 정학성은 사대부 개인의 전아典雅한 한문 문언 체 단편 서사체와 사회 현실의 반영을 꼽았다. 이혜순은 변려체騈儷體[2] 문언문文 言文[3]으로 된 남녀 이합離合이나 신이神異한 이야기를 저술한 작품을 전기소설로 보았고, 신재홍은 닫힌 시공과 의인화 및 미학적 기저로서의 '머뭇거림'을 전기 소설의 장르 지표로 제시했다. 박희병은 서정과 서사의 결합 외에 전기적 인간의 속성으로 고독감, 내면성, 소극성, 문예 취향을 꼽았으며, 강진옥은 존재론적 전 환을 가져오는 만남을 전기소설의 핵심 요소로 보았다. 이 밖에 김종철은 세계와 화합하지 못하는 인물과 폐쇄적인 세계상을, 박일용은 현실적 질곡을 낭만적으 로 극복하려는 열망과 비현실적 갈등 귀결 방식 및 지식인의 소외 의식과 비판적 세계관의 서사적 표현 양식을 전기소설의 핵심으로 파악했다.

전기소설의 역사적 전개를 둘러싸고 벌어지는, 17세기 이후 변모 양상에 대 한 논의 또한 소설사의 중요한 문제다. 여기서는 15세기『금오신화』를 발전 과 정의 작품으로 보느냐, 전기소설의 완성태로 보느냐에 따라 입장이 구분된다. 전 자의 입장을 지지하는 박희병은 전기소설의 특징을 환상성과 현실성으로 파악하 고, 15세기『금오신화』에서는 환상성이 부각되고 17세기 이후에는 현실성이 두 드러진다고 보았다. 후자의 입장을 지지하는 김종철은 전기소설의 기이성을 강조하며, 『금오신화』에서 정점을 찍고 이후 전기소설들에서는 해체와 전이 과정을 겪는다고 보았다. 즉 17세기 「최척전」 등의 작품들을 전기소설의 틀을 파괴하거나 틀을 벗어나려는 다양한 시도로 읽는 것이다. 전기소설의 명칭과 장르 속성, 그리고 역사적 전개에 대한 논의는 여전히 진행 중이다.

2. 변려체: 중국 육조 시기에 유행한 4·6구의 화려한 문체. 대구對句의 연결과 전고典故의 사용이 특징이다.

3. 문언문: 구어체와 대비되는 문어체 문장. '변려체 문언문'은 육조 시기에 유행했던 4·6구의 변려문으로 이루어진 문어체 문장이다.

2. 양식의 특성

내용상 특성

전기소설의 내용상 특징은 첫째, 초현실적 애정 서사를 주요한 사건의 틀로 다룬다는 점이다. 전기소설에 속하는 많은 작품이 애정 전기소설로 불리는 것은 이 때문이다. 전기소설의 애정 서사는 마음 교감 후 육체의 결합으로 이어진다. 마음의 교감은 시를 주고받거나 상대의 처지를 이해하는 대화 형식으로 이루어진다. 「최치원」, 「이생규장전」李生窺墻傳, 「만복사저포기」萬福寺樗蒲記, 「하생기우전」 등 초기의 전기소설은 이러한 과정을 통해 인연을 맺는데, 이렇게 맺은 그들의 인연은 절대적이고 독점적인 사랑이라는 성격을 띤다. 남녀 주인공 사이에 형성된 상호 독점적 관계는 '산 사람과 죽은 사람의 사랑'이라는 방식으로 형상화된다. 삶과 죽음의 영역을 뛰어넘어서까지 이어지는 서로에 대한 신뢰와 인정은 제3자가 끼어들 수 없는 연대와 신의를 보여 준다. 특히 「이생규장전」과 「만복사저포기」는 '명혼소설'冥婚小說이라고도 하는데, '명혼'은 죽은 사람과의 혼약을 의미하는 말이다. '명혼'은 절대적·독점적 관계를 초월적이고 낭만적인 방식으로 그려 낸 전기소설의 특징적 내용이라 할 수 있다.

「운영전」과 「주생전」 등은 이전 작품들보다 서사의 편폭이 늘어나고 현실성을 조금 더 확보했지만, 여전히 현실에서는 흔히 경험하기 어려운 사랑의 양상을 문제 삼는다. 「운영전」은 공고한 신분제를 극복하기 어려웠던 궁녀와 선비의 비극적인 사랑에 주목했고, 「주생전」은 중국인을 주인공으로 삼아 이방인의 사랑이라는 점과 삼각관계라는 현실적 소재를 첨가해 「이생규장전」 등에서 강조했던 절대적 사랑의 약속이 얼마나 쉽게 무너지는지를 제시했다. 두 작품 모두 남녀 주인공의 독점적 관계가 와해되는 모습을 보인다. 「운영전」은 김진사와 안평대군의 관계에서 남녀 간 사랑과 인간적 신의 사이에서 고민하는 운영을 그렸고, 「주생전」은 배도와 선화 사이에서 가볍게 움직이는 주생의 욕망을 다루었다. 이들의 애정 서사는 모두 사건의 당사자가 고백하는 방식으로 서술되는데, 「운영전」은 죽은 뒤에 환혼還魂해 수성궁에 나타난 운영과 김진사가 유영에게 직접 이야기하고, 「주생전」은 배도를 저버리고 선화를 선택했으나 재회하기 전에 조선에 파병된 후 병약해진 주생이 권필에게 전달하는 방식으로 되어 있다.

전기소설의 내용상 특징 두 번째는 현실과 초현실의 경계 공간에서 일어나는 사건을 다룬다는 점이다. 애정 서사를 내용으로 하는 전기소설은 물론 「설공찬전」과 「남염부주지」처럼 저승을 소재로 하는 전기소설도 사건이 발생하는 공간은 현실과 초현실의 경계 공간이다. 현실과 초현실의 경계 공간은 산 자와 죽은 자가 소통하는 공간으로, 신들의 영역인 신성 공간과는 구분된다. 또한 인간들의 세속적 공간과도 성격이 다르다. 경계 공간은 현실 너머가 아니라 현실 안에 존재하는 비현실 공간으로 상상된다. 「최치원」에서 최치원과 팔낭, 구낭이 사랑을 나누는 곳은 최치원의 방이고, 「만복사저포기」에서 양생과 귀녀가 3일간 함께 지냈던 개령동 귀녀의 집은 그녀의 무덤이다. 그러나 이 무덤은 현실에서 생각하는 차가운 흙 속 공간이 아니라, 이승과 저승이 만나는 지점에서 특정 시간 동안 새롭게 형성되는 따뜻한 소통의 공간이고 연대의 공간이며 성장의 공간이다. 그 밖에 「취유부벽정기」醉遊浮碧亭記의 '부벽루', 「용궁부연록」龍宮赴宴錄의 박연폭포 속 '용궁'도 대표적인 경계 공간이다.

인물 및 구성상의 특성

전기소설의 인물 특징은 재자가인형才子佳人型 인물, 전기적 인간 등으로 표현된다. 재자가인형이란 재능 있는 남성 주인공과 아름다운 여성 주인공을 나타내는 말로, 중국의 재자가인소설에서 유래했다. 전기적 인간이란 주인공의 내적 특질을 설명하는 용어로, 섬세하고 풍부한 내면을 지닌 인물형을 설명할 때 사용한다. 전기적 인간은 고독하고 감성적인 측면이 다른 장르의 주인공보다 두드러진다. 전기소설에 등장하는 인물은 다른 장르에 비해 남녀 모두 서정적인 특징을 지니지만, 남성 인물보다 여성 인물이 적극적이고 주도적인 역할을 하는 경우가 많다. 「이생규장전」의 최랑이나 「운영전」의 운영, 그리고 「최척전」의 옥영 등 전기소설의 여성 주인공은 애정을 성취하고 결단을 내리는 과정에서 다소 유약한 태도를 보이며 주저하는 남성 인물을 독려한다. 전기소설의 서사 주도력은 여성 인물에게 있다고 할 수 있다.

전기소설의 구성상 특징은 청년기의 결연 과정에 서사가 집중된다는 점과 비극적 결말을 들 수 있다. 영웅소설이나 가문소설 등 대부분의 소설 장르가 주인공의 일생 전체를 그리는 것과 대조적이다. 전기소설의 결연은 독점적이고 절대적인 반면, 일시적이고 비극적이다. 「주생전」을 제외하고 대부분의 전기소설은 남녀 주인공 모두 한 사람만을 전심으로 사랑할 뿐이다. 이 점은 영웅소설이나 가문소설에서 흔하게 등장하는 일부다처의 관계 구조와 같지 않다. 그러나 이들의 절대적 사랑은 전쟁과 죽음 등 외부의 장애로 지속되지 못하고 비극적인 결말을 맞는 경우가 많다. 물론 「하생기우전」처럼 죽음을 극복하고 행복한 결말로 끝나는 작품도 있다.

문체 및 서술상의 특성

전기소설의 작가층은 주로 남성 지식인이다. 현재 알려진 전기소설 작가는 『금오신화』의 김시습, 「설공찬전」의 채수, 『기재기이』의 신광한, 「주생전」의 권필, 「최척전」의 조위한 등이다. 작가층이 문인 남성이라는 것은 전기소설의 문체가 일반적으로 화려한 문식文飾을 가한 한문 문언체라는 점, 주제 의식에서 지식인의 현실 비판과 불우不遇에 따른 내적 고뇌를 강하게 드러낸다는 점과 연결된다. 전기소설의 문체는 전기의 문체 전통과 깊은 관련이 있다. 당나라 시기 전기는 문인들이 자신의 문재文才와 사상을 드러내어 고관에게 스스로를 추천하는 데 사용하는 온권溫卷의 대표 양식으로 사용되었다. 전기에 시詩, 부賦, 사詞, 제문祭文, 논論 등 다양한 문장 형식이 삽입된 것은 이 때문이다. 그리고 전기는 문인 남성이 현실을 반영해 의식적으로 창작한 것이기에 현실에 대한 고민과 비판 의식이 포괄되어 있는바, 문제의식에 따라 적절한 문체가 선택적으로 사용되는 것이다. 루쉰魯迅은 『중국소설사략』中國小說史略에서 개원開元, 천보天寶 이후에 전기를 온권에 넣어서 이름을 얻는 경우가 생겨났으며, 이로 인해 전기의 창작이 몹시 왕성해졌다고 지적했다. 전기소설은 이러한 전기의 전통을 일정 부분 계승해 다양한 글쓰기를 적극 활용하고, 사회에 대한 시각을 비롯해 경우에 따라 역사적 담론과 철학적 논변을 작품 안에 수용한다. 또한 전기소설은 '전기'라는 명칭에서 보듯 '기이한 이야기'를 기록하며, 사건의 기이함은 주로 선비와 여성의 결연을 중심으로 구성된다. 결연의 기이함을 극대화하기 위해 초현실적 낭만성을 강조하고, 그 과정에서 서사와 서정의 결합이 다른 장르에 비해 두드러진다. 그러나 기이한 결연과 초현실적인 낭만성은 비판적 지식인의 현실 인식을 서사적으로 표현한 것이기에, 그 안에는 삶의 가치에 대한 진지한 모색이 담겨 있다. 이러한 특성은 전기소설의 미감美感을 드러내는 주요한 표지標識기도 하다. 그 밖에 공간의 기이함을 강조하는 전기소설은 몽유록이나 이계 체험을 작품의 전체 틀로 사용하기도 한다. 그런가 하면 전기소설은 남성 문인의 현실과 욕망을 부각하면서 여성 인물을 객관적으로 형상화하는 데는 미흡한 문제점도 갖고 있다.

3. 주요 작품과 역사

전기소설사의 쟁점에 있는 초기 작품집 『수이전』에 실린 작품들은 작품마다 편차가 심해 설화 수준의 것들도 존재하지만 「최치원」, 「수삽석남」首挿石枏 등은 이어 등장한 『삼국유사』에 실려 있는 「조신」, 「김현감호」 등과 후대 전기소설의 특징에 근접했다고 평가된다. 15세기에 김시습이 지은 『금오신화』는 전기소설의 완성작이라는 주장과 발전 과정의 작품이라는 평가를 모두 받고 있다. 『금오신화』는 서사 세계의 갈등을 통해 현실의 질곡을 드러내며 비현실적인 갈등 해결 방식으로 현실 문제에 대한 낭만적 열망을 강조하는바, 이후 전기소설에 커다란 영향을 미쳤다. 또한 애정 전기소설과 몽유록형 전기소설 그리고 이계 체험형 전기소설의 형태를 모두 담아냈다는 점도 주목할 부분이다.

채수가 지은 「설공찬전」(1511)은 『금오신화』의 「남염부주지」가 보여 준 저승 체험형 전기소설을 계승한 것이며, 신숙주申叔舟의 손자 신광한이 지은 『기재기이』(1553)는 『금오신화』의 뒤를 이어 몽유록형 의인체 전기소설 「안빙몽유록」安憑夢遊錄, 「서재야회록」書齋夜會錄과 도교적 이계 체험형 전기소설 「최생우진기」崔生遇眞記 그리고 애정 전기소설 「하생기우전」을 하나의 소설집으로 묶었다. 이들은 15세기 전기소설의 특성을 유지하면서 작품별 변화를 꾀했다고 하겠다. 17세기에 오면 전기소설은 기이함과 비현실성이 크게 축소되고 사실성과 현실적 비극성이 강화되며 작품의 편폭도 확대된다. 이러한 변화는 전기소설의 발전 양상으로 보기도 하고, 전기소설의 장르 속성이 변질되거나 장르의 해체가 시작되는 전이轉移 과정으로 보기도 한다. 변화 과정에서 이전 시기 전기소설이 간과했던 여성의 처지와 목소리가 부각된다. 대표 작품으로는 「주생전」, 「운영전」, 「최척전」, 「상사동기」, 「왕경룡전」王慶龍傳, 「위경천전」韋敬天傳 등을 꼽을 수 있다.

19세기 작품으로 추정되는 「포의교집」과 「절화기담」은 이전 전기소설이 지닌 특성은 거의 사라진 형태로 보인다. 애정 전기소설의 서사 구조는 따르나 세태소설적 성격이 강화되어 전기소설의 마지막 시기 모습으로 평가된다. 「이생규장전」의 계보를 잇는 것으로 평가되는 이옥의 「심생전」은 19세기 애정 전기소설 또는 전계 소설로 분류된다. 이 시기 전기소설은 여성 인물의 목소리와 고민, 욕망과 질문을 아우르면서 서사의 폭과 깊이를 더해 갔음을 확인할 수 있다.

4. 쟁점

전기소설의 중요한 쟁점 중 하나는 효시작嚆矢作과 관련한 문제다. 전기소설의 효시작 문제는 특히 『수이전』 일문의 「최치원」과 김시습의 『금오신화』 사이에서 논쟁적인데, 이는 「최치원」이 늦어도 고려 초기에 형성된 작품이라는 점을 전제로 한 것이다. 임형택과 박희병 등이 이러한 입장을 지지한다. 이에 대해 박일용은 「쌍녀분」 수준의 서사는 『수이전』 일문과 같은 시대의 서사 형태일 수 있으나, 현존하는 「최치원」은 조선 초기에 재창작된 전기소설이라는 입장이다.

전기소설에 대한 두 번째 쟁점은 양식적 변모와 미적 본질 문제다. 17세기부터 사실성이 강화되면서 전기소설 본래의 '기이성'이 약화되기 시작한다. 19세기에는 이러한 현상이 현저해 초기의 전기소설이 지녔던 진지성은 희석되고 희화적이고 풍자적인 성격이 강화된다. 목태림의 「종옥전」(1803), 석천주인의 「절화기담」(1809 평비評批), 「오유란전」 및 「포의교집」을 애정 전기로 보는 입장과 함께 세태소설로 분류하는 시각이 존재하는 것도 이 때문이다. 기이성 약화에 따른 양식적 변모는 결국 전기소설의 미적 본질이 무엇이냐는 질문과 만난다. 전기소설이 전하고자 하는 '기이성'이 바로 전기소설의 미적 본질이기 때문이다. 전기소설의 미학을 궁구한 논의들이 주로 초기 전기소설을 대상으로 한 이유도 후대에 다양해진 변화상을 포괄할 수 있는 전기소설의 미적 본질을 파악하는 것이 쉽지 않은 문제임을 드러낸다.

탐구 활동

1. 다음 전기소설들이 전달하고자 하는 '기이함'이 무엇인지 생각해 보고, 그것을 오늘날의 관점에서 재해석해 보자.

    (1) 「최치원」
    (2) 「이생규장전」
    (3) 「운영전」

2. 설화와 전기, 그리고 전기소설의 장르 속성의 핵심 지표가 무엇인지 생각해 보고, 이러한 속성을 잘 드러낸 작품들을 선택해서 이야기해 보자.

3. 전기소설의 인물 형상화의 특징에 대해 생각해 보고, 전기소설이 시대에 따라 여성 인물을 어떻게 형상화하는지 논의해 보자.

참고 문헌

강진옥(1985), 금오신화와 만남의 문제

김경미(2011), 19세기 소설사의 새로운 모색

김수연(2015), 유의 미학, 금오신화

김종철(1995), 전기소설의 전개양상과 그 특성

김태준(1939), 조선소설사

루쉰, 조관희(2004), 중국소설사

박일용(1993), 조선시대의 애정소설

박일용(1995), 전기계 소설의 양식적 특징과 그 소설사적 변모양상

박희병(1997), 한국전기소설의 미학

신재홍(1989), 초기 한문소설집의 전기성에 관한 반성적 고찰

윤재민(1995), 전기소설의 인물 성격

이정원(2003), 조선조 애정 전기소설의 소설시학 연구

이혜순(1993), 전기소설의 전개

임형택(1981), 나말여초의 전기 문학

장효현(1995), 전기소설 연구의 성과와 과제

조동일(2006), 한국문학통사

필　자

김수연

몽유록

몽유록은 '꿈에서 놀다 온 기록'이라는 뜻으로, 현실의 몽유자夢遊者가 꿈에서 역사적 사건과 관련된 실존 인물을 만나 그들에게 그 사건에 대한 견해를 직접 듣는 것이 특징이다. 16세기에 등장한 몽유록은 『삼국유사』의 「조신」調信으로부터 시작된 '꿈 이야기'의 전통을 계승했을 뿐만 아니라, 소설사적으로는 15세기의 전기소설과 「구운몽」을 포함한 17세기 소설의 가교 역할을 담당했다. 몽유록은 역사와 허구를 교묘하게 뒤섞으면서 사대부들이 소망했던 이념을 꿈을 통해 관철하고 현실에 대한 비판을 담아낸 서사 양식이다.

1. 소설사적 위상

몽유록은 꿈을 통해 이계를 체험한다는 점에서 15세기 「용궁부연록」과 「남염부주지」의 가상 체험과 연결된다. 꿈에서 용궁이나 선계仙界 등을 체험하는 환상적인 경험은 전기소설의 주요한 전통과 관련된다. 그러나 몽유록에는 16세기 이후 심화된 조선 사회의 모순과 소외된 사대부 계층의 의식이 직접적으로 드러난다. 현실 세계에서 경험할 수 없는 허구로서의 성격과 현실에 대한 작자의 비판적 시각이 역사 인물의 진술을 통해 드러나는 우언寓言[1]의 성격이 결합된 것이다.

　　몽유 구조와 소설 장르의 관계에 대한 논의는 크게 두 방향에서 이루어졌다. 몽유록은 꿈을 활용한 전기소설과 장편소설 「구운몽」 사이에 위치하면서 그 연결 고리 역할을 담당했다. 그런데 그 과정에서 몽유 구조의 역할과 위상을 어떻게 볼 것인가에 대해서는 견해차가 있다. 몽유 구조가 욕망 성취를 형상화한 몽유 전기소설, 이념의 관철을 드러낸 몽유록, 욕망과 이념이 통합된 몽유 장편소설로 각각 드러난다는 논의(신재홍, 1994)는 몽유 구조를 소설사 전반으로 확장하고자 한 것이다. 이와 달리 통시적 장르로서의 몽유 우언을 설정하고, 몽유록을 그 주요한 하위 양식으로 본 연구도 있다(윤주필, 1993). 이는 몽유록에 서사성과 교술성이 모두 나타난다는 점을 받아들이고, 그것을 동아시아 특유의 양식으로 바라보려는 시도다.

몽유록에는 역사적 사건과 인물에 대한 평가가 담겨 있다. 역사적 사실에 대한 비평은 한문학 글쓰기의 오랜 전통이었다. 그러나 몽유록은 역사 인물들을 등장시켜 그들의 입으로 특정 사건에 대한 감정을 직접 발화하게 한다는 점에서 일반적인 역사 비평과 구분된다. 이를테면 「원생몽유록」에는 단종과 사육신이 등장해 세조의 왕위 찬탈을 직접적으로 비판한다. 또 「강도몽유록」江都夢遊錄에서는 병자호란 때 강화도에서 죽은 여성들이 김경징金慶徵을 포함해 무능했던 양반 남성들을 신랄하게 비판한다.

몽유록은 당대 현실을 바라보는 사대부 계층의 시각을 우의적으로 드러낸다. 가령 「대관재기몽」大觀齋記夢에서 작자 심의沈義는 역대 시인들을 품평하고 그들의 우열을 언급한다. 이에 따라 송시宋詩의 풍격을 중시했던 김시습을 반란의 수괴로 설정한다. 이러한 설정은 작가 심의가 자신의 문학관을 몽유 세계에 투영한 것이다. 또 「금생이문록」琴生異聞錄의 좌정坐定 대목[2]에서는 선산 출신의 작자인 최현崔晛이 고려 말 길재吉再로부터 자신에게 이어지는 도통道統을 형상화하면서 자신의 정치적 입장을 정당화한다(신해진, 1999).

꿈을 통해 역사 인물과 만난다는 몽유록의 설정에는 극복할 수 없는 현실에 대한 무력함이 포함되어 있다. 바로 그런 이유에

1. 우언: 『장자』莊子에 연원을 두는 용어로 동아시아 특유의 글쓰기 방식이자 장르를 가리킨다. 우언의 가장 큰 특징은 A를 통해 B를 말한다는 점이다. 고구려에 억류되었던 김춘추金春秋에게 선도해先道解가 들려준 「구토지설」龜兎之說이 대표적인 사례다. 선도해는 토끼와 거북에 관한 표면의 서사를 통해 거짓 응낙으로 탈출하라는 메시지를 전달했다. 이처럼 우언은 표면의 서사와 메시지로서의 우의寓意를 구분할 수 있는 것이 특징이다.

2. 좌정 대목: 몽유록의 등장인물들은 모임을 시작하기 전에 지위나 문학적 능력 등 일정한 기준에 따라 앉는 자리를 정한다. 이를 '좌정' 대목이라고 부른다.

서 임진왜란·병자호란 직후나 애국계몽기처럼 현실의 비참함이 심화될 때마다 지속적으로 몽유록이 창작되었다. 17세기 이후 몽유록은 유형화된 전개를 탈피하고 중국소설 속 인물들을 등장시키거나 소설의 통속적 서사 기법을 차용하면서 변화된 소설사 환경에 적응해 갔다. 그에 따라 국문으로 기록된 작품이 등장하기도 하고 흥미로운 이야기로서 소비되기도 했다(김정녀, 2005). 그런 점에서 몽유록은 16세기에 등장해 애국계몽기까지 양식의 지속적인 혁신과 변모를 통해 생명력을 유지했던 서사문학사의 소중한 자산이라고 할 수 있다.

2. 양식의 특성

몽유록은 '현실-꿈-현실'로 이루어진 '몽유 구조'를 기반으로 구성된다. 몽유 구조는 꿈을 현실이 둘러싸고 있는 전형적인 액자 구성이다. 이와 같은 몽유 구조는 꿈 이야기를 기본으로 하는 여러 양식에서 공통적으로 드러난다. 그러나 몽유록은 몽유 구조를 기본으로 하면서도 다른 양식과는 달리 좀 더 세분화된 구성이 특징이다. 몽유록의 구조는 '입몽入夢-좌정坐定-토론討論-시연詩宴-각몽覺夢'으로 정리할 수 있는데, 이는 몽유 구조의 꿈 부분을 '좌정-토론-시연'으로 세분화한 것이다(신재홍, 1994).

'현실-꿈-현실'의 액자 구성은 독자가 허구에 몰입해 감상하는 과정인 '현실-허구-현실'과 비슷하다. 그런데 몽유록의 현실 부분에 등장하는 인물인 몽유자는 대체로 허구적 인물로 설정된 반면, 그가 꿈에서 만나는 인물들은 역사적 사건이나 장소에 관련된 실존 인물이 많다. 그런 점에서 몽유록의 구성은 '허구-현실-허구'의 액자 구성이라고도 볼 수 있다. 이처럼 몽유록은 꿈 이야기 일반의 허구적 성격을 띠면서도 감상 과정에서는 꿈속에 역사적 사건과 실존 인물이 등장한다는 점에서 독특한 면모를 드러낸다.

몽유록의 유형은 내용과 몽유자의 역할 중 무엇을 기준으로 하는가에 따라 달라진다. 먼저 몽유록의 내용에 따라 분류하면 '이념 제시형'과 '현실 비판형'으로 분류할 수 있다. 이념 제시형 몽유록에는 시공을 초월해 수많은 역사적 위인이 등장해 그들만의 이상 국가를 만들거나 특정한 주제를 놓고 토론을 벌인다. 「대관재기몽」, 「사수몽유록」泗水夢遊錄, 「금화사몽유록」 등이 이 유형에 속한다. 현실 비판형 몽유록은 특정한 역사적 사건에 연루된 인물이 꿈에 등장해 모임을 열면서 그 사건의 부조리함을 적극적으로 비판하거나 자신의 억울함과 분노를 진술한다. 이러한 몽유록에서는 특정 시기의 현실적 모순이 등장인물들의 입을 통해 표출된다. 「원생몽유록」, 「달천몽유록」, 「피생명몽록」皮生冥夢錄, 「강도몽유록」 등이 이 유형에 속한다(정학성, 1977).

몽유자의 역할에 주목하면 몽유록은 '참여자형'과 '방관자형'으로 구분된다. 참여자형 작품에서는 몽유자가 꿈에서 만난 인물들의 모임에 초대를 받고 토론과 시연에 직접 참여한다. 방관자형에서는 몽유자가 인물들의 모임을 엿볼 뿐 직접 그 모임에 참여하지는 않는다(서대석, 1975). 16~17세기에 집중적으로 창작되었던 몽유록에는 참여자형이 많다. 이는 몽유자와 그가 만나는 인물들이 그만큼 동질적인 이념을 공유한다는 것을 의미한다. 조선 후기로 갈수록 몽유자와 꿈속 인물들의 거리가 멀어진다. 방관자적 몽유자는 현실의 모순에 대한 첨예한 비판을 공유하기보다 신기한 모임의 구경꾼으로 변모한다. 이때 몽유록은 통속적이고 허구적인 성격을 갖게 된다.

몽유록의 인물은 현실의 몽유자와 그가 꿈속에서 만난 인물들로 나뉜다. 몽유자는 대체로 현실에서 소외된 강개한 선비로 그려지고, 그가 꿈에서 만나는 인물들은 특정한 역사적 사건과 관련된다. 이는 몽유록의 제목 구성과도 연관된다. 몽유록의 제목은 인물명과 지명 중 하나를 표제로 구성된다. 이를테면 「원생몽유록」은 '원씨 성을 가진 서생書生이 꿈을 꾼 기록'이라는 의미를 갖는데, 여기서 원씨 성을 가진 서생은 몽유자인 원자허元子虛를 가리킨다. 또 「달천몽유록」이란 '달천에서 꿈을 꾼 기록'이란 의미로, 여기서 달천은 임진왜란의 격전지였던 장소다. 이 작품에서 몽유자인 파담자坡潭子는 충주 달천을 지나다가 꿈을 꾸고, 전쟁에서 죽은 병사들의 원혼을 만난다. 즉 몽유록 제목의 지명은 특정한 역사적 사건이 일어났던 장소며, 몽유자는 그곳에서 일어난 사건과 관련된 인물들을 만나 함께 그 사건에 관해 토론한다.

몽유록의 몽유자들은 몇 가지 특성을 갖고 있다. 첫째, 역사에 지대한 관심을 지니고 있다. 둘째, 뛰어난 재주를 가졌지만 대체로 현실에서 소외된 인물이다. 셋째, 자허子虛나 성허成虛처럼 허구적 존재라는 점을 이름에서 드러낸다. 이 중 첫째와 둘째 조건은 이들이 꿈을 통해 만나는 인물들과 관련된다. 몽유자는 꿈에서 자신과 이념을 공유하는 인물들을 만나 현실의 모순에 대해 토론한다. 이 점에서 몽유자는 현실에서 불가능한 이념의 실현을 꿈을 통해 구현하고자 했던 인물이다.

몽유록의 주제는 '꿈에 기탁해 일을 풀어낸다'는 의미의 '탁몽 서사'託夢敍事와 긴밀한 관련이 있다(김정녀, 2005). 몽유록의 몽유자들은 대체로 소외된 인물로 현실 세계의 모순을 느끼고 있다. 그러나 몽유자들은 현실 세계를 바꿀 힘이 없기에 역사서 읽기에 몰두한다. 그런 점에서 몽유자들이 역사적 인물들을 만나 그들의 목소리를 직접 듣는 꿈을 꾸는 일은 필연적 귀결이다. 몽유록은 현실 세계의 모순이 심화되던 시점에 이를 꿈이라는 환상을 통해 극복하기 위해서 등장했다. 몽유록은 왕위 찬탈이나 거대한 전란, 국가의 위기 같은 현실적인 모순 앞에서 문인 지식층이 역사적 인물들과 함께 꿈속에서 그 모순을 어떻게든 헤쳐 나가려는 시도의 일환으로 기획되었다. 몽유록은 '이념과 현실의 불일치'를 꿈을 통해 해결하려 한다. 그런 점에서 몽유록의 주제는 '환상을 통한 이념의 관철'이라고 정리할 수 있다(신재홍, 1994).

3. 주요 작품과 역사

몽유록은 16세기에 나타나기 시작해 그 전형을 확립했던 장르다. 16~17세기에 등장한 주요 작품으로는 「대관재기몽」(심의), 「안빙몽유록」(신광한), 「원생몽유록」(임제), 「금생이문록」(최현), 「달천몽유록」(윤계선), 「달천몽유록」(황중윤), 「몽김장군기」(장경세), 「피생명몽록」(작자 미상), 「강도몽유록」(작자 미상) 등이 있다.

심의의 「대관재기몽」은 작자 자신이 몽유자가 되어 문장의 고하高下만으로 등용 여부를 판별하는 문장 왕국에서 활약하는 이야기다. 이 작품에는 천자인 최치원을 비롯한 역대 시인과 문장가들이 등장해 시와 문장을 논하고 품평한다. 이 작품은 '이계 체험을 통한 욕망의 성취'를 표현한다는 점에서 전기소설로부터 받은 영향을 강하게 드러낸다. 그러나 역사적 인물이 등장하고 논평이 주를 이룬다는 점에서 후대 몽유록에 많은 영향을 준 것으로 보인다.

임제의 「원생몽유록」은 몽유록의 전형이라고 평가되는 작품이다. 이 작품에는 '좌정-토론-시연'으로 구성되는 몽유 과정이 처음으로 나타난다. 몽유자인 원생은 강개한 선비로 꿈에서 단종과 사육신을 만난다. 이들은 세조의 왕위 찬탈이 부당함을 토로하면서 천도天道의 운행이 올바른가를 묻는다. 「원생몽유록」은 시비是非와 성패成敗의 불일치를 성리학적 사유로 해명하기 어려워하던 당시 사대부들의 고민이 담긴 문제적 작품이다(조현우, 2006).

임진왜란과 병자호란 이후에는 전란의 책임과 그 속에서 고통 받던 약자들의 기억을 꿈을 통해 제기하는 작품이 연이어 등장했다. 윤계선의 「달천몽유록」, 황중윤의 「달천몽유록」, 장경세의 「몽김장군기」, 작자 미상의 「피생명몽록」과 「강도몽유록」 같은 작품들이다. 이 중 두 편의 「달천몽유록」은 모두 임진왜란 초기 향방을 결정지었던 탄금대 전투를 배경으로 한다. 「강도몽유록」에는 병자호란 때 강화도에서 억울한 죽음을 당했던 여성들이 등장해 국가의 위기 앞에서 무능력했던 사대부 남성들을 강한 목소리로 비판한다. 이 작품은 여성의 전쟁 체험을 사실적으로 반영하는 동시에 그들의 목소리를 복원해 일종의 해원解寃을 시도한 작품이다(조혜란, 2001). 최근에는 전란 이후 등장한 몽유록들을 '공적 기억'에 대항하는 '사적 기억'의 서사로 이해하는 연구들이 이루어지고 있다. 즉 이 시기의 몽유록이 공식적인 전쟁 기억에 대항해 작자의 개인적인 평가와 기억을 담고 있기에 저항의 성격을 띤 작품이라는 것이다(정출헌, 2010; 김정녀, 2010; 김일환, 2013).

17세기에 창작된 것으로 추정되는 「금화사몽유록」은 한문본과 국문본이 모두 전하며, 19세기에 「왕회전」王會傳이라는 작품으로 개작되기도 했고, 근대 초에는 활자본으로 간행되었다. 이 작품에서는 성허라는 몽유자가 천하를 주유周遊하던 중 금산에서 꿈을 꾼다. 그는 꿈속에서 한 고조, 당 태종, 송 태조, 명 태조 등 중국 역대 황제들과 신하들의 모임을 구경한다. 이 작품에는 17세기 숭명배호론崇明排胡論[3]의 영향이 나타날 뿐만 아니라, 당대 유행했던 소설들의 통속적 서사 기법이 적극적으로 활용되고 있다(김정녀, 2005).

몽유록은 18세기 이후에도 지속적으로 창작되었고, 혼란스러웠던 애국계몽기에도 그 모습을 찾아볼 수 있다. 이 시기에 지어진 주요 작품들로는 18~19세기의 「부벽몽유록」, 「금화사몽유록」, 「사수몽유록」, 「제마무전」諸馬武傳 등과 애국계몽기의 「만하몽유록」, 「몽견제갈량」夢見諸葛亮, 「몽배금태조」夢拜金太祖, 「꿈하늘」 등을 들 수 있다. 박은식朴殷植의 「몽배금태조」는 작자의 분신인 몽유자 무치생이 꿈에 금나라 태조를 만나 그로부터 조선이 망한 이유와 자강自強의 중요성에 대해 듣는 줄거리다. 이 작품은 암울한 상황에서 꿈을 통해 현실의 문제를 극복하는 방법을 찾는 몽유록의 서사 양식이 애국계몽기에 재조명되고 있음을 보여 준다.

4. 쟁점

몽유록에 대한 초기 연구는 주로 이른바 '몽자류 소설'과의 연관성 속에서 이루어졌는데, 이는 『조선소설사』에서 다룬 논의로부터 시작되었다. 『조선소설사』에서 김태준은 「구운몽」, 「옥루몽」 등 작품명에 '몽'夢이 들어가는 작품을 '몽자소설'夢字小說이라고 일컬었다. 그 뒤 몽유록은 몽자소설의 일부로 이해되었다(김태준, 1939). 그러나 몽자소설 개념은 작품명을 기준으로 소설을 분류하는 것이기에, 「옥린몽」이나 「난학몽」처럼 전혀 다른 성격의 작품들까지 포괄한다는 점에서 부적절한 용어라는 비판이 제기되었다(성현경, 1981). 현재 몽유록은 몽자류 소설의 일부가 아니라 16세기부터 애국계몽기까지 꾸준하게 창작되었던 독자적 장르로 이해되고 있다.

몽유록은 전기傳奇와 우언寓言이 결합되어 생겨났다. 그런데 전기와 우언의 결합에서 둘 중 어느 쪽을 더 강조하는가에 따라 몽유록에 대한 전체적인 이해가 달라진다. 전기는 기이한 체험으로서의 환상을 포함하고, 그것을 통해 현실의 모순과 불합리를 문제 삼는다. 몽유자들은 꿈을 통해 다른 세계와 인물들을 만난다. 그런 점에서 몽유록의 핵심 설정인 꿈 체험은 전대 문학 양식인 전기와 맞닿아 있다. 그러나 몽유록의 이계 체험은 전기의 그것과는 상당히 다르다. 전기의 이계 체험 또는 이계의 인물들은 지옥이나 귀신과 같이 비현실적인 장소이자 인물이다. 하지만 몽유록의 이계와 인물은 역사적 장소와 실재했던 인물이다. 몽유자는 역사적 장소에서 실존 인물들을 만나 역사적 사건에 대한 견해를 나눈다. 몽유록이 우언의 성격을 띤다고 말하는 것은 바로 이러한 '역사'가 갖는 속성 때문이다. 몽유록을 꿈속의 사건 자체가 아니라 그것을 통해 역사적 사실에 대한 평가와 주장을 제기하는 작품이라고 이해하는 일은, 몽유록을 우언의 일종으로 여기는 것이다(윤주필, 1993).

몽유록의 이러한 두 가지 성격은 몽유록을 과연 어떤 장르로 이해해야 하는가를 두고 논쟁을 불러일으켰다. 몽유록의 장르에 대해서는 서사敍事와 교술教述이라는 견해가 맞서 있다. 몽유록이 작품 밖의 역사적 사건과 인물에 대한 의견을 표명한 것

3. 숭명배호론: 명나라를 높이고 청나라 오랑캐를 배척해야 한다는 주장.

이라는 점을 중시하면, 몽유록은 교술이다. 몽유록에는 주인공이 따로 없고 구성이 인과적이지 않아 단편적이며, 내용이 작품 외적인 역사적 사실의 의미를 전달한다는 점에서 교술 장르라는 견해이다(서대석, 1975). 이러한 관점에서는 몽유록에 포함된 역사적 사실과 인물들에 대한 이해와 작품 감상의 관계를 문제 삼는다. '꿈 이야기'는 허구적 설정이라 해도 역사적 사실을 이해해야만 작품을 이해할 수 있다면 몽유록을 허구 서사로 보기는 어렵다는 것이다(조동일, 1994).

반면 몽유록이 본질적으로 꿈 이야기이며 몽유자가 역사적 인물들과 만나는 사건이 허구적 설정이라는 점을 중시하면, 몽유록은 허구 서사라고 할 수 있다. 몽유록을 서사, 그중에서도 소설로 보는 관점은 '꿈 이야기'가 가진 허구적 설정에 주목한다. 다양한 역사적 인물들이 모여 대화를 나누고 토론한다는 설정은 허구이다. 몽유록에 등장하는 모임이나 그 속에서 이루어지는 인물 간의 대화 자체가 실재한 적 없는 허구이기 때문이다. 또 몽유록은 몽유자와 역사적 인물의 만남과 이별을 순차적인 서술 구조를 통해 그려 낸다. 그런 점에서 몽유록을 교술적인 성격이 포함된 서사로 이해하는 견해가 최근 더 많은 지지를 얻고 있다(조현우, 2007).

서사나 교술 중 어느 하나로 규정한다고 해도, '서사적 교술'이나 '교술적 서사'로 이해하는 경우도 있다. 이 두 성격 중 어느 쪽으로도 규정짓기 어렵다는 판단 아래, 몽유록 같은 작품군을 아예 '중간 혼합 갈래'로 분류한 논의도 있다(김홍규, 1986). 그러나 장르의 고유한 특성이 아니라 무엇이라고 규정하기 어렵다는 이유로 새로운 갈래를 만드는 일은 설득력을 얻기 힘들다. 몽유록의 장르 판단을 두고 벌어진 이와 같은 다양한 견해는 몽유록이 복합적인 성격을 갖는다는 사실을 보여 준다.

탐구 활동

1. 「조신」, 「원생몽유록」, 「운영전」에서 '꿈'이 어떤 차이를 보이는가를 다음 사항별로 정리해 보자.

    (1) 꿈과 현실의 관계
    (2) 몽유자의 역할
    (3) 욕망의 성취 여부

2. 「달천몽유록」에 어떤 역사적 인물들이 등장하는지 정리해 보자. 또 그들의 형상이 일반적인 소설의 인물들과 어떤 점에서 같고 다른가를 생각해 보자.

3. 조선 중기에 지어진 몽유록 한 편과 애국계몽기에 지어진 몽유록 한 편을 골라 읽고, 어떤 점에서 몽유록의 주제가 '환상을 통한 이념의 관철'이라고 할 수 있는지 설명해 보자.

참고 문헌

김일환(2013), 숨긴 것과 드러낸 것: 변호의 텍스트로 강도몽유록 다시 읽기
김정녀(2005), 조선후기 몽유록의 구도와 전개
김정녀(2010), 병자호란의 책임 논쟁과 기억의 서사
김태준(1939), 조선소설사
김흥규(1986), 한국문학의 이해
서대석(1975), 몽유록의 장르적 성격과 문학사적 의의
성현경(1981), 한국소설의 구조와 실상
신재홍(1994), 한국 몽유 소설 연구
신해진(1999), 몽유록에서의 좌정대목이 지니는 의미
윤주필(1993), 우언의 전통과 조선전기 몽유기
장효현(1990), 몽유록의 역사적 성격
정출헌(2010), 탄금대 전투에 대한 기억과 두 편의 달천몽유록
정학성(1977), 몽유록의 역사의식과 유형적 특질
정원표(1986), 몽유록의 장르 규정
조동일(1994), 한국문학통사(3판)
조현설(2004), 형식과 이데올로기의 불화
조현우(2006), 몽유록의 출현과 고통의 문학적 형상화
조현우(2007), 초기소설사에서의 역사와 허구의 관련 양상
조혜란(2001), 강도몽유록 연구

필 자   조현우

국문장편소설

국문장편소설은 한 작품의 분량이 적게는 몇 권에서 많게는 수십 권에 이르는 장편의 국문소설을 말한다. 17세기 중후반에 발생해 큰 인기를 얻었으며 연작連作 형태로 창작되기도 했다. 이 소설들은 상층 가문 구성원을 둘러싼 다양한 사건들을 다루는데, 그중 가문의 계승권을 둘러싼 갈등과 부부 관계를 둘러싼 갈등이 대표적이다. 상층의 향유물로서 기득권을 옹호하고 지배 윤리를 중시하는 보수성을 지니기도 하지만 다른 한편으로는 당대 사회의 다양한 모순들을 포착해 내며, 특히 가부장제 사회의 모순들을 핍진하게 그려 냈다. 또한 통속적인 재미뿐 아니라 유려한 문체 속에 다양한 지식을 담아냄으로써 상층 여성들의 교양 독서물 역할을 하기도 했다.

1. 소설사적 위상

국문장편소설은 17세기 후반에서 18세기를 거치며 폭넓은 인기를 누리는 가운데 소설의 확산을 주도한 점에서 높이 평가될 만하다. 그 전까지 소설이라는 장르는 주로 지식인층이 한문으로 창작해 소수만이 향유했는데, 국문장편소설이 등장함으로써 소설사에 새로운 국면을 마련했다. 국문장편소설은 국문을 표기 수단으로 삼으면서도 유려한 문체 속에 사회, 역사, 문화 일반에 대한 해박한 지식을 바탕으로 깊이 있는 내용을 담아내며 유교 윤리에 입각한 가치관을 표방한다는 점 때문에, 소설에 대한 당대의 부정적 인식에도 불구하고 큰 호응을 얻었다. 이러한 인기를 바탕으로 소설의 지평을 넓혀 나갈 수 있었는데, 상투적인 요소들을 반복 활용함으로써 통속적이라는 비판을 받기도 했지만 바로 그러한 점들이 소설의 영향력을 확장하는 데 긍정적으로 작용했다는 점을 고려할 필요가 있다.

국문장편소설의 경우 상층 여성들이 적극적으로 소설 향유에 참여함으로써 소설의 외연 확장뿐 아니라 내용 면에서도 새로운 시각에서의 접근이 이루어졌다. 이에 따라 상층 남성 중심의 시각과는 다른 차원에서 유교적 가부장제의 모순들을 새롭게 파악하고 이에 대한 고민을 진지하게 풀어내는 작품들이 다수 등장했다. 이와 같은 움직임들이 이후 소설사를 전개하는 데서 담당층의 확대와 소설 유형의 분화에 긍정적인 영향을 미쳤다고 하겠다.

2. 양식의 특성

명칭

국문장편소설은 17세기 이후 소설사의 큰 흐름을 형성했던 장편의 국문소설군을 일컫는데, 그 특징적인 면모 때문에 다양한 명칭으로 불린다. 먼저 긴 분량으로 이루어진 국문소설이라는 점에서 국문장편소설이라고 부르기도 한다. 특히 그 길이가 수십 권에 이르는 경우가 허다하며, 「완월회맹연」玩月會盟宴처럼 180권에 이르는 작품도 있다는 점을 강조하기 위해 대장편소설 또는 대하소설이라고도 한다. 또한 작품들이 2부작 또는 3, 4부작에 이르는 연작 형태를 보이는 경우도 많아 연작형 소설이라고도 불린다. 내용 면에서는 상층 가문 구성원들을 중심으로 이야기를 전개하는 가운데 가문 의식을 중요하게 다룬다는 점 때문에 가문소설이라는 용어로 일컫기도 한다. 또 이 소설 중 다수가 낙선재樂善齋[1]에 소장되어 있었기에 낙선재본 소설이라고도 한다. 이처럼 다양한 명칭으로 불리지만 낙선재본 소설이나 연작형 소설처럼 이 유형의 일부분에 한해서만 유효하거나 가문소설처럼 특정 내용을 부각해 해석의 다양성을 제한할 수 있다는 점을 고려하면 국문장편소설이 객관적인 용어로 적절하다고 할 수 있다.

국적 문제

국문장편소설 초기 연구사에서 이 소설들이 과연 순수한 우리의 창작물인가, 아니면 중국소설의 번역 내지 번안 작품인가 하는 문제가 논란이 된 바 있다. 시공간적 배경이 중국으로 설정되고, 중국 역사의 실존 인물들이 등장하는 경우도 많기 때문이다. 먼저 이병기李秉岐가 고종 21년을 전후해 이종태李鍾泰를 비롯한 문사文士들이 중국소설 번역에 다수 참여한 사실과 낙선재에 소장된 한글소설 가운데 번역 소설이 대부분이라는 사실을 언급함으로써 중국소설의 번역, 번안설이 부각되었다. 반면에 정병욱은 구왕실 인척 노인의 증언을 바탕으로 낙선재에 소장된 소설이 가난한 시골 선비의 창작물로서 주로 세책가貰冊家[2]를 통해 궁중으로 흘러들어왔다고 소개함으로써 국내 창작설을 제기했다. 이후 김진세金鎭世 등이 작품 속에 반영된 속담, 풍속, 생활 습관 등을 토대로 국내 창작이라는 근거를 제시하려는 시도를 지속하다가 홍희복洪羲福이 「제일기언」第一奇諺[3] 서문을 통해 당대의 소설 창작과 독서 경향, 작품명 등을 밝힘으로써 다수의 소설이 우리 창작물임을 확인할 수 있었다.

특징

국문장편소설은 상층 가문을 둘러싼 다양한 사건을 서사화하는 가운데 궁극적으로 가문의 융성을 지향한다. 특히 이 소설들에서 다루는 가문이 일반적인 고전소설의 주인공 가문보다 더 상층으로서의 기득권을 가지고 있다는 점에 주목해 벌열층閥閱層[4]이라고 칭하기도 한다. 가문을 중심으로 발생하는 주요 사건 중 대표적인 것은 계후繼後를 둘러싼 갈등과 부부를 둘러싼 갈등이다. 전자의 경우 가문 계승과 그에 따르는 권리를 중심으로 주로 형제간에 일어나는 다툼을 그린다. 후자의 경우 남녀 결연結緣 과정에서의 부부간 또는 처첩 간 갈등을 그린다.

그러나 국문장편소설의 경우 방대한 분량만큼이나 다양한 인물 군상을 형상화하기 때문에 갈등 구조가 단일하지 않다. 여러 명의 복수 주인공을 설정하고 이들을 둘러싼 중요 갈등 외에도 다양한 형태의 부수적인 갈등이 중층적으로 결합되어 매우 복잡한 양상을 보인다. 이러한 갈등을 통해 적장자 중심의 가계 계승과 가부장제에 기반을 둔 혼인 제도 등으로 발생하는 당대의 문제들을 핍진하게 다루고 있다. 그 가운데 이분법적인 선악관을 벗어나 인물들의 입장 차이에 주목하고 내면 심리를 포착함으로써 입체적인 인물 형상화를 이룬 작품이 많다는 점도 주목할 만하다.

한편 연작으로 이루어진 작품의 경우 주인공 가문을 중심으로 세대를 이어 가며 이야기가 지속된다는 점에서 누대기적 구성을 보이며, 후편에서 전편과 유사한 사건이나 갈등을 반복한다는 점에서 구조적 반복 원리를 활용하고 있다.

3. 주요 작품과 역사

대표작

국문장편소설은 이른 시기의 작품으로 보이는 「소현성록」蘇賢聖錄을 비롯해 180권으로 가장 긴 분량을 지닌 「완월회맹연」에 이르기까지 다수의 작품이 있다. 그런데 그중 상당수가 연작 형태로 이루어졌다는 점도 특징적이다. 「현씨양웅쌍린기」玄氏兩雄雙麟記 →「명주기봉」明珠奇逢 →「명주옥연기합록」明珠玉緣奇合錄, 「천수석」泉水石 →「화산선계록」華山仙界錄, 「유효공선행록」劉孝公善行錄 →「유씨삼대록」劉氏三代錄, 「성현공숙열기」聖賢公淑烈

1. 낙선재: 창덕궁 안에 있는 건물로 많은 서적을 보관했는데, 그중 궁체로 쓰인 장편의 국문소설이 다수였다.

2. 세책가: 책을 필사해서 돈을 받고 빌려 주던 곳으로, 주로 19세기에 서울을 중심으로 성행했던 것으로 보인다.

3. 「제일기언」: 중국소설 「경화연」鏡花緣을 한글로 번역한 책으로, 번역자인 홍희복이 남긴 서문을 통해 당대의 소설 창작과 향유에 관한 정보들을 확인할 수 있다.

4. 벌열층: 양반 가문 중에서도 나라에 공을 세우거나 큰 벼슬을 지낸 사람이 많은 집안을 일컫는다.

記 → 「임씨삼대록」林氏三代錄, 「쌍천기봉」雙釧奇逢 → 「이씨세대록」李氏世代錄, 「명주보월빙」明珠寶月聘 → 「윤하정삼문취록」尹河鄭三門聚錄, 「보은기우록」報恩奇遇錄 → 「명행정의록」明行貞義錄, 「현몽쌍룡기」現夢雙龍記 → 「조씨삼대록」曺氏三代錄 등이 대표작인데, 전편과 후편의 작가가 동일인인지에 대해서는 논란이 있다.

발생 시기

이러한 거대 작품들이 언제 누구에 의해 창작되었는지가 중요한 관심사임에도 대부분의 경우 작자와 창작 연대를 확인하기 어렵다는 점 때문에 정확한 발생 시기와 작가를 확정하기가 쉽지 않다. 관련 기록들을 통해 대략의 시기를 추정해 볼 수 있을 뿐이다. 먼저 옥소玉所 권섭權燮의 어머니 용인 이씨(1652~1712)가 「소현성록」을 필사했다는 기록으로 미루어 적어도 17세기 후반에는 이와 같은 장편소설들이 창작, 향유되었으리라고 짐작할 수 있다. 또 온양 정씨(1725~1799)가 필사한 「옥원재합기연」玉鴛再合奇緣의 권14와 권15 표지 이면에 기록된 소설의 제목 중 현전하는 국문장편소설이 다수 포함된 것을 볼 때 18세기에는 이러한 작품들이 널리 유포되었음을 확인할 수 있다. 또한 박지원의 『열하일기』熱河日記에 북경에서 국문으로 쓰인 「유씨삼대록」을 보았다는 기록이 있는 것으로 미루어 국문장편소설이 국내뿐 아니라 국외로까지 전파되었던 정황을 짐작할 수 있다.

향유층

이 소설들이 상층 가문을 둘러싼 문제들을 서사화하는 가운데 유려한 국문 문체와 상당 수준의 지식을 보여 준다는 점에서 향유층 역시 수준 높은 내용을 이해하기 위한 교양을 습득했으며 장편의 소설을 읽고 즐길 만한 시간적 여유가 있던 계층이었으리라고 추정된다. 특히 필사나 세책가를 통해 유통되었던 이 소설 유형의 특징을 고려할 때 필사 후기로 확인되는 필사자 다수가 상층가 여성들이며, 채제공蔡濟恭이나 이덕무李德懋 등이 세책가와 관련된 여성들의 소설 향유와 그에 따른 폐해를 언급했다는 점에서 상층가 여성들을 국문장편소설의 중요한 향유층으로 꼽을 수 있다.

4. 쟁점

연구사 초기에 제기되었던 국적 문제가 일단락된 뒤 이 소설 유형을 둘러싸고 가장 논쟁을 벌였던 부분은 작가층 문제와 작품의 성격 및 세계관에 대한 문제다. 먼저 작가에 관해 살펴보자면 "문쟝ᄒ고 닐업ᄂ 션비"가 소설 창작에 참여했다는 홍희복의 언급이나 "가난한 시골 선비의 생계 수단"이라는 왕실 종친의 증언 등에 근거해 소설을 창작할 만한 지식을 갖춘 선비 계층을 주 작자층으로 상정할 수 있다. 이러한 견해와 비슷한 맥락에서 지식인 계층의 남성들을 작가층으로 추정한 연구자들로, 낙선재본 소설을 가난한 몰락 양반의 창작물로 추정했던 정병욱과 이 소설들의 세계관이 상층 귀족의 사회적 영달과 부귀, 지배 체제의 이념 강조 등 상층 벌열의 의식과 일치하므로 작가층을 상층 사대부로 볼 수 있다고 한 이상택을 들 수 있다.

그러나 다른 한편으로 여성 작가의 존재 가능성도 무시할 수 없다. 먼저 "옥원을 지은 지조는 문식과 총명이 진실노 규듕의 침몰ᄒ야"라는 「옥원재합기연」의 필사기를 통해 작가가 규중閨中의 여성일 가능성이 확인되었으며, 주된 향유층이 상층 여성들이었다는 점과 여성 문제에 관심을 기울이는 내용이 다수 포함되어 있다는 점이 이러한 가설을 뒷받침한다. 또한 임형택이 "완월玩月은 안겸제安兼濟의 어머니가 지은 것"이라는 『송남잡지』松南雜識[5]의 기록을 바탕으로 「완월」이 「완월회맹연」이라고 보고 구체적인 여성 작가를 추정한 뒤 정병설, 한길연 등이 안겸제의 모친 전주 이씨와 그 가문이 소설과 매우 밀접한 관련이 있었음을 조사해 여성 작가의 존재 가능성을 높이기도 했다.

한편 국문장편소설의 성격에 관해서도 다양한 견해가 있다. 가문 의식을 강조하는 입장에서는 17세기 이후 예학禮學을 정비해 흐트러진 사회 질서를 바로잡고 강상綱常 윤리를 회복하려

5. 『송남잡지』: 19세기의 학자 조재삼趙在三이 편찬한 백과전서적 저술로 다양한 분야의 지식을 망라하는데, 그 가운데 소설에 대한 언급도 포함되어 있다.

는 움직임 속에 가문 의식을 강화할 필요성이 제기되었으며, 이를 위해 가문 구성원의 내적 결속을 다지는 한편 외적 팽창을 도모하던 시대 분위기가 이 소설들에 강하게 반영되어 있다고 보았다. 여성 인식에 주목하는 입장에서는 유교적 가부장제를 기반으로 하는 상층 가문 속의 인간관계에서 발견되는 갈등 요소들을 포착해 내는데, 특히 여성 입장에서의 질곡과 이에 따른 여성들의 대응이나 연대 행위를 통해 당대 사회의 모순에 대한 비판적 문제의식을 적극적으로 읽어 내고자 했다. 다른 각도에서 국문장편소설의 통속적인 성격 역시 관심의 대상이다. 삼대록계 소설[6]들이 대표적인데, 이 소설들이 인기를 끌기 위해 구사한 서사 전략을 분석하고 통속적인 흥미 추구가 유형적 특성화, 상업화 등과 어떻게 관련을 맺으며 소설사에 영향을 미치는지를 탐구하고자 했다. 이처럼 국문장편소설은 어느 한쪽으로 규정하기 힘든 다양한 양상으로 존재하기 때문에 지속적으로 다채로운 논의의 장을 마련할 필요가 있다.

---

6. 삼대록계 소설: 국문장편소설 중에서도 삼대기를 바탕으로 한 연작형 소설군을 가리킨다. 「소현성록」과 「소씨삼대록」, 「유효공선행록」과 「유씨삼대록」, 「성현공숙열기」와 「임씨삼대록」, 「현몽쌍룡기」와 「조씨삼대록」 등이 여기에 속한다.

1. 국문장편소설에서는 가계 계승을 둘러싼 장자권 다툼을 자주 다룬다. 예를 들면 「성현공숙열기」의 임희린은 가장 임한주의 친아들이 아니라 조카인데, 임한주에게 아들이 없어서 계후를 위해 입양되었다. 그런데 뒤늦게 임한주의 친아들인 임유린이 태어나면서 장자권을 놓고 갈등이 일어난다. 「유효공선행록」의 장남 유연은 자신의 자리를 탐내는 동생 유홍 때문에 고난을 겪는다. 이처럼 가문의 계승권을 놓고 다툼이 일어나는 이유가 무엇인지 생각해 보고, 어떤 사람이 가문의 계승자로 적절한지 당대인들의 고민을 검토하면서 토의해 보자.

2. 「현씨양웅쌍린기」의 주인공 현경문과 주여교 부부는 혼인 후 오랜 기간 불화를 겪는데, 그 주된 원인으로 두 사람의 성격 차이와 그에 따른 오해뿐 아니라 주여교의 친정 부모를 둘러싼 감정 대립을 들 수 있다. 장인 장모인 주어사 부부가 체신을 지키지 못하고 실수를 하자 현경문이 이들을 소인배 취급하며 냉대하기 때문이다. 이들의 사례를 바탕으로 가부장제 사회에서 부부 관계의 불평등을 고찰해 보고, 이에 대응하는 여성들의 반응에 대해 토의해 보자.

3. 국문장편소설에서는 비슷한 인물 유형이나 사건들이 반복되는 경우가 많다. 또한 대를 이어 비슷한 갈등 구도가 반복되기도 한다. 이러한 점은 대중의 인기를 염두에 둔 통속 서사물의 특성이기도 한데, 이와 같은 유형성이 지니는 긍정적 효과와 부정적 측면을 고찰해 보자.

참고 문헌

서정민(2005), 조선조 한글대하소설의 위상 제고 방식 연구

송성욱(2003), 조선시대 대하소설의 서사문법과 창작의식

이상택(2003), 한국 고전소설의 이론

이수봉(1992), 한국가문소설연구논총

이지하(2015), 18세기 대하소설의 멜로드라마적 성격과 소설사적 의미

임치균(1996), 조선조 대장편소설 연구

장시광(2007), 조선 후기 대하소설과 사대부가 여성 독자

정선희(2012), 국문장편 고전소설의 인물론과 생활문화

조광국(2002), 벌열소설의 향유층에 대한 고찰

최수현(2017), 국문장편소설의 전고 운용 전략과 향유층의 독서문화 연구

한길연(2009), 조선후기 대하소설의 다층적 세계

필 자   이지하

가정소설

가정소설은 가정 안의 구성원들 사이에서 발생한 문제들을 다루는 작품을 의미한다. 가정은 인간의 삶이 시작되는 곳이기에 가정이란 공간과 여기서 맺는 관계는 고소설에서 일찍부터 중요하게 다루어 왔으며, 갈등 양상도 다양하게 전개되었다. 따라서 이를 모두 포함하기보다는 첩이나 계모를 악인으로 형상화하고 이들이 음모를 꾸며 처나 전실 자식을 위험에 빠뜨리거나 해친다는 내용의 작품을 일반적으로 가정소설 양식이라고 한다. 아울러 가정소설은 오랜 기간 다른 양식의 작품들과 서로 영향을 주고받으며 소설사적으로 다각적인 변화의 중심에 놓여 있었다. 어느 한 가정의 이야기가 다른 가정과의 혼인 등을 통해 확장되거나 가정 안의 문제가 국가의 관심사로 대두되고, 가정 안의 고난을 극복하는 주인공의 모습이 영웅의 형상으로 부각되기도 했기 때문이다. 가정소설의 대표적인 작품은 김만중이 지은 「사씨남정기」와 17세기에 발생한 철산 사건을 다룬 「장화홍련전」이다.

1. 소설사적 위상

가정은 사람들이 맺는 관계의 가장 기본적인 단위다. 또한 유교 전통에 따라 가장이 다스려야 하는 공간이며, 사회와 국가로 나아가기 위한 출발점으로 받아들여 왔다. 가정 안의 윤리와 질서도 정교하게 체계화되었고, 가정의 구성원들은 이에 따라야 한다는 인식을 내면화했다.

하지만 질서에서 벗어나려는 인물은 늘 있었고, 고소설에 등장하는 가정 안의 인물들도 예외는 아니었다. 이상적으로 보여야 하는 가정의 모습과 그 안에서 굴절되어 표출된 개인의 욕망이 공존하는 공간으로서의 가정의 모습이 작품에 형상화되어 왔던 것이다. 이로 인해 가정의 구성원들은 서로에 대한 이해와 사랑을 전제로 하면서도 관계에 따라 현실적 이익을 성취하려고 다투는 개인의 모습을 보여 주었고, 이를 형상화한 작품들이 하나의 뚜렷한 흐름을 만들어 냈다.

고소설사에서 가정 문제를 다룬 작품들은 오랜 연원을 가지고 있다. 이는 처와 첩의 갈등이 커져 생겨난 가정 문제가 17세기 작품인 「사씨남정기」를 통해 중요하게 다루어졌다는 점에서 분명하게 드러난다. 또한 가정은 다양한 관계에 따른 문제들이 내재한 곳이기에, 다른 성격의 갈등을 보여 주는 작품도 소설사에서 곧이어 등장했다. 17세기에 있었던 철산 사건을 배경으로 계모와 전실 자식의 관계를 다룬 「장화홍련전」이 나온 것이다.

고소설사에서 가정의 문제는 가정 안의 일로만 국한되지 않는다. 가정과 가정의 연합이 이루어지며, 이러한 가정에는 주위의 관심이 집중된다. 그 결과 가정 안의 문제는 은폐되기보다 외부의 인물들과 연결되어 확산되고, 해결 과정에서 사회나 국가의 운명을 결정짓는 계기가 되는 사건들이 꼬리를 물고 발생한다. 그리고 이러한 내용의 작품들을 구별하기 위해 가문소설 등의 용어를 활용하기도 한다. 그런가 하면 가정의 문제를 작품의 주인공이 직접 해결하면서 뛰어난 역량을 보여 주기도 하는데, 이러한 점은 영웅의 모습과 닮았다.

이에 따라 가정의 문제를 다룬 소설들은 가정 밖의 사건과 얽히고 인물의 형상이 확대되면서 역설적으로 처음에 보여 주었던 가정소설의 특징적인 국면들을 가리는 결과를 낳기도 했다. 그렇다고 가정소설의 소설사적 위상이 약화되었다고 볼 수는 없다. 가정 문제의 다양한 양상은 부분적으로라도 각각의 작품에서 드러나며, 더 나아가 고소설 속 인물들은 가정의 성격을 통해 삶의 방식이 구체화되는 것을 흔하게 찾아볼 수 있기 때문이다.

가정소설은 고소설과 신소설의 연관성을 보여 주기도 한다. 개화기라는 역사적 혼란으로 문학에서도 전체적인 변화가 있었지만, 그 속에서 가정 구성원들에 대한 관습적 인식은 상대적으로 더디게 바뀌어 갔기 때문이다. 그래서 「치악산」, 「귀의 성」 같은 신소설 작품에서도 가정소설과 유사한 방식으로 처와 첩의 갈등과 계모에 의한 가정 내적인 문제가 드러난다. 이처럼 가정의 문제는 공감의 영역이 넓어 시대가 변해도 지속되었기에, 이를 전면에 드러내어 형상화한 가정소설은 소설사적으로 그 위상이 높다.

2. 양식의 특성

가정소설의 양식적 특성은 가정 안의 구성원들이 맺는 관계에 따라 구체적으로 드러난다. 가정의 인물들은 남이었던 남녀가 부부가 되고, 동시에 고부나 옹서의 관계로 확장되는 과정을 일반적으로 거친다. 그리고 다시 부모와 자식의 관계를 형성하고, 자식들도 형제나 자매가 되는 경험을 한다. 또한 첩이나 계모가 가정의 구성원으로 새롭게 편입되기도 한다. 따라서 가정소설은 이러한 관계들을 다루는 작품 모두를 포함할 수 있다. 다만 처음부터 맺어진 부부나 부모가 아니라 뜻하지 않은 상황으로 예정에 없던 인물이 가정의 구성원으로 들어오면서 사건들이 발생한다. 이들에 의해 인물들의 관계가 변화하고 가정의 문제가 심각하게 제기된다. 이러한 문제는 주로 처와 첩의 갈등이나 계모와 전실 자식의 관계에서 드러나기에 가정소설의 양식에 대한 논의도 여기에 집중되어 있다.

쟁총형

쟁총형爭寵型에서의 갈등은 대체로 첩이 처를 위험에 빠뜨리거나 해치면서 시작한다. 첩을 맞아들인 이유는 가장의 욕망에 따른 경우도 있지만, 처의 권유나 권

력자의 강권强勸에 못 이겨서이기도 하다. 이렇게 맞아들인 첩은 남편에게 처가 부정한 행실을 했다는 등의 누명을 씌워 곤경에 빠뜨리고, 이 과정에서 주로 편지 같은 증거를 조작한다. 또는 가장이 부재한 상황에서 처가 집에서 쫓겨날 수밖에 없는 음모를 꾸미기도 한다.

　　모해謀害를 당한 처는 일단 가정에서 축출되어 방랑하거나 절체절명의 위기를 맞는다. 하지만 대체로 구원자가 등장해 가정 안의 진실을 규명할 수 있도록 도와주고, 이후 처는 잘못을 깨달은 가장과 재회한다. 여기서 구원자는 도사나 신선, 선관仙官과 선녀 등의 모습으로 다양하게 나타난다.

　　첩에 의한 음모가 밝혀지고 가정 안의 갈등이 없어지면서 첩에 대한 징계가 따른다. 첩은 회개하거나 교화의 기회를 얻어 가정의 일원으로 복귀하기도 하지만, 때로는 죽음이라는 극단적인 처벌을 받기도 한다. 처벌 대상이 되는 상황은 일반적으로 첩이 스스로 정절을 잃었을 때다. 첩이 처를 모해하기 위해 주변 인물과 공모하면서 공모자가 남성인 경우 도덕적으로 용납할 수 없는 행동까지 한 것이다. 이러한 양식적 특성은 첩의 등장을 용인하는 가정 안의 관계가 전제되어야 한다는 점에서 당대의 축첩제나 일부다처제 같은 제도적 모순과 깊이 연관되어 있다.

계모형

계모형繼母型은 착한 전실 자식을 간악한 계모가 모해하는 내용이 주를 이룬다. 전실 자식은 새롭게 편입된 계모보다 가정에서의 위치가 안정적이며, 대체로 집안에서의 평판도 좋은 편이다. 계모는 이러한 전실 자식을 축출하기 위해 당대의 유교적 관념에 어긋나는 치명적인 결함을 조작해 가정 안팎에 폭로한다. 즉 전실 자식이 여성인 경우는 부도덕한 행실을 했다는 음모를 꾸며 낸다. 남성인 경우에는 가장을 음해했다는 등의 모함을 하며 진행한다. 독자들은 가정의 구성원이라는 경험을 토대로 작품을 대하기에, 모해 과정은 이들도 납득할 수 있을 정도로 현실적이다. 이에 따라 전실 자식이 누명을 쓰는 과정은 구체적으로 진행되고 모해의 증거물 또한 상세하게 서술된다. 전실 자식이 계모의 음모에서 벗어날 수 없는 이유가 여기에 있다.

따라서 전실 자식이 겪는 위기는 매우 심각하게 전개된다. 무엇보다 계모는 건재하며 가정은 아무 일도 없었던 듯이 유지되기에 여기서 배제된 전실 자식은 심정적으로도 의지할 곳이 없는 비참한 상황에 빠진다. 더욱이 전실 자식은 주로 가정 안에서 생활했기에 아직 온전히 성장하지 않은 모습으로 나오고, 그만큼 문제를 해결할 수 있는 경험도 부족하다. 이에 여성의 경우는 죽임을 당하거나 자살을 시도하며, 남성도 지역 사회에서 받아들여지지 못해 홀로 떠돈다. 때문에 모해 과정은 현실적이었지만, 이를 해결하는 과정은 상대적으로 비현실적인 경향을 보인다. 이는 가정 안에서는 계모의 모해를 풀어 나갈 해결책을 제시하기가 쉽지 않다는 것을 의미한다.

첩과 계모가 각각 처와 전실 자식을 모해하는 과정은 다르게 전개되지만, 공통적으로 가장의 부재나 불민함이 중요한 원인으로 제시된다. 가장의 이러한 모습은 첩과 계모의 악한 행동이 구체화되는 결정적 계기로 작용한다. 때문에 가정소설에서의 가정 내적 문제란 어느 개인의 선악만으로는 설명하기 어려운 점이 있다. 오히려 이미 혈연을 중심으로 질서가 잡힌 가정에 혈연 관계가 아닌 첩과 계모가 새롭게 편입되면서 느꼈을 불안과 이들이 자신들의 욕망을 펼쳐야만 얻을 수 있었던 안정된 지위가 당대 가족 제도의 모순을 틈타 구체화된 것으로 해석할 수 있다.

3. 주요 작품과 역사

처와 첩의 관계를 다룬 대표작은 「사씨남정기」다. 이 작품에서 가장인 유연수는 처인 사씨가 있음에도 자식을 낳지 못하자 교씨를 첩으로 들인다. 이후 사씨가 아들을 낳은 뒤 교씨가 문객門客이었던 동청과 공모하면서 가정 안의 문제가 본격화된다. 사씨는 부정한 여자로 낙인찍혀 쫓겨난 후 방랑하며 자살까지 시도하지만 목숨을 구한 다음 산속의 절에 의탁한다. 교씨는 사씨를 쫓아낸 뒤 동청과 몰래 정을 통해 유연수마저 유배를 보내고 재산을 탈취할 계획을 세운다. 이후 교씨와 동청의 흉계가 드러나면서 유연수가 풀려나고 사씨를 다시 맞아들인다.

첩의 모해 과정은 다른 작품에서도 쉽게 찾아볼 수 있다. 「월영낭자전」月英娘子傳에서는 첩인 정씨가 처인 월영을 모해하며, 「정을선전」鄭乙善傳에서도 조씨가 처인 추년을 모해하고 위기에 빠뜨린다. 「장한림전」張翰林傳에서는 황제가 강압적으로 혼인을 성사시켜 첩을 맞아들이고, 이 첩이 정실을 모해하는 내용으로 그려진다. 이를 통해 작품에 따라 첩을 맞아들이는 이유와 방식은 다소 다르게 나타난다는 것을 알 수 있다.

한편 가정의 여러 관계가 작품에서 폭넓게 전개되는 가운데 처와 첩의 갈등이 부분적으로만 부각되는 경우도 있다. 이러한 작품들은 내용이 다양한 양상으로 펼쳐져 가정소설에 포함하기는 어렵다. 하지만 이러한 성격을 띤 「소현성록」, 「일락정기」,

「화산기봉」華山奇逢, 「옥란빙」玉鸞聘 등에서도 처와 첩의 갈등이 작품의 내용을 중층적으로 만드는 데 적극적으로 활용되어, 가정의 문제가 소홀하게 다루어지는 것은 아니다.

계모와 전실 자식의 관계를 다룬 작품으로 가장 널리 알려진 것은 「장화홍련전」이며, 이 작품은 17세기에 발생한 철산 사건을 배경으로 한다. 「장화홍련전」을 통해 계모의 악한 모습이 전형적으로 드러나는데, 계모가 음모를 꾸미는 방식과 증거를 조작하는 과정은 이후의 작품들에 지속적으로 영향을 미쳤다.

다만 「장화홍련전」과 유사한 작품이라고 하더라도 내용의 세세한 부분들은 차이가 있다. 예컨대 「김인향전」만 보더라도 모해 과정이 한층 상세하게 서술된다. 이는 계모의 음모를 더욱더 현실적인 것처럼 보이게 해, 상대적으로 전실 자식의 처지에 더욱 공감하도록 이끈다. 그리고 「장화홍련전」의 결말이 이본에 따라 다양하게 전개되는 것과 다르게 이후의 작품들은 전실 자식이 행복한 결말을 맞는 것으로 전개된다.

한편 「황월선전」黃月仙傳 같은 작품에서는 전실 자식이 가정에서 축출된 뒤 조력자의 도움을 받는 것으로 그려진다. 즉 계모의 모해로 극단적인 상황을 맞더라도 이를 피하거나 극복하는 방식으로 내용이 전개되는 것이다. 이러한 전개 방식은 전실 자식이 남성인 경우 영웅의 형상을 보이는 것으로도 나타나며, 「어룡전」魚龍傳이나 「김취경전」金就景傳, 「효열지」孝烈志 등의 작품에서 이에 대한 구체적인 양상을 확인할 수 있다. 이것은 가정에서 축출되어 의지할 곳 없던 전실 자식이 문제를 해결할 수 있도록 인물의 형상을 극대화한 것으로 이해할 수 있다.

4. 쟁점

가정소설의 범주

가정의 구성원들은 각자의 역할에 따라 다양한 관계를 맺는다. 이러한 관계들 가운데 어떤 관계를 가정소설의 범주에 포함할 것인가를 놓고 다양한 논의가 있었다. 먼저 가정 안에서의 관계를 전반적으로 다루자는 연구가 있었다. 우쾌제

(1988)는 효행과 우애를 다룬 내용을 포함해 첩과 계모의 문제를 다룬 것까지 아울러 가정소설로 보자고 했다. 김광순(1990)은 가족 구성원 상호 간의 갈등이나 가정과 가정 또는 한 가정 안에서의 세대 간 갈등을 중점적으로 다루는 소설들을 가정소설이라 했다.

제한적으로 보자는 입장은 쟁총형과 계모형에 집중한다. 이는 가정소설 작품들 가운데 형제간의 갈등보다는 계모와 전실 자식의 갈등이나 시앗 싸움(처와 첩의 갈등)이 많다고 했던 안확(1922)의 논의에서 비롯되었다. 그리고 이원수(1997), 박태상(2010), 김귀석(1997), 이성권(1998) 등이 이러한 두 유형을 중심으로 가정소설에 대한 연구를 진행했다.

가정소설과 가문소설의 관계

하나의 가정은 대를 이어 가면서 이른바 가문을 형성한다. 또한 가정은 다른 가정과 혼인을 통해 혈연으로뿐만 아니라 정치적, 사회적으로도 연대한다. 이러한 과정이 상세하게 드러나는 작품들이 있기에 가정소설과 가문소설의 관계에 대한 논의도 진행되었다. 그리고 단일한 가정을 다루는가와 여러 가정을 다룬 것인가가 두 양식을 분류하기 위한 기준으로 제시되었다. 여기서 가정소설은 한 가정에서 당대에 일어난 가정 구성원 간의 문제를 다룬 내용으로만 보는 것이 일반적이다.

쟁점으로 부각된 것은 가정소설과 가문소설의 선후 관계에 대한 것이다. 가문소설의 연구를 이끌었던 이수봉(1992)은 가문소설을 조선 후기의 마지막 귀족소설로 이해했기에, 가정소설이 선행했다는 입장을 펼쳤다. 반면에 이승복(1995)은 가정소설과 가문소설의 관계를 본격적으로 논의하면서 처첩갈등형 가문소설이 먼저 성립되고, 거기서 처첩갈등형 가정소설이 분화되었다고 했다. 진경환(1992)도 가정 안의 문제를 다룬 규방소설이 전개되는 과정에서 가정소설이 분화되었다는 시각을 제시했다.

가정소설의 하위 유형

가정소설을 하나의 양식으로 보는 것이 일반적이지만, 쟁총형과 계모형의 개별적인 성격을 부각해 각각의 유형이라는 점을 강조하거나 명칭을 다르게 정하자는 논의들도 있었다. 여기서 쟁총형과 계모형을 하나의 양식 안에 포함하지 않고 개별적으로 보려는 시각은 김태준(1933)에서부터 실마리를 찾아볼 수 있다. 박순임(1991)은 첩과 처의 갈등에 집중하면서 쟁총이라는 의미가 모호하기에 처첩갈등형으로 불러야 한다는 의견을 펼쳤다. 조동일(2005) 등은 「사씨남정기」의 구성과 성격 및 심리 묘사가 후대의 작품에 전례가 되었다는 점을 강조해 사씨남정기 계열을 설정하기도 했다. 한편 김재용(1996)은 계모형 작품들은 등장인물의 특성을 기준으로 삼지만, 쟁총형 작품들은 처와 첩의 갈등을 기준으로 삼았기 때문에 다르다고 했다. 이헌홍(1997)은 「장화홍련전」 등이 고을의 관장 앞에서 재판을 진행하는 내용으로 이루어졌으니 이를 부각해 송사소설訟事小說[1]로 보아야 한다고 했다.

---

1. 송사소설: 억울한 일을 관청에 호소해서 해결하는 것을 주요 내용으로 하는 고전소설.

1. 첩과 계모의 욕망은 가정에서 대를 잇거나 재산을 유지해야 하는 상황에서 구체적으로 드러나며, 역설적으로 이들의 행위를 통해 가정은 지속적으로 유지되기도 한다. 때문에 첩과 계모의 악한 행위를 개인적인 측면이라고 강조할 수도 있지만, 당대 가족 제도의 모순에 따른 것으로도 설명할 수 있다. 그렇다면 이러한 문제를 초래한 당대의 가족 제도에는 어떤 특징이 있는지 알아보자.

2. 가정소설에서 가정은 가장을 정점으로 형상화되어 있다. 때문에 가장이 가정의 구성원들을 잘 파악하고 문제가 일어났을 때 적절하게 대응했다면 갈등은 더 이상 확산되지 않았을 것이다. 하지만 가정소설에서 가장은 불민하거나 부재함으로써 이러한 역할을 제대로 하지 못한다. 따라서 가정 문제의 책임을 가장에게도 직접 물을 수 있지만, 작품에서 가장에 대한 실질적인 처벌은 거의 이루어지지 않는다. 그 이유는 무엇인지 생각해 보자.

3. 오늘날의 가정 구성원들 사이에서 발생하는 갈등 양상을 생각해 보고, 이러한 문제들을 다루는 현대의 다양한 영상물(드라마, 영화 등)이나 출판물(문학 작품, 만화 등)을 찾아보자. 그리고 현대의 가정에서 나타난 문제들이 가정소설에서 제기되었던 가정 문제와 어떻게 같고 다른지에 대해서도 이야기해 보자.

참고 문헌

김광순(1990), 한국고소설사와 론
김귀석(1997), 조선시대 가정소설론
김재용(1996), 계모형 고소설의 시학
김태준(1933), 조선소설사
박순임(1991), 고전소설에 나타난 처첩관계 갈등
박태상(2010), 국문학연습
안확(1922), 조선문학사
우쾌제(1988), 한국 가정소설 연구
이성권(1998), 한국 가정소설사 연구
이수봉(1992), 한국가문소설연구논총
이승복(1995), 처첩갈등을 통해서 본 가정소설과 가문소설의 관련 양상
이원수(1997), 가정소설 작품세계의 시대적 변모
이헌홍(1997), 한국송사소설연구
조동일(2005), 한국문학통사 3
진경환(1992), 창선감의록의 작품구조와 소설사적 위상
최시한(1993), 가정소설 연구

필 자   이기대

영웅소설

영웅소설은 조선 후기에 가장 인기 있었던 소설 양식으로 일반적으로 국가의 환란을 무력으로 해결하는 영웅의 삶을, 수난과 성취의 과정으로 그린다. 영웅소설은 '영웅의 일생'이라는 우리 서사문학이 공유하는 일대기적 모형의 서사 구조를 띠는데, 「홍길동전」이나 「임경업전」같이 역사 인물이 주인공인 역사 영웅소설과 「조웅전」, 「유충렬전」처럼 허구적 인물이 주인공인 창작 영웅소설로 나눌 수 있다. 특히 창작 영웅소설은 군담이 중심이기에 군담소설이라고도 하며, 영웅소설의 주류로 다양한 작품이 널리 향유되었다. 영웅소설은 18~19세기에 방각본으로 간행되어 중하층을 중심으로 큰 독자층을 형성했기에 조선 후기 서민층이 향유한 핵심적인 문자 문화이기도 하다. 이제 창작 영웅소설(군담소설)을 중심으로 영웅소설 양식의 특징에 대해 살펴보기로 한다.

1. 소설사적 위상

'영웅의 일생'―서사문학사의 연속성

영웅소설은 어떤 고전소설 양식보다 유형적인 성격이 강하다. 여러 작품이 공유하는 서사 모형을 추출하면 대체로 다음과 같다.

　　　① 상류 계층인 주인공의 가계에 관한 소개
　　　② 주인공의 비범한 탄생

③ 부모의 실세失勢, 도적의 침입 등에 따른 가족 이산과 비운悲運

④ 전직 승상, 도사 등에 의한 구원

⑤ 습득한 도술이나 신이한 존재의 도움으로 국가의 변란에서 입공立功

⑥ 명예로운 귀환과 부귀영화

이상과 같은 영웅소설의 서사 모형은 영웅의 수난과 성취를 일대기적으로 그려 낸 '영웅의 일생'[1] 구조와 상당히 비슷하다. 영웅의 일생 구조는 「주몽신화」 같은 건국신화부터 「제석본풀이」[2], 「바리공주」[3] 등과 같은 서사무가, 나아가 신소설에서까지 확인된다. 이러한 사실은 영웅소설이 면면히 이어지는 우리 문학사의 서사적 토양을 바탕으로 조선 후기 소설이 흥성하는 맥락에서 형성되었음을 의미한다. 고대 영웅신화에서 서사무가까지 면면히 전승되던 서사적 토양을 바탕으로 영웅소설의 서사가 형성되었던 것이다.

18~19세기 가장 대표적인 소설 양식─서민층의 새로운 문학 양식

소설이 여타 문예 양식과 차별되는 중요한 특성은 흥미를 바탕으로 널리 향유된다는 점이다. 전통 시기 문예 양식은 문자를 소유한 소수만의 것이었다면, 소설은 보다 폭넓은 '대중'에게 문자 문화를 확산시킨 문예 양식이다. 영웅소설의 소설사적 위상은 바로 이 점과 관련된다. 어떤 문예 양식보다 폭넓게 독서 대중을 확보한 소설 양식이 바로 영웅소설이기 때문이다.

영웅소설은 18세기 무렵 양식이 확립되고, 19세기에 크게 유행한다. 1794년 대마도 역관 오다 이쿠고로上田幾王郎(1754 ~1831)의 『상서기문』象胥紀聞[4]에 「장풍운전」張風雲傳, 「소대성전」蘇大成傳, 「임장군충렬전」林將軍忠烈傳 등 영웅소설 작품명

1. 영웅의 일생: 우리의 영웅 서사문학에서 공통적으로 추출되는 주인공의 일대기 구조. 공통적으로 다음의 7개 단락으로 구성된다. ①고귀한 혈통, ②비정상적인 출생, ③탁월한 능력, ④어려서 기아棄兒, ⑤조력자의 도움, ⑥자라서 위기危機, ⑦투쟁적 극복으로 승리.

2. 「제석본풀이」: 제석신의 유래를 노래한 무속신화. 전국적으로 전승되었다.

3. 「바리공주」: 저승 신의 유래를 노래한 무속신화. 전국적으로 전승되었다.

4. 『상서기문』: 일본인 역관이 조선의 민속, 정치, 지리 등을 소개한 책.

이 언급되는 것으로 보아 18세기 무렵에 본격적인 영웅소설 작품들이 출현했고, 19세기 들어서는 「소대성전」, 「조웅전」, 「유충렬전」 등이 방각본으로 여러 차례 출판되면서 서민을 중심으로 독자층이 크게 확대되었다. 비록 이들 작품이 '거리의 비루한 말과 하층의 비천한 글씨'로 창작되고 출판되어 상층으로부터 멸시를 받았지만, 서민 중심의 출판과 낭독 문화를 통해 서민층이 향유하는 대표적인 문예 양식이 되었던 것이다.

2. 양식의 특성

인물 형상의 특징—상황 통과적 면모

영웅소설의 서사 모형은 고대 신화로부터 면면히 이어지는 '영웅의 일생'과 일치하지만, 주인공의 성격은 신화와 다른 면모를 보인다. 영웅신화의 주인공은 스스로 새로운 질서를 수립하고, 윤리·도덕에 얽매이지 않는 주체적이며 진취적인 성격을 보인다. 반면에 영웅소설의 주인공은 기존 질서를 회복하고, 봉건적인 충의忠義 관념에 사로잡힌 보수적인 성격이 강하다. 특히 영웅신화의 주인공은 현실을 타개하고 새로운 질서를 수립하는 강한 의지를 지닌 인물이지만, 영웅소설의 주인공은 주어진 현실을 따르기만 하는 '무의지'적인 면모를 보인다. 한편으로 '상황을 통과하는 인물'이라고 말할 수 있을 정도로 이미 마련된 서사에서 주어진 상황을 통과하기만 하는 면모가 두드러진다.

이러한 영웅소설 주인공의 면모는 국문장편소설의 주인공과도 다르다. 국문장편소설의 주인공 역시 천상에서 마련한 예정된 질서에 따라 '상황을 통과'하는 인물로 그려지기도 한다. 그런데 그 성격은 전형적인 면모를 보인다. 도덕군자형 인물은 작품 내내 도덕군자다운 면모가 지속되고, 처사處士적인 인물은 처사적인 면모가 지속된다. 그런데 영웅소설의 주인공에게서는 이러한 성격적인 동일성이 잘 드러나지 않는다. 영웅소설의 주인공은 어려서 부모가 죽거나 정치적 적대자의 핍박으로 가족과 헤어져 고난을 맞이한다. 이때 주인공에게서 고난 극복의지나 적대자와 대결하려는 의지를 확인하기가 쉽지 않다. 그냥 고난 속에서 어쩔 줄 모르는 어린아이의 면모만 강조된다. 천상의 존재가 하강한 인물임에도, 고난을 겪는 과정에서 어떠한 비범함도 드러내지 않는 것이다. 이에 비해 국문장편소설의 인물은 어려서부터 이념적인 경직성이 두드러지는 경우가 많다. 어떠한 상황에서도 결코 자신의 이념을 굽히지는 않는다. 하지만 영웅소설의 주인공은 자신의 이념도, 현실 극복 의지도 없이 그냥 고난에 몸을 내맡길 따름이다. 요컨대 영웅소설의 주인공은 주체적이고 진취적인 신화적 영웅과 달리 보수적이고 소극적인 면모가 두드러지며, 국문장편소설의 주인공과 달리 강한 이념성이나 현실 극복 의지를 지니지 않은 채 이미 마련된 상황을 통과하기만 하는 면모가 두드러진다.

서사 전개의 원리─조력자의 서사적 기능: 결연담 및 군담의 형성

영웅소설의 주인공은 처음부터 현실 극복 의지를 지닌 존재가 아니다. 따라서 이후 서사 진행을 위한 그의 현실 극복 의지는 외부에서 마련되는 경우가 많다. 물론 국문장편소설의 주인공도 자신의 의지로 현실을 극복하는 것은 아니다. 영웅소설에서처럼 초월적 세계의 도움으로 현실 문제가 해결된다. 하지만 국문장편소설의 주인공은 현실을 극복하려는 의지를 지닌 존재다. 초월적인 세계의 도움으로 여러 어려움을 극복하지만, 자신이 지향하는 가치(이념)는 분명해 그에 따라 행동하기 때문이다.

영웅소설의 주인공에게서는 처음부터 뚜렷한 지향 가치나 그에 따른 현실 극복 의지가 드러나지 않기에 이후 서사 전개는 주인공의 의지와는 무관하게 마련되는 경우가 많다. 따라서 주인공에게 의지를 부여하는 별도의 서사 장치가 필요한데, 이는 주로 조력자를 통해 마련된다. 곧 영웅소설에서 조력자는 서사 진행을 가능하게 만드는 역할을 하는 장치이기도 한 것이다. 물론 조력자는 영웅소설뿐 아니라 국문장편소설에서도 나타난다.

국문장편소설에서는 이념적 정당성을 지닌 인물이 그 이념을 훼손하지 않고 현실을 극복하기 위한 방편으로 조력자나 초월계의 개입을 받아들이는 경우가 대부분이다. 하지만 영웅소설의 경우는 이와 다르다. 세계와의 갈등 자체를 회피하는 주인공에게 새로운 지향 가치를 부여해, 현실 극복 의지를 지니게 한다는 점에서 국문장편소설의 조력자와는 다른 면모를 보인다.

영웅소설의 조력자는 대부분 전직 승상과 노승으로 나타난다. 이 두 조력자가 한 작품에 모두 나타나는 것이 일반적이다. 전직 승상은 유리걸식하는 주인공을 우연히 발견하고는 자신의 집으로 데려와 사위로 삼는다. 걸인에 가까운 인물이지만 지인지감知人之鑑[5]으로 주인공의 기상을 알아보고는 사위를 삼는 것이다. 하지만 갑작스런 병환이나 정치적 적대자의 박해로 죽음이나 유배를 당한다. 이에 주인공은 전직 승상의 딸과 결연을 이루지 못한 채 헤어지고 다시 고난을 겪는다. 이때 등장하는 인물이 흔히 노승으로 대표되는 조력자다. 노승은 기다렸다는 듯이 주인공을 맞이하고는 병법과 무술 등을 전수한다. 이에 따라 주인공은 뛰어난 무력武力을 지닌 인물로 변모한다. 그리고 때마침 오랑캐의 침입 같은 국가적 변란이 일어나고, 주인공은 혈혈단신으로 나아가 적을 물리치고 나라를 구한다. 이 과정에서 헤어진 부모와 아내 등을 만나고, 이후 부귀영화를 누린다.

흔히 이와 같은 줄거리로 구성되는 영웅소설에서 조력자는 상당히 중요한 서사적 기능을 한다. 전직 승상으로 나타나는 조력자는 고난으로 방황하는 주인공에게 결연의 완성이라는 새로운 지향 가치를 부여한다. 이에 따라 주인공은 지향 가치를 지닌 의지적인 인물로 변모해, 새로운 서사 진행을 가능하게 한다. 또 노승으로 나타나는 조력자는 모든 문제를 해결하는 원동력인 무력을 부여한다. 이에 따라 주인공은 문제 해결 능력을 지닌 인물로 변모한다.

이처럼 영웅소설에서 조력자는 주인공에게 의지와 능력을 부여함으로써 이후의 서사를 전개하도록 하는 서사적 추동력을 마련하며, 이 과정에서 영웅소설 서사의 두 축인 결연담結緣談과 군담軍談이 결구結構되는 것이다.

주제 의식―유교적 지배 이념의 수용과 향유

정형화된 서사 전개 방식에 따라 진행되는 영웅소설이 서민층 독자에게 인기가 있었던 것은 결연담과 군담에서 드러나는 애정과 전쟁이 흥미롭기 때문이며, 동시에 주인공이 결국 특권층으로 복귀/편입하는 과정에서 느끼는 환상적인 소망의 해소 때문이었다. 사랑과 전쟁의 통속적 흥미와 함께 계층 상승의 환상적 소망이 투영되어 인기를 얻었던 것이다.

이때 주인공의 모습에서 두드러지는 것은 당시의 지배 이념인 충의忠義 관념이다. 주인공이 지배 질서의 상층으로 편입/복귀하는 것으로 귀결되기에 결국 지배 질서의 이념이 강조될 수밖에 없다. 대표적인 영웅소설인 「유충렬전」에서 작품 이름에서부터 충의 관념을 강조하는 것도 이 때문이다. 따라서 영웅소설의 주제는 기본적으로 유교적 지배 이념의 자장을 벗어나지 않는다.

영웅소설에서 강조되는 유교적 지배 이념인 충의 관념은 한편으로 계층 상승의 도구적 성격을 띠기도 한다. 특권층으로 편입/복귀하는 결말에서 '충'忠의 이념이 이념 자체의 성격보다 특권을 획득하기 위해 도구로 활용되기 때문이다. 아울러 '충의 관념'이 상업적이고 통속적인 맥락에서 향유된다. 이념이 한편으로 오락의 대상이 되는 것이다. 이처럼 오락적인 맥락에서 유교적 충의 관념이 향유되기에 지배 이념은 지극히 추상적이고 관념적으로만 강조된다. 따라서 개별 작품의 구체적인 장면에서는 오히려 지배 이념을 벗어나는 현실 비판 의식이 부각되기도 한다. 「유충렬전」의 경우, 전체 서사 구조 차원에서는 충신과 간신의 대립을 강조하지만 구체적인 장면에서는 유충렬 가족의 비극적인 이산과 유랑의 아픔 등이 부각된다. 당대의 서민들이 겪는 비극적인 현실이 투영되어 비판적 현실 인식이 드러나는 것이다. 이러한 인식은 결국 작품 끝부분에서 천자에 대한 비판적 형상화까지 가능하게 한다. 하지만 이러한 비판적 현실 인식은 몇몇 장면에서만 드러날 뿐이다. 여전히 전체적인 서사에서 강조

5. 지인지감: 다른 사람의 자질을 꿰뚫어 보는 능력.

하는 것이 유교적 지배 이념임을 부인할 수는 없다.

3. 주요 작품과 역사

영웅소설의 출현 시기를 명확하게 확정하기는 어렵지만, 역사 영웅소설 계통의 작품들은 비교적 이른 시기에 출현했다. 「최고운전」의 경우 고상안高尙顏(1553~1653)이 1579년에 읽었다는 기록이 있고, 「홍길동전」도 17세기 인물인 허균許筠(1569~1618)이 창작했다는 기록이 있다. 다만 고상안이 본 「최고운전」은 전기傳奇적 성격의 한문소설이고, 허균이 창작한 「홍길동전」 역시 현전하는 「홍길동전」과 동일하다고 보기는 어렵다. 또 다른 역사 영웅소설인 「임경업전」의 경우 18세기 중반에 이미 크게 유행했고,[6] 1780년에는 방각소설로 출판되기까지 한다.[7] 그런데 역사 영웅소설은 역사적 인물을 다루기에 창작 영웅소설에 비해 양식적 성격이 고르지 않다. 인물에 대한 역사 기록과 구비 전승(전설) 등에 제약을 받기에 양식적 동일성이 상대적으로 약할 수밖에 없다.

이에 비해 유형적 성격이 강한 창작 영웅소설은 역사 영웅소설보다 늦은 시기에 출현했지만 더욱 유행했다. 1794년 대마도 역관 오다 이쿠고로의 『상서기문』에 「장풍운전」, 「소대성전」 등이 언급된 점과 1800년 무렵 이옥李鈺(1760~1815)이 「소대성전」의 간행본을 보았다는 기록 등을 고려할 때 18세기 중엽 무렵 창작 영웅소설 양식이 성립되었고, 19세기에 들어 방각본 출판을 매개로 가장 인기 있는 소설 양식이 되었다. 방각소설 중 가장 높은 비중을 차지하며, 동시에 가장 많이 간행된 작품이 바로 창작 영웅소설인 것이다.[8]

영웅소설 중 인기 있었던 작품은 「장풍운전」, 「소대성전」, 「조웅전」, 「유충렬전」 등인데, 이 중 「장풍운전」과 「소대성전」은 비교적 이른 시기에 출현한 것으로 추정된다. 후대에 출현한 것으로 추정되는 「조웅전」과 「유충렬전」은 보다 선명한 대결 구도를 갖추고 있는데, 이는 향유층의 통속적인 요구를 반영해 나타난 현상으로 이해된다. 특히 「유충렬전」은 이들 작품 중 가장 늦게 출현했지만 일제강점기까지 근대적인 활자 인쇄술로 계속 간행되며 큰 인기를 누렸다.

한편 영웅소설의 인기에 따라 여성이 남성 영웅의 모습을 띠는 여성영웅소설 작품도 크게 유행했다. 「이대봉전」, 「정수정전」, 「홍계월전」 등이 대표적인데, 이들 작품은 여성의 고난과 그것을 극복하는 과정에서 남장을 한 여성 주인공의 영웅적 능력이 부각된다. 이는 여성 독자층의 요구에 따른 여성 의식을 반영한 것이라기보다 영웅소설의 통속적인 성격에 따라 소설적 흥미를 추구하는 성격이 강하다. 하지만 남성보다 뛰어난 여성을 형상화하는 과정에서 진취적인 이념적 지향이 결합되기도 한다. 이는 내밀하게 발전해 온 여성주의적인 관점과 여성이 영웅으로 형상화

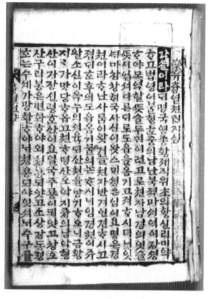

완판본 「유충렬전」의 첫 장.
국립중앙도서관 소장

되는 과정에서 새로운 문제의식이 결합되어 나타난 현상으로 이해할 수 있다.

4. 쟁점

우리 고전소설 대부분은 작자가 알려져 있지 않다. 영웅소설의 경우도 마찬가지다. 그런데 통속적인 창작 영웅소설의 경우 어떤 작품보다 유형적 성격이 강하다. 이 때문에 개별 작품의 특징을 특정 작가에게 귀속하기는 어렵다. 한 개인이 창작했다고 하더라도 유형적 성격 때문에 영웅소설 양식의 특징이 더욱 중요하기 때문이다. 따라서 영웅소설의 작자 문제를 검토할 경우, 개별 작가보다는 작가들을 아우르는 작가층 개념이 유효할 수 있다. 실제 영웅소설의 작가 연구 역시 작가층을 밝히는 방식으로 진행되었다. 여러 작품이 공유하는 특징으로부터 작가층의 성격

6. 18세기 중반 인물인 아메노모리 호슈雨森芳洲(1668~1755)의 도서 목록에 「임경업전」이 보이고, 박지원의 「열하일기」(1780)에도 당시 서울에서 「임경업전」이 유행한 모습이 기록되어 있다.

7. 1780년 '경기'京畿에서 출판된 「임경업전」은 현전하는 최초의 한글방각소설이다.

8. 조희웅이 지은 「고전소설이본목록」에 따르면, 현전하는 방각본 편수 1~5위는 「조웅전」(119편), 「춘향전」(75편), 「심청전」(70편), 「소대성전」(55편), 「유충렬전」(54편)이며, 방각소설 출판에 대한 선행 연구를 바탕으로 방각소설 간행 횟수를 조사하면 「조웅전」(14회: 경판 8회, 완판 6회), 「춘향전」(14회: 경판 8회, 완판 6회), 「소대성전」(9회: 경판 6회, 완판 3회) 순이다.

을 유추한 것이다. 대부분의 영웅소설은 고귀한 혈통을 지닌 존재가 고난을 겪다가 결국 최상층으로 복귀하는 구도를 보인다. 이는 조선 후기 몰락 양반들의 실세 회복 의지를 반영한 것으로 이해할 수 있다(서대석, 1971). 그런데 몰락 양반의 권력 회복 의지를 드러내는 양식으로 국문소설, 그것도 상층에서 천시하는 영웅소설을 선택한 것은 어색하다. 양반의 의식을 담는다면 양반적인 문예 양식이 아닌 하층적인 문예 양식을 사용하지는 않았을 것이기 때문이다. 따라서 몰락 양반이 영웅소설을 창작했다면 직접적으로 그들의 의도를 반영한 것이기보다는 수용층을 겨냥해 군담 같은 흥미 요소가 부각되게 작품을 창작한 것으로 이해할 수 있다. 조선 후기 신분제의 변동으로 몰락한 양반들이 상업 발달을 배경 삼아 생업을 목적으로 영웅소설을 창작했다고 이해한 것이다. 다만 생업을 목적으로 소설을 창작했다고 할지라도 작품의 근원에 담긴 기본 구도는 작자의 근원적인 의식을 벗어나기 어렵다. 영웅소설에 나타나는 천상계와 지상계의 이원 구도와 윤리적 정당성을 지닌 천상계 존재의 승리로 귀결되는 결말 구조는 양반들의 의식 세계와 일치하는 것으로 이해할 수 있다. 이 경우 영웅소설은, 몰락했지만 여전히 상층 사대부의 의식을 지닌 양반들이 생업을 목적으로 하층적인 표현 방식을 빌려 소설을 창작한 것으로 이해된다(조동일, 1976).

영웅소설 작품들은 상당히 유형적인 성격을 띠지만 몇몇 작품은 전혀 다른 면모를 보이기도 한다. 예컨대 「장백전」, 「유문성전」 등은 광포한 천자天子에 대한 비판과 이상국 지향 등이 드러나기에 몰락 양반의 의식으로 설명하기는 어렵다. 독특한 유형이나 작품별로 작가층 및 작품에 투영된 의식을 좀 더 세분화할 필요가 있다. 이에 따라 몰락 양반만이 아니라 중인이나 서얼층의 꿈이 반영된 작품을 별도로 구분하는 연구가 진행되기도 했다(주명희, 1974; 서대석 1985).

영웅소설의 상업적인 성격을 고려한다면, 작가 의식보다는 독서층의 요구를 더 중요하게 생각할 필요가 있다. 상업적인 성격이 강하다면 작가가 소설을 창작하는 과정에서 자신의 의식 세계를 구현하기보다는 수용층의 요구를 반영하는 데 더욱 힘쓸 것이기 때문이다. 따라서 영웅소설의 후대적 변모 과정에서 주인공과 적대자의 대결 구도가 강화되는 것을 전문 작가층이 소설적 흥미, 곧 통속성을 강화하는 가운데 나타난 현상이라고 이해하기도 했다(박일용, 1983).

전문 작가층의 존재 여부는 논란의 여지가 있다. 전문적인 작가층이 존재하려면 소설 출판이 전제되어야 한다. 전문 작가가 출판을 위해 작품을 생산해야 하는 것이다. 그런데 현재로서는 이 점이 확인되지 않는다. 방각본으로 간행된 영웅소설은 모두 선행 필사본 소설을 출판한 것일 뿐, 방각본으로 새로운 영웅소설 작품을 간행한 사실이 확인되지 않기 때문이다.

현재까지 진행된 영웅소설 연구 경향에서는 작자층보다 향유층의 성격을 더욱 주목한다(강상순, 1991 ; 류준경, 1997). 기본적으로 영웅소설은 비루한 표현과 글씨에다 천편일률적인 내용으로 조잡하게 출판되어 시장에서 매매된 비천한 양식으로 인지되었다(홍희복, 「제일기언」第一奇諺). 그럼에도 서민층을 중심으로 당시 큰 인기를 누렸던 것 또한 사실이다. 이 점에 주목해 영웅소설을 특정 작가층의 상황이나 이념을 중심으로 이해하기보다는 향유층의 문화적 배경과 그들의 처지 및 소망 등을 중심으로 이해한 것이다.

1. 영웅신화인 「주몽신화」와 영웅소설인 「유충렬전」이 주인공의 인물 형상과 작품의 주제 의식 등에서 어떤 점이 같고 다른지 비교 분석해 보자.

2. 조선 후기에 영웅소설은 사람들이 모이는 길거리나 담배 가게 같은 상점에서 낭독되는 경우도 많았다. 묵독默讀 방식으로 혼자 향유할 때의 작품 미감과 낭독 방식으로 집단적으로 향유될 때의 작품 미감은 동일할까, 다를까? 다르다면 어떻게 다를까? 특히 남성들이 모인 자리에서 주로 낭독을 통해 향유된 작품이라면 어떤 특징이 있을까? 가장 인기 있었던 「유충렬전」, 「조웅전」 등을 예로 들어 구체적으로 이야기해 보자.

참고 문헌

강상순(1991), 영웅소설의 형성과 변모양상 연구

김현양(1994), 조선조 후기의 군담소설 연구

류준경(1997), 방각본 영웅소설의 문화적 기반과 그 미학적 특성

류준경(2001), 영웅소설의 장르관습과 여성영웅소설

류탁일(1981), 완판방각소설의 문헌학적 연구

박일용(1983), 영웅소설의 유형변이와 그 소설사적 의의

박일용(2003), 영웅소설의 소설사적 변주

서대석(1971), 군담소설의 출현동인 반성

서대석(1985), 군담소설의 구조와 배경

서대석(1993), 영웅소설의 전개와 변모

이상택(2003), 한국 고전 소설의 이론 1, 2

이창헌(2000), 경판방각소설 판본 연구

전성운(2000), 장편 국문소설의 변모와 영웅소설의 형성

정병설(2000), 여성영웅소설의 전개와 부장양문록

조동일(1971), 영웅의 일생, 그 문학사적 전개

조동일(1977), 한국소설의 이론

주명희(1974), 군담소설 연구

진경환(1993), 영웅소설의 통속성 재론

필 자 류준경

판소리계 소설

판소리계 소설은 조선 후기, 판소리 연행演行을 기반으로 향유되던 이야기들이 소설화된 작품들을 말한다. 연행되는 판소리는 「춘향가」처럼 '가'歌라는 이름이 주로 붙는데, 판소리계 소설은 「심청전」, 「춘향전」같이 '전'傳이라는 명칭이 붙는다. 그렇지만 판소리를 사설로 적으면 판소리계 소설이 되는 만큼 판소리와 판소리계 소설의 범주에서 교집합의 영역은 상당히 넓다고 할 수 있다. 이에 따라 판소리계 소설은 판소리의 특성과 미학을 많은 부분 공유한다. 판소리계 소설은 문학적 요소뿐만 아니라 음악적 요소와 연극적 요소가 씨줄과 날줄처럼 교직되어 의미를 생성하는 현장 공연 장르인 판소리에 바탕을 두고 있다(김현주, 2011). 따라서 판소리계 소설을 이해할 때도 문학뿐만 아니라 음악과 극적 요소가 어우러지는 종합예술적인 성격을 염두에 두어야 할 것이다.

1. 소설사적 위상

국문소설은 17세기 초 「홍길동전」을 창작하는 것으로 시작되어 「구운몽」, 「사씨남정기」, 「숙향전」, 「소현성록」으로 이어지고, 18세기부터는 국문장편소설이 창작, 향유되기 시작하면서 제재와 향유층의 외연이 크게 확대된다. 19세기는 바야흐로 소설 문화의 난숙기여서 영웅소설, 판소리계 소설, 가문소설, 애정소설, 세태소설, 우화소설 등 다양한 작품군이 활발하게 창작, 향유되었다. 이 중 조선 후기 소설 문화의 최정점에서 인기를 모았던 작품군은 단연 판소리계 소설이었다.

판소리계 소설은 판소리 연행을 기반으로 향유하던 이야기들이 소설화된 작품들을 말하는데, 대표적인 작품으로 「춘향전」, 「심청전」, 「흥부전」, 「토끼전」, 「화용도」 등이 있다. 이 작품들의 통속적 인기는 이본의 수로 어느 정도 가늠할 수 있다. 조동일(2001)은 858종의 고전소설 작품 중 이본 수가 50종이 넘는 36개 작품을 선별해 종수가 많은 것부터 번호를 붙였는데, 판소리계 소설은 이 중 다수의 이본으로 수위를 점하고 있다.[1]

판소리계 소설은 대부분 '~타령', '~가'에서 '~전'으로 그 이름이 바뀌는 변천을 거쳤다. 이렇게 명칭이 변한 까닭은 원래 판소리로 불렸다가 독서물인 소설로 정착되거나 변용되었기 때문이다. 제목에서도 알 수 있듯이 판소리계 소설은 판소리의 대단한 인기를 배경으로 삼고 있다. 또한 판소리의 사설은 광대들의 연습과 개작을 위해 대본을 글로 적는 경우가 많아 기록문학의 특성을 갖는데, 그런 것을 읽으면 바로 소설이 된다(조동일, 2006). 따라서 판소리계 소설의 위상은 조선 후기 판소리 문화와 관련해 파악할 수 있다.

서사 문화의 전통에서 볼 때 판소리는 이야기를 노래로 하는 구비서사시 중 하나로 서사무가와 서사민요의 전통을 잇는다. 단군신화, 주몽신화 같은 건국서사시에 연원을 두는 서사무가는 위대한 신이나 영웅의 고난과 성취를 주된 내용으로 삼는다. 한편 서사민요는 평범한 사람의 삶을 다루면서 공감적이거나 골계적인 태도를 취한다. 판소리는 이 둘의 전통을 이어, 초월적인 능력을 지닌 영웅이 아닌 평범한 사람의 고난과 성취를 이야기 소재로 삼되 그를 동정하면서도 가소롭게 여기는 태도를 드러낸다(조동일, 2006).

판소리는 영웅의 일생이 아닌 범인凡人의 일생을 다루며, 영웅의 숭고한 업적을 기리는 태도가 아니라 범인의 고난을 동정하면서도 인간적인 모자람에 웃을 수 있는 변화를 통해 구비서사 전통의 큰 전환을 이루었다. 한편 판소리계 소설은 독자적인 견해를 가진 작자가 전승된 내용을 변개하며 수많은 이본을 만들어

내는 논쟁적 소설 문화를 형성하고, 귀족적이며 초현실적인 내용과 문어체가 주를 이루던 소설 문화를 혁신하는 데 큰 역할을 했다.

1. 총 358종의 이본으로 1위에 자리매김한 「춘향전」을 비롯해 총 247종인 「심청전」이 5위, 총 147종의 「화용도」가 8위, 133종인 「토끼전」이 12위, 86종인 「흥부전」이 21위를 차지했다.

2. 양식의 특성

내용적 특성

판소리계 소설은 내용적으로 판소리로 향유되던 서사(춘향 이야기, 심청 이야기 등)를 재현 대상으로 삼는다. 이런 이야기는 설화로 향유되어 오다가 판소리라는 전문적이고 세련된 매체로 발전한 것으로, 원래 설화의 제재였던 이야깃거리로서의 의의, 즉 얼마나 흥미롭고 놀라운 것인가, 이야기로 전할 만한 것인가 등의 가치를 포함하는 동시에 공연예술적으로 다수의 청중이 호응하고 이들과 함께 공유할 만한 것인가 하는 흥행적 요소를 갖추고 있다.

새로운 매체인 판소리로 확산할 만한 이야기는 널렸다. 그럼에도 이야기를 사설로 엮고 창으로 짤 수 있는 능력을 갖춘 판소리 광대 집단이 선택한 이야기는 한정된다. 특히 광대들의 수많은 레퍼토리가 열둘로 정리되고, 이후 다섯으로 축소되는 과정에서 판소리가 고유의 매체적 자질과 흥행 요인을 고려해 합리적인 선택을 했다면, 살아남은 이야기의 공통적인 특성은 판소리(계 소설)의 특성을 넘어 이행기 사회 문화의 면모를 일러준다 하겠다.

판소리에서 다루는 주제는 서민층의 삶의 문제이자 당대 문화의 가장 첨예한 논란거리다. 판소리는 공공장소에서 연행을 통해 공감과 흥미를 자아내며 공론적 주제로 수용자들을 모으기 위해 특수하고 개별적인 사연을 보편적으로 공감할 만하고 전형적으로 이해할 만한 서사로 구현했다. 이에 따라 「춘향전」은 춘향의 애정 성취를 다룬 이야기인 동시에 애정을 내세워 신분 사회에서 인간 평등을 지향하는 이야기기도 하고, 「흥부전」은 착한 흥부가 복 받는 이야기면서 또한 심화되는 빈부 갈등에 문제를 제기한 것이기도 하다.

이러한 내용의 이중성은 조동일에 의해 '표면적 주제'와 '이면적 주제'로 명명되기도 했다. 조동일에 따르면 판소리(계 소설)은 주제의 양면성을 갖는데, 표면적으로는 충, 효, 우애, 정절 등 유교 문화의 공식적인 이데올로기를 내세우면서도 그 이면으로는 새로운 사회를 위한 논쟁적 주제를 구현한다. 이러한 주제의 분화 현상은 판소리가 하층에서 최상층까지 두루 자신의 향유층으로 삼는 민족예술로 성장했기 때문이라고 이해할 수 있다.

특히 판소리의 이면적 주제는 당대 사회의 첨예한 모순과 문제성을 내포하고 있다는 점이 주목된다. 신분에 따른 차별의 부당성 주장(「춘향전」), 빈익빈 부익부로 빈부 격차가 심화되어 가는 현상에 대한 문제 제기(「흥부전」), 사회적 약자의 곤궁에 따른 공적 지원의 시급성(「심청전」), 불의한 권력의 횡포에 대한 비판과 저항(「토끼전」, 「화용도」) 등의 이면적 주제는 판소리 서사 내용의 공론적 성격을 잘 말해 주기도 한다.

이와 같은 사회 역사적 주제와 함께 판소리에 담긴 당대의 풍성한 제 문화 현상도 중요한 내용적 특성으로 볼 수 있다. 판소리계 소설에는 당대인의 생각과 행동 방식, 언어생활뿐만 아니라 생활문화에 속한 의복, 음식, 기물, 문방 도구, 건축물, 동식물, 주변 환경 등이 소상히 나타난다. 이를 통해 당대의 사유 체계와 배경이 된 사회의 제도와 관습, 예술 취향 등을 파악해 낼 수 있다는 점에서 문화론적 시각이 요청된다(김현주, 2011).

구성적 특성

형식적으로 판소리의 영향력 안에서 파생된 판소리계 소설은 판소리의 구조적 원리나 문체의 영향을 받아 고유의 구성적·문체적 특성을 형성했다. 구비서사시인 판소리 사설은 서사 내용으로 볼 때 앞뒤가 일치하지 않는 당착撞着, 인물 형상화에서 일관성이 없는 착종錯綜이 두드러진다. 예를 들면 춘향의 옥중 편지가 전달될 때 몽룡과 방자가 서로 알아보지 못하거나, 춘향에게는 기생의 면모와 기생 아닌 면모가 공존한다.

이러한 구성적 특성에 대해, 일차적으로는 재능 있는 광대들이 '더늠'[2]이라는 기제를 통해 구비문학적 공동 창작을 할 수 있었던 판소리 생산 방식에서 비롯된 것이라 이해할 수 있다. 그러나 보다 심층적으로는 판소리의 판짜기 원리, 즉 구조적 원리를 바탕으로 이를 해명할 필요가 있다. 이와 관련해 정서적 긴장과 이완의 반복 교체, 장면 극대화 원리 등의 이론을 검토해 보도록 한다.

판소리는 창唱과 아니리[3]를 교체하면서 구연되는데, 주로 창을 통해 장면을 제시하고 서사를 전개하며 인물의 고조된 정서를 표현하는 한편, 아니리 부분에서는 장면을 소개하고 사건을 요약하며 재담을 행한다. 이러한 창과 아니리의 교체에 따라 청중들은 비장悲壯과 골계滑稽라는 미의식의 교체를 체험하며, 이는 정서적 긴장과 이완이 반복되는 판소리 사설의 구조로 나타난다(김흥규, 1975).

한편 김대행(1991)은 판짜기의 원리를 장면 극대화로 설명한다. 판소리는 인물의 일관성이나 플롯의 통일성을 손상하더라도 특정 장면의 요구와 기대되는 효과를 최대화하기 위해 동원할 수 있는 문학적 장치를 극대화하는 경우가 많다. 그래서 슬픈 장면이라면 그 슬픔을 최대화하고, 열등한 인물을 묘사하기 위해서라면 주어진 장면에서 열등성을 최대한 발휘하도록 문학적인 모든 장치를 구사한다.

문체와 서술적 특성

문체 면에서 보았을 때, 판소리계 소설은 율문律文과 산문散文이 섞여 있고 전아典雅하고 유식한 한자 어구가 있는가 하면, 극도로 비속하고 익살맞은 표현도 있다는 특성을 갖는다. 또한 무당

2. 더늠: 판소리 명창들이 자신의 독특한 방식으로 노랫말과 소리를 새로 만들어 넣거나 다듬어 부르는 대목.
3. 아니리: 곡조 없이 대사를 통해 말로 하는 부분.

의 고사告祀나 민요, 시조 등을 삽입 가요로 다양하게 활용해 조선 후기 예술 양식의 '종합 선물 세트'라고도 일컫는다(김균태 외, 2012). 무엇보다 판소리계 소설은 당대의 일상어로 서민의 일상적인 삶을 생생하게 재현했기에 언문 일치적 구어가 본격적으로 문학에 쓰인 최초의 장르라는 지위를 갖는다.

3. 주요 작품과 역사

판소리 12마당	판소리계 소설
춘향가	춘향전
심청가	심청전
흥부가	흥부전
수궁가	토끼전
적벽가	화용도
변강쇠타령	–
배비장타령	배비장전
강릉매화타령	골생원전
옹고집타령	옹고집전
장끼타령	장끼전
왈자타령(무숙이타령)	게우사
가짜신선타령[4]	–

조선 순조 때의 문인 송만재宋晚載(1788~1851)는 「관우희」觀優戲(1843)에서 판소리가 열두 마당[5]이라고 소개했다. 이러한 판소리 열두 마당은 소설로 개작되었는데, 지금까지 확인된 관련 소설을 표 오른쪽에 기록한다.

먼저 표에서 '가'와 '타령'이라는 명칭의 차이가 주목되는데, 판소리 열두 마당 중 다섯 마당으로 선별된 작품이 대부분 '가'라고 불린다. 판소리가 발전하는 과정에서 경쟁에서 밀린 작품들은 '타령'으로 남고, 내용이 풍부하고 표현의 격조가 높은 작품들이 '가'로 격상되어 살아남은 까닭이다. 그렇지만 전승에서 탈락한 작품들도 소설로 기록되거나 소설로서 인기를 끌기도 했다. 그래서 판소리계 소설에는 판소리 다섯 마당뿐만 아니라 전승이 끊긴 판소리의 사설이나 소설화된 작품들이 모두 포함된다.

판소리계 소설은 처음엔 판소리 사설을 그대로 옮긴 필사본으로 유통되다가 판소리의 인기에 힘입어 각 지역의 방각본 출판업자에 의해 목판본으로 간행되고, 이후 활자본 시대에도 인기 있는 이야기로 많은 이본을 산출했다. 이런 과정을 거치며 작품 세계도 변모하는데, 대표적인 경향은 ①주인공의 이상화, ②도덕성과 항거 의지 강화, ③극적 집중화, ④당대 현실의 정확한 반영 등으로 정리할 수 있다.

이러한 변모는 시대적·문화적 추이에 따른 것으로, 하층민의 신분 상승 욕구와 신분제의 변화가 판소리 주인공들의 고귀한 출생이나 그에 대한 주변 인물들의 추앙과 지지로 나타나거나, 주인공의 투쟁이 갖는 도덕적 정당성에 대한 확신과 지배 질서에 대한 항거가 거세진 현실이 반영된 것이라고 이해할 수 있다. 「춘향전」의 경우 집장가執杖歌 장면에서 극적 집중화가 이루어지는데, 이 역시 맹렬한 항거 의식이 낳은 결과다. 또한 신재효의 작품은 평민 부호층의 명료한 현실 인식이 잘 나타난 사례라고 할 수 있다(김종철, 1996).

이후 판소리계 소설은 새로운 매체 환경에서도 끊임없이 개작되거나 변용變容 대상이 되었다. 「춘향전」만 하더라도 내용상 큰 변화가 없는 이해조의 「옥중화」를 비롯해 이광수의 「일설춘향전」, 최인훈의 「춘향뎐」, 김주영의 「외설춘향전」 등으로 이어지며 〈춘향뎐〉(임권택, 2000), 〈방자전〉(김대우, 2010) 등 수많은 영화적 변용의 대상이 되기도 했다.

4. 판소리계 소설의 현실 반영성: 「흥부전」을 중심으로

판소리계 소설은 당대 현실을 핍진하게 반영한다는 특성을 갖는

4. 가짜신선타령: 송만재가 「관우희」에 전하는 내용은, 어리석고 못난 선비가 신선이 되려는 허황한 꿈을 이루려고 금강산의 노 선사에게서 천안주를 얻어먹고는 자신이 신선이 되었다고 착각해 온갖 추태를 부리는 내용으로, 신선 세계를 꿈꾸는 당대 지식인을 풍자한 것이다. 「가짜신선타령」은 빨리 소멸되어 이 작품 대신 「숙영낭자타령」이 들어가기도 한다(정노식, 1940).

5. 원래 '마당'이란 말은 '놀이하는 장소'를 뜻하다가 변해서 '놀이 한 편'을 일컫는 말이 되었다. 판소리 다섯 마당은 오가五歌라고도 한다.

다. 현실 반영은 크게 두 차원에서 이루어진다. 하나는 당대 현실의 소재나 인물상, 세태 등을 서술 내용으로 직접 취하는 것이요, 다른 하나는 당대의 현실 인식을 서술 내용, 결말 구조, 주제적 의미 등으로 매개해 간접적으로 드러내는 것이다. 여기서는 「흥부전」을 중심으로 두 방식의 현실 반영이 어떻게 실현되는지 살펴보도록 하겠다.

악한 형 놀부와 착한 동생 흥부가 제비가 가져다준 박을 통해 자신의 행위에 따른 대가를 받는다는 내용의 「흥부전」은 판소리와 판소리계 소설 중 부富와 부자富者를 문제시한 작품으로 꼽을 수 있다. 이 작품은 19세기 중후반 새로이 등장한 '요호부민'饒戶富民의 문학적 형상을 매개로(김종철, 1994) 빈익빈 부익부 현상이 초래한 사회 문제와 그에 대한 문학적 대안을 다루었다. 이러한 면모는 이 작품을 배태한 설화 차원의 '심성 담론'을 넘어 소설 차원의 '사회 경제적 담론'까지 포괄하는(정충권, 2003) 바탕이 된다.

놀부의 형상은 당대 요호부민의 실상을 반영한 것이다. 그런데 놀부상은 초기본과 후기본이 달라 주목을 요한다. 초기본이라 할 수 있는 경판 25장본 「흥부전」의 놀부는 아직 그 화폐를 자본화해서 생산 수단이나 노동력을 구입하기 위해 재투자함으로써 잉여 가치를 더 많이 창출하는 데는 큰 관심이 없다. 오직 안 먹고 안 입는 절약이 부를 수성守成하는 길인 줄로만 여긴다. 그래서 돈궤는 가득 찼으나 "집안이 고루 벗고 있는" 이해 못할 사태가 펼쳐지는 것이다. 이렇게 「흥부전」의 놀부는 노동력 재생산 비용을 아끼고 모아 부자가 된 수전노守錢奴일 뿐이다.

후기본인 신재효본 「박타령」의 놀부는 경판본의 놀부에 비해 가축과 농기계, 노비의 노동력을 활용해 더 넓은 토지를 경작할 수 있는 수완이 있다. 놀부는 여기저기 땅을 임차, 매입하는 방식으로 이윤을 계속 재투자하고, 노비가 사적으로 경작하던 토지의 소출마저 빼앗는 착취를 일삼으면서 부를 더욱 늘려 갔다. 구걸하러 온 흥부의 눈에 처음 들어온 것도, 부를 확대 재생산하는 데 긴요한 노비의 규모를 말해 주는 "30여 간 일자로 지은 줄행랑"이었다. 또한 그는 이제 스스로 농사짓지 않아도 자동으로 증식되는 자본의 운동을 이해하게 되었다. 그러자 놀부는 비로소 명실상부한 요호饒戶의 부민富民으로 행세할 수 있었다.

부의 규모와 경영 방식의 차이를 기준으로 볼 때, 경판 25장본 「흥부전」의 놀부는 농업 기술의 발전에 힘입어 발생한 잉여 생산물을 화폐로 전환해 수장하는 수전노형 부농이라 할 수 있다. 이에 비해 신재효본 「박타령」의 놀부는 농업의 상업화 추세에 따라 화폐 경제에 새로이 눈을 떠, 생산 수단인 토지를 확보하는 데 혈안이 된 경영형 부농이다. 이처럼 놀부의 형상 자체가 조선 후기 사회 경제적 상황을 핍진하게 반영한 것이다.

한편 「흥부전」을 향유한 수용자들이 공유했던 현실 인식은 결말 구조를 통해 잘 드러난다. 「흥부전」은 놀부의 형상을 통해 화폐 경제가 초래한 사회 문제를 드러내는 한편, 놀부를 징치하는 결말 구조를 실현하는 과정에서 이 문제에 대한 실질적 대안 또는 발전적 전망을 제시하기도 했다. 놀부를 혼내 주고 그의 재산을 빼앗는 결말은 사회적 모순, 즉 소수의 요호부민은 고리대나 화폐 지대로 부익부富益富하며 대다수 농민은 소작농으로, 고농雇農으로 빈익빈貧益貧하는 현실에 대한 강력한 비판이자 분노를 표출한 것이다. 특히 놀부의 돈은 주로 놀고, 먹고, 필요한 이들에게 나눠 주는 데 쓰였다. 이는 수전노 놀부가 수장한 화폐를 사회적으로 유통하거나 경영자 놀부가 수탈한 화폐를 사회에 환원해 경제 정의를 실현하고자 하는 열망을 상징적으로 대변한다(황혜진, 2017).

그러나 제비가 물어다 준 박씨에서 나온 존재들이 흥부를 부자로 만들거나 놀부를 징치하는 결말을 비현실적이라고 여길 수 있다. 차라리 춘향이나 심청이가 죽는 것으로 작품을 마무리했으면 작품의 문학적 가치가 더 증대되었을 것이라는 견해도 있다. 신동혼(2005)은 비현실적, 낭만적, 환상적으로 마무리되는 판소리계 소설의 결말에 대해 아득하고 막연해 어떤 하나의 구체적인 가능성을 현시顯示하고 있지 않되 미지의 무수한 가능성을 가진 상황을 상징을 통해 환상적으로 표현한 것이라고 했다. 이렇게 판소리계 소설의 환상적이며 낭만적인 결말 구조는 당대 향유자들이 가진 역사적 전망, 민중적 낙관주의, 즉 언젠가는 현실의 심각한 문제가 해결되고 신명 넘치는 새 세상이 올 것이라는 믿음을 반영한 것이라고 할 수 있다.

5. 쟁점

판소리와 판소리계 소설의 장르

판소리계의 모태인 판소리의 장르에 대해 ①희곡, ②서사시, ③소설, ④독자적 장르 등의 견해가 제기되었다. 조동일(1992)은 김연수 창본인 「춘향가」를 자료로 삼아 판소리의 장르를 논한 바 있다. 그에 따르면 판소리는 인물 행동의 총체를 보여 주기 위해 한정된 인물을 등장하게 하며, 무대 배경이 제한적인 희곡과 비교할 때 여러 인물의 행동과 연관된 장소를 필요로 한다. 또한 희곡이 진행 중인 행동에 대한 미래의 전망이 나타나는 미래 시제의 장르라고 할 때 판소리는 과거의 시제로 이미 지나간 얘기를 전한다. 이상의 특성으로 미루어 조동일은 판소리의 장르를 '서사'로 규정한다.

한편 연행되는 판소리가 연극이라는 주장도 있다. 대표적으로 이두현(1975)은 판소리 창을 "발림(동작)을 곁들여 일종의 상대역인 고수의 추임새에 따라 진행되는 독연 형태로 한국 특유의 연극 장르"라고 규정했다. 그러나 판소리 창은 독연(mono performance)이나 바탕글이 없고 대화와 동작만으로 현재형으로 진행되는 독연극(monodrama)[6]과 다르다. 덧붙여 판소리는 부분 창이 가능한데 연극이라면 이는 불가능하기에 일반적인 연극과 다르다.

이렇게 판소리가 '서사'라는 장르(장르류)에 속한다면, 하위 장르(장르종)는 무엇일까? 결론적으로 판소리는 서사문학이고 가창된다는 점에서 서사시이며, 구비 전승되기에 '구비서사시'라고 할 수 있다. 이러한 구비서사시에는 서사무가와 서사민요도 포함된다. 한편 구비서사시는 같은 장르류인 서사에 속해도 소설과 장르종에서 구별된다. 이 차이를 밝히기 위해 판소리 사설과 판소리계 소설을 비교해 볼 수 있다.

판소리 사설이 아무리 창자에 의한 서술자의 개입을 포함한다고 해도 판소리계 소설과 비교했을 때 대화나 동작이 중심이 된다. 한편 판소리계 소설의 경우 서사 세계의 사건과 시간 진행에 직접적으로 관여하는 대화와 행동이 소략하고, 서사 세계의 시간이 정지된 장면이나 심리 등에 대한 상태 묘사가 자세하다. 이는 '연행을 위한 구비문학'과 '개별적으로 향유되는 기록문학'이라는 차이, '광대의 몸'과 '문자와 책'이라는 매체의 차이에서 비롯되는 것으로 이해할 수 있다.

그런데 판소리계 소설 중에는 판소리 창본을 대부분 차용한 것부터 전면적인 소설적 변용을 이룬 것 등이 있어 판소리의 사설인지 판소리계 소설인지 확정하기 힘든 경우도 있다. 장르의 경계가 벽처럼 막혀 있지 않으므로 경계를 넘나드는 작품이 있을 수 있다. 따라서 판소리는 '구비서사시'에 속하는 한 하위종인 '판소리'인 한편, 판소리계 소설은 '구비서사시'와 같은 층위의 장르종인 '소설'의 하위종으로 파악할 수 있다.

판소리계 소설의 작가, 신재효와 그에 대한 평가

고창 신재효 고택, 동리정사
桐里精舍의 사랑채

신재효申在孝(1812~1884)는 여섯 마당[7]으로 판소리 사설을 정리하고 교육을 행해,[8] 판소리 문화의 일대 전기를 마련한 판소리 전승의 공로자로 평가된다. 또한 그가 남긴 판소리 사설은 그 자체로 판소리계 소설이 되기에 신재효는 판소리계 소설의 대표 작가라고 할 수 있다.

정노식(1940)은 신재효가 한학에 대한 조예를 바탕으로 판소리의 내용을 높은 윤리 수준으로 끌어올렸다고 했으며, 이병기(1961)는 판소리가 비속성과 불합리성에서 탈피해 현재와 같은 정치하고 합리적인 사설로 변화할 수 있는 근거를 신재효에게서 찾았다. 김종철(1996)은 신재효가 상층의 대리인이 아니라 봉건적 수탈에 저항하는 데 동조했던 향촌 사회의 요호부민으로서 명료한 현실 인식을 바탕으로 현실을 비판적으로 그려 냈다고 평했다.

반면 정병욱(1979)이 신재효의 업적이 판소리 사설이 소설화되는 과도기적 단계이며 시민 의식과는 배치된다는 점에서 전근대적인 의식 수준에 놓여 있다고 지적한 이래, 김흥규(1978)도 신재효가 개작한 사설에 대해 판소리의 본질에서 멀어졌으며 오히려 서민 의식에 적대적이라는 부정적인 평가를 내놓았다.

그러나 판소리 사설이 서민의 성격뿐만 아니라 양반의 지향도 아우르는 포용성을 지닌 것이라는 관점에서, 신재효의 사설이 서민 의식을 사실적으로 반영하는 동시에 상층 지식인의 이념성을 드러낸 것은 상하층의 양극 의식을 최대한 포용, 융화하려 한 까닭이며(설성경, 1980), 이는 양반이나 서민의 전형이라는 도식을 벗어나 진실한 인간의 총체적인 성격을 구현하고자 하는 의의를 갖는다는 평가(정병헌, 1993)도 있다.

1. 다음은 현존하는 고전소설의 필사본, 목판본, 활자본을 이본이 많은 순서에 따라 정리한 것이다. 필사본이 가장 먼저, 목판본이 그다음, 활자본이 맨 나중에 이루어졌음을 고려해 판소리계 소설의 인기가 시대적으로 어떻게 변했는지 논하고, 판소리계 소설 가운데 인기 작품은 어떤 것인지 말해 보자.

- 필사본이 많은 순서: 「창선감의록」 211(편), 「사씨남정기」 188, 「유충렬전」 176, 「춘향전」 150, 「조웅전」 150, 「구운몽」 140, 「심청전」 131, 「박씨전」 118, 「임진록」 115, 「숙영낭자전」 101, 진대방전」 94, 「토끼전」 85, (중략), 「홍길동전」 37, 「정을선전」 36, 「백학선전」 36, 「흥부전」 26
- 목판본이 많은 순서: 「구운몽」 127, 「조웅전」 119, 「춘향전」 75, 「심청전」 70, 「소대성전」 55, 「유충렬전」 54, 「삼국지」 54, 「적벽가」 50, 「홍길동전」 34, (중략), 「숙향전」 7, 「장화홍련전」 6, 「사씨남정기」 4, 「토끼전」 4
- 활자본이 많은 순서: 「춘향전」 110, 「유충렬전」 37, 「적벽가」 34, 「심청전」 31, 「옥루몽」 30, 「토끼전」 28, 「조웅전」 26, 「삼국지」 25, 「구운몽」 24, 「이대봉전」 24, 「사씨남정기」 22, 「정수정전」 21, 「임경업전」 20, 「박씨전」 19, 「홍길동전」 19, (중략), 「흥부전」 16

※ 이 자료는 조동일(2002)을 기준으로 제시한 것임.

2. 다음 글에서 설명하는 판소리 구성 원리를 앞에서 설명한 '정서와 이완의 반복', '장면 극대화 원리'와 비교해서 논하고, 여기에 해당하는 사례를 더 들어 보자.

판소리는 삶의 다양한 국면들을 생생한 현장의 목소리로 전하고자 하는데, 논리적으로 이루어진 삶이란 이 세상 어디에도 없기 때문이다. 딸을 판 아버지라 하여 남은 생을 고뇌와 비탄 속에서 살아가는 것은 논리적이기는 하지만, 진실한 목소리는 아니다. 다시 웃을 일은 생기는 것이고, 그러면 웃는 것이 우리의 삶이다. 심봉사처럼 딸을 판 대가로 받은 많은 돈을 자랑하며 어슬렁거릴 수도 있는 것이다. (중략) 또한 비장으로의 심화나 골계로의 극단화는 삶의 모습과 일치하지 않는 것처럼 보이기도 한다. 그러나 우리의 일상적 삶에서 모든 시간이나 장면은 동일한 질량을 갖고 있지 않다. 어떤 시간이나 장면은 우리의 삶에 더없이 중요하지만, 또 그렇지 않은 부분은 그냥 우리의 기억에 남지 않고 사라질 수 있는 것이다. (중략) 판소리는 이런 순간의 진실성을 포착하고 이를 예술적으로 형상화했다. 그 결과 미학의 초점화 또는 복합화 현상이 자연스럽게 수용된 것이다.(정병헌 외, 2016:63)

3. 다음 글을 읽고 '웃음으로 눈물 닦기'라는 판소리계 소설의 미학에 대해 탐구해 보자.

'웃음으로 눈물 닦기'와 같은 한국의 문화 전통은 판소리(계 소설)의 미학에 스며들어 있다. 가령 춘향이 모진 고문을 당하고 옥으로 향할 때, 월매를 포함한 남원 기생들이 모두 나와 춘향을 위로하며 자기 일처럼 슬퍼한다. 그러던 중 갑자기 낙춘이란 기생이 춤을 추며 "경사 났네"라고 노래를 한다. 춘향 덕분에 남원 기생들의 체면이 섰다면서 좋아하는 것이다. 이렇게 상황에 어울리지 않는 짓을 하며 웃음을 유발하는 삽화는 서사의 진행이나 심화에 도움을 주지 않음에도 종종 삽입된다.

또 춘향이 변학도의 고문을 받으면서 '십장가' 노래를 부르는 장면에서도 웃음으로 눈물 닦기의 미학을 발견할 수 있다. 춘향이 그 모진 매를 맞으면서 노래를 한다는 것은 고전적·사실주의적 시각에서 볼 때 가능하지 않은 일이다. 게다가 그 노래란 것이 "일자로 아뢰리다, 일편단심 이내 마음 일부종사하려는데 일개 형장이 웬일이요", "이자로 아뢰리다. 이부불경二夫不敬 이내 마음" "삼자 낱을 딱 붙여 놓으니, 삼생가약 맺은 마음" 등 동음이의어를 활용한 말놀이이다. 심지어 신재효(1812~1884)의 「춘향가」에서는 "십벌지목 믿지 마오, 씹은 아니 줄 터이요"라고 육담이 등장하기도 한다.

이렇게 고난을 당하는 슬픔과 비장함에 동참했던 청중들이 가졌던 비애의 감정을 웃음으로 전환하는 판소리 미학이 형성된 원인은 무엇인지 논의해 보자.

참고 문헌

강한영(1972), 신재효의 판소리사설 비평관

김균태 외(2012), 한국 고전소설의 이해

김대행(1991), 시가시학연구

김대행(2001), 우리시대의 판소리문화

김병국(1979), 판소리의 문학적 진술방식

김종철(1994), 옹고집전 연구

김종철(1996), 판소리사 연구

김종철(1997), 판소리의 정서와 미학

김흥규(1975), 판소리의 서사적 구조

김흥규(1978), 신재효 개작 춘향가의 판소리사적 위치

김현주(2011), 판소리 연구의 흐름과 전망

서대석(1979), 판소리와 서사무가의 대비연구

서종문(1987), 판소리 이면의 역사적 이해

설성경(1980), 신재효 판소리 사설 연구

유광수(2011), 쟁점으로 본 판소리 문학

이두현(1975), 한국연극사

이병기(1961), 국문학개론

정노식(1940), 조선창극사

정병욱(1979), 한국 고전의 재인식

정병헌(1986), 신재효 판소리 사설의 연구
정병헌(1993), 판소리문학론
정병헌 외(2016), 판소리사의 재인식
정충권(2003), 흥부전 연구
정충권(2016), 판소리 문학의 비평과 감상
조동일·김흥규(1978), 판소리의 이해
조동일(1992), 한국문학의 갈래 이론
조동일(2002), 소설의 사회사 비교론 2
조동일(2006), 한국문학통사 3
최동현(2005), 판소리의 미학과 역사
최혜진(1999), 판소리계 소설의 골계적 기반과 서사적 전개 양상
황혜진(2007), 춘향전의 수용문화
황혜진(2017), 조선후기 요호부민과 부에 대한 시선

필 자   황혜진

야담계 소설

야담계 소설은 야담 장르가 지닌 형식적·내용적 지향을 소설화한 일군의 작품을 가리킨다. 야담野談[1]은 조선 후기 일상에 주목한다. 야담계 소설은 야담이 주목한 일상을 소설적으로 전화轉化한 양식이니, 작품 안에는 조선 후기의 세태가 핍진하게 그려져 있다. 야담계 소설을 중세에서 근대로의 이행기적 성격이 강한 양식으로 규정짓는 이유도 여기에 기초한다. 야담계 소설의 범위에 관해서는 「월하선전」이나 「백년전」처럼 야담집에 실린 '옥소선玉簫仙 이야기'나 '고유高庾 이야기'처럼 야담 한 편을 소설적으로 확장, 변개한 텍스트로 한정하는 견해도 있다. 그러나 일반적으로는 그보다 의미를 확장해, 소설의 원천을 야담에 둔 텍스트를 포괄한다. 「이운선전」, 「홍연전」, 「김학공전」, 「김씨남정기」, 「신계후전」, 「사안전」史安傳(=「사대장전」), 「십생구사」, 「반필석전」, 「전관산전」, 「조충의전」, 「이장백전」, 「화녕군전」和寗君傳, 「마원철록」, 「계씨보은록」季氏報恩錄, 「어득강전」魚得江傳, 「김학사우배록」金學士遇配錄, 「조선개국록」, 「동국기서」東國奇書, 「탁영전」卓英傳 등이 여기에 포함된다. 야담계 소설은 '소설' 자체에만 주목한 연구도 있지만, 대부분은 야담 장르와 연계한 성과가 많다. 그중 야담계 소설의 형성 배경, 야담계 소설의 명칭과 범위, 야담의 소설화 과정, 작품론, 문학사적 의미 등은 야담계 소설과 관련한 주요 쟁점들이다.

1. 소설사적 위상

1. 야담: 조선 후기 일상생활 경험에서 일어난 일을 서사적 언어로 전화한 장르.
2. 필기: 사대부 문인이 자기 주변에서 보고 들은 내용을 위주로 기술한 장르.
3. 패설: 주로 민간에서 벌어진 인간의 행동을 모방해서 그리되, 그 미의식을 골계미에 둔 장르.

야담은 고려 말에서 조선 초에 형성된 필기筆記[2]와 패설稗說[3]에 모태를 둔다. 원과 명, 고려와 조선이 교체되는 문명 전환기에 '나'와 '내 주변'에 대한 관심이 다양한 필기와 패설을 생성케 했다. 이인로李仁老의 『파한집』破閑集을 시작으로 이제현李齊賢의 『역옹패설』櫟翁稗說, 서거정徐居正의 『필원잡기』筆苑雜記 · 『태평한화골계전』太平閑話滑稽傳 · 『동인시화』東人詩話 등은 역사 전환기에 만들어진 대표적인 필기 · 패설 작품집들이다.

이후 임진왜란과 병자호란을 거치면서 필기의 형식적 틀과 패설의 내용적 지향을 혼효混淆한 야담이 새롭게 등장한다. 유몽인柳夢寅이 1621~1622년에 편찬한 『어우야담』於于野談이 그 실마리를 보여 주었다. 이후 풍부한 서사성에 기초해 일상을 재현한 야담이 폭발적으로 생산된다. 17세기 말에서 18세기 초에 나온 『천예록』天倪錄과 『동패락송』東稗洛誦, 19세기에 간행된 『계서잡록』溪西雜錄, 『기문총화』紀聞叢話, 『기리총화』綺里叢話, 『청구야담』靑邱野談, 『동야휘집』東野彙輯, 『금계필담』錦溪筆談 등이 대표적인 야담집이다. 야담이 유행할 수 있었던 것은 야담 장르가 지닌 구비문학적 속성과 기록문학적 특성을 동시에 갖추었기 때문이다.

야담은 실재한 사건이 구연되는 과정을 거쳐 기록되어 정착되기도 하고, 기록물이 편찬자의 욕망에 따라 전혀 다른 이야기로 변개變改되기도 했다. 전자를 '구비 전승에 의한 기록화 과정'이라 하면, 후자는 '문헌 전승에 의한 변이 과정'이라 할 만하다. 구비 전승 과정에서는 이야기를 들려주는 사람(講談師)에 의해, 문헌 전승 과정에서는 적극적으로 개작한 작가에 의해 야담이 새로운 모습으로 탈바꿈했다. 바뀐 이야기 중에는 '인간의 삶'에 적극적인 물음을 던지면서 소설 장르와의 경계를 넘나드는 작품들도 생산되었다. 그것은 곧 야담계 소설의 등장을 예고한 것이었다. 이로써 보면 야담계 소설은 17세기 이후 사회의 변화, 소설 장르와의 넘나듦, 전대 문학 양식의 수용과 변용, 서사문학 향유층의 욕망 등이 복합적으로 작동하면서 생성된 문학 양식이라 할 만하다.

야담계 소설 연구 초기에는 야담계 소설 자체에 주목하지 않았다. 널리 알려진 고소설에서 특정 야담 작품이 어떻게 근원 설화로 적용되었는가를 밝히는 데 초점이 맞춰졌다. 예컨대 「춘향전」의 근원 설화로 『계서잡록』에 실린 「암행어사 박문수 이야기」를 제시하는 방법이 그러했다. 소설을 이루는 삽화 또는 특정 소설의 특성을 부각하기 위한 수단으로 야담이 활용되었다.

이후 야담 연구는 두 방향으로 전개되었다. 한 방향은 야담이 지닌 사회 경제사적 측면에, 다른 한 방향은 문헌학적 측면에 주목했다. 전자는 야담 가운데 당대 현실을 반영하면서도 서사성이 풍부한 작품을 '한문단편'이라 이름 붙여, 이들을 통해 우리의 자생적 근대성을 읽어 내려고 했다. 실재했던 사건이 어떻게 서사성을 갖춘 이야기의 배경으로 작동했는가에 대한 물음을 한문단편을 통해 입증하려는 시도였다. 반면 후자는 작품의 배경보다 야담 작품 자체에 주목하면서, 텍스트의 변이 양상과 의미를 찾는 데 초점을 맞췄다. 실재한 이야기가 야담으로 정착된 뒤에 정착된 야담 텍스트가 향유 과정에서 어떠한 변이를 일으켰고, 그것이 내포한 의미가 무엇인가를 찾는 흐름이었다. 야담계 소설을 야담 텍스트가 도달할 수 있는 최후의 장르로 인지해, 당시 야담이 소설로 다가가는 양상에 집중한 시도였다.

두 방향의 야담 연구로 야담과 야담계 소설은 문학사 정면에 나설 수 있었다. 다른 장르와 마찬가지로 야담은 독자적 장르로, 야담계 소설 역시 독자적 소설 양식으로 인식된 것이다. 『이조한문단편집』(이우성·임형택)으로 묶인 일군의 한문단편(=야담), 「홍순언 이야기」를 토대로 형성된 소설 「이장백전」과 「마원철록」, 「정향 이야기」를 토대로 한 「정향전」(정명기) 등은 야담과 야담계 소설에 대한 새로운 질문을 던진 작품들이라 할 만하다.

야담계 소설의 소설사적 위상을 찾는 연구는 다층적으로 이루어졌다. 그중에서도 1895년에 창간된 『한성신보』漢城新報 같은 근대 신문 매체와 관련한 야담의 변환 양상에 주목한 논의는 기억할 만하다. 당시 『한성신보』에는 기사도 아니고 소설도 아닌, 이른바 '단형서사문학'(김영민)이 새롭게 등장했다. 그런데 새로 등장한 단형서사문학의 글쓰기 방식이 야담의 글쓰기 방식을 준용한 야담계 소설을 연재하는 데로 이어졌기 때문이다. 실제 『한성신보』에 연재된 「이소저전」李小姐傳, 「성세기몽」醒世奇夢, 「이정언전」李正言傳 등은 야담계 소설의 변형이라 할 수 있다. 중세에서 근대로 이행하는 도정途程에서 야담 또는 야담계 소설은 근대문학과 연결되면서 새롭게 자기 갱신을 한 것이다. 야담의 자기 갱신 양상은 1927년 조선야담사가 창립된 뒤에 더욱 공고해진다. 당시 야담은 김진구金振九[4]가 중심이 되어 대중 계몽 운동으로 확산되었다. 하지만 김진구를 중심으로 한 야담 운동은 일제의 방해로 실패한다. 실패한 대중 계몽 운동으로서의 야담, 그 자리는 윤백남尹白南,[5] 김동인金東仁[6] 같은 작가들이 차지한다. 그들은 야담을 오락과 통속이라는 코드로 변용했다. 야담은 그 과정에서 통속적 역사소설을 형성하는 데도 일정한 영향을 주었다. 중세에서 근대로 이행하는 도정에서 야담이 근대문학의 뿌리로 작동했음을 엿보게 한다. 야담, 야담계 소설, 역사소설의 관계에 우리가 주목해야 하는 까닭이다. 그것은 전통의 계승이라는 측면에서, 우리 문학에 내재된 생명력을 이해하는 척도이기 때문이다.

2. 양식의 특성

명칭과 범위

야담계 소설은 야담, 한문단편, 문헌 설화 등 여러 용어와 혼용되어 쓰이곤 한다. 필요에 따라 때로는 같은 의미로, 때로는 전혀 다른 의미로 이해되기도 한다. 용어의 쓰임이 혼란스럽다. 그럼

4. 김진구: 1896~?. 일제강점기에 활동한 야담가. 1927년 '조선야담사'를 창립해 야담을 민중 계몽 운동에 접맥했다.

5. 윤백남: 1888~1954. 극작가이자 영화감독. 대중적 야담 운동을 지휘하고, 『월간야담』을 발간했다.

6. 김동인: 1900~1951. 소설가. 윤백남과 함께 『월간야담』에 필자로 참여하고, 이후 『야담』을 창간했다.

에도 야담은 장르적 명칭으로, 한문단편은 야담 가운데 당대 현실을 잘 반영하면서 서사성이 높은 작품에 한정해서, 문헌 설화는 구비 설화와 대응되는 용어로 쓰이는 경향이 강하다. 반면 야담계 소설은 말 그대로 야담을 소설적으로 변용했다는 점에 주목한 용어다. 다른 세 명칭과 달리 '소설'의 범주 안에 야담을 포괄한다.

다분히 자의적이고 편의적인 용어 사용은 단지 어떤 용어를 적용해 쓸 것인가의 문제로 끝나지 않는다. 용어 취택은 단순한 선택을 넘어, 야담계 소설의 범위와 장르 문제로 이어지곤 한다. 문헌 설화는 야담을 독립된 장르로 인정하지 않는다. 문헌에 기록된 '설화'가 전제로 깔려 있기 때문이다. 그러니 야담'계' 소설이란 양식 명칭은 성립되지 않는다. 야담계 소설로 묶인 작품들도 모두 해체된다. 개별 작품의 내용에 따라 다른 유형에 귀속시킨다. 예컨대 「월하선전」은 애정소설로, 「김학공전」이나 「신계후전」은 세태소설로 이해한다.

한편 '한문단편'이라는 용어는 야담 연구 초기에 주로 쓰였다. 한문단편'소설'이라고 부르기에는 작품의 성격이 다소 모호해 '소설'이란 말을 지웠다. 소설이 지닌 장르적 특성에 구애 받지 않고 다소 유연한 시각으로 작품을 이해하려 했지만, 이런 개방성이 오히려 혼란을 야기했다. 특히 최근에는 한글로 창작된 작품집도 다수 발굴되어 '한문'단편이라는 표기도 무색해졌다. 또 한문'단편'이라고 했을 때 '단편'을 어떻게 규정할 것인가도 만만치 않은 문제다. 그래서인지 최근에는 한문단편이란 용어가 야담 연구 초기 때처럼 많이 쓰이지는 않는다. 그래도 '당대 현실 반영'과 '강한 서사성'이라는 두 요인을 강조한 작품을 언급할 때는 한문단편이라는 용어가 유의미하게 이용되고 있다.

반면 '야담'은 이런 한계를 극복하기 위한 대안 용어다. 야담을 '생활 경험에서 우러난 것으로 현실에 대한 대응 방식이 서사적 언어로 전화된 것'(이강옥)이라고 규정함으로써 하나의 독자적 장르로 보았다. 이 개념은 다소 포괄적이며 범박한 규정이라 할 수도 있다. 하지만 이를 '인간의 삶을 모방해 그려 내되, 그 지향을 당대 일상에 맞춘 서사 장르'로 이해한다면, 야담계 소설의 장르적 특성을 읽어 내는 데 유의미하다. 인간의 삶이 아닌 행동을 모방하는 패설, 당대 일상을 반영하지 않고 보편적 삶을 이야기하는 설화, 보편적 삶의 가치를 다루는 여타의 소설과 차별화된 독자적인 '야담계' 소설이 성립될 수 있기 때문이다. 그러나 야담이라는 용어가 설화나 소설 등과 변별되는 특성을 구체화하는 7. 서사: 보고 겪은 일을 기록한 한문학 문체의 하나.
가에 대한 물음에 따른 논쟁은 여전히 진행 중이다.

　'야담계 소설'은 야담 중에서 소설적인 성향이 강한 작품, 혹은 야담에 원천을 두고 소설로 장르 변환을 일으킨 작품에 한정한다. 야담계 소설은 연구자에 따라 그 범위가 확장되기도 하고, 축소되기도 한다. 넓은 의미에서 야담계 소설은 야담 작품 가운데 소설적 성향이 강한 텍스트를 가리킨다. 한문단편에 속한 다수의 작품은 야담계 소설의 범주 안에 든다. 좁은 의미의 야담계 소설은 소설로 장르 변환된 일군의 텍스트로 제한된다. 이에 따라 대부분의 한문단편은 소설이 아닌 야담으로 회귀한다. 이처럼 명칭에 대한 논란이 지속되는 현상은 야담이 지닌 개방적인 특성에서 비롯된 결과이기도 한데, 야담과 야담계 소설에 담긴 개방적 특성을 어떻게 이해할 것인가에 따라 그 명칭과 범위가 다르게 적용된다.

야담의 개방성

야담은 열린 장르로서의 양식적 특성을 갖는다. 야담집에는 온갖 장르의 작품이 수록되어 있다. 설화와 소설은 물론 전傳이나 서사書事[7] 등과 같은 장르들도 실렸다. 실제로 20세기 초에 편찬된 『양은천미』揚隱闡微에는 「운영전」과 「정향전」丁香傳이 온전하게 담겼다. 박준원朴準源의 문집에 실린 서사 「뱃사람 노귀찬」(書船人盧貴贊事)과 신경申暻의 문집에 수록된 전 「효성을 다한 기생 두련」(孝妓斗蓮傳)은 『청구야담』에 각각 「노귀찬 이야기」(肆舊瞽與熊鬪江中)와 「두련 이야기」(傳書封千里訪父親)로 정착되었다. 다양한 장르의 작품이 야담'집'에 공존함을 확인케 한다. 이런 현상을 어떻게 이해할 것인가?

　이 물음의 해답을 찾기 위해서는 크게 두 가지 방법을 생각할 수 있다. 하나는 야담집에 실린 작품을 하나하나 분해해 각각의 장르에 귀속시키는 것. 다른 하나는 야담이 '집'集으로 향유되니, 야담집의 지향을 통째로 읽어 내는 것이다. 전자는 「운영전」과 「정향전」은 소설로, 「노귀찬 이야기」와 「두련 이야기」는 각각 서사와 전으로 돌려보내면 그만이다. 반면 후자는 네 작품이 야담집 안에서 어떻게 유기적으로 작동하는가에 주목한다. 개별 야담 작품보다 야담집 안에서 작품의 역할에 더 무게중심을 둔다. 이렇게 서로 다른 접근 방식은 야담계 소설을 보는 시각도 다르게 만든다. 전자는 야담을 다양한 갈래의 복합체로 인지한다. 야담계 소설 역시 다양한 갈래 중의 하나가 된다. 후자는 야담을 필기, 패설 같은 '집'으로 향유되던 전통 장르의 수용과 변용에 따른 결과물로 인지한다. 그러니 야담계 소설 자체보다 그를 배태한 문학적 환경에 초점이 맞춰진다. 개별 작품에 주목한 시각과 전체에 주목한 시각, 두 시각은 전혀 섞일 수 없을 듯하다. 하지만 야담계 소설의 문학사적 위상을 올바르게 정립하기 위해서는 두 시각을 적절하게 조율할 필요가 있다.

야담의 개방성이 야담계 소설의 문학사적 위치를 정립하는 데 방해 요인이 된 것도 사실이다. 이는 근대 이전의 글쓰기 방식이 지금과 다른 데서 비롯된 결과다. 야담은 특정한 소수를 대상으로 필사되었다. 소수의 동호인을 중심으로 한 주관적인 글쓰기를 통해 편자는 자신의 의견을 펼쳤다. 큰 틀은 벗어나지 않지만, 큰 틀 안에서 편자는 자기가 전하고자 한 의도에 맞게 이야기를 변용하기도 했다. 그 과정에서 전과 서사를 비롯한 다양한 장르가 담기기도 했다. 야담이 가진 열린 장르로서의 특징은 이렇게 마련된 것이다.

그러나 이런 글쓰기 방식은 근대로 접어들면서 변모한다. 특히 근대 매체와 만나면서 야담은 그 위력을 발휘한다. 특정 소수를 대상으로 필사된 야담집과 달리 신문 매체는 불특정 다수를 독자로 설정하기 때문이다. 게다가 신문 매체는 분량에 제한을 받는다. 분량 제한이 없던 근대 이전의 야담집과 다른 글쓰기 환경이 만들어진 것이다. 이런 상황에서 신문에서는 '집'이 아닌, '집'에서 떨어져 나온 개별 작품 한 편이 독자적으로 영향력을 발휘한다. 야담집 전체보다 개별 작품의 가치가 중시된 결과다. 신문사에서는 그들 취지에 맞는 야담을 선취選取해 소설로 개작해서 연재하기도 했다. 『한성신보』에 연재된 「이소저전」을 비롯한 「성세기몽」, 「이정언전」, 「가연중단」佳緣中斷 등은 야담의 개방성을 한껏 활용한 연재물이기도 했다. 야담과 근대적 소설이 교묘하게 공존하며, 야담계 소설이 근대문학으로 이행하는 양상을 엿보게 한다.

3. 주요 작품과 형태

야담계 소설은 18세기 이후에 본격적으로 산출되었다. 그 범위를 넓게 펼치면 일상을 반영하면서 풍부한 서사적 틀을 마련한 한문단편들까지 모두 여기에 포괄할 수도 있다. 하지만 일반적으로는 완전하게 소설로 장르 변환된 작품만을 범주에 넣는다. 범위를 한정해도 야담계 소설의 수는 적지 않다. 더구나 중세 말기에서 근대 초기, 즉 19세기 말에서 20세기 초에 창작된 야담계 소설은 유일본의 형태로 지금까지도 꾸준히 학계에 보고되고 있다. 적어도 30여 편은 야담계 소설로 범주화할 수 있을 정도다.

　야담계 소설은 크게 세 가지 형태로 존재한다. 첫째, 실재한 이야기가 야담으로 정착되고, 그것이 다시 소설화에 영향을 준 형태. 둘째, 야담 작품이 기존의 소설 작품 안에 틈입해 야담의 색채를 짙게 드러낸 형태. 셋째, 야담이 기존의 소설과 결합해 새로운 작품으로 전환된 형태. 첫 번째 형태에 속하는 대표적인 작품은 「홍순언 이야기」에 기초한 「이장백전」과 「조충의 이야기」에 기초한 「조충의전」 등이다. 두 번째 형태는 권선징악의 틀에 여성지인담女性知人談8을 결합한 「옥단춘전」과 「백년전」 등이 있다. 또한 기존 소설 틀 안에 추노담推奴談9을 결합한 「김씨남정기」, 「살신성인」, 「김학공전」, 「신계후전」 등도 여기에 포함할 수 있다. 세 번째 형태는 「춘향전」의 틀을 차용해 '옥소선 이야기'를 재해석한 「월하선전」 등이 있다.

8. 여성지인담: 여성이 훌륭하게 될 만한 사람 또는 신랑을 알아보는 것을 모티프로 한 이야기 유형.

9. 추노담: 도망간 노비를 붙잡아 본래의 주인이나 본래의 고향으로 돌려보내는 내용을 모티프로 한 이야기 유형.

4. 쟁점

야담계 소설 연구는 형성 배경, 야담계 소설의 명칭과 범위, 야담의 소설화 과정, 작품론, 문학사적 위상 찾기 등 여러 쟁점을 가지고 있다. 그렇지만 어떤 쟁점이든 야담계 소설 자체가 논쟁의 중심에 놓인 적은 거의 없다. 대부분은 야담을 연구하는 도정에서 부수적으로 다루어진 경향이 강하다. 연구 방향이 변이된 야담이 어떻게 야담계 소설을 창출하는 동력으로 작동했는가에 맞춰진 까닭이다.

야담은 구비문학적 속성과 기록문학적 속성을 모두 가지고 있다. 보고 들은 것을 채록採錄하기도, 문헌으로 전승되는 텍스트를 전사轉寫하기도 했다. 구전되는 이야기를 기록했든, 문헌 작품을 전사했든, 어떤 경우에도 특정 텍스트는 편찬자에 의해 변개될 수밖에 없다. 편찬자는 의식하든 그렇지 않든 자기 의도에 맞게 텍스트를 개작하기 때문이다. 개작은 편찬자의 능력에 따라 다르게 나타난다. 텍스트의 일부를 바꾸는 소극적인 형태도 있는가 하면, 그와 달리 적극적으로 텍스트에 개입해 완전히 다른 형태로 변개하기도 한다. 그 동인을 두고 혹자는 사회문화사적 측면에, 혹자는 노론을 중심으로 한 창작 집단에 주목하기도 했다. 그러다 보니 야담계 소설이 지닌 미적 특질이나 구성 방식 등과 같은 작품 내적인 미의식을 밝히는 연구는 퍽 적었다. 이 문제는 향후 야담계 소설 연구가 나아가야 할 방향이기도 하다.

2000년을 전후해 우리 문학사에서 '근대'와 '민족'으로 대표되던 거대 담론이 상당 부분 힘을 잃었다. 힘을 잃어 비워진 그 자리는 '지금·현재' '내'가 살고 있는 일상에 대한 관심으로 채워졌다. 내가 서 있는 자리에서 경험한 일상이 연구의 중심에 섰다. 내 삶의 아주 평범하고 작은 한 조각, 그 자체가 역사가 되었다. 이런 상황에서 당대 일상에 주목한 야담, 그리고 거기에 인간의 삶의 가치를 틈입시킨 야담계 소설은 21세기에 진입하면서 새롭게 평가받고 있다. 근래에 이루어진 일련의 성과, 즉 근대 전환기 신문 매체와 야담이 만나면서 이루어지는 자기 갱신 양상에 주목한 논의라든가 욕망의 변형태로 등장한 기이성에 초점을 맞춘 논의 등은 야담을 이해하는 새로운 지침이다. 물론 아직까지는 야담이나 야담계 소설에 대한 연구의 폭이 넓지 않다. 야담계 소설은 더욱 심하다. 그럼에도 이

들이 향후 다른 어떤 문학 양식보다도 활발하게 논의될 것이란
점은 부인할 수 없다.

1. 야담 '옥소선 이야기'와 소설 「월하선전」을 읽고, 두 작품의 같은 점과 다른 점을 말해 보자. 같은 점과 다른 점을 통해 야담과 소설의 경계에 대해 토론해 보자.

2. 야담을 소재로 콘텐츠화한 매체를 찾고, 그것이 원천 소재를 어떻게 활용했는가에 대해 이야기해 보자.

3. 동일한 소재로 활용된 야담, 야담계 소설, 역사소설(또는 잡지 『월간야담』이나 『야담』에 실린 작품)을 비교해 읽고, 각각의 작품들이 무엇을 말하려고 했는가에 대해 토론해 보자.

참고 문헌

강영순(2013), 알아줌 그 성취와 애정의 서사
김영민(2005), 한국 근대소설의 형성과정
김정석(1995), 단명담·추노담의 소설적 변용과 그 성격
김준형(2009), 조선전기 필기·패설의 전개양상
김준형(2015), 근대전환기 야담을 보는 시각
김준형(2017), 실재한 사건, 다른 기록- 태평한화골계전을 중심으로
박일용(2001), 홍순언 고사를 통해서 본 일화의 소설화 양상과 그 의미
박희병(1981), 청구야담연구
이강옥(1993), 조선초기 사대부일화가 조선후기 야담계 일화 및 소설로 발전하는 한
　　　양상
이강옥(1998), 조선시대 일화 연구
이강옥(2006), 한국 야담 연구
이우성·임형택(2018), 이조한문단편집 1-4
임형택(1976), 18·9세기 이야기꾼과 소설의 발달
임형택(1978), 한문단편 형성과정에서의 강담사
임형택(1996), 야담의 근대적 변모
정명기(1996), 한국야담문학연구
정명기(2001), 야담문학연구의 현단계 1-3
한기형(1993), 한문단편의 서사전통과 신소설

필　자　　김준형

III

고소설의 작품 세계

최치원

「최치원」은 성임成任이 편찬한 『태평통재』太平通載[1] 권68에 실려 있는 한문소설로, 최남선崔南善과 이인영李仁榮이 활자화한 자료만 남아 있다. 「최치원」 말미에는 '출신라수이전'出新羅殊異傳이라는 기록이 있다. 『수이전』은 최치원의 편저로 박인량朴寅亮이 증보하고 김척명金陟明이 개작했다고 보는 것이 통설이다. 현재 『수이전』은 전하지 않고 13편의 일문逸文만이 『태평통재』·『삼국유사』·『해동고승전』海東高僧傳·『대동운부군옥』大東韻府群玉[2] 등에 흩어져 전하는데, 그중 『대동운부군옥』의 「선녀홍대」仙女紅袋는 「최치원」의 축약본이다. 한편 송대宋代의 『육조사적편류』六朝事迹編類에는 「쌍녀분기」雙女墳記가 실려 있다. 「최치원」과 「쌍녀분기」[3]는 같은 내용이지만, 전자가 2000여 자의 전기소설인데 반해 후자는 120여 자의 지괴志怪[4]로서 설화 수준에 머물러 있다.

1. 『태평통재』: 조선 전기에 성임이 중국의 『태평광기』를 본떠 우리나라 고금古今의 여러 기이한 이야기와 글을 모아 편찬한 잡록집.

2. 『대동운부군옥』: 조선 선조 때 권문해權文海가 편찬한 백과사전. 단군 이래 편찬 당시까지의 사실史實, 인물, 지리, 예술 등을 운별韻別로 분류해 놓았다.

3. 「쌍녀분기」: 최치원과 두 귀녀의 만남을 내용으로 하며, 한문 120자 정도의 짧은 분량이다.

4. 지괴: 기괴한 일을 기록한 것으로, 중국 육조六朝 시대에 성행했으며, 짤막한 이야기가 많다.

1. 작가 문제

「최치원」이 원작 『수이전』에 있었다면 작가는 최치원일 가능성이 높다. 그런데 「최치원」의 처음과 끝은 『삼국사기』「최치원 열전」의 그것과 거의 같은바, 특히 최치원의 죽음까지 다루고 있는 작품의 끝부분은 최치원이 서술할 수 없는 것이다. 그렇다면 「최치원」의 작가는 최치원일 수 없겠지만, 최치원을 작가로 보는 연구자들은 작품의 끝부분을 후대인의 가필加筆로 이해한다(김건곤, 1988). 주인공 최치원의 소외감과 사회 비판 의식에 초점을 맞추는 입장에서는 「최치원」을 실존 인물 최치원에 대한 불우한 지식인의 이미지가 보편화된 뒤에 창작된 작품으로 보기도 하고(엄태식, 2015), 조선 초기의 작품으로 보기도 한다(박일용, 1993). 그 밖에 삽입시의 풍격에 주목해 최광유崔匡裕[5]의 작으로 보는 견해도 있다(이동환, 2002).

2. 작품의 형성 과정

최치원과 관련된 최초의 이야기는 「쌍녀분기」였을 것이다. 그런데 「쌍녀분기」는 설화 수준에 머물러 실존 인물 최치원의 면모는 볼 수 없다. 최치원이 세상을 떠난 뒤, 「쌍녀분기」 같은 단편적인 이야기에서 실존 인물 최치원의 낙척불우落拓不遇[6]하고 고독한 면모를 읽어 내려는 시도가 있었으리라 여겨지는데, 이에 따라 작품 앞뒤에 『삼국사기』 「최치원 열전」의 내용이 추가되었을 것이다. 그리고 최치원과 두 여인의 만남 부분은 당나라의 전기소설 「유선굴」遊仙窟[7]에서 큰 영향을 받았을 것이다(조수학, 1975).

3. 작품의 내용과 주제

당나라에서 과거에 급제해 율수현위溧水縣尉[8]에 제수된 최치원은 초현관招賢館에 놀러 갔다가 그 앞 쌍녀분雙女墳에 시를 써서 조문했다. 그날 밤 감동한 두 귀녀鬼女가 찾아왔는데, 그녀들은 어려서부터 글을 익혔으나 부모의 강요로 소금 장수에게 시집갔다가 화를 참지 못해 세상을 떠났다. 최치원은 두 여인과 밤새도록 이야기하다가 새벽에 작별했다.

이상이 「쌍녀분기」의 내용인데, 「최치원」에는 두 여인이 팔랑八娘과 구랑九娘

으로 나오고, 취금翠襟이라는 시녀가 최치원을 인도해 여인들을 만나게 하며, 팔랑·구랑이 각각 소금 장수·차 장수와 약혼한 것으로 되어 있다. 한편 「최치원」은 대부분 최치원과 팔랑·구랑의 대화 및 수창酬唱[9]으로 이루어져 있는데, 이것이 「쌍녀분기」와 「최치원」의 작품 분량 및 설화와 소설, 지괴와 전기의 차이를 만든 가장 중요한 원인이다. 「최치원」의 작가는 상상력을 발휘해 셋 사이에서 벌어진 이야기를 구체적으로 그려 낸 것이다.

최치원은 두 여인을 희롱하는 태도를 보이는데, 그것은 단적으로 말해 여성을 성적 쾌락의 대상으로 보는 태도다. 반면에 팔랑과 구랑은 최치원을 남편으로 대하며, 그날 밤의 동침을 혼인으로 받아들인다. 이는 최치원과 팔랑·구랑이 나눈 대화와 시를 찬찬히 읽어 보면 알 수 있는데, 이들의 대화와 시에 인용된 전고典故들이 매우 중요하다. 예컨대 최치원은 두 여인을 식부인息夫人[10]이나 선화부인宣華夫人 진씨陳氏[11]에 비유하는데, 이 여인들은 남편 이외의 남자를 따랐다는 공통점이 있다. 반면에 팔랑·구랑은 순舜과 아황娥皇·여영女英의 고사[12] 등을 인용하면서 최치원과의 만남이 혼인임을 말한다(엄태식, 2015).

최치원은 여인과 헤어진 뒤 장가長歌를 짓는데, "마음을 요호妖狐에 연연하지 마라"(莫將心事戀妖狐)라는 마지막 구절을 두고 연구자들 대부분은 '요호'를 팔랑과 구랑을 가리키는 말로 이해했다(임형택, 1984). 그러나 여기서의 요호는 미색美色의 은유이며, 이 구절은 여인을 성적 대상으로 여겼던 자신의 태도에 대한 반성적 성찰이다(엄태식, 2015). 이는 '육두품'六頭品[13]이라는 자신의 신분적 한계 및 좌절을, '중간층'이었던 두 여인의 신분적 한계 및 비극과 동일시함으로써 얻은 각성이다.

5. 최광유: 신라 말의 문인.

6. 낙척불우: 자신의 능력이나 뜻을 펼칠 수 있는 상황이나 때를 만나지 못함.

7. 「유선굴」: 장작張鷟이 지은 전기소설. 주인공 '나'가 공무로 여행을 하던 중 십낭十娘과 오수五嫂의 집에서 하룻밤을 함께 지냈다는 사랑 이야기다.

8. 율수현위: '율수'는 중국 장쑤성江蘇省에 있는 고을이고, '현위'는 현령縣令을 보좌하는 관직이다.

9. 수창: 시나 노래를 서로 주고받으며 부름.

10. 식부인: 춘추시대의 소국 식息나라 임금의 부인. 성이 규嬀이므로 식규息嬀라고도 한다. 그녀는 식후息侯와 채후蔡侯의 갈등으로 식나라가 초楚나라에 멸망당한 뒤 초 문왕文王의 부인이 되어 도오堵敖와 성왕成王을 낳았는데, 두 지아비를 섬겼다는 이유로 말을 하지 않았다.

11. 선화부인 진씨: 진陳 선제宣帝의 딸로 총명하고 아름다웠다. 진나라가 수隋나라에 멸망당한 후 궁중으로 들어가 빈嬪이 되었다. 수 문제文帝의 총애를 받다가, 후에 문제의 아들 양제煬帝와 사통私通했다.

12. 순과 아황·여영의 고사: 아황과 여영은 요堯임금의 두 딸이자 순임금의 두 부인이다. 요임금이 두 딸을 순에게 시집보내 그 집안의 법도를 살펴보고 천자의 자리를 물려주었다.

13. 육두품: 신라의 신분제인 골품제의 한 등급. 골품제는 골제骨制와 두품제頭品制로 구분되는데, 육두품은 두품 가운데 가장 높은 등급으로 신라 17관등 중 제6관등인 아찬阿飡까지 오를 수 있었다.

탐구 활동	1.「최치원」에서는 최치원과 팔랑·구랑의 전고를 인용한 대화와 시가 큰 비중을 차지한다. 작품에 나오는 전고들을 조사해 이것이 어떤 의미를 갖는지 토론해 보자.
	2.「최치원」,「쌍녀분기」,『삼국사기』「최치원 열전」,「최고운전」에 나타난 최치원의 형상을 비교해 보자.
	3.「최치원」과 유사한 내용, 곧 남자 주인공이 귀녀를 만난다는 내용의 작품으로 『금오신화』의 「만복사저포기」가 있다. 두 작품이 어떠한 공통점이 있는지 이야기해 보자.
권장할 만한 텍스트	김현양·김희경·이대형·최재우 공역, 역주 수이전 일문, 박이정, 1996
참고 문헌	김건곤(1988), 신라수이전의 작자와 저작배경
	김현양(2011), 최치원, 버림 혹은 떠남의 서사
	문흥구(1998), 수이전 일문 최치원의 재고찰
	박일용(1993), 조선 시대의 애정소설
	박일용(2011), 최치원의 형상화 방식과 남·녀 주인공의 성적·사회적 욕망
	소인호(2000), 전기소설 최치원의 창작 경위와 문헌 성격
	엄태식(2015), 한국 전기소설 연구
	오춘택(2005), 쌍녀분기와 최치원의 작자
	이검국·최환(2000), 신라수이전 고론
	이동환(2002), 쌍녀분기의 작자와 그 창작 배경
	이인영(1940), 태평통재잔권 소고
	이정원(2003), 조선조 애정 전기소설의 소설시학 연구
	이헌홍(1982), 최치원전의 전기소설적 구조
	임형택(1984), 한국문학사의 시각
	정규식(2006), 최치원의 성적 욕망과 자기 정체성 확립
	조수학(1975), 최치원전의 소설성
	조혜란(2003), 남성 환타지 소설의 시작, 최치원
	지준모(1999), 최치원전 평석
	최남선(1943), 신정 삼국유사
	한영환(1992), 최치원전과 유선굴
필 자	엄태식

作家 김시습

김시습(1435~1493)의 자는 열경悅卿, 호는 매월당梅月堂·동봉
東峰·벽산청은碧山清隱·청한자淸寒子·췌세옹贅世翁, 법명은 설
잠雪岑, 시호는 청간淸簡이다. 전기소설집『금오신화』金鰲新話의
작가이며, 문집으로『매월당집』梅月堂集이 있다. 수양대군의 왕
위 찬탈에 저항해 절의를 지킨 생육신生六臣의 한 사람이기도 하
다. 그의 본관인 강원도 강릉시에는 '매월당김시습기념관'이 조
성되어 있다.

김시습 초상(보물 제1497호).
부여 무량사 소장

1. 생애

김시습은 세종 17년 서울에서 태어났다. 야사에 따르면, 이때
인근 성균관 유생들이 공자가 태어나는 꿈을 꾸었다고 한다. 이
에 『논어』의 첫 구절("學而時習之 不亦悅乎")을 따서 이름을 '시
습', 자를 '열경'이라 했다. 말보다 글을 먼저 알았다고 하여 '생
이지질'生而知質이라는 찬사를 받았고, 3세에 이미 한시를 지었
다고 한다. 5세 때 신동이 났다는 소문을 들은 세종이 그의 재주
를 시험해 보고는 장차 크게 쓸 재목이라고 칭찬했다 하여 '오
세'五歲라는 별호를 얻었다. 이를 계기로 비록 한미한 무반 가문
출신이었지만 이계전李季甸, 김반金泮, 윤상尹祥 등 당대를 대표

하는 석학들의 가르침을 받았다.

　그러나 그 뒤로는 거듭 비극이 찾아왔다. 15세에 어머니를 여의고 강릉의 외가에 의탁했으나, 3년도 되지 않아 자신을 돌보아 주던 외숙모마저 세상을 떠났다. 부친은 중병을 얻어 가사를 돌보지 못하자 계모를 맞이했고, 20세에 훈련원도정都正 남효례南孝禮의 딸과 결혼했으나 적응하지 못했다. 삼각산 중흥사重興寺에 홀로 머물며 독서에 몰두했으나, 세종과 문종이 잇따라 승하하고 과거에도 낙방했다.

　이때 그의 일생에 가장 큰 충격을 주었던 계유정난癸酉靖難[1]이 일어났다. 21세에 수양대군이 어린 조카 단종의 왕위를 찬탈했다는 소식을 듣고는 며칠 동안을 통곡하다가 읽던 책을 모두 불사른 후 머리를 깎고 중이 되었다. 이후 10여 년 동안 '설잠'이라는 법명으로 관서, 관동, 호남 등지를 정처 없이 떠돌다, 31세에 경주 남산을 찾아가 금오산실金鰲山室을 짓고 37세까지 칩거했다. 『금오신화』는 이 시기에 창작된 것으로 보인다.

　38세에 세조와 예종이 승하하고 성종이 즉위해 널리 인재를 구한다는 소식이 들리자, 상경해 인근 성동城東의 폭천정사瀑泉精舍와 수락산의 수락정사水落精舍 등지에서 10여 년을 생활했다. 그러나 훈구척신勳舊戚臣[2]들의 전횡專橫을 목격하고 정치 현실과의 괴리를 느껴 자포자기 상태에서 기행을 일삼았다. 잠시 환속해 47세에 안씨安氏의 딸과 재혼했으나 곧 사별했고, 폐비廢妃 윤씨尹氏 사건이 일어나자 또다시 방랑길에 올랐다. 이후 강원도 일대를 전전하다 59세에 충청도 홍산鴻山 무량사無量寺에서 생을 마쳤다.

2. 사상과 문학

김시습은 유학자의 길을 포기하고 불교에 의탁했으며, 도가에 심취하기도 했다. 그가 남긴 글들은 유儒·불佛·도道 3교를 넘나드는 복합적인 사상 편력을 보여준다. 「애민의」愛民義, 「인군의」人君義, 「고금제왕국가흥망론」古今帝王國家興亡論, 「위치필법삼대론」爲治必法三代論 등에는 유가儒家의 명분론을 바탕으로 경세제민

經世濟民과 왕도 정치王道政治의 이상이 펼쳐져 있다. 그러나 그가 꿈꾸었던 유학 질서가 무참하게 짓밟힌 현실에 절망을 느껴 불가에 의탁한 뒤 「화엄일승법계도주병서」華嚴一乘法界圖註幷書, 「십현담요해」十玄談要解, 「묘법연화경별찬」妙法蓮華經別讚 등 불교 저술을 남겼다. 이와 같은 행적을 이이李珥는 「김시습전」에서 '심유적불'心儒跡佛,[3] 이자李耔는 『매월당집』 서문에서 '불적이유행'佛跡而儒行[4]이라는 말로 표현했다. 또한 『도덕경』道德經, 『남화경』南華經, 『황정경』黃庭經 등을 탐독하고 양생법養生法[5]과 단학丹學[6]에도 일가를 이루었다고 한다.

이와 같은 사상의 방황은 당위론적 예교 질서가 철저히 유린당하는 폭압적 현실에 대한 반발이었으며, 그 근저에는 양심적 지식인으로서의 대사회적인 책임 의식이 자리하고 있었다. 그는 조선의 사대부들이 취할 수 있었던 출出과 처處, 곧 관료와 처사의 삶을 모두 거부했다. 대신에 불의한 현실과 타협하지 않고 양심을 지키며 제3의 길, 고독한 예외자의 길을 선택했다. 이와 같은 이유로 문학사에서는 15세기 조선의 정치 모순이 낳은 방외인方外人 지식인의 선구자로 평가된다.

김시습은 자신의 글에서 세상과의 갈등을 자주 토로했으며, 이를 '둥근 구멍에 모난 자루를 박는 일'(圓鑿方柄)에 비유하기도 했다. 그에게 문학은 세상과의 갈등을 분출할 수 있는 자기 정화의 유일한 출구이자 위안거리였다. 여귀女鬼 또는 여선女仙과의 만남과 이계異界 체험을 다룬 『금오신화』의 다섯 작품은 '세계와의 역설적 화합'을 통해 가혹한 운명에 맞서려는 대결 의지를 드러낸다. 뛰어난 재주를 지녔으나 세상으로부터 소외되어 운명에 저항하는 비극적인 주인공들의 모습에는 현실과 화합하지 못하고 불우한 일생을 보내야 했던 작가 김시습의 삶이 투영되어 있다.

1. 계유정난: 1453년 수양대군이 어린 조카 단종의 왕위를 찬탈할 목적으로 반대파를 숙청한 사건.

2. 훈구척신: 공신과 왕의 외척 세력.

3. 심유적불: 본래 유학에 뜻을 두었으나 승려의 발자취를 남김.

4. 불적이유행: 불가에 자취를 남겼으나 유학을 실천함.

5. 양생법: 생명과 건강을 유지하기 위한 방법.

6. 단학: 도교의 수련 방법.

참고 문헌	민병수(1977), 김시습론
	박희병(1997), 한국전기소설의 미학
	소인호(1998), 한국전기문학연구
	윤주필(1991), 조선전기 방외인문학에 관한 당대인의 인식 연구
	이문규(1989), 매월당의 문학관을 통해 본 금오신화의 기본 의미망
	임형택(1984), 매월당의 방외인적 성격과 사상
	장덕순(1973), 김시습과 금오신화
	정구복(2000), 김시습의 역사철학
	정병욱(1979), 김시습 연구
	정주동(1983), 매월당 김시습 연구
	조동일(1992), 문학사와 철학사의 관련 양상
	진경환(1998), 탈주와 해체의 기획

필 자	소인호

만복사저포기

1. 『금오신화』

『금오신화』는 김시습金時習(1435~1493)이 창작한 다섯 편의 소설인 「만복사저포기」萬福寺樗蒲記, 「이생규장전」李生窺墻傳, 「취유부벽정기」醉遊浮碧亭記, 「남염부주지」南炎浮州志, 「용궁부연록」龍宮赴宴錄이 실려 있는 소설집이다. 『금오신화』는 조선 시대에 널리 유통되지는 못해 주로 필사본으로 전승되었고, 일본으로 건너가 몇 차례 간행되었으며, 20세기에 들어와 최남선이 일본 간본刊本을 『계명』 19호(1927)에 소개했다. 『금오신화』 끝

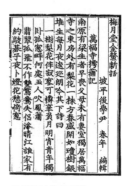

부분에 '갑집'甲集이라는 말이 있으므로, '을집'乙集 등이 있었으리라 추정하면서 현전하는 5편 외에 더 많은 작품이 있을 것이라고 주장한 연구자도 있었다(박희병, 1997). 그런데 최근 중국 대련도서관에 소장되어 있는 조선 간본이 발견되었다. 이 책은 윤춘년尹春年이 16세기 중반에 편집한 것으로 현전하는 『금오신화』 중 가장 이른 시기의 선본善本인데, 이 판본 역시 5편의 작품만 수록하고 있다(최용철, 2003). 따라서 『금오신화』에 수록된 작품은 현전하는 5편 외에는 없는 것으로 보는 게 타당하다.

　『금오신화』는 전기소설, 곧 기이한 일들을 다룬 소설들을 모아 놓은 전기소설집이다. 『금오신화』의 주인공들은 기이한 체험을 하는데, 그것은 현실에서 일어날 수 없다고 여겨지는 초현

실적인 것이기도 하고, 현실에서 좀처럼 일어날 수 없는 비현실적인 것이기도 하다. 「만복사저포기」의 양생은 귀녀와 만나고, 「이생규장전」의 이생은 사대부가 여인인 최씨의 집 담장을 넘어가 사랑을 나누며, 「취유부벽정기」의 홍생은 평양에서 고조선의 기씨 여인을 만난다. 또 「남염부주지」의 박생은 꿈에 저승으로 보이는 곳으로 가서 염마왕을 만나고, 「용궁부연록」의 한생은 용궁 잔치에 다녀온다. 이들은 고독한 인물로 이러한 환상 체험을 통해 현실에서는 해소할 수 없는 욕망을 일시적으로 해소하지만 현실로 돌아온 뒤 자신의 고독을 더욱 뼈저리게 느껴 결국 현실 세계를 등진다는 것이 『금오신화』와 비극적 결말을 맞는 전기소설을 설명하는 일반적인 논법이다(박희병, 1997). 하지만 『금오신화』의 모든 주인공이 고독한 것은 아니며, 작품 속에서 주인공이 겪었던 일들의 의미 또한 일률적으로 재단할 수는 없다.

　『금오신화』는 중국을 배경으로 하는 다수의 고전소설과는 달리 우리나라를 무대로 한다. 이에 연구자들은 나려羅麗 시대의 전기소설 또는 고려 시대의 설화에서 『금오신화』를 창작한 연원을 모색하는가 하면, 이를 두고 향토적이라고 말하면서 소설사적 의의를 찾기도 한다(박희병, 1997). 『금오신화』가 우리나라 전기소설 발전 과정에서 나온 작품이기는 하지만, 그 창작에 결정적인 영향을 미친 것은 명明나라 구우瞿佑가 지은 『전등신화』剪燈新話[1]다.

창작 시기

『금오신화』에는 고려 시대를 배경으로 한 작품과 김시습 당대를 배경으로 한 작품이 있다. 『금오신화』의 다섯 작품 중 가장 늦은 시기를 배경으로 하는 것은 「남염부주지」인데, 이 작품은 명나라의 성화成化(1465~1487) 초初를 시대적 배경으로 한다. 따라서 『금오신화』 다섯 편이 동시에 창작되었다고 가정한다면, 『금오신화』는 1465년 이후에 창작되었다고 보는 게 타당하다. 현재 학계에서는 김시습이 경주 남산, 곧 금오산에 머물던 1465~1470년에 『금오신화』를 창작했다고 보는 게 통설이지만, 그 뒤에 창작했을 가능성도 배제할 수 없다.

창작 배경

『금오신화』의 창작 배경은 크게 두 가지로 나누어 볼 수 있다. 하나는 시대적 배경이고 다른 하나는 문학적 배경인데, 전자는 세조의 왕위 찬탈 전후로 벌어진 사건들이고 후자는 중국의 전기소설집인 『전등신화』다.

김시습은 어려서부터 뛰어난 재능을 드러내 신동이란 소리를 들었는데, 그가 세종世宗에게 칭찬 받은 일은 특히 유명하다. 그는 비록 무인 집안에서 태어났으나 장래가 촉망되는 수재였다. 그런 그의 일생을 뒤바꿔 놓은 일들이 20세 무렵에 일어났으니, 곧 계유정난癸酉靖難(1453), 세조의 왕위 찬탈(1455), 사육신 처형(1456), 단종의 죽음(1457) 등으로 이어지는 사건들이었다. 이후 김시습은 방외인으로서의 삶을 살았으며, 후대에 생육신生六臣[2]에 포함되기도 했다. 논자에 따라 시각 차이가 있기는 하지만, 『금오신화』에 실린 다섯 편의 소설은 모두 그가 겪었던 일에 대한 우의寓意로 이해하는 게 타당하다. 세조의 왕위 찬탈은 조선 왕조에 큰 트라우마를 남긴 사건이었지만, 고전소설사의 관점에서 본다면 소설의 발전을 촉진한 계기가 되었던바, 『금오신화』를 비롯해 「원생몽유록」, 「운영전」, 「내성지」 등의 수작秀作이 산출된 동인動因으로 작용했다.

『금오신화』 창작에 지대한 영향을 미친 작품집은 『전등신화』다. 『전등신화』는 총 21편의 전기소설이 실려 있는 작품집인데, 둘을 비교해 보면 김시습이 『전등신화』에 실린 여러 작품의 서사와 화소話素를 교직交織해 『금오신화』를 창작했다는 사실을 알 수 있다. 다음은 『금오신화』에 영향을 끼친 『전등신화』의 주요 작품을 정리한 것이다(정주동, 1965).

「만복사저포기」: 「금봉차기」金鳳釵記, 「등목취유취경원기」滕穆醉遊聚景園記, 「부귀발적사지」富貴發跡司志, 「애경

1. 『전등신화』: 구우가 당나라 때의 소설을 본떠 고금의 괴담怪談과 기문奇聞을 엮은 전기체傳奇體 형식의 단편소설집.

2. 생육신: 세조가 단종으로부터 왕위를 빼앗자 벼슬하지 않고 절개를 지킨 여섯 신하. 이맹전李孟專, 조여趙旅, 원호元昊, 김시습, 성담수成聃壽, 남효온南孝溫.

전」愛卿傳, 「녹의인전」綠衣人傳

「이생규장전」: 「연방루기」聯芳樓記, 「등목취유취경원기」, 「위당기우기」渭
塘奇遇記, 「애경전」, 「취취전」翠翠傳

「취유부벽정기」: 「등목취유취경원기」, 「수문사인전」修文舍人傳, 「감호야
범기」鑑湖夜泛記

「남염부주지」: 「영호생명몽록」令狐生冥夢錄, 「태허사법전」太虛司法傳, 「수
문사인전」, 「감호야범기」

「용궁부연록」: 「수궁경회록」水宮慶會錄, 「감호야범기」, 「용당영회록」龍堂
靈會錄

　이에 대해 연구자들은『금오신화』가『전등신화』를 참조했다는 점을 인정하면
서도『금오신화』가『전등신화』를 단순히 모방한 것은 아니며『전등신화』보다 더
수준 높은 작품이라고 이야기한다(이석래, 1986). 하지만 그런 주장들은 대부분
근거가 박약한 게 사실이다.『금오신화』가 주제 의식 등의 측면에서『전등신화』
보다 뛰어난 부분이 전혀 없지는 않겠으나 독서물의 입장에서『전등신화』와 비
교해 보면,『금오신화』는『전등신화』에 비해 수록 작품 수부터 비교 대상이 되지
못한다. 만일 조선 시대에『금오신화』가『전등신화』와 대등하거나 그 이상의 위
상을 가진 소설이었다면, 현재 필사본이 많이 남아 있어야 마땅할 터인데 현실은
그렇지가 않다. 여기서 우리는 모방이냐 아니냐를 따지기에 급급했던 기존의 시
각에서 벗어나『금오신화』를 새로운 시각에서 이해할 필요가 있다.

　김안로金安老는『용천담적기』龍泉談寂記[3]에서 김시습이『금오신화』를 창작한
뒤 석실石室에 보관하면서 후세에 자신을 알아주는 이가 있을 거라고 말했다는
이야기를 소개하고는『금오신화』에 대해 기이한 일을 기술해서 자기의 뜻을 가
탁假託한 것으로『전등신화』를 모방한 작품이라고 했다. 김안로의 이 말은『금오
신화』의 독법과 관련해 매우 중요한 정보를 제공한다.

　『금오신화』가『전등신화』를 모방했다는 김안로의 주장은 틀린 말이 아니다.
그렇다면 김시습은 왜 군이 이런 방식으로『금오신화』를 창작했을까? 김시습이
『전등신화』를 얼마나 감명 깊게 읽었는지는『매월당집』에 실린 「제전등신화후」題

翦燈新話後[4]라는 시를 통해서도 알 수 있는데, 김시습은 당시에 선풍적인 인기를 끌었던 『전등신화』의 힘을 이용해 어떤 메시지를 전달하고 싶었던 것이다. 요컨대 『금오신화』에 수록된 다섯 작품의 독해에서 중요한 것은, 기이한 이야기 자체라기보다는 『전등신화』에 실린 작품들을 교직交織한 가운데 형성되는 작품의 의미, 그리고 그것을 통해 작가가 이야기하고자 했던 궁극적인 의도, 곧 우의寓意인 것이다.

3. 『용천담적기』: 조선 중종 때 김안로가 경기도로 유배 가서 지은 야담 설화집. 35편의 이야기가 어떤 기준이나 제목 없이 실려 있다.

4. 『제전등신화후』: 김시습이 『전등신화』를 읽고 그 감상을 적은 시.

5. 저포 놀이: 주사위 놀이 또는 윷놀이와 비슷한 놀이.

2. 「만복사저포기」

창작 배경

「만복사저포기」는 양생이 귀녀를 만난다는 내용의 작품인데, 사람과 귀신의 만남을 다룬 소설을 명혼소설冥婚小說이라고 한다. 「만복사저포기」를 창작하는 데 영향을 미친 우리 쪽 작품으로는 『보한집』補閑集의 「이인보李寅甫 이야기」나 『수이전』의 「최치원」 등을 들기도 한다(설중환, 1983). 하지만 「만복사저포기」를 창작하는 데 가장 직접적인 영향을 미친 것은 『전등신화』에 실린 전기소설인 「금봉차기」, 「등목취유취경원기」, 「부귀발적사지」, 「애경전」, 「녹의인전」 등이다.

작품의 내용

주인공 양생은 조실부모한 노총각이다. 어느 날 그는 만복사에 찾아가 부처에게 배필을 구해 달라고 요구하면서 저포樗蒲 놀이[5]를 한다. 내기에서 이긴 양생은 불탁 밑에 숨어 자신의 짝을 기다리는데, 그의 앞에 한 여인이 나타난다. 그런데 문제는 그녀가 왜구의 침입 때 규방閨房을 벗어나지 못하고 정절을 지키다 죽임을 당한 여인, 곧 귀녀였다는 사실이다. 양생은 만복사의 판방에서 여인과 정을 나누고 이어서 여인의 집으로 가는데, 그 과정에서 여인이 혹 사람이 아닌가 하는 의심도 하지만 이내 의심을 거둔다. 양생의 입장에서 보면 귀녀와 혼인한다는 것은 곧 살아 있는 사람과는 혼인하지 못한다는 의미고, 이는 이 세상에는 짝이 없다는 말이 된다. 양생은 자신의 고독이 이 세상에서는 해소될 수 없다는 사실을 인정하고 싶지 않았기 때문에 여인이 귀신이라는 사실을 알면서도 줄곧 부정했던 것이다. 양생은 여인과 함께 개령동에 가서 정씨, 오씨, 김씨, 유씨 등과 시를 주고받는데, 그녀들 역시 전쟁 때 죽임을 당한 이들이었다. 양생은 이들과의 만남을 통해 전란의 와중에 희생 당한 여인들의 비극을 어렴풋하게나마 공감한다. 이후 양생은 보련사에서 여인의 정체를 확인한 뒤 여인의 부모로부터 사위로 인정받고 여인의 몫이었던 재산도 물려받는다. 양생은 귀녀의 남편이 된 것인데, 이는 결국 자신의 고독이 이 세상에서는 해소될 수 없음을 깨달은 것이다.

한편 그간의 「만복사저포기」에서는 양생과 야합한 여인의 행동에 대한 해석이 문제가 되기도 했다. 작품의 문면文面에 따르면 여인의 행동 원인은 들판에 묻혀 홀로 지내면서 쌓인 욕망 때문이다. 이에 여인의 행동을 욕망의 순수성이라는 차원에서 주목하는 논의가 있는가 하면(신재홍, 2012), 현실 세계에서 살고 싶은 욕망 표현으로 이해하면서 목숨보다도 정절을 택할 수밖에 없는 당대 여성들의 비극적 상황을 부각하는 것으로 본 연구도 있다(박일용, 2004). 또 여인이 외동딸이었다는 점에 주목해 그녀의 행동을 후사를 이어야 한다는 의무감과 부모에 대한 효심이 작용한 결과라고 보는 관점도 있다(엄태식, 2015). 이처럼 여인의 행동에 대한 해석은 다양하지만, 여인의 비극에 대한 인식과 공감이 결국 양생으로 하여금 현실 세계의 부조리를 각성하게 만든다는 점에는 연구자들 간에 대체로 합의가 이루어졌다.

작품의 주제와 우의

「만복사저포기」의 주제에 대한 논의는 작가 김시습의 전기적 사실을 고려하는 가운데 이루어진 경우가 많은데, 이를테면 양생을 김시습으로, 여인을 단종으로 보는 관점이 이에 해당한다(임치균, 2011). 이러한 시각은『금오신화』연구 초창기부터 현재까지 이어져 온 것으로, 그 타당성이 인정된다. 문제는 이러한 주장들이 정말로 텍스트에 대한 정밀한 분석에서 도출된 결과인가 하는 점인데, 일부 연구들은 작품에 대한 분석을 결여한 채 역으로 작가의 전기적 사실에다 작품 내용을 끼워 맞추고 있기도 하다.

「만복사저포기」는 남주인공 양생이 자신의 고독은 이 세상에서 해결할 수 없다는 사실을 깨닫는 과정을 그린 작품이다. 작품에서 양생을 고독하게 만든 근본 원인이 무엇인지는 나타나지 않지만, 여인의 경우 전란이라는 폭력으로 죽임을 당했다는 사실이 분명히 드러나 있다. 그런데 이러한 폭력은 김시습 당대에 일어났던바, 계유정난으로부터 시작된 일련의 사건들과 연결해 생각할 수 있다. 그것은 유가儒家 질서의 근간을 뒤흔든 사건이었는데, 그러한 폭력 앞에서 지식인들이 할 수 있는 일은 거의 없었다. 김시습은「만복사저포기」에서 여인의 서사를 통해 당대에 벌어진 폭력 문제를 다루고, 양생의 서사를 통해 세상에서 지기知己를 찾을 수 없는 고독감을 표출한 것으로 볼 수 있다.

「만복사저포기」에는 시詩·사詞·제문祭文 등 다양한 문예물이 삽입되어 있는데, 특히 서정시가 많이 들어 있어 '서정소설'이라 일컬을 만하다(민병수, 1981). 전기소설의 삽입시는 등장인물의 정서를 표현하는가 하면, 서사 진행을 잠시 멈추고 숨을 고른 뒤 앞으로 벌어질 서사를 암시하기도 한다. 뿐만 아니라 삽입시문은 작자의 문재文才와 지식을 드러내는 장場이기도 하다. 조선 시대의 한문소설 독자들 역시 전기소설의 서사에만 주목한 것은 아니었으니, 삽입시문을 음미하는 것은 전기소설 독서에서 매우 중요한 부분이었다. 「만복사저포기」의 삽입시 가운데는 서사와 긴밀하게 조응하기보다는 수사적修辭的인 면만이 강하게 드러나는 경우가 있어, 「만복사저포기」의 서사가 삽입시를 위해 설정된 것이라고 보는 견해도 있다(전성운, 2007). 「만복사저포

기」의 모든 삽입시가 서사와 긴밀한 관계를 맺고 있다고 볼 수는 없지만, 기본적
으로는 서사와 조응하면서 서사를 풍부하게 하는 데 이바지한다고 보는 게 타당
하겠다.

권장할 만한 텍스트   심경호 역, 매월당 김시습 금오신화, 홍익출판사, 2000
박희병·정길수 편역, 끝나지 않은 사랑, 돌베개, 2010
최용철 역, 전등삼종, 소명출판, 2005

참고 문헌   김광순(1999), 금오신화의 연구사적 검토와 쟁점
민병수(1981), 한문소설의 삽입시에 대하여
박성의(1958), 비교문학적 견지에서 본 금오신화와 전등신화
박일용(1993), 조선시대의 애정소설
박일용(2002), 금오신화와 전등신화에 나타난 애정 모티프의 형상화 방식과 그 의미
박일용(2004), 만복사저포기의 형상화 방식과 그 현실적 의미
박혜숙(1986), 금오신화의 사상적 성격
박희병(1997), 한국전기소설의 미학
설중환(1983), 금오신화연구
소인호(2002), 금오신화 연구의 성과와 전망
신재홍(1994), 한국몽유소설연구
신재홍(2012), 고전 소설과 삶의 문제
심경호(2003), 김시습 평전
엄태식(2015), 한국 전기소설 연구
윤경희(1998), 만복사저포기의 환상성
이대형(2003), 금오신화연구
이석래(1986), 금오신화는 전등신화의 모방인가
임치균(2011), 용궁부연록의 환상 체험 연구
임형택(1971), 김시습의 사상체계와 금오신화
전성운(2007), 금오신화의 창작 방식과 의도
정규식(2011), 금오신화의 세 여성과 서사적 특징
정주동(1965), 매월당 김시습 연구

정환국(2005), 초기 소설사의 형성 과정과 그 저변

최남선(1927), 금오신화해제

최용철(2003), 금오신화의 판본

필　자　　　엄태식

이생규장전

「이생규장전」李生窺牆傳은 김시습의 한문소설집인 『금오신화』에 실려 있는 애정 전기소설이다. 김시습은 31세 때인 1465년부터 경주 남산에 금오산실을 짓고 6년간 머문 적이 있는데, 이 시기에 「이생규장전」을 비롯한 『금오신화』 5편을 지었을 것이라고 추정한다. 「이생규장전」의 이본異本은 간행본 5종과 필사본 4종이 있다. 이 중 1996년 중국의 대련도서관에서 발견된 목판본은 명종 연간의 문인 윤춘년尹春年(1514~1567)이 편집한 것으로 가장 이른 시기에 간행되었고, 이후에 출현하는 모든 간행본과 필사본의 저본이 되었다고 인정받는다(최용철, 2003). 「이생규장전」은 이생과 최씨녀의 세 번의 만남과 이별이 구조적으로 변주되는데, 그중 두 번의 만남과 이별은 현실 세계에서 이루어지고 마지막 만남과 이별은 초현실 세계에서 이루어진다. 이러한 현실계와 초현실계를 넘나드는 만남과 이별 구조는 이생과 최씨녀의 지극한 사랑과 절의節義라는 주제를 형상화한다. 또한 이들의 사랑은 외부와 단절된 폐쇄적인 공간에서 이루어지고 두 사람만을 갈구하는 독점적인 관계를 보여 주며, 서사에 삽입된 시가 일정한 서사적 기능을 한다. 이런 점에서 「이생규장전」은 『금오신화』에 실린 5편의 작품 중 가장 서사성이 뛰어나고 애정 전기소설의 전형을 보여 주는 작품이라고 평가할 만하다.

1. 「이생규장전」과 『전등신화』의 관련성과 영향 관계

『금오신화』가 김시습의 순수한 창작물인가, 그렇지 않고 다른 작품의 영향을 받아 형성되었는가는 『금오신화』 연구 초창기부터 주목받는 내용이었다. 『금오신화』를 창작하는 데 많은 영향을 준 작품은 명나라 구우가 지은 『전등신화』다. 그중 「이생규장전」은 『전등신화』의 「연방루기」, 「취취전」, 「애경전」 등의 영향을 받았다는 것이 여러 연구자에 의해 논의되었다.

『전등신화』에 실린 「취취전」은 문벌의 차이로 애정 장애를 일으키고 전란에 따른 비극적 결말을 보인다는 점에서 「이생규장전」에 영향을 주었다. 그러나 「취취전」과 「이생규장전」은 전란의 기능과 의미에서 차이가 있다. 「취취전」의 전란은 부패한 지배 계층의 권력 다툼이고 여주인공의 비극적인 삶에 영향을 주었지만, 「이생규장전」의 전란은 민중의 삶에는 관심이 없고 세계의 횡포나 현실적 불의에 항거하는 사대부의 절의를 나타내는 데 활용된다(이상구, 1996). 「이생규장전」의 전란은 사회 문제를 부각하는 데 중요한 요소로 이용되고, 우리 소설사에서 이합離合 구조를 직조함으로써 전란 관련 소설에 영향을 주었다는 점에서 「취취전」과 일정한 거리가 있다(정환국, 2001)는 것도 유사한 관점이다.

또한 「이생규장전」은 『전등신화』에 실린 「연방루기」의 규장窺牆 모티프motif와 「애경전」의 절사節死 모티프를 수용해 창작되었지만 두 작품과는 달리 새로운 의미를 드러낸다. 「이생규장전」의 규장 모티프는 남성 주인공이 속한 소외된 사대부 계층의 현실 인식을 드러내고, 절의 모티프는 전쟁이라는 부조리한 중세적 재난 상황을 설정해 '절의'라는 중세적인 이념의 정당성에 대한 문제 제기적 인식을 드러내기도 한다. 환생 모티프는 주인공이 처한 부조리한 소외 상황을 부각한다(박일용, 2002)는 점에서 『전등신화』와는 일정한 차이가 나타난다. 「이생규장전」 전반부의 만남과 결연은 「연방루기」의 영향을 받고 이별과 절사는 「애경전」의 영향을 받았지만, 「이생규장전」의 비극적인 결말과 의미는 다르다는 지적도 있다. 「이생규장전」의 결말은 『전등신화』의 결말과 다르며, 「이생규장전」은 계유정난과 연관되고 최씨녀의 절의와 이생의 자괴감이 사육신의 절사와 김시습의 부끄러움과 연결된다는 점에서 차이가 있다(엄태식, 2015)는 것이다.

이처럼 「이생규장전」과 『전등신화』에 실린 작품의 영향 관계가 계속 논증되지만, 여러 연구에서 논의된 것처럼 「이생규장전」은 『전등신화』의 작품을 단순히 모방한 아류작은 아니다. 「이생규장전」은 『전등신화』와 비슷한 모티프를 차용해 창작했지만 김시습이 처한 당대 현실과 경험을 바탕으로 사회 문제와 현실적 불의를 더욱 부각한 새로운 창작소설로 보아야 할 것이다.

2. 애정 전기소설로서 「이생규장전」의 장르적 특징

「이생규장전」은 애정 전기소설의 전형성을 보여 주는 작품으로, 「이생규장전」의 인물 형상화나 인물의 미적 특질을 통해 애정 전기소설의 장르적 특징을 논의할 수 있다. 애정 전기소설의 장르적 특징을 논의하고 정립하는 것은 고소설사, 고소설론에서 반드시 선행해야 할 과제다. 애정 전기소설의 장르적 특징을 논의하기 위해서는 애정 전기소설의 전형성과 완성태를 보여 줄 수 있는 작품을 선택해야 하는데, 이 점에서 단연 「이생규장전」을 손꼽을 수 있다.

애정 전기소설에서 남녀 주인공은 독특한 특징을 지닌다. 전기소설의 남주인공은 대부분 한미한 가문의 서생書生이지만 시문詩文에 뛰어나고, 여주인공은 다수가 상층 귀족인데 남주인공의 시문 능력을 인정한다. 이 때문에 전기傳奇는 문인 지식층의 욕망을 반영하는 것(윤재민, 1996)이라는 설명을 할 수 있는데, 이러한 남녀 주인공의 특징을 잘 보여 주는 대표적인 작품이 「이생규장전」이다.

애정 전기소설 주인공이 갖는 미적 특질을 통해 애정 전기소설의 서사 문법을 정립할 수도 있다. 애정 전기소설의 남성 주인공은 ①고독감, ②내면성, ③소심한 면모와 나약한 인간상,

④강한 문예 취향이라는 미적 특질을 지닌다(박희병, 1997). 「이생규장전」의 이생은 이러한 네 가지 전기적 인간의 미적 특질을 지닌 대표적인 인물로 거론할 수 있다.

또한 「이생규장전」을 남녀 주인공의 정서와 심리 같은 내면을 표현하는 데 치중한 인물의 내면소설로 읽는 시각도 있다. 「이생규장전」에 등장하는 여성 주인공의 내면은 정절과 정념에 대한 갈등, 애정 욕망을 지향하는 의식으로 가득 차 있고, 이것은 여성적 담화談話로 표현된다. 남성 주인공의 내면은 의심과 즐거움, 두려움과 기쁨을 드러내는데, 이것은 서술자의 직접 제시와 공간 묘사로 표현된다. 이러한 인물의 내면은 이후에 창작되는 애정 전기소설 남녀 주인공의 주된 정서로 자리 잡는다(김문희, 2011).

3. 「이생규장전」의 환상성, 낭만성, 비극성의 문제

「이생규장전」의 환상성, 낭만성, 비극성을 띠는 성격은 「이생규장전」의 특징과 주제, 의미를 논의할 때 중요하게 다루는 작품의 특징이다. 「이생규장전」은 현실 세계와 초현실 세계를 넘나들며 이생과 최씨녀가 사랑을 펼치기 때문에 환상적이고 낭만적인 속성을 띠며, 이 사랑이 결국 이루어지지 않는다는 점에서 비극성을 띤다. 「이생규장전」의 환상성, 낭만성, 비극성은 이생과 최씨녀의 애정 서사에서 개인의 욕망과 사회적 윤리의 갈등을 읽고 「이생규장전」이 담지하는 현실적 모순과 질곡을 읽어 내는 시도로 이어진다.

「이생규장전」에서 이생의 규장과 밀회 대목은 현실 세계에서 이루어진다. 하지만 서술자가 규장과 밀회를 사실처럼 서술하면서도, 이를 환상이 아닌지 의심하는 이생의 심리도 함께 그림으로써 독자는 밀회의 현실적 의미와 부조리를 인식할 수도 있다(박일용, 2005). 결혼 대목은 남녀 주인공의 결연에 대한 소망을 환상적으로 성취하는 것이면서 남성 중심의 유가 사회에서 혼전에 순결을 잃은 남녀의 위상이 뒤바뀌는 양상을 역설적으로 형상화한 것이다. 또 절사와 환생 대목은 전란 후의 후일담 형식을 빌려 이생과 최씨녀의 못다 한 결혼 생활에 대한 소망을 그려 내면서 목숨보다도 우위에 놓이는 중세 윤리의 질곡적 성격을 역설적으로 드러내는 것(박일용, 2006)으로 이해할 수도 있다.

또한 이생과 최씨녀의 현실과 환상 세계를 넘나드는 낭만적인 사랑은 남성 가부장 사회의 도덕과 규범에 대한 문학적 저항이라고 볼 수 있으며, 「이생규장전」은 이러한 낭만적인 사랑의 비극성을 통해 당대인의 인간적 고뇌와 염원, 작가의 도덕적 이상과 윤리관을 선명하게 각인시키는 미적 효과를 거둔다(정학성, 2013)고 할 수 있다.

4. 「이생규장전」의 우의적 성격

「이생규장전」의 이생과 최씨녀의 태도를 김시습이 살았던 당대의 역사적 사실과 관련지어 파악하기도 하는데, 이것은 「이생규장전」을 당대의 현실 상황과 연관 짓고 작품의 의미를 파악하는 우의적 관점으로 바라보는 것이다. 우의적 관점으로 「이생규장전」을 바라볼 때는 김시습의 전기적傳記的 사실과 「이생규장전」의 인물, 사건, 배경 등을 연관 지어 설명하는 방식을 취하는 경우가 많다. 김시습이 어릴 때 세종의 사랑을 받았고 수양대군이 왕위를 찬탈하고 단종을 죽이자 비분강개해 머리를 깎고 승려가 되어 유랑한 사실과 「이생규장전」을 연결 지어 논의하는 것이다.

우의적 관점으로 「이생규장전」을 연구할 때는 「이생규장전」과 당대의 역사적 사건인 세조의 왕위 찬탈, 단종의 폐위와 이를 둘러싼 김시습과 사육신의 태도 등과 연결해 해석하는 시각을 견지한다. 먼저 이생에 대한 최씨녀의 태도를 김시습과 단종의 관계로 파악해 최씨녀의 적극적인 태도는 단종에 대한 김시습의 충성을 드러낸 것(이재호, 1972)이라고 읽기도 한다. 또한 이생의 태도는 단종에 대한 김시습 자신의 표면적인 절의 심리를 표현한 것이며, 최씨녀의 태도는 단종에 대한 내면적 절의 심리를 표현한 것(설중환, 1983)으로 설명할 수도 있다. 또는 이생은 김시습을 우의해, 최씨녀는 사육신을 우의해 이생과 최씨녀의 태도나 절의를 김시습의 절의나 사육신의 절의로 파악하기도 한다(설성경, 1986). 한편으로 「이생규장전」의 이생과 최씨녀의 관계는 김시습과 세종의 관계를 우의적으로 나타내며, 남녀 주인공의 절대적 관계는 김시습이 세종과 맺은 특별한 관계, 단종 폐위로 인한 상흔傷痕, 버릴 수 없었던 입신출세와 경세제민의 꿈이 복잡하게 얽혀 생성된 것(김창현, 2011)으로 설명하기도 한다. 「이생규장전」에 형상화된 '홍건적의 난'은 세조의 왕위 찬탈과 관련한 사건을 우의해, 세조의 왕위 찬탈과 단종의 죽음에 이르기까지의 과정을 보이는 것(곽정식·이복자, 2003)이라고 해석해 볼 수도 있다.

소설이 작가의 삶과 관련되고 당대의 현실을 반영한다는 관점은 작품의 의미를 풍부하게 논의할 수 있는 장점도 있지만, 작가의 삶과 소설을 단선적으로 연결하는 오류를 범할 수도 있다. 「이생규장전」의 인물이나 사건을 김시습과 단종의 관계, 김시습과 세종의 관계, 세조의 왕위 찬탈 과정으로 해석하기 위해서는 더 논리적이고 섬세한 시각이 필요하다. 「이생규장전」과 김시습의 삶을 곧바로 연결하는 시각을 지양하고 작품에서 나타나는 구체적인 우의적 표지標識를 제시하거나 작품에서 출발해 김시습의 전기적 사실을 논리적으로 연결해야 「이생규장전」의 우의성을 증명할 수 있을 것이다.

권장할 만한 텍스트 김시습 지음, 심경호 옮김, 이생규장전, 매월당 김시습 금오신화, 홍익출판사, 2000
박희병·정길수 편역, 이생규장전, 끝나지 않은 사랑, 돌베개, 2010

참고 문헌 곽정식·이복자(2003), 이생규장전의 우의성 고찰
김문희(2011), 인물의 내면소설로서 만복사저포기와 이생규장전의 독법
김창현(2011), 금오신화, 이생규장전의 비극성과 그 미학적 기제
박일용(2002), 금오신화와 전등신화에 나타난 애정 모티프의 형상화 방식과 그 의미
박일용(2005), 이생규장전의 밀회 장면에 나타난 환상성과 그 현실적 의미
박일용(2006), 이생규장전의 결혼과 절사 장면에 나타난 환상성과 그 의미
박희병(1997), 전기적 인간의 미적 특질
설성경(1986), 이생규장전의 구조와 의미
설중환(1983), 금오신화 연구
엄태식(2015), 한국 전기소설 연구
윤경희(1997), 이생규장전의 구조적 연구
윤재민(1995), 전기소설의 인물 성격
이강엽(2015), 이생규장전의 만남과 이별, 그 중층성의 의미
이대형(1999), 이생규장전의 서사방식
이상구(1996), 이생규장전의 갈등구조와 작가의식
이재호(1972), 금오신화고
정학성(2013), 만복사저포기와 이생규장전의 작품 세계와 전기 미학에 대한 재성찰
정환국(2001), 전란 소재 애정전기소설의 성립과 발전에 대한 시론
최용철(2003), 금오신화의 판본

필 자 김문희

취유부벽정기·남염부주지·용궁부연록

「취유부벽정기」醉遊浮碧亭記·「남염부주지」南炎浮洲志·「용궁부연록」龍宮赴宴錄은 김시습이 창작한 한문소설집『금오신화』에 실려 있는 작품으로,『금오신화』의 다른 작품인「만복사저포기」,「이생규장전」과 마찬가지로 전기소설傳奇小說에 해당한다. 그러나 살아 있는 남성과 죽은 여성의 사랑을 다루는 명혼소설冥婚小說과는 다른 유형을 보인다. 먼저「취유부벽정기」는 살아 있는 남성과 죽은 여성의 만남에서 육체적인 관계가 배제되어 있으며, 선녀와의 만남이 마치 한바탕 꿈을 꾼 듯 처리되었다는 점에서 몽유소설夢遊小說의 성격도 지니고 있다.「남염부주지」는 꿈속에서 염부주라는 이계異界를 체험하고 꿈에서 깨는 전형적인 몽유夢遊 구조를 지니고 있으며, 다른 작품들과 달리 삽입시가 없고 염왕과의 문답이 중심을 이루어 사상소설로 불리기도 한다.「용궁부연록」은 용궁 속 어족魚族들이 의인화되어 가전체[1]의 전통을 잇는 작품이라고 할 수 있으며, 용궁이라는 이계 체험이 마치 꿈을 꾼 듯이 처리되어 이 또한 몽유소설의 성격을 띠고 있다. 이 세 작품에 대한 기존 논의의 주요 쟁점은 김시습이라는 작가와 관련한 작품의 지향 문제와 세 작품의 주요 공간인 부벽루, 염부주, 용궁 등에서 이루어진 환상 체험의 의미를 진단하는 문제라고 할 수 있다.

1. 작품의 주제 또는 지향 관련 쟁점

「취유부벽정기」·「남염부주지」·「용궁부연록」의 주제나 작품의 지향 연구에서 작가 김시습을 긴밀히 연결하는 것은 공통적인 양상이다. 단 「용궁부연록」에서 주인공 한생이 김시습의 초상이라는 데 이의가 없는 것과 달리, 「취유부벽정기」·「남염부주지」에서는 주인공 홍생이나 박생을 김시습에 바로 대응시키는 데 이의를 제기하는 경우도 있다. 또한 이런 견해 차이가 작품의 주제나 지향에 대한 해석의 차이를 가져온다.

「취유부벽정기」의 주제나 지향 관련 해석

「취유부벽정기」의 주제나 지향과 관련해 연구 초기부터 견지된 입장은, 작품 속 기씨녀가 자신을 소개하면서 언급한 위만衛滿[2]의 기자조선箕子朝鮮[3] 찬탈을 현실 속 계유정난癸酉靖難의 우의로 해석하는 것이다. 이는 『금오신화』의 저작 시기가 세조의 왕위 찬탈 시기와 멀지 않다는 점에 근거하며, 결말에 스스로 죽음을 맞이한 부분 역시 단종에 대한 절의 또는 세조에 대한 저항으로 읽는다. 이후 논의에서는 홍생과 기씨녀가 주고받은 시 속에서 단군조선이나 동명왕보다 기자에 대한 이야기가 큰 비중을 차지한다는 점을 들어 위만의 기자조선 찬탈 사건을 세조의 찬탈 사건과 연결시켰으며, 기씨녀 묘사와 기씨녀에 대한 홍생의 태도를 들어 기씨녀를 단종의 우의라고 보았다.

이와 달리 작품 속 기자조선을 비롯한 고조선과 고구려에 대한 홍생의 의식에 초점을 맞추어 주체적인 역사의식과 민족의식을 표현한 작품으로 보는 입장이 있다. 이 같은 입장을 처음 제시한 이상택(1981)은 「취유부벽정기」의 역사적 요인을 특정 왕위 찬탈이나 왕조 교체에 대한 우의로만 보아서는 안 되고, 도가적 초월주의 또한 패배적 현실 도피로 보아서도 안 된다고 하면서, 이 작품의 배경 사상이 반존화주의反尊華主義[4]적인 주체적 도가 사상이며, 작품을 통해 작가 김시습이 상실된 민족의 자긍을 표현하려 했다고 주장했다.

1. 가전체: 사람이 아닌 사물을 의인화해 그 일대기를 전기傳記 형식으로 서술하는 문학 양식.
2. 위만: 기원전 194년에 고조선의 준왕準王을 몰아내고 왕위를 찬탈한 인물로, 위만이 세운 나라를 위만조선이라 함.
3. 기자조선: 은나라 말 기자箕子가 조선에 와서 단군조선에 이어 건국한 나라.
4. 반존화주의: 중화中華, 즉 중국을 존중하는 주의에 반대하는 것.

앞의 두 입장이 적극적 현실 참여 또는 주체적 역사 인식을 작품의 지향으로 보는 데 반해, 도가 사상에 입각해서 작품의 지향을 현실 초월 의지로 보는 입장이 있다. 그 대표 논자인 최삼룡(1983)은 결말의 죽음을 현실에 달관한 자의 초연한 죽음으로 보았으며, 이후 논자들 또한 현실 혹은 인생에 허무를 느낀 주인공 홍생이 현실을 초월해 영원한 세계로 가고자 하는 욕망을 그리는 것이라고 보았다.

마지막으로 홍생이 상인의 모습을 하고 있는 데 주목해 홍생을 고려의 유민遺民인 개성 상인으로 파악하고, 고구려나 고조선에 대한 홍생의 회고를 왕조 교체에 따른 고려 유민의 한恨과 비애의 정서를 표현한 것으로 보는 입장이 있다. 이는 임형택(1971)에 의해 제기된 것으로, 이 작품의 지향을 현실 초월 의지로 보는 입장과 상충한다고 할 수 있다.

「남염부주지」의 주제나 지향 관련 해석

「남염부주지」의 주제나 지향과 관련해 연구 초기부터 견지된 입장은, 작품 속 박생을 김시습과 그대로 대응시켜 계유정난이라는 당대 현실, 나아가 유교 질서가 제대로 지켜지지 않는 현실에 대한 우의이자 문답을 통해 유가적 이상을 추구하는 작품이라는 것이다. 설중환(1983)은 박생을 작자인 김시습으로 상정하고, 두 인물의 담화를 유교의 입장에서 불교의 폐단을 지적하고 유자적 정치관을 담아내는 것이라고 보았다. 이대형(2001) 역시 작품의 중심 사상으로 유교 질서가 구현되며, 작가나 등장인물의 유학자로서의 면모가 강하게 드러난다고 해석했다.

이와는 달리 특정 정치 현실에 대한 우의가 아니라 이론과 실제, 현실 세계와 이계의 관계를 역설로 풀어내는 작품이라는 입장이 있다. 이와 같은 문제 제기는 진경환(1998)이 했는데, 그는 염부주를 일리론一理論[5]으로 설명할 수 없는 문제를 해결하기 위해 고안한 해결의 장으로 보았으며, 염왕과 박생의 문답이 내포한 반어에 대해서는 지옥과 현실이 별개가 아님을 이야기하기 위해 의도한 구성이라고 했다. 박일용(2006)은 박생이 꿈속 토론을 통해 현실의 부조리를 확인하지만 이를 해소하는 방편으로 보이는 염왕 선위禪位는 결국 불가능한 것이라는 사실을 깨닫고 부조리한 현실 세계를 떠날 수밖에 없었으며, 그렇게 볼 때 염왕으로 취임한 것은 이러한 비극적인 상황을 역설적으로 그려 낸 것이라고 보았다.

한편 정출헌(2008)은 이런 역설의 상황을 인간과 귀신, 유교와 불교, 현실계와 비현실계를 신유학 이념을 받아들이면서 합리적으로 해석하고자 했던 조선 전기의 상황과 연결해 해석했다. 그에 따르면 논리나 이념만 가지고는 빈틈으로 남겨 둘 수밖에 없던 원혼冤魂과 그들의 처소인 이계異界가 유명 서사幽冥敍事[6]를 만들어 내는 근거로 작용했으며, 김시습의 「남염부주지」는 그런 면모를 잘 보여 주는 작품이라는 것이다.

「용궁부연록」의 주제나 지향 관련 해석

「용궁부연록」의 경우, 다른 작품들에 비해 주인공 한생이 현실의 김시습 자체라는 점에 이견이 없는 상황이다. 다만, 어느 시절의 김시습인가와 용왕이 누구를 우의한 것인가에 대해서는 의견이 분분하다.

먼저 초기부터 다양한 논자들이 주장해 온 것은, 용왕은 세종대왕이고 김시습이 어린 시절을 회고하며 쓴 자서전적 작품이라는 입장이다. 이들 논의에서는 작품의 구체적인 배경을 김시습의 생애와 연결시켰다. 예를 들어 한생이 어려서부터 문장에 능했다는 것을 '김오세'金五歲라고 불릴 정도로 어릴 때부터 시문에 능했던 김시습과 연결하고, 용궁의 합인지문을 홍인지문의 우의로, 한생의 용궁 체험 면면 역시 김시습의 어릴 적 궁궐 체험을 그대로 우의한 것이라고 보았다. 이런 입장은 이후에도 지속되어, 설중환(1983)은 「용궁부연록」이 작가가 주인공 한생을 통해 그의 시재詩才를 자랑함으로써 스스로 왕에게 인정받고 싶은 마음을 그린 것으로, 이는 그의 무의식적 자부심이 드러난 결과라고 보았다.

이와 달리 용왕을 세종이 아닌 세조로 보는 입장이 있다. 임

5. 일리론: 「남염부주지」 속에서 주인공 박생이 세상의 이치는 하나뿐이라는 내용으로 지은 글.

6. 유명 서사: 유명幽冥은 곧 저승으로, 유명 서사는 저승 세계와 관련한 서사를 가리킨다.

치균(2011)은 작품의 결말 부분에서 주인공이 선물을 받아 온 뒤 현실을 등진 것은 용궁에서 다시 부르는 것을 차단하기 위해서라고 하면서, 「용궁부연록」을 김시습이 세조의 원각사圓覺社 낙성회落成會[7]에는 참여했지만 궁궐의 부름에는 가지 않았던 자신의 의식과 태도를 함축적으로 드러낸 작품이라고 해석했다. 정규식(2014) 또한 김시습이 낙성회에 참여했다 돌아온 후 얼마 뒤에 『금오신화』를 엮었으며, 작품에 등장하는 윤필연潤筆宴[8] 장면, 한생의 용궁 구경 장면, 용왕의 환송 선물 등을 각각 원각사 낙성회의 연회, 원각사의 가람伽藍, 세조의 도첩度牒 수여 등과 연관 지을 수 있다고 보았다. 나아가 한생이 산으로 간 것은, 용궁을 구경한 뒤 용왕의 강력한 패도 정치를 확인함으로써 이러한 세계에서는 스스로가 어떠한 역할도 할 수 없는 무기력하고 나약한 존재라는 사실을 인식했기 때문이라고 보았다.

2. 환상 체험 공간의 성격과 의미에 대한 해석

「취유부벽정기」・「남염부주지」・「용궁부연록」에서는 각각 부벽정, 염부주, 용궁이라는 특정 공간에서 비현실적인 존재와의 만남이 이루어진다. 이때 염부주나 용궁은 그 자체로 환상 공간이며, 부벽정은 현실 공간이면서도 선녀와의 만남이 이루어진다는 점에서 역시 환상 공간에 해당한다고 할 수 있다. 또한 전형적인 몽유 구조를 보이는 「남염부주지」 외에 「취유부벽정기」・「용궁부연록」 역시 유사 몽유 구조를 지니며, 결말도 갑자기 세상을 떠나거나 산으로 들어가 종적을 감춘다는 유사한 양상을 띠고 있다. 이처럼 유사한 공간 설정과 서사 구조를 공유하면서도 세 작품 각각의 주제나 작품 지향에 따라 공간의 성격이나 환상 체험의 의미에 대해서는 다른 진단이 이루어진다.

「취유부벽정기」 속 부벽루의 성격과 만남의 의미

「취유부벽정기」의 부벽루에 대한 논의는 윤호진(1990)이 부벽루를 "역사적 공간이면서 현실적 공간이며, 현실적 공간이면서도 동시에 역사적 공간이라는 이원적 성격을 갖는다"고 규정한 데서 본격화되었다고 할 수 있다. 실제로 이후의 논의들에서 부벽루는 성격을 조금씩 달리하면서도 대체로 이중성을 담보한 공간으로 해석되고 있다. 박일용(2002)은 부벽루가 현실의 연장 공간이 아닌 심리적 초월 체험을 반영한 준초월적 공간으로, 현실 지향적이면서도 현실을 초월할 수밖에 없는 홍생의 역설적 상황을 반영한다고 보았다. 김수연(2009)은 「취유부벽정기」의 기존 논의에서 현실 참여 또는 초월이라는 상반된 입장이 공존했던 것은 김시습이 지닌 의식의 경계성 때문이라는 전제하에 부벽루에 '공간경계역'이라는 개념을 부여했는데, 공간경계역으로서 부벽루의 성격을 우리 민족의 사실적 역사 공간이면서 천상계의 환상성을 지닌 것으로 보았다. 엄태식(2014)은 부벽루가 평양이라는 역사 공간 속의 초월적 공간으로, 과거의 기씨와 현재의 홍생이 초시간적으로 만난 공간이며, 홍생에게 기씨와의 만남은 고도古都에 대한 역사의식이 현실에 대한 인식으로 확대되는 각성의 장이라고 해석했다.

이처럼 평양과 부벽루의 성격은 시간적 이중성이나 공간적 이중성 또는 이 둘의 중층성 등으로 조금씩 결을 달리하며 해석되어 왔다. 그럼에도 그 속에서 기씨녀는 역사적 시공간과 초월계를 홍생에게 매개하는 존재이며, 기씨녀와 홍생의 만남 역시 남녀의 애정보다는 홍생이라는 남주인공의 심리적 체험과 현실에 대한 각성의 의미로 해석하는 데는 대체로 합의된 상황이다.

「남염부주지」 속 염부주의 성격과 만남의 의미

「남염부주지」의 염부주에 대한 논의는 지옥으로서의 정체에 대한 것과 불교 공간이라는 점에서 유불의 관계에 대한 것으로 크게 이분된다.

지옥으로서의 정체에 대한 논의에서, 염부주를 지옥으로 보는 데는 대체로 이견이 없으나 그 성격에 대해서는 논자마다 조

7. 낙성회: 절의 건축이나 재건을 비롯해 불상, 탑 등의 조성을 마쳤을 때 이를 축하하기 위해 여는 잔치.

8. 윤필연: 시문詩文이나 서화書畵를 써 준 사람에게 사례를 표하기 위해 여는 잔치.

금씩 다른 입장이다. 이와 관련해 본격적으로 언급한 정주동 역시 내용상 염부주는 분명 지옥이며 불꽃이 타오르는 무서운 지옥상을 실감나게 드러내기 위해 허구로 창작한 것이라고 하면서도, 불교의 지옥 중에는 염부炎浮라는 명칭이 없고, 오히려 인간이 사는 현실 세계에 이런 명칭이 있다고 해 인간계인 섬부주瞻部州[9]의 오기誤記일 가능성을 언급했다. 이후 논자들은 대체로 현실이 곧 지옥이자 지옥이 곧 현실일 수 있다는, 현실과 지옥의 경계를 무화無化하는 입장에서 논의를 전개했는데, 여기서 한 단계 나아가 엄기주(1992)는 염부제閻浮提가 처음에는 인도의 땅을 가리켰지만 나중에는 인간 세계를 일컬었다고 했다. 또한 염부주의 외형을 난세亂世의 우의이자 곧 조선의 우의로, 그 속에 사는 사람들의 형상을 난세임을 자각하지 못하는 우민愚民의 우의로 보았다.

불교 공간이라는 점에서 유불의 관계에 대한 논의는, 초기에 유교의 우위나 불교에 의한 불교의 부정 등의 입장이 우세했으나 최근에는 유불의 융합과 조화의 공간이라는 입장에 무게중심을 두고 있다. 그 대표적인 논의로 최귀묵(2011)은 염부주가 극심한 고통을 겪어야 할 곳이지만 군사君師인 염왕에 의해 유교의 덕과 예에 입각한 교화가 이루어지는 공간이라고 하면서, 인성의 선함을 회복할 수 있다는 믿음, 덕과 예의 초월적 가치 인정, 군사의 형덕刑德에 따라 운용되는 사회의 이상화는 작가 김시습이 가지고 있던 유교적 사고방식이며, 이는 '설령 지옥에서라도' 변함없이 유지된다고 했다.

「용궁부연록」 속 용궁의 성격과 만남의 의미

용궁 체험의 의미에 대해서는 초기에 한생이 현실에서 이루지 못했던 재능에 대한 인정과 불우함의 해소로서 흥겨운 윤필연 향유와 용궁 유람 등 긍정적인 체험으로 보던 입장에서, 윤필연 때의 애상적 어조에 주목해 흥진비래興盡悲來 또는 인생무상의 한계적 체험으로 보는 입장이 나타난 뒤 좀 더 심화된 논의가 이루어지기 시작했으며, 이 또한 대체로 용궁과 그 체험을 긍정적으로 보는 입장과 부정적으로 보는 입장으로 나뉜다.

엄기주(1992)는 용궁이 현실과는 달리 인도人道가 바로 선 치세治世임을 전제하고, 명산으로 들어가 어디서 죽었는지 알 수 없었다는 결말은 난세亂世인 현실과 달리 치세가 가능하다는 것을 확인한 용궁 체험의 충격에서 나온 것이라고 해석했다. 안창수(2009)는 엄기주와 달리, 꿈에서 깨어나는 각몽覺夢에 의해 용궁에서의 체험은 한바탕의 허망한 꿈이 될 수도 있었다고 했다. 그러나 이 또한 이별할 때 받았던 선물로 용궁 체험이 자신의 삶 속에서 실제로 일어났던 사건이라는 것을 확인했으며, 이로부터 세속적인 가치며 명예가 부질없는 것이라는 깨달음을 얻을 수 있었다고 해석했다. 결국 이들 논의는 용궁 체험이 현실의 난세를 더욱 자각하고 적극적으로 난세를 등지게 만들거나, 세속적 가치의 부질없음과 그로부터 오는 정신적 자유를 얻게 하는 긍정적인 역할을 하는 것으로 파악하고 있다.

이에 반해 용궁 체험이 오히려 한생의 소외감이나 허무감을 심화시킨다고 보는 견해들도 있다. 전성운(2009)은 용궁 체험을 한생의 '경이驚異-극환極歡[10]-왜소矮小 자각-선계仙界 동경'이라는 심리 변화와 연결했는데, 기존의 흥진비래 정서와 유사하면서도 윤필연 이후 용궁 유람 과정에서의 심리를 '왜소 자각'이라는 새로운 심리로 명명하고, 이를 '선계 동경'이라는 결말의 의미로까지 연결했다는 점에서 차별화된 논의라 할 수 있다. 임치균(2011)은 여기서 더 나아가 용궁 체험의 성격을 면밀히 분석해, 용궁은 한생이 스스로 지향하지 않는 공간이라는 전혀 다른 해석을 내놓았다. 그 근거로는 윤필연 장면에서 한생과 겹치는 곽개사와 현도사가 고관대작의 웃음거리가 된다는 점, 이후의 용궁 유람을 통해 자신이 아무것도 할 수 없는 공간이라는 것을 자각했다는 점을 들었다.

9. 섬부주: 불교 우주관에서 인간들이 살고 있다는 땅으로, 세계의 중심인 수미산須彌山의 남방에 위치한다.

10. 극환: 극도로 즐거운 심리 상태.

1. 「취유부벽정기」는 「금오신화」의 다른 작품인 「만복사저포기」, 「이생규장전」과 마찬가지로 살아 있는 남성과 죽은 여성의 사랑을 다룬다는 점에서 명혼소설에 해당한다. 남성 주인공들에게 미친 영향에 초점을 맞추어, 세 작품 속 여성 주인공들의 성격을 비교해 보자.

2. 「남염부주지」는 전형적인 몽유夢遊 구조를 지니고 있으며, 이후 몽유록 작품들에 많은 영향을 주었다고 평가된다. 「남염부주지」와 이후 몽유록의 대표적 작품인 「원생몽유록」의 몽유 구조를 비교해 보자.

3. 「용궁부연록」은 '용궁에 다녀오는 이야기'라는 점에서 판소리계 소설인 「별주부전」과 유사한 서사 구조를 지니고 있다. 두 작품에서 '용궁'이 갖는 성격을 비교해 보자.

권장할 만한 텍스트　심경호 역, 매월당 김시습 금오신화, 홍익출판사, 2000

참고 문헌　김수연(2009), 취유부벽정기의 경계성에 대하여
박일용(2006), 남염부주지의 이념과 역설
박일용(2008), 취유부벽정기의 삽입 시와 서사 구조
설중환(1983), 금오신화 연구
안창수(2009), 용궁부연록의 작품세계와 의미
엄기주(1992), 유가의 소설적 대응양상에 대한 연구
엄태식(2014), 금오신화의 전등신화 수용 의미와 금기의 문학적 형상화
윤호진(1990), 취유부벽정기의 공간구조와 작가의식
이대형(2001), 금오신화의 서사방식 연구
이상택(1981), 취유부벽정기의 도가적 문화의식
임치균(2011), 용궁부연록의 환상 체험 연구
임형택(1971), 현실주의적 세계관과 금오신화
전성운(2009), 용궁부연록의 연회와 서사 전개
정규식(2014), 용궁부연록의 창작과 원각사 낙성회
정출헌(2008), 15세기 귀신담론과 유명서사의 관련 양상
진경환(1998), 남염부주지의 반어
최귀묵(2011), 남염부주지의 지옥 형상에 대한 몇 가지 단상
최삼룡(1983), 금오신화의 비극성과 초월의 문제

필　자　탁원정

作家 신광한

신광한申光漢(1484~1555)은 본관이 고령高靈, 호는 기재企齋·낙봉駱峯이며, 시호는 문간文簡이다. 그는 조선 전기의 문화적 부흥을 이룬 세종의 신임을 받아 훈민정음 창제에 참여했던 문충공文忠公 신숙주申叔舟(1417~1475)의 손자이다. 신광한은 문인 사대부의 자손으로서 이와 같은 가문 배경과 함께 뛰어난 문장 실력을 갖출 수 있었다. 실제 그는 한시에 뛰어나 중국 사신들을 접대하는 접반관接伴官을 지냈으며, 성균관成均館 대사성大司成을 거쳐 홍문관弘文館과 예문관藝文館의 양관대제학兩館大提學을 지냈다. 뿐만 아니라 4세의 어린 나이에 부친을 잃어 15세의 늦은 나이에 학업에 정진하기 시작했지만 유학儒學의 사서四書에 정통해 학자들이 그를 스승으로 존경할 정도였다고 한다. 하지만 그는 조광조趙光祖[1](1482~1519)와 함께 중종中宗 시절의 신진사류新進士類로서 기묘사화己卯士禍[2]에 연루되어 17년(1521~1538) 간의 은둔 시기를 보내기도 했다. 바로 이 시기에 신광한이 『기재기이』企齋記異를 창작했을 것으로 예상한다. 그렇다면 『기재기이』에는 그의 가문에서 연원한 문장 실력과 함께 기묘사화로 인한 정치적 부침이 작품의 구성과 주제로 녹아들었을 것이라고 짐작해 볼 수 있다.

1. 조광조: 본관은 한양漢陽, 자는 효직孝直, 호는 정암靜菴. 개국공신 조온趙溫의 5대손으로 김종직金宗直의 학통을 이은 사림파士林派의 영수.

2. 기묘사화: 1519년(중종 14) 11월 조광조 등 신진사류가 남곤南袞 등의 훈구 재상들에게 화를 입은 사건.

1. 가문 의식과 문학 전통의 수용, 그리고 계승

신광한은 왕조 성립과 함께 사장詞章[3]의 문학적 재능이 강조되었던 조선 전기 사대부 사회의 일원으로서 자신의 가문이 지닌 훌륭한 전통을 이어 갔다. 홍섬洪暹 (1504~1585)의 「문간 신공 묘지명」文簡申公墓誌銘은 조부인 신숙주가 문형文衡 (대제학)을 처음 맡았고 사촌 형 신용개申用漑와 자신 역시 대제학을 지냈으며, 사촌 형인 신종호申從濩도 시문으로 성종成宗에게 인정받았던 사실을 자부하고 있었음을 말해 준다. 이와 같은 가문의 문학 전통은 신광한의 한시에 대해 "물고기가 맑은 거울 속에서 헤엄치고, 꽃이 층층 절벽에서 빛나는 듯하다"라는 후대의 평가에서도 확인할 수 있다.

무엇보다 「안빙몽유록」安憑夢遊錄, 「서재야회록」書齋夜會錄, 「최생우진기」崔生遇眞記, 「하생기우전」何生奇遇傳의 네 작품으로 구성된 『기재기이』는 우리나라 전기소설傳奇小說의 최고봉으로 평가받는 김시습金時習(1435~1493)의 『금오신화』를 양식적으로 계승하며 소설의 시대로도 불리는 17세기를 예비한 것으로 평가받는다.

각 작품의 경우에도 「안빙몽유록」이 『삼국유사』三國遺事의 「조신」調信에서부터 보이는 몽중夢中 서사인 몽유록을, 「서재야회록」은 동전과 술을 의인화한 임춘林椿의 「공방전」孔方傳과 이규보李奎報(1168~1241)의 「국선생전」麴先生傳 등의 가전체假傳體를, 「최생우진기」와 「하생기우전」은 각각 김시습의 「용궁부연록」과 「만복사저포기」를 변주하며 가문의 문학적 전승을 바탕으로 전래의 한문학 전통을 수용함으로써 자신의 작자 의식을 형상화했다고 할 수 있다.

2. 기묘사림으로서의 정치적 좌절과 갈등

신광한은 당시 훈구勳舊[4]에 속했던 신숙주의 손자라는 점에서 그 또한 비슷한 성향을 보일 듯하다. 하지만 그는 조광조와 함께 유학의 소양을 길러 학문적 교유를 맺었고, 현량과賢良科[5]에서 김식金湜(1482~1520)을 선발하는 등 신

진사류로서의 행보를 보여 주었다. 기묘사화를 주도한 심정沈
貞(1471~1531)의 초대에 응하지 않았다거나, 김안로金安老
(1481~1537)의 한시 청탁에 풍자적인 내용으로 시를 지어 화
답했다는 사실들이 이를 대변한다. 다만 기묘사림己卯士林[6]으로
서의 신광한은 사화 이후 사사되거나 자결했던 조광조나 김식과
는 달리 당시 원로대신들의 변호로 죽음을 면할 수 있었다. 이는
훈구 문벌의 자손이라는 점이 고려되었던 것이다.

　　그는 훈구 문벌의 자손으로서 신진사류의 사상적 행동에 지
엽적으로 동참했다는 점에서 작가 정신을 철저하게 구현하지 못
한 것으로 평가받는다. 『기재기이』가 『금오신화』의 문학적 성향
을 이었으면서도 김시습의 방외인적 작가 의식[7]에 미치지 못한
다는 점이 그러하다. 「하생기우전」이 사화의 국면을 일정 부분
반영했지만 행복한 결말로 마무리함으로써 김시습의 비극적 주
제 구현에 미치지 못했고, 꿈속에 정원의 화훼류가 등장해 갈등
구도를 설정한 「안빙몽유록」 역시 선명한 작가 의식을 드러내지
않았다.

　　이렇듯 신광한의 생애와 『기재기이』의 작품 세계는 기묘사
림이기는 했으나 훈구 문벌로서의 가문 의식이 작용한 결과거
나, 당시의 사화 국면에서 정치적으로 좌절하며 적극적으로 참
여하기 힘들었던 정치 현실을 반영한 것이라 이해할 수 있다.

3. 사장: 시가와 산문 등의 글.

4. 훈구: 조선 건국에서부터
임금이나 나라를 위해 공로를
세운 집안이나 신하.

5. 현량과: 조선 중종 때 조광
조 등의 제안으로 실시되었으
며, 경학經學에 밝은 사람을
천거해 시험을 통해서 관리를
채용하던 제도.

6. 기묘사림: 기묘사화로 화
를 입은 선비의 무리.

7. 방외인적 작가 의식: 불합
리한 사회 현실에 대한 불만
섞인 비판 의식 때문에 사회
의 제도권에 안주하지 못하고
그 경계를 벗어나 생활하는
태도와 의식에서 비롯되는 작
가로서의 작품 집필 정신.

참고 문헌

소재영(1990), 기재기이 연구

손유경(2012), 기재 신광한의 작가의식에 대한 일고찰

신상필(2004), 기재기이의 성격과 위상

심경호(1999), 한국한시작가연구

엄기영(2009), 16세기 한문소설 연구

유기옥(1999), 신광한의 기재기이 연구

윤채근(1999), 소설적 주체, 그 탄생과 전변

윤채근(2002), 황혼과 여명

임채명(2005), 기재 신광한 한시 연구

최재우(1999), 하생기우전의 결핍-충족 구조와 그 의미

필　자　신상필

기재기이

『기재기이』企齋記異는 신광한이 창작한 한문소설집으로 「안빙몽유록」安憑夢遊錄, 「서재야회록」書齋夜會錄, 「최생우진기」崔生遇眞記, 「하생기우전」何生奇遇傳이 수록되어 있다. 이본으로는 고려대 만송문고 목판본, 서울대 규장각 필사본, 일본 덴리대天理大 이마니시류今西龍 문고 필사본 등이 확인되며, 이 외에 최승범 교수가 소장한 한글 필사본 「안빙몽유록」이 있다. 고려대 소장본에는 신광한의 문인 신확申濩이 쓴 발문이 부기附記되어 있는데, 이에 따르면 이 판본은 명종明宗 8년(1553)에 교서관校書館에서 간행되었다.

1. 창작 시기

『기재기이』의 창작 시기에 대해서는 크게 두 입장으로 나뉜다. 하나는 작자가 여주 원형리에 은거하던 시기(1524~1537)에 창작되었다고 보는 입장이고, 다른 하나는 정계에 복귀한 1538년 이후에 창작되었다고 보는 입장이다.

기묘사화로 조광조 등 많은 젊은 사림이 죽거나 쫓겨났는데, 당시 신광한은 신숙주의 손자라는 점이 고려되어 화를 면할 수 있었다. 결국 신광한은 삼척 부사로 있다가 벼슬에서 물러났으며, 이후 오랜 시간 여주에 은거했다. 전자의 입장은 바로 이 시기에 창작되었다고 추정해, 작품에 기묘사화의 체험과 기억이 반영된 것으로 해석한다(소재영, 1990; 신해진, 1997; 유기옥, 1999).

후자의 입장은 전자의 견해가 명확한 근거 없이 추정에 그침을 비판하면서 새로운 가능성을 제시한 것인데, 그 주장의 내용은 다음과 같다. 첫째, 『기재기이』에 수록된 네 작품이 모두 동일한 시기에 창작되어야 할 까닭은 없다. 둘째, 원형리에 은거하는 동안 신광한에게는 소설을 창작할 정신적·경제적 여유가 없었다. 셋째, 작품의 내용이 정계에 복귀한 이후 신광한의 정치적 처지를 반영하는 것으로 보인다(윤채근, 2006; 엄기영, 2011).

이렇듯 창작 시기에 대해서는 양자 모두 명확한 근거는 제시하지 못하는 상태이므로 계속 논란이 이어질 가능성이 높다. 더구나 창작 시기는 작품의 해석과도 연결되는 것이므로 다양한 가능성을 염두에 두고 이 문제를 다룰 필요가 있다.

2. 창작 의도

작품의 창작 의도를 어떻게 파악할 것인가는 주로 작자의 정치적인 부침과 관련해 논의되어 왔다. 이는 창작 시기 문제와 밀접하게 관련되어 있기도 한데, 창작 시기를 여주 은거기로 보는 경우는 작자의 사림으로서의 면모를 강조해 창작 의도를 설명하며, 정계 복귀 이후로 보는 경우는 혼란한 정국에서의 작자의 현실적 처지를 강조해 창작 의도를 설명한다.

이는 신광한이라는 인물을 어떻게 볼 것인가 하는 문제와도 관련된다. 젊은 시절의 신광한은 젊은 사림들과 뜻을 같이했으며, 이 때문에 관직에서 쫓겨나고 화를 당할 뻔했다. 반면 정계에 복귀한 뒤에는 숱한 요직을 거치면서 부귀영화를 누렸다. 30대까지의 신광한과 50대 이후의 신광한은 큰 차이가 있는 것이다. 따라서 이 문제는 다음과 같은 점들을 고려해 논의할 필요가 있다.

첫째, 그간의 연구를 보면 훈구와 사림이라는 이분법적 대립 구도에서 작자가 어느 쪽에 속하는가(또는 가까운가) 하는 식으로 논지를 전개한 측면이 있다. 현재 학계에서는 훈구와 사림의 개념 자체에 대한 문제 제기와 재검토가 이루어지고 있으므로 이를 고려해 당시의 상황을 고찰할 필요가 있다.

둘째, 『기재집』에 수록된 작품들에 대한 연구가 함께 진행되어야 한다. 사실 신광한은 시인으로서 크게 명성을 떨쳤고, 대제학으로서 당대의 문장을 관장하는 위치에 있었다. 하지만 그가 남긴 다양한 작품에 대한 연구 성과는 여전히 부족한 상태다. 그의 문학 세계를 총체적으로 파악하고, 그 결과를 바탕으로 『기재기이』에 접근한다면 보다 진전된 이해를 도모할 수 있을 것이다.

셋째, 신광한이 당시로서는 비주류 문학 장르였던 소설을 직접 창작할 수 있었던 문화적 배경에 대한 연구가 심화되어야 한다. 우리 소설사에서 16세기는 이전과 비교할 때 소설의 창작과 향유가 크게 확대된 시기다. 『기재기이』를 비롯해 『금오신화』, 『전등신화』, 「오륜전전」五倫全傳[1] 등이 간행되었고, 한글을 통해 소설의 새로운 독자층이 형성되었다. 또한 몽유록이라는 독특한 장르도 출현했다. 『기재기이』의 창작과 간행은 이러한 환경에서 이루어진 것이다.

3. 작품의 주제

『기재기이』에 수록된 네 작품의 주제에 대해서는 연구자들에 따라 적지 않은 편차를 보인다. 이들 작품이 우의적 성격이 강한 데다 창작 시기와 작자에 대한 평가 문제까지 결부되어 있기 때문이다.

1. 「오륜전전」: 중국 희곡 「오륜전비기」五倫全備記를 번안한 한문소설.

「안빙몽유록」

안빙이 방문한 꽃의 나라에서 벌어지는 일들이 정치적 갈등을 우의한다는 데는 대부분의 연구자가 동의하는 바다. 문제는 꿈에서 깨어난 뒤의 안빙의 행동을 어떻게 이해할 것인가다. 꿈에서 깨어난 안빙은 다시는 정원을 쳐다보지도 않은 채 독서에만 몰두했다고 하는데, 이에 대한 해석이 분분하다. 해석 방향은 크게 세 가지로 나눌 수 있다.

① 정치에 눈 돌리지 않고 수양에 집중하는 선비로서의 자세를 보여 준다는 해석이다. 이러한 해석에 따르면, 안빙의 행위는 단순한 도피나 외면이 아니라 어지러운 정치 현실에 매몰되지 않으면서 언젠가 뜻을 펼칠 수 있는 때를 기다리며 자신을 갈고닦는 것이다(신해진, 1997).

② 어지러운 정치 상황 속에서 중간자의 위치에 머물 수밖에 없었던 작자의 처지를 우의적으로 드러낸 것이라는 해석이다. 이러한 해석은 안빙이 화원의 주인임에도 꽃의 나라에서 방관자에 머물렀고, 꿈에서 깨어난 뒤에도 어떤 주체적인 역할도 하지 못한다는 점에 주목한 것으로, 작자의 삶의 이력을 고려한 것이다(엄기영, 2009).

③ 완물상지玩物喪志[2]를 경계하고 관물觀物[3]의 중요성을 주장한다는 해석이다. 이는 신광한이 송나라 성리학자 소옹邵雍의 철학에 깊은 관심을 가졌다는 점에 주목해, 신광한을 중간자적 존재로 규정하고 작품을 해석했던 기존의 연구를 비판하는 데서 비롯한 것이다(전성운, 2014). 이러한 해석은 근래에 제기되었는데, 이에 대해서는 보다 많은 토론이 필요할 것으로 보인다.

「서재야회록」

수록 작품들 중 「서재야회록」에 대한 연구는 상대적으로 적은 편이다. 주제 해석에서 쟁점이 되는 것은 서생이 만난 붓, 벼루, 종이, 먹의 정령精靈들이 우의하는 바와 서생이 이들을 묻어 준 행위를 어떻게 해석할 것인가이다. 몇 가지 해석을 제시하면 다음과 같다. ① 서생이 붓, 벼루, 종이, 먹의 존재를 인식하고 이들과의 관계에 일정한 의미를 부여했다는 점에 주목해, 이 작품이 우정과 지인知人의 의미를 말한다는 해석(유기옥, 1999), ② 정치적으로 희생당한 존재들에 대한 공감과 기억, 그리고 추모를 말한다는 해석(소재영, 1990; 엄기영, 2009), ③ 제사를 지내 준 서생의 행위는 어디까지나 제한적인 것으로, 어떤 적극적인 입장도 내세울 수 없었던 신광한의 현실적 처지를 반영한 것이라는 해석(엄기영, 2011) 등이다.

2. 완물상지: 어떤 물건이나 일을 좋아함이 지나쳐서 본심을 잃는다는 뜻.

3. 관물: 고요히 천지만물의 현상을 관찰함으로써 이들 사이의 관계를 이해하고 자연의 이치를 살핀다는 뜻.

「최생우진기」

작품의 배경이 강원도 두타산頭陀山이고 신광한이 기묘사화 이후 좌천되어 삼척 부사로 있었다는 점을 고려하면, 이 작품이 기묘사화를 겪은 경험을 바탕으로 한다는 것은 분명해 보인다. 따라서 쟁점이 되는 것은 최생의 용궁 방문과 그곳에서의 경험이 가진 의미다. 이에 대한 주요 해석들은 다음과 같다.

① 현실에 대한 비판 의식에서 출발했지만 궁극적으로는 도선적道仙的 세계를 지향한다는 해석(유기옥, 1999), ② 용궁이라는 초현실적 공간을 통해 우회적으로 현실을 비판한다는 해석(엄기영, 2009), ③ 최생이 현실 비판의 공간인 용궁을 방문한 것이 일종의 '사고'로 규정되므로, 이것은 결국 신광한이 자신과 기묘사화·기묘사림의 단절을 도모한 것이라는 해석(엄태식, 2013), ④ 도선적 세계의 비현실적인 성격을 비판하고 유자儒者로서의 도덕적 실천을 권계勸戒한 것이라는 해석(전성운, 2014) 등이다.

「하생기우전」

「하생기우전」은 '행복한 결말'을 보인다는 점에서 많은 주목을 받았다. 그런데 이러한 결말을 두고 상반되는 해석들이 제시되었다. 즉 지방의 한미한 가문 출신의 하생이 서울의 권력자 가문 딸과 혼인을 하고 부귀영화를 누리는 결말이 어떤 의미를 가지느냐는 것이다. 이를 비판적으로 평가한 연구자들은 이러한 결말은 어설픈 타협을 시도한 것으로, 작자의 치열하지 못한 문제

의식에서 비롯된 결과라고 했다(박희병, 1997).

이에 반해 작품의 결말에 보다 적극적인 의미를 부여하려는 연구들이 있다. 이러한 연구들은 「하생기우전」이 당시 사림들의 입장과 욕망을 반영하고 훈구와 사림의 화해를 모색한 것이라고 해석하거나(윤채근, 1999), 작품 속에서 하생의 운명을 예언한 주역의 점괘에 주목해 명이明夷[4]의 시대가 가고 천도天道가 실현될 것이라는 유자로서의 믿음과 자세를 표현한 것이라고 해석했다(엄기영, 2009).

---

4. 명이: 주역의 64괘卦 중 하나. 밝음이 땅속으로 들어간다는 뜻으로, 난세가 되어 군자가 어려움을 겪는 것을 가리킨다.

탐구 활동	1. 「안빙몽유록」에서 안빙은 꿈에서 '꽃의 나라'를 방문한다. '꽃의 나라'에서 안빙의 위치와 역할이 어떠한지를, 현실에서는 안빙이 화원花園의 주인이라는 사실과 관련해서 토론해 보자.

2. 「서재야회록」에서 서생은 물괴物怪들과 만난 후 이들을 땅에 묻고 제사를 지내 준다. 서생의 이러한 행위가 어떤 의미를 지니는지 토론해 보자.

3. 「최생우진기」에는 최생이 신선 세계에 다녀온 경험을 독자에게 전달하는 증공證空이라는 인물이 등장한다. 증공의 서사적 역할에 대해 토론해 보자.

4. 「하생기우전」은 우리 소설사에서 '행복한 결말'을 보여 주는 이른 시기의 작품이라는 점에서 의의가 있다. 「하생기우전」에서의 '행복한 결말'을 후대 소설에서의 '행복한 결말'과 비교해 보자.

권장할 만한 텍스트	박헌순 옮김, 기재기이, 종합출판범우, 2008 윤주필 옮김, 조선 전기 우언소설, 문학동네, 2013

참고 문헌	박태상(1995), 하생기우전의 미적 가치와 성격
	박희병(1997), 한국전기소설의 미학
	소재영(1990), 기재기이 연구
	신상필(2004), 기재기이의 성격과 위상
	신태수(2004), 기재기이의 환상성과 교환 가능성의 수용 방향
	신해진(1997), 안빙몽유록의 주제의식 고찰
	엄기영(2009), 16세기 한문소설 연구
	엄기영(2011), 기재기이와 작자 신광한의 자기인식
	엄태식(2013), 최생우진기의 서사적 의미와 신광한의 현실 인식
	유기옥(1999), 신광한의 기재기이 연구
	윤채근(1999), 기재기이: 우의의 소설미학
	윤채근(2006), 기재기이의 창작 배경과 그 소설적 의미
	전성운(2014), 신광한의 삶의 태도와 소옹 지향
	전성운(2014), 최생우진기의 서사 기법과 의미
	최재우(2008), 기재기이의 특성과 의미

필 자	엄기영

원생몽유록

「원생몽유록」元生夢遊錄은 원자허元子虛란 인물이 꿈속에서 단종과 사육신으로 보이는 왕과 여섯 신하의 모임에 참석한 후 깨어나 천도天道 실현이 이루어지지 않는 까닭이 무엇인지를 묻는 내용이다. 이념적 속성이 강한 몽유록의 갈래적 특징을 확연하게 드러낼 뿐만 아니라, '꿈 이전-좌정-토론-시연-꿈 이후'라는 몽유록의 전형적인 구성을 갖추었다.

「원생몽유록」은 역사와 꿈이라는 사실과 허구로 교직交織된 교술적教述的 서사의 양식적 특징을 지닌다. 여기서 사실로서의 역사를 강조하면 교술 또는 역사적 단편으로서 야승野乘[1]이나 야사野史가 되고, 몽유 양식에 근거한 허구적 측면을 강조하면 소설로 이해된다. 「원생몽유록」은 문학사 측면에서『금오신화』,『기재기이』의 전통을 잇는다.

1. 이본과 작가

「원생몽유록」의 이본은 30여 종을 웃도는 데다 선본先本도 분명하지 않다. 더욱이 소설사 초기에 창작되었을 것은 분명하지만, 현전하는 이본은 대부분 18세기 이후에 필사되었다. 이런 이유로 「원생몽유록」의 원본은 물론이고 선본도 확정 짓기 어렵다. 「원생몽유록」은 이본의 특징이나 수록된 문헌에 따라 이본군을 셋으로 분류한다.

「원생몽유록」 이본 분류의 근거는 결말 부분의 차이다. 결말 부분에서 각몽覺

夢 이후 해월거사海月居士가 등장하지 않는 경우, 해월거사가 등장해 발언하는 경우, 해월거사의 발언과 함께 그의 시詩도 제시한 경우로 구분된다. 물론 각각의 경우에도 후기後記가 있는가와 없는가에 따라 다시 세분할 수 있다.

일반적으로 이본의 특징에 따른 구분에서 『백호집』白湖集[2]에 실려 있는 「원생몽유록」을 기준 본으로 삼는다. 『백호집』 이본은 원본 계열에 속하면서도 모든 이본 가운데 내용이 가장 풍부하고 길 뿐만 아니라, 「원생몽유록」 전체 이본의 절반 가까이가 임제林悌(1549~1587)를 작가로 기록하기 때문이다. 요컨대 내용이 풍부하고 길어 다른 이본과 대비하기 적절할 뿐만 아니라, 유력한 작가로 추정되는 임제의 문집에 수록된 이본을 기준으로 삼는 것이 합리적일 수 있다.

「원생몽유록」을 수록 문헌의 특징에 따라 나누어 보면 다음과 같다. 첫째는 문집 수록본이다. 임제의 문집인 『백호집』에 수록된 것과 원호元昊의 문집인 『관란유고』觀瀾遺稿, 남효온南孝溫의 문집인 『추강집』秋江集 본 등이 그것이다. 둘째는 각종 야사野史[1] 또는 잡록 등에 수록된 것으로 『극수만록』郄睡謾錄, 『동패락송초』東稗洛誦抄, 『소화귀감』小華龜鑑, 『열조기사』列朝紀事, 『이대원류』二大源流, 『조야집요』朝野輯要, 『조야첨재』朝野僉載, 『청야만집』靑野謾輯 등이다. 셋째는 소설집 또는 다른 전傳과 함께 묶여 있거나 개별적으로 존재하는 여러 이본이 있다.

「원생몽유록」은 여타 허구적 서사와 달리 문집이나 야사 혹은 잡록에 수록된 것이 많다. 이것은 「원생몽유록」 창작 사실이 선조先祖의 업적을 기리는 것이라는 문중의 의도와 일정하게 관계되기도 하고, 단순한 허구적 서사가 아니라 강한 역사의식을 갖추고 있기 때문이기도 하다. 원자허가 단종과 사육신으로 보이는 이들과 만난다는 서사는, 곧 세조의 왕위 찬탈이 지닌 부도덕성을 비판하고 단종의 복위를 꾀하다 죽은 신하들의 충정과

1. 야승: 민간에서 사사로이 기록한 역사. 야사.

2. 『백호집』: 조선 선조 때의 명문장가로 호방하고 쾌활한 시풍을 선보인 백호 임제의 문집.

의리를 부각하기 위한 것으로 이해할 수 있다. 그렇기 때문에 충절과 의리를 담은 이야기를 선조의 문집에 거두어 실음으로써 충절과 의리의 가문으로 꾸며 보고자 했던 것이다.

「원생몽유록」의 수록 문헌에 대한 연구는 대부분 작가가 누구인가를 밝히는 것으로 귀결되기 일쑤였다. 실제로 작가로 언급되는 인물은 김시습金時習(1435~1493), 남효온南孝溫(1454~1492), 임제, 원호元昊(?~?), 황여일黃汝一(1556~1622) 등이다. 작가 시비와 관련한 문헌 연구의 성과도 단행본으로 정리될 정도로 많이 진행되었다. 그러나 문헌 연구를 토대로 한 작가와 작가 의식에 대한 연구는 그 작품이 지닌 서사적 감동을 해명하는 데 소홀하기 십상이다. 그저 역사적 사건에 대한 작가의 비판적 대응, 요컨대 작가 의식이 어떠한가를 밝히는 데만 주력한다.

그렇지만 작품이 담고 있는 의미는 작가가 누구인가나 작가 의식에서만 찾아지는 것이 아님을 주지해야 한다. 또한 작가 시비와 관련한 작가 의식 구명究明에만 연구 역량을 집중하는 것은 연구력 낭비일 수도 있다. 실제로 「원생몽유록」의 작가 시비 문제는 일정 부분 연구의 한계점에 이르렀다. 이런 점에서 보면 작가 시비 문제를 문헌적으로 확증하려는 데 연구의 초점을 맞추기보다는 작품의 미적 성취와 작가에 대한 논의를 진행해야 한다. 즉 작가를 임제로 기록한 다수의 이본을 고려해 임제 설을 따르면서, 작품의 성취를 고찰하는 것이 온당할 수 있다.

2. 주제 의식

「원생몽유록」의 주제 의식은 단종 복위復位[3]와 관련한 역사적 사실의 반영 여부와 관련된다. 많은 연구자들은 「원생몽유록」을 구체적인 역사 현실을 반영한 세조의 왕위 찬탈을 비판하는 작품으로 이해한다. 「원생몽유록」의 내용은 창작 당시에는 언급 자체가 금기시되던 불온不穩한 것이었다. 그렇기에 꿈의 형식이라는 허구적 장치를 동원해서 모순된 현실을 비판했다. 다만 이들 연구의 경우, 「원생몽유록」의 역사적 사실 반영 양상과 역사 인식의 주체에 대한 생각이 다를 뿐이다.

이와 같은 이해는 임제, 원호, 김시습 등의 작가로 거론되는 인물들의 세계 지향으로까지 확대 적용된다. 「원생몽유록」을 통해 충의와 명분이 꺾이고 오도誤導된 당대 현실을 개탄했다. 그리고 이런 인식은 「원생몽유록」의 창작 배경과 관련된 사육신의 행적이나 시詩가 남효온의 「육신전」六臣傳[4]에 기초한다는 연구와도 연결된다. 요컨대 「육신전」을 비판적으로 수용해 사육신의 절의節義를 공론화하고 사림士林의 입장을 대변한 작품이라는 이해로까지 확장된다.

물론 이와 다른 방향에서 이해하는 연구도 있다. 「원생몽유록」은 세조의 왕위 찬탈과 관련한 역사적 비극과 모순을 그린 것이 아니라, 역사 일반의 모순을 구체화해 그린 것이고, 그 과정에서 역사의 모순을 현실 사건으로 치환置換하는 수단으로 단종과 사육신으로 보이는 왕과 여섯 신하가 활용되었다는 이해다. 이런 이해는 「원생몽유록」은 역사 현실의 구체적인 문제를 기호화함으로써 애한哀恨의 감상적 정서를 촉발케 하고, 이를 역사 보편의 모순에 대한 통찰로까지 확장했다는 것이다. 이와 같은 관점에서의 이해를 구체화하면 다음과 같다.

「원생몽유록」에 등장하는 왕과 여섯 신하의 정체에 대한 분

3. 단종 복위: 집현전 학사 출신의 성삼문成三問, 박팽년朴彭年, 하위지河緯地 등이 단종을 복위시키고자 했던 일.

4. 「육신전」: 단종 복위 사건과 관련해 죽은 여섯 신하에 대해 남효온이 쓴 전傳.

명한 언급이 없다. 「원생몽유록」의 독자라면 누구나 왕과 여섯 신하가 단종과 사육신을 가리킨다는 것을 알 수 있다. 그럼에도 왕과 여섯 신하는 그 정체를 명백히 하지 않는다. 그저 충분히 연상케 하거나 암시할 뿐이다. 구체적인 사례를 기호화함으로써 대상을 모호하게 하고, 비분悲憤의 정서가 드러나게 하는 하나의 장치일 따름이다.

왕의 모습을 한 인물과 여섯 신하가 반드시 단종과 사육신이어야만 하는 것은 아니고, 오히려 역사 일반의 모순 속에서 희생된 어떤 존재를 대표하면 되는 것이다. 「원생몽유록」은 단종과 사육신이란 특정한 역사적 사건으로 협애화狹隘化된 이해 차원에 머물지 않는다.

이런 「원생몽유록」에는 왕과 여섯 신하의 감상과 애한에 찬 자기 응시凝視와 원자허, 복건자 등의 역사 일반에 대한 강개한 응시가 혼재한다. 왕과 여섯 신하를 통해서는 처연하고 애상적인 정조情調를 구현하고, 복건자·원자허·해월거사를 통해서는 비분강개悲憤慷慨한 정조를 창출한다. 이런 다층적인 정조와 분열적인 시선은 왕과 여섯 신하를 통해 역사 모순을 상기케 하고, 여기서 복건자, 원자허, 해월거사를 통해 인간 역사 보편의 모순을 강조하는 양상으로 발전한다.

이런 문학적 기법은『초사』楚辭[5]의 문예 전통과 관련된다. 『초사』에서 발견되는 영사힐문詠史詰問[6]과 영회서정詠懷抒情[7] 같은 문예적 기법이 「원생몽유록」에도 있다. 이런 기법은 「원생몽유록」에 충군지분忠君之憤과 강개지의慷慨之意, 그리고 감상과 애한의 정서로 형상화된다.

요순탕무堯舜湯武를 적인賊人의 효시嚆矢라 부르고 하늘에 도道의 실현 여부를 따져 물음으로써 비분강개의 정조를 드러낸다. 그리고 초수楚囚,[8] 장사長沙, 강물, 가을 등의 이미지를 통해 감상과 애한의 정조를 구현한다. 영사힐문과 영회서정의 기법을 통해 절실한 현실 모순의 구체적인 국면을 비분강개와 애한의 보편적 정감으로 확장한 셈이다.

「원생몽유록」은 왕과 여섯 신하라는 구체적인 역사 현실을 기호화한 감상적 접촉을 통해 분노 폭주의 계기를 제시하고, 이를 원자허와 복건자의 비분으로 연결함으로써 최종적으로 역사 일반의 모순을 제기한다. 복건자가 요순탕무를 적인의 효시라고 욕한 것도 특정한 역사적 사건에만 시선을 고정하지 않았음을 의미하며, 원자허가 왕과 여섯 신하를 만날 수 있었던 것도 역사 일반의 모순에 분노했기 때문이다.

그렇지만 조선 후기의 많은 독자들은 「원생몽유록」을 단종과 사육신이라는 역사 현실의 문제로 협애화해 이해하려는 경향을 보인다. 「원생몽유록」 각편各篇에서 여섯 신하가 사육신임을 미주微注로 밝히고, 결말 부분에 원자허, 복건자, 해월거사의 비분을 생략함으로써 문제의식이 역사 일반으로 확장되는 것을 차단한다. 조선 후기 독자들에게는 단종과 사육신이라는 실제적이고 직접적인 사건이 더 긴요한 문제였다.

5. 『초사』: 전한前漢 때 유향 劉向이 편찬한 초나라 사람들의 시부詩賦와 한나라 사람들의 모방작을 모은 책.

6. 영사힐문: 역사적 사건의 시비를 시부詩賦로 따져 물음.

7. 영회서정: 역사적 사건에 대한 감회를 시부詩賦로 읊음.

8. 초수: 초나라 죄인이라는 뜻으로 굴원屈原을 가리킴.

탐구 활동

1. 「원생몽유록」이 문집에 다수 실릴 수 있었던 까닭을 조선 후기의 사회 문화적 환경과 관련지어 이야기해 보자.

2. 「원생몽유록」의 주제 의식을 구체적인 역사 현실과 대응시켜 이해할 때와 역사 보편의 모순에 대한 통찰로 이해할 때의 차이에 대해 이야기해 보자.

3. 원자허나 복건자 같은 인간이 하늘을 향해 현실에서 도道가 실현되지 않음을 따져 묻는 이유는 무엇이라고 생각하는지 이야기해 보자.

권장할 만한 텍스트

임제 저, 임형택·서한석·이현일·장유승 공역, 역주 백호전집(하), 창비, 2014
김정녀, 몽유록, 현암사, 2015

참고 문헌

김정녀(1997), 몽유록의 현실 대응 양상과 그 의미
김태준(1939), 증보조선소설사
소재영(1983), 임제와 그의 문학
신재홍(1994), 한국몽유소설연구
신해진(1998), 조선중기 몽유록의 연구
우쾌제(2002), 원생몽유록
유종국(1987), 몽유록소설 연구
윤주필(1993), 원생몽유록의 종합적 고찰
윤채근(1999), 소설적 주체, 그 탄생과 전변
임형택(1984), 이조전기의 사대부문학
전성운(2007), 원생몽유록에 구현된 정조와 문예적 의미
정용수(2007), 원생몽유록의 문학성과 조선시대 육신의 인식
정출헌(2012), 고전소설의 주인공: 육신전과 원생몽유록
정학성(1977), 몽유록의 역사의식과 유형적 특질
조현우(2000), 원생몽유록의 리얼리티 생성 방식
차용주(1979), 몽유록계 구조의 분석적 연구
황패강(1972), 원생몽유록과 임제문학

필   자

전성운

강도몽유록

「강도몽유록」江都夢遊錄은 병자호란 당시 우리 민족에게 불어닥친 피바람의 기억을 생생하게 증언하는 몽유록계 소설이다. 전란이 훑고 지나간 격전지 강도江都(지금의 강화도)에서 몽유자 청허선사淸虛禪師는 주인 없는 시체를 수습하다 꿈에 어디선가 들려오는 울음소리에 이끌려 그날의 기억을 생생하게 전해 줄 인물들을 만난다. 그들은 곧 강도가 함락되는 순간 적의 창칼을 피하지 못하고 떼죽음을 당한 여인들이다. 이들은 한곳에 모여 당시 국정 운영을 책임지던 조정 대신이자 강도 수비의 중임重任을 맡은 관리들의 행태를 비판하고, 절의를 지킨 자신들과 척화파斥和派[1]의 의리를 찬양한다. 「강도몽유록」은 이런 여인들의 원한 어린 이야기를 청허선사가 몰래 숨어서 듣다가 꿈에서 깨어난다는 내용이다.

　「강도몽유록」은 당대의 민감한 정치·사회 문제를 소재로 취해 작자의 현실 인식을 강하게 드러낸다는 점에서 '현실 비판적 유형'을 대표하는 몽유록으로 일찍부터 주목받았다. 작가는 분명하지 않다. 그러나 조정 대신들의 행태를 향한 날선 비판과 척화파의 절의에 대한 찬양 등이 대비적으로 서술된 것으로 볼 때, 당시 국정 운영을 책임지던 친청파親淸派와 대립하던 반청파反淸派 지식인의 한 사람으로 추정해 볼 수 있다(김정녀, 2010). 주로 한문 필사본 형태로 유통되었다.

1. 척화파: 청나라와 화친하자는 데 반대하던 무리. 병자호란(1636) 당시 조정은 청과 화의和議해 전쟁을 피하자는 친청파親淸派와 이에 맞서 척화斥和를 주장하는 반청파反淸派로 나뉘었다.

1. 창작 시기

「강도몽유록」의 창작 시기는 관련 기록이 남아 있지 않아 정확히 알 수 없으나, 병자호란 직후 창작되었을 것으로 추정된다. 작품에 등장하는 여성들은 강도를 지켜 내지 못한 관리들의 무능을 규탄하기도 하고, 난후 제대로 처벌이 이루어지지 않은 것을 불평하기도 한다. 또 척화斥和를 주장한 신하들을 찬양하는 의견도 보이며, 정절을 지키기 위해 자결한 여성들의 행위를 칭송하기도 한다. 여성들의 이와 같은 발언에 난후의 사회 여론이 반영되어 있다는 해석이다(차용주, 1979).

병자호란이 작품의 배경이더라도 창작 시기를 전란 직후로 확정할 수 없는 경우도 있으나 「강도몽유록」은 전란의 참상과 상흔을 매우 사실적으로 전달하며, 등장인물들이 아주 격렬한 어조로 감정을 토로한다는 점에서 병자호란 직후 창작설이 설득력을 얻었다(유종국, 1987). 그런 까닭에 「강도몽유록」은 17세기 몽유록의 역사적 성격을 규명하는 자리에서(장효현, 1991), 전쟁에 대한 문학적 대응 양상을 논의하는 자리에서(신재홍, 1994; 박성순, 1997; 김정녀, 1997; 장경남, 2003) 주요하게 거론되었다.

등장인물의 발언 내용을 토대로 구체적인 창작 시기를 추정한 논의도 있다. 두 번째 화자話者는 김경징金慶徵의 부인인데, 군율軍律에 따라 사사賜死된 자기 남편과 달리 '심기원沈器遠, 이민구李敏求, 김자점金自點 등은 오히려 국록國祿이 더해졌다'며 비판하는 내용이 보인다. 이 발언을 토대로 ①1640~1644년쯤에 창작이 이루어졌다는 견해와 ②1670년 이후 창작되었다는 견해가 제기되었다. 창작 시기는 작품을 창작한 작가의 의도와도 긴밀하게 관련되는데, ①은 두 번째 부인의 발언을 패전의 책임자인 친청과 공신功臣 세력을 겨냥한 비판으로 보며(김정녀, 2009·2010), ②는 심기원 등과 달리 난후 패전 책임자로 처벌된 자기 남편에 대한 동정으로 본다(김일환, 2013).

2. 창작 의도와 주제

2. 가탁: 거짓 핑계를 댐. 몽유록에서는 '꿈'을 빌려 자신의 사상이나 감정을 표현함.

「강도몽유록」의 작자는 작품을 통해 무엇을 말하고자 했을까? 병자호란 당시 가장 피해가 컸던 강도를 배경으로, 강도가 함락되는 순간 가장 고통스럽게 죽어 갔을 여성들을, 그것도 집권 사대부의 부인이나 며느리를 전면에 내세워 그들의 생생한 증언을 들려준 의도가 무엇일까? 「강도몽유록」은 '꿈'에 가탁假託²해 작자의 의도를 우의적으로 전달하는 몽유록 양식이므로 주제나 창작 의도에 대해서도 다양한 견해가 보인다.

지배 세력의 무능과 실정 비판

「강도몽유록」의 주제와 관련한 초기 연구는 강도 함락 당시의 역사적 사실이 작품에 반영된 양상을 살피는 것으로 시작되었다. 전란의 희생자인 부녀자들이 조정 대신과 강도 수비를 책임지던 관료들의 행위를 규탄한 작품이라는 견해는(서대석, 1975; 정학성, 1977) 당시의 사회 여론을 반영해 작가가 작품을 창작했다고 본 것이다(차용주, 1979). 강도를 지켜 내지 못한 것뿐만 아니라 충절을 다하지 못한 패덕悖德한 조신朝臣들이 국가와 민족을 이끌어 갈 지도자의 위치에 있을 자격이 없음을 질책했다는 것이다(유종국, 1987). 특히 조정 대신과 관료들의 부인 또는 며느리를 화자로 설정한 데는 그들의 무능과 실정失政에 대한 비판의 강도를 높이려는 작가의 의도가 담겨 있으며(신재홍, 1994; 김정녀, 1997), 절사節死한 여성들 가운데 당시 척화를 주장했던 인물의 며느리가 등장해 그 시아버지를 칭송한 것 또한 비판 대상과 대비하기 위해 작가가 의도적으로 배치한 것이라는 해석이다(김정녀, 2005).

작품에서 여성들이 규탄한 인물은 조정 대신과 관료들이지만 비판의 범위는 '지배 세력으로서 역사를 책임져야 할 사대부 남성'(장효현, 1991), 이들 남성들이 내세웠던 '유교 이념의 허구성'(조혜란, 2001)으로 확대 해석할 수도 있다. 몽유자 '청허선사'의 존재 또한 정치 현실을 올바르게 이끌지 못했던 지배 세력에 대비할 수 있는데(장효현, 1991), 몽유자를 어질고 자애로우며 자비로운 승僧으로 설정한 것은 불교 사상을 토대로 유교 사회의 모순을 비판하기 위한 의도로도 읽힌다(양언석, 1996).

정절을 지켜 죽은 여성들의 행위 찬양

「강도몽유록」은 당시 지배 세력에 대한 비판 외에도 여성들의 수난 양상을 극적으로 부각한 작품이다. 이에 정절을 지켜 죽은 여성들의 행위에 주목해 작품의 주제를 파악하려는 시도들이 있었다. 정절을 지킨 행위 자체만 두고 보면 작품에 등장하는 여성들은 유교적 대의명분을 옹호하는 주체라 할 수 있다. 즉「강도몽유록」은 부덕婦德을 강조함으로써 병자호란으로 땅에 떨어진 유교 윤리를 다시 세우고자 한 작품이요(박성순, 1997), 여성들의 정절에 의탁해 지조志操와 절조節操 같은 관념을 확대 재생산함으로써 기존의 가치를 회복하고자 한 작품(장경남, 2003)이라고 해석할 수 있다. 그러나 전란 중 정절을 지키기 위해 죽음으로 내몰린 여성들의 상황에 초점을 맞추면「강도몽유록」은 기존의 가치를 옹호하기 위함이 아니라 가부장제 사회 구조를 떠받치는 정절 이데올로기의 허구성을 비판하기 위한 작품이라는 전혀 다른 해석을 할 수도 있다(조혜란, 2001).

　여성들의 발화發話에 담긴 정서를 분석한 논의도 있었다. 작가는 강화도 함락의 책임 소재를 규명하고 그 배후에 도사리고 있던 정치 세력의 권력성을 비판하려고 의도했겠지만, 그녀들의 발화 속에는 급작스럽게 닥친 공포, 가족들 생각과 삶에 대한 갈망, 살 수도 죽을 수도 없는 정신적 공황 상태 같은 인간 본연의 감정도 묻어 있었던 것이다(정충권, 2007).

작가의 정치적 의도 탐색

작가의 구체적인 정치적 의도를 탐색한 논의들은 「강도몽유록」에 '사실 전달' 이상의 우의寓意가 담겨 있음을 전제로 한다. 김정녀(2005)는 이 작품이 난후 사회 여론을 반영하거나 여인들의 정절을 찬양하는 등의 소극적인 의미에 머무는 것이 아니라, 인조 대의 공신 세력에 대한 비공신사류非功臣士類[3]의 정치적인 도전이 주제를 더욱 강하게 드러낸다고 보았다. 공신 세력의 실정과 전란 책임에도 이들이 인조 말년까지 여전히 국정國政을 주도하는 역사적 모순을 비판하기 위한 비공신사류의 목소리가 우의적으로 반영되어 있다는 것이다. 그러나 병자호란 직후 인조 대 후반 정치사는 '친청파'와 '반청파'의 대립 구도로 바라보는 것이 적확하다는 역사학계의 진전된 논의에 따라 필자는「강도몽유록」을 반청파 지식인의 '대항 기억'으로 재해석했다(김정녀, 2010). 인조와 친청파 공신 세력에 비판적이었던 반청파의 목소리가 다른 누구도 아닌 대신과 관료들의

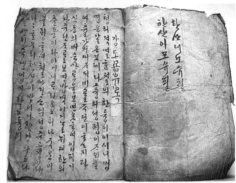

「강도몽유록」 한문본 도판: 버클리대 소장본(위), 국문본 도판: 양승민 소장본(아래)

'죽은' '부인과 며느리'의 입을 통해 발화됨으로써 비판의 강도가 더욱 거세졌는데, 당시 지배 담론과는 다른 견해를 몽유록을 통해 공론화했다는 점에서 이 작품은 지배 담론에 대항하는 성격을 띤다고 보았다.

3. 비공신사류: 인조반정仁祖反正이 성공하는 데 공을 세운 '반정공신'反正功臣과 정치적으로 대립하던 비공신 서인西人 및 남인南人 계열 무리.

　「강도몽유록」에 담긴 작가의 정치적 의도를 전혀 다른 방향에서 해석한 논의도 있다. 「강도몽유록」은 표면적으로는 '비판/공격'을 위한 텍스트로 보이지만 그 이면에는 '자기 변호/방어'의 목적이 있다고 본 견해가 그것이다. 김일환(2013)은 병자호란 때 보인 행적 때문에 비판받는 가문에서 부녀자를 내세워 가장家長이 보인 그릇된 행적을 최소화하고 이를 공인받으려는 의도에서 작품이 창작되었을 가능성이 크며, 특히 여성 3대가 등장하는 김류金瑬 가문의 경우가 그러하다고 논의했다. 「강도몽

유록」을 '고난'을 드러냄으로써 전란을 초래한 사대부들의 역사적 '책임'을 숨기는 '자기변호 텍스트'로 읽을 수도 있다는 것이다.

3. 이본 계열과 특성

「강도몽유록」의 이본으로는 현재 한문 필사본 7종, 국문 필사본 1종이 전한다. 제목은 대부분 '강도몽유록'으로 되어 있으나(미국 버클리대 소장본 등) 일본 동양문고 소장본처럼 지명地名인 '강도'가 누락된 채 '몽유록'이라고만 제명題名된 경우도 있다. 이본들은 서사 전개상 커다란 차이를 보이지는 않으나 부분적으로 표현을 달리하는 구절이 있다. 한문본 중에는 미국 버클리대 소장본이 서사 단락의 누락이 없고 오탈자가 적은 선본善本이다(김정녀, 2005). 이본의 계열은 서사 단락과 표현상의 차이를 기준으로 ①각몽覺夢 부분이 탈락된 계열과 ②등장인물의 정보를 세주細註 형태로 제시한 계열로 나눌 수 있다(김정녀, 2009).

국문본은 개인 소장본으로, 부분적으로 부연이나 생략이 보이기도 하지만 대체로 한문본 원전에 충실한 번역이다. ②계열(동양문고 소장본 등)을 저본底本으로 번역했으며, 몽유록 양식사 측면에서 여성 독자층의 존재를 확인할 수 있는 의미 있는 자료다. 김정녀(2009·2010)는 인조 정권에 대한 강한 정치적 도전 의식에서 창작된 「강도몽유록」이 후대에 정치적 맥락이 느슨해지면서 여성 독자에게는 위안의 문학으로 수용되기도 했음을 논의했다.

1. 「강도몽유록」의 몽유자 '청허선사'는 사대부가 아닌 승려이며, 꿈속에서 등장인물들과 어떤 대화도 나누지 않는다. 그저 '그들의 모임'을 지켜볼 뿐이다. 이는 「원생몽유록」의 몽유자 '원자허'와 대조적인데, 몽유자의 신분이나 성격, 꿈속에서의 역할이나 태도 등이 작품에서 어떤 의미를 지니는지 비교해 보자.

2. 조선 중기에 창작된 대부분의 몽유록은 '좌정坐定-토론討論-시연詩宴'의 순서에 따라 꿈속 사건이 전개된다. 「강도몽유록」에 등장하는 인물들은 서열도 없이 어지럽게 둘러앉아 각자의 사연을 토론하며, 마지막 여성의 말이 끝나자 부인들은 일시에 통곡한다. 작품의 서사 전개가 몽유록의 일반적인 양식에서 벗어난 이유가 어디에 있는지 작품의 주제, 창작 시기 등과 관련해 논의해 보자.

3. '역사'는 승자의 기록이라는 명제도 있듯이 '역사'가 곧 '객관적 진실'을 담보하는 것은 아니다. 오히려 공적인 기록이 아닌 사적인 기록, 객관적 기록이 아닌 허구적 서사가 사건이나 현상의 본질을 이해하는 데 유효할 수도 있다. 「강도몽유록」은 허구적 서사요, 병자호란에 대한 작가 나름의 '기억 서사'다. 이 작품의 발화 속에서 비판 또는 옹호되는 역사 인물들에 대한 정보와 그들에 대한 평가를 『인조실록』仁祖實錄 같은 공적 기록에서 찾아보고, 어느 쪽이 역사적 진실에 가까운지 토론해 보자.

권장할 만한 텍스트

김정녀, 몽유록: 꿈속 이야기로 되살아난 기억들, 현암사, 2015
박희병·정길수 편역, 이상한 나라의 꿈, 돌베개, 2013

참고 문헌

김일환(2013), 숨긴 것과 드러낸 것
김정녀(1997), 몽유록의 현실대응 양상과 그 의미
김정녀(2005), 조선 후기 몽유록의 구도와 전개
김정녀(2009), 신 자료 국문본 강도몽유록의 이본적 특성과 의미
김정녀(2010), 병자호란의 책임 논쟁과 기억의 서사
박성순(1997), 병자호란 관련 서사문학에 나타난 전쟁과 그 의미
서대석(1975), 몽유록의 장르적 성격과 문학사적 의의
신재홍(1994), 한국몽유소설연구
양언석(1996), 몽유록소설의 서술유형 연구
유종국(1987), 몽유록소설연구
장경남(2003), 병자호란의 문학적 형상화 연구
장효현(1991), 17세기 몽유록의 역사적 성격
정충권(2007), 강도몽유록에 나타난 역사적 상처와 형상화 방식
정학성(1977), 몽유록의 역사의식과 유형적 특질

조혜란(2001), 강도몽유록 연구

차용주(1979), 몽유록계 구조의 분석적 연구

필   자   김정녀

운영전

「운영전」雲英傳은 작가 미상의 한문소설로, 안평대군安平大君의 궁녀 운영雲英과 김진사金進士가 우연히 만나 사랑에 빠지고 궁궐 담장을 넘나들며 사랑을 나누다 결국 둘 다 자결하고 만다는 비극적인 애정소설이다. 국문으로 된 작품도 있으나 이는 한문본을 번역한 것인데, 대화가 부연되고 묘사가 더 자세하다는 특징이 있다. '수성궁몽유록'壽聖宮夢遊錄 또는 '유영전'柳泳傳 등의 제목이 달린 이본異本도 있다. '수성궁'은 작품에 등장하는 건물이고, '몽유록'은 꿈속에서 노닌 이야기라는 뜻으로 작중 인물의 꿈을 통해 사건을 이야기하는 방식을 뜻한다. '유영'은 김진사와 운영의 이야기를 전해 듣는 작중 인물인데, 이런 제목은 소수 이본에 그친다. 대체로 '운영전'으로 되어 있으니, 여성 주인공을 내세웠다는 점에서 주목된다. 「운영전」은 20세기에 들어서 일본어로 번역되고 한글 활판본으로 간행되기도 했으며 영화로 상영되기도 하는 등 주목을 받았고, 2009년에는 영역본(Unyŏng-Jŏn: A Love Affair at the Royal Palace of Chosŏn Korea)으로 간행되기도 했다.

1. 창작 시기와 작자

「운영전」은 「상사동기」相思洞記(영영전)나 「위경천전」韋敬天傳 등 17세기 초를 전후로 산출된 소설들과 함께 『화몽집』花夢集이라는 소설집에 기재되어 있다는 점이나 사상적 특징을 근거로 17세기 초에 창작되었을 가능성이 제기되었다. 작품에 등장하는 안평대군安平大君(1418~1453)은 세종의 셋째 아들이다. 안평대군은 수양대군이 왕위를 빼앗기 위해 벌인 계유정난癸酉靖難(1453)이 일어나자 역적으로 몰려 유배당했다가 결국 사사賜死[1]되었다. 안평대군을 중심으로 김종서金宗瑞와 황보인皇甫仁 등이 역모逆謀했다고 했으나 사실은 수양대군이 왕이 되려고 원로대신들을 없애고 정권을 잡은 것이다. 안평대군은 영조 때 가서야 누명을 벗고 복위된다. 작품에서 안평대군을 보는 관점이 부정적이지 않은데, 이를 근거로 이 작품은 적어도 역적으로 보는 인식이 어느 정도 누그러진 숙종 대에 지어졌을 것으로 추정하기도 한다. 그러므로 「운영전」의 창작 시기는 17세기 초부터 숙종 대 무렵까지로 한정할 수 있다.

　「운영전」은 작자 미상인데, 허균許筠(1569~1618)으로 추정하는 견해가 있다. 작품 중 안평대군과 김진사의 대화에서 두보杜甫보다 이백李白을 높이 평가하는 점이 허균의 견해와 통하고, 그 밖에도 허균의 도선적 취향이나 정욕론이 「운영전」과 유사하다는 점 등을 근거로 든다(정환국, 2016). 안평대군에 초점을 맞추는 경우 광해군이 형제들을 죽이고 인목대비를 폐위한 처사에 반발한 이가 간접적으로 당대 정치 현실을 비판하기 위해 지은 것으로 추정하기도 한다(조용호, 1997).

2. 서사 방식

서사 기법의 독특함

「운영전」은 유영이 꿈속에서 김진사와 운영을 만나 그들의 이야기를 듣는 형식으로 되어 있는데, 이야기의 대부분이 운영과 김진사의 발화로 이루어진다. 이처럼 운영과 김진사의 발화를 통해 알려지는 이야기는 전기傳奇에 해당하는데, 그 이야기가 유영의 꿈속에서 이루어진다는 점에서 몽유록夢遊錄의 형식을 띤다. 그래서 「운영전」이 '수성궁몽유록'이라고도 불린다. 몽유록은 꿈속으로 들어가는 장면과 꿈속의 사건 그리고 꿈을 깨는 장면 이렇게 세 장면으로 구분되고, 주제를 직설적으로 밝히며, 몽유자夢遊者가 사건에 참여하거나 사건을 해석하기도 한다. 그런데 「운영전」의 경우 몽유자, 즉 유영이 김진사와 운영의 이야기를 듣는 전달자 역할만 수행하며, 주제 또한 직설적으로 밝히지 않는다. 이본 가운데 '유영전柳泳傳'이라는 제목도 있는데, 이는 「원생몽유록」처럼 전달자에 주목한 경우로 몽유록과 유사한 점을 강조한 것이다. 그리고 남성 위주의 시각이 반영된 결과일 텐데, 극히 소수 이본에 한정된다.

「운영전」의 서사 기법은 일반적인 고소설이 3인칭 시점을 유지하는 것과는 달리, 3인칭 시점과 1인칭 시점이 여러 차례 전환되고 그에 따라 시간의 역전 또한 여러 차례 발생한다. 그 결과 사건이 평면적으로 서술되지 않고 입체적으로 형상화된다. 액자 구성 또한 평이하지 않아서 서술의 대부분을 차지하는 액자 내부의 갈등 관계만이 아니라 짧지만 액자 외부의 비감 어린 분위기도 작품을 해석하는 데 중요한 영향을 끼친다.

'수성궁'이라는 제한된 공간에서 서사가 진행되는 점은 전기傳奇의 맥락에서 일반적이다. 그런데 여기서 벌어지고 이야기되는 내용은 수성궁이라는 제한되고 기이한 공간의 울타리를 넘어 사회적 관계에 대한 것이다. 장소가 수성궁 내부이고 궁녀들의 행위에 관한 것인지라 궁녀 스스로 이야기한다는 설정이 자연스러운데, 여성 화자는 고소설에서 일반적이지 않다는 점에서 주목된다. 궁녀들은 궁 밖을 나갈 수 없고 오직 궁 안에서만 거처하면서 당시 여자로서는 예외적으로 한시 교육을 받았다. 안평대군은 탈속적脫俗的 세계를 지향해 인간이 순수 감성을 지닐 수 있다고 낙관했다. 수성궁에 열 명의 궁녀를 교육시키고자 한 것도 이상주의적 판단에 따른 것이다. 궁녀들이 한시를 자유롭게 펼쳐 내어 정서를 형상화하는 장면들은 전기傳奇 장르의 관습적 취향에 부합한다.

수성궁은 「운영전」에서 안평대군이 살던 곳이라 했고, 비해당匪懈堂은 '북쪽 성문 밖'에 따로 지은 건물이라고 했다. 그러나 역사적으로 보면 수성궁이라는 명칭은 안평대군 사후에 사용되었고, 당시에는 '비해당'이라 불렸다. 작자는 안평대군의 저택인 비해당 대신 수성궁을 등장시킴으로써 수성궁이 지닌 궁궐로서의 이미지를 차용했다. 궁궐로서 수성궁의 이미지는 수성궁 궁녀들이 궁가宮家의 궁비宮婢가 아닌 궁녀로 형상화되었다는 점과 상통한다(이지영, 2012).

궁녀들에게 한시를 가르치는 안평대군의 입장은 하늘에서 받은 문학적 자질에 남녀의 차이가 있지 않다는 것이다. 안평대군의 세계관은 문학에서만은 남녀를 평등하게 대한 것으로, 조선 시대의 일반적인 인식과는 다르다. 안평대군은 문학에서만큼은 개방적인 태도를 지닌 셈인데, 이는 김진사를 대하는 태도에서도 드러난다. 김진사가 나이 어린 유생이지만 안평대군은 그의 견해를 경청하고 만남을 이어 가기를 원한다. 안평대군은 남녀와 나이 또는 지위의 차이를 떠나 문학성이나 예술성에서만큼은 개방적이고 낭만적인 태도를 보였다. 이는 중세의 질곡을 구체화하는 작중 인물인 안평대군에 대해 부정적이지만은 않은 서술 태도를 해명해 준다. 예를 들어 김진사는 유영과 대화하면서 안평대군의 몰락을 안타까워한다. 자신과 운영의 사랑을 허용하지 않은 안평대군의 몰락을 안타까워하는 마음을 어떻게 보아야 하는가. 궁녀의 사랑을 인정하지 않은 안평대군의 태도는 개인적인 악행이라기보다 신분 질서라는 시대적 한계 때문일 것이다. 오히려 안평대군에게는 궁녀들을 돌보고 예술적 재능을 고취했다는 점에서 우호적인 시각이 배어 있다. 역사적으로 억울한 죄명을 뒤집어쓴 안평대군에 대한 연민의 시각도 작용했을 것이다. 안평대군은 중세의 권력을 대표하면서도 예술을 사랑하는 특수한 면이 있다. 안평대군을 비롯해 김진사와 궁녀들을 동질적인 유형의 인간에 속한다고 보기도 한다. 즉 이들은 모두 시적 감수성과 재능을 지닌 미적 인간이자 진실한 정을 추구하는 낭만적 이상주의자라고 해석하는 것이다(강상순, 2011). 한편 안평대군이 중세의 이념을 수호해야 할 위치에 있었던 까닭에 사랑을 이루지 못했으니, 그의 비극은 운영이나 김진사의 비극보다 그 정도가 결코 덜하지 않다고 해석하기도 한다(엄태식, 2009).

김진사의 하인 특特은 안평대군을 대신해 악의 역할을 맡은 인물이다. 특은 김진사와 운영을 속여 재산을 가로챔으로써 분노의 대상이 된다. 사실 김진사와 운영이 사랑을 이루는 데 특이 결정적인 방해를 한 것은 아니다. 그러나 사회적으로 권력자인 안평대군을 악인으로 몰기보다 권력이 없는 특을 악인으로 설정하는 것이 권력의 검열을 피하는 길이다. 중세의 지배 체제를 부정하는 문제적 성격을 인식한 작자는 이를 완화하기 위해 특이라는 악인을 설정한 것이다. 안평대군은 결국 운영을 용서하는 관용을 베푸는 데 비해, 특은 자신의 욕심을 위해 주인을 배신하고 살인 계획까지 도모하는 악인으로 형상화된다(백지민, 2017).

여성 주체의 시각

「운영전」에서 주요 사건은 운영과 김진사의 만남이다. 조선 시대에 서로 모르는 젊은 남녀의 만남은 극히 이례적인 사건인데, 애정 전기傳奇의 관습대로 여기서도 운영이 적극적으로 김진사의 행위를 유도한다. 특기할 만한 것은 여성 주인공이 남성 인물을 바라보는 응시의 주체로 표현되어 작품 대부분이 운영의 발화로 제시된다는 점이다. 15세기 작품 「이생규장전」李生窺牆傳에서 처음에는 최씨녀崔氏女가 담장 밖의 이생에게 말을 걸지만 시선의 주체는 주로 이생이었다. 18세기의 「심생전」沈生傳에서는 여주인공의 발화를 통해 그녀가 심생을 오랫동안 응시했던 과정들을 보여 주는데, 그러면서도 작품 전체적인 시선의 주체는 심생이다. 그런데 「운영전」에서는 전체적으로 여성인 운영의 입장에서 응시하는 양상으로 서사화되어 돋보인다(이대형,

2013).

　운영과 김진사의 만남만이 아니라 여러 궁녀의 모습 또한 여성 주체의 입장에서 다채롭게 그려진다. 운영을 적극적으로 도와주는 궁녀 자란紫鸞은 운영이 나날이 여위어 가는 모습을 보고는 정인情人이 있음을 짐작하고 돕고자 운영의 마음을 토로하게 하고 운영에게 해결 방안을 마련해 준다. 자란은 우정을 중히 여기는 한편 현실을 정확하게 판단하고 대처할 줄 아는 현실주의자다(엄기영, 2010). 자란 외에 가장 두드러진 인물은 궁녀 소옥小玉이다. 소옥은 나서기 좋아하며 단순한 성격을 지닌 인물이다. 시를 지을 때 제일 먼저 지어 올리는가 하면, 운영의 7언시를 보고는 공자의 제자들이 공자에게 복종한 것처럼 복종하겠다고 떠벌려, 자란에게 과장이 심하다고 핀잔을 받는다. 그 밖에 다른 인물들도 서사적 비중은 크지 않지만 각자 개성 있는 목소리를 내면서 존재감을 표출한다.

　궁녀들의 모습 가운데 특히 완사浣紗(빨래) 장소를 변경하기 위해 자란이 밤에 남궁南宮에 가서 대화를 나누는 장면이 주목된다. 장소 변경에 대한 대화가 오가고 그 결과로 변경하자는 제안이 결렬될 위기에 처하지만, 동료 의식을 강조해 감정에 호소하는 발언이 제기되면서 분위기가 크게 달라져 합의에 이른다. 우정의 가치에 기반을 둔 감정적인 호소가 논리적 판단을 넘어 합의를 이끌어 내는 것이 인상적이다. 이는 운영의 연애가 발각되어 벌을 받을 때 각자 자기 책임이라고 하면서 운영을 변호하는 태도로 자연스럽게 연결된다. 주인공 외에 주변 인물들이 이렇게 구체적인 형상으로 등장하는 것은 개별을 중히 여기는 여성의 담론 방식이라 할 수 있다. 그리고 대화를 중시하는 점 역시 특기할 만한데, 이는 여성적 성격이 두드러진다고 평가되는 가문소설에서 대화가 중시되는 특징과 유사하다.

　「운영전」에 앞서 「만복사저포기」萬福寺樗蒲記에서도 여주인공 외에 다른 여성들이 등장하는 부분이 있다. 그들도 여주인공 하씨녀何氏女와 유사한 성격을 가진 인물들이면서 조금씩 성격을 달리한다. 정씨鄭氏와 오씨吳氏, 김씨金氏, 유씨柳氏로 일컬어지는 그들은 모두 귀족 출신이고 같은 마을에 사는 처녀로, 성품도 모두 온화하고 운치가 특이하며 총명해 시를 지을 줄 아는 공통점이 있다. 차이점은 김씨가 정씨와 오씨의 시를 음탕하다고 질책한 데서 두드러지고, 태도나 몸매, 복장 등 강조하는 부분이 저마다 달리 표현된다. 그런데 시를 짓고 나서는 이들의 행방이 묘연하다. 화자는 이들의 존재에 더 이상 관심을 기울이지 않아 서사 진행에서 더는 흔적을 보이지 않는다. 이는 「운영전」의 모습과는 질적으로 구별된다. 일반적으로 전기(소설)의 시선은 젊은 '남성' 지식인의 몫이라고 하겠는데, 「운영전」은 이와 다른 여성의 시각을 보여 준다(김경미, 2002).

3. 주제

「운영전」은 고소설에 드문 '비극적 결말'을 보이는 작품이라고 해서 일찍부터 주목을 받았다. '비극적'이란 운명 따위에 굴하지 않고 맞서 나가다가 실패하지만 그것을 통해 감동을 주는 경우를 일컫는다. 궁녀 운영과 김진사는 그 당시 정상적으로는 이루어질 수 없는 사랑을 꿈꾸다 사랑을 이루지 못하고 죽음을 맞는다. 둘의 진실한 사랑이 이루어지지 못했다는 점에서 그들의 애정을 방해한 사회 질서가 문제시되어 주제를 드러낸다. 그런데 그들은 죽음으로 끝나지 않고 사후에 신선이 되어 다시 만났고, 이를 유영을 통해 밝힌다. 그렇다면 결국 비극적이라고 볼 수는 없지 않을까? 유영에게 김진사는 '오늘 밤의 슬픔'은 안평대군의 몰락 때문이라고 했다. 김진사는 왜 자신의 사랑을 가로막은 안평대군의 몰락을 슬퍼한 것일까. 영원토록 '이 정'은 없어지지 않을 것이라고 했는데, '이 정'이란 세월의 변천에 대한 비감을 말하는 것일까.

　「운영전」에서 주목되는 한 부분은 궁녀들의 자아의식이다. 궁녀로서 김진사를 사랑하는 운영은 말할 것도 없고, 그 밖의 다른 궁녀들이 자신들의 신세를 한탄하는 모습은 남녀 간의 애정보다는 예절을 중시했던 조선 사회의 변화를 보여 준다. 운영은 사랑을 키워 가면서 그 사랑을 용납하지 않는 현실과 맞서는데, 그러한 모습에서 '정욕情欲의 긍정'을 읽을 수 있다. 인간이란 무엇보다 정념情念의 주체이며, 사랑이란 어떤 훈육과 유폐幽閉로도 틀어막을 수 없는 생명의 자기 발현이라고 보는 것이다. 그러나 운영은 결국 자결하고 만다. 안평대군의 진노도 누그러졌으나, 그 뒤에 둘러쳐진 '사회'라는 엄연한 현실에 좌절한 것이다. 「운영전」의 이 같은 문제의식은 16~17세기 전반 성리학과 함께 사상사의 한 흐름을 형성했던 양명학陽明學[2]의 특징으로 설명할 수 있다(강상순, 2011).

여성주의의 관점으로, 운영을 포함한 궁녀들이 현실의 질곡에 대항해 자의식을 가진 깨어난 주체로서 집단을 이루어 '자매애적 관계'를 형성하는 작품으로 해석하기도 한다(김민정, 2015).

2. 양명학: 명나라의 양명陽明 왕수인王守仁이 주창한 유학의 한 계통. 양명 좌파에 속하는 탁오卓吾 이지李贄는 개성주의적 문학을 주장했는데, 조선의 허균, 박지원 등이 영향을 받았다.

탐구 활동

1. 유영에게 김진사가 운영에 대해 언급하는 태도는 어떠한가, 운영과의 사랑을 후회하는가?

2. 안평대군의 작품 내적 성격에 대해 평가해 보고, 역사적 사실과 평가를 비교해 보자.

3. 운영의 탈출을 막은 자란의 행위를 어떻게 평가할 것인가? 성리학 이데올로기에 침윤된 봉건적 윤리 의식인가, 현실적 조언인가?

권장할 만한 텍스트

이상구 역주, 17세기 애정전기소설, 월인, 1999

박희병·정길수, 사랑의 죽음, 돌베개, 2007

이대형·이미라·박상석·유춘동 역주, 화몽집, 보고사, 2016

참고 문헌

강상순(2011), 운영전의 인간학과 그 정신사적 의미

김경미(2002), 운영전에 나타난 여성 서술자의 의의

김민정(2015), 운영전에 나타난 여성 집단의 관계 양상과 서사적 의미

백지민(2017), 운영전의 악인 형상과 그 의미

엄기영(2010), 운영전과 갈등 상황의 조정자로서의 자란

엄태식(2013), 운영전의 양식적 특징과 소설사적 의미

이대형(2013), 전기(소설)의 여성 형상, 기이한 대상에서 응시의 주체로

이지영(2012), 운영전 창작의 문학적 배경과 연원

정환국(2016), 한문소설사 서술의 제문제

조용호(1997), 운영전 서사론

필   자

이대형

주생전

「주생전」周生傳은 이명선李明善이 『조선문학사』를 저술하면서 그 존재가 세상에 알려졌다. 이후 문선규가 김구경의 소장본 「주생전」을 전사轉寫하고 번역해 출판하면서 본격적인 연구가 시작되었다고 할 수 있다.

「주생전」의 이본은 김일성대학 소장 『화몽집』 소재본, 『신독재 수택본 전기집』慎獨齋手澤本傳奇集[1] 소재본, 이헌홍 소장본, 정경주 소장본, 『묵재일기』黙齋日記[2] 소재본, 김일근 소장본, 간호윤 소장본 등이 있다. 「주생전」의 시작과 마지막 부분을 보면, 자전적 이야기가 아니라 다른 사람이 쓴 전통적인 '전'傳임을 알 수 있다. 그러나 「주생전」의 서사는 전통의 '전'보다는 소설에 가깝다고 할 수 있다.

작품 소개

주생의 이름은 회檜고 촉나라 사람이다. 주생의 선조는 대대로 전당錢塘[3]에 살다가 부친 때부터 촉나라에서 살았다. 주생의 시문詩文 능력은 탁월했으나 과거 시험에는 운이 없어 글공부를 포기하고 오나라와 초나라에서 장사를 한다. 그 뒤 주생은 친구 나생과 기생 배도俳桃를 만난다. 배도는 자신에게 마음을 빼앗긴 주생에게 자신을 기적에서 빼 달라고 부탁하고, 주생은 글을 써서 약속을 지키고자 한다. 시간이 지나 주생은 배도를 통해 노승상 댁의 승상 부인과 선화仙花를 알게 된다. 주생은 선화를 본 후 배도에 대한 정이 엷어진다. 주생은 선화의 동생인 국영에게 글을 가르친다는 핑계로 노승상 댁에 들어가 선화와 잠자리를 갖고, 정식 혼인을 약속한다. 이때 배도는 주생이 선화에게 마음이 있다는 사실을 알아채고는 주생을 데리고 집으로 돌아간다. 이후 선화는 상사병에 걸린다. 주생이 떠난 뒤 선화의 동생 국영은 병이 들어 죽고, 배도도 병으로 죽는다. 주생은 배도의 장례를 치르고 외가 친척인 장노인을 찾아가 그간의 일을 얘기하는데, 뜻밖에도 장노인의 친분으로 선화와 혼례날을 잡는다. 주생과 선화는 혼례 일을 앞당기려 했으나 조선에 왜적이 침략하자 주생은 전쟁에 참가한다. 결국 주생은 개성에서 '나'(작가)를 만나 선화에게 알리지도 못한 채 떠나온 것과 혼례를 올리지 못한 하소연을 한다.

이처럼 「주생전」의 주인공들은 임진왜란 등의 사건으로 사랑을 이루지 못한 것과 「주생전」이 서사 작품이지만 삽입 한시와 사詞[4]가 큰 역할을 하는 것이 특이하다고 할 수 있다.

1. 작자

「주생전」의 작자에 대해서는 이견이 있으나 학계에서는 대체로 권필權鞸을 작자로 인정한다. 김일성대학 소장본에만 '권여장'權汝章의 후지後識[5]가 보이고, 다른 이본에는 '계사중하무언자전' 癸巳仲夏無言子傳의 후지 기록이 보여 작가를 권필이라 단정하지 않고 있다.

권필이 '무언자'를 호로 사용하지 않았고, 『석주집』石洲集[6]에 「주생전」이 수록되어 있지 않아 「강로전」姜虜傳의 작가이자 권필의 조카인 권칙權伏을 작자로 추정하기도 한다.

그러나 계사년은 1593년인데 당시 권필은 25세였고, 전화戰禍를 피해 다니다 송도松都에 들렀던 것으로 확인된다. 이로 볼 때 작가가 명시된 새로운 자료가 발견되지 않는 한, 굳이 권필이 작자임을 부정할 필요는 없다.

권필은 1569년(선조 2)에 태어나 1612년(광해군 4)에 세상을 떠났다. 조선 중기의 문인으로 대표작은 『석주집』과 「주생

1. 『신독재 수택본 전기집』: 신독재는 김집金集(1574~1656)의 호, 수택본은 조선 시대에 선비들이 가까이 놓고 자주 이용해 손때가 묻은 책을 말한다. 가로세로가 각각 31cm인 필사본으로, 「만복사저포기」, 「유소랑전」劉少娘傳, 「왕경룡전」王慶龍傳, 「왕시봉기우기」王十朋奇遇記, 「이생규장전」, 「최문헌전」崔文獻傳, 「주생전」, 「상사동전객기」相思洞餞客記, 「옥당춘전」玉瓏春傳 등의 작품이 수록되어 있다.

2. 『묵재일기』: 묵재 이문건李文楗(1494~1567)이 쓴 일기. 이문건은 이조년李兆年의 9대손으로, 1513년 사마시에 합격하지만 기묘사화와 을사사화로 가문이 화를 당한 뒤 유배 가서 세상을 떠난다. 이 책에는 「설공찬전」이 수록된 것으로 유명하다.

3. 전당: 지금의 중국 항저우杭州.

4. 사: 악곡에 맞춰 지은 시가로, 노래의 가사 부분을 가리키는 이름이다. 수대隋代에 탄생해 당대唐代 후반에 이르러 성숙하고, 송대宋代에 전성기를 맞이한다. 송대에 번성했기에 흔히 송사宋詞라고 부른다. 사는 시가로서의 문학성을 지니고 있을 뿐만 아니라 음악으로서의 실용성도 갖추어, 사대부에서 일반 서민에 이르기까지 널리 유행했다.

5. 후지: 작가가 작품 뒤에 작품과 관련한 기록을 남긴 것을 말한다. 여기서 '識'는 '식'이 아니라 '지'로 발음하고, '기록한다'는 뜻이다.

6. 『석주집』: 조선 중기의 작가인 권필의 시문집. 총 11권 4책의 목판본.

전」이다. 권필의 본관은 안동安東이고, 자는 여장汝章이며, 호는 석주石洲다. 승지 권기權祺의 손자며, 권벽權擘의 다섯째 아들이다.

　권필은 정철鄭澈의 문인으로 이안눌李安訥과 교류했고, 허균許筠과는 절친이었으며, 성격이 자유분방했다. 20대부터는 주로 강화도에서 지내며 벼슬에는 뜻을 두지 않고 많은 유생을 가르치면서 문인들과 교류했다.

　권필은 필화 사건[7]에 연루되어 귀양을 가던 중 폭음으로 죽음을 맞이한다. 권필은 시재가 뛰어났으나 세상을 잘못 만나 자신의 능력을 펼치지 못했고, 당시 사회를 풍자하는 데 심혈을 기울였다. 권필은 구용具容과 함께 강경한 주전론主戰論[8]을 주장했기에 「주생전」에서도 임진왜란을 도외시할 수 없었을 것이다.

2. 창작 시기

「주생전」의 창작 시기는 후지에 보이는 '계사중하 무언자 권여장 기'癸巳仲夏無言子權汝章記를 가지고 추정한다. 여기 보이는 계사년은 1593년이기에 창작 시기를 이때로 보기도 한다. 「주생전」을 본격적으로 연구하기 시작한 문선규는 김구경 이본에는 후지가 없었기에 권필이 졸卒한 연도를 기준으로 창작 하한선을 1611년으로 잡기도 했다. 또 권필이 교유했던 명나라 장수 호경원胡慶元과 누봉명婁鳳鳴을 예로 들어 창작 시기를 명나라 군대가 철수할 때인 1600년 전후라고 밝히기도 했다. 작가 정보에서도 언급했지만 「주생전」의 작가를 권필의 조카인 권칙(1599~1667)으로 상정한다면, 「주생전」 창작 시기를 17세기 중반으로도 추정할 수 있다.

3. 작품의 특징

「주생전」의 비극성과 사랑

「주생전」은 기존의 서사와는 사뭇 다른 양상을 보여 주기에 이른 시기부터 연구가 많이 진척되었다. 먼저 살펴볼 것이 「주생전」의 주제인 비극성과 사랑이다. '주생과 배도, 주생과 선화' 이 세 인물은 서로 사랑하지만, 결국 '행복한 결말'이 아닌 비극으로 끝을 맺는다. 「주생전」은 주인공 세 명이 치열하게 사랑했지만 누구도 행복하지 못한, 실패한 사랑 이야기다.

그러나 주생을 중심으로 볼 때는 배도와 선화라는 두 여인과의 사랑을 전란이나 인물의 불우한 처지 등 현실 문제와 결부시키면서 아주 잘 묘사하는 점이 「주생전」의 특징이다. 그런 면에서 「주생전」은 삼각관계의 구도를 통해 방황하는 인간들의 미묘한 관계와 심리를 사실적으로 그려 낸 작품이라고 평할 수 있다.

비교 연구

「주생전」과 대비할 수 있는 작품은 「위생전」이다. 1992년 임형택 교수가 『고담요람』古談要覽에 수록된 「위경천전」을 발굴, 소개하면서 「주생전」과의 비교 연구가 시작되었다.

그럼 「주생전」과 「위생전」의 공통점을 알아보자. 첫째, 「주생전」과 「위생전」은 전란 체험을 작품에 반영하고 있다. 둘째, 「주생전」과 「위생전」은 인물 형상에서 유교 이념이 주인공들의 의식 속에 내면화되어 있기에 여성 주체에 대한 인식이 미약하다. 셋째, 남성 주인공은 사회적 성공보다는 사랑에 집중하고, 기생이 등장한다. 이 세 가지를 이 작품들만의 공통점이라고 할 수 있다.

그렇다면 「주생전」과 「위생전」은 어떠한 차이점이 있을까?

7. 필화 사건: 1611년 봄 전시殿試에서 과거 응시생인 임숙영任叔英이 광해군의 후비가 정사에 관여하는 것과 그 외척의 교만 방자함을 지적한 글을 올렸다. 이 글을 본 광해군이 격노해서 그의 과거 급제를 취소하라는 명을 내렸는데, 이 소식을 들은 권필이 분개해 시를 지어 풍자했다. 이듬해 봄 2월에 권필의 시를 본 광해군은 권필을 잡아들여 혹독하게 친국한 뒤 함경도 경원으로 귀양 보낸다. 권필은 귀양을 가다가 친구가 권하는 막걸리를 마시고 장독杖毒이 솟구쳐 죽고 만다.

8. 주전론: 청淸이 조선에 군신의 관계를 요구하자 조선 조정은 주전론과 주화론主和論으로 갈라진다. 주화론의 대표 주자는 최명길崔鳴吉과 홍서봉洪瑞鳳 등인데, 허울뿐인 명과의 명분에서 벗어나 청과 화친하고 그 사이에 내실을 다져서 국력을 키우자는 입장이다. 반면에 주전론의 대표 주자는 김상헌金尙憲인데, 명과의 명분을 저버릴 수 없고 청과는 화친할 수 없다는 성리학적 명분론의 원칙을 지키자는 입장이다. 이것이 당시 조정의 대세이기에 청과의 국교 단절을 선언하고, 그 결과 병자호란이 일어나 인조는 삼전도三田渡의 굴욕을 당하고 세자와 왕자들이 청나라에 볼모로 끌려갔다.

첫째, 「주생전」에서 주생은 전란으로 불우한 삶을 산 인물이고, 「위생전」에서 위경천은 전란으로 희생된 주체로 파악하고 있다. 둘째, 「주생전」은 유교 이념과는 거리가 먼 사적 욕망을 가진 인물로, 「위생전」은 유념 이념을 따르는 규범적 인물이며 유교 이념의 틀에 입각해서 행동하는 인물이라고 규정한다는 것이 큰 차이점이다.

「주생전」을 중국 전기傳奇와 비교한 연구도 있는데, 주로 당대唐代 전기인 「앵앵전」鶯鶯傳,[9] 「곽소옥전」藿小玉傳[10]과 비교해 인명과 어구語句의 동일성, 인물 성향이나 서사 구조의 유사성을 밝혔다. 명대 전기인 「가운화환혼기」賈雲華還魂記[11]와 비교 고찰한 연구도 있다.

이와 같이 「주생전」을 중국과 관련시킨 것을 작품의 한계로 보기도 하는데, 이유는 『금오신화』에 드러나는 자주적 향토주의를 정당하게 계승하지 못했다고 보기 때문이다. 그러나 「주생전」의 저작 동기에서 밝힌 대로, 작자인 권필이 임진왜란 때 구원병으로 참여했던 명나라 군사의 이야기를 듣고 소설화한 것으로 이해하면 중국과의 관련이 한계로 볼 것은 아니라고 생각한다.

「주생전」이 전 시대 또는 동시대 전기소설과 확연히 다른 것은 '현실성 강화'다. 「주생전」에는 귀신이 등장하지 않고, 현실 상황에서 모든 사건이 이루어진다. 이런 점에서 「주생전」은 전기소설의 환상성을 극복했으며, 현실 세계를 형상화한 작품이라고 평가할 수 있다.

「주생전」의 인물 형상

「주생전」에서는 주생이 배도와 선화 사이에서 사랑의 줄타기가 주된 서사라고 할 수 있다. 주생이 처음에 배도를 보았던 시선과 얼마 후 선화를 보는 시선이 같다고 할 수 있다. 선화 뒤에 다른 여인이 등장해도 주생은 선화 때와 마찬가지의 변화를 보일 것이라고 추측할 수 있다. 주생은 새로운 여인에 대한 사랑을 갈구하는 인물로 보인다. 하지만 주생은 아무와도 이루지 못한 비극적인 사랑의 주인공이다.

그러나 이러한 중심 서사에 양반인 주생이 장사로 나선 것과 기생인 배도가 친한 사이지만 양반인 주생에게 기적에서 빼 달라고 부탁한 것을 보면, 기존의 양반과 기생이 가지고 있던 인식이 달라졌음을 「주생전」을 통해 알 수 있다. 이는 「주생전」을 창작할 당시 조선의 사회적인 특성을 반영했다고도 볼 수 있다. 하지만 배도가 신분 회복 의지만을 지나치게 주장하는 것은 「주생전」이 중국을 배경으로 한 16세기 말의 애정 전기소설을 수용했기 때문이라고 보기도 한다.

9. 「앵앵전」: 중국 당나라 원진元稹의 전기소설. 장생張生과 앵앵의 비극적인 사랑에 관한 내용을 담고 있다. 일명 '회진기'會眞記라고도 한다.

10. 「곽소옥전」: 중국 당나라 때 장방蔣防이 지은 전기소설로, 혼약을 어기고 세력가의 딸과 결혼한 사대부 이익과 기녀 곽소옥의 불행한 사랑 이야기다.

11. 「가운화환혼기」: 『전등여화』剪燈餘話의 한 편으로, 주인공 위붕과 빙빙(가운화)을 중심으로 한 애정 소설이다. '환혼'이 암시하듯 주인공 빙빙이 죽었다가 다른 여인으로 환생하는 이야기를 담았다. 「가운화환혼기」를 모티프 삼아 만든 소설이 「빙빙전」聘聘傳이다.

| 탐구 활동 | 1. 「주생전」을 같은 시기의 작품인 「위생전」, 「운영전」과 비교해 「주생전」만의 특징을 고찰해 보자. |

1. 「주생전」을 같은 시기의 작품인 「위생전」, 「운영전」과 비교해 「주생전」만의 특징을 고찰해 보자.

2. 셰익스피어의 비극 「로미오와 줄리엣」을 보면 집안 간의 다툼으로 사랑하는 청춘 남녀가 비극적인 운명을 맞이한다. 이와 같은 애정 장애 요소와 연관해 「주생전」에서 주인공들이 왜 비극적인 운명으로 끝을 맺는가와 임진왜란이 왜 등장했는가에 대해 논의해 보자.

3. 「주생전」에서 주생, 배도, 선화의 선택에 대한 이해와 문제 제기에 대해 토론해 보고, 오늘날의 유사한 애정 관계와 비교해 보거나 자신의 문제로 바꾸어서 말해 보자.

권장할 만한 텍스트　간호윤 주해·역, 선현유음 상·하, 경진, 2017

참고 문헌

간호윤(2008), 새로 발굴한 주생전·위생전의 자료와 해석
김수연(2013), 주생전의 사랑과 치유적 독법
김현룡(1976), 한국 설화·소설에 끼친 태평광기의 영향연구
김현양(2008), 주생전의 사랑, 그 상대적 인식의 서사
소인호(2001), 주생전 이본의 존재 양태와 소설사적 의미
엄태식(2011), 애정전기소설의 창작 배경과 양식적 특징
엄태웅(2009), 17세기 전기소설에 나타난 남녀 관계의 변모 양상
윤혜성(2017), 주생전과 위생전의 비교 연구
이상구(2000), 17세기 애정전기소설의 성격과 그 의의
임형택(1992), 전기소설의 연애주제와 위경천전
정규식(2009), 주생전의 인물 연구
정민(1991), 주생전의 창작 기층과 문학적 성격
정성인(2014), 주생전의 비극성 연구
정환국(1999), 16-7세기 동아시아 전란과 애정전기
정환국(2000), 17세기 애정류 한문소설 연구
조광국(1996), 주생전과 16세기 말 소외 양반의 의식 변화와 기녀의 자의식 표출의
　　　시대적 의미
지연숙(2005), 주생전의 배도 연구
황윤실(2001), 17세기 애정전기소설에 나타난 여성주체의 욕망발현 양상

필　자　조상우

최척전

「최척전」崔陟傳은 조위한趙緯韓(1567~1649)이 지은 17세기의 소설 작품이다. 주인공 최척은 양반 출신이면서 하층민과 다를 바 없는 고초를 겪는다. 전란이 발발하자 낯설고 물설은 타국을 두루 돌아다니다가 늙어서야 간신히 조선으로 귀환한다. 그 과정을 있는 그대로 생생하게 표현하기 때문에 사실성이 강하다고 할 수 있다. 「최척전」의 어느 이본에서나 이런 정황이 고스란히 드러난다. 현전하는 이본은 총 12종이다. 한문본이 6종이고, 국문본이 1종이며, 한문 축약본이 5종이다. 한문본의 경우는 이본에 따라 낙장落張이 있기도 하나 대체로 전체 내용을 갖춘 데 비해 국문본은 미완본이고, 한문 축약본의 경우는 산개刪改[1]된 부분이 적지 않다. 이 점에서 「최척전」의 내용을 온전히 이해하기 위해서는 한문본을 읽을 필요가 있다.

1. 산개: 쓸데없는 글자나 글귀를 지우고 고쳐 바로잡음.

1. 작자와 작품의 관계

작자 조위한은 다양한 체험의 소유자다. 명문가에서 태어났으나 삶의 곡절이 만만치 않았다. 임진왜란으로 딸과 모친을 잃었고, 정유년에는 부인과도 사별했다. 피란하기 위해 전라도 남원으로 내려갔고, 남원 김덕령金德齡 휘하에서 의병 활동을 펼쳤다. 34세에 재혼한 뒤로 전란의 아픔에서 벗어나기 시작했다. 43세에 늦깎이로 문과에 급제한 뒤 명나라 사신으로 가서, 여러 지역을 돌아다니며 견문을 넓혔다. 국내로 돌아와서는 목민관 생활을 주로 했다. 여러 고을을 돌아다니며 유민流民의 참상을 목격하고, 그 소회所懷를 문학 작품으로 남겼다. 이런 정황을 고려해 조위한의 성향을 평가해 볼 수 있다. 양반이면서도 서민의 아픔을 알았고, 이상을 지향하면서도 현실을 직시하는 안목을 가졌다는 점이 그것이다.

「최척전」에는 작자 조위한의 체험이 많이 반영되어 있다. 먼저 남원 주포周浦에서의 체험이다. 조위한은 난리를 피해 남원 주포로 내려갔고, 남원 일대에서 의병 활동을 했다. 그런 난리 체험이 「최척전」에 나타난다. 다음으로 다양한 공간 체험이다. 조위한은 전란으로 국내의 여러 공간을 돌아다녔고, 중국에 사신으로 가서도 많은 공간을 돌아보았다. 이런 공간 체험이 「최척전」에서 조선·일본·중국·안남安南·호국胡國 공간을 형상화하는 동인動因이 된다. 그다음으로는 현실의 삶에 대한 조위한의 체험이다. 왜란으로 가정이 깨질 때, 어느 누구도 그 현장에 나서서 막아 주지 않았다. 이런 현실 체험이 「최척전」에 나타난다. 현실에서는 힘의 논리가 지배하고, 초월적 존재는 현실에서 직접적으로 위력을 발휘하지 못한다는 점이 그것이다. 이처럼 작자가 체험했거나 기억하는 '특정 공간에서의 현실'이 「최척전」에 나타나므로, 작자가 현실 차원에서 「최척전」을 형상화했다고 할 수 있다.

2. 작품의 주요 특징

17세기는 고소설사의 전환기다. 전 시대와는 달리 하층에 있던 자들이 경험을 술회하기 시작했고, 공간적 배경이 확대되거나 정확해졌으며, 현실적 관점에서 사회의 다양한 측면을 조명하기 시작했기 때문이다. 이런 문화적인 토대 위에서 「최척전」은 다른 어느 소설 작품 이상으로 사회적·역사적 문제를 예리하게 포착했다. 한마디로 말해 「최척전」은 17세기의 문제작이다. 그 근거를 구체적으로 밝혀 보면 다음과 같다.

첫째, 사실적 성격이 강하다. 역사적 배경부터가 사실적이다. 실제로 있었던 사건을 배경으로 하고, 작자의 체험을 생생하게 그려 냈다. 실제로 있었을 법한 사건 서술 또한 사실적이다. 최척 부부가 전란의 참상 속에서도 여러 사람을 만나고, 세계의 정체를 하나하나 확인해 나가기 때문이다. 물론 실제로 있었거나 있었을 법한 사건을 동원한다고 사실성이 확보되지는 않는다. 「최척전」에서는 장면 제시 방법을 구사하면서 사실성을 확보하고자 한다. 장면 제시 방법이란 '등장인물의 대화와 동작으로 사건이 눈앞에서 벌어지는 듯한 느낌을 주는 서술 기법'이다. 「최척전」에서는 등장인물의 대화와 동작을 사건의 정황에 맞도록 설정했기 때문에 사실성을 확보할 수 있었다.

둘째, 가족애家族愛 중심의 애정 서사를 지향한다. 애정 서사는 「최척전」 전에도 있었다. 이른바 애정愛情 전기소설傳奇小說[2]이라고 불리는 『금오신화』의 「이생규장전」과 「만복사저포기」, 『기재기이』의 「하생기우전」 등이 그것이다. 애정 서사는 17세기에 이르러 변화하기 시작한다. 환상성이 사라지면서 현실성이 자리를 잡았다는 점이 그 근거다. 17세기의 애정소설이라 하면 「주생전」, 「위생전」, 「운영전」, 「상사동기」, 「최척전」 등을 들 수 있다. 이들 작품은 하나같이 애정 문제를 현실 조건과 대응하면서 삶의 방향을 행복이나 불행과 결부시킨다. 이 가운데 「최척전」은 독특한 애정소설의 양상을 보여 준다. 옥영을 내세워 아들, 며느리와 생사를 같이하려는 끈끈한 가족애를 강조하는 한편, 국적과 문화가 서로 다른 여유문과 최척, 그리고 돈우와 옥영의 우호 관계를 통해 다문화 현상을 그리기 때문에 17세기의 다른 어느 애정소설보다 서사의 편폭을 넓혔다고 할 수 있다.

셋째, 남녀 주인공은 가고 싶지 않은 공간을 많이 떠돌아다닌다. '왜 가고 싶지 않은 공간으로 이동하는가?'라는 문제에 대

2. 애정 전기소설: 애정 중심의 전기소설. 즉 환상적이고 신비한 인물과 사건이 애정을 중심으로 전개되는 소설.

해, 인물 측면에서는 알기 어렵지만 화자 측면에서는 알기 쉽다. 화자는 하나의 공간이 불가항력적인 환경을 조성하는 데서 멈추지 않고 다른 공간과 연대해 주인공을 떠밀어 낸다고 한다. 공간은 단순한 땅덩어리가 아니다. 공간과 공간은 일정한 체계를 형성하고 있으며, 그 공간 체계는 역동성을 가지고 남녀 주인공을 고향으로부터 자꾸만 멀어지도록 만든다. 물론 화자가 남녀 주인공이 일방적으로 떠밀린다고 하지는 않았다. 삶에 대한 강인한 의지로 낯선 공간을 자기화하고, 마침내 원래의 자리로 되돌아온다고 한다. 이로 보면 화자가 공간과 인물의 대응 관계를 비중 있게 형상화했다고 할 수 있다.

3. 쟁점

장육존불의 존재가 사실주의를 성취하는 데 지장을 초래하는가?

「최척전」이 사실주의寫實主義[3]를 성취했다고 할 때, 어느 정도인지가 관건이다. 논자에 따라서는 성취도가 훌륭하다고 하기도 하고, 미흡하다고 하기도 한다. 견해가 엇갈리는 주된 요인은 '장육존불丈六尊佛[4]의 존재'다. 장육존불의 존재가 「최척전」의 사건을 전개하는 데 불가피하다고 여기는 논자들은 성취도가 훌륭하다고 하고(민영대 1993; 신해진 1996; 신태수 2007), 장육존불의 존재가 낭만적인 성격을 드러낸다고 여기는 논자들은 성취도가 미흡하다고 한다(박희병 1990; 박일용 1990). 양자의 논쟁이 쉽게 수그러들 것 같지 않다. 전자의 경우는 초월적 존재 개입의 불가피성을 판단하기가 어렵고, 후자의 경우는 사실주의의 성취 조건을 객관적으로 설정하기가 어렵기 때문이다.

작자가 동아시아인들의 연대 가능성에 초점을 맞추었는가?

최척 부부가 위기에 처할 때 여러 사람이 도와준다. 옥영을 자식처럼 돌봐 준 돈우, 죽을 위기에 처한 옥영을 구해 준 주변 사람들, 오갈 데 없는 최척을 명나라로 데리고 간 여유문, 최척에게 보금자리를 마련해 준 주우, 오랑캐 땅에서 최척과 몽석을 탈출시켜 준 삭주 토병 출신의 조선인, 병든 최척을 치료해 준 중국인 등이 최척 부부를 도와준 이들이다. 최척 부부와 도와준 이들을 연대 관계라고 할 때, 작자가 동아시아인들의 연대 가능성에 초점을 맞추었는지가 관건이다. 작자의 의도를 어떻게 파악하느냐에 따라 견해가 달라질 여지가 있다. 크게 보아 두 가지 견해가 맞선다. 작자가 동아시아인들의 연대 가능성을 염두에 둔다고 하는 경우(김현양 2006; 권혁래 2008)와 작자가 개별적·단편적 차원의 연대 관계를 제시한다고 보는 경우(김경미 2013)가 그것이다. 전자는 작자의 공간 체험을 주목하고 후자는 작품 자체의 구도나 논리를 주목하는데, 전자나 후자가 모두 정합성整合性[5]을 띠기 때문에 어느 한쪽으로 기울 것 같지가 않다.

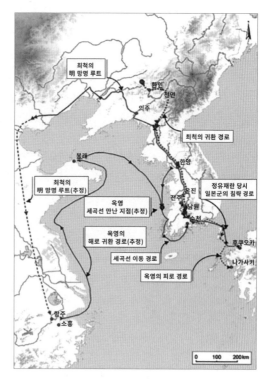

남녀 주인공의 이동 공간(김재웅·권혁래, 2015)

3. 사실주의: 경험적 현실을 유일한 가치와 방법으로 인식하고자 하는 문예 사조.

4. 장육존불: 1장 6척 크기의 불상을 말함. 부처의 키가 1장 6척이었다는 기록에 근거함.

5. 정합성: 둘 사이에 모순 없이 정돈되어 있는 것.

탐구 활동

1. 「최척전」의 주인공 최척은 양반 출신으로서 하층 체험을 많이 한다. 하층 체험을 어떻게 하는지 정리해 보자.

2. 「최척전」 후반부에는 초월적 존재가 빈번하게 등장한다. 장육존불이 옥영의 꿈에 몇 차례 등장해 소망을 들어준다거나 앞날을 계시하거나 하는 점이 그것이다. 장육존불의 등장이 어떤 의미를 지니는지를 작품 내적인 상황과 연관해 따져 보자.

3. 「최척전」에는 다국적·다문화 현상이 나타난다. 국적과 문화가 다르면 갈등과 반목이 생길 법도 한데, 「최척전」에서는 전혀 그렇지가 않다. 다국적·다문화 현상을 찾아내고, 왜 갈등과 반목이 생기지 않는지를 밝혀 보자.

권장할 만한 텍스트

이상구, 17세기 애정전기소설, 월인, 1999
간호윤, 선현유음(상·하), 경진, 2017

참고 문헌

권혁래(2008), 최척전에 그려진 유랑의 의미
김경미(2013), 동아시아적 시각에서 다시 읽는 최척전·김영철전
김문희(2000), 최척전의 가족 지향성 연구
김재웅·권혁래(2015), 「최척전」 국내 공간의 문학지리학적 연구
김종철(1995), 전기소설의 전개 양상과 그 특성
김현양(2006), 최척전, 희망과 연대의 서사
민영대(1993), 조위한과 최척전
박일용(1990), 장르론적 관점에서 본 최척전의 특징과 소설사적 위상
박희병(1990), 최척전-16, 7세기 동아시아의 전란과 가족 이산
신태수(2007), 최척전에 나타난 공간의 형상
신해진(1996), 최척전에서의 장육불의 기능과 의미
이상구(2000), 17세기 애정전기소설의 성격과 그 의의
정환국(1999), 16-7세기 동아시아 전란과 애정전기

필 자

신태수

作家 김만중

김만중金萬重(1637~1692)은 조선 후기의 문신이자 문학가로서 「구운몽」九雲夢과 「사씨남정기」謝氏南征記의 작자다. 본관은 광산光山이며, 아명은 선생船生,[1] 자는 중숙重淑, 호는 서포西浦, 시호는 문효文孝다. 김만중의 부계와 모계는 모두 조선 시대의 명문가였다. 그의 증조부는 예학禮學의 대가인 사계沙溪 김장생金長生이고, 아버지는 1637년(인조 15) 정축호란丁丑胡亂 때 강화도에서 순절한 김익겸金益謙이다. 그의 어머니는 해남부원군海南府院君 윤두수尹斗壽의 4대손으로 이조참판 윤지尹墀의 딸인 해평 윤씨다. 김만중은 우리말과 우리글로 된 문학을 높이 평가하고, 시와 소설 등에 수준 높은 식견識見을 지닌 문학가였다. 정치적으로는 서인西人 노론 강경파에 속했다.

1. 선생: 김만중의 어릴 적 이름인 '선생'船生은 그가 호란의 난리 통에 퇴각하던 병선兵船에서 태어났기 때문에 지어진 것이다. 김만중은 아버지의 얼굴을 알지 못함을 종신토록 지극한 아픔으로 여겼다고 한다.

1. 생애

김만중은 어머니에 대한 효심이 지극했던 것으로 유명하다. 그가 어머니의 태중에 있을 때 아버지 김익겸이 전란 중 순절했으므로 어린 시절엔 네 살 위인 형 김만기金萬基와 함께 어머니에게만 의지하며 살았다. 윤씨 부인은 두 아들이 아버지 없이 자라는 것을 늘 걱정하면서 소학小學, 사략史略, 당시唐詩 등을 직접 가르치는 등 가난 속에서도 두 아들 교육에 온 정성을 다한 것으로 알려져 있다. 이러한 윤씨 부인의 노력으로 두 아들은 모두 조선의 사대부들이 최고의 명예로 여겼던 대제학大提學을 지냈다.

김만중은 14세인 1650년 진사 초시初試에 합격하고 29세인 1665년(현종 6) 정시庭試 문과文科에 장원을 하면서 벼슬길에 나섰다. 이후 중앙의 여러 관직과 경기도 암행어사 등을 거치며 승승장구했으나 39세 되던 1675년(숙종 원년)을 기점으로 붕당朋黨으로 인한 정치적 고난의 길로 들어섰다. 1679년(숙종 5) 관직에 복귀해 여러 직을 거쳤고, 1686년(숙종 12)에 대제학에 제수되었다.

1687년(숙종 13) 9월 장옥정 일가에 관한 언사言事 사건[2]에 휘말려 숙종의 노여움을 사는 바람에 추국을 받고 평안도 선천宣川에 유배되었다. 선천에 있을 때 어머니의 소일거리로 삼고자 '일체의 부귀영화가 모두 몽환夢幻이다'라는 뜻을 지닌 글을 지었다고 하는데, 이것이 바로 「구운몽」이라고 알려져 있다. '서포' 西浦라는 그의 호는 선천 유배 시절에 귀양 살던 지방의 이름을 따라 스스로 지은 것이다. 1688년(숙종 14) 11월 귀양살이에서 잠시 풀려났으나 3개월 뒤 다시 경상도 남해에 유배되었다. 남해 유배기인 1690년에 어머니가 세상을 뜨자 행장(「선비정경부인행장」先妣貞敬夫人行狀)을 지었다. 그의 대표작인 「사씨남정기」도 남해 유배기에 창작되었을 것으로 추정된다. 1692년(숙종 18) 4월, 남해의 적소謫所에서 56세를 일기로 병사病死했다.

2. 문학 활동과 사상

조선 시대의 대표적인 명문가 출신인 김만중은 30대 후반까지 상당히 득의得意한 시절을 보냈으나 말년에는 정치적 논란에 휘말리면서 결국 유배지에서 생을 마감했다. 김만중은 정치적으로 당대의 권력을 잡고 있던 서인에 속했지만, 그 사상은 매우 자유롭고 진보적이었다. 그는 종종 유학의 정통으로 인정받는 주희朱熹의 논리를 비판하는가 하면, 불교 용어를 거침없이 사용하는 등 자유로운 이념과 세계관을 보여 주었다. 유불선儒佛仙을 아우르는 광대한 그의 세계관은 「구운몽」에 조화롭게 펼쳐져 있다.

　김만중은 우리말과 우리글을 존중하는 주체적인 문학론을 펼쳤다. 예컨대 송강松江 정철鄭澈의 국문 가사를 중국 초楚나라의 굴원屈原[3]이 지은 「이소」離騷[4]에 비견하며 높이 평가했고, 여항閭巷의 나무하는 아이나 물 긷는 아낙네들이 서로 주고받는 말이 비록 쌍스럽다고는 하지만 그 참값을 논한다면 한자로 이루어져 앵무새의 노래와 다름없는 사대부들의 시부詩賦보다 낫다고도 했다. 그러면서 조선 사람은 조선의 말로 글을 써야 한다고 주장했다. 이러한 그의 주체적인 문학론은 「서포만필」西浦漫筆에 잘 나타나 있다.

　김만중은 「구운몽」과 「사씨남정기」를 지은 소설 작가로 유명하지만, 인간의 정감과 행동을 중시하면서 사랑이란 주제를

1. 김만중 영정
2. 경남 남해군 노도(김만중 유배지)
3. 김만중 유배 초옥(2004년 복원)

2. 언사 사건: 1687년(숙종 13)에 숙종은 신하들이 천거하는 인물을 모두 물리치고 직접 조사석趙師錫을 천거해 정승으로 임명했다. 그러자 세간에서는 조사석이 사사로운 연줄로 정승이 되었다는 소문이 돌았고, 이에 따라 조사석의 사퇴를 완곡하게 요구하는 신하들의 상소가 이어졌다. 숙종이 소문이 난 까닭을 신하들에게 추궁하자 김만중이 대답하기를, "조사석이 장옥정의 어미와 친하기 때문에 정승이 되었다는 소문이 퍼졌다"고 했다. 이에 숙종이 소문의 뿌리를 밝혀 말하라 명하지만, 김만중은 끝내 말하지 않고 숙종의 노여움을 샀다.

3. 굴원: 기원전 343?~기원전 277?. 중국 전국시대 초나라의 정치가이자 문학가. 이름은 평平이고, 자가 원原이다. 초사楚辭라고 하는 운문 형식을 처음으로 시작했다. 모함을 받아 정계에서 쫓겨난 뒤 멱라수汨羅水에 투신해 죽었다. 대표작으로 「이소」, 「어부사」漁父辭 등이 있다.

4. 「이소」: 굴원이 지은 부賦. '이'離는 '걸리다, 빠지다'라는 뜻이고 '소'騷는 '근심, 걱정'이란 뜻이므로 '이소'離騷는 '근심에 빠지다'라는 의미다. 조정에서 쫓겨난 뒤의 시름을 노래한 것으로, 초사 가운데 으뜸으로 꼽힌다.

여성 화자의 입장에서 절실하게 잘 그려 낸 시인이기도 했다. 그는 여인을 제재로 한 시를 51수 남겼는데, 이는 『서포집』에 수록된 366수의 한시 중 약 14퍼센트에 불과하지만, 이들 '여성적' 시들은 대부분 고시古詩나 악부체樂府體의 장편들이어서 문집에서 차지하는 분량이 막대하다. 함경도 단천端川의 관기 일선逸仙의 절행節行을 212구의 장편 서사시로 표창表彰한 「단천절부시」端川節婦詩[5]가 대표적인 예다.

김만중의 대표작 중 하나인 「사씨남정기」는 인현왕후와 장희빈 사건을 소재로 숙종에게 바른길을 알려 주려는 풍간소설諷諫小說[6]이자 목적소설[7]로 알려져 있다. 「사씨남정기」는 조성기趙聖期의 「창선감의록」彰善感義錄과 함께 조선 시대에 주로 배격의 대상이던 소설이 독자에게 올바른 삶의 도리를 감동적으로 일러 주는 도덕교육적 가치를 지니고 있음을 일깨워 준 작품이기도 하다.

김만중은 「구운몽」과 「사씨남정기」를 지은 뛰어난 소설 작가였을 뿐만 아니라 패관소설稗官小說[8]부터 연의소설演義小說[9]에 이르기까지 소설 일반을 두루 섭렵한 소설 독자였으며, 광범한 독서와 해박한 지식을 바탕으로 소설과 문학에 대해 전문적인 비평을 가한 당대 최고의 문학비평가이기도 했다. 그는 조선의 문사文士들이 소설 「삼국지연의」를 정사正史처럼 여기는 오류가 심각하다고 비판하면서도, 소설의 통속성이 사람들에게 미치는 영향을 인정하며 오히려 통속소설[10]이 필요하다고 주장했다.

요컨대 김만중은 붕당정치가 심각하던 시대를 파란만장하게 살아간 정치인이자 한국 소설사를 대표하는 작품 「구운몽」과 「사씨남정기」를 지은 작자였다. 또한 그는 사랑에 관한 시를 남긴 시인이었으며, 소설과 문학에 대해 자유롭고 진취적인 관념을 보여 준 문학비평가였다.

---

5. 「단천절부시」: 김만중이 지은 오언五言 고시로 212구 1060자의 장편서사시. 함경도 단천의 관기였던 일선의 절행이 예조에 보고되었으나 천한 기생이라 하여 이를 묵살해 버리자, 예조참의로 있던 김만중이 그녀의 절행을 왕에게 알리고 그녀의 절의를 기리기 위해 쓴 시다.

6. 풍간소설: 완곡한 표현으로 잘못을 고치도록 간언하기 위해 지은 소설.

7. 목적소설: 예술성을 구현하기보다는 사상의 선전이나 전달 같은 목적을 이루기 위해 쓴 소설.

8. 패관소설: 민간에 떠도는 이야기를 주제로 한 소설. 여기서 패관은 민간에 떠도는 이야기를 모아 기록하는 일을 맡아 하던 임시 벼슬의 명칭이다.

참고 문헌

김만중, 서포집(先妣貞敬夫人行狀)

김병국(2001), 서포 김만중의 생애와 문학

김병국 외(1992), 서포연보

김태준(1939), 조선소설사

사재동(2000), 서포 문학의 새로운 탐구

이상택 외(2005), 한국 고전소설의 세계

정규복 외(1992), 김만중문학연구

필 자   이상일

9. 연의소설: 역사적 사실을 바탕으로 하되 허구적인 내용을 덧붙여 흥미 본위로 쓴 중국의 통속소설을 말한다. 「삼국지연의」, 「초한연의」楚漢演義 등이 여기에 속한다.

10. 통속소설: 예술적 가치보다는 흥미에 중점을 두고, 주제나 성격 묘사보다는 재미있는 사건 전개에 중점을 두는 소설을 말한다. 즉 대중에게 흥미 위주의 오락물을 제공하는 소설이다.

구운몽

「구운몽」九雲夢은 김만중金萬重(1637~1692)이 지은 장편소설이다. 『서포연보』
西浦年譜에 따르면 김만중은 평안도 선천宣川 유배 시절인 1687년경에 「구운몽」
을 창작했다. 초기 주요 이본異本으로는 한문본인 노존B본(강전섭본), 한문본의
한글 번역본에 해당하는 규장각본(서울대본), 한글본의 한역개작본漢譯改作本인
하버드대 소장본 등의 노존A본 계열 한문본, 노존A본 계열에서 파생된 출판본인
을사본乙巳本(1725년 간행)이 있다.

1. 원작과 초기 이본의 계통

「구운몽」의 원작 표기 문제는 지금까지 완전한 합의에 도달하지 못했다. 그러나
현재 전하는 「구운몽」 초기 이본을 대상으로 한 원전原典 연구 결과 「구운몽」은
한문으로 창작되었으리라고 추정하는 것이 현 단계의 잠정적 결론이다.

　「구운몽」의 초기 이본으로는 한문본인 노존B본(강전섭본), 한글본인 규장각
본(서울대본), 한문본인 노존A본의 셋을 꼽는다. '노존A본'은 앞의 둘과 달리 실
재하는 하나의 이본을 가리키는 것이 아니라 하버드대 소장본을 비롯해 같은 계
열에 속하는 여러 한문 필사본을 통틀어 부르는 이름이다. 원작 저술 이후 40년
가까이 지난 1725년에 목판으로 간행된 을사본乙巳本은 노존A본 계열에서 파생
된 최초의 출판본이다.

　「구운몽」 원전 연구를 주도한 정규복은 하버드본을 비롯한 동일 계열의 한문

본을 수합 대조해 노존A본을 재구再構한 데 이어 노존B본을 학계에 처음 소개하면서 한문 원작인 노존B본이 노존A본으로 확대 개편되는 한편 한글본(규장각본)으로 직역直譯되었다는 견해를 제출했다(정규복, 1974·1977). 반면 다니엘 부셰Daniel Bouchez는 노존B본과 노존A본의 한문 표현이 상이한 점에 주목해 두 한문본이 한글본을 통해 연결된다는 점을 논증한 뒤 두 한문본의 매개 역할을 하는 한글본(규장각본)이 한문본에 앞선 선행본이며 두 한문본은 한글본에서 각각 독립된 경로로 한역漢譯된 것이라는 주장을 제기했다(다니엘 부셰, 1992). 부셰의 견해는 훗날 지연숙에 의해 더욱 정교하게 발전했다(지연숙, 2003).

한편 노존B본의 고유명사 표기가 노존A본과 달리 서사 맥락에 완벽하게 부합하고, 장회명章回名 표기 또한 노존B본 쪽이 규장각본이나 노존A본과 달리 특별한 오류가 없다는 점이 새로운 논의의 실마리를 제공했다. 노존B본에서 한문 전고典故[1]를 정확하게 구사하면서 활용의 묘미를 살린 대목이 한글로 번역되는 과정에서 의미를 전달하기 어려운 사례, 번역된 한글본을 대본으로 삼아 정확히 한역漢譯하기 어려운 사례도 추가 확인되었다. 여러 사례를 종합해서 검토한 결과 노존B본과 노존A본이 한글본을 매개로 연결되어 있다는 점에서는 한글 원작설 내지 한글본 선행설의 입장이 타당하고, 노존B본이 규장각본에 앞선 것이자 원작에 가장 가까운 형태라는 점에서는 한문 원작설이 타당하다는 결론에 이르렀다(엄태식, 2005; 정길수, 2010).

「구운몽」 초기 이본의 계통에 관한 현 단계의 잠정적인 결론은 다음과 같이 정리할 수 있다. 김만중 원작 「구운몽」에 가장 가까운 것은 한문본인 노존B본이고, 규장각본(한글본)은 노존B본을 직역한 것이며, 노존A본은 노존B본을 접하지 못한 누군가가 「구운몽」 한글본을 다시 한문으로 번역하면서 일부 서술을

1. 전고: 문학 작품 속에 인용되는 고사故事나 어떤 유래가 있는 어휘. 시문詩文을 지을 때 고사를 활용하거나 고전 작품의 표현 등 유래가 있는 어휘를 인용하는 일을 가리켜 '전고를 사용한다'고 한다.

확장한 개작본이다. 다만 원작 계열 한문본인 노존B본의 경우 작품의 10퍼센트 분량에 해당하는 서두·중간·결말부 세 지점의 결락缺落을 한역개작본인 노존A본의 해당 내용으로 채워 넣었고(따라서 서두·중간·결말부의 세 지점은 한글본인 규장각본의 해당 내용이 현재 전하는 이본 중 원작의 모습에 가장 가깝다. 현재로서는 노존B본과 규장각본의 교합校合 형태로「구운몽」원작에 가장 가까운 형태를 재구성할 수밖에 없다), 원작 계열 한글본인 규장각본의 경우 노존B본과 비교할 때 일부 누락 구절이 확인되는바, 노존B본과 규장각본 모두 결함 없는 선행본(모본母本)이 존재했을 것이다.「구운몽」초기 이본의 계통을 도식으로 제시하면 다음과 같다.

「구운몽」한문 원작 ⟶ 노존B 모본 ┈┈▶ 노존B본(강전섭본)

〔국역〕

한글본(규장각본 모본) ┈┈▶ 규장각본

〔한역漢譯-개작〕

노존A본 ┈┈▶ 을사본

2. 주제와 형식

「구운몽」에는 두 층위의 이야기가 있다. 하나는 성진性眞과 육관대사六觀大師의 이야기고, 다른 하나는 양소유楊少遊와 여덟 여성의 이야기다. 성진과 육관대사의 '외부 이야기'가 양소유와 여덟 여성의 '내부 이야기'를 감싸 안은 '액자소설' 형식을 취하면서 두 층위의 이야기가 정교하게 결합되었다. 단순하게 보자면 외부 이야기의 주인공 성진이 꿈속에서 내부 이야기의 주인공 양소유가 되어 다채로운 세상 체험을 한 뒤 꿈에서 깨어나 깨달음에 이르는 구조다.

두 이야기의 결합이 워낙 절묘하지만「구운몽」의 무게중심이 둘 중 어느 쪽에 있는가 하는 문제가 제기되었다. 물론 두 이야기 중 어느 하나라도 빠지면 작품의 완성도가 크게 손상된다. 그럼에도 이 문제가 제기된 이유는 논자에 따라 작품의 핵심 메시지를 달리 파악했기 때문이다.

먼저 외부 이야기, 곧 작품의 액자에 해당하는 성진과 육관대사의 이야기가 「구운몽」의 사상적 핵심에 해당한다고 보는 시각이 있다. 「구운몽」의 주제는 불교 사상, 또는 구체적으로 『금강경』金剛經[2]의 '공空 사상'[3]을 문학 상상력에 힘입어 구현한 데 있다는 생각이다(조동일, 1983; 정규복, 1989; 김일렬, 2000). 육관대사의 오묘한 가르침과 성진의 깨달음이 집약된 작품 결말부의 대화 장면이 강한 여운을 남기는바, 「구운몽」의 주제를 외부 이야기에서 찾아야 한다는 주장도 일리 있다. 다만 이렇게 볼 때 「구운몽」은 '사상소설'로 귀착되면서 그 내부 이야기가 결말부의 깨달음을 위한 도구에 불과한 것으로 치부될 염려가 있다.

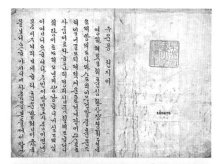

「구운몽」 원전 계열 한글본. 규장각 소장 古 3350-91

반면 「구운몽」의 요체는 '양소유 일대기'에 있다고 보는 시각이 있다. 양소유와 여덟 여성의 내부 이야기는 전체 16회 중 14회가 넘게 전개되는데, 이처럼 절대적인 비중을 차지하는 내부 이야기를 도구로 여기고 외부 이야기에서 주제를 찾는 것은 본말本末이 전도된 해석이라는 주장이다. 더구나 「구운몽」의 내부 이야기는 이 작품을 단순히 사상소설로 규정할 수 없는 여러 요소를 품고 있다. 그러므로 내부 이야기에 무게중심을 두는 관점은 「구운몽」의 의미를 다양한 각도에서 해석할 수 있는 길을 열어 준다. 다만 이 경우는 앞서의 시각과 반대로 외부 이야기가 오히려 내부 이야기를 위한 장치라는 입장에서 외부 이야기의 역할을 과소평가하는 경향이 있다.

이 문제에 대한 모범 답안도 이미 제출되어 있다. 「구운몽」은 외부 이야기와 내부 이야기가 이상적이라 할 만큼 긴밀하게 얽혀 있으므로, 「구운몽」의 주제를 이해하기 위해서는 상반

2. 『금강경』: 『금강반야바라밀경』金剛般若波羅蜜經 또는 『금강반야경』金剛般若經이라고도 한다. 중국 선종禪宗의 제5조인 홍인弘忍 이래 특히 중시된 불경으로, 우리나라에서는 고려 중기의 승려 지눌知訥 이래로 가장 널리 유통된 대표적인 불경으로 꼽힌다.

3. 공 사상: 세상 만물은 인연因緣으로 얽힌 관계 속에서 생멸生滅하는 것이어서 불변의 독자적인 존재가 아니라는 생각. 눈앞의 모든 현상이 실체 없는 '공空'이며, 현상의 대척점에 선 불법佛法마저도 '공'이므로, 이 모든 것에 대한 집착을 끊어야 한다는 생각.

된 두 입장의 변증법적 통합이 필요하다는 것이다(장효현, 1993). 성진과 양소유에 초점을 두고 보면 두 이야기의 관계는 "양소유의 삶은 성진의 삶을 한층 절실하면서도 반성적 깊이를 갖는 것으로 만드는 역할을 하며, 성진의 삶은 양소유적 삶의 저 너머에서 '존재의 근원적 의미'를 추구함으로써 양소유적 삶이 한갓 통속적인 수준으로 떨어지지 않게 만드는 역할을 한다"(박희병, 1994)는 말로 종합된다.

「구운몽」의 주제와 무게중심에 관한 논의는 이로써 정리된 셈이지만, 그 뒤로도 내부 이야기에 무게중심을 둔 주제 해석론이 여러 갈래로 전개되면서 작품의 의미가 확장되었다. 두 이야기를 통합해 이해하는 것이 당연한 접근 태도임에도 내부 이야기에 새삼 무게중심을 둔 원인은 내부 이야기에 내장된 다양한 의미가 지속적으로 재발견된 데 있다. 덧붙여 동시대의 소설 문법에 주목하면서 외부 액자의 기능적 역할이 부각된 점 또한 염두에 둘 필요가 있다. 내부 이야기와 외부 이야기를 합한 「구운몽」의 전체 구조를 흔히 환몽幻夢 구조構造라고 부른다. 환몽 구조란 작품의 도입부에서 꿈을 꾸고 결말부에 이르러 꿈에서 깨어나는 구조를 말한다. 당나라의 전기소설傳奇小說 「침중기」枕中記,[4] 『삼국유사』三國遺事에 실린 「조신」調信이 환몽 구조를 취한 초기 대표작이다. 「구운몽」의 내부 이야기는 편력遍歷 구조에 크게 의지했다. 편력 구조란 세상 속으로 뛰어든 주인공이 길을 떠나 다수의 인물을 만나며 세상사를 섭렵해 가는 구조를 말한다. 이는 「돈키호테」와 「육포단」肉蒲團[5]을 비롯한 중세 동서양의 장편소설에서 널리 활용된 형식이다. 「구운몽」은 환몽 구조로 편력 구조를 감싸는 구성을 취하면서 작품 속의 현실인 성진의 삶, 곧 외부 이야기를 초월계로 설정한 데 반해 성진의 꿈에 해당하는 양소유의 삶, 곧 내부 이야기는 지극히 현실적인 세계로 설정했다.

「구운몽」의 교묘한 구성은 편력 구조를 취한 동시기 세계 소설과 비교할 때 잘 드러난다. 17세기 중국소설 「육포단」의 경우 편력 구조를 취한 내부 이야기에서는 통속적인 흥미를 극한까지 추구하지만, 도입부와 결말부의 외부 이야기에서는 욕정을 제거해야 한다는 교설教說을 강조했다. 「육포단」의 작자는 긴 편력 과정이 작품 결말부의 큰 깨달음을 위한 장치에 불과하다고 주장하며 외부 이야기에서 내세운 메시지에 주목해 달라고 했다. 그러나 서사의 초점은 편력 과정에서 표출되는 주인공의 적나라한 욕정에 맞추어져 있는바, 독자의 관심은 내부 이야기의 흥미 쪽에 놓여 있다. 이렇게 보면 작자의 주장은 내부 이야기의 파격성을 완화하기 위한 장치에 불과하다.

한편 「구운몽」에서 성진은 작품의 결말부에 이르러 내부 세계(이야기)가 거짓이고 외부 세계(이야기)가 참이라는 깨달음에 도달했다. 「육포단」에 비추어 보면 「구운몽」 역시 내부 이야기에 무게중심을 두되 내부 이야기의 파격성을 완화하기 위해 외부 이야기를 통해 교훈적 메시지를 덧붙인 사례에 해당한다. 그러나 「구운몽」의 놀라운 점은 외부 이야기의 메시지에 있다. 육관대사는 참과 거짓을 분별하려 한다면 아직 깨달음에 이르지 못한 것이라고 설파했다. '공 사상'에 입각한 육관대사의 말은 외부 이야기와 내부 이야기, 둘 중 어느 하나가 다른 쪽을 위한 도구라고 보는 입장에 대한 일갈이기도 하다. 「구운몽」의 작자는 동시대 유사한 구조의 소설 형식을 총결산하면서 어떤 작품도 생각하지 못한 발상을 더해 내부 이야기와 외부 이야기의 결합, 편력 구조와 환몽 구조의 결합을 가장 높은 수준으로 끌어올렸다.

3. 서사의 흥미와 이념

「구운몽」은 뚜렷한 갈등 구조를 찾기 어려운 소설이다. 난양공주蘭陽公主와의 혼인을 둘러싼 황태후皇太后와 양소유의 갈등이 잠시 존재하지만 그 또한 쉽게 해소되고 만다. 서사를 이끌어 가는 큰 갈등이 없는데도 「구운몽」이 흥미롭게 읽히는 이유는 무엇인가. 갈등 대신 서사를 이끌어 가는 기능을 하는 '속임수'와 작품의 기저基底에 놓인 '유머' 또는 '점잖은 웃음' 때문이다(신

4. 「침중기」: 당나라의 문신 심기제沈旣濟(750~797?)가 지은 전기소설. 당나라 현종玄宗 때 노생盧生이라는 선비가 과거에 낙방하고 돌아오던 중 여옹呂翁이라는 도인을 만나 신세 한탄을 한 뒤 인생의 온갖 부귀영화를 누리고 80세에 이르러 생을 마쳤는데, 정신을 차려 보니 한바탕 꿈이었다는 이야기다.

5. 「육포단」: 명말明末 청초淸初의 문인 이어李漁(1611~1680?)가 지은 것으로 추정되는 20회의 통속소설. 남자 주인공 미앙생未央生의 여성 편력을 통해 인간 욕정의 명암을 적나라하게 드러냈다.

재홍, 1994).

등장인물 간의 속임수는 양소유와 정경패鄭瓊貝가 처음 만나는 장면부터 작품 전편에 걸쳐 이어지는데, 늘 유쾌한 분위기에서 이루어지는 놀이 형식을 취한다. 속임수를 통한 서사 전개에서 주도권은 늘 여성에게 있다. 가춘운賈春雲이 귀신 놀음을 벌이는 대목이나 영양공주(정경패)를 비롯한 여성들이 양소유를 외면하는 대목처럼 여성들은 합심해서 양소유를 속이며 공동의 놀림감으로 삼는다. 양소유는 자신이 속임수에 빠졌음을 알아차린 뒤에도 늘 빙긋이 웃음 지으며 여성들의 조롱을 감내한다. 그런 장면마다 양소유와 여덟 여성은 교양미 넘치는 재치 문답을 나누며 자신들의 유머 감각을 자랑한다. 「구운몽」이 일부다처를 합리화한 작품이라는 지적은 당연하지만, 그럼에도 조선 시대 여성들이 이 작품을 즐겨 읽은 이유를 여기서 찾을 수 있다.

「구운몽」에는 갈등다운 갈등, 싸움다운 싸움도 없고, 극도의 슬픔도, 영원한 비극도 없다. 「구운몽」에서는 슬픔을 안고 살던 모든 존재가 위로 받고 신명나게 어울려 웃음과 화락和樂의 세계를 펼쳐 보인다. 「구운몽」의 여덟 여성은 양소유와 일대일의 지음知音[6] 관계를 맺으며 양소유를 통해 자신의 결핍을 채우는 한편, 여성 간에도 지음 관계를 맺고 연대하며 또 다른 결핍을 채워 나간다. 『금오신화』를 비롯한 애정 전기傳奇 명편이 그러하듯 17세기까지의 우리 소설사에서 남녀 주인공이 서로를 지음으로 여긴다는 설정은 낯익지만, 여성들 간의 지음 관계는 낯선 것이어서 17세기 초의 「운영전」雲英傳 외에는 유례를 찾기 어렵다. 「구운몽」에서는 계섬월桂蟾月과 적경홍狄驚鴻, 정경패와 가춘운, 정경패와 난양공주가 지음 관계를 맺었다. 계섬월과 적경홍은 같은 기녀 신분이지만, 정경패·가춘운·난양공주는 엄연한 신분의 차이가 있다.

여성 간의 화락한 관계는 내부 이야기의 결말부에 해당하는 제15회에 이르러 정경패와 난양공주 두 부인이 여섯 첩과 함께 관음상觀音像 앞에 맹세하는 장면에서 절정에 이른다. 공주 신분의 두 부인은 신분이 낮은 여섯 첩과 자신들이 모두 "한 나무에서 핀 꽃"으로 같은 근본을 지닌 사람이라며 평등한 자매가 되기를 원했다. 반면 여섯 첩은 "각자의 분수를 지켜 감히 형제라고 부르지 못했다." 외부 이야기에서 여덟 여성이 모두 선녀였던 점에 비추어 보면 이들이 평등한 자매가 되는 설정이 무리하지 않다. 반면 내부 이야기의 논리, 곧 중세의 강고한 신분 체제에 비추어 보면 공주와 여종·기녀가 자매가 된다는 것은 매우 파격적인 설정이다. 두 부인의 생각에 초점을 두면 외형적인 신분 질서까지 해소된 이상적인 조화의 세계가 구현된 것으로 해석할 수 있고, 여섯 첩의 행동에 초점을 두면 화락의 세계 이면에 놓인 엄격한 위계질서가 강조된다(박일용, 1991; 정출헌, 1993). 후자의 시각에서 보면 웃음과 고급 교양으로 가득한 「구운몽」의 이면에 놓인 이념 세계가 더욱 부각된다. 여성들 간의 지음 관계는 남성의 일부다처 욕망 내지 남성 중심의 세계관을 합리화하는 데 쓰이고, 여성 간의 위계는 사대부 우위의 세계관을 은밀히 드러내는 데 이용될 수 있다(정길수, 2010).

「구운몽」은 김태준의 『조선소설사』(1933) 이래로 오늘날까지 수많은 연구자들의 집중 조명을 받아 온, 한국 고전소설사의 대표 걸작이다. 초기 이본을 중심으로 한 원전原典 문제, 작품의 핵심 주제, 불교 사상과의 관계, 일부다처의 합리화 내지 중세 남성 지배층의 욕망, 사대부의 진퇴 의식, 사대부 중심의 세계관, 서사를 추동推動하는 여성 주체, 갈등 없는 화락和樂의 세계와 그 이면에 놓인 위계질서, 배려의 형식과 파격적인 평등주의, 부귀영화의 극치에서 느끼는 인생의 덧없음, 정신분석학적 접근에 입각한 동성애 코드, 작품의 심리 치료 요소에 이르기까지 다양한 영역의 탐구를 통해 작품의 복합적이고 다면적인 의미가 규명되었다. 그러나 「구운몽」 연구사에 반드시 포함되어야 할 연구 성과가 수백 편에 이르는 현시점에도 「구운몽」에 관한 새로운 논의는 여전히 진행 중이다. 이 또한 동아시아 고전소설의 절정에 해당하는 「구운몽」의 문학적 가치가 오늘날까지 빛을 발하고 있다는 하나의 증거다.

6. 지음: 음악을 통해 서로를 이해한 백아伯牙와 종자기鍾子期의 고사에서 유래해, 마음이 통하는 친한 벗을 비유적으로 이르는 말.

탐구 활동

1. 「구운몽」은 상층 남녀 모두에게 사랑받은 작품이다. 「구운몽」이 여성 독자와 남성 독자에게 사랑받을 수 있었던 요인을 각각 작품에서 찾아보자.

2. 작품 마무리 대목에서 부귀영화의 극치에 이른 양소유가 현실의 삶에 회의하는 이유에 대해 토론해 보자.

3. 양소유의 삶과 성진의 삶 중 어느 쪽이 작품의 중심을 이루는지, 둘을 따로 떼어 논할 수 없다면 그 이유가 무엇인지 토론해 보자.

4. 「구운몽」의 내용을 현대의 문화콘텐츠로 재구성할 때 어떤 문제가 예상되는지, 큰 문제점이 발견된다면 이를 상쇄할 만한 작품 가치가 있는지 토론해 보자.

권장할 만한 텍스트

정규복·진경환 역주, 구운몽, 고려대학교 민족문화연구소, 1993
김병국 교주, 구운몽, 서울대학교 출판부, 2007
정길수 옮김, 구운몽, 돌베개, 2017

참고 문헌

김병국(1995), 한국 고전문학의 비평적 이해
김병국(2007), 서포 김만중의 생애와 문학
김일렬(2000), 구운몽과 금강경 관계 논쟁의 행방
다니엘 부셰(1992), 구운몽 저작언어 변증
박병완(1986), 구운몽의 연구사적 성찰
박일용(1991), 인물형상을 통해서 본 구운몽의 사회적 성격과 소설사적 위상
박희병(1994), 고전산문
송성욱(2003), 17세기 소설사의 한 국면
신재홍(1994), 구운몽의 서술원리와 이념성
엄태식(2005), 구운몽의 이본과 전고 연구
이주영(2003), 구운몽 연구의 현황과 과제
장효현(1993), 구운몽의 주제와 그 수용사에 관한 연구
전성운(2001), 구운몽의 창작과 명말청초 염정소설
정규복(1974), 구운몽 연구
정규복(1977), 구운몽 원전의 연구
정규복(1989), 구운몽의 공관 시비
정길수(2010), 구운몽 다시 읽기
정병설(2004), 17세기 동아시아 소설과 사랑
정출헌(1993), 구운몽의 작품세계와 그 이념적 기반

조동일(1983), 구운몽과 금강경, 무엇이 문제인가
지연숙(2003), 구운몽의 텍스트

필   자   정길수

숙향전

「숙향전」淑香傳은 17세기 말에 창작된 것으로 추정되는 국문소설로, 천상에서 인연을 맺은 남녀 주인공이 지상에 적강[1]되어 갖은 고투 끝에 애정을 성취하는 과정을 그린 작품이다. 국문본, 한문본, 필사본, 방각본, 활자본 등 표기 문자와 책의 모양이 서로 다른 다수의 이본이 전하고, 후대에 창작·유통된 「춘향전」·「흥부전」·「배비장전」 등의 소설류, 「봉산탈춤」 같은 희곡, 다수의 시조 등에 「숙향전」의 주요 내용들이 언급된 것으로 보아 창작된 후 다양한 계층에서 널리 유통된 작품임을 알 수 있다. 또한 『상서기문』象胥紀聞,[2] 『추재집』秋齋集[3] 등의 기록에서 보듯, 당대의 인기 소설을 거론한 목록에도 「숙향전」이 들어 있어 높은 인지도를 확인할 수 있다. 「숙향전」은 일본인 역관들이 당시의 우리 조선어를 배우기 위한 교재로 사용하기도 했다. 「숙향전」을 보는 이유가 조선어를 배우기 위한 것이라는 역관의 말을 기록한 문헌이 남아 있고, 또 현전하는 이본 중에는 일본에 소장된 것이 3, 4종이나 되며, 그중에는 한글에 일본어가 나란히 쓰여 학습 흔적이 분명히 드러나는 이본도 있다. 이처럼 「숙향전」이 폭넓게 유통된 것은 소설사적 의미와 함께 다양한 흥미와 감동 요소들이 작품 속에 들어 있기 때문이다. 실용서로 활용된 것도 학습 텍스트로서의 장점뿐만 아니라 읽는 재미와 감동이 있었기 때문에 가능했다고 본다.

　「숙향전」은 이와 같은 위상에 걸맞게 근래에 이르기까지 폭넓은 연구가 이루어졌다. 「숙향전」의 주요한 특징을 다음과 같이 세 항목으로 나누어 살펴보겠다.

1. 구성과 세계관

1. 적강: 신선이 인간 세상에 내려오거나 사람으로 태어남.
2. 『상서기문』: 일본인 통역관 오다 이쿠고로小田幾五郎 (1754~1831)가 1794년에 저술한 책. 18세기 조선의 다양한 문화를 소개해 놓았다.
3. 『추재집』: 조선 후기의 학자 조수삼趙秀三(1762~1849)의 시문집.
4. 사혼: 임금이나 윗사람의 강요에 의해 맺는 혼인.

「숙향전」에서 흥미로운 점은, 작품 초반에 왕균이란 사람이 숙향의 다가올 삶을 예언하는 부분이다. 왕균은 숙향이 5세에 부모와 헤어지고 15세가 되기까지 다섯 번의 죽을 액을 겪으며, 17세에 부인에 봉해지고 70세에 승천한다는 예언을 했다. 그 뒤 후토부인과 표진강 용녀는 반야산에서 도적을 만나 죽을 액, 명사계에 출입하는 액, 표진강에 빠져 죽을 액, 노전에서 화재를 만나 죽을 액, 남양 옥중에서 죽을 액 등 숙향이 거쳐야 할 다섯 가지 액을 좀 더 구체화한다. 그리고 숙향이 천상에서 죄를 지어 그러한 액을 겪을 수밖에 없다고 했다. 주목되는 것은 제시된 예언이 작품에서 한 치의 오차 없이 실현된다는 점이다. 그런 점에서 왕균의 말은 단순한 예언이 아니라 숙향에게 주어진 천명이자 숙명이라고 할 수 있다.

한편 이상서 부부가 이선과 숙향의 결혼을 반대하다 결국 승인한 것은 이상서의 부인이 이선이 태어났을 때 적어 둔 '이선의 배필은 숙향'이라는 선녀의 말을 기억해 낸 것이 결정적인 계기가 되었다. 이선과 숙향은 현실적인 처지가 달라 결혼이 쉽지 않았는데, 그럼에도 그것이 가능해진 것은 천정배필이라는 숙명 때문이었다. 작품 후반부에서 이선은 황태후의 치병을 위한 약을 구하기 위해 선계를 주유한다. 이것은 이선이 구약 능력을 갖춘 신하로 평가되어 간 것이기도 했지만, 궁극적으로는 매향과의 결혼을 거부하다 처벌의 일환으로 겪은 것이다. 이선은 사혼賜婚4에 대한 불만, 투기妬忌에 대한 우려 등으로 매향과의 결혼을 강력하게 거부한 바 있는데, 선계에서 돌아온 뒤에는 매향과의 결혼을 곧바로 받아들인다. 그것은 선계에서 매향과의 결혼이 이미 정해진, 피할 수 없는 운명임을 구체적으로 확인했기 때문이다.

이처럼「숙향전」에는 서사의 틀, 인물의 일생, 갈등의 해결 등 거시적·미시적 측면에서 숙명론적·운명론적 세계관이 뚜렷하게 부각되어 있다. 이에 따라 그동안 작품의 이러한 특징에 주목해「숙향전」을 신성성의 절대적인 권능을 시현한 작품(이상택, 1971), 동양적 예정론을 표출한 작품(황패강, 1991), 천상 질서를 지상에서 구현하는 과정을 그린 작품(차충환, 1999) 등으로 이해한 바 있다.

반대로「숙향전」을 운명을 스스로 개척한다는 의미의 조명론적造命論的 세계관[5]을 반영한 작품으로 이해하기도 한다. 이러한 시각은 대체로 다음과 같은 해석을 기반으로 한다. 즉「숙향전」의 전생담은 초월자가 인간을 예정한 질서 속에 속박하고 억압하기 위한 것이 아니라 인간이 자신의 의지대로 자유롭게 살 수 있도록 허용하기 위해 설정된 것이라는 점이다. 이것은 이선과 숙향의 전신인 태을과 소아를 적강시킴에 있어 옥황상제, 월궁항아, 규성 등이 서로 의견을 조율하는 과정에서나, 숙향을 도와주는 여러 신적인 존재의 의지나 판단이 존중되고, 작든 크든 그러한 개별 존재의 선택이 가지는 가치와 영향력이 실현되는 모습에서 확인할 수 있다는 것이다(지연숙, 2007). 다른 한편「숙향전」은 오행五行 사상[6]에 기초한 원색적 이미지, 물질적 상상력, 인간 육체에 대한 관심 등 이미지, 인물 형상, 인간과 세계를 바라보는 시각 등에서 무속의 세계관과도 밀접한 관련이 있는 작품으로 이해된다(신재홍, 2012).

시은과 보은의 구조가 견고한 점도「숙향전」의 주된 특징 가운데 하나다. 김전이 어부에게 잡힌 거북을 살려 주는 시은을 기폭제로, 작품에는 은혜를 베풀고 받은 은혜를 갚는 일이 다양하게 펼쳐진다. 이를 통해 작가는 인간은 가엾은 이웃을 도와야 하며, 받은 만큼 베풀어야 하고, 정성을 다해 기원해야 한다는 원초적 윤리 의식과 도덕주의를 강조한다(신재홍, 2012). 이것은 남녀의 차이나 신분 차이를 넘어서 인간이면 누구나 추구해야 할 가치라는 점에서 수평적 인간관과도 밀접한 관련이 있다(이상구, 1994).

2. 현실 반영 양상

현실에서 숙향은 어린 나이에 전쟁고아가 되었다가 10년 동안 남의 집 시녀로 살았고 나중에는 술집에 기거하는데, 그 과정에서 심한 고난을 당했다. 이를 근거로 「숙향전」을 여성 고난담의 전형으로 보기도 한다. 또한 삶이 고난의 연속이니, 작품에는 슬픔과 탄식의 정서가 뚜렷하게 나타난다. 이 때문에 숙향은 소설사에서 청순가련형 여성 주인공을 대표하는 인물로 평가된다(조혜란, 2012). 한편 전쟁고아로 시작된 숙향의 삶은 임병양란 이후의 사회 현실을 반영했을 가능성도 있다. 그렇게 본다면 「숙향전」은 조선 시대 '버려진 아이'를 기억하는 장으로 수용되고 유통되었다고 할 수 있다. 이러한 점을 숙명론, 보은 의식과 관련지어 보면 「숙향전」은 버려진 딸에 대한 아버지, 공동체, 조선 사회가 갖는 일련의 죄의식과 그것을 숙명과 보은으로 무마하고자 하는 기억의 장이라고 할 수 있다(김경미, 2011).

「숙향전」의 중심 내용은 다른 무엇보다도 전쟁고아인 숙향이 유리걸식[7]하다가 이선을 만나 결혼하는 것이라고 할 수 있다. 그런데 결혼은 쉽게 이루어지지 않았다. 이선은 결혼을 하고자 했지만 이선의 부친인 이상서가 숙향의 신분이 미천하다고 결혼을 반대했기 때문이다. 이와 같은 결연 당사자와 이상서의 갈등은 봉건적 신분 관계를 무시하고 애정을 실현하려는 청춘 남녀와 봉건적 신분 관계를 통해 독점적인 지위를 누려 왔던 기득권 세력의 대결을 본질로 하는 것이다. 이와

5. 조명론적 세계관: 세상의 일은 사람의 힘이 아니라 정해진 운명에 따라 결정된다는 숙명론과 달리, 삶이란 자유 의지로 스스로 개척하고 만들어 가는 것이라는 견해나 세계관을 말한다. 사전에는 없는 조어造語다.

6. 오행 사상: 인간 사회의 기초를 만드는 다섯 가지 요소, 즉 금金·목木·수水·화火·토土를 오행이라고 한다. 오행은 오색五色, 오방五方, 오상五常 등과 연결되어 우주와 인간 세상의 다양한 측면을 설명하는 동양철학의 주요 개념이다.

7. 유리걸식: 정처 없이 떠돌아다니며 밥을 빌어먹음.

다섯 번의 액에 대한 서술. 이화여대 소장본 「숙향전」 19쪽

같은 심각한 갈등에도 이선과 숙향은 결혼을 하는바, 그것이 가능했던 것은 천정연분이라는 설정 때문이다. 이렇게 보면 천정연분은 봉건적 신분 관계와 성리학적 윤리 규범에 정면으로 배치되는 청춘 남녀의 자유로운 만남과 애정을 실현하기 위한 명분이자 논리인 셈이다(이상구, 1994).「숙향전」은 천정론天定論[8]을 펴면서 이를 토대로 남녀 주인공의 여러 행위를 합리화한다거나(성현경, 1995), 천정의 질서 또는 숙명론이 현실 상황에 영향을 미치는 것을 재현한 게 아니라 현실 상황이 천정의 논리를 필요로 했다는 견해(이승은, 2017)도 앞의 시각과 같은 것이다. 이런 맥락에서 천정연분으로 대표되는 숙명론적 세계관은 조선 시대 지배 계급이 갖고 있던 모든 차별 관계를 지양하거나 부정하는 실질적인 힘과 저항의 기제 역할을 하는 것이다. 또한 애정과 천정연분의 관계 속에서 우리는 신분 차이가 나는 남녀 간의 결혼은 천정연분 같은 초월적 논리가 개입하지 않고는 불가능하다는 조선 시대 당시의 엄연한 현실을 이해하게 된다.

성격과 비중 면에서 숙향의 서사와 이선의 서사가 다르게 구성된 것은 당대의 차별적 사회 구조를 모방했기 때문이라는 해석도 주목된다. 즉 숙향은 고난으로 점철된 삶을 살았는데, 이는 성적·신분적 열세에 놓인 가부장제 사회 여성의 현실적 처지를 반영한 것이라면, 이선이 보여 주는 모험적 서사는 입신양명이란 당대 남성들의 보편적 소망을 반영하는 것이라는 관점이다. 이러한 차별화는 당대 인식 속에 내재된 남성과 여성에 대한 차별적 시선이 개입한 결과다. 요컨대 숙향의 서사와 이선의 서사에는 조선 시대 성차별적 이데올로기가 작동한다는 것이다(이지하, 2017).

3. 환상적 성격

「숙향전」은 환상적 성격이 매우 두드러진 작품이다. 서사 구조 측면에서 천정의 원리가 지상의 삶에 강한 구속력을 지닌다는 점, 공간적으로 천상계와 지상계의 경계가 없다는 점, 신적 존재들의 지상에서의 활동 양상이 개별적인 존재자로서 매우 구체적이고 생동감 있게 그려졌다는 점 등에서 그 같은 사실을 확인할 수 있다. 또한 이선과 숙향이 꿈속에서 체험한 요지연 광경, 이선의 구약 여행 중에 그려진 선계 등은 뚜렷한 장면화를 통해 독자들에게 생생한 환상 체험을 제공한다. 그중에서 특히 이선이 체험한 선계 여행 장면은 환상적인 풍류가 존재하는 이상 세계라고 할 수 있는데, 「숙향전」의 작가는 그와 같이 선계와 신선들의 자유로운 풍류를 상상으로 형상화함으로써 작가 자신뿐만 아니라 우리 민족 내면에 면면히 흘러왔던 이상적인 삶의 모델을 구체적으로 제시하고, 명리에 대한 집착에서 벗어나 해방감과 자유로움을 찾고자 했던 욕망을 표출했다고 할 수 있다(이상구, 2016).

뿐만 아니라 좀 더 거시적으로 보면, 「숙향전」의 세계는 작품 전체가 신화적 상상력으로 만들어진 환상 세계라고 할 수 있다. 그 속에서 천상과 지상, 신과 사물, 동물과 식물 등은 제각기 서로 교감하고 감응하며, 부단한 소통을 한다. 그런 점에서 「숙향전」의 세계는 소망적인 세계로서의 환상 세계이며, 「숙향전」은 소통과 치유를 꿈꾸는 희망의 서사라고 할 수 있다(김수연, 2011).

8. 천정론: 세상의 일은 하늘의 뜻에 따라 결정된다는 견해나 이론.

1. 「숙향전」의 서사 전개와 갈등 양상을 「사씨남정기」나 「구운몽」 등 「숙향전」과 동시대에 창작, 유통된 작품들과 비교해 어떤 점이 같고 다른지를 말해 보자.

2. 「숙향전」은 다음 예와 같이 일본인 역관들의 조선어 학습서로 사용된 바 있다. 「숙향전」이 조선어 학습서로서 어떤 특징과 장점이 있는지를 작품 내용과 서술을 통해 알아보자.

> "내가 35세(1702) 때 조선에 처음 건너갔다가, 나중에 통신사가 되어 조선어를 모른다면 외교를 할 수 없다고 생각해 대마도로 돌아오자마자 조선어에 능통한 사람 밑에 가서 학습을 했다. 36세(1703) 때 다시 조선에 건너가 꼭 2년간 머물며 「교린수지」 1책 …… 「숙향전」 2책, 「이백경전」 1책을 스스로 베끼며 매일 통사들이 있는 곳으로 가서 학습했다."
>
> – 일본인 역관 아메노모리 호슈雨森芳洲의 기록

3. 다음은 「숙향전」의 내용이 「배비장전」에 수용된 예다. 이와 같이 「숙향전」이 후대 작품에 수용될 때, 작품의 어떤 내용들이 주로 수용되었는지를 조사해서 말해 보자.

> "배비장 한 권씩 뽑아들고 옛날 춘향의 낭군 이도령이 춘향 생각하며 글 읽듯 하겠다 삼국지 수호지 구운몽 서유기 책 제목만 잠깐 보고 숙향전 반중쯤 딱 펼치고 숙향아 불쌍하다 그 모친이 이별할 때 아가 아가 잘 있거라 배고픈데 이 밥 먹고 목마른데 이 물 먹고……."
>
> –「배비장전」

4. 「숙향전」에서 환상성을 느끼게 해 주는 장면이나 요소들을 구체적으로 찾아, 그것이 작품의 주제와 어떤 관련이 있는지, 독자들에게 전해 주는 미감은 어떤 것인지를 각각 말해 보자.

권장할 만한 텍스트

김진영·차충환 교주, 숙향전, 민속원, 2001
이상구 옮김, 숙향전·숙영낭자전, 문학동네, 2010
이상구 주석, 원본 숙향전·숙영낭자전, 문학동네, 2010
최기숙, 숙향전, 현암사, 2004

참고 문헌

김경미(2011), 숙향전-버려진 딸에 대한 기억의 장
김수연(2011), 소통과 치유를 꿈꾸는 상상력, 숙향전
성현경(1995), 한국옛소설론

신재홍(2012), 고전소설과 삶의 문제

이상구(1994), 숙향전의 문헌적 계보와 현실적 성격

이상구(2016), 숙향전에 나타난 선계의 형상과 작가의식

이상택(1971), 고대소설의 세속화 과정 시론

이승은(2017), 숙향전; 경계 허물기와 동일시의 서사

이지하(2017), 숙향전의 차별적 서사와 소설사적 의미

조용호(1992), 숙향전의 구조와 의미

조혜란(2012), 숙향전의 숙향: 청순가련형 여성주인공의 등장

조희웅·松原孝俊(1997), 숙향전 형성연대 재고

지연숙(2007), 숙향전의 세계 형상과 작동 원리 연구

차충환(1999), 숙향전 연구

황패강(1991), 동양적 예정론과 소설의 구조

필   자   차충환

숙영낭자전

「숙영낭자전」淑英娘子傳은 「수경낭자전」, 「수경옥낭자전」, 「숙항낭자전」, 「낭자전」 등의 제목으로도 존재하는 작품으로, 백선군과 숙영의 자유로운 만남과 결연, 시련, 결말을 그린 조선 후기 애정소설[1]이다. 두 남녀의 애정 이야기가 근간을 이루면서 부자간의 갈등, 효와 애정의 대립, 질투와 모함, 선경仙境의 왕래, 초현실적인 재생 등의 모티프가 결합되어 있다. 판각본 중 경판京板 28장본 끝부분에 기록된 '함풍경신이월 홍수동신간'咸豊庚申二月紅樹洞新刊(1860)이라는 간기刊記로 볼 때, 늦어도 18세기 후반에서 19세기 초에는 「숙영낭자전」이 창작된 것으로 추정된다. 작품 안의 시공간적 배경이 세종조 안동이라는 점에 주목해 영정조 사이에 안동 인근에 사는 사람이 창작했을 가능성이 제기되었으나 현재까지 작가에 관해 확정된 것은 없다.

발굴된 「숙영낭자전」의 이본 목록은 160여 종이고, 필사본과 판각본, 그리고 1961년까지 간행된 활자본이 현전한다. 「숙영낭자전」에 대한 연구는 부부간의 애정이 효라는 중세적 관념에 희생되는 모습을 그림으로써 도선적 환상성[2] 이면에 당대의 생동하는 현실을 반영했다고 파악한 본격적인 연구 이후 이본 상황 및 설화, 판소리, 민요, 창극, 연극 등과의 관련 양상이나 변용에 주목하는 연구들이 제출되었다. 2000년대 이후에는 공간, 여성 등과 같이 미시적 차원에서 접근한 논의들이 활발하게 이루어졌다.

작품 소개

숙영은 부모의 기자치성祈子致誠[3]으로 태어난 백선군에게 자신과 백선군은 하늘의 신선이었다고 알려 주며 꿈인 듯 생시인 듯 백선군에게 나타난다. 숙영은 자신을 본 후 오매불망하다가 거의 죽게 된 백선군에게 자신의 거주지인 옥련동으로 찾아오라고 한다. 이에 백선군은 숙영을 찾아가고, 선계인 옥련동에서 만난 둘은 3년 뒤에나 인연을 맺어야 한다는 천명을 어기고 지상에서 인연을 맺는다. 백선군과 함께 백선군의 집으로 들어온 숙영은 정식 혼인을 하지 않은 채 1남 1녀를 낳고 백선군과 행복하게 산다. 그러던 어느 날 시아버지의 명으로 백선군은 과거를 보러 가고, 숙영은 자신과 헤어지기 싫어 두 번이나 몰래 집으로 되돌아온 백선군을 타이르며 동침한 후 되돌려보낸다. 이 일로 숙영은 시아버지에게 다른 남자와 사통한다는 의심을 받고, 백선군의 첩 매월의 계략으로 음부라는 모함까지 받는다. 숙영은 자신의 결백을 주장하기 위해 자결을 결심한다. 숙영의 자결과 이후 결말에 이르는 내용은 이본에 따라 다르게 전개된다.

1. 양식론

애정소설은 염정소설艶情小說이라고도 불린다. 「숙영낭자전」은 김태준에 의해 「춘향전」류의 염정소설로 여겨진 뒤 도선적·비현실적 설화 형식의 애정소설, 도선적 결연 설화와 재생 설화를 중심으로 구성된 애정소설, 실학사상에 따른 인간 각성에 영향을 받은 염정소설, 애정지상주의를 표방한 소설로 평가되었다. 대체로 「숙영낭자전」은 애정소설로 분류한다. 애정소설은 도입, 준비, 만남, 헤어짐의 계기, 헤어짐, 극복, 다시 만남이라는 순차적 구조를 갖는데, 「숙영낭자전」 역시 이본에 따라 다소 변이變異가 있지만 전체적으로 이러한 애정소설의 구조를 밟고 있다.

「숙영낭자전」은 적강연인형에 해당한다. 적강연인형은 남녀가 하늘의 신선인데 죄를 지어 세상에 내려와 하늘에서의 미진한 인연을 완성하고 다시 하늘로 돌아간다는 이원론적 세계관을 바탕으로 한다. 이러한 애정소설로는 「숙영낭자전」을 비롯해 「숙향전」, 「옥단춘전」, 「채봉감별곡」, 「부용상사곡」 등을 꼽을 수 있다.

2. 이본론

이본론은 이본들을 비교해 각 이본의 특성과 가치를 규명하고 작품이 변모하는 과정을 추적하는 작업이라 할 수 있다. 현재 발굴된 「숙영낭자전」에 대한 이본은 160여 종으로 필사본, 판각본, 활자본이 두루 존재한다. 이 이본들은 모두 한글본이고, 최근 「숙영낭자전」이 「재생연」再生緣[4]을 번역한 것이라고 했던 기존의 견해를 방증傍證하려는 논의가 이루어졌으나 한문본의 존재 가능성에 대해서는 앞으로 탐색과 고찰을 기대하는 분야다(장경남, 2016).

　필사본은 144종, 판각본은 경판본으로 28장본·20장본·18장본·16장본이 있고, 1915년부터 1961년까지 간행된 활자본은 14종이 전한다. 「숙영낭자전」에 대한 이본론은 초기 연구를 시작으로 본격적인 연구로 꼽히는 1980년대 중반에 성과를 거두었고, 이후 지속적으로 이본들이 발굴되어 첨가됨으로써 최근 160여 종에 이르는 이본 목록 조사와 79종에 대한 이본 검토가 이루어졌다(김일렬, 1984·1999; 성현경, 1995; 전용문, 1995; 김선현, 2015).

　「숙영낭자전」의 이본들은 숙영이 백선군을 만나 결혼해서 8년 동안 1남 1녀를 두고 행복하게 지내다가, 시아버지 명령에 따라 남편이 과거를 보러 간 사이 매월 때문에 누명을 쓰고 음부라는 모함을 받아 자결하기까지의 서사 흐름은 유지하지만 이후 전개되는 결말부의 내용이 달라져 그 변이에 따라 이본 유형을 나눈다. 이본 유형 분류는 연구자마다 입장을 달리하는데, '장례·재생·시련·재회'라는 변별적 자질에 따라 네 가지 이본군으로 분류한 경우와 숙영이 재생한 후 임소저와 결연하는 과정 유무에 따라 이본군을 나눈 경우가 있다. 최근에는 재생후 숙영의 거취 공간에 따라 유형을 분류하기도 했다. 가장 많은 이본을 대상으로 유형을 분류한 것은 재생한 숙영의 거취 공간에 따른 것으로, 이것을 종합해서 정리해 보면 다음과 같다.

유형	결말 내용
1	재생한 숙영이 곧바로 선군과 아이들을 데리고 승천하는 경우
2	재생 후 숙영은 옥련동(죽림동)에 머물고, 선군이 부모와 아내 사이를 오가며 생활하다가 승천하는 경우
3	재생 후 숙영이 선군과 집에 돌아와 부모를 모시다가 승천하는 경우
4	재생한 숙영과 선군, 임소저가 백상공 부부를 모시다가 셋이 함께 승천하는 경우
5	숙영의 재생 내용 없이 장례로 끝나는 경우

숙영의 수장水葬 여부는 비판각본계와 판각본계를 가르는 중요한 기준으로 수장-재생 계열과 빈소-재생 계열로 나누어 볼 수 있다. 수장-재생 계열은 다시 숙영의 거취 공간에 따라 천상계와 지상계, 선계로 나뉜다. 그리고 숙영이 재생한 후 승천하기까지 선군이 옥련동(죽림동)을 찾아가는지 여부나 시부모와의 동거 여부에 따라 유형이 분류된다. ①유형이 이원론적 세계관으로의 연장을 보여 주는 유형이라면, ②유형은 숙영과 선군을 중심으로 가족 관계를 이끌어 가면서 유교 이념에 근거한 가부장 중심의 가족 제도를 거부하는 유형이다. 가장 오래된 것으로 추정되는 이본들이 이 유형에 속한다고 한다. ③과 ④유형은 갈등을 약화시키고 가부장의 잘못을 포용하는 숙영의 미덕, 철저하게 유교 이념을 내면화한 숙영의 형상에 초점을 맞춤으로써 현실의 이념과 질서를 재현하는 동시에 가부장제를 강화하는 데 기여한 것으로, 가족 중심의 현세 지향적 세속화가 두드러진 이본 유형으로 보았다. 특히 ④유형은 방각본과 활자본에서 두드러지게 나타난다고 한다. ⑤유형은 이원론적 세계관을 기반으로 전개되다가 일원론적 세계관에 입각한 결말로 무모했던 시부를

4. 「재생연」: 김태준이 『조선소설사』(1933)에서 한글본 「숙영낭자전」의 번역 저본은 한문본 「재생연」이라고 소개했으나 그 존재가 드러나지 않았다. 1910년에 일본인 학자 다카하시 도루高橋亨가 편찬한 『조선물어집』朝鮮の物語集附俚諺에 번역된 「재생연」이 있는데, 그 내용이 「숙영낭자전」과 흡사하다고 알려져 있다.

강력하게 비판하고 고발하는 이본으로, 숙영이 재생하지 않는 독특한 유형으로 평가 받는다.

3. 주제론

「숙영낭자전」의 주제론은 작품의 서사 구조나 향유층과 관련해 작품의 의미와 문학적 가치를 논의한 것으로, 연구자들마다 조금씩 다른 갈등 구조에 주목하고 그 의미를 해석하지만 환상성과 현실성이 긴밀하게 맞물린 작품이라는 데는 공통된 평가를 내린다.

먼저 부부간의 애정이 효라는 중세적 관념에 희생되는 모습을 그림으로써 중세 체제의 모순과 질곡을 드러낸다고 보는 입장이다. 도선적 환상성 이면에 숨겨진 사회 현실을 탐색하고, 그 결과 이 작품이 신분 차이를 지닌 남녀의 결연을 방해하는 중세적 질곡과 이에 대한 해소를 그렸다고 파악했다(김일렬, 1984·1999). 이에 비해 세속의 삶에 동화하고자 하다 실패하는 초월적 존재 숙영과 현실 중심적이며 물질주의적인 세속적 가치관을 가진 백상공의 갈등이 그려진 작품으로 파악하고, 성속聖俗의 가치 대결이 낭만적인 차원에서 그려지는 것이 아니라 치열한 현실의 고민을 담아내는 가운데 비극성을 띤다는 점에 주목하기도 했다. 때문에 성스러움의 표지標識를 상실한 채 세속화되어 가는 사회 속에서 물질 너머의 고귀한 것을 찾고자 하는 존재들의 고민을 대변하는 작품으로 보기도 했다(이지하, 2015).

이에 비해 여성주의적 관점에서 논의되기도 했다. 숙영의 억울한 죽음에 주목해 여성의 한恨과 해원解寃[5]을 드러내는 서사로 인식하고, 선군과 숙영의 만남과 이별이 서사의 일관된 흐름을 유지하면서도 숙영의 죽음과 재생이 첨가됨으로써 선군과 숙영의 진실한 사랑을 강조하는 한편 여성의 정절에 대한 강박관념으로 여성의 수난이 확대된 작품이라고 보는 입장(류호열, 2010; 정인혁, 2013)과, 이본론과 긴밀하게 연결을 맺으면서 이본에 제시된 여러 결말을 토대로 숙영이 선택한 삶의 공간을 중심에 놓고 가부장제의 규제 속에 갇혀 살아야 했던 여성들의 억압과 그에 대한 대응을 보여 주는 작품이라고 파악하는 입장도 있었다(김선현, 2015). 또한 숙영의 시련이 강조되면서 여성과 가부장적 결혼 제도를 거부하고, 상대에 대한 순수하고 절대적인 사랑을 통해 개인의 자유와 평등을 추구하는 새로운 형태의 사랑 방식을 제시하는 낭만적 사랑 이야기로 종속적인 결혼생활에서 벗어나 사랑의 유일성과 영원성을 실현하고 평등한 부부 관계를 이루고 싶은 당대 여성 독자들의 욕망을 반영한 것이라고 평가하기도 했다(김미령, 2014·2016).

이렇듯 「숙영낭자전」의 갈등 구조를 파악하고 주제 의식을 도출하는 데 이원적 세계관을 노출하지만, 그 안에 현실 인식이 드러난 작품이라는 평가가 주를 이룬다. 이들 해석은 이본 유형들과 긴밀한 관련을 맺고 있다. 어떤 이본 유형을 선택하는가에 따라 해석의 편차가 존재한다. 따라서 주제론을 검토할 때, 이본 유형의 선택에 따라 다양한 관점에서 시도할 수 있음을 고려해 총체적으로 파악한다면 더욱 진전된 이해를 도모할 수 있을 것이다.

4. 인접 장르와의 교섭과 전환[6]

「숙영낭자전」은 판소리로 불리기도 했다. 소설이 먼저 창작된 뒤 그 소설본이 일정한 변화를 겪고, 변모된 소설을 토대로 판소리 창본이 생겨났다. 현재 정정렬 창본, 박록주 창본, 박송희 개작 창본, 박동진 창본이 있다. 소설 「숙영낭자전」과 판소리 「숙영낭자가」의 서사 구조를 비교한 연구들이 중심을 이루는데, 「숙영낭자가」가 소리를 잃은 까닭이 분석되었다(성현경, 1995; 김종철, 1996; 김선현, 2016). 판소리 「숙영낭자가」는 소설의 전반부, 즉 적강에 대한 내용이나 선군과 숙영의 결연 과정은 축

5. 해원: 원통한 마음을 풂.
6. 인접 장르와의 교섭과 전환: 장르로서 하나의 작품이 유사한 또는 이질적인 장르의 특징과 미의식을 가지거나 변해 가는 일.

소되나 숙영이 누명을 쓰는 장면과 죽음에 이르는 장면은 확대되어 비극적인 미감을 극대화하고 있다. 이에 따라 부분적인 우아미나 숭고미는 찾아볼 수 있으나 골계미와 희극미가 상대적으로 적어졌고, 이와 같은 이유에서 「숙영낭자가」가 소리를 잃은 것으로 보았다.

서사민요 「옥단춘전」은 소설 「숙영낭자전」을 바탕으로 만든 민요로 밝혀졌다. 여주인공의 이름은 다르지만 부모의 명령으로 과거를 보러 가는 남편과 아내가 보고 싶어 몰래 돌아온 남편, 급제한 뒤 집에 두고 온 옥단춘을 그리는 남편, 돌아오다가 아내가 죽는 꿈을 꾸고 이후 아내의 죽음을 알고 슬퍼한다는 내용이 흡사하기 때문이다.

한편 변사辯士의 설명과 배우들의 연기가 담긴 영화극 음반으로서 1929년 유성기 음반으로 녹음된 「숙영낭자전」이 있다. 1933년과 1934년에 녹음된 「숙영낭자전」도 발굴되었는데, 정정렬이 출연하고 한성준이 고수로 활약해 '모자 영이별', '약 구하러 가는데' 같은 대목을 녹음한 것으로 보아 소설 「숙영낭자전」의 부분창으로 파악된다(김남석, 2017). 이 밖에도 「숙영낭자전」은 1914년에는 신소설 「해안」으로 개작되었고, 1937년 2월 조선성악연구회에서는 창극 '숙영낭자전'을 공연했으며, 1961년에는 현대소설 「숙영낭자전」으로 개작되기도 했다. 최근에는 극단 '모시는 사람들'이 공연한 연극 '숙영낭자전을 읽다'가 있다(최윤영, 2013).

이처럼 「숙영낭자전」은 다양한 장르로 개작, 변용되었고, 앞으로도 그 가능성이 주목되는 작품이다. 조선 시대 소설 향유층의 의식과 세계관이 스며든 작품으로, 오랜 기간 소설 고유의 장르적 특성에 다양한 미의식을 가미하며 여러 장르로 전환되어 왔기 때문이다. 「숙영낭자전」이 판소리, 창극, 영화, 신소설, 현대소설 등 다양한 장르로 교섭, 전환되었던 것처럼 현대에도 새로운 매체와 문학 장르의 도입에 힘입어 다양한 방면으로 재생산되어 그 영역을 확대할 수 있을 것으로 기대한다.

| 탐구 활동 | 1. 「숙영낭자전」은 이본에 따라 5개의 계열로 나뉜다. 각 이본의 공통점과 차이점을 검토하면서 각색자들이 결말을 변형한 이유가 무엇인지 생각해 보고, 그것이 갖는 의미에 대해 토의해 보자. |

탐구 활동

1. 「숙영낭자전」은 이본에 따라 5개의 계열로 나뉜다. 각 이본의 공통점과 차이점을 검토하면서 각색자들이 결말을 변형한 이유가 무엇인지 생각해 보고, 그것이 갖는 의미에 대해 토의해 보자.

2. 숙영은 누명을 쓰자 극단적인 방법으로 문제를 해결한다. 숙영의 처지, 신분을 고려하되 그 이유가 무엇인지 고찰해 보고, 가부장제 사회에서 여성의 불평등에 대해 토의해 보자.

3. 「숙영낭자전」은 판소리, 영화극, 창극, 신소설, 현대소설, 연극 등 다양한 콘텐츠로 변용되어 전한다. 다양한 독자층을 기반으로 했던 고전소설 「숙영낭자전」은 희곡, 연극, 영화, TV 드라마, 광고, 축제 테마, 캐릭터 상품 등 다각적인 매체들과 결합할 수 있을 것이다. 현대에 활용할 수 있는 콘텐츠에 대해 이야기해 보자.

4. 「숙영낭자전」에서 조선 후기의 혼례, 상례, 제례를 관찰할 수 있다. 이 작품을 한국 문화 교육의 제재로 활용할 방안에 대해 이야기해 보자.

권장할 만한 텍스트

김선현 외, 숙영낭자전의 작품세계 1-3, 보고사, 2014
김일렬, 숙영낭자전 연구, 역락, 1999
이상구 역, 숙향전·숙영낭자전, 문학동네, 2010
황패강 역, 숙향전·숙영낭자전·옥단춘전, 고려대민족문화연구원, 1993

참고 문헌

김남석(2017), 1930년대 숙영낭자전의 창극화 도정 연구
김미령(2013), 숙영낭자전 서사에 나타나는 대중성
김미령(2014), 금기 코드로 풀어보는 숙영낭자전의 여성주의적 시각
김미령(2016), 결혼 서사로 읽어보는 숙영낭자전의 의미
김선현(2015), 숙영낭자전의 이본과 공간 의식 연구
김선현(2016), 20세기 초 판소리 숙영낭자전 연구
김일렬(1984), 조선조 소설에 나타난 효와 애정의 대립
김일렬(1999), 숙영낭자전연구
김종철(1996), 판소리 숙영낭자전 연구
류호열(2010), 숙영낭자전 서사 연구
서유석(2014), 고소설에 나타나는 여성적 공간과 장소의 의미 연구
서혜은(2015), 영남의 서사 숙영낭자전의 대중화 양상과 그 의미
성현경(1995), 숙영낭자전과 숙영낭자가의 비교
심치열(2015), 숙영낭자전에 나타난 죽음의 현장감과 재생의 상실감

이유경(2014), 낭만적 사랑이야기로서의 숙영낭자전 연구

이지하(2015), 숙영낭자전의 성속 갈등과 그 의미

장경남(2016), 숙영낭자전의 한문본 재생연의 존재

전용문(1995), 숙영낭자전 연구

정인혁(2013), 숙영낭자전의 몸의 이미지

최윤영(2013), 숙영낭자전을 읽다에 나타난 전통변용양상

필　　자　　　최윤희

창선감의록

「창선감의록」彰善感義錄은 조선 후기에 창작된 장편소설이다. 필사본만 260여 종이 전해져 조선 시대 소설 가운데 필사본의 이본 종수가 가장 많은 작품으로 알려져 있다. 이원주(1975)의 조사에 따르면, 조사 당시 경북 지역의 60대 여성들이 「옥루몽」 다음으로 많이 읽은 고전소설이기도 하다. 방각본은 발견되지 않지만, 20세기 이후 한남서림이나 신구서림 등에서 활자본으로도 간행된 것을 보면 20세기 독자들도 많이 읽었음을 알 수 있다.

작품 소개

중국 명나라 가정嘉靖 연간[1]을 배경으로 화씨花氏 집안 이복형제 간의 갈등이 중심 내용이다. 화욱花郁은 심씨, 요씨, 정씨 세 사람을 부인으로 두었다. 화춘花瑃은 첫째 부인이 낳은 맏아들로 집안을 계승할 후계자지만, 아버지의 사랑을 받지 못한다. 아버지 화욱이 사랑하는 아들은 셋째 부인이 낳은 화진花珍이다. 이 때문에 화춘은 화진을 미워하는데, 아버지 화욱이 죽자 화춘과 그의 어머니 심씨는 화진을 구박하고, 이로 인해 화진과 그의 두 아내가 고난을 겪는다. 주인공 화진은 자신을 미워하는 형 때문에 처형당할 상황까지 처하지만, 묵묵히 자신의 처지를 받아들이고 형과 어머니에게 순응함으로써 결국 형과 어머니를 감화시키고 집안의 화목을 이룬다.

「창선감의록」에서는 화씨 집안의 이야기뿐만 아니라 화씨 집안과 혼인 관계를 맺는 윤씨 집안의 이야기도 중요한 비중을 차지한다. 윤여옥은 화진의 부인 윤옥화와 쌍둥이 남매로 진채경과 약혼하지만, 진채경의 아버지가 간신의 모함으로 유배를 가면서 진채경과 이별한다. 진채경은 자신을 며느리 삼으려는 조문화 때문에 남장한 채로 도망치고, 도중에서 만난 백경의 누이를 자신 대신 윤여옥과 혼인하도록 주선한다. 이후 윤여옥은 쌍둥이 누이 윤옥화가 장평의 모략으로 당대의 권신權臣 엄숭의 아들 엄세번에게 시집가자, 여장을 하고 누이 대신 엄숭의 집안으로 들어가 엄세번의 권력을 이용해서 화진을 구한 뒤에 탈출한다. 화진의 이야기가 소설의 주제 의식과 긴밀하게 관련되어 있다면, 윤여옥의 이야기는 소설로서의 재미와 흥미를 갖추고 있다.

1. 작자에 대한 논란

「창선감의록」의 작자는 흔히 조성기趙聖期로 알려져 있다. 김태준(1932)은 『조선소설사』에서 "공이 스스로 옛이야기에 의거하고 부연해 몇 책을 지어 드렸는데, 세상에 전해지는 「창선감의록」과 「장승상전」張丞相傳이 그것이다"라고 한 『송남잡지』松南雜識 [2]의 기록을 제시하면서 「창선감의록」의 작자로 조성기가 거론된다고 했다. 반면에 이병기(1940)는 「창선감의록」의 작자를 김도수金道洙라고 했는데, 그에 대한 근거를 밝히지 않았기에 학계에서는 대체로 조성기 창작설을 수용하면서 김도수는 번역자 또는 개작자일 것으로 추정했다.

그 뒤 조성기 창작설을 확정할 만한 보다 분명한 근거는 나타나지 않는 가운데 조성기 창작설이 굳어졌고, 조성기의 삶과 사상을 작품과 비교함으로써 상관성을 밝히려는 노력이 지속되었다. 무엇보다 조성기가 퇴계退溪 이황李滉과 율곡栗谷 이이李珥의 철학 사상을 절충한 학자였다는 점이 소설 창작의 동기로 주목되었다. 즉 조성기는 사람의 마음에 갖추어진 이치는 하늘에서 부여받은 것으로 순수한데, 사람의 기품이 편벽偏僻되고 욕심이 편벽되면 본래의 선한 마음을 가린다고 했다. 이종묵(1992)은 이러한 사유思惟가 화춘과 심씨가 한때 못된 마음을 품었다가 잘못을 뉘우치고 다시 선한 사람이 되는 소설의 내용과 관련이 있다고 보았다.

2. 『송남잡지』: 19세기에 조재삼趙在三이 편찬한 일종의 백과사전.

그러나 조성기 창작설을 확정할 만한 확실한 단서는 없기에 조성기 창작설은 여전히 논란이 되고 있다. 정길수(2003)는 인간의 성품에 대한 조성기의 사유는 사대부의 보편적인 사고방식에 가까워 조성기 개인의 사상적 특징으로 볼 수 없다고 지적했다. 그리고 「창선감의록」의 구성이나 인물 형상은 중국의 통속적인 애정소설의 영향을 받은 「구운몽」의 기법을 비판적으로 수용한 결과라고 주장하면서 조성기 창작설을 부인했다. 이지영(2010) 또한 「창선감의록」의 작자는 도덕적 당위로서의 천명天命을 비관하면서 이를 허구적으로 이루고자 한 데 반해 조성기는 천명을 객관적 존재 법칙인 '이치'(理)의 구현으로 보았으며, 또 관직 진출에 대한 태도도 다르다고 하면서 조성기 창작설에 의문을 제기했다.

이처럼 조성기 창작설에 대한 논란이 지속되지만, 조성기 창작설이 여전히 폭넓은 지지를 얻으면서 학계에서는 「구운몽」, 「사씨남정기」와 함께 17세기 장편소설사를 구성하는 주요 작품으로 거론된다.

2. 원작의 표기와 서문 관련 논란

어머니를 위해 창작했다는 기록을 근거로 한글로 창작되었다는 주장도 있으나 현재까지 원작의 표기를 확정할 근거는 없다. 천식으로 고생하던 '나'가 소일거리로 여항의 국문소설인 「원감록」冤感錄을 읽었다는 서문의 내용을 근거로 제시하기는 하나, 서문 내용에서도 「원감록」이 「창선감의록」과 일치하는지는 분명하지 않다. 임형택(1988), 정길수(2003)가 주장한 것처럼 국

인물가계도

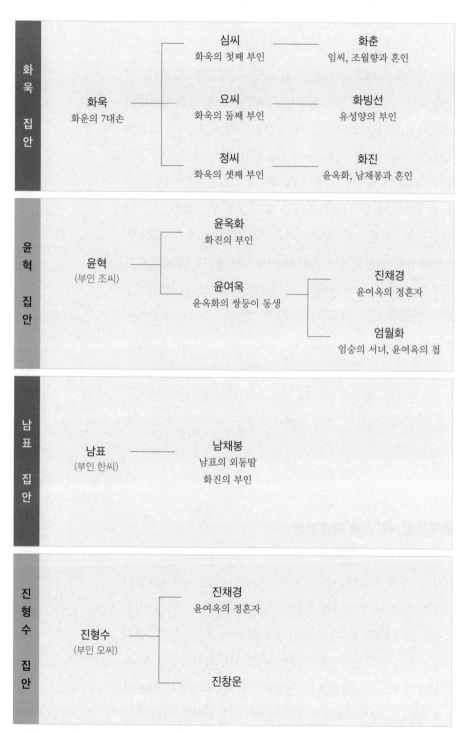

화욱 집안

- 화욱 (화운의 7대손)
  - 심씨 — 화욱의 첫째 부인
    - 화춘 — 임씨, 조월향과 혼인
  - 요씨 — 화욱의 둘째 부인
    - 화빙선 — 유성양의 부인
  - 정씨 — 화욱의 셋째 부인
    - 화진 — 윤옥화, 남채봉과 혼인

윤혁 집안

- 윤혁 (부인 조씨)
  - 윤옥화 — 화진의 부인
  - 윤여옥 — 윤옥화의 쌍둥이 동생
    - 진채경 — 윤여옥의 정혼자
    - 엄월화 — 엄숭의 서녀, 윤여옥의 첩

남표 집안

- 남표 (부인 한씨)
  - 남채봉 — 남표의 외동딸 화진의 부인

진형수 집안

- 진형수 (부인 오씨)
  - 진채경 — 윤여옥의 정혼자
  - 진창운

문소설 「원감록」을 읽고 기록하거나 한문으로 옮긴 것이라면 원작은 한글소설로 볼 수 있다. 그러나 엄기주(1984)와 진경환(1992)은 작자가 「원감록」을 한문본 「창선감의록」으로 재창작했다고 보았다.

한편 「원감록」이 『화영집』花影集에 수록된 「동구후전」東丘侯傳일 가능성도 제기되었는데(이지영, 2010), 화운이 아버지의 원수를 갚는 이야기를 중심으로 한 처절한 복수담이라는 점에서 「동구후전」이 「창선감의록」 서문의 내용에 부합한다고 주장했다. 「창선감의록」의 서문에는 「원감록」에 대한 언급 뒤에 "서로 복수하고 원한을 갚는 내용이 몸이 떨리고 뼈가 시릴 정도로 끔찍하지만, 착한 일을 하면 반드시 흥하고 나쁜 짓을 하면 반드시 망한다는 점은 사람을 감동시켜 교훈이 될 만하다"는 내용이 있다.

「창선감의록」의 서문은 작품의 창작 방식과 관련해서도 주목된다. 서문의 끝부분에서 화운의 이야기를 언급하며 소설이 시작되기 때문이다. 「창선감의록」은 명나라 가정 연간을 배경으로 하는데, 임형택은 소설이 배경으로 하는 역사적 공간은 '중세의 보편적 공간'을 의미한다고 보았다. 이후 진경환은 명나라의 대례大禮 논쟁[3]과 조선의 예송禮訟 논쟁[4]의 유사성을 통해 역사적 배경이 지니는 현실적 의미에 대해서 조명한 바 있는데, 서문에서 화운 장군과 그 아들의 일화를 간단히 언급한 뒤에 '그 이야기에 이르기를(其說 曰)'이라고 하면서 화운의 후손 화욱 집안의 이야기를 시작하는 것은 역사적 사실을 사실처럼 보이기 위한 장치라고 했다. 즉 역사적 사실을 먼저 서술하고 그 뒤에 허구적인 이야기를 서술함으로써 허구를 사실처럼 보이도록 했다는 것이다. 이지영(2003)도 역사적 인물이 허구적 인물과 공존하며, '가정 23년' 등 역사적 사건에 부합하는 연호를 사용하는 등 역사와 유사한 서술 방식을 지적한 바 있다. 소설을 역사처럼

3. 대례 논쟁: 명나라 세종의 생부인 흥헌왕興獻王의 제사와 호칭을 두고 벌어진 논쟁으로 보통 '대례의'大禮儀라고 한다. 명나라 무종武宗이 황제의 자리를 물려받을 아들 없이 죽자 무종의 숙부였던 흥헌왕의 아들이 황제에 즉위했는데, 그가 곧 세종이다. 조정 대신들 간에 세종이 무종의 아버지인 효종의 양자 자격으로 황제가 되었으므로 흥헌왕을 황숙부皇叔父라고 불러야 한다는 주장과 황제의 생부인 흥헌왕을 아버지로 인정해 '황고'皇考라고 해야 한다는 주장이 대립하면서 정치적인 갈등으로 비화되었다.

4. 예송 논쟁: 조선 현종 때 효종의 어머니 조대비趙大妃의 상례를 둘러싸고 벌어진 남인과 서인의 정치적 갈등. 효종은 소현세자가 죽자 둘째 아들로 왕이 되었는데, 효종이 죽었을 때 그의 어머니가 효종을 장자로 인정해 3년 동안 상복을 입을 것인지, 둘째 아들로 보아 1년만 상복을 입을 것인지가 논란이 되었다. 이것이 1차 예송 논쟁이다. 그 뒤 효종의 왕비가 죽자 유사한 논쟁이 반복되었는데, 이를 2차 예송 논쟁이라고 한다.

보이게 하려는 이러한 서술상의 특징은 오늘날의 역사소설과도 비견된다.

3. 주제와 인물 형상에 대한 논의

「창선감의록」은 역사적 사실을 비교적 충실하게 서술하려는 경향을 보이지만, 작자가 표현하고자 한 것이 '역사' 자체는 아니었다. 허구를 통해서 작자가 추구한 바가 무엇인지, 즉 작품의 주제 의식에 대한 다양한 논의가 있었는데, 그중 특히 가문 의식과 관련한 논의가 활발했다. 대부분의 연구에서는 「창선감의록」을 가부장제가 강화되는 상황과 관련시켰는데, 이 경우 「창선감의록」은 화춘과 심부인의 어리석음으로 인한 가문의 위기를 극복해 나가는 소설로 해석된다. 가문의 구성원인 화춘이나 심부인이 결국에는 잘못을 뉘우치는 데 반해 범한과 장평, 조씨 등은 끝내 처벌되는 점 또한 가문 의식과 관련해 논의되었다. 이때 가문의 위기가 '효우'孝友라는 유가적 이데올로기로 극복된다는 점에서 관념적이라는 지적도 있었다. 또한 현실의 고난이 낭만적으로 해결되면서 현실을 이데올로기적으로 왜곡했다고 보거나 중세적 가부장제의 질곡을 드러냈다는 견해도 있었다.

한편 「창선감의록」을 윤리적 당위를 실현한 소설로 해석하기도 했다. 예를 들어 이승수(1995)는 등장인물을 군자와 소인으로 나누고 충효가 곧 행복을 가져온다고 말하는 서술자에 주목하면서, 서술자의 지나친 개입으로 현실을 은폐한다고 평가했다. 윤리소설로서 「창선감의록」이 이념을 강조하면서 당대의 현실을 왜곡했다는 지적은 많은 연구자가 동의하는 바이기도 하다.

이처럼 이념을 강조한 소설로 보는 경우 주인공 화진은 이념적 인간 또는 효의 화신化身으로 이해된다. 사실 오늘날의 시각에서 보면 유가적인 이데올로기를 고수하는 화진의 행동에 공감하기 힘든 면이 있다. 예컨대 심씨는 자신을 죽이려 했다고 화진을 관가에 고발하는데, 화진은 자신이 죄를 부인한다면 심씨와 화춘에게 죄가 돌아간다고 판단해 범행을 그대로 시인하며, 자신이 처형될 위기에 처했으면서도 의붓어머니의 죄를 덮어 주기 위해 스스로 모든 죄를 뒤집어쓴다. 이러한 화진을 많은 연구자가 극단적인 효의 실천이라고 평가하곤 했다. 이는 중국 고대 순舜임금[5]의 행위와 비교되기도 했는데, 어리석은 아버지 고수瞽瞍[6]가 자신을 여러 차례 살해하려고 했는데도 순임금은 끝까지 효와 우애를 실천했다. 「창선감의록」에서는 순임금의 이야기가 직접적으로 거론되며, 화진은 이러한 순임금을 모델로 만들어 낸 '극단적인 효자'의 모습으로 이해되었다.

그러나 이에 대한 반론도 제기되었다. 이지영(2011)은 주인공을 이념의 화신으로 보는 견해를 반박하면서 화진의 행위는 효가 당위로 인정되던 당대의 현실 맥락에서 이해해야 한다고 주장했다. 즉 불효자가 사회적으로 매장되던 당대의 상황을 고려할 때 묵묵히 참고 견디는 화진의 태도는 지극히 현실적이라는 것이다. 또한 조현우(2017)는 그동안 유가적 이념으로만 해석되어 온 복선화음福善禍淫[7]의 논리가 실제로는 유가적인 사상과는 거리가 멀다고 지적했다. 주인공들이 고난을 겪을 때 곽선공이나 여승 청원 등이 등장한다는 점도 유교와는 거리가 있으며, 조상이 쌓은 선행善行이 후손의 복록福祿으로 이어진다는 것은 '이어받아 짊어지게 한다'는 의미의 도가적인 승부承負 개념과 통한다고 보았다.

「창선감의록」의 소설로서의 면모를 다양한 측면에서 규명하려는 노력도 있었다. 박일용(1999)은 계후繼後 갈등을 중심으로 가문 의식에 초점을 맞춘 기존 연구를 비판하면서 남채봉과 윤옥화, 임씨, 진채경 등 여성 인물의 고난과 윤여옥과 화진, 유성희를 중심으로 한 남녀의 만남이 흥미롭게 서술된 점을 고찰했다. 주인공 이외의 등장인물에 대한 연구도 진행되었는데, 특히 주목되었던 인물이 윤여옥이다. 윤여옥은 화진의 부인 윤옥화의 쌍둥이 남동생인데, 바둑을 핑계로 약혼자 진채경의 손목을 슬쩍 잡기도 하는 풍류남의 모습을 보인다. 또한 쌍둥이 누이인 윤옥화가 엄세번의 집에 시집가게 된 위기의 순간에 자신이 대신 여장을 하고 엄세번의 집으로 들어가는 기지를 발휘한다. 이처

5. 순임금: 중국 고대의 임금으로, 이름은 '우'虞다. 요堯임금의 두 딸과 혼인하고, 후에 요임금으로부터 천하를 물려받았다. 흔히 요임금과 순임금이 덕으로 천하를 다스리던 요순시대를 태평한 시대로 언급한다.

6. 고수: 순임금의 아버지. '눈 먼 장님'이라는 이름에서 암시하듯이, 어리석은 인물로 재혼한 후처와 그 자식만을 사랑하고 전실 자식인 순임금은 미워해 여러 차례 순임금을 죽이려고 한다.

7. 복선화음: 착한 사람에게는 복이 오고 악한 사람에게는 재앙이 내림.

럼 발랄하고 적극적인 윤여옥의 면모는 화진의 소극적인 태도와 대비된다는 점에서 소설로서의 흥미를 유발하는데, 정길수(2005)는 도덕군자형 남주인공이 흥미를 떨어뜨리기 때문에 이를 우려해 윤여옥 같은 인물을 등장시켰다고 했다. 윤여옥의 이야기만을 추린 「윤여옥전」의 존재로 볼 때 당대에 윤여옥에 대한 관심이 적지 않았으리라 생각된다.

4. 기타 논의들

이 밖에도 「창선감의록」을 다양한 시각에서 해석하려는 노력이 있었다. 강상순(2003)은 프로이트의 가족 로맨스[8] 개념을 적용해, 「창선감의록」은 가부장적 직계 확대가족 속에 내재되었던 상징적 가족과 상상적 가족의 균열을 전면에 드러낸 작품이라고 해석했다. 또한 탁원정(2005)은 「창선감의록」을 17세기 가정소설로 규정하고 소설에 등장하는 다양한 공간의 서사적 의미를 조명한 바 있으며, 윤재환(2015)은 소설에 삽입된 한시의 특징을 고찰했다. 김도환(2016)은 「창선감의록」의 자객刺客 화소話素 수용을 「구운몽」 및 중국 서사와 비교했다.

---

8. 가족 로맨스: 자신의 친부모를 부정하고 다른 부모가 있으리라고 상상하는 현상을 일컫는 프로이트의 용어. 고귀한 신분의 다른 부모가 있으리라고 상상하거나 자신의 형제를 어머니가 부정한 행동을 해서 낳았다고 상상하는 등의 환상이 이에 해당한다.

| 탐구 활동 | 1. 등장인물 중 화진과 윤여옥의 인물 형상을 비교해 보고, 두 사람의 문제 해결 방식의 차이에 대해서 이야기해 보자. |

2. 소설에서 부정적으로 그려지는 인물(심씨, 화춘, 조씨, 범한, 장평 등) 가운데 한 사람을 골라 이들을 주인공으로 새로운 이야기를 구성해 보자.

3. 「창선감의록」의 주제 의식은 권선징악의 교훈적 주제를 강조하는 것으로 해석되기도 하고, 도덕적 당위에 대한 회의로 해석되기도 한다. 이처럼 동일한 작품에 대한 상반된 주장이 제기되는 이유가 무엇인지 생각해 보자.

권장할 만한 텍스트   이지영 역, 창선감의록, 문학동네, 2010

참고 문헌   강상순(2003), 조선 후기 장편소설과 가족 로망스
김도환(2016), 고전소설 자객화소의 창작경로
김병권(1990), 17세기 후반 창작소설의 작가 사회학적 연구
민찬(1990), 조성기의 삶의 방식과 창선감의록
박일용(2003), 창선감의록의 구성 원리와 미학적 특징
엄기주(1984), 창선감의록 연구
엄태식(2011), 창선감의록의 창작 저변과 서사적 특징
윤재환(2015), 단국대학교 소장 한문본 창선감의록 소재 삽입 한시의 기능과 미감
이내종(1993), 창선감의록의 원본과 조술본에 대하여
이병기(1940), 조선어문학명저해제
이승복(2000), 조성기와 창선감의록
이승수(1995), 창선감의록의 인물과 은폐된 현실
이원주(1975), 고전소설독자의 성향
이원주(1979), 창선감의록 소고
이종묵(1992), 조성기의 학문과 문학
이지영(2003), 창선감의록 이본 변이 양상과 독자층의 상관관계
이지영(2010), 조성기 사유와 창선감의록 작자의식의 간극에 대하여
이지영(2011), 규범적 인간의 은밀한 욕망
임형택(1988), 17세기 규방소설의 성립과 창선감의록
정길수(2003), 창선감의록의 작자 문제
조현우(2017), 창선감의록에 나타난 천정과 승부의 의미
진경환(1992), 창선감의록의 작품구조와 소설사적 위상
탁원정(2005), 17세기 가정소설의 공간 연구

필   자   이지영

소현성록

「소현성록」蘇賢聖錄은 국문장편소설의 본격적인 시작을 알리는 작품이다. 이후 파생작,[1] 모방작,[2] 발췌본[3] 등이 창작되었고, 여러 형식으로 비평되며 고소설사에 많은 영향을 주었다. 창작 시기는 옥소玉所 권섭權燮(1671~1759)이 남긴 집안 분재기分財記[4]에 의거한다. 권섭의 어머니인 용인 이씨(1652~1712)가 이 작품을 필사했는데 15권 15책이고, 이 소설을 장자長子가 상속하도록 했다고 한다. 그녀의 생몰 연대를 근거로 필사 시기를 추정하면 17세기 후반쯤이며, 창작 시기도 그 무렵이다. 작가는 미상이다.

이본은 모두 16종인데, 그중 완질完帙은 5종이다. 이 중 이화여자대학교 소장본이 선본先本이자 선본善本으로 인정된다. 15권 모두 겉표지에 한문으로 '소현성록'이라는 표제標題가 쓰여 있고, 내부 표제는 1권부터 4권까지는 '소현성록'으로, 5권부터 15권까지는 '소시삼대록' 또는 '별전 소시삼대록', '별전 삼대록'이라고 쓰여 있으니, 이 두 작품이 합해져 한 작품으로 받아들여졌음을 알 수 있다. 즉 1~4권은 본전本傳, 5~15권은 별전別傳인데, 합해서 「소현성록」이라 부르기도 하고 「소현성록」 연작이라 부르기도 한다. 권당 120면 안팎의 분량이다.

작품 소개

「소현성록」 본전은 소현성의 출생담부터 시작해 그와 세 부인(화씨, 석씨, 여씨)의 혼인과 갈등, 해소 과정을 중심으로 누이인 월영, 교영의 이야기가 함께 진행된다. 마지막 부분에서 소현성이 죽고 서사가 마무리되며, '별전'을 「소씨삼대록」이라고 한다면서 끝난다.

본전은 "남주인공 소현성(소경)에게 투영된 어머니 양씨의 소망과 이념을 바탕으로 창작된 소설"(박일용, 2006)이라고 할 정도로 양부인에 맞추어 움직인다. 더욱이 양부인은 「소현성록」 본전 향유층의 대변자이며, 그들의 욕망을 드러내는 인물이다. 그래서 소현성은 어머니 양부인의 바람에 따라 행동하는 관념적이고도 이상적인 인물이다. 그는 오직 유교 예법과 홀어머니의 지도에 따라 집안을 다스리는 인물로 형상화된다. 화부인, 석부인 등 아내들을 길들이고 집안의 기틀을 마련하는 데 엄격하다.

이에 비해 별전의 주인공인 소운성은 어머니에게서, 가문의 위상 확립 의무에서 조금은 자유롭다. 호방한 기질을 지닌 소운성은 그래서 감정과 의지대로 행동할 수 있다. 별전이 시작되면 소현성을 몇 줄로 간단하게 소개한 뒤, 5권부터 12권 중반까지는 그의 아들들에 관한 이야기, 15권까지는 딸과 손자들에 관한 이야기가 전개된다.

소현성의 자손은 10자 5녀(운경, 운회, 운성, 운현, 운몽, 운의, 운숙, 운명, 운변, 운필, 수정, 수옥, 수아, 수빙, 수주)다. 하지만 3자인 운성의 출생, 혼인, 명현공주와의 갈등담 등이 서사의 과반을 차지한다. 나머지 부분에서도 소운성은 서사를 추동하는 주요 인물 역할을 한다. 또한 그는 왕으로 봉해지는 유일한 아들이며, 아버지가 죽은 뒤 가장의 자리를 물려받기도 한다. 운성은 「소현성록」의 파생작인 「설씨이대록」에서 아들 세대의 1순위로 자리 매겨져 있으며, 여주인공 소숙희가 그의 딸이다. 「영이록」, 「소운성전」, 가사 「자운가」 등에서도 중심 인물로 등장한다. 또 운성이 보인 '영웅호걸형 가장家長'(정선희, 2011)의 모습은 「조씨삼대록」 속 조운현을 비롯한 여러 인물로 계승된다. 소운성은 영웅호걸형 가장의 시초라 하겠다.

작품의 배경은 중국 송대宋代지만 큰 의미를 지니지는 않으며, 역사적 사건이나 인물 자체가 강조되거나 중요한 기능을 담

1. 파생작: 이야기의 구조나 주제가 같지 않지만 부분적인 삽화나 인물, 사건을 제재로 만들어 낸 새로운 작품. 「설씨이대록」, 「영이록」 등이 있음.

2. 모방작: 이야기 구조나 인물의 성격 등을 모방해서 만들어 낸 작품. 「조씨삼대록」이 있음.

3. 발췌본: 작품의 부분을 발췌해서 만든 이본.

4. 분재기: 재산의 상속과 분배에 관한 문서.

당하지도 않는다. 다만 역사를 차용해서 허구의 이야기를 사실처럼 보이려는 의식을 드러낸다(박영희, 1994).

이 작품에 대한 연구는 이본과 연작 상황, 파생작의 양상을 고찰한 것, 여성 인물에 대해 고찰하거나 여성주의적 성격과 의의를 규명하는 것, 여타 작품들과의 교섭 상황을 탐구한 것, 인물이나 서사 방식, 표현을 분석한 것, 남녀 관계나 가족 관계와 갈등을 분석한 것 등이 있다.

1. 여성 교육적 측면과 여성 친화적 측면의 공존

동일한 17세기의 작품들인 「구운몽」, 「창선감의록」, 「사씨남정기」와 비교했을 때 「소현성록」은 가부장을 중심으로 한 가문 내 결속에 문제의식을 집중했다. 이는 교훈적 측면을 강조하는 데서도 드러나는데, 소씨 가문의 인물들을 통해 한 가문 안에서 올바른 가부장의 태도와 치가治家의 방법, 여성 인물의 부덕婦德을 설교하기 때문이다. 그런 점에서 이 작품은 17세기 상층 사대부의 보수적 체제 유지 이데올로기에 부응해서 생산된 작품이라 하겠다. 예론禮論이 지배하는 시대정신을 배경으로 규방閨房을 중심으로 향유된 전형적인 소설이어서, 남성과 여성 모두의 교양을 담당했다고 할 수 있다(박영희, 1994).

이 소설에서 투기를 금지한 것은 당대 사회가 부권 중심의 이데올로기가 강화되던 시기였기 때문일 것이다. 딸의 위상이 후대의 작품들에 비해 높게 나타난 것은 그 전 시기까지의 전통을 반영한 것이며, 투기 금지와 호걸형 남성 인물의 폭력적인 행동이나 축첩 두둔은 새롭게 확립되던 풍조를 반영한 것이라고 할 수 있다.

이렇게 이 소설은 조선 후기의 상층 여성들이 독서했던 작품이고, 가문에서 대대로 물려주던 수신서修身書[5] 역할까지 했을 정도로 교육적인 면이 강해 벌열閥閱[6]들의 의식을 보여 주는 작품이라고 평가되었다(박영희, 1994; 조용호, 1995). 그러한 면이 인물 간의 관계나 갈등 묘사에서도 드러나는데, 특히 바람직한 아내상, 시어머니상, 며느리상을 보여 주거나 같은 위치의 여성들을 비교하면서 여성을 교육하는 측면이 있다(정선희, 2015). 즉 감정이 격해질 수밖에 없는 상황에서도 묵묵하거나 위엄을 갖추고 지혜롭게 처신해야 하며, 질투가 나는 상황에서도 참고 화목하게 지내야 하며, 남편이나 아들과 이별해야 하는 상황에서도 슬픔을 참으면서 시부모 봉양에 힘쓰고 가족들과 잘 지내야 하며, 집안을 총괄하는 지위에 있을 때는 더욱 냉철하고 공평해야 함을 여러 여성 인물을 통해 보여 준다(박영희, 1994; 조용호, 1995; 임치균, 1996).

그러나 이렇게 여성 교육의 측면이 있다고 해서 여성 억압적인 태도만을 지닌 작품이라고 할 수는 없다. 남성과 여성, 부모 대와 자녀 대의 인물들이 대등하게 대화하면서 의견을 나눌 수 있는 공간이 형성되며, 이를 통해 서로를 이해하거나 숨겨졌던 자질을 알아보기도 한다. 학식과 재능이 뛰어나고 성품도 좋아서 가족들의 신임을 받아 친정의 중대사를 해결하거나 갈등을 중재하는 딸, 시가에서 수난을 당하지만 끈기와 덕성으로 이겨 내어 가문의 위상을 높이는 딸들이 형상화되어 있다. 또한 어떤 사안에 대해 자신의 의사를 당차게 이야기하면서 상대를 설득하거나 논리적으로 입증해 가는 여성들도 있다. 이렇듯 이 소설은 여성의 심리와 감정을 상세하게 묘사하기도 하고, 여성들끼리 담소를 나누거나 놀이를 하며 정서를 순화하기도 한다는 면에서 여성 친화적이다(정창권, 1998; 백순철, 1999).

이런 면은 「소현성록」의 인물들이 유교적 이데올로기를 따르면서도 이를 강박적으로 따르거나 도식적으로 행하지는 않는 것과도 관련이 있다(조혜란, 2009). 시댁 식구들이 며느리 화부인의 힘든 점도 알아주고, 시아버지 등이 며느리 형씨가 남편 때문에 곤경에 처해 여기서 빠져 나오고자 친정에 가서 죽었다고 연극하는 것도 눈감아 주는 아량을 보인다. 무조건 아들 편만 드는 것이 아니라 공정하게 판단하는 시어머니의 모습을 보여 주

5. 수신서: 마음과 행실을 바르게 닦아 수양하는 일에 관한 책.
6. 벌열: 나라에 공을 세우거나 큰 벼슬을 지낸 사람이 많은 집안.

기도 한다(정선희, 2015).

이렇게 두 측면이 공존하는 것은 이 소설이 국문장편 고전소설 유형 중 초기 작품에 해당한다는 점에서 원인을 찾을 수 있다. 이 시기는 아직 남성 중심적인 가부장 이데올로기가 침잠沈潛하기 전이어서 여성의 권리나 발화發話가 비교적 존중되었던 것이다.

2. 효도와 충성 그리고 가문 중심주의의 길항

소현성 가문의 지향은 무엇일까? 이 가문은 무엇보다도 효도를 제일의 가치로 삼으며, 이들의 이야기를 기록해서 남긴 이유도 "사람의 어미 되어서는 공의 모친 양씨 같고, 자식이 되어서는 공처럼 효도하기를 권하기 위해서다. 그러므로 이 이야기를 보는 사람이 방탕하고 무식해서 부모를 생각하지 않는 불효자라고 해도 느끼는 바가 있을 것"이라고 했다.

이렇게 효성을 가르치기 위해 지은 소설이니 만큼 작품 곳곳에서 효성에 대해 이야기하는데, 심지어 나라에서 관장하는 과거 시험의 기강보다 효도를 강조하는 장면도 있다. 과거 시험을 보러 간 소현성은 글재주가 없음에도 편모의 바람, 병환 중인 아버지의 희망 등을 이루기 위해 온 선비들의 시험지를 대신 작성해 주어 2등에서 6등을 차지하게 해 준다. 그들의 부모 위하는 마음에 감동해 나라의 기강을 흩뜨리는 일도 마다하지 않은 것이다(정선희, 2005; 이지하, 2015).

황제에 대한 충성심도 크다고 할 수 있는데, 태종 황제가 죽었을 때는 집안의 부녀자가 모두 소복을 입고 소승상과 여러 아들이 통곡하며 슬퍼한다. 황제는 운성에게 장인이었지만 공주 때문에 적대시하던 사이였음에도 심하게 슬퍼하며, 소승상은 1년이나 고기와 생선을 먹지 않고 3년이나 흰옷을 입고 탈상脫喪 때까지는 부인을 보지 않을 정도로 상례喪禮를 극진히 한다. 나라에 적이 침입하거나 황제가 위험에 빠지면 곧바로 나서서 대처하고 직접 출전하기도 한다.

하지만 '자기 가문 중심주의'적인 서사와 서술이 종종 노출되는데, 공주혼이나 딸과 사위 대하기, 여동생 대하기 등에서 단적으로 드러난다. 공주혼을 통해

7. 형부: 형벌을 다스리는 부서.

가문의 위상과 왕권의 팽팽한 긴장감이 조성되는가 하면, 사위나 며느리 가문을 대할 때 우월감이 드러나기도 한다. 소승상의 넷째 딸 수빙 부부는 김현의 형 김환 때문에 고난을 당하는데, 그 죄를 드러낸 것이 오빠 운성이다. 그는 김환을 형부刑部[7]로 보내 귀양 가게 하고 수빙은 곧바로 집으로 데려온다. 공적인 절차를 밟지 않았다고 승상이 꾸짖기는 했지만 승상도 그녀를 돌려보내지 않는다. 나중에 소씨 집안 옆에 집을 짓고 살게 된 김현의 집에 김환이 어머니를 보러 방문할 때도 무서워서 다시 오지 못할 정도로 엄하게 위세를 부린다(조용호, 1995; 정선희, 2011).

이 같은 가문 중심주의는 거의 모든 삼대록계 장편소설에서 드러나기는 한다. 장자가 능력이 없다고 판단되면 능력 있는 아이를 양자로 들여 장자로 세우기도 하는 등 가문의 존망을 가장 중시하는 태도를 보이는 것이다. 하지만 「소현성록」에서는 가문의 계승권에 관한 것이 아니라 자기 식구 감싸기 형태로 표출되는 경우가 많다. 특히 상대 가문이 약했을 때 이런 현상이 두드러지고, 강한 가문에는 덜하다. 소승상이 젊었을 때 여씨가 석부인을 모해해 친정으로 내쳐졌던 석부인을 다시 데려오려 했지만 딸을 그렇게 내친 사위를 용서할 수 없던 석참정은 강하게 거절한다. 그래서 승상을 간호해야 한다는 절실한 이유가 있기 전에는 그녀를 데려올 수 없었다. 석씨 가문은 위세가 등등했기 때문에 녹록하지 않았던 것이다. 반면에 사위 김현의 가문은 한미했기 때문에 소씨 가문의 딸, 여동생을 좀 더 쉽게 도울 수 있었다. 소씨 가문의 여인 중 유일하게 투기하는 모습을 보인 수아가 심하게 징치懲治되지 않는 것도 가문의 힘이 작용한 결과다.

1. 「소현성록」 속 남성 인물들은 군자형, 호걸형을 막론하고 아내에게 폭력적인 면이 있다. 남성들이 지닌 여성관과 애정관, 서술자의 여성관에 대해 토의해 보자.

2. 「소현성록」의 장점 가운데 하나는 '섬세한 심리 묘사'와 '대화'다. 이로써 「소현성록」은 인물의 성격을 생생하게 전달한다. 작품 속 양부인, 석파, 소월영, 소현성, 화씨, 석씨 등이 지닌 '다각적인 인물의 성격'에 대해 이야기해 보자.

3. 「소현성록」에는 조선 후기 양반 가문의 일상생활과 가족 관계, 예법, 가치관 등이 잘 드러나 있다. 이 작품을 한국 문화 교육의 제재로 활용하거나 문화콘텐츠의 원천 소재로 활용할 방안에 대해 이야기해 보자.

권장할 만한 텍스트　　조혜란·정선희·허순우·최수현 역주, 소현성록 1~4권, 소명출판, 2010

참고 문헌　　박영희(1994), 소현성록 연작 연구
박일용(2006), 소현성록의 서술시각과 작품에 투영된 이념적 편견
백순철(1999), 소현성록의 여성들
서정민(2014), 가권 승계로 본 소현성록 가문의식의 지향
양민정(2002), 소현성록에 나타난 여가장의 역할과 사회적 의미
이지하(2015), 소현성록의 이중성에 내재된 욕망의 실체
임치균(1996), 조선조 대장편소설 연구
정길수(2005), 한국 고전장편소설의 형성 과정
정선희(2005), 소현성록연작의 남성 인물 고찰
정선희(2011), 영웅호걸형 가장의 시원
정선희(2015), 17세기 소설 소현성록연작의 여성인물 포폄양상과 고부상
정창권(1998), 소현성록의 여성주의적 성격과 의의
조광국(2001), 소현성록의 벌열 성향에 관한 고찰
조용호(1995), 삼대록 소설 연구
조혜란(2009), 소현성록에 나타난 가문의식의 이면

필　　자　　정선희

완월회맹연

현존 최장편 고전소설인 「완월회맹연」玩月會盟宴은 18세기에 안 겸제安兼濟의 모친인 전주全州 이씨李氏(1694~1743)가 창작한 작품으로, 가람 이병기에게 '인간행락의 총서'라고 평가받을 만 큼 국문장편소설의 완숙한 경지를 보여 준다. 이본으로는 180권 180책의 한국학중앙연구원 낙선재본과 180권 93책의 서울대 규장각본이 완질完帙로, 6권 5책의 연세대학교 소장본이 낙질 落帙로 전한다. 낙선재본과 규장각본은 내용상 거의 동일하며, 1권당 70매 안팎이다.

이 작품에 대한 연구로는 작가인 전주 이씨와 창작 저변을 고찰한 것, 작품의 여성주의적 성격을 규명한 것, 등장인물·표 현 방식·서사 구조를 분석한 것, 역사적 사건의 변용 양상을 고 찰한 것, 다른 작품과의 교섭 양상을 밝혀낸 것, 문화콘텐츠로의 활용 방안을 검토한 것 등이 있다.

작품 소개

'완월회맹연'은 달밤에 모여 굳은 약속(盟約)을 하면서 잔치를 벌인다는 뜻이다. 작품 초반부에 정씨 가문의 큰 어른인 정한의 생일을 기념해 달밤에 완월대玩月臺에 모여 정씨 가문의 종통과 자식들의 혼사를 결정하고 맹약盟約하는 대목이 나온다. 이후 온갖 역경 속에서도 이러한 맹약들을 지켜 나가는 과정이 작품의 줄거리다. 이와 관련해 몇몇 사건이 펼쳐지는데, 이 중 정인성-소교완-정인중 간의 갈등, 정인광-장헌-장성완 간의 갈등이 핵심적으로 부각된다.

정인성-소교완-정인중 간의 갈등은 계모인 소교완이 친아들인 정인중 대신 가문의 종통으로 정해진 정인성을 모해함으로써 생긴다. 본래 정인성은 정잠의 첫째 부인인 양부인이 아들을 낳지 못해 양자로 들인 인물로, 정잠의 재취인 소교완은 자신이 정잠의 친아들인 정인중을 낳았기에 정인중이 가문의 후계자가 되어야 한다고 생각한다. 이들 간의 갈등은 목숨을 바쳐 소교완을 살리려는 정인성의 효심에 소교완이 감화됨으로써 해결된다.

정인광-장헌-장성완 간의 갈등은 정인광이 소인배인 장인 장헌을 장인으로 인정하지 않으면서 아내 장성완을 박대함으로써 벌어진다. 장헌은 장성완을 정인광과 약혼시켰으나 정씨 가문이 위기에 처하자 배신하고는 장성완을 권력가에 시집보내려고 한다. 이후 장성완의 절행節行으로 정인광은 장성완과 혼인하나 장인에 대한 연좌로 아내를 박대한다. 결국 장헌이 군자로 변모함으로써 이들 간의 갈등은 해결된다. 이 밖에도 다양한 사건들이 등장해 당대의 지배 이념을 표방하면서도 가부장제 아래서 힘들게 살아갔던 여성들의 모습을 입체적으로 보여 준다.

1. 전주 이씨가 거대 장편을 쓸 수 있었던 배경

"완월은 안겸제의 모친이 지은 것인데, 궁중에 흘려보내 명성과 영예를 넓히고자 했다"(玩月, 安兼濟母所著, 欲流入宮禁, 廣聲響也)라는 『송남잡지』松南雜識의 기록은 「완월회맹연」의 작가를 확인케 해 준 결정적 단서였다(임형택, 1988). 그러나 '완월'이 「완월회맹연」을 가리킨다고 단정할 수 없고, 당대에 여성이 이러한 거작을 쓰기 어려웠다는 반론이 제기되었다(김진세, 1991). 이후 소설 제명을 축약해 쓰던 관행, 사대부가 여성의 국문장편소설에 대한 관심, 전주 이씨 집안의 문화적·경제적 배경 등을 근거로 전주 이씨 작가설이 재론되면서 거의 정설화되었다(정병설, 1997). 이 논의는 전주 이씨 집안에서 여성들이 소설을 즐겼으며, 「백계양문선행록」이라는 국문장편소설을 전주 이씨의 올케인 해평 윤씨가 저술했다는 기록이 담긴 『이가세고』李家世稿를 발굴함으로써 더욱 확실히 보완되었다(한길연, 2005).

2. 여성 작가 소설로서의 여성과 남성에 대한 시선

여성 작가가 쓴 「완월회맹연」은 가부장제 아래서 겪는 여성들의 고충을 섬세하게 담아내고 있는데(정병설, 1997; 정창권, 1999; 장시광, 2012), 단순히 여성들의 고통을 그리는 데서 그치지 않는다. 평소 자신의 부모를 배신한 장인에 대한 연좌로 아내를 냉대하지만, 홀로 있을 때나 꿈을 꿀 때는 아내를 향한 그리움과 죄책감으로 번민하는 정인광의 모습을 통해 남성도 가부장제의 희생양이 될 수 있음을 보여 준다(한길연, 2013). 남녀 모두에 대한 고른 시선은 남녀 희담꾼을 통해 의견 차이를 조율하는 장을 마련한 점에서도 확인할 수 있다. 요컨대 「완월회맹연」에서는 남녀 모두가 상생하는 길을 지향한다.

탐구 활동	「완월회맹연」 외에 여성이 지은 국문장편소설은 어떤 것이 있는지 알아보고, 이 소설들 간의 공통점과 차이점을 찾아보자. 「완월회맹연」의 작가인 전주 이씨를 오늘날 대하소설의 여성 작가인 박경리, 최명희와 비교해 보자.

권장할 만한 텍스트 김진세, 완월회맹연 1~12권, 서울대학교 출판부, 2010

참고 문헌
김진세(1991), 낙선재본 소설의 특징
김탁환(1998), 완월회맹연의 창작방법연구(1)
이은경(2004), 완월회맹연의 인물 연구
이현주(2011), 완월회맹연 연구
임형택(1988), 17세기 규방소설의 성립과 창선감의록
장시광(2012), 대하소설 여성수난담의 성격
정병설(1997), 완월회맹연 연구
정창권(1999), 조선후기 장편 여성소설 연구
정창권(2009), 대하소설 완월회맹연을 활용한 문화콘텐츠 개발
한길연(2005), 대하소설의 의식성향과 향유층위에 관한 연구
한길연(2013), 완월회맹연의 정인광

필 자 한길연

사씨남정기

서포 김만중金萬重(1637~1692)이 지은 「사씨남정기」謝氏南征記
는 가정을 중심으로 주요 사건이 전개되는 소설로, 가문소설 내
지 가정소설의 시작이자 원형인 작품이다. 이는 가문의 성쇠를
가정 내 문제와 관련짓기 때문인데, 처첩 간 갈등이 가부장제의
위기가 될 수 있음을 보여 줌으로써 바람직한 가족 구성원의 모
습을 제시한다고 할 수 있다. 「사씨남정기」에서 다양한 작품이
파생되어 가정·가문 소설이라는 일군의 유형적 특성이 형성되
었다는 점은 중요한 소설사적 의의다.

이 작품은 「남정기」南征記라고도 불리는데, 정확한 창작 연
대는 알 수 없지만 숙종 때로 추정된다. 김만중이 이 작품을 창
작한 배경으로는 숙종이 인현왕후를 폐위하고 장희빈을 왕후로
맞아들인 사건이 언급된다. 김만중이 이 사건에 반대하다가 유
배를 갔기 때문이다. 김만중이 유배지에서 이 작품을 쓴 것으로
알려졌다는 점을 고려하면, 이 작품의 창작 시기는 숙종 15년
(1689) 이후라 할 수 있다.

한편 「사씨남정기」는 소설에 대한 부정적인 평가를 긍정적
으로 전환하는 계기를 제공하기도 했다. 당시 사대부들이 남긴
평가로 보면, 소설은 남녀 간의 정을 이야기하며 항간의 비속한
상말로 된 것이라든지 가산을 탕진하게 하는 나쁜 것이므로 읽
혀서는 안 된다는 등의 부정적인 견해가 많다. 그런데 「사씨남정

기」에 대해서는 사람이 가져야 할 바른 도리를 가르치는 데 도움이 된다거나 사람의 마음을 감동시켜 깊은 뜻을 깨닫게 한다는 등의 긍정적인 평가를 하기도 해 소설에 대한 인식을 달리하는 계기를 마련한 것으로 볼 수 있다.

「사씨남정기」의 이본은 200여 종으로 알려져 있다. 현재까지 확인된 이본으로 볼 때 크게 두 계열로 나뉜다. 한 가지는 김만중이 지은 한글본에서 파생된 국문 계열이고, 다른 한 가지는 김만중의 종손從孫인 김춘택金春澤[1]이 「사씨남정기」를 한문으로 번역해서 지은 「번언남정기」翻諺南征記에서 만들어진 한문본 계열이다. 이는 작품의 표기 문자에 따라 나뉜 것이라 할 수 있다. 이 밖에 일본어로 기록된 이본도 있고, 현토懸吐[2]된 이본도 있다. 판본의 형태로 볼 때는 필사본, 활자본, 목판본 모두 존재하는데, 필사본이 가장 많다. 그런데 현재까지 전하는 이본들 가운데 원본이 무엇인지는 아직 확정되지 않은 상황이다.

1. 인물 관계와 서사적 갈등

「사씨남정기」라는 작품 제목에서 알 수 있듯이, 이 작품에서 가장 중요한 인물은 사씨다. 그리고 사씨와 갈등을 일으키는 교씨와 이 가문의 가장인 유연수가 주요 인물이다. 사씨 부인의 이름은 사정옥, 교씨는 교채란이다. 이 밖에 두 부인, 엄숭, 동청, 냉진, 묘혜, 임씨, 설매 등이 있다. 「사씨남정기」는 이들 인물이 자신의 성격을 드러내고 서로 갈등하거나 협력하는 관계를 맺으며 전개된다.

사씨는 사대부 가문에서 부인이 가져야 할 태도를 모범적으로 보여 주는 인물이고, 교씨는 사씨와 대비되면서 갖은 악행과 술수를 행하는 인물이다. 유연수는 한 가문의 가장으로서 알아야 할 것을 알지 못하고 지켜야 할 것을 지키지 못하는 우유부단한 행동을 보이는 인물이다. 이들 주요 인물들을 통해 서사가 전개되고, 이 과정에서 「사씨남정기」의 주제가 형상화된다.

「사씨남정기」의 주요 인물은 사씨, 교씨, 유연수 등이지만, 이들 주요 인물과 관련된 다양한 인물이 있어 흥미를 더한다. 「사씨남정기」에서 '두 부인'[3]은 여성이기는 하지만 그 존재 의의는 가문의 어른이자 의사 결정자라는 데서 찾을 수 있다. 사씨가 유연수 가문에 들어가는 과정에서도 두 부인의 역할이 컸다고 할 수 있고, 가문에서 일어나는 여러 일을 결정하는 데 두 부인의 의견이 중요하게 작용했음이 나타나기 때문이다. 유연수가 사씨와 교씨 사이에서 올바른 판단을 내리지 못하는 데 비해 두 부인은 중심을 잡으며 나아가야 할 방향을 제대로 제시해 가문 내 위상의 중요성과 함께 모범적인 행동을 보여 준다.

「사씨남정기」의 다른 보조 인물들은 선과 악의 구도에서 사씨 측과 교씨 측으로 나누어 볼 수 있다. 묘혜와 임씨 등이 사씨와 협력 관계를 형성한 선한 인물들이라면, 동청·냉진·설매 등은 교씨와 협력 관계를 형성한 악인들이라고 할 수 있다. 묘혜와 임씨는 사씨에게 도움을 주는 인물들인 데 비해 동청과 냉진, 설매는 교씨의 악행에 가담해 사씨를 모해하고 유연수를 곤란에 빠뜨리며 가문을 위기에 처하게 하는 인물들이다.

「사씨남정기」의 가장 핵심적인 갈등은 유연수 가문에서 사씨와 교씨 간에 일어나는 처첩 갈등이다. 사씨는 유연수와 혼인한 뒤 자식이 생기지 않자 첩을 들일 것을 간청해 교씨를 맞는다. 유연수 가문에 들어온 교씨는 처음에는 사씨와 좋은 관계를 유지한다. 그러나 교씨가 아들 장주를 낳고, 이어 사씨가 아들 인아를 낳자 교씨가 사씨를 모함하고 죽이려는 시도까지 한다. 교씨는 사씨의 옥가락지를 훔쳐 내어 사건을 조작함으로써 사씨를 쫓아내는 데 성공한다. 교씨는 자신의 아들 장주를 죽게 하고는 사씨에게 그 죄를 뒤집어씌운다. 교씨는 사씨를 모함하고 쫓아내는 과정에서 동청과 냉진, 설매 등을 이용한다. 이렇게 유연수 집안에서는 처 사씨와 첩 교씨 사이의 문제가 갈등의 주요 축이다.

「사씨남정기」에서 또 하나의 중요한 갈등은 유연수의 대외적·정치적 관계에서 나타난다. 이는 유연수의 정치적 반대 세력인 엄숭과의 갈등이다. 엄숭은 유연수의 아버지 유현과 적대

1. 김춘택: 조선 후기의 문인이자 학자. 조부는 김만기, 종조부는 김만중, 부친은 김진구다. 문장 실력이 뛰어났던 것으로 알려졌으며, 김만중의 「사씨남정기」를 한문으로 번역했다.

2. 현토: 조사가 없는 한문 문장을 읽기 좋게 토를 덧붙인 것.

3. 두 부인: 유연수의 고모로, 현명하고 신중해 가문 안에서 어른 역할을 하는 인물.

관계기에 한림학사로 등용된 유연수를 막고자 한다. 이러한 갈등을 전개하는 과정에서 은연중에 능력이 아닌 배경이나 주선에 의한 인재 등용의 문제점, 그리고 이러한 문제를 제대로 파악하지 못하는 천자의 무능 혹은 무기력함이 드러난다. 유연수 가문에서 악행을 저지르던 동청은 유연수를 귀양 보내고 벼슬자리를 얻어 계속 악한 행동을 한다. 벼슬을 하면서도 백성을 착취하고 윗사람에게는 뇌물을 주어 자신의 지위를 확고히 하는 것이다. 이러한 악인 동청은 역설적이게도 다른 악인 냉진에 의해 제거된다. 그리고 악녀 교씨는 동청 대신 냉진과 우호 관계를 맺었으나 결국은 함께 처형되는 결말을 맞는다.

「사씨남정기」는 우리 고전소설 가운데 가정 내부의 갈등과 가부장-처-첩 간의 갈등을 본격적으로 다루면서, 그 문제를 사실적으로 그려 낸다는 의의를 지닌다. 또한 정치 사회 현실의 문제를 함께 다루어 인재 등용이나 관료 사회의 비행을 고발하는 비판 의식도 보인다. 무엇보다 「사씨남정기」가 이후 등장하는 많은 국문장편소설의 가능성을 보여 준 작품이라는 의의를 지닌다고 할 수 있다.

2. 역사적 사실의 반영인가, 보편적 삶의 교훈인가

「사씨남정기」에서 다룬 사건들을 당대 역사와 관련지어 보면 인현왕후 사건이나 작가 김만중의 유배, 어머니 윤씨의 삶을 떠올릴 수 있다. 인현왕후는 민유중閔維重의 딸로 조선 19대 왕인 숙종의 계비였다가 인경왕후가 사망한 후 왕비로 간택되었다. 인경왕후는 김만중의 형인 김만기金萬基의 딸인데, 왕비가 되었으나 천연두로 일찍 사망했다. 「사씨남정기」를 두고 인현왕후와 숙종의 일을 떠올리는 것은 숙종이 희빈 장씨를 취함으로써 조정에서 서인들이 축출된 기사환국己巳換局이라는 사건 때문이다.

기사환국은 숙종 15년(1689) 희빈 장씨의 아들을 세자로 책봉하는 문제로 서인을 몰아내고 남인이 집권을 하는 사건이다. 희빈 장씨가 후궁이 된 것은 인현왕후가 아들을 낳지 못하자 궁녀였던 장씨가 간택되었기 때문이다. 그러다 장희빈이 아들을 낳자 세자 책봉이 문제가 되었고, 이로 인해 인현왕후는 궁에서 쫓겨났으며 서인들은 유배되었다. 이 일은 인현왕후에 초점을 맞추어 창작된 「인현왕후전」에서 본격적으로 다루고 있다.

이러한 역사적 사실과 「사씨남정기」를 관련지어 보면 사씨는 인현왕후, 교씨는 희빈 장씨, 유연수는 숙종으로 대응된다. 그리고 이렇게 대응해서 작품의 의미를 찾으면 김만중이 숙종을 교화하기 위해 이 소설을 썼다는 목적론에 닿는다. 실제로 숙종은 「사씨남정기」가 나온 이후 희빈 장씨를 쫓아내고 인현왕후를 복귀시켰기에 창작 동기에 대한 이러한 관점은 상당한 설득력을 얻는다. 이규경李圭景의 『오주연문장전산고』五洲衍文長箋散稿[4]에 따르면 서포 김만중이 유배되었을 때 대부인의 근심을 덜어 드리기 위해 하룻밤 만에 지은 것이며, 김춘택은 인현왕후 민씨가 물러난 것 때문에 임금을 깨우치기 위해 「사씨남정기」를 지었다고 했다. 이러한 기록들에 의거해 기존의 연구에서 「사씨남정기」가 목적소설이라는 논의가 이루어지기도 했다.

그러나 「사씨남정기」에서 다룬 처첩 간 갈등이나 정치 사회 문제가 과연 특수한 것인가 하는 관점에서 보면, 다른 의미로 생각할 수도 있다. 기사환국 같은 사태를 「사씨남정기」의 창작 배경이라고 한정 지으면 작품의 의미를 단순히 외적인 동기에서 찾아 제한하는 문제가 생긴다. 다른 한편으로 「사씨남정기」에 나타난 가정의 문제는 당시 조선 시대를 살아가는 주체라면 누구나 겪을 수 있는 보편적인 삶의 문제라고 할 수 있다. 그렇기에 「사씨남정기」는 가정에서 처첩의 잘못된 행동을 비판하고, 처와 첩이 가져야 할 바람직한 관계를 제시하며 제대로 된 가부장의 자세를 보여 주었다고 할 수 있다.

이렇게 보면 「사씨남정기」는 당대 사회 현실에서 보편적인 삶의 문제를 다루면서 교훈과 경계를 제시한 작품이라고 할 수 있다. 이는 「사씨남정기」가 다양하고 많은 독자에게 수용되었다는 점에서 알 수 있다. 알려진 바로는 한글로 기록된 글을 여성

4. 『오주연문장전산고』: 조선 후기에 이규경이 쓴 책으로, 방대한 내용을 1400여 항목으로 정리해 백과사전식으로 제시했다.

독자들이 읽고 감동받을 수 있도록 하기 위해 「사씨남정기」를 지었다고 했는데, 현재까지 전해지는 필사기나 서문, 감상문 등이 이러한 창작 의도가 실현되었음을 잘 보여 준다. 특히 사대부 여성들이 남긴 글에서 사씨는 칭송하면서 교씨는 심하게 비판하는 내용들을 다수 볼 수 있다.

3. 선악 구도의 윤리와 통속 미학의 양면

「사씨남정기」는 이제까지 전하는 많은 고전소설 중에서도 특히 감상문과 비평문이 풍부한 편이고, 이본의 종수도 많은 편이다. 이는 「사씨남정기」의 독자가 상당히 많았음을 말해 주는 것인 동시에 그간 독자들에게 깊은 감동과 깨달음을 주었음을 보여 주는 「사씨남정기」 수용의 역사라고 할 수 있다. 그렇다면 「사씨남정기」가 인기 있는 이유는 무엇일까?

앞서 언급했듯이 「사씨남정기」는 당시 사대부들 사이에 팽배한 소설에 대한 부정적인 인식을 뒤엎는 작품이다. 유학자들은 소설을 허탄한 소리라고 배격하며 읽어서는 안 된다는 평가들을 했었다. 그런데 유독 「사씨남정기」는 읽힐 만한 소설이라고 언급했다. 이는 「사씨남정기」에서 다룬 이야기들이 부녀자들에게 교훈을 주기에 적당해 교화할 목적으로 읽힐 만하다는 효용론적인 관점을 드러내는 것이라고 할 수 있다.

그렇다면 작품 내적으로 어떤 요소들이 이러한 평가를 하게 했는지 한번 생각해 볼 필요가 있다. 무엇보다 사씨라는 인물이 보여 주는 모범성을 들 수 있다. 사씨는 교씨의 갖은 술수와 모함을 견디며 비극적인 상황에까지 이르지만 그 과정에서 숭고한 아름다움을 보여 준다. 반면 교씨는 누가 보든지 악한 행실을 일삼아 마땅히 처벌받아야 할 악녀로 표현된다. 사씨와 교씨를 대비해서 보면 선과 악의 대립에서 마침내 선이 승리하고 악이 망하는 윤리 구도가 「사씨남정기」에 자리 잡고 있어 보편적인 가치를 인정받았다고 할 것이다.

다른 한편으로 「사씨남정기」에서 소설적 재미를 찾는다면 어떨까? 「사씨남정기」에 보이는 가정 내의 여러 사건이 발생하고 해결되는 과정, 가정의 문제가 가장의 정치적 행보에까지 영향을 끼쳐 가문의 성쇠와 관련되는 양상은 독자로 하여금 흥미를 느끼게 한다. 교씨가 행하는 갖가지 악행은 차마 입에 담기도 어려울 정도인데, 이러한 사건들과 인물의 심리를 읽어 가는 재미는 충분히 감각적이면서 통속적인 즐거움을 준다.

또한 「사씨남정기」 속 인물들 간에 존재하는 갈등과 선악 구도는 이념적이면서도 현실적인 사건으로 볼 여지가 있다는 점에서 대중적인 인기를 누릴 만한 가능성을 찾을 수 있다. 다수의 독자에게 인기를 얻고 인정을 받으려면 보편적인 삶의 문제를 다루면서도 윤리성을 충족시켜야 하고 개연성이 있어야 한다. 「사씨남정기」는 이러한 요건을 만족시켰기에 숱한 사대부 여인에게 읽히며 감동을 주고 영향을 끼쳤다고 할 수 있다.

1. 「사씨남정기」에서 사씨와 교씨의 행동을 분석하고, 이들 인물의 성격을 정리해 보자. 그리고 당대의 가부장 현실에서 인물을 이해할 때와 현대인의 관점에서 볼 때 사씨와 교씨에 대한 평가가 달라질 수 있는지 구체적인 근거를 들어 이야기해 보자.

2. 「사씨남정기」에서는 인물이나 사건의 서술이 비교적 사실적으로 이루어진다. 「사씨남정기」에서 사실적 서술이 돋보이는 부분을 찾아보자. 그리고 전반적으로 보이는 사실적인 서술에도 불구하고 초현실적으로 문제를 해결하는 부분을 찾아서 말해 보자. 초현실적으로 해결할 수밖에 없는 이유가 있었다면 무엇일지 생각해 보자.

3. 「사씨남정기」에 드러난 갈등은 현대의 드라마나 영화에서도 볼 수 있는 보편적인 성격을 띠고 있다. 「사씨남정기」에서 분석한 갈등의 양상을 활용해 문화콘텐츠로 제작하는 방법에 대해 토론해 보자.

권장할 만한 텍스트
김만중 지음, 이래종 옮김, 사씨남정기, 태학사, 1999
김만중 지음, 류준경 옮김, 사씨남정기, 문학동네, 2014

참고 문헌
김종철(2000), 소설의 사회 문화적 위상과 소설교육
김종철(2008), 치밀한 여성 가문 경영자
김현양(1997), 사씨남정기와 욕망의 문제-소설사적 평가와 관련하여
박일용(1998), 사씨남정기의 이념과 미학
서유경(2010), 사씨남정기의 정서 읽기 교육 연구
신재홍(2001), 사씨남정기의 선악 구도
이금희(1999), 사씨남정기의 이본 문제
이상구(1993), 사씨남정기의 작품구조와 인물형상
이상구(2000), 사씨남정기의 갈등구조와 서포의 현실인식
이승복(2010), 사씨남정기의 수용 양상과 그 의미
이원수(2009), 사씨남정기의 창작 동기 및 시기 논란

필   자   서유경

장화홍련전

「장화홍련전」薔花紅蓮傳은 작가와 창작 연대가 알려지지 않은 대표적인 계모형 가정소설[1]이다. 배좌수의 딸 장화薔花와 홍련紅蓮이 계모의 흉계로 억울하게 죽고, 그 원혼이 부사를 찾아가서 호소해 계모가 징치懲治되는 내용이다. 이 작품은 1656년 철산에서 전동흘全東屹이라는 인물이 실제 처리했던 사건을 토대로 만들어진 이야기로, 전동흘의 6대손이 언문으로 엮은 책을 가져와 부탁해서 박인수朴仁壽가 1818년에 「가재공실록」嘉齋公實錄에 쓴 작품이 현전하는 가장 오래된 이본으로 알려져 있다. 「장화홍련전」은 수많은 이본이 생산되었고, 현재까지 새로운 버전이 만들어지고 있다. 가정의 문제들을 극적이면서도 감성적으로 담아내 시대와 상관없이 독자들의 호응을 얻는 소설이다.

1. 이본의 계열과 특성

「장화홍련전」은 한문본과 국한문본, 한글본이 있으며, 필사본·방각본·구활자본 등 50여 종의 이본으로 유통되었다. 여러 이본은 작품 후반부 재생담再生談[2]이 있느냐 없느냐에 따라 유형이 나뉘는데, 재생담이 없는 이본은 다시 실제 사건을 바탕으로 전동흘을 내세워 역사적 충동을 드러낸 계열과 장화와 홍련을 주인공으로 허구적 충동을 드러내는 계열로 구분된다. 역사적 성격이 강한 이본들이 가장 초기 계열이고, 재생담은 없지만 허구적 성격이 두드러진 계열이 그다음에 등장했으며, 마지막에 재생담이 포함된 계열의 이본들이 생산되었다(김재용, 1996).

역사적 현실과의 긴장 관계를 고려해 이본의 계열을 더 세분화할 수 있다. 「장화홍련전」의 이본은 필사 시기와 영향 관계를 토대로 박인수본 계열과 신암본 계열, 자암본 계열, 가람본 계열, 김광순본 계열 순으로 선후 관계가 정리된다. 17세기 이후 가장권이 강화되고 적장자 중심의 재산 상속제로 변화되면서 나타난 경제권 다툼과 구조적 모순이 초기의 박인수본 계열에 반영되었다면, 이후 이본들에서는 이러한 역사적인 성격보다는 흥미성과 교훈성이 두드러졌다. 신암본에서는 전실 자식의 고난과 탄식을 부각하고 연민을 확산했으며, 신암본의 방계傍系인 김광순본 계열에서는 계모와 전실 자식의 대비를 통해 교훈적 권계勸戒를 강조했다. 자암본은 재생담을 포함해 인물의 일대기 구성을 완성하며 계모를 악인으로 전형화해 흥미성을 강화했고, 가람본은 전실 자식이 가정에서 소외되는 현실을 반영했으며 가장과 계모의 공모가 드러났는데도 계모만 징벌을 받는 설정으로 가정 문제의 본질에 다가가지 못하는 한계를 노출했다(이기대, 1998).

작품 결말 부분의 차이에 따라 나타나는 작품 미학에 주목해 이본의 특징을 파악할 수도 있다. 박인수본과 국문 필사본을 포함한 1계열은 장화와 홍련의 억울한 죽음이 알려지고 계모가 처형되는 것으로 끝나고, 국문 필사본 2계열은 염라왕의 명령으로 계모 허씨가 온갖 지옥을 돌면서 고난을 겪는 것으로 마무리되어 비극성이 강조된다. 이에 비해 국문 필사본 3계열은 회생한 장화가 부사와 혼인해 천수를 누리고, 국문 필사본뿐 아니라 방각본과 활자본을 포함한 4계열은 가장 후대에 성립된 20세기 초의 이본들로 장화와 홍련의 환생 이후 이야기가 더욱 확장되면서 허구성이 강화되었다(서혜은, 2007).

2. 제의적 서사의 전통과 변주

「장화홍련전」은 가부장제의 작동이 신화적 서사로 형상화된 작품이다. 계모 허씨의 본성 또는 계모 개인의 자질을 문제 삼아 가부장제에 위기를 몰고 온 책임을 물으며, 그를 희생양으로 징치하고 가족 공동체를 회복하는 희생제의犧牲祭儀의 과정으로 해석된다. 결국 계모의 희생으로 남성 지배의 위기가 해소되며, 더 나아가 가부장제에 포획된 여성들의 공모로 오히려 남성 지배가 재생산된다. 즉 국가 질서에 따라 해원解冤하고 가부장의 무죄를 주장하는 장화와 홍련의 가부장제 질서에 대한 집착이나 가장의 처신과 가정에서의 도덕률을 이야기하는 계모의 목소리는 남성 지배 질서를 옹호하고 강화하는 데 기여하는 것이다(조현설, 1999).

제의적 서사의 전통이 「장화홍련전」에 반영된 양상은 더욱 복잡하게 이루어졌다. 「장화홍련전」에서 처녀이자 아이이고 후처의 입장에서 이방인이기도 한 장화는 희생물로 선택되어 제의적 시공간(밤과 용추라는 연못)에서 죽임을 당한다. 하지만 희생 덕택에 공동체의 질서가 재건된 경우 희생양이 전능하다는 환상을 갖는 메커니즘이 작동해 희생양이었던 장화의 원귀 역시 관장官長의 반복적인 죽음을 가져오는 신적 존재로 전환된다. 작품 후반부에서는 원귀였던 장화와 홍련이 인간으로 재생하기 위해 필요한 희생양으로 계모가 선택된다. 계모 허씨는 외부에서 가정에 들어왔으며, 신체적 장애라는 희생양의 표지를 지닌 존재다. 효담론의 자장磁場이 약화되면서 친부모의 유아 살해 서사가 계모의 것으로 바뀌고, 계모는 악한 인간의 전형으로 형상화된다. 이처럼 「장화홍련전」은 희생제의의 서사가 복잡하게 변주되면서 이분법적 선악 구조가 선명하게 드러나는 소설이다(심우장, 2008).

3. 가부장제의 강화 또는 극복의 서사

「장화홍련전」은 주로 가장권이 강화되는 현실을 반영하고(이기대, 1998), 서사 과정에서 가부장제의 재생산 논리를 구현하는(조현설, 1999) 작품으로 평가된다. 이 작품이 재혼 가정 안에서 계모의 불안한 지위를 드러내고 가부장제를 유지하기 위한 훈육 메시지를 담고 있다는 분석(정지영, 2002)과 장화와 홍련의 죽음과 재생을 중심 서사로 공간의 의미를 파악했을 때 현실과 환상의 장소가 결국에는 실절失節한 여성과 패륜悖倫한 인물을 엄중히 경고하는 폐쇄적 현실 공간에 강박된다는 이해(탁원정, 2007) 역시 「장화홍련전」이 가부장제 강화를 주제화한다는 해석이다.

이와 달리 「장화홍련전」을 가부장제에 반기를 드는 소설로 파악하기도 한다. 악인이자 희생양인 계모가 가정의 문제를 제기하고 분노하면서 재취를 영입한 집안의 구조적 모순을 폭로하며, 배좌수가 집안에서 관계를 조정하는 역할을 방임하고, 장화 자매가 효행을 다하지 않는 것을 통해 「장화홍련전」의 서사가 가부장제의 강화가 아니라 성리학적 질서에 저항하는 서사임을 보여 준다. 따라서 「장화홍련전」은 계모가 영입된 집안에서 일어나는 갈등과 비극의 책임이 가족 구성원 모두에게 있음을 드러내는 소설로 읽을 수 있다(윤정안, 2015).

4. 위안과 치유의 문학

「장화홍련전」은 가족이라는 가장 친밀한 집단의 갈등과 원한, 그리고 해원 과정을 극적으로 전개하는 작품이기 때문에 독자들의 몰입과 감정 이입, 등장인물에 대한 동일시가 쉽게 이루어질 수 있다. 이러한 특성은 문학의 효용적 측면을 고려한 논의들을 촉발했다.

먼저 문학치료적 관점에서 보았을 때, 「장화홍련전」은 계모를 영입한 가정에서 가장의 역할이 얼마나 중요한지를 보여 주며 기존 가족을 해체해 새로운 가족을 구성하는 방법으로 갈등 해소 방식을 제시했다는 점에서 가족 공동체의 재건과 회복을 위한 치유 텍스트로 볼 수 있다(서은아, 2009).

향유층의 심리를 보다 섬세하게 읽어 낼 수도 있다. 「장화홍련전」에서는 전처 집단의 심리적 공포가 원귀 혹은 원혼이 등장하는 답답하고 가학적인 현실로 형상화되며, 가부장제의 폭압성 때문에 여성이라는 이유로 희생되어야만 했던 향유층의 동질적 피해 의식은 원귀의 신원伸冤 과정과 계모와 장쇠의 징치, 그리고 오라비들의 소외를 통해 위로받는다(이정원, 2005).

이 작품의 오늘날 향유층은 주로 모성을 상실해 공감 반응의 대상을 갖지 못한 유소년기의 독자들로, 결핍감으로 인한 적대감과 폭력적 자아가 계모 허씨의 형상과 원귀의 모습으로 소설 속에 등장한다. 그러나 신뢰할 수 있고 장화와 홍련의 호소에 공감하는 철산 부사의 등장으로 독서 과정에서 부모와의 관계를 재설정하는 치유의 기회를 제공받는다(김수연, 2015).

5. 20세기 이본 생산과 현대적 수용

영화 〈장화, 홍련〉은 후대의 변이가 지속되어 온 「장화홍련전」의 최근 이본으로 파악된다(조현설, 2004). 영화 〈장화, 홍련〉은 가부장제 사회에서 여성 정체성의 기반이 되는 집합 기억을 담아냈다는 점에서 「장화홍련전」과의 동질성을 확보한 이본으로 이해할 수 있다. 가정에서 여성들이 겪어야만 했던 비극적 현실에 대한 불안과 공포 심리가 원귀를 불러내고, 원귀를 소환한 환상은 병증으로 여겨진다. 영화의 이러한 서사는 정상正常의 위치에 서 있는 남성 중심의 현실이 반영된 것이다(이정원, 2007).

「장화홍련전」의 원형 서사, 즉 계모에 의해 전처 자식이 위해를 당하고 신원하는 도식圖式이 영화 〈장화, 홍련〉을 통해 재생산되는 과정도 주목해야 한다. 영화에서 원형 서사는 가해자도 피해자도 아닌 수미의 망상 속에서 역할극으로 반복된다. 이처럼 인물의 망상을 통해 원형 서사가 오늘날까지 유지되고 있음을 드러내 재혼 가정이 파국을 맞이하고 전처 자식들이 비극적인 상황에 처하는 데 이러한 고정관념이 기여함을 보여 준다(권도경, 2013).

영화 〈장화, 홍련〉뿐 아니라 이 작품의 20세기 이본들이 다양하게 존재한다. 1930년대 작가인 이선희와 임옥인은 근대 독자로서 「장화홍련전」을 계모의 시선에서 재구성, 해체하는 다시 쓰기를 시도했다. 이선희의 「연지」(1938)와 임옥인의 「후처기」(1940)는 신여성 출신 계모의 시선에서 그 내면을 드러내고, 여성에게 강요된 모성과 가정 내 약자였던 여성의 자의식을 탐색하는 작품이다. 1920년대부터 1970년대까지 「장화홍련전」의 영화화가 여러 차례 이루어졌지만 대부분이 알려진 이야기를 반복하는 형태였다면, 1972년 이유섭 감독의 〈장화홍련전〉은 당시 사회 변화와 함께 여성의 욕망을 반영해 원작의 변형을 시도했다. 자매애 같은 여성 공동체의 정서적 특징을 더욱 확대 강조하고 딸들의 입장에서 부친에 대한 원망을 적극적으로 표현했으며, 유산 상속 같은 경제적 이슈에 대한 여성의 권리 의식을 은연중에 드러냈다. 이러한 개작은 가부장제에 대한 향유층의 입장 변화를 반영한 결과라고 볼 수 있다(노지승, 2017).

1. 「장화홍련전」은 이본에 따라 다른 결말 방식을 취한다. 계모 허씨를 처형하는 것으로 끝나기도 하고, 계모의 지옥 체험까지 이어지기도 하며, 장화가 회생해 부사와 혼인하는 것으로 마무리되거나 장화와 홍련이 다시 배좌수의 딸로 환생해 행복한 삶을 살기도 한다. 이와 같은 결말의 차이에 따라 작품의 의미를 어떻게 다르게 해석할 수 있는지 토론해 보자.

2. 조선 시대에는 효를 실천하는 것이 보편적인 인간의 됨됨이를 증명하는 기본 덕목이었다. 「장화홍련전」의 장화와 홍련은 계모와 불화不和하지만 효를 실천하는 것과 상관없이 작품 속에서 어진 인물로 형상화된다. 이러한 형상화가 가능한 이유는 무엇인지 논의해 보자.

3. 「장화홍련전」은 현재까지 소설과 영화로 꾸준히 재생산되고 있다. 고전소설 「장화홍련전」의 서술자가 전실 자식인 장화와 홍련의 입장에서 이야기한다면, 20세기 이후 생산된 영화와 소설에서는 계모의 시선에서 여성들의 욕망과 심리를 읽어 내기도 했다. 가족의 개념과 형식이 변화하는 오늘날의 현실을 고려하면, 「장화홍련전」 다시 쓰기는 현재도 가능하다. 「장화홍련전」에서 아직 제대로 발화하지 못한 배좌수의 입장에서 작품을 '다시 읽기' 하면서 「장화홍련전」의 현재적 의의를 생각해 보자.

권장할 만한 텍스트 구인환 편, 장화홍련전, 신원문화사, 2003
아단문고 편, 장화홍련전(아단문고 고전 총서 6), 현실문화, 2007
박희병·정길수 편역, 봉이 김선달, 돌베개, 2018

참고 문헌 권도경(2013), 고소설 장화홍련전 원형서사의 서사적 고정관념과 영화 장화, 홍련의 새로쓰기 서사전략
김수연(2015), 모성 대상에 대한 자기서사의 단절과 재건: 장화홍련전
김재용(1996), 계모형 고소설의 시학
노지승(2017), 모성과 자매애: 장화홍련전의 20세기 개작 텍스트들과 친밀성의 문제
서은아(2009), 장화홍련전의 가족갈등과 문학치료적 활용
서혜은(2007), 장화홍련전 이본 계열의 성격과 독자 의식
심우장(2008), 장화홍련전에 나타난 죽음의 제의적 해석
윤정안(2015), 계모를 위한 변명
이기대(1998), 장화홍련전 연구
이정원(2005), 장화홍련전의 환상성
이정원(2007), 영화 장화, 홍련에서 여성에 대한 기억과 실제
정지영(2002), 장화홍련전

조현설(1999), 남성 지배와 장화홍련전의 여성 형상
조현설(2004), 고소설의 영화화 작업을 통해 본 고소설 연구의 과제
탁원정(2007), 장화홍련전의 서사 공간 연구

필　자　　　서경희

김인향전

「김인향전」金仁香傳은 계모의 정절 모해로 주인공 인향이 자살한 뒤, 원혼으로 등장한 인향이 자신의 억울함을 풀어내고 다시 살아난다는 내용의 국문소설이다. 초기 계모형 소설의 하나로 알려져 왔으나 생각보다 많이 늦은 시기에 창작되었을 가능성도 있다. 필사본 19종과 활자본 7종이 지금까지 전하는 것으로 알려져 있고, 제목은 '김인향전' 또는 '인향전'으로 차이가 있지만 내용은 거의 동일하다. 「김인향전」은 지금까지 「장화홍련전」의 아류처럼 인식되어 왔다. 하지만 「김인향전」은 계모가 박해할 특별한 이유가 없다는 사실, 그리고 혼사 장애와 애정 희구, 낭만적 결말 같은 내용의 차이점 때문에 「장화홍련전」과 뚜렷하게 구분할 수 있다.

작품 소개

조선 태종 때 평안도 안주성 좌수 김석곡은 인형이라는 아들과 인향, 인함이라는 자매를 두었다. 부인 왕씨는 세상을 뜨면서 계모와의 갈등을 염려한다. 인향은 재혼을 주저하는 아버지를 설득해 18세의 정씨를 계모로 모신다. 정씨는 용모는 아름다우나 성품이 간악하다. 정씨는 딸을 낳고, 전처의 자식들을 박해하기 시작한다. 계모 정씨는 노파의 도움을 받아 인향에게 메밀떡과 약을 먹여 잉태한 것처럼 배부르게 만든다. 그리고 인향은 같은 고을 유진위의 아들 유성윤과 혼인을 약속한다. 계모의 박해가 지속되자 인향은 어머니의 혼령을 만난다. 유성윤은 장원 급제를 하고, 인향은 계모의 간계로 몸이 점점 아픈 중에도 유성윤의 옷을 짓는다. 계모는 위조된 편지로 관부에 인향을 모해하고, 아버지 김좌수는 오빠 인형에게 인향을 연못에 빠뜨려 죽이라고 명령한다. 인형은 차마 동생을 죽일 수 없어 다른 곳으로 도망가라고 일러 주지만 인향은 기어이 스스로 못에 몸을 던져 자결하고, 인형은 인향의 시신을 고이 수습한다. 동생 인함은 인향이 돌아오지 않자 언니의 무덤을 찾아가 시체를 끌어안고 통곡하다가, 목을 매어 자살한다. 김좌수는 두 딸의 죽음을 애태우다 병이 들어 세상을 등진다. 그 뒤 인향 자매의 원혼이 안주 부사 앞에 나타나 억울함을 호소하지만 부임하는 부사들마다 죽고 흉년이 계속된다. 전두룡이 안주 부사로 내려와 인향 자매의 사연을 듣고 정씨와 노파, 춘삼 등을 잡아다 처형해 자매의 원한을 풀어 준다. 장원 급제한 뒤 내려온 유성윤은 제물을 차려 심천동에 찾아가서 인향의 원혼을 위로하고, 오빠 인형에게 인향이 자신을 위해 지은 옷을 찾아 오라고 한다. 그날 밤 꿈에 인향이 나타나 자신을 살릴 방법을 일러 준다. 인향이 일러 준 대로 옥황상제에게 간절히 기도한 유성윤은 회생수回生水를 얻고, 인향의 시신을 찾아 뿌리니 인향 자매는 다시 살아난다. 유성윤은 인향과 혼인해 행복한 가정을 이룬다.

1. 이유 없는 계모의 박해와 인향의 죽음

주인공 인향에게 오빠 인형이 있었다는 사실에 주목해야 한다. 더군다나 인향의 계모 정씨는 딸을 낳았기에, 계모 정씨가 가권家權 승계 때문에 굳이 인향을 모해할 이유가 없다(이승복, 1995). 즉 「김인향전」에 등장하는 계모의 박해는 뚜렷한 이유를 찾기 어렵다. 그런데도 「김인향전」은 정씨가 등장하기 전부터 '계모'라는 존재가 인향 자매와 그 오빠를 박해할 것임을 암시한다. 또한 주인공 인향은 어머니의 죽음을 인정하지 않았다. 어머니의 죽음이라는 깊은 충격을 애도라는 작업을 통해 극복해 내는 것이 슬픔을 이겨 내는 정상적인 과정이라면, 인향은 애도에 실패해 우울한 상태 그대로 머물러 있다. 특히 활자본은 작품의 시작부터 어머니를 잊지 못하는 우울한 인향 자매의 모습을 그린다. 또한 인향의 어머니는 죽음 직전에 계모의 박해를 걱정하는데, 이는 작품 곳곳에서 반복된다. 그리고 인향은 계모의 박해가 극심해질 때 어머니를 찾고, 어머니의 혼령을 만나기도 한다(서유석, 2013). 인향 스스로 아버지를 설득해서 자기 또래의 젊고 아름다운 계모를 가족으로 맞이했음에도 돌아가신 어머니를 잊지 못하는 인향 자매의 태도는 우울감으로 오히려 계모를 가족 구성원으로 받아들이지 못하는 인향의 성격적 결함을 드러내기도 한다(한상현, 2000). 이는 서사의 갈등 상황에서 계모가 인향을 박해할 뚜렷한 이유가 없는 것과 긴밀히 연결된다. 인향의 죽음은 계모의 모해가 직접적인 원인이었지만, 사실은 어머니의 죽음을 받아들이지 못하는 애도 작업의 부재로 자살에 이른 것이라고 생각해 볼 수 있다. 왜냐하면 인향은 서사 곳곳에서 자신이 우울감에 빠진 이유를 찾지 못하기 때문이다. 즉 인향은 겉으로는 계모를 가족 구성원으로 받아들여 가부장제에 순응하는 것처럼 보이지만, 실제로는 세상을 떠난 어머니와 이루었던 옛 가족의 모습으로 돌아가기를 원했기 때문이다(서유석, 2013).

2. 혼사 장애, 애정 희구, 낭만적 결말

이유 없는 계모의 박해로 인한 인향의 억울한 죽음을 해결하는 이는 안주성의 지방 수령이다. 지방 수령에 의해 신원伸冤된다는 점은 「장화홍련전」과 같은 구조임이 분명하다. 특히 정신분석학(프로이트, 라캉)에서 이야기하는 '아버지' 또는 '아버지의 법'을 상징하는 존재가 지방 수령이라는 것을 생각해 보면, 두 작품의 유사성은 더 커 보인다. 왜냐하면 당대 사회 지배 질서의 상징이자 대리자인 지방 수령이 해원解寃을 대신하기 때문이다. 즉 지방 수령의 해원은 당대 사회의 법과 질서가 인향의 죽음이 억울한 것임을 인정한다는 의미다. 하지만 장화와 홍련이 다른 존재로 환생하는 데 비해, 인향은 생전 모습 그대로 다시 살아나 자신의 애정을 혼인으로 결실을 맺는다는 점에서 분명한 차이가 있다. 지방 수령의 해원이 당대 사회 질서가 인향의 억울한 죽음에 보내는 애도라면, 혼사 장애를 극복하고 애정을 성취해 결혼에 이르는 낭만적인 결말은 「김인향전」의 향유층이 인향의 억울한 죽음에 보내는 애도라고 할 수 있다(서유석, 2013).

작품에 나타나는 애정 희구의 모티프는 곳곳에서 살필 수 있다(윤정안, 2009). 정혼자인 유성윤은 모해로 정절을 의심받는 인향을 끝까지 믿었고, 장원급제한 뒤 고향에 돌아와 인향의 죽음을 한없이 슬퍼한다. 이렇게 정혼자의 애정이 구체적으로 드러나는 것은 다른 계모형 소설에서 쉽게 찾아볼 수 없는 모습이다. 특히 정혼자인 유성윤의 도움으로 인향이 시신에서 다시 살아나는 '재생'의 모습을 보여 주는 것은 앞서 지적한 바와 같이 인향이 정말로 원했던 것은 정혼자와의 행복한 삶이었다는 점을 암시한다. 결국 이러한 애정 희구의 모습은 「김인향전」의 향유층이 작품의 주제를 정절이나 부모에 대한 도리로 인식한 것이 아니라, 혼인과 애정 희구라는 낭만적인 성향을 선호했음을 보여 주는 중요한 근거다(이금희, 2005).

1. 「김인향전」과 「장화홍련전」의 해원 과정을 비교해 해원의 주체와 대상, 그리고 환생과 재생의 서로 다른 의미가 무엇인지 생각해 보자.

2. 애도는 죽음뿐만 아니라 일상에서 겪는 깊은 좌절이나 슬픔을 극복해 내는 방식이다. 사랑하는 사람과의 이별, 목표했던 일에 대한 좌절을 이겨 내는 과정도 크게 보면 '애도'라고 할 수 있다. 애도 작업을 제대로 수행하지 못했을 때 벌어질 수 있는 일은 무엇일지 생각해 보고, 반대로 올바른 애도를 통해 개인적인 슬픔을 제대로 극복해 낸 경험 등을 이야기해 보자.

3. 정신분석학에서는 이야기 속에 등장하는 계모의 본모습은 사실 친어머니라고 설명하는 경우가 많다. 백설공주나 신데렐라와 같이 계모가 등장하는 서구 설화와 「김인향전」에 나타나는 계모 형상과 박해받는 딸의 형상을 서로 비교해 보자.

권장할 만한 텍스트 신해진, 조선후기 가정소설선, 월인, 2000

참고 문헌

구제찬(2005), 김인향전 연구

김재용(1996), 계모형 고소설의 시학

서유석(2013), 김인향전에 나타나는 애도작업의 두 가지 방향

윤정안(2009), 김인향전의 의미 형상화 방식

이금희(2005), 김인향전 연구

이승복(1995), 계모형 가정소설의 갈등 양상과 의미

이원수(1985), 계모형 소설유형의 형성과 변모

한상현(2000), 김인향전 주인공의 인격적 성향과 가정비극의 상관성

필   자 서유석

최고운전

「최고운전」崔孤雲傳은 신라 말의 학자이자 문장가인 최치원의 일생을 다룬 소설로, 최치원의 생애와 그에 관한 설화들을 엮어 허구적으로 창작한 작품이다. 『수이전』殊異傳에 실린 「최치원」과 더불어 최치원을 주인공으로 삼은 대표작이다. 약 31종의 이본이 전하며 「최고운전」, 「최충전」崔冲傳, 「최문헌전」崔文獻傳, 「최문창전」崔文昌傳 등의 다양한 제명이 붙어 있다(권택경, 2006). 여기서는 작품의 창작 시기, 작품 속 화소話素의 의미, 그리고 작가 의식에 관한 선행 연구를 검토하며 「최고운전」을 이해해 보기로 한다.

작품 소개

「최고운전」은 신라 시대 문창령 최충崔冲의 아내가 금돼지에게 납치되었다가 구출되었는데, 그 뒤 아들 최치원을 낳는 이야기로 시작한다. 태어난 아이는 맥락상 최충의 친자가 분명하지만, 최충은 아이를 금돼지의 자식이라고 의심해 길에 버린다. 버려진 최치원은 하늘의 선비들로부터 가르침을 받은 후 문리文理가 트인다.

　　이때 중국 황제가 신라 문인의 재예才藝를 질투해 신라를 침공하려 한다. 황제는 침략의 빌미를 만들기 위해 달걀을 겹겹으로 싸 석함石函에 넣은 다음 봉해서 신라로 보내고, 그 속에 있는 것을 맞히지 못하면 신라를 없애겠다고 위협한다. 이 사실을 알게 된 최치원이 일부러 거울을 깨뜨리는 꾀를 내어 승상 나업羅業 집안의 파경노破鏡奴[1]가 된 뒤 문제를 맞히는 조건으로 나업의 딸과 혼인을 한다. 혼례식 다음 날 나업의 딸이 석함에 관한 꿈을 꾼 후 최치원에게 글쓰기를 종용하니, 최치원이 석함에 든 것에 대한 시를 적는다. 황제가 최치원의 재주에 감탄해 그를 중국으로 부르고 이에 최치원이 황제의 부름에 응하는데, 당시 그는 12세다.

　　최치원은 용왕의 아들, 저장浙江의 노파 등의 도움을 받아 무사히 중국에 도달하고, 황제가 파 놓은 함정인 아홉 개의 문도 무사히 지난다. 여러 단계 시험을 모두 이겨 낸 최치원의 재주에 놀란 황제가 최치원을 후대하고, 과거에 급제한 최치원은 시詩 한 편만으로 반란군 황소를 무찌르기도 한다. 그러나 중국 대신들의 참언으로 황제의 미움을 사서 외딴섬으로 내쳐지니, 저장 노파가 주었던 솜에 묻은 간장과 이슬을 먹으며 연명한다. 3개월이 흘렀는데도 최치원이 살아 있다는 소식을 들은 황제가 매우 놀라 그를 황궁으로 불러들여 기를 꺾으려 하지만, 오히려 최치원이 도술을 부려 황제의 사죄를 이끌어 내고는 신라로 돌아온다. 그러나 신라 왕은 임무를 속히 끝내고 돌아오지 않았다는 이유로 최치원을 포박하고 심하게 꾸짖는다. 그러자 최치원은 가족들을 이끌고 가야산으로 들어가서 다시는 돌아오지 않는다.

　　이상의 내용은『삼국사기』「열전」에 실린 최치원의 생애나 『태평통재』[2] 등에 실린 최치원에 관한 이야기와 유사한 부분도 있고, 허구적으로 덧붙여진 것도 있다.

1. 작품 창작 시기

「최고운전」에 대한 첫 번째 쟁점은 이 작품의 창작 시기에 관한 것이다. 정병욱(1979)이 신독재愼獨齋 김집金集(1574~1656)이 편찬한 전기집에 「만복사저포기」, 「왕경룡전」[3] 등과 함께 「최문헌전」이 실려 있다고 소개하면서 이 작품이 적어도 17세기 초에는 존재했을 것이라는 견해가 제시되었다. 이후 문인 고상안高

1. 파경노: 거울을 깨뜨리는 잘못을 저질러 종살이를 하는 사람.

2. 『태평통재』: 조선 전기의 문신 성임成任(1421~1484)이 당시 전하던 기이한 이야기들을 가려 뽑아 만든 잡록집雜錄集.

3. 「왕경룡전」: 명明나라 가정嘉靖 연간을 배경으로 왕각로王閣老의 아들 경룡慶龍과 기생 옥단玉檀의 이야기를 그린 애정소설.

尙顔이 1579년에 「최문창전」을 접한 경험을 자신의 책 『효빈잡기』效顰雜記에 기록해 두었다는 사실(김현룡, 1998)이 밝혀지면서 「최고운전」을 16세기 소설사의 범주 안에서 다룰 수 있었다. 최근에는 범세동范世東이 편찬한 『화동인물총기』話東人物叢記(1389)의 '최고운 사적'을 「최고운전」의 초기 형태로 볼 수 있다는 견해(박일용, 2010)가 제시되기도 했다.

2. 작중 화소의 의미

「최고운전」에 대한 두 번째 쟁점은 화소에 관한 해석이다. 「최고운전」에는 금돼지 화소, 입당入唐 화소, 수난 화소 등의 다양한 이야기가 녹아 있다. 그중에서도 연구자들이 주목한 것은 최치원의 신이神異한 탄생과 관련이 있는 금돼지 화소다. 박일용(2010)은 『화동인물총기』의 '최고운 사적'과 소설 「최고운전」을 비교해 초기 이야기에서는 강조되지 않았던 인물의 초월성이 후대 소설에서 강화되었음을 지적하며, 이러한 초월적 화소들을 통해 주인공 최치원이 초월적 질서에 의해 보호받는 존재라는 점을 강조했다고 했다. 또 박일용(1999)은 금돼지 화소에 지하국대적퇴치地下國大賊退治 설화[4]와 야래자夜來者 설화[5]의 특징이 녹아 있는데, 이런 화소들은 최치원 혈통의 신이성을 드러내고, 순응과 대결 구도를 통해 세계 질서의 변화라는 소설적 질서를 구축한다고 했다. 반면에 유광수(2010)는 명확한 선악의 이분법을 지향하는 지하국대적퇴치 설화와 최치원의 금돼지 화소는 거리가 있다고 했다. 지하국대적퇴치 설화가 질서를 어지럽히는 대적을 제거하는 영웅의 이야기라면, 「최고운전」에서는 금돼지의 자식이라 일컬어지는 최치원이 긍정된다는 점에서 이해의 혼선을 불러일으킨다고 본 것이다.

3. 작가 의식

「최고운전」에 대한 세 번째 쟁점은 이 작품의 작가 의식에 관한 것이다. 「최문헌전」을 처음 소개한 정병욱(1979)은 입당入唐 과정과 입당 후의 수난受難 등에 주목해 한족漢族에 대한 배척 의식이 이 작품의 주제라고 했다. 박일용(1999)은 대결의 범주를 더 넓혀, 문벌이 아닌 능력 중심 사회를 지향하며 현실 세계와 대결하려는 것이 이 작품의 주제라고 했다. 유광수(2015)는 한문본 「최고운전」과 한글본 「최충전」의 상이한 지향에 주목했다. 「최고운전」이 기득 권층 때문에 영웅이 실패할 수밖에 없는 상황을 강조했다면, 「최충전」은 천명에 순응하고 국가의 권위에 순응하는 계몽적 이데 올로기를 재생산해 냈다고 본 것이다. 이 밖에 최기숙(1997)은 「최치원전」과 최치원 관련 설화들을 권력 담론으로 해석했다.

4. 지하국대적퇴치 설화: 영웅이 지하국에 사는 괴물을 무찌르고 그에게 납치되었던 여인들을 구하는 구조의 설화.

5. 야래자 설화: 남자로 변신한 이물異物이 밤에 여인을 찾아와 관계를 맺은 후 여인이 비범한 아이를 낳는 내용의 설화.

탐구 활동	1. 『삼국사기』 「열전」의 최치원, 『태평통재』의 최치원과 소설 「최고운전」을 비교해 읽어 보고, 소설 「최고운전」이 최치원을 문제의 인물로 강조하기 위해 선택한 화소(설화)들이 무엇인지 간추려 보자.
	2. 한문본 「최고운전」과 한글본 「최충전」을 비교해서 읽어 보고, 각 이본이 강조하고자 하는 바가 무엇인지 정리해 보자.

권장할 만한 텍스트	최삼룡·이월령·이상구, 유충렬전·최고운전, 고려대학교 민족문화연구소, 1996
	정학성, 17세기 한문소설집, 삼경문화사, 2000

참고 문헌	권택경(2006), 최고운전 연구
	김현룡(1998), 최고운전의 형성시기와 출생담고
	박일용(1999), 최고운전의 작가의식과 소설사적 위상
	박일용(2010), 최고운전의 창작 시기와 초기본의 특징
	유광수(2010), 최고운전의 설화적 전승과 최치원설화의 연원
	유광수(2015), 최고운전에서 최충전으로의 변이와 개작
	이정원(2015), 최고운전에 나타난 개인과 세계의 불화
	정병욱(1979), 한국고전의 재인식
	최기숙(1997), 권력담론으로 본 최치원전

필 자	허순우

홍길동전

「홍길동전」洪吉童傳은 양반가의 서자庶子[1]로 태어난 홍길동이 신이한 능력을 발휘해 봉건적 신분 제약과 당대 사회의 부조리에 맞서 대결하다가 조선을 떠나 율도국의 왕으로 생을 마감한다는 내용의 국문소설이다. 현재 남아 있는 이본은 90여 종으로 방각본·필사본·활자본이 모두 존재하며, 일어·영어·독일어 등으로 번역되기도 했다. 「홍길동전」은 광해군 대에 허균許筠(1569~1618)이 창작한 최초의 국문소설이자 영웅소설로 널리 알려졌으며, 오늘날까지 다양한 매체를 통해 새롭게 각색되는 대표적인 고소설이다. 하지만 「홍길동전」을 둘러싼 연구 정황을 들여다보면 작자, 원작, 주제, 유형 등과 관련한 논의에서 연구자들 사이에 적지 않은 시각차가 존재한다. 여기서는 「홍길동전」에 관한 다양한 견해와 쟁점들을 살펴보면서 작품에 대한 심도 있는 이해를 도모하고자 한다.

1. 서자: 양반의 자손 중 첩의 소생을 이르는 말로 양인良人 첩의 자손을 말한다. 천인賤人 첩의 자손은 '얼자'孽子라고 한다.

2. 『택당집』: 조선 중기의 문신 택당澤堂 이식李植(1584~1647)의 문집. 원집原集 10권과 속집續集 6권, 별집別集 18권으로 구성된다.

1. 작자와 원작의 문제

현재 학계에서는 『택당집』澤堂集[2]의 기록을 토대로 「홍길동전」을 허균의 작품으로 보는 것이 통설이다. 하지만 통설을 둘러싼 의문과 반론 역시 꾸준히 제기되어 왔는데, 그 핵심은 현전하는「홍길동전」을 과연 허균이 지었다는「홍길동전」과 같은 작품으로 볼 수 있 겠냐는 것이다. 이러한 반론은 그 논거로 현전「홍길동전」의 이본이 모두 19세기 이후에 나온 것이며, 이는 허균의 생존 시기와 200년 이상의 시차가 있다는 점을 꼽는다. 나아가 현전「홍길동전」을 해석하고 의미를 부여하는 데 허균이라는 혁 신적인 사상가이자 탁월한 문장가의 후광에 지나치게 의존함으로써,「홍길동전」 이 중세 사회의 개혁과 신분 제도의 철폐를 주장한 혁명적인 텍스트라는 점을 과 도하게 부각한다고 비판하기도 한다. 즉 현재 상황에서 허균이 지은 원작 계열의 「홍길동전」을 확인할 수 없는 이상, 19세기에 출현한 현전「홍길동전」을 놓고 허 균의 생애와 사상을 작품 분석에 그대로 적용함으로써 반봉건적 주제를 표방한 최초의 한글소설로 높게 평가하는 것은 적절치 못하다는 주장이다. 나아가 현전 「홍길동전」의 작자를 허균이 아닌 19세기 한글소설의 문법에 익숙했던 이름 없 는 서민 작가일 것으로 추정하면서, 바로 그 지점이 현전「홍길동전」의 진정한 가 치임을 강조한다(이윤석, 1997·2012).

물론 이와 같은 반론에 대한 재반론도 있다. 재반론의 주요한 논거로는『택 당집』과 순양자純陽子 황윤석黃胤錫(1729~1791)이 증보한『해동이적』海東異蹟[3] 에 실린「해중서생」海中書生이 거론된다. 먼저『택당집』에는 "허균이 또한「홍길 동전」을 지어「수호전」에 견주었다"(筠又作洪吉同傳 以擬水滸)는 기록이 남아 있다. 「해중서생」에서는 세간에 전해지던 홍길동 이야기를 소개하는데, 그 얼개는 서얼 홍길동이 신분 차별 질서에 반발해 가출했다가 바다 밖의 나라에서 왕이 되었으 며 잠시 조선으로 돌아와 가족을 만나고 다시 떠났다는 내용이다. 이 두 기록을 통해 볼 때「홍길동전」의 작자는 허균이며, 창작 당시의 내용 또한 현전「홍길동 전」과 크게 다르지 않음을 알 수 있다는 것이다. 더불어 허균이 지은 논설「호민 론」豪民論과「유재론」遺才論, 그리고 전傳 작품 가운데「장생전」과「남궁선생전」 등에 드러난 주제 의식을 종합하면 현전「홍길동전」의 작자로서 허균이 충분한 조건을 갖추었다고 볼 수 있다는 것이다(장효현, 2001). 또한 허균의 스승인 손 곡蓀谷 이달李達이 서얼 출신이었기에 능력에 비해 현달顯達하지 못했다는 점, 그 리고 허균과 교유했던 서얼 출신의 박응서朴應犀, 심우영沈友英, 서양갑徐洋甲 등 이 적서 차별 타파를 주장하며 모반謀反을 시도했다가 붙잡혀 죽음에 이르렀던 정황 등도 「홍길동전」에서 왜 허균이 적서 차별 제도를 문제 삼을 수밖에 없었는가를 보여 준다고 할 수 있다.

2. 이본론

앞서 언급했듯이 「홍길동전」은 창작 당시의 원작과 현전하는 이본의 관계를 어떻게 규정하느냐에 따라 전혀 다른 방향으로 논의가 진행될 수 있는 작품이다. 이에 따라 「홍길동전」의 이본 연구는 선본先本이나 선본善本[4]을 확정하는 문제를 넘어 작품 자체의 문학사적 의미 해석이나 위상 부여와 직결될 수 있다는 점에서 긴요한 과제일 수밖에 없다. 또한 경판본과 완판본, 필사본 계열의 「홍길동전」 사이에 적지 않은 차이가 있다는 점을 고려한다면, 어떤 이본을 통해 「홍길동전」을 접했느냐에 따라 각기 다른 분석과 평가를 할 수 있다는 점을 염두에 두면서 작품에 접근해야 할 것이다. 이하에서는 「홍길동전」 이본 연구의 대략적인 흐름과 계열별 대표 이본의 특징을 살펴보겠다.

「홍길동전」의 본격적인 이본 연구는 정규복(1970·1971)이 진행했다. 그는 필사본과 활자본을 포함한 확장된 논의를 통해 경판 24장본을 원작에 가장 가까운 이본으로 규정했으며, 그 결과 경판 24장본이 「홍길동전」 연구에서 가장 대표적인 이본으로 자리 잡기도 했다. 이에 대해 송성욱(1988)은 경판 24장본은 후반부가 축약된 축약본이고 경판 30장본이 가장 선행하는 이본이라는 수정된 견해를 제기했으며, 현재는 많은 연구자가 이 견해를 따르고 있다.

이러한 흐름 속에서 이윤석(1997)은 「홍길동전」의 이본 29종을 대상으로 종합적인 이본고를 진행했다. 그는 이 연구에서 기존에 중시되지 않았던 필사본 계열 이본의 자료적 가치를 새롭

3. 『해동이적』: 조선 후기의 문신 홍만종洪萬宗(1643~1725)이 엮은 도교와 신선 사상 관련 인물 설화집. 이를 바탕으로 황윤석이 내용과 인물을 보충해 『증보해동이적』을 편찬했다.

4. 선본先本이나 선본善本: 해당 작품의 여러 이본 중 출현 시기가 앞선 이본을 선본先本, 자료적 가치가 특히 높은 것은 선본善本이라고 한다.

게 부각하면서, 「홍길동전」의 이본을 경판, 완판, 필사본 계열로 분류했다. 또한 경판 30장본, 완판 36장본, 김동욱 89장본을 각 계열에서 가장 선행하는 이본으로 규정했다.

이와 같은 계열 분류에는 특정 화소의 존재나 부연 및 확장 정도가 중요한 기준이 된다. 예를 들어 길동이 율도왕이 된 뒤 과거를 회상하는 대목은 경판 계열에만 존재하며, 불교 배척 의식은 완판 계열에서 더욱 뚜렷하게 드러난다. 또한 필사본 계열에는 경판이나 완판 계열에서 볼 수 없는 삽화가 다수 존재하기도 한다.

나아가 이와 같은 계열별 화소 차이는 작품의 전반적인 성격이나 지향과도 밀접하게 연결된다. 즉 길동의 활동을 서술함에 있어 완판 계열은 대사회적인 문제 제기 측면에서 서술하는 시각이 우세한 반면, 경판 계열은 영웅적 능력을 발휘해 개인의 욕망을 추구하는 측면을 더욱 강조한다(박일용, 2002).

3. 주제론

「홍길동전」은 주인공의 적서 차별에 따른 가출과 활빈活貧 활동, 율도국 건설 등의 순차적인 행적을 통해 중세의 차별적 신분 질서에 저항하면서 사회 정의를 실현하는 한편 이상 국가를 수립하는 영웅소설로 가장 널리 알려져 있다. 이러한 해석은 「홍길동전」의 작가가 중세의 급진적인 사상가였던 허균이라는 점에 착안해 작품 속에서 작가의 혁신적 사상을 끌어내는 방식으로 주제를 파악한 결과다. 또한 이 해석에는 허균이 창작한 원작 「홍길동전」과 19세기 이후에 출현한 현전 「홍길동전」의 내용에 큰 차이가 없다는 전제가 깔려 있기도 하다.

하지만 「홍길동전」 연구 초기의 이와 같은 주제론은 앞서 언급했던 작가 시비 문제, 원작과 현전 이본의 관계 설정 문제 등이 함께 얽히면서 이후 다양한 해석과 이견을 낳았다. 여기서는 해당 연구들을 대표적인 유형으로 분류해 살펴보겠다.

반영론에 입각한 주제론

「홍길동전」에서 구현된 활빈당 활동에 주목해 이 작품을 16세기 농민 저항의 정신적 산물이자 작중 홍길동洪吉童을 역사상 실존했던 홍길동洪吉同의 형상화로 파악한 대표적 연구자는 임형택(1976·1977)이다. 그는 16세기 전후 가혹한 공역의 부담으로 유민流民이 된 백성이 군도群盜 형태의 농민 저항을 일으켰던 역사적 사실에 주목했다. 특히 1500년경 발생한 농민 저항의 우두머리 홍길동洪吉同의 행적을 분석해 현전 「홍길동전」과의 관련성을 분석했다. 또한 16~17세기에 서얼층이 사회 모순을 가

완판 36장본 「홍길동전」.
국립중앙도서관 소장

장 심각하게 자각하고 당시 저항 운동을 선도하던 계층이었다는 사실을 부각하면서, 농민 저항 의지를 반영한 홍길동의 신분이 서얼로 설정된 원인 또한 창작 당시의 역사적 정황 속에서 찾고자 했다.

김성우(2002)는 「홍길동전」의 창작 시기를 17세기 초반으로 상정하면서, 15세기부터 17세기 전반까지 일어났던 서얼 지위의 역사적 변화에 주목한다. 그 결과 임진왜란 이후 천민에서 양민이 될 수 있었던 종량從良 기회가 소멸되었고, 이에 서얼과 관련된 일련의 중대한 정치적·문화적 도전이 17세기 전반에 집중되었는데, 바로 이러한 시대 변화가 「홍길동전」에서 적서 차별 문제를 거론하게 된 필연적인 배경이라는 것이다. 더불어 그는 홍길동이 건설한 국가가 전형적인 왕조 사회였다는 점을 지적하면서, 허균이 구상한 정치 체제는 혁명적인 것이라기보다 오히려 사회 구조의 탄력적인 운영에 초점을 맞춘 전통적인 왕조 사회의 재판이라고 평가한다. 요컨대 허균이 꿈꾼 사회는 현대 한국 사회보다 15세기의 조선 사회에 더 가까웠다는 것이다.

작품 구조 및 독자 수용과 연계한 주제론

연구 초기에 「홍길동전」의 주제는 허균의 작가 의식과 연관 지어 해석하는 경향이 강했다. 즉 「홍길동전」은 작가 허균의 혁명적 사상을 형상화한 작품이며, 홍길동의 행적은 중세 질서에 대한 근본적 차원의 문제 제기와 그 대안을 다룬 것으로 평가받았다. 하지만 이러한 견해는 현전 「홍길동전」을 허균이 지은 「홍길동전」과 동일시한 결과라는 비판들이 꾸준히 제기되면서, 허균이라는 작가론의 후광을 걷어 내고 현전 「홍길동전」이 보여 주는 텍스트의 실상을 객관적으로 고찰할 필요성이 제기되었다.

이러한 맥락에서 박일용(1994)은 작품의 모티프와 그 결합 양상에 반영되어 있는 이념 지향과 그것을 구체화하는 과정에 나타나는 서술 시각을 분리해서 작품을 분석할 것을 제안한다. 그 결과 현전 「홍길동전」의 구성이 현실에 내재하는 모순에 대한 객관적 인식을 확대해 나가는 성격을 구체화하기보다는 영웅적 인물 홍길동의 특권적인 삶에 대한 욕구 실현이라는 일대기적 질서 구현이 더 강하게 드러남을 지적했다. 결국 현전 「홍길동전」이 보여 주는 이와 같은 특징은 반反중세적 이념을 반영하는 제재들을 가부장제 질서 및 중세 질서 안에서 그려 내려는 서술 시각에서 비롯된 것이며, 이러한 서술 시각은 「호민론」이나 「유재론」에서 보여 주는 허균의 현실 인식과는 상당한 거리가 있다고 했다.

한편 이상구(2013)는 「홍길동전」을 작자 허균이 당대의 민중 독자층을 염두에 두고 쓴 작품이라는 전제하에 주로 독자를 수용하는 맥락에서 작품의 특징을 분석했다. 이 연구에 따르면 길동이 초란과 갈등한 끝에 명분을 가지고 가출하는 것, 가출한 뒤 적서 차별과 직접적인 관계가 없는 활빈 활동을 전개한 것, 율도국을 건설해 왕이 된 것 등 작품의 전체적인 구성이 민중 독자층을 염두에 둔 작가의 전략적 산물이다. 또한 시종일관 충효로운 인물로 형상화되는 주인공의 모습 역시 민중 독자층의 연민과 공감을 유도하기 위해 작가가 의도한 결과로 해석된다.

율도국 정벌 재해석에 기반한 주제론

김경미(2010)는 「홍길동전」의 율도국 정벌담에서 드러나는 주인공의 인식을 문제 삼으면서 새로운 해석을 제기했다. 그에 따르면 이 작품은 조선에서 타자였던 홍길동이 역으로 제도나 율도국에 살고 있는 존재들을 타자화他者化[5]하면서 정복을 정당화하는 텍스트기도 하다. 이러한 면모를 가장 잘 보여 주는 사건은 홍길동이 망당산의 요괴 또는 짐승이라고 인식하고 '울동'을 죽인 것과 명분 없이 율도국을 정벌한 일이다. 특히 율도국의 왕이 되는 과정은 제도나 율도국의 타자화를 수반하며, 이러한 서사 이면에는 식민주의적인 발상이 자리 잡고 있다는 점에서 문제적이다. 때문에 「홍길동전」은 타자에 대한 공감과 타자화에 대한 욕망을 동시에 보여 주는 거울이라는 점을 고려하면서 작품에 접근해야 할 필요가 있다.

5. 타자화: 주체와의 관계 속에서 주체가 아닌 것을 의미하는 타자는 특히 중심 권력에서 배제된 채 주변화된 대상을 말하는데, 타자화란 바로 그와 같이 주변화된 집단이나 하위 주체를 만들어 내는 사고와 행위를 가리킨다.

6. 이 책의 양식론 중 '영웅소설' 참조.

7. 부지소종: '마친 바를 알지 못한다'는 의미로, 작품의 결말에서 주인공의 행적이 묘연해졌음을 나타내는 표현이다. 전기傳奇소설이나 일사소설의 결말로 자주 활용된다.

8. 일사소설: '일사逸士'란 뛰어난 능력을 지녔음에도 세상을 등지고 숨어 사는 인물이며, 이러한 인물을 주인공으로 내세운 소설들을 '일사소설'로 분류하기도 한다.

4. 기타

유형론 및 소설의 기원

조동일(1971)은 '영웅의 일생'이라는 유형 구조[6]가 구현된 소설을 영웅소설로 규정했다. 그리고 영웅소설의 효시로 「홍길동전」에 주목했다(조동일, 1977). 이 논의에 따르면 「홍길동전」은 고대 신화와 서사 무가로 전승된 유형 구조를 면면히 계승하면서 후대 흥미 본위의 상업적·통속적 영웅소설을 연결해 주는 가교 같은 작품으로 자리매김된다.

조동일의 이러한 견해에 최근 유형론 차원에서 반론이 제기되기도 했다. 김동욱(2016)은 「홍길동전」의 인물 형상을 재검토하는 한편 안성판 19장본이 보여 준 부지소종不知所終[7]의 결말에 주목하면서, 이 작품의 유형을 영웅소설이 아닌 일사소설逸士小說[8]로 규정해야 한다고 주장하기도 했다.

한편 김현양(2013)은 조선 중기에 '욕망하는 주체의 서사'

가 새롭게 등장한다는 점을 양명학의 부상을 통해 설명하면서, 소설의 기원으로서 「홍길동전」에 주목했다. 그는 전기傳奇와 지괴志怪가 비록 도교와 불교의 성격을 함축하나 그것은 욕망을 부정하거나 욕망의 부정성을 환기하는 '초월의 서사'였음에 반해, 소설은 욕망을 긍정하면서 현실에서 욕망 실현을 추구하는 '내재의 서사'였기에 중세의 근간이라 할 성리학과 근본적으로 화해할 수 없었다고 보았다. 「홍길동전」은 이전에 존재하지 않았던 '욕망하는 주체'들의 욕망을 현실 속에서 발현하는 '욕망의 서사'를 구축했으며, 이것이 바로 '소설'이라고 했다.

「홍길동전」의 현대적 활용과 변용

권순긍(2017)은 「홍길동전」 서사의 현대적 활용 양상과 그 시대적 의미에 주목했다. 이 연구에 따르면 「홍길동전」을 원작으로 삼은 영화나 애니메이션이 근대의 검열 제도 속에서 강렬한 사회성을 구현하기는 쉽지 않았다고 한다. 그럼에도 '의적義賊 전승' 삽화가 많은 작품에 차용되면서 억압적인 시대 상황 속에서도 「홍길동전」을 활용해 사회 정의를 드러내고자 했으며, 바로 이 지점이 「홍길동전」 서사의 현대적 활용에서도 여전히 유효한 의미를 지닐 것이라고 전망했다.

| 탐구 활동 | 1. '주체와 타자'의 관점에서 「홍길동전」 서사가 보여 주는 이중성을 고려할 때, 이 작품이 지닌 현대적 의의가 무엇일지에 대해 토의해 보자. |

탐구 활동

1. '주체와 타자'의 관점에서 「홍길동전」 서사가 보여 주는 이중성을 고려할 때, 이 작품이 지닌 현대적 의의가 무엇일지에 대해 토의해 보자.

2. 「홍길동전」 서사를 기반으로 창작된 작품(영화나 애니메이션 등)을 감상해 보고, 원작과의 거리와 시대적 의미에 대해 토의해 보자.

권장할 만한 텍스트

김일렬, 홍길동전·전우치전·서화담전, 고려대학교 민족문화연구소, 1996

김현양, 홍길동전·전우치전, 문학동네, 2010

이윤석, 홍길동전, 연세대학교 출판문화원, 2014

참고 문헌

권순긍(2017), 홍길동전 서사의 영화로의 수용과 변개

김경미(2010), 타자의 서사, 타자화의 서사, 홍길동전

김동욱(2016), 홍길동전의 유형에 대하여

김성우(2002), 홍길동전 다시 읽기

김현양(2013), 조선 중기, 욕망하는 주체의 등장과 소설의 기원

박일용(1994), 홍길동전의 문학적 의미 재론

박일용(2002), 이본 변이 양상을 통해서 본 홍길동전의 종합적 고찰

송성욱(1988), 홍길동전 이본 신고

이상구(2013), 홍길동전의 서사전략과 작가의 현실인식

이윤석(1997), 홍길동전 연구

이윤석(2012), 홍길동전 작자 논의의 계보

임형택(1976·1977), 홍길동전의 신고찰(상, 하)

장효현(2001), 홍길동전의 생성과 유전에 대하여

정규복(1970·1971), 홍길동전 이본고 1, 2

조동일(1971), 영웅의 일생, 그 문학사적 전개

필 자

이종필

박씨전·임경업전·임진록

조선 시대에 발발한 임진왜란과 병자호란은 「박씨전」朴氏傳, 「임경업전」林慶業傳, 「임진록」壬辰錄 같은 작품이 출현하는 배경이 되었다. 세 작품 모두 역사적 사건을 토대로 출현한 작품이기에 실존 인물이 등장한다. 병자호란을 배경으로 하는 「박씨전」과 「임경업전」에는 임경업林慶業, 이시백李時白, 김자점金自點, 용골대龍骨大 같은 인물이 공통적으로 등장하며, 임진왜란과 정유재란을 배경으로 하는 「임진록」에는 곽재우郭再祐, 김덕령金德齡, 이순신李舜臣, 이여송李如松 등이 등장한다. 그러나 소설이기에 실제 역사와 다른 허구적 인물도 등장하고, 허구의 서사로 전개되는 부분도 있다. 세 작품 가운데 허구적 성격은 여성 인물이 주인공으로 등장하는 「박씨전」에서 가장 부각된다. 「임경업전」과 「임진록」은 비교적 실제 역사와 유사하게 전개되기에 사실적인 면모가 두드러진다. 또한 세 작품 모두 다양한 이본이 남아 있는 것으로 보아 조선 후기 많은 독자의 호응을 받았던 작품일 가능성이 크다. 따라서 세 작품이 전개하는 다양한 서사를 통해 개별 작품의 특성을 이해하고, 작품에 반영된 임진왜란과 병자호란에 대한 당대인들의 인식을 살펴보는 기회를 갖고자 한다.

1. 「박씨전」의 이본과 「임경업전」과의 연관성

「박씨전」의 서사는 대체로 다음과 같이 전개된다.

⑬-1 이시백의 출생담	
① 이시백과 박씨의 혼인	
② 시댁 식구의 박대로 인한 박씨의 거주지 이동	
③ 박씨의 능력 발휘(시부의 조복 짓고 말을 팔아 이익을 남김)	
④ 박씨의 도움으로 이시백 장원 급제	
⑤ 박씨의 탈갑	
⑥ 박씨의 신이한 능력 발휘(비단을 불로 씻음)	공통 서사
⑦ 박씨의 자객(기홍대) 퇴치	
⑧ 김자점의 반대로 임경업이 제안한 호란 대비 무산	
⑨ 계화의 용울대 퇴치와 용골대의 항복	
⑩ 남한산성 포위와 세자와 대군의 호국胡國 이송	
⑪ 임경업과 호병의 군담과 임경업의 한탄	
⑫ 임경업에 의한 세자와 대군의 회환回還	
⑬-2 임경업의 죽음과 김자점의 처형	

　대체로 「박씨전」의 서사는 이 표에 제시한 ①~⑩의 순서로 전개된다. 그러나 「박씨전」의 결말은 이본에 따라 다르다. ⑩의 내용으로 종결되는 이본이 있는가 하면, ⑪과 같이 후반부에 임경업과 호병이 대적하는 군담과 임경업의 한탄으로 종결되는 이본도 있다. 또 ⑫처럼 임경업이 청에 볼모로 잡혀간 세자와 대군을 데리고 오는 내용으로 종결되는 이본도 있다. 또한 ⑬-1과 ⑬-2에 제시한 바와 같이 작품의 서두에는 이시백의 출생담이 포함되어 있으며, 임경업이 죽고 난 뒤 자신의 억울한 죽음을 임금에게 호소해 김자점이 처형되는 결말로 종결되는 이본도 있다.

　「박씨전」에는 병자호란 당시 실제로 활약했던 실존 인물 임경업이 등장한다. 임경업을 주인공으로 한 「임경업전」도 있다. 두 작품에는 병자호란이라는 실제 역사적 배경과 실존 인물 임경업, 이시백, 김자점 같은 인물이 공통적으로 등장한다. 「박씨전」과 「임경업전」의 이러한 관계는 「박씨전」의 여러 이본을 통해 확인할 수 있다.

그런데 「박씨전」 여러 이본에서 제시한 다양한 결말의 내용은 「임경업전」에서 확인되는 부분이다. ⑪의 내용은 「임경업전」의 전반부에서, ⑫의 내용은 「임경업전」의 중반부에서, ⑬의 내용은 「임경업전」의 후반부에서 모두 확인된다. 그리고 ⑫의 내용으로 종결되는 「박씨전」의 이본은 ⑪의 내용을, ⑬-2의 내용으로 종결되는 「박씨전」의 이본은 ⑪과 ⑫의 내용을 포함하고 있다. 이처럼 「박씨전」의 결말은 이본에 따라 「임경업전」의 내용을 수용한 범주가 다양하다.

1910년대 이후에 간행된 활자본의 경우 대부분 ⑬의 내용까지 포함되어 있다. 따라서 「박씨전」은 병자호란이라는 똑같은 역사적 배경 속에서 임경업, 이시백, 김자점 같은 동일한 인물이 전개하는 「임경업전」의 내용을 수용해 가면서 향유된 것으로 보인다. 하지만 「박씨전」의 결말 부분에서 「임경업전」을 수용하는 범주가 증가할수록 상대적으로 박씨의 활약상은 축소되면서 「박씨전」 고유의 특성 또한 약화될 수밖에 없다. 「박씨전」의 이본은 필사본과 활자본만 현전하며, 방각본은 아직 발견되지 않은 것으로 보아 간행되지 않았을 가능성이 크다(서혜은, 2008).

2. 「박씨전」의 소설 유형

「박씨전」은 병자호란이라는 역사적 배경과 사건을 바탕으로 진행되는 작품이면서 박씨라는 여성의 뛰어난 면모가 제시되어 있다. 따라서 「박씨전」은 역사소설, 여성영웅소설, 군담소설, 전쟁소설, 가정소설 등 다양한 유형으로 논의되는 작품이다. 그러나 선행 연구 결과를 종합했을 때 「박씨전」의 유형에 대한 논의는 여성영웅소설과 역사소설로 양분된다.

「박씨전」을 여성영웅소설로 규정한 논의는 박씨의 이인異人적인 면모와 작품 안에서 남편인 이시백보다 더 뛰어난 능력을 드러내는 면모에 착안했다. 박씨는 여성이면서 가정이라는 여성의 공간에서 남편 이시백을 통해 국가라는 남성의

영역으로 옮겨 가 뛰어난 능력을 발휘한 인물이다. 이러한 면모
는 당대 현실에서 혜택을 누렸던 남성들은 병자호란이라는 위기
에 대처할 수 없다는 사실을 드러낸 것으로 해석할 수 있다. 그
렇기 때문에 박씨 같은 여성의 등장은 조선 시대 능력 있는 여성
에 대한 새로운 인식을 통해 기존의 가치관에 충격을 가한 현상
으로 규정한다(정병헌, 1996).

그러나 「홍계월전」, 「정수정전」, 「방한림전」 같은 여성영웅
소설과 비교했을 때 「박씨전」은 분명 변별되는 지점이 있다. 박
씨는 홍계월, 정수정, 방한림과 같이 자신의 능력을 드러내기 위
해 남장男裝을 하지도 않으며 과거를 봐서 전쟁에 직접 참여하
지도 않는다. 그렇기 때문에 여성영웅소설이 아닌 군담소설이나
역사소설 또는 역사 군담소설로 규정하기도 한다. 특히 병자호
란이라는 실제 역사적 배경과 사건을 소재로 작품이 전개된다는
점을 감안했을 때 그러하다. 「박씨전」을 역사소설로 규정해야
한다는 논의는 「박씨전」 연구 초창기부터 지금까지 지속되고 있
다(김기현, 1993; 김미란, 2008).

3. 「박씨전」의 여성 의식과 그 한계

「박씨전」을 여성영웅소설로 규정할 정도로 주인공 박씨는 신이
한 능력의 소유자로 등장해 이시백, 임경업, 김자점 같은 조선의
지배층 남성보다 더 뛰어난 능력을 발휘하기에 「박씨전」에는 여
성 의식이 드러날 수밖에 없다. 「박씨전」에 드러난 여성 의식은
다음과 같은 측면에서 논의된다(곽정식, 2000; 이원수, 2000).

첫째, 박씨는 남성 중심 사회였던 조선에서 일방적인 남성
의 지배와 남성에 대한 복종을 거부한 인물이라는 점이다. 작품
의 전반부에서 박씨는 남편 이시백보다 뛰어난 능력을 지녔지만

추한 외모 때문에 남편에게 외면당한다. 그러나 박씨가 허물을 벗고 미모를 드러내자 이시백의 태도가 돌변하는데, 이때 박씨는 남편인 이시백에게 복종하지 않고 주체적이고 능동적인 입장을 취한다. 뿐만 아니라 적장 용골대와 간신 김자점보다 더 뛰어난 능력을 지닌 인물로 등장해 남성의 우월성을 부정한다. 둘째, 박씨는 여성이지만 조선 시대 남성의 영역인 사회 참여 의지를 드러냈다는 점이다. 박씨는 호란을 예견하고 피화당避禍堂을 만들어 임경업 장군을 천거한 뒤 대응할 것을 제시했다. 또한 화친和親을 맺고 돌아가는 적장 용골대와 간신 김자점을 굴복시키고 인질로 끌려갈 뻔한 왕대비를 구했다. 그러므로 「박씨전」에 여성 의식이 드러난 것은 분명하다.

　　그러나 박씨가 허물을 벗기 전과 후에 박씨의 능력을 평가하는 시선은 상이하다. 「박씨전」에서 박씨는 초지일관 남편 이시백보다 뛰어난 능력을 소유한 여성으로 등장한다. 그런데 박씨가 허물을 벗기 전 추한 외모를 소유했을 때는 임금과 이득춘은 박씨의 능력을 인정하지만 이시백을 포함한 시댁 식구들은 박씨를 외면한다. 그러다 박씨가 허물을 벗고 미모를 드러내자 박씨의 신이한 능력은 이시백을 포함한 가족 구성원들에게까지 인정을 받는다. 하지만 병자호란을 방비防備하라는 박씨의 제안은 김자점에 의해 거절당하고 병자호란의 참상을 겪는 것으로 작품에 제시되어 있다. 따라서 「박씨전」에 제시된 여성 의식에는 한계가 있다.

4. 「임경업전」의 이본과 임경업 서사의 대중성

「임경업전」은 조선 후기에 상당히 많은 독자층을 확보했던 소설일 가능성이 크다. 「임경업전」의 경우 한문본과 국문본, 필사본·방각본·활자본이 모두 현전하며, 심지어 영어·일본어·러시아어로도 번역이 되었기 때문이다. 이본의 수는 곧 독자의 수를 의미한다. 특히 한문본과 국문본이 공존하는 것으로 보아 양반 지배층과 여성 독자층 등 여러 신분의 독자층을 아울렀다는 사실을 알 수 있다. 또한 「임경업전」의 방각본은 모두 경판본으로 현전하며, 54종의 경판본 소설 가운데 판본 수가 가장 많은 작품이다. 따라서 「임경업전」은 조선 시대에 서울에서 주로 향유되던 작품이었을 것으로 생각된다. 박지원이 『열하일기』熱河日記에서 조선 시대 서울에서 「임경업전」이 낭독되었다고 기록했으며, 종로 담배 가게에서 「임경업전」을 낭독하던 강독사가 주인공이 실의失意한 대목을 읽어 주던 중 청중의 칼에 찔려 죽었다는 일화가 남아 있기 때문이다(이복규, 1993; 서혜은, 2009).

또한 임경업의 서사는 「임경업전」뿐만 아니라 설화로도 상당히 많은 각편各篇이 현전한다. 설화에 등장하는 임경업의 모습은 상당히 다채롭다. 소설 속에서 임경업은 김자점의 모해로 비극적인 죽음을 맞이하지만, 설화에 등장하는 임경업은 무속의 신으로까지 좌정坐定되어 있다. 그러나 임경업과 관련한 설화 가운데 임경업이 천기天機를 보지 못해 결국 죽을 수밖에 없었다며 임경업의 죽음을 운명적인 것으로 돌리는 내용, 임경업 때문에 김자점이 억울하게 죽었다는 임경업에 대한 부정적인 시각이 투영된 설화도 현전한다. 하지만 대체로 임경업과 관련한 설화는 소설과 마찬가지로 임경업의 영웅적인 면모가 부각된 내용이 많다. 상당히 많은 「임경업전」 이본과 임경업이 등장하는 설화의 각편이 다양한 형태로 현전하는 것으로 보아 조선 시대에 임경업에 대한 민중의 관심은 지대했던 것 같다.

5. 「임경업전」의 사실과 허구

「임경업전」은 실존 인물인 임경업의 서사로 전개되는 작품이다. 병자호란을 배경으로 실존 인물이 등장하는 작품이기에 작품의 전체 서사는 임경업의 실제 일대기와 유사하게 전개된다. 그러나 「임경업전」은 소설이기에 허구적인 내용이 상당 부분을 차지한다. 「임경업전」에 등장하는 임경업의 어렸을 때 이야기, 그의 벼슬과 공적, 난징南京 동지사冬至使[1] 수행 사실과 가달과의 전쟁, 임경업을 두려워한 호국胡國이 황해도 쪽으로 돌아 침입했다는 내용, 임경업이 호국에 잡혀 있는 동안의 행적行跡과 임경업의 죽음과 관련된 대목은 실제 임경업의 일생에서는 전혀 확인할 수 없는 일들이다(이윤석, 1985; 권혁래, 2013).

이러한 내용 가운데 임경업이 호국에 잡혀 있는 동안의 행적과 결말 부분에 제시된 임경업의 죽음과 그 후의 행적들은 「임경업전」에서 특히 부각되었으며, 이본에 따라 상이하게 제시되어 있다. 실제 임경업에 대한 청나라의 태도는 상당히 적대적이었다. 이러한 측면은 『임충민공실기』林忠愍公實記에 제시된 임경업의 「행장」行狀[2]이나 「연보」年譜에서 확인된다. 청에서는 임경업을 강력하게 처벌하라고 요구했고, 조정에서는 청의 요구를 거부하지 못해 관직을 박탈하기도 했다고 한다. 「임경업전」에서도 호국의 장수들과 호왕은 임경업을 끊임없이 죽이려고 한다. 그러나 임경업의 강직함과 충절에 감동한 호왕은 임경업의 요구를 받아들여 볼모로 잡힌 세자와 대군을 조선으로 돌려보내고 독보를 처형하며 임경업을 부마로 삼으려고까지 한다. 이처럼 소설에서 호왕이 임경업을 대하는 태도는 실제 역사와는 다르게 제시되어 있다.

또한 「임경업전」에서 임경업을 대하는 조선 왕의 태도 역시 실제 역사와 다르게 제시되어 있다. 「임경업전」에서 조선 왕의 태도는 상당히 호의적이다. 이괄李适의 난[3]이 발생했을 당시 임경업은 심기원沈器遠과 난을 진압하는 역할을 했지만, 심기원 역모 사건에 휘말려 억울하게 죽었다. 그리고 『임충민공실기』에서도 확인할 수 있듯이 임경업은 명나라에서 귀국하자마자 왕의 명령으로 옥에 갇힌 뒤 친국親鞫[4]을 받다가 사망했다. 하지만 소설에서 임경업을 옥에 가둔 사람은 왕이 아닌 김자점이며, 임경업은 김자점의 모해로 옥에 갇혔다가 사망한 것으로 되어 있다. 임경업이 왕의 명령으로 옥에 갇히는 것과는 달리 소설에서는 왕이 호국에서 돌아오는 임경업을 기다렸다가 불러들인다. 그리고는 임경업이 옥에 갇힌 억울한 사연을 듣고 김자점을 처벌한다. 또한 이후 임경업이 김자점 때문에 억울하게 죽었다는 소식을 접한 왕은 김자점을 죽임으로써 임경업의 복수를 단행한다. 이처럼 실제 역사와 달리 소설에서 임경업을 대하는 조선 왕의 태도는 상당히 호의적으로 제시되어 있다(서혜은, 2009).

6. 「임진록」 서사의 다양함과 변모

「임진록」은 「박씨전」, 「임경업전」과 달리 임진왜란과 정유재란을 배경으로 서사가 전개되며 상당히 많은 실존 인물이 등장한다. 또한 「임진록」은 특정 인물이 주인공으로 등장하기보다는 등장하는 여러 인물을 중심으로 다양한 서사가 전개된다. 그렇기 때문에 이본에 따라 등장하는 인물이 다르고 각 인물에 대한 서사도 상이한 것이 「박씨전」, 「임경업전」과 변별되는 「임진록」의 특성이다. 「임진록」의 이본은 필사본·방각본·활자본이 모두 현전하는데, 필사본의 수가 압도적으로 많다. 이러한 측면은 「임진록」 서사가 다양하게 변모되면서 향유되고 전승되었다는 것을 의미한다.

「임진록」은 임진왜란 당시 참전했던 도요토미 히데요시豊臣秀吉를 포함한 왜장과 조선의 장수들을 비롯한 여러 명의 실존 인물이 등장해 실제 역사적인 사실에 가깝게 전개되는 이본이 있는가 하면, 허구적 인물인 최일영의 서사로 전개되는 이본도 있고 이순신이 주인공으로 설정된 이본도 있다. 그런데 최일영의 서사로 전개되는 이본에는 이순신이 등장하지 않으며, 이순신이 주인공으로 설정된 이본에서는 최일영의 서사가 상당히 간략하게 전개된다. 또한 관운장關雲長의 서사로 전개되는 이본에는 이여송에 대한 양면적인 시선이 투영되어 있다.

「임진록」의 수많은 이본 중에는 도요토미 히데요시를 포함해 수많은 왜장과 신립申砬, 유성룡柳成龍, 이원익李元翼, 이항복李恒福, 김응서金應瑞, 이순신, 곽재우郭再祐, 권율權慄, 이덕형李德馨, 이여송, 논개論介, 서산대사西山大師와 사명당四溟堂 같은 실존 인물이 등장해 실제 임진왜란의 역사적 사실을 중심으로 전개되는 이본 수가 가장 많다. 이 계열에 속하는 이본들은 등장인물의 수가 많은 만큼 작품의 서사도 길게 전개되며 다양

1. 동지사: 조선 시대에 동지 冬至를 전후해 중국으로 보내던 사신.

2. 「행장」: 사람이 죽은 뒤에 그 사람의 행적을 적은 글.

3. 이괄의 난: 1624년(인조 2) 인조반정의 공신인 이괄이 좌천되자 이에 불만을 품고 일으킨 반란.

4. 친국: 임금이 죄인에게 죄를 따져 묻던 일.

한 인물 중심의 일화로 구성되어 있다. 그렇기 때문에 「임진록」에 등장하는 인물들에 대한 설화도 상당수 남아 있다. 특히 김덕령, 이여송, 신립, 곽재우 등에 관한 설화가 많으며, 김덕령과 관련된 설화 가운데는 이여송이 등장하는 경우도 있다(소재영, 1980; 임철호, 1985; 최문정, 2001).

1910년대 이후에는 「이순신전」, 「김덕령전」, 「서산대사와 사명당」, 「논개실기」, 「이여송실기」, 「김응서실기」, 「신립대장 실기」와 같이 「임진록」에 등장하는 특정 인물을 중심으로 전개되는 단편 서사의 형태를 취하는 활자본이 간행되기도 했다(장경남, 2013). 또한 「임진록」의 서사가 수용된 「한양오백년가」漢陽五百年歌[5] 같은 작품이 향유되기도 했다. 「임진록」의 내용이 「한양오백년가」에 수용되면서 임진왜란의 역사적 체험과 충격을 더욱 사실적으로 전달하는 동시에 「임진록」의 서사를 또 다른 방법으로 전파할 수 있었다. 이처럼 「임진록」은 다양한 서사의 변모 과정을 거치면서 전승된 작품이기에 임진왜란에 대한 다양한 인식을 확인할 수 있는 작품이다(서종문, 2009).

---

5. 「한양오백년가」: 고전소설 「임진록」의 서사를 토대로 조선의 역사를 회고하면서 조선의 멸망을 노래한 장편가사.

1. 「박씨전」이 창작되고 유통되던 조선 후기 여성의 사회적 지위는 낮았다. 이러한 시대 상황 속에서 「박씨전」의 작가가 신이한 능력을 갖추고 영웅적인 면모를 드러내는 여성 주인공 박씨를 설정한 이유에 대해 고찰해 보자.

2. 「임경업전」에는 조선과 명明·청淸의 관계가 제시되어 있다. 작품에 제시된 조선과 명·청의 관계는 특히 임경업의 행동 방식을 통해 드러난다. 작품에 제시된 조선과 명·청의 관계를 분석해 보자.

3. 「임진록」은 왜적의 침략에 대항했던 여러 지역을 배경으로 서사가 전개되는 작품이다. 「임진록」에 등장하는 인물 및 임진왜란과 관련된 여러 유적지와 콘텐츠를 찾아보고 또 다른 활용 가능성을 제시해 보자.

4. 「박씨전」, 「임경업전」, 「임진록」은 전쟁을 배경으로 전개되는 작품이기에 전쟁의 참상과 인식이 공통적으로 반영되어 있다. 각 작품에 반영된 전쟁의 참상을 통해 병자호란과 임진왜란에 대한 당대인들의 인식을 살펴보자.

권장할 만한 텍스트

김기현 역주, 박씨전 임장군전 배시황전(한국고전문학전집 15), 고려대학교 민족문화연구소, 1995

김일렬, 박씨부인전 장화홍련전 콩쥐팥쥐전(해설이 있는 우리 고전소설 12), 새문사, 2016

소재영·장경남 역주, 임진록(한국고전문학전집 4), 고려대학교 민족문화연구소, 1993

이복규, 임경업전, 시인사, 1998

임철호, 임진록 이본연구 1~4, 전주대학교 출판부, 1996

정병헌·이유경, 한국의 여성영웅소설, 태학사, 2000

정병호, 임진록·유생전·승호상송기, 박이정, 2015

참고 문헌

곽정식(2000), 박씨전 연구의 현황과 과제

곽정식(2000), 박씨전에 나타난 여성의식의 성격과 한계

권혁래(2013), 임경업전의 주인공 형상과 이데올로기

김기현(1993), 조선 중기의 역사소설

김미란(2008), 박씨전 재고

김의정(1992), 역사소설 임장군전 연구

김정녀(1999), 17세기 임경업을 보는 두 시각과 그 의미

박경남(2003), 임경업 영웅상의 실체와 그 의미

서종문(2009), 고전문학의 사회·역사적 소통

서혜은(2008), 박씨전 이본 계열의 양상과 상관관계

서혜은(2009), 경판 임장군전의 대중화 양상과 그 의미

서혜은(2010), 박씨전의 통속화 양상과 그 사회적 의미

소재영(1980), 임병양란과 문학의식

윤경수(2012), 임진록의 작가의식과 민족의식 고찰

이명현(2006), 임경업전의 비극적 역사체험과 세계인식

이복규(1993), 임경업전 연구

이원수(2000), 박씨전에 나타난 여성관

이윤석(1984), 임경업전 연구

임철호(1985), 임진록 연구

장경남(2000), 임진왜란의 문학적 형상화

장경남(2013), 근대 초기 임진록의 전변 양상

장효현(1994), 박씨전의 문체의 특성과 작품 형성 배경

전용문(1996), 한국 여성영웅소설의 연구

정길수(2014), 전쟁의 기억과 임진록

정병헌(1996), 여성영웅소설의 서사 구조와 변이 양상 연구

조혜란(2004), 여성, 전쟁, 기억 그리고 박씨전

최문정(2001), 임진록 연구

필　자　　서혜은

소대성전·유충렬전·조웅전

「소대성전」蘇大成傳·「유충렬전」劉忠烈傳·「조웅전」趙雄傳은 허구적인 인물이 주인공으로 등장하는 창작 영웅소설의 대표작이다. 영웅(군담)소설은 한 작품이 오랜 기간 많은 이의 손을 거치며 다양한 방식과 내용으로 전승되었다. 흔히 작자 미상이라고 하는데, 전승 과정을 고려하면 작자의 개념이 무의미해졌다고 보는 것이 더 적절하다. 세 작품도 오랜 기간 다채롭게 전승되었기 때문에 전해지는 이본만도 50~60여 종으로 상당히 많다. 더구나 세 작품은 필사본은 물론이거니와 대중적 인기의 척도인 방각본, 세책본, 근대식 활자본 등 다양한 형태의 이본이 모두 존재한다. 조선 후기뿐만 아니라 고소설을 여전히 향유했던 20세기 초중반까지도 대중에게 꾸준한 사랑을 받았던 것이다.

흔히 영웅(군담)소설은 영웅의 일대기 구조를 바탕으로 하는 천편일률적인 서사로 인식된다. 그러나 작품마다 구체적으로 전개되는 이야기의 양상은 매우 다르다. 비범한 주인공이 고난을 겪는 한편 조력자의 도움을 얻어 국난을 타개한다는 이른바 영웅의 일대기 구조는 이 갈래에 속한 작품들의 기본적인 서사 구조를 이해하는 데 도움을 주지만, 한편으론 개별 작품의 개성 있는 서사에 대한 관심을 약화시키는 결과를 낳기도 한다. 실제로 세 작품의 이야기도 상당히 다르다. 완판본을 중심으로 세 작품의 주요 내용을 비교하며 살펴보자.

1. 주인공의 비범한 탄생, 부모와의 이별

세 작품은 전생의 인연이나 집안의 내력을 통해 주인공의 비범한 면모를 강조하고, 주인공이 부모와 이별하는 상황을 연출해 고난의 시작을 알린다. 다만 그 구체적인 전개 양상에는 차이가 있다.

「소대성전」의 주인공 소대성은 동해 용왕의 아들이 적강謫降한 존재이며, 부친은 명나라에서 병부상서를 지낸 인물이다. 「유충렬전」의 유충렬은 간신으로 등장하는 정한담과 천상계에서 각각 적강했으며, 부친은 명나라 개국 공신의 후예다. 「조웅전」에서는 선대先代부터 이어진 충신과 간신의 대립이 강조되면서 적강 모티프는 등장하지 않지만, 이 과정에서 조웅의 부친이 충신이라는 사실이 자연스럽게 드러난다. 세 작품은 모두 주인공의 비범함을 조금씩 다르게 강조한다.

고난이 시작되는 계기인 부모와의 이별도 그러하다. 「소대성전」에서는 갑작스레 부모가 모두 죽으면서 주인공과 영원한 이별을 하는 반면, 「유충렬전」에서는 간신들의 모해와 음모로 생이별을 하지만 부모가 죽음에 이르지는 않는다. 한편 「조웅전」에서는 조웅이 태어나기도 전에 아버지가 간신 이두병과 갈등을 일으켜 목숨을 끊는다. 유복자 조웅은 이두병을 욕하는 글을 써 붙인 이른바 '경화문 패서掛書¹ 사건'으로 모친과 함께 도피의 길을 떠난다.

이별의 양상이 다르기 때문에 고난의 과정이나 깊이도 다르다. 부모를 모두 저세상으로 떠나보내고 유리걸식하는 가난한 삶을 살게 된 소대성은 최소한의 생계를 이어 가기 위해 고투하지만, 그를 괴롭히는 적대자가 없기 때문에 복수심을 품고 살지는 않는다. 반면 유충렬이나 조웅은 고난을 겪는 과정에서 가난이 큰 문제가 되지는 않지만, 간신에 의해 자신과 가문이 큰 피해를 입고 쫓겨났기 때문에 가슴 깊은 곳에 적대자에 대한 복수심을 품고 살아간다.

2. 조력자에 의한 구원, 여성 인물과의 결연과 이별

영웅의 일대기 구조에서 고난에 처한 주인공은 조력자를 만나 구원을 받고, 조력자의 딸 또는 주변 여성 인물과 결연한다. 그러나 이들의 사랑은 당사자들이 원치 않는 방향으로 흘러가고, 남녀는 서로 헤어진다. 이 과정 또한 작품마다 차이가 있다.

소대성은 유리걸식으로 거지 행색을 할 수밖에 없었는데, 이승상이라는 인물은 이러한 소대성을 그냥 지나치지 않고 그의 비범함을 알아본다. 그 뒤 소대성은 이승상의 딸 채봉과 사랑에 빠진다. 한편 유충렬은 정적政敵을 없애려는 간신들의 음모로 죽을 위기에 처했다가, 유충렬의 비범함을 알아본 강승상에게 구원을 받고 그의 딸과 혼인한다. 조웅은 모친과 함께 피신을 해서인지 재상에게 구원을 받는 장면은 나오지 않는다. 대신 강선암에 거처하는 월경대사가 이들을 품어 준다. 이에 따라 자연스럽게 결연도 조력자와는 별개로 진행된다.

이들 주인공은 모두 여성 인물과 일시적으로 헤어지는데, 그 모습도 각기 다르다. 「소대성전」에서는 소대성을 마음에 들어 하지 않는 채봉의 모친과 오빠들 때문에, 「유충렬전」에서는 옳은 말만 하는 강승상을 제거하려는 간신들 때문에 강소저와 이별한다. 「조웅전」에서는 조웅이 이두병과 대적할 힘을 기르는 과정에서 부득이하게 장소저와 이별한다.

세 작품은 통속적인 서사를 전개하면서도 모두 나름의 일관된 유기적 맥락을 갖추고 있다. 간신과의 정치적 갈등 관계를 다루는 「유충렬전」과 「조웅전」은 여성 인물과 이별하는 데 정치적 상황이 직간접적으로 결부된다. 반면 간신과의 갈등이 등장하지 않는 「소대성전」의 경우는 여성 인물의 집안과 겪는 갈등이 헤어지는 이유가 된다. 세 작품 모두 개성 있게 이야기를 이끌어 나간다.

1. 괘서: 남을 비방하거나 민심을 선동하기 위해 여러 사람이 보는 곳에 몰래 붙이는 게시물. '벽서'壁書라고도 한다.

3. 입공立功과 명예로운 귀환, 그리고 부귀영화

이들 작품에서 조력자와의 이별은 대체로 여성 인물과의 이별로 이어진다. 소대성은 조력자 이승상의 죽음으로 채봉과 이별하고, 유충렬은 조력자 강승상의 유배로 강낭자는 물론 강승상 가족들과 이별한다. 「조웅전」은 이야기 전개 순서와 방식이 조금 달라서 조웅은 모친, 월경대사와 이별하고 바깥세상으로 나와 살던 중 장소저를 만나 인연을 맺지만 오래지 않아 이별한다.

주인공을 도와주고 지지하는 이들과의 이별로 생긴 빈자리는 이내 또 다른 조력자의 등장으로 채워진다. 주인공은 조력자의 도움으로 공을 세운 뒤, 명예롭게 귀환해 부귀영화를 누린다. 소대성은 청룡사의 나이 많은 승려에게서 병법과 도술을 익힌 뒤 오랑캐의 침입을 예견하고 전쟁에 나아가 호국胡國을 무찔러 나라를 구하는 큰 공을 세운다. 이 일로 노국왕魯國王에 봉해진 소대성은 채봉과 다시 만나 인연을 맺고 선정善政을 베풀며 행복하게 산다. 유충렬은 백룡사 노승의 가르침을 받은 뒤 남흉노와 북적北狄, 그리고 그들의 수하로 들어간 간신 정한담과 최일귀를 무찌르는 한편 사로잡혔던 황제 일가를 모두 구출한다. 강낭자를 포함해 살아남은 모든 가족과 재회하며, 남만南蠻 오국誤國을 하사받는 한편 승상의 지위를 얻어 태평성대를 이루어 나간다. 조웅은 철관 도사에게 가르침을 받은 뒤 서번국西藩國의 침입을 예견하고 그들을 무찌르며, 간신 이두병에게 죽임을 당할 위기에 처한 태자와 충신들을 구출한다. 그러고는 마침내 이두병 일당을 제거하고 태자의 지위를 확고하게 했으며, 서번국 왕이 되어 민정民政을 잘 살핀다. 또한 장소저와 그녀의 모친, 조웅의 모친 등과도 다시 만나 재회의 기쁨을 누린다.

세 작품 모두 주인공이 공을 세우고 헤어졌던 가족들과 재회하며 선정을 베풀어 태평성대를 누리도록 한다는 점에서는 유사하다. 그러나 결론에 도달하기 전까지 절정으로 치닫는 위기 상황을 구체적으로 전개하는 양상은 각기 개성적인 면모를 지니고 있다.

4. 비슷한 서사 구조, 하지만 매우 다른 이야기

세 작품의 내용을 크게 세 묶음으로 나누어 비교해 가며 살펴보았다. 서사 구조의 층위에서 볼 때 세 작품 모두 영웅의 일대기 구조에 잘 부합한다는 것을 알 수 있다. 그러나 구체적인 이야기 전개 양상을 따져 보면 꽤 많은 차이가 확인된다. 이야기 전개상의 차이로 세 작품은 각기 다른 매력을 지닌다.

「소대성전」은 다른 두 작품과 달리 정적의 존재가 설정되어 있지 않다. 대신 채봉과의 결연을 반대하는 채봉의 모친이나 오빠와 갈등 관계를 형성하는데, 이들과의 갈등이 작품의 핵심 서사는 아니다. 그러다 보니 갈등 관계보다는 주인공의 영웅적인 면모가 강조되는 경향을 보인다.

「유충렬전」과 「조웅전」은 정적과의 갈등 관계가 서사의 주요 동력이라는 점에서 유사하다. 그러나 두 작품을 비교해 보면 「조웅전」이 「유충렬전」보다 더 극단적인 갈등 관계를 설정했음을 알 수 있다. 정적인 이두병의 힘이 매우 막강하다든가, 이두병의 참소讒訴에 조웅의 부친인 조정인이 죽음이라는 극단적인 방식을 택한다든가, 주인공 조웅이 어릴 때부터 이두병에게 대항하는 점들이 그 예일 수 있다. 반면에 「유충렬전」은 「조웅전」보다 더 다채롭고 풍부한 서사를 보여 준다. 유충렬의 가족 등 주변 인물들의 이야기가 구체적으로 서술된다든가, 정적을 무찌르고 황제 일가를 구출하는 과정에서 다양한 우여곡절이 등장하는 점들이 그 예다.

5. 차이의 의미에 대한 연구

세 작품의 이와 같은 차이는 우리에게 무엇을 말할까? 작자 미상의 고소설을 분석할 때 가장 먼저 하는 질문은 '누가 무슨 목적으로 이 작품을 창작하고 향유했을까'다. 단순한 질문 같지만 작품에 대한 문헌 정보가 불명확한 고소설의 경우엔 궁극적으로 해결할 수 없는 질문이다. 이들 연구는 바로 이러한 작품의 기본적인 정보를 유추하기 위한 면밀한 텍스트 분석에서 출발했다. 그리고 텍스트 분석을 통해 통속적인 영웅이 주인공이 되어 국난을 타개하는 이야기가 널리 성행할 수 있었던 창작 동기와 독자의 기대 지평은 무엇이었을지 탐색했다. 연구자마다 주장하는 바는 달랐지만, 기대어 있는 바가 주로 조선 후기의 역사적 현실이나 이념적 지향 문제라는 점은 유사했다. 그리고 「소대성전」이 상대적으로 우연한 계기로 고난을 만났다면 「유충렬전」, 「조웅전」으로 갈수록 그 고난이 현실 정치의 문제와 강하게 결부되어 있다는 점에 주목한다. 구체적인 갈등 설정은 위기의 다양화와 긴장감의 극대화로 이어져 극적인 결말 구조를 형성하도록 견인하기 때문이다. 주지하다시피 소설은 허구이되 구체적인 현실에 발 딛고 서 있을 때 그 의의를 인정받는다. 결국 세 작품은 영웅(군담)소설이 소설사에서 어떻게 위상을 잡아 갔는지 그 흐름을 잘 보여 주는 대표적인 작품이다. 이는 곧 작품의 주제와 작자층, 향유층을 추정하는 근거가 되었다.

6. 향유의 문화적 의미에 대한 연구

이러한 초창기 연구 성과를 바탕으로 후속 연구는 보다 세분화되는데, 이본 연구를 통해 작품의 구체적이고 다양한 실상을 파악하는 것이 가장 대표적이라 할 수 있다. 그 전까지 「소대성전」, 「유충렬전」, 「조웅전」 연구에서는 특정 이본 하나만이 또는 여러 이본이 필요에 따라 임의로 작품 분석에 활용되었는데, 한 작품의 다양한 이본을 비교하는 연구가 진행되면서 작품이 단일한 형태로만 향유되었던 것은 아님을 파악했다. 이는 다양한 이본의 존재를 고려하는, 이본의 개성을 존중하는 연구로 나아갔다.

그 과정에서 향유의 실상을 파악할 수 있는 주목할 만한 성과도 발견되었는데, 이를테면 이본 출현 지역의 서사문학 향유 양상을 기반으로 그 문체적·주제적 특징을 도출한 연구, 작품의 이본을 계열화해 계열별 특징을 파악한 연구, 상업 판본(경판본·완판본 등의 방각본, 세책본, 근대식 활자본) 간의 상호 영향 관계나 차이를 분석해 작품 향유의 실상을 입체적으로 분석한 연구 등을 꼽을 수 있다. 이러한 연구를 통해 그간 막연하게 정의되었던 사실들이 수정되는 성과를 얻었다. 최근에는 한글본만 존재하던 통속적 영웅(군담)소설 분야에 한문본이 소개되면서(세 작품 중에는 「소대성전」의 한문본 이본이 2종 소개되었다) 그간 잠정적으로 결론 내렸던 주제와 향유층 문제에 대해 재론할 필요성이 제기되었다. 요컨대 이본에 구체적으로 주목하면서, 이본 연구의 성과가 작품의 주제나 문체에 대한 연구는 물론 향유층과 유통 문제에까지 영향을 미치는 것이다.

세 작품에는 아직까지 연구 대상으로 다뤄지지 않은 이본이 상당수 존재하고, 새로운 이본이 발견될 가능성이 상존하기 때문에 작품 연구에 대한 결론을 일정 부분 열어 놓을 필요가 있다. 그럼에도 확실한 것은 「소대성전」, 「유충렬전」, 「조웅전」이 넓은 스펙트럼의 향유층과 호흡하며 상당히 오랜 기간 많은 사람의 사랑을 받았다는 점이다. 이들 작품이 한국 고소설사에서 소설의 완성도가 높은 작품으로 거론되는 것은 아니지만, 소설 향유사의 인상적인 국면을 설명할 때 없어서는 안 될 작품이라는 점에는 의심의 여지가 없다.

1. 세 작품의 주인공이 겪는 고난과 극복 과정에서 나타나는 유사점과 다른 점이 무엇인지 토론해 보자.

2. 「소대성전」은 후속편으로 「용문전」이 있으며, 「낙성비룡」이라는 제명으로 개작되기도 했다. 이렇듯 「소대성전」과 관련을 맺는 작품이 다양한 이유가 무엇일지 토론해 보자.

3. 「조웅전」의 경판본과 완판본, 세책본은 내용상 차이점이 있다. 판본에 따라 내용의 차이를 보이는 이유가 무엇일지 생각해 보자.

4. 「유충렬전」이 지닌 율문체적인 특성을 당시 소설 향유 문화의 특징과 관련지어 생각해 보자.

권장할 만한 텍스트

신해진 옮김, 소대성전, 지만지, 2015

신해진 옮김, 용문전, 지만지, 2011

이상구 옮김, 유충렬전, 지만지, 2015

이헌홍 옮김, 조웅전·적성의전, 고려대 민족문화연구소, 1996

임치균, 이지영 외 2명 옮김, 낙성비룡 문장풍류삼대목 징세비태록, 한국학중앙연구원, 2009

조희웅 옮김, 조웅전, 지만지, 2009

참고 문헌

김동욱(2016), 소대성전의 주인공 소대성의 인물형상 연구

박일용(1993), 유충렬전의 서사구조와 소설사적 의미 재론

엄태웅(2012), 방각본 영웅소설의 지역적 특성과 이념적 지향

이상구(1995), 유충렬전의 갈등 구조와 현실 인식

이유진(2018), 소대성전 이본의 계통과 전변과정

이윤석(2014), 방각본 조웅전의 원천

이지영(2000), 장풍운전, 최현전, 소대성전을 통해 본 초기 영웅소설의 전승의 행방

임성래(1996), 완판본 조웅전의 대중소설적 기법 연구

전성운(2012), 조웅전 형성의 기저와 영웅의 형상

진경환(1993), 영웅소설의 통속성 재론 -유충렬전을 중심으로 한 시론

필 자   엄태웅

홍계월전

「홍계월전」은 19세기경에 지어진 것으로 추정되는 작가 미상의 여성영웅소설이다. 이 작품은 여성영웅소설 중에서도 여성 음조형이나 남녀 대등형 소설과는 달리 여성 우위형 소설에 해당한다. 남복男服 모티프[1]가 등장하고 전쟁터에서 남주인공보다 여주인공의 활약이 두드러지며, 배우자를 압도하면서 그를 조롱하고, 천자天子를 포함한 남자들과의 관계에서 지배적인 위치를 차지하는 내용이 등장한다는 점에서 그러하다. 알려진 이본은 약 16종인데, 그중 단국대 103장본이 원본에 가까운 이본이라는 학설이 제기된 바 있고(정준식, 2008), 한국학중앙연구원(이하 한중연) 45장본과 단국대 103장본을 두고 연구자들 사이에 선본善本 논란이 있다. 단국대 103장본은 한중연 45장본보다 남주인공의 활약이 상대적으로 두드러진다는 특징이 있다. 한중연 45장본은 후에 활자본의 저본이 된다는 점에서 단국대 103장본보다 대중의 선호를 더 받은 것으로 판단된다.

1. 남복 개착의 상징성

여주인공 홍계월은 어려서 아버지에 의해 남복이 입혀진 후 자발적으로 남복을 입으며 생활하고, 과거에 장원 급제한 뒤에는

1. 남복 모티프: 고전소설에서 여성 인물이 자신이 여성임을 감추기 위해 또는 남성처럼 입신양명하기 위해 남자 옷을 입고 행동하는 이야기.

여복 위에 조복朝服을 입고, 전쟁터에 나가서는 군복軍服을 입는다. 홍계월이 평상복으로 입었던 남복은 물론 조복과 군복 모두 남성의 전유물이었던바, 이의 상징을 두고 해석이 엇갈린다. 남성에 대한 선망으로 보는 입장과 여성의 자아실현을 위한 수단으로 보는 입장이 그것이다.

남성에 대한 선망

남복 개착改着을 남성에 대한 선망으로 보는 시각은 홍계월이 남성의 정체성 (identity)을 갖고 입신양명 같은 유교적 남성상을 추수追隨하는 데 그 수단으로 남복이 이용되었다고 보는 입장이다. 당대의 여성이 처한 현실에 대한 진지한 반성 없이 단순히 남성처럼 되려 했다는 점에서 육체는 여성이지만 실질적으로는 남성과 다름이 없다는 것이다.

　계월이 사회적으로 인정받는 것은 참된 여성으로서가 아니라 '가짜 남성'인 상태에서 이루어지는 것으로 이는 공적 영역에서의 능력 발현이 남성에게 국한되어 있다는 성역할 분담의 역설적 확인이며, 결국 이는 여성의 자아실현 통로를 차단한 강력한 가부장제의 가치관을 반영한 것에 불과하다고 했다(박명희, 1989). 또한 '계월'의 여성성보다 '평국'의 남성성만을 찬양한다는 점에서 홍계월은 여성성을 가장 많이 상실한 인물이며(이인경, 1992), 진정한 여성성은 상실한 채 남성만을 선망하는 인물이라고 했다(장시광, 2001). 결국 「홍계월전」은 여성을 가부장적이고 유교적인 틀 안에 가두려는 이데올로기를 감추고 있는 작품이라고 평했다(심진경, 1995).

여성의 자아실현을 위한 수단

남복 개착을 가부장제적 가치관의 반영이자 남성에 대한 선망을 표출한 것으로 보는 입장과 달리, 이는 바깥 활동에 한계가 있는 여성으로서 할 수 있는 최대한의 방법이자 자아실현의 수단이라고 보는 입장이 있다. 여성영웅소설이 향유된 조선 시대의 여성이 처한 입장에 대한 반발이자, 가부장제하 남성의 횡포에 대한 비판 메시지를 담고 있다고 보았다(김연숙, 1995). 홍계월이 여성으로서 자아실현을 했다는 징표는 그녀가 여성임이 탄로 난 뒤에도 사회적 지위를 계속 유지하며 여성영웅의 능력을 발휘했다는 점이다. 이때 남복은 자신이 원하던 지향 가치를 실현하게 하는 계기의 요소로 작용했다(임주인, 2010). 남복 개착은 홍계월이 자아를 실현하기 위해 해야만 했던 불가피한 행위였다는 것이다. 이러한 기조에 있는 논의들은 결국 홍계월의 젠더 정체성은 남성이 아니라 여성이라는 점을 강조한다.

2. 남녀 주인공의 능력에 대한 시각

남녀 주인공의 능력을 표면적으로 보면 여성이 우위에 있는 듯하지만, 꼭 그렇지만도 않다는 문제도 제기되었다. 대부분 전자의 시각이 정설처럼 받아들여지나 후자의 시각도 눈여겨볼 만하다.

여성 능력의 우위를 보이려는 시각

남복 개착을 남성에 대한 선망의 표출로 보든, 여성의 자아실현 수단으로 보든 그 전제는 계월의 능력이 보국을 압도한다는 것이다. 이처럼 대부분의 연구자는 계월의 능력이 보국의 능력을 압도하고, 서술 시각도 여성 능력의 우월성을 드러내는 데 있다고 보았다. 이는 두 사람이 곽도사에게서 수학할 때 보인 학습 능력의 차이, 과거에서 각각 장원과 2등으로 급제한 점, 전쟁터에서 죽을 위기에 빠진 보국을 계월이 구출한 점, 천자가 희롱 삼아 계월에게 보국과 겨루도록 했을 때 보국이 계월에게 패배한 사실 등에서 현저하게 나타난다.

보국은 능력면에서는 계월에게 부족하나 집안에서는 남편으로서의 권위를 앞세워 계월을 제압하려 한다. 계월은 이에 굴하지 않고 자신을 보고도 예를 차리지 않은 보국의 첩 영춘을 단칼에 베어 버리는 등 팽팽하게 맞서는 모습을 보인다. 결국 보국의 아버지가 보국에게 계월을 이해하라 하며 중재하는 모습에서 계월의 영웅적 능력이 돋보인다.

남녀의 상호 협력적 관계를 보이려는 시각

계월이 처음에는 보국보다 능력이 우위에 있는 것이 분명하지만 천자나 시부 등 주변 인물의 영향, 그리고 서사적으로 3차와 4차 군담(단국대 103장본)에서 보국이 계월에게 의지하지 않고 능력을 발휘하는 것을 보면 반드시 그렇게 볼 수만은 없다는 주장도 제기되었다. 계월과 보국은 서사 막바지에 이르면 상호 인정과 협력을 통해 각자의 역량을 발휘하는 영웅으로 자리를 찾았고, 작가는 계월을 남성보다 우월한 능력을 지닌 영웅이 아닌, 보국과의 관계를 통해 경쟁하고 협력하는 여성영웅으로 성장하는 모습을 그렸다고 했다. 결론적으로 「홍계월전」의 시각을 여성 의식의 진전이나 한계로만 규정지을 것은 아니라고 했다(김정녀, 2013).

탐구 활동

1. 「홍계월전」의 남녀 주인공이 상대를 대하는 태도가 드러나는 부분을 작품에서 찾아보고, 그 태도가 어떠한 입장에 기반한 것인지 토론해 보자.

2. 현대에 산출된 영화나 드라마의 여주인공 가운데 홍계월처럼 남복을 하고 행동하는 인물을 찾아 남복을 하게 된 계기, 남복을 한 후 다른 인물과 맺은 관계 등을 기준으로 홍계월의 행위와 비교해 보자.

권장할 만한 텍스트   장시광 옮김, 홍계월전-여성영웅소설, 이담북스, 2011

참고 문헌

김연숙(1995), 고소설의 여성주의적 연구

김정녀(2013), 타자와의 관계를 통해 본 여성영웅 홍계월

박명희(1989), 고소설의 여성중심적 시각연구

박혜숙(2006), 여성영웅소설과 평등, 차이, 정체성의 문제

심진경(1995), 여장군계 군담소설 홍계월전 연구

이인경(1992), 홍계월전 연구

임주인(2010), 홍계월전과 박해받는 승리자에 나타난 남장의 의미 비교 분석

장시광(2001), 여성영웅소설에 나타난 여화위남의 의미

정준식(2008), 홍계월전 이본 재론

조광국(2014), 홍계월의 양성성 형성의 양상과 의미

필 자   장시광

방한림전

「방한림전」方翰林傳은 여성영웅소설인데, 매우 특이한 위상을 점하고 있다. 여주 인공이 남복을 하고 능력면에서 남성들을 압도하며 전쟁터에 나가 국가의 위기를 해소하는 등의 서사는 대부분의 여성영웅소설과 유사하지만, 가부장제에 기반한 혼인 제도의 불합리함을 인식하고 아예 혼인하지 않으려는 또 다른 주인공이 등장하며, 여성끼리 혼인한다는 서사는 「방한림전」만이 지닌 독특한 면모라 할 수 있다.

「방한림전」의 작가는 알려져 있지 않다. 이본 「방한림전」 끝부분에 민한림 부인 방씨가 기록했다는 점을 근거로 작가를 방씨로 추정하기도 하나(차옥덕, 1999), 그 기록은 작품의 사실성을 담보하기 위한 가탁으로 보는 것이 타당할 듯하다. 창작 시기는 여성영웅소설의 산출 시기, 작품의 내용, 이본의 상태를 고려하면 19세기경으로 보인다.

현재까지 확인된 이본은 총 세 종으로 모두 한글 필사본이다. 단국대 소장 「방한림전」, 정학성 소장 「낙성전」落星傳, 한국학중앙연구원 소장 「쌍완기봉」雙婉奇逢이 그것이다. 이본의 제명題名이 다른 것은 각 필사자의 주안점이 다르다는 뜻으로 해석할 수 있다. 즉 「방한림전」은 남복한 여성 방관주를 중시한 경우고, 「낙성전」은 방관주와 영혜빙보다는 그들의 양자인 낙성을 중요한 인물로 본 경우며, 「쌍완기봉」은 방관주와 영혜빙 두 사람의 결연과 생활을 중시한 것으로 볼 수 있다. 「방한림전」과 「낙성전」은 거의 비슷하나 직접적인 수수 관계는 없는 것으로 보인다. 「쌍완기봉」은 두 이본과 다른 면이 적지 않은데, 특히 예법을 중시하는 모습이 더 많이 나타난다(장시광, 2001).

1. 방관주의 행위가 지니는 의미

「방한림전」의 두 주인공 중 한 명인 방관주는 여느 여성영웅소설의 주인공과 마찬가지로 남복을 개착하고 국가의 위기를 타개하는 영웅의 모습으로 등장한다. 그런데 이러한 행위에 대한 평가는 상이하다. 방관주의 행위를 여성으로서 남성이 되지 못한 콤플렉스를 표출한 것으로 보는 평가가 있는 반면, 고정된 성역할의 해체로 보기도 한다.

남성 콤플렉스의 표출

영혜빙은 여성이라는 자각을 강하게 지닌 인물인 반면, 방관주는 남성이 되지 못한 한을 지니고 남성처럼 되려는 인물로 보는 시각이다. 여성성을 상실한 채 남성성을 체현體現하며 가부장제의 질서를 구현하는 데 기여하는 인물로 본다. 방관주를 그렇게 만든 데는 타고난 기질과 부모로부터 받은 교육이 중요한 역할을 한 것으로 보았다. 비록 유모가 나서서 방관주에게 여성의 도리를 행하라고 하지만, 정체성이 남성인 방관주가 그러한 충고를 들을 리 없다고 해석했다. 이러한 방관주의 모습은 당대 여성의 질곡을 인식한 데 따른 의식적인 행위가 아니라 남성에 대한 일방적이고 무의식적인 지향이며, 결국 남성 콤플렉스가 반영된 행위라고 보았다. 방관주의 남복 개착 역시 진지함과는 거리가 먼, 통속적인 흥미소의 기능을 한다고 했다(장시광, 2001).

고정된 성 역할의 해체

영혜빙은 물론 방관주의 행위를 조선의 가부장제 질서에 대한 비판으로 보는 시각도 있다. 이때 방관주는 평등의 페미니즘을, 영혜빙은 차이의 페미니즘을 보여 준다는 것이다. 방관주가 남복을 개착하고 영웅의 행위를 벌이는 것을 두고 중세의 젠더 이

분법과 관련된 고정관념들을 해체하면서 국가와 제도가 그들에게 부여한 역할과 규범에 도전한다는 점에서 고정된 성정체성에 의문을 제기한 것으로 평가했다(박혜숙, 2006). 방관주가 여성에게 부여된 성역할을 거부하고 남성의 성역할을 한 동일한 행위를 남성 콤플렉스를 발현한 것이라고 본 시각과는 상반된 해석이다.

2. 동성 결혼의 의미

여성영웅소설을 넘어 모든 고전소설을 통틀어 보아도 「방한림전」만이 지닌 독특한 면모는 바로 여성끼리 결혼하는 서사가 등장한다는 점이다. 가부장제 아래서 남편에게 제압당하는 것이 싫어 결혼하지 않으려는 영혜빙과 외부인에게는 계속 남자처럼 보이고 싶어 하는 방관주의 이해관계가 맞아 두 사람은 혼인을 하는데, 이러한 두 사람의 동성 결혼에 대해 지기知己의 구현이라는 해석과 그것을 넘어 동성애의 징후가 보인다는 해석이 있다.

지기 관계의 형성

동성 결혼을 방관주에게는 남성으로서의 삶을 지속하게 하고, 영혜빙에게는 지기知己와의 한평생을 갈등 없이 이어 가도록 한다는 점에서 둘의 연대를 상징적으로 보여 주는 문학적 장치로 보는 시각이다(박혜숙, 2006). 두 사람은 방관주가 죽기 직전 천자에게 고백하기 전까지 외부에는 철저히 남녀 관계로 이루어진 부부처럼 행동하지만, 둘이 있을 때는 여성 사이의 유대감을 기반으로 하는 여성 공동체를 형성했다는 것이다.

동성애의 징후

동성 결혼을 두 사람의 연대를 넘어 동성애의 징후로 보는 해석이 있다. 표면적으로는 지기 관계를 맺는 것으로 나타나지만, 그 이면에는 지기 관계 이상의 감정선이 보인다고 했다. 두 사람이 결혼한 것은 서로에 대한 이끌림이 있었기 때문이고, 결혼 후 서로 잠시도 떨어지지 않으며 둘만의 생활을 유지한다. 다만 성애적인 관계가 불가능하므로 우울과 냉소가 뒤따른다. 다만 작가는 그러한 부분을 온전히 드러내지 않음으로써 당대 사회에 통용되는 작품을 생성했다는 것이다. 또한 방관주가 여타 여성 영웅소설의 주인공과는 달리 죽기 직전까지 남성으로 남으며 영혜빙이라는 여성과 결혼해서 40년간 생활을 유지한바, 이는 이성애에 기반을 둔 가부장적 결혼 제도에 도전한 급진적인 작품이라는 결론을 내렸다(김경미, 2008).

| 탐구 활동 | 1. 「방한림전」의 두 주인공 방관주와 영혜빙이 각기 결혼에 대해 가진 생각과 태도를 비교하고, 주인공들이 그러한 생각과 태도를 가진 연유를 생각해 보자. |

2. 동성同性의 인물이 결혼하는 내용의 영화나 드라마를 만든다고 가정하고, 각자 스토리를 간략히 작성한 후에 서로 토론해 보자.

| 권장할 만한 텍스트 | 장시광 옮김, 방한림전-조선시대 동성혼 이야기, 이담북스, 2010 |
| | 이상구 옮김, 방한림전, 문학동네, 2017 |

참고 문헌	강진옥(1996), 이형경전(이학사전) 연구
	김경미(2008), 젠더 위반에 대한 조선사회의 새로운 상상
	김정녀(2006), 방한림전의 두 여성이 선택한 삶과 작품의 지향
	김하라(2002), 방한림전에 나타난 지기 관계 변모의 의미
	박혜숙(2006), 여성영웅소설과 평등, 차이, 정체성의 문제
	양혜란(1998), 고소설에 나타난 조선조 후기사회의 성차별의식 고찰
	엄태웅(2011), 방한림전에 나타난 가부장의 부재와 재현의 양상
	장시광(2001), 방한림전에 나타난 동성결혼의 의미
	조현우(2016), 방한림전에 나타난 갈등과 우울의 정체
	차옥덕(1998), 방한림전의 구조와 의미
	차옥덕(1999), 방한림전의 여성주의적 시각 연구

| 필 자 | 장시광 |

춘향전

「춘향전」春香傳은 한국에서 가장 대표적인 고전이자 가장 친숙한 고소설로, 퇴기 월매의 딸 춘향과 남원 부사의 아들 이도령이 온갖 역경을 극복하고 사랑을 성취하는 내용이다. 이들의 사랑을 가로막는 것은 천민과 양반이라는, 당대로서는 넘을 수 없는 신분의 벽이었고, 그런 의미에서 「춘향전」은 젊은 남녀의 금지된 사랑 이야기라고도 할 수 있다.

　「춘향전」은 19세기 이래 가장 인기 있는 소설이었기에 현재 남아 전하는 이본도 가장 많아 300여 종을 웃돌고, 근대 이후 다양한 매체와 결합해서 지속적으로 재창작되어 현재에 이른다. 이 글에서는 「춘향전」에 대한 연구 중 이 작품의 출현과 관련된 형성론, 다양한 내용을 담고 있는 이본들을 대상으로 하는 이본론, 작품의 핵심적이고 궁극적인 의미를 탐구하는 주제론 등을 중심으로 중요한 사항을 점검해 보도록 하겠다.

1. 형성론

비슷한 시기 다른 나라와 구별되는 한국 고소설의 특징 가운데 하나는 작품 수는 상당히 많은 데 비해, 대부분 작품의 작가를 알 수 없다는 것이다. 「춘향전」 역시 특정한 어떤 사람이, 언제,

어떠한 작품으로 만들어 냈는지 정확하게 알 수 없다는 것이 일반적인 의견이다. 작가를 알 수 없기 때문에 「춘향전」 형성에 대한 논의는 믿을 수 있는 근거를 바탕으로 합리적인 추론을 할 수밖에 없다는 근본적인 한계가 있다. 새로운 자료의 출현 또는 과거에는 믿을 수 있는 사실이라고 알려졌던 자료에 대한 새로운 이해에 따라 「춘향전」 형성에 대한 논의는 지속적으로 재고하고 보완해야 할 필요성이 있다.

「춘향전」을 대표로 하는 이른바 판소리계 소설의 형성 과정에 대해서는 연구사 초기부터 '근원 설화→판소리→판소리계 소설'이라는 도식으로 설명해 왔다. 이러한 설명 방식은 오랫동안 제도권 교육에서 인정되었고, 현재 중등 교육에서도 거의 그대로 교육하고 있다. 「심청전」과 「화용도」의 형성은 이러한 도식으로 설명할 수 없지만, 이는 예외적인 현상으로 이해하는 실정이다.

「춘향전」의 근원 설화로 지목되었던 것들은 열녀烈女 설화, 관탈민녀官奪民女 설화, 암행어사 설화, 신원伸冤 설화, 염정艶情 설화 등이다. 부인이 남편을 위해 정절을 지키는 열녀 설화나 지배 계층 남성이 권력을 이용해 하층 여성의 정절을 빼앗으려고 하지만 하층 여성이 이에 저항해 정절을 지켜 내는 관탈민녀 설화, 신분이 다른 남녀가 사랑을 성취해 가는 염정 설화 등은 춘향과 이도령, 춘향과 신관 사또 사이의 서사가 만들어진 원류로 언급되었다. 또한 정의로운 암행어사가 탐관오리를 징치하는 암행어사 설화나 원한을 품고 억울함을 당한 사람의 원한을 풀어 주는 신원 설화는 이도령이 춘향을 구해 내는 서사의 원류로 거론되었다.

이러한 근원 설화가 판소리 창자인 광대에게 수용되어 스토리를 갖춘 사설이 되고 이를 판소리 「춘향가」로 불렀으며, 최종적으로 이 판소리 사설을 문자로 기록해 정착시킨 것이 판소리계 소설 「춘향전」이라는 설명이다. 결국 판소리계 소설은 설화에서 유래해 판소리 공연을 기반으로 향유되던 이야기들이 소설화된 것이라고 보는 것이다.

이상의 판소리계 소설 「춘향전」의 형성론에 대해서는 앞으로 다음과 같은 몇 가지 점검이 필요할 것으로 보인다. 근현대에 명확히 소리로 전승된 판소리 「춘향가」와 가장 유사한 내용과 문장을 담고 있는 소설 「춘향전」은 완판 84장본 「열녀춘향수절가」다. 그런데 이 이본은 전체 「춘향전」 이본 가운데 거의 가장 나중인 20세기 초에 출현한 이본이다. 이보다 50여 년 전에 필사된 「남원고사」南原古詞 같은 세책貰冊 「춘향전」은 어떤 판소리를 원천으로 필사했을까? 앞서 언급한 판소리계 소설 성립 도식을 믿는다면 세책으로 유통되던 「춘향전」과 거의 똑같은 내용을 사설로 하는 판소리 「춘향가」가 1860년대 전에 불렸다고 해야 하는데, 이를 증명할 수 있는 자료가 없다. 물론 판소리 사설의 구비적인 속성 때문에 현재 문헌으로 완전히 남아 있기 어렵고, 신재효申在孝(1812~1884)가 정리한 「춘향가」 사설이나 완판 「별춘향전」 등이 존재한다고 하더라도 세책 「춘향전」과 완판 84장본 「열녀춘향수절가」의 내용상의 차이를 어떻게 설명할 수 있느냐에 대해서는 지속적인 탐색이 필요하다. 그런 의미에서 이미 완성되었던 인기 있는 소설을 노래로 부른 것이 판소리라는 의견에 대해서도 점검이 필요하다.

「남원고사」가 생성되기 100여 년에 판소리 「춘향가」가 불렸다는 사실을 증명하는 자료로 만화晚華 유진한柳振漢(1711~1791)의 문집 『만화집』晚華集에 수록된 장편 한시 「춘향가」(1754)가 있다. 이 만화본 「춘향가」는 판소리 「춘향가」, 소설 「춘향전」을 통틀어 현재 가장 오래된 기록으로 인정받으며, 이 자료를 통해 18세기 판소리 「춘향가」의 내용이 만화본 「춘향가」의 내용과 유사할 것이라고 생각한다. 실제로 만화본 「춘향가」의 내용 중에는 「남원고사」의 내용과 유사한 부분이 나타나기도 한다. 그런데 『만화집』이라는 문헌에 대한 텍스트 비평이 제대로 이루어진 적이 없기 때문에, 이 문집의 기록으로 파악되는 18세기 중엽의 사실을 신뢰할 수 있느냐의 문제가 아직 남아 있다. 만화본 「춘향가」에는 「배비장전」이나 가사 「황계사」黃鷄詞 관련 내용이 포함되어 있고, 또 여승가女僧歌라는 어휘도 나타나는데, 이들은 대체로 19세기의 작품으로 인정되는 실정이라 자료를 통해 유추할 수 있는 사실에 모순이 발생한다. 또한 이 문집에는 소설 「사씨남정기」의 내용 중 일부를 한시로 읊은 「유한림영사부인고사당가」劉翰林迎謝夫人告祠堂歌라는 작품도 수록되어 「춘향가」를 이해하는 데 시사하는 바가 있다.

작가를 알 수 없는 「춘향전」 같은 작품의 형성에 대한 논의는 명백하게 신뢰할 수 있는 사실은 무엇이고, 이를 바탕으로 합리적으로 추론할 수 있는 것은 무엇인가를 분명하게 하고 지속적으로 논의를 전개해 나가야 한다. 진리를 찾아가는 것이 학문의 목적이기 때문이다.

2. 이본론

한국 고소설의 또 다른 특징 가운데 하나가 각 작품마다 이본이 많다는 사실이다. 한 작품에 많은 이본이 존재하는 이유는 작가가 밝혀지지 않아 저작권 같은 개념이 존재하지 않았고, 그로 인해 누구든 작품 개작에 참여해서 새로운 이본을 만들어 내는 데 아무런 제약이 없었기 때문이다. 특히 「춘향전」 같은 인기 소설은 이본의 숫자가 굉장히 많고, 각각의 이본이 담고 있는 내용도 다양하기 때문에 이본 연구를 하지 않을 수 없다.

300종이 넘는다고 알려진 「춘향전」의 많은 이본을 몇몇 계열로 나누어 이해하는 연구는 연구사 초기부터 줄곧 이어져 왔다. 그중 가장 일반적으로 사용되는 분류는 춘향의 신분에 따라 '기생 계열'와 '비기생 계열'로 나누어 파악하는 방법이다. 그런데 조선 시대의 신분은 모친의 신분에 따라 규정되는 종모법從母法을 원칙으로 했으므로, 엄밀하게 보았을 때 퇴기 월매와 딸 춘향은 원칙적으로 모두 천민 신분이다. 기생 계열과 비기생 계열로 분류하는 핵심은 춘향의 부친이 어떤 신분이냐의 문제다. 이러한 분류가 「춘향전」을 이해하는 데 매우 유효한 이유는 부친의 신분에 따라 춘향의 생각과 행동이 달라지고, 이에 따라 이도령, 월매, 남원 관아의 하급 관리들과 남원 백성까지도 생각과 행동이 달라지며, 이들이 만들어 나가는 서사의 내용도 영향을 받기 때문이다. 대체로 춘향의 부친이 장님 점쟁이의 친구같이 미천한 신분으로 설정된 이본에서의 춘향은 주체적인 성향이 강화되어 있는 반면, 부친이 성참판처럼 양반 신분으로 설정된 이본에서는 춘향의 정숙한 성향이 잘 드러난다. 「춘향전」의 통시적인 역사에서는 주체적인 춘향이 등장하는 「춘향전」에서 정숙한 춘향이 등장하는 이본으로 변모해 나갔다고 이해하는 것이 일반적이다.

소설은 기본적으로 상업적인 출판 유통이 중심이 되어 생성되고 확산되었다고 볼 수 있다. 이러한 기준으로 「춘향전」 이본들을 분류한다면, 대여 방식으로 유통된 세책 「춘향전」과 판매 방식으로 유통된 방각본坊刻本 「춘향전」, 그리고 「옥중화」獄中花로부

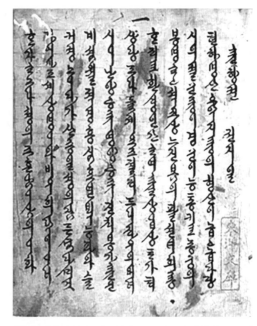

향목동 세책 「춘향전」(일본 동양문고 소장). 이 「춘향전」은 20세기 초 서울의 향목동(현 을지로 1가 부근) 세책집에서 대여해 주던 책으로, 19세기 중반에 필사된 「남원고사」와 내용상 큰 차이가 없다.

터 출발하는 구활자본 「춘향전」이 있었다고 할 수 있다. 서울에서 유통된 세책 「춘향전」을 축약해 경판京板 방각본이 나타나고, 서울 「춘향전」의 영향과 적극적인 개작 의식을 바탕으로 전주의 완판完板 방각본이 출현한다. 1912년 이해조李海朝의 「옥중화」와 1913년 최남선崔南善의 「고본 춘향전」은 구활자본 「춘향전」으로 서로 경쟁했는데, 판매 부수를 기준으로 본다면 결과는 「옥중화」의 일방적인 승리로 끝맺는다. 초기에 영향력을 가졌던 세책 「춘향전」은 춘향의 주체성이 강조된 성향의 텍스트고, 근대에 인기를 끌었던 완판 84장본 「열녀춘향수절가」와 「옥중화」는 춘향의 정숙함이 강화된 텍스트라고 할 수 있다. 이처럼 「춘향전」의 계열 분류와 개별 이본에 대한 연구를 통해 어떤 성격의 「춘향전」이 시간의 흐름에 따라 독서 시장에서 호응을 받았는지를 알 수 있다.

이 밖에도 「춘향전」에는 무수한 양의 필사본이 존재하고, 그중에는 「춘향신설」, 「광한루기」 등 한문으로 개작된 이본들도 있다. 또한 19세기 후반 신재효가 정리했다고 하는 「남창 춘향가」, 「동창 춘향가」와 판소리로 부를 때의 곡조나 장단이 기록된 소리책들도 존재해 「춘향전」의 당대적 인기를 감지할 수 있다.

「춘향전」은 한국인뿐만 아니라 외국인에게까지 대표적인 소설로 인식되었기 때문에 이른 시기부터 외국어로 번역, 개작된 작품이 나타났다. 1882년 나카라이 도스이半井桃水가 펴낸 일본어 번역본부터 1910년 티쏘Tissot의 베트남어 번역본까지, 1910년 전까지만으로 한정해도 일본어, 영어, 프랑스어, 독일어, 러시아어, 중국어, 베트남어의 7개 국어로 번역되었다. 이들 외국어 번역본 「춘향전」은 한국인이 아닌 외국인이 「춘향전」을 어떻게 이해했는가를 살펴볼 수 있는 좋은 자료이므로, 「춘향전」을 이해하는 외부의 시각을 확인하는 동시에 「춘향전」의 외연을 넓히는 데 시사하는 바가 있다고 하겠다.

3. 주제론

문학 작품에서 주제를 파악하는 작업은 해당 작품의 집약적이고 핵심적인 의미를 효율적으로 살펴볼 수 있다는 점에서 교육 현장에서 즐겨 활용되어 온 학습 방법이다. 특히 학습량이 비약적으로 늘어나는 중등 교육에서는 문학 작품의 주제를 파악하는 것이 중요한 과제의 하나로 인식되고 있다. 그러나 문학 작품에 대한 감상을 단순화하고 정해진 결과를 암기하게 하는 폐해를 낳을 수도 있다. 문학 작품의 주제를 파악하는 일은 손쉬운 작업일 것 같지만, 사실 많은 사항을 고려해야 한다. 작품을 창작한 작가의 입장에서 파악해야 하는지, 작품을 감상하는 독자의 입장도 충분히 고려해야 하는지부터 쉽지 않은 문제다. 주제는 당대적인가 현재적인가, 고정적인가 유동적인가, 하나인가 여러 개일 수 있는가, 도덕적이고 교훈적이어야 하는가 그렇지 않아도 되는가 등등의 문제가 결부되어 있다. 특히 「춘향전」처럼 한글소설이 상층 지식인 사회에서 높은 평가를 받지 못했던 시대에 주로 유통되고, 작가와 형성 시기도 명확하게 알 수 없는 작품의 경우는 주제를 파악하는 일이 그리 간단하지가 않다.

그동안 「춘향전」의 주제로 주요하게 언급되었던 것들은 이도령과 춘향의 신분을 초월한 사랑, 이도령에 대한 춘향의 정절, 불의한 탐관오리에 대한 서민의 항거 등이다. 이러한 주제들은 「춘향전」의 모든 이본에서도 발견되는 사항들이라 보편적인 타당성을 가진다고 할 수 있다. 그러나 서사 차원에서 보자면 이들 주제는 층위가 약간 다르다고 할 수도 있다. 「춘향전」은 누가 보더라도 이도령과 춘향이라는 젊은 남녀의 사랑 이야기가 중심이 되어 서사가 진행된다. 이 사랑을 가로막는 근본적인 장애물이 신분이라는 문제다. 따라서 신분을 초월한 사랑이라는 주제는 「춘향전」 서사에서 본질적이다. 열녀로서 춘향의 정절과 포악한 신관 사또에 대한 저항은 이 사랑을 성취하기 위해 춘향이 취하지 않을 수 없는 태도였다. 이러한 인식을 따른다면 「춘향전」의 주제를 층위를 나누어 이해할 수도 있다.

「춘향전」의 주제를 어느 하나가 아닌 여러 개로 파악하려는 시도 중 표면表面적인 주제와 이면裏面적인 주제로 나누어 이해하는 방식도 있다. 판소리와 관련을 맺으면서 한글로 창작, 유통되었던 소설의 특성상 당대 이념에 친화적이고 교훈적인 주제를 겉(표면)으로 내세우고, 반대로 이념에 비판적이면서 인간적인 가치는 속(이면)에 감출 수밖에 없다고 보는 것이다. 이런 관점에서는 춘향이 죽음을 불사하면서 지켜 내는 유교적 가치인 정절을 표면적인 주제로 볼 수 있고, 신분 상승을 통해 인간 해방을 실현하고자 하는 민중의 희망을 이면적인 주제로 볼 수 있다. 또 이본이 많은 「춘향전」의 특성상 여러 이본에서 공통적으로 추출되는 보편적인 주제와 특정한 이본에서 강화된 개별적인 주제로 나누어 주제를 파악하는 방식도 있다.

문학 작품의 주제를 파악하는 것은 작품의 핵심적인 뜻을 이해한다는 차원에서 중요한 의미를 지니지만, 그보다 주제를 파악하는 방식과 결과에 따라 작품을 더 깊이 있게 이해할 수 있는 차원으로 나아가야 한다는 것이 더욱 중요하다.「춘향전」의 서사를 몇 가지 층위로 나누어 이해하면서 주제를 파악하는 방식,「춘향전」이 유통되던 당대의 현실적 여건상 표면과 이면으로 나누어 주제를 파악하는 방식, 이본에 따른 공통점과 차이점을 고려해 보편과 개별로 나누어 주제를 파악하는 방식 등은 모두 그런 점에서 의미가 있는 시도들이라고 할 수 있다.

1. 「춘향전」은 이본에 따라 내용의 차이가 심한 작품이다. 따라서 여러 이본을 대상으로 불변하는 요소와 가변하는 요소를 파악하는 일은 「춘향전」을 특정한 하나의 이본만으로 이해할 때 빠질 수 있는 오류를 방지하는 현명한 방법이다. 세책 「춘향전」인 「남원고사」 (또는 향목동 세책 「춘향전」)와 완판 방각본인 84장본 「열녀춘향수절가」를 대상으로 여러 기준(등장인물의 형상화, 서사 내용의 차이, 특정 화소의 존재 유무 등)을 세워 공통점과 차이점을 추출해 보고, 두 이본에서 나타나는 차이점이 의미하는 바가 무엇인지에 대해 의견을 정리해 보자. 이를 바탕으로 다양한 「춘향전」 이본의 성격을 가늠해 보자.

2. 「춘향전」은 근대 이후 다양한 매체와 결합해 재창작이 활발하게 이루어져 OSMU (One Source Multi Use)가 실현된 대표적인 작품이다. 창극, 연극, 근현대 소설, 시, 시조, 오페라, 무용, 발레, 라디오 드라마, TV 드라마, 영화 등 다양한 결과물이 있다. 이렇게 재창작된 작품들의 양상이 어떠한지 직접 찾아보고, 그중 학생들이 비교적 쉽게 접근할 수 있는 영화 〈춘향뎐〉(2000), TV 드라마 〈쾌걸춘향〉(2005), 영화 〈방자전〉 (2010) 등을 고소설 「춘향전」과 비교해 보면서 각각 무엇이 계승되었고, 무엇이 부정되었는지 확인해 보자.

권장할 만한 텍스트

김진영 외, 춘향전 전집, 박이정, 1997~2004
이윤석, 향목동 세책 춘향전 연구, 경인문화사, 2011
정하영, 춘향전, 신구문화사, 2006

참고 문헌

김동욱(1985), 증보 춘향전연구
김석배(2010), 춘향전의 시평과 미학
김종철(2005), 정전으로서의 춘향전의 성격
김현양(1999), 장자백 창본 춘향가의 텍스트적 연원
류준경(2003), 한문본 춘향전의 작품 세계와 문학사적 위상
박희병(1985), 춘향전의 역사적 성격 분석
배연형(2005), 판소리 소리책 연구
설성경(1980), 춘향전의 계통연구
설성경(2004), 춘향전 연구의 과제와 방향
성현경(1998), 춘향의 신분 변이과정 연구
이윤석(2017), 춘향전 연구자들의 상상력
전상욱(2006), 방각본 춘향전의 성립과 변모에 대한 연구
전상욱(2016), 춘향전을 바라본 낯선 시선
정하영(2003), 춘향전의 탐구
조동일(1970), 갈등에서 본 춘향전의 주제

한국고소설연구회(1991), 춘향전의 종합적 고찰

필 자　　　전상욱

심청전

「심청전」沈淸傳은 눈먼 아비의 눈을 뜨게 하기 위해 딸이 자신을 희생했다가 황후가 되고 아비도 눈을 뜬다는 내용의 국문소설이다. 조수삼趙秀三(1762~1847)의 『추재집』秋齋集에 전기수傳奇叟가 「심청전」을 읽어 주고 돈을 받았다는 기록이 있으니 18세기에는 이미 작품이 완성된 것으로 보인다. 현재 남아 있는 이본은 230여 종으로, 필사본·방각본·구활자본 등이다. 이 이본들은 표기 문자, 출판 방식, 향유 방식 등이 다양했다. 「심청전」은 조선 시대부터 명작으로 일컬어져 연구사 초기부터 다양한 분야에서 많은 연구가 진행되었는데, 여기서는 형성론, 이본론, 주제론 등을 살펴보겠다.

1. 배경 설화: 문학 작품을 형성하는 데 직간접적으로 영향을 준 것들에 대한 설화.

이해조의 「강상련」江上蓮(신구서림, 1916)에 들어 있는 삽화. 국립중앙도서관 소장

1. 형성론

형성론은 소설과 판소리를 아울러 「심청전」이 어떻게 형성되었는가를 밝히는 작업이다. 「심청전」이 다양한 배경 설화[1]를 바탕으로 형성되었다는 데는 이

론이 없지만, 배경 설화에서 판소리와 문장체 소설 중 어느 것이 먼저 형성되었고, 각기 어떠한 영향을 주고받았는지에 대해서는 논란이 있다. 판소리 선행설은 현전 이본들의 다수가 판소리와 관계를 맺으며 형성되었고, 몇몇 문장체 소설도 판소리계 소설의 영향 아래 개작되었다는 학설이다. 문장체 소설 선행설은 경판 24장본을 비롯한 문장체 소설이 판소리보다 먼저 창작되었고, 이후 이본 변천에 영향을 주었다는 학설이다. 두 학설은 모두 현전하는 이본들에 대한 고증과 해석 차이에서 비롯되었기에 이본론과 긴밀한 관련을 맺는다.

「심청전」의 배경 설화에 대한 논의는 「심청전」 연구사 초기부터 진행되었다. 초기에는 '근원 설화'[2] 개념으로 형성론이 진행되어, 국내외의 다양한 설화가 「심청전」의 원형으로 제시되었다. 그러나 「심청전」의 내용과 유사한 면이 있다고 해도 그 영향 관계가 설명되지 않는다면 근원 설화론은 공허하다. 이러한 입장에서 「심청전」이 형성되는 과정에서 제기된 인도, 일본 등 국외 설화의 영향, 그리고 '황천무가'黃泉巫歌[3] 같은 무가의 영향은 설득력이 약하다. 또한 동해안 지역의 별신굿에서 불리는 '심청굿 무가'는 완판 「심청전」의 영향을 받아 형성되었음이 최운식(1982), 허원기(2002) 등에 의해 논증되었다.

'배경 설화' 개념에 입각한 「심청전」의 형성론은 「심청전」의 주요 내용 단위를 형성하는 데 설화가 영향을 끼쳤다는 관점이다. 설화의 총합이나 설화 전승의 결과로 소설을 이해하지 않고, 소설 형성의 독자성을 인정하는 것이다. 이에 따라 정하영(1983)은 「심청전」이 개안開眼 설화,[4] 희생 설화,[5] 영웅 설화[6] 등의 영향을 받아 형성되었다고 했다. 최운식(1982)은 「심청전」의 내용을 '심청의 출생-성장과 효행-죽음과 재생-부녀 상봉과 개안'으로 나누고, 각각의 배경 설화로 '태몽 설화-효행 설화·인신공희人身供犧 설화[7]-재생 설화-개안 설화'를 여러 문헌에서 제시했다. 주요 작품으로는 '위인 태몽 설화',[8] '효녀 지은 설화',[9] '관음사觀音寺 연기緣起 설화',[10] '바리공주 설화', '거타지 설화',[11] '삼공본풀이'[12] 등을 소개했다.

「심청전」의 형성론은 작품의 형성 과정을 설명할 뿐만 아니라, 자신을 희생하는 효녀에 관한 이야기가 설화가 아니라 소설로 변모하는 과정을 탐색함으로써 결국엔 「심청전」의 미적 가치와 주제 등을 해명하는 데에도 기여한다.

2. 이본론

이본론은 이본들을 비교해 그것들의 상호 관계를 밝힘으로써 각 이본의 특성과 가치를 규명하고, 작품의 생성과 변모 과정을 추적하는 작업이다. 「심청전」에 대한 이본론은 연구사 초기에는 주로 방각본을 중심으로 진행되다가, 1990년대 들어 필사본이 대거 발굴되고 자료집이 정리되면서 보다 총체적인 연구 성과가 나왔다. 근래의 연구 성과를 정리하면 다음과 같다.

연구자	기준	계열	비고
최운식 (1982)	서사 단락	- 한남본 계열 - 송동본 계열 - 완판본 계열	- 한남본 > 송동본 > 완판본 - 필사본을 포함한 이본론의 효시 - 한남본은 적강 구조, 송동본은 뺑덕 어미, 완판본은 장승상 부인이 특징 - 필사본 자료의 한계
유영대 (1989)	문체	- 방각본(경판·완판) - 필사본(문장체, 판소리계: 초기 「심청가」·창본)	- 판소리 > 문장체·판소리계 - 판소리 창본을 포함한 총체적 접근 - 1860년대 신재효 개작 이전을 초기 심청가 계열로 범주화 - 한남본의 위상·초기 「심청가」의 내용 논란
김영수 (2001)	심봉사 이름	- 심맹인 계열 - 심팽규 계열 - 심운 계열 - 심학규 계열	- 심맹인 > 심팽규 > 심운 > 심학규 - 이본 전체를 망라해 판소리계 편향 탈피 - 심맹인은 대체로 소략, 심팽규는 태몽·심청 박대, 심운은 완판과 이질성, 심학규는 완판과 비슷 - 심운 계열 설정 논란
신호림 (2016)	장승상 부인 삽화	- 장자 계열 - 장자 부인 계열 - 장승상 부인 계열	- 장자 > 장자 부인 > 장승상 부인 - 이본론과 주제론을 연계 - 장자는 관념적 인물, 장자 부인은 남성 인물 기피의 소산, 장승상 부인은 심청의 희생과 효행을 재맥락화

　　「심청전」의 이본론 중에는 이본군 전체를 대상으로 하지는 않지만, 이본론을 전개하는 데 중요한 의의를 지닌 성과들도 있다.
　　문장체 소설 선행설은 「심청전」 형성 과정에서 문장체 소설의 서술 양상을 보이는 이본들이 판소리계 소설보다 먼저 형성되었다는 학설이다. 이는 사재동, 이문규, 최문화, 성현경, 정하

2. 근원 설화: 소설, 판소리 등에서 작품의 원형이 되는 설화. 후대의 작품은 근원 설화가 변모한 결과로 이해된다.

3. 황천무가: 죽은 사람의 극락왕생을 비는 오구굿, 해원굿, 조상굿 등의 무속 의식에서 무격巫覡에 의해 구송 전승되는 무가.

4. 개안 설화: 현실적으로 불가능한 개안을 종교의 이적異蹟으로 이루는 설화.

5. 희생 설화: 초인적 존재에게 사람을 희생물로 바쳐 인간의 욕망을 실현하고자 하는 설화.

6. 영웅 설화: 미천한 지위에 있는 비범한 인물의 영웅적 행위를 다루는 설화.

7. 인신공희 설화: 초인적 존재에게 사람의 몸을 희생물로 공양하는 설화.

8. 위인 태몽 설화: 비범한 인물의 출생을 신이神異한 태몽으로 다루는 설화.

9. 효녀 지은 설화: 『삼국사기』와 『삼국유사』에 실린 신라 사람 지은에 관한 설화. 홀어머니와 살던 지은이 살림에 쪼들려 자신의 몸을 팔았는데, 이를 알게 된 화랑과 왕이 구원했다는 이야기.

10. 관음사 연기 설화: 효녀 원홍장이 불사佛事를 위해 시주되고 스님을 따라나섰다가 중국 황후가 된 뒤 고국에 관음상을 시주해 전남 곡성의 관음사가 세워졌다는 이야기.

11. 거타지 설화: 『삼국유사』에 실린 신라 사람 거타지에 대한 설화. 거타지가 용왕을 해치려는 늙은 여우를 화살로 쏘아 죽이고 용왕의 딸과 결혼했다는 이야기.

12. 삼공본풀이: 제주도 무가의 일종. 막내딸인 감은장아기가 집에서 쫓겨났다가 맹인 부모를 구원한다는 이야기.

영, 정병헌, 최운식, 김영수, 서유경 등의 주장이다. 성현경(1983)은 경판 24장본 「심청전」의 인명·지명 등이 적강 구조와 긴밀한 관계를 형성하고, 배경 공간 설정과 심청 중심의 서사 구조가 심봉사 중심의 판소리계와 달라 선행한다고 했으며, 김영수(2001)는 경판이 심맹인 계열과 가깝다고 간접적으로 이를 지지했다. 그러나 문장체 소설과 판소리계 소설의 선후 관계를 명징하게 증명할 수 있는지에 대해서는 논란이 있다.

「심청전」의 형성 과정에 대해, 박일용(1994)은 문장체와 판소리계의 이분법 구도에서 탈피해 가사체 「심청전」의 가능성을 제기했다. 이는 필사본 「심청전」 중 일부의 문체, 장면 구성 방식, 미학 등이 문장체나 판소리계와 완연히 다르다는 점에 근거했다. 이로써 설화→판소리→판소리계 소설의 형성 구도, 상층 양반의 개입을 통한 판소리계의 보수화를 새롭게 볼 것을 제안했고, 가사체 「심청전」의 향유 방식과 향유 집단 그리고 기존 계통과의 관계 등에 대한 후속 논의가 이어지고 있다.

한편 「심청가」 더늠의 통시적인 연구를 통해 「심청전」 형성 과정의 역사적 시기를 판별할 수 있는 기준을 김석배·서종문·장석규(1998) 등이 제시했다. 이들은 「심청가」의 역대 명창과 그들의 더늠을 시기별로 정리하고, 각각의 자료적 가치를 검토했다. 이는 판소리계의 영향을 받지 않은 이른바 초기 「심청가」를 판별하는 데 유용하다.

특정 대목의 변천 양상을 통해 이본론을 펼친 사례로 '장승상 부인' 대목에 대한 논의가 있다. 유영대(1994)는 「심청가」에서 장승상 부인이 출현하는 '시비따라' 대목은 공양미 삼백 석을 대신 내줄 만큼 돈 많은 사람이 필요해서 등장했고, 이는 양반 향유층의 기호에 맞춰 심청의 신분을 상승시키고 우아한 처녀로 그리는 데 호응한 것이라고 했다. 나아가 김종철(2013)은 '장승상 부인 대목'은 양반층의 요구나 심청의 효성을 사회적으로 공인하기 위해 첨가되었다기보다는 서사를 확충하는 데 기여했다고 했다. 장승상 부인 대목은 다섯 사건으로 구성되었는데, 이는 '장자 (부인)→장승상 부인→장승상 부인이 심청을 기림' 같은 3단계 과정을 거치며 첨가, 확장되었다. 이는 조선 후기의 수양收養 제도[13]와 시양侍養 제도[14]가 반영된 것으로, 심청의 도덕 의식과 분별력의 발전을 형상화하고, 심청의 희생을 기리는 역할을 담당했다.

　「심청전」 형성 과정에 대한 연구 성과가 누적되면서, 초기 「심청전」에 해당하는 이본을 구별하고 초기 「심청전」의 내용 및 이본 관계를 정리하려는 시도가 있었다. 최근 서유경(2014)은 최재남 22장본 > 허홍식 창본·박순호 19장본 > 김광순 29장본 > 완판의 선후 관계를 제시하고, 초기본은 심봉사의 이름보다는 부인 형상과 관련이 있으며 완판본에 있는 장면들이 등장하지 않는다고 했다.

3. 주제론

주제론은 작품의 독서 경험을 통해 파악한 의미를 관념적인 형태로 총체화하는 작업이다. 이는 작품이 지니는 문학적 가치를 규명하는 논의라는 점에서 연구사 초기부터 진행되어 방대한 성과가 있었다. 대체로 연구사 초기에는 작품의 계몽성에 초점을 맞추어 효의 성격을 규명했다면, 이후에는 작품 자체의 서사 구조나 독자의 수용 경험 등에 주안점을 두었다. 이를 몇 개의 범주로 구분해서 소개한다.

계몽성에 입각한 주제론

19세기 사대부 정현석鄭顯奭이 『교방가요』教坊歌謠[15]에서 「심청가」를 효를 권장하는 작품이라고 소개한 데서 알 수 있듯이, 「심청전」의 주제를 '효'로 이해하는 입장은 전통적이고도 일반적이다. 연구사 초기에는 효의 성격을 규명하는 논의가 활발해, 여러 연구자가 유교나 불교, 무교, 도교 등으로 효의 성격을 설명했다. 그러나 「심청전」에는 다양한 사상적 배경이 혼재되어 있기에 효를 단일한 성격의 것으로 규정하는 데는 한계가 있다. 또한 작가 또는 작품의 계몽성이 독자의 독서 경험을 규정하거나 대체할 수 없다는 점에서 계몽성 논의는 점차 지양되었다.

서사 구조에 입각한 주제론

주제론은 작품의 의미를 규명하는 작업이라는 점에서 서사 구조에 대한 분석은 매우 일반적인 접근법이다. 그런데 일부 연구자의 성과는 주제론을 통해 작품의 서사 구조를 보다 명징하게 설명하기도 한다.

대표적으로 조동일(1970)은 완판 「심청전」이 영웅소설과 판소리계 소설의 특징을 지니면서 독자적인 미적 체험과 이념적 추수를 경험하게 한다는 것을 서사 구조로 설명했다.

서사 구성	서사 층위	미의식	주제	관련 소설 양식	상호 관계
고정 체계	표면	숭고미·비장미	효의 절대성	영웅소설	서사 구조의 대립과 통일을 통해 현실에 대한 소설적 논쟁
비고정 체계	이면	골계미	효에 대한 성찰	판소리계 소설	

성현경(1983)은 경판 24장본 「심청전」을 전형적인 적강謫降소설[16]이자 성년식 소설[17]로 보았다. 「심청전」은 심청 부녀의 득죄(타락)에 따른 적강과 시련, 그리고 성년식·입사식을 통한 속죄에 따른 성취와 승천으로 우주 내적 존재로서의 자아 탐색을 담았고, 이런 주제는 '침어수이청정야沈於水而淸淨也[18]라는 의미를 지닌 심청의 이름에 함축되어 나타난다고 설명했다.

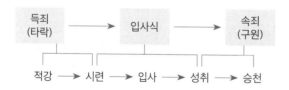

반영론에 입각한 주제론

소설은 사회 현실을 반영하는 예술 장르라는 점에서 반영론에 입각한 접근은 주제론뿐만 아니라 모든 소설 연구의 일반적인 측면이기도 하다. 그러므로 형성론에서 정하영은 「심청전」에 질병, 가난, 자연 재난 같은 현실 문제가 작품의 주요 제재로 반영되었다고 했다. 반영론에 입각한 주제론은 작품의 궁극적인 의미가 사회 현실을 반영하는 데 집중된다고 이해한다는 점에서 구별된다.

「심청전」이 조선 후기 사회 현실을 반영하고 민중층의 고난 극복 의지를 담은 작품임은 여러 논자가 개별 작품론에서 주장했는데, 정출헌(1996)은 이를 「심청전」의 현실성과 낭만성으로 정리했다. 심학규에게 몰락 양반의 모습이, 곽씨 부인에게 하층 부녀자의 비극적인 현실이 투영되었고, 뺑덕 어미는 유랑하는 하층 부녀자의 전형으로 이해된다고 했다. 동시에 심청의 의지와 그 결과로서의 맹인 잔치 등은 새로운 세상에 대한 염원을 드러낸다고 했다.

「심청전」을 여성주의적 관점에서 이해하려는 시도는 최동현(1996)에게서 비롯되어 주형예, 이정원, 최기숙 등으로 이어졌다. 「심청전」에서 사건들은 가족주의 가치관에 기반해 전개되기에, 가부장제 사회에서 정상적인 가정을 이루기 위한 여성들의 희생이 반영되었다. 그리하여 최동현은 가부장제 사회에서 요구되는 덕목을 잘 지키는 곽씨 부인은 선인으로, 세속적인 이익 추구형의 새로운 인물인 뺑덕 어미는 악인으로 그렸다고 설명했다.

이본론과 연계한 주제론

이본론과 연계한 주제론은 「심청전」의 형성과 변천은 특정 주제에 대한 선호와 심화 과정에 수반됨을 전제해, 「심청전」을 공시적·통시적으로 이해하는 데 기여한다. 계열별 또는 장면별로 이런 성향의 성과가 상당한데, 유영대는 「심청전」 전체를 대상으로 논의했고, 이런 방법론은 최근 김영수, 신호림 등이 계승했다. 유영대는 「심청전」이 조선 후기의 가난과 인신매매라는 사회 현실을 반영해, 이에 대한 수용자의 공감대가 이본 변이를 통

16. 적강소설: 천상계의 인물이 죄를 지어 지상으로 내려와서 속죄하고 돌아가는 서사 구조로 이루어진 소설. 영웅소설이나 애정소설, 판소리계 소설에서 많이 발견된다.

17. 성년식 소설: Initiation Story. 특별한 경험을 통해 주인공이 자신의 정체를 자각하거나 완성하는 서사 구조를 지닌 소설.

18. 침어수이청정야: 물에 빠져 맑고 깨끗해지다. '청정'淸淨은 속죄한 상태를 의미.

해 구체화되었다고 보았다. 초기 「심청전」에서는 현실 문제에 대한 심청의 범인적凡人的 비장悲壯[19]이 두드러진다면, 신재효가 개작한 변모기 이후에는 평민 문학적인 비속함과 양반 문학적인 전아함이 혼합되면서 점차 보수화되었다고 평가했다.

독자의 입장을 고려한 주제론

독자의 입장을 고려한 주제론은 작품에 대한 독자의 개입을 적극적으로 평가한다. 이러한 수용미학적 관점은 예술의 의사소통 과정이 지닌 일반적인 성격이라는 점에서 사실 특별한 것은 아니다. 이를테면 표면과 이면적 주제의 대립에 대한 조동일의 견해, 심청이 효녀인지에 대한 성현경의 의문, 「심청전」의 형성과 변천을 향유층의 개입으로 설명하는 이본론 등은 모두 작품의 주제와 독자의 성찰성을 관련짓고 있다. 최근의 논의들은 이러한 성찰성을 다양한 측면에서 보다 적극적으로 다루었다.

여성의 입장에서 보면 「심청전」의 형상화는 각 이본마다 다른 양상을 띤다. 주형예(2007)는 19세기 판소리계 소설 「심청전」이 여성인 심청의 경험에 대해 각기 다른 재현 양식을 보인다고 했다. 「심청전」에는 효의 가치 문제가 아니라 행위의 정당성 문제가 잠재되어 있는데, 각 이본의 서술자는 심청과 심봉사에게 각기 다른 삶의 양식을 요구하고 이러한 젠더적 차별이 이본마다 여성의 삶에 대해 다른 재현 양식을 보인다는 것이다.

「심청전」의 계몽성은 수용자 입장에서 새롭게 탐색되기도 했다. 이정원(2010)은 「심청전」을 이념 공동체에 의한 살인 이야기로 규정했다. 「심청전」은 심봉사와 부처, 심청과 선인들, 선인들과 용왕 사이에 맺은 재물 약속의 형식을 통해 도덕의 폭력성에서 초래되는 위기를 심청의 희생제의로 무마하는 내용이라는 것이다. 그리하여 희생양으로서 심청이 겪는 고통은 소외 상태에 놓여 소통되지 못한다고 했다.

이러한 성과들을 최기숙(2013)은 「심청전」 해석학의 전환이라고 일컬으며, 심청의 희생에 깃든 딜레마, 곧 효라는 도덕적 가치를 위해 죽음이라는 비도덕적 방식을 실천하는 모순에 대한 논의를 발전시켰다. 텍스트의 내부와 외부에서 해소되는 과정에서 심청전의 도덕적 딜레마는 「심청전」 텍스트의 자기 동일성을 형성하는 요소로 작용해, 효녀 심청이 서사적으로 탄생된다는 것이다.

심청의 희생에 대한 수용자의 공감과 대응의 결과를 서유경 (2014)은 심청 투신 대목의 변이 양상에서 찾았다. 각 이본들의 심청 투신 대목에서 심청의 기도는 서사적으로 필요한 정도 이상으로 제시되는데, 이는 심청의 희생에 대한 수용자의 공감과 자기화가 개입된 결과라는 것이다.

이처럼 최근에는 심청의 희생에 대한 독자의 성찰성을 적극 평가함으로써 「심청전」의 주제가 새롭게 해석되고 있다. 그리고 이러한 연구 경향은 특정 이본의 주제론이나 교육론으로까지 확대된다. 이를테면 박일용(2013)은 김연수본 「심청가」는 창본 「심청가」의 특징을 전형적으로 구현한 이본인데, 곽씨 부인과 심청의 비극 그리고 심봉사의 희극성이 대비되면서 희생의 수혜 자인 심봉사에 대한 책임 묻기가 서사화되었다고 했다. 심청의 희생을 수용하는 과정도 교육 차원에서 새롭게 조명되었다. 김종철(2012)은 심청의 희생과 관련해, 심청 자신을 향한 보상은 즉각적이지만 희생의 목적이었던 심봉사를 향한 보상은 지연되는 까닭은 그의 속죄 과정을 두드러지게 하기 위함이라고 했다. 즉 희생과 보상의 거리는 학습자에게 희생에 따른 교육적 가치를 지닌다는 것이다.

「심청전」의 주제론이 다양한 것은 이본끼리의 차이가 큰 까닭도 있지만 본질적으로 작품 자체가 고전적 가치를 지녔기 때문이다. 「심청전」을 읽는 독자들은 저마다 다른 환경에 놓여 있지만 아비를 위해 딸이 희생한다는 문제 상황에서 현실과 스스로에게 새로운 통찰을 요구받는다. 「심청전」은 특별한 악인도 없이 도덕적 계몽을 넘어 새롭게 탐색되는 것이다.

19. 범인적 비장: 평범한 인간들이 일상의 생존을 성취하는 과정에서 구현되는 비장. 탁월한 능력이나 고귀한 신분을 지닌 자가 마땅히 누려야 할 존엄을 성취하는 과정에서 구현되는 영웅적 비장에 상대되는 개념.

1. 다음의 이본에서 심청이가 공양미 300석을 시주했다고 아비에게 거짓을 말하는 장면이 어떻게 다른지 살펴보자. 각 장면의 출현 순서를 추론하고, 그러한 차이가 형성된 원인과 영향에 대해 설명해 보자.

_ 정문연 28장본, 박순호 43장본, 완판 81장본

2. 다음 글을 읽고 물음에 답해 보자.
(가) 박순호 소장 19장본 「심청전」 중 심청이가 물에 드는 장면
(나) 신재효본 「심청가」 중 심청이가 물에 드는 장면
(다) 이해조, 「자유종」, 9~10쪽의 「춘향전」·「심청전」·「홍길동전」에 대한 비판 대목
　① (가)와 (나)에서 심청이가 물에 드는 장면이 어떻게 각색되는지 설명해 보자.
　② 「심청전」의 전승에 대해 (나)와 (다)의 입장이 전제하는 바를 대조해 보자.
　③ 심청의 희생에 대한 논문들을 참조해, 심청의 희생에 대한 (다)의 주장을 비판해 보자.

최운식, 심청전, 지만지(지식을만드는지식), 2013
김진영 외, 심청전, 민속원, 2005
김진영 외, 심청전 전집, 박이정, 2000

김석배·서종문·장석규(1998), 심청가 더늠의 통시적 연구
김석배(2010), 심청가 결말부의 지평전환 연구
김영수(2001), 필사본 심청전 연구
김종철(2012), 희생과 보상의 거리
김종철(2013), 심청가와 심청전의 장승상부인 대목의 첨가 양상과 그 역할
박일용(1994), 심청전의 가사적 향유 양상과 그 판소리사적 의미
박일용(2013), 김연수본 심청가의 인물 형상과 미학
서유경(2014), 초기 심청전 연구
성현경(1983), 성년식 소설로서의 심청전
신호림(2016), 심청전의 계열과 주제적 변주
유영대(1989), 심청전 연구
유영대(1994), 장승상부인 대목의 첨가에 대하여
이정원(2010), 심청전에서 희생제의로서의 재물 약속
정출헌(1996), 고전소설에서의 현실성과 낭만성
정하영(1983), 심청전의 제재적 근원에 관한 연구
조동일(1970), 심청전에 나타난 비장과 골계
주형예(2007), 19세기 판소리계 소설 심청전의 여성재현

최기숙(2013), 효녀 심청의 서사적 탄생과 도덕적 딜레마
최동현(1996), 심청전의 주제에 관하여
최운식(1982), 심청전 연구
최혜진(1999), 판소리계 소설의 골계적 기반과 서사적 전개 양상
허원기(2002), 심청전 근원 설화의 전반적 검토

필   자   이정원

토끼전

「토끼전」은 조선 후기에 등장한 대표적인 우화소설이며 판소리계 소설이다. 「토끼전」의 줄거리는 용왕의 병을 낫게 하기 위해 별주부가 육지로 나가 토끼를 수궁으로 유인해 오고, 그 뒤 토끼가 용왕과 수궁 신하들을 속이고 육지로 무사히 귀환한다는 내용이다. 「토끼전」이 등장한 배경에는 근원根源 설화와 판소리 「수궁가」의 전개도 밀접한 관련이 있다.

　「토끼전」의 이본은 120여 종으로 집계된 바 있으나, 실제 이본의 의미를 갖는 작품은 70편 정도다. 「토끼전」은 표기 방식에 따라 국문본, 국한문 혼용본, 한문본으로 분류할 수 있으며, 출판 형태에 따라 필사본(창본), 판각본, 활자본으로 나눌 수 있다. 이렇듯 방대한 양의 이본과 작품의 유통 양상으로 볼 때, 「토끼전」은 조선 후기에 폭넓은 향유층을 확보한 작품이라고 할 수 있다.

　「토끼전」은 다양한 이본만큼 「토생전」, 「토선생전」, 「토의 간」, 「불로초」, 「별주부전」 등 여러 제명으로 불려 왔는데, 현재 학계에서는 「토끼전」을 대표적인 작품명으로 사용한다.

1. 근원 설화와 작품의 형성

「토끼전」의 형성을 이해하기 위해서는 근원 설화의 성립 배경부터 따져 볼 필요가 있다. 「토끼전」의 근원 설화는 동아시아의 불교 전파 과정과 긴밀한 관련이 있기 때문이다. 인도에서 성립한 부처의 본생담本生譚(Jataka)[1]은 중국에 건너와 불교 경전에 한문으로 정착되었으며, 중국의 한문 번역 불전은 국내로 유입되어 한국적인 설화로 재편되었다. 이 과정에서 『삼국사기』에 실린 「구토설화」龜兎說話[2] 같은 「토끼전」의 근원 설화가 등장한 것으로 보인다.

인도에서 파생한 본생담은 동아시아 전역에 다양한 설화로 폭넓게 분포하는데, 이를 정리해 보면 「토끼전」의 형성과 주변 설화의 관계를 가늠해 볼 수 있다(인권환, 2011).

활자본 「불로초」의 표지(박문서관, 1920)

전승 지역	주요 인물(수중/육지)	사건의 계기	출전	등장 시기
인도	악어 부부/원숭이	악어 아내의 임신 또는 병	『자타카』, 『판카탄트라』	기원전 3세기
중국	자라 부부/원숭이	자라 아내의 임신 또는 병	『육도집경』六度集經, 『생경』生經, 『불본행집경』佛本行集經	7세기
한국	용왕 부녀, 거북/토끼	용왕 딸의 병	『삼국사기』 수록 「구토설화」	7~ 12세기
	용왕, 별주부/토끼	용왕의 병	「토끼전」	18세기
일본	거북 부부 또는 용왕 부녀/원숭이	거북 아내의 임신 또는 용왕 딸의 병	『금석물어집』今昔物語集, 『일본의 옛이야기』	12세기

수중의 인물과 육지의 인물이 대립하는 설화 유형은 동아시아에서 두루 발견되지만, 이러한 설화가 「구토설화」처럼 문헌 설화로 정착되고, 본격적인 소설로 발전한 경우는 다른 지역에서는 찾아볼 수 없다(인권환, 2001).

『삼국사기』에 수록된 「구토설화」는 16세기 권문해權文海의 『대동운부군옥』大東韻府群玉, 19세기 유한준兪漢雋의 『저암집』著庵集[3] 등에서 언급되며, 이후 조재삼趙在三의 『송남잡지』松南雜識, 송만재宋晩載의 「관우희」觀優戱,[4] 이유원李裕元의 「관극팔령」觀劇八令[5] 등에서도 관련 기록이 확인된다. 이러한 기록들은 「토끼전」뿐 아니라 판소리 「수궁가」의 성립 시기를 가늠할 수 있는 근거가 된다는 점에서 중요한 의미를 지닌다(이진오, 2014).

1. 본생담: 인도에서 발생한 설화로 부처의 전생을 우의적으로 설명한 이야기.

2. 「구토설화」: 『삼국사기』 '김유신조'에 실려 있는 토끼와 거북의 지략 대결담으로, 김춘추가 고구려의 선도해先道解에게 전해 들은 이야기.

3. 『저암집』: 유한준(1732~1811)의 문집으로, 근래 이 문집의 「광한부」廣韓賦에서 「구토설화」의 내용이 확인됨.

4. 「관우희」: 송만재(1788~1851)가 아들의 과거 시험 합격을 축하하기 위해 지은 50수의 한시. 「관우희」에는 「수궁가」를 비롯한 판소리 열두 작품이 실려 있는데, 이를 통해 19세기 전반에 연행된 판소리의 면모를 살필 수 있다.

5. 「관극팔령」: 이유원(1814~1888)의 문집인 『가오고략』嘉梧藁略에 수록된 판소리 관련 8수의 한시. 「관극팔령」을 통해 19세기 중후반 판소리의 전승이 열두 작품에서 여덟 작품으로 축소된 경향을 읽을 수 있다. 또한 「관극팔령」에 실린 「중산군」中山君을 통해 19세기 「수궁가」의 성격을 확인할 수 있다.

「토끼전」이 소설로 탄생한 것은 「구토설화」 같은 형태의 근원 설화뿐 아니라 외래의 설화가 결합되었기에 가능했다. 「토끼전」에 수용된 삽입 설화의 양상은 다음과 같은 표로 정리할 수 있다(인권환, 2001).

삽입 설화	설화의 성격과 영향	관련 자료
용궁 설화	용궁의 배경 설정과 용왕의 등장	인도와 중국의 불교 설화, 『삼국사기』와 『삼국유사』 수록 용궁 설화
	남해 광리왕과 별주부의 정착	『전등신화』剪燈新話 수록 「수궁경회록」水宮慶會錄
쟁장 설화	육지 서사의 확장	인도와 중국의 불교 설화(『십송률』十誦律), 「민옹전」閔翁傳, 「두껍전」
교토탈화 설화	토끼의 위기담과 후일담의 확장	『기문』奇聞, 『고금소총』古今笑叢

「토끼전」에 용궁 설화가 수용되면서 별주부를 비롯한 수궁의 인물들이 부각되었고, 이로써 수궁과 육지의 대결 구도는 더욱 명확해졌다. 특히 용왕과 별주부가 작품의 주요 인물로 전면에 부상하면서 봉건 사회에서의 계급 간 갈등 양상을 더 핍진하게 그려 내고, 수궁의 서사도 보다 확장될 수 있었다.

한편 「토끼전」에서 쟁장爭長 설화[6]와 교토탈화狡兎脫禍 설화[7]를 수용한 것은 육지 서사를 확장하는 데 기여했다고 할 수 있는데, 쟁장 설화는 「토끼전」의 별주부와 토끼가 만나는 과정에 여러 동물을 등장시킴으로써 육지 서사를 확장하는 역할을 했으며, 교토탈화 설화는 토끼의 위기담과 후일담을 확장하는 역할을 담당했다(인권환, 2001).

2. 이본론과 이본 파생 원리

「토끼전」의 이본론은 소설본과 판소리 「수궁가」의 관계, 각 이본 계열의 전개와 파생 원리를 규명하는 방향으로 진행되었다. 「토끼전」 이본론의 대표적인 연구 성과와 작품의 계열 분류 기준은 다음과 같은 표로 정리할 수 있다.

「토끼전」의 이본론은 소설과 판소리의 문체 차이, 삽입 설화의 결합 양상, 결말부의 변이를 기준으로 토생전(경판본) 계열, 별토가 계열, 수궁가 계열로 분류

연구자	작품의 계열 분류	이본 분류의 기준
인권환	토생전(경판본) 계열 가람본 별토가 계열 수궁가 계열	소설과 판소리의 문체 차이, 서사 단위와 삽입 설화의 결합 양상, 결말부의 변이
김동건	토생전(경판본) 계열 중산망월전 계열 가람본 토괴전 계열 신재효본 계열 가람본 별토가 계열 수궁가 계열	공통 단락과 고유 단락의 유무와 변이 양상

하는 것이 일반적이었다(인권환, 2001). 이후 다수의 이본이 확보되면서 좀 더 세밀한 이본 분석이 가능해져, 소설본은 토생전(경판본) 계열·중산망월전 계열·가람본 토괴전 계열로, 창본은 신재효본 계열·가람본 별토가 계열·수궁가 계열로 분류할 수 있었다(김동건, 2003).

한편 「토끼전」의 '토끼 포획'과 '육지 위기' 대목을 기준으로 작품의 계열을 분류하고 각 계열의 파생 원리를 파악한 연구가 진행된 바 있는데, 이 분석에 따르면 「토끼전」은 '연행물-육지 위기' 계열, '독서물-육지 위기' 계열, '독서물-토끼 포획' 계열로 파생되었을 가능성이 있다(최광석, 2010).

3. 주제론과 미학론

중세 이념의 지향에 주목한 주제론

「토끼전」의 주제와 관련한 논의는 이 작품에 조선 후기 중세 지배층의 이념과 민중 의식이 어떻게 반영되었는지를 해석하는 데서 비롯되었다. 즉 「토끼전」의 주제론은 대체로 중세 이념의 표상인 별주부와 민중을 대변하는 토끼의 대결 양상을 해석하는 과정에서 진행되었다고 할 수 있다.

「토끼전」의 주제는 별주부를 중심으로 한 교훈성과 토끼를

6. 쟁장 설화: 동물들이 누가 더 어른인지를 다투는 내용으로 이루어진 설화. 이 설화를 기반으로 성립된 작품으로는 「두껍전」을 꼽을 수 있다.

7. 교토탈화 설화: 토끼가 거듭되는 위기에서 벗어나는 과정을 담은 설화. 『기문』, 『고금소총』 등의 야담집에 실려 있다.

중심으로 한 풍자가 우의적인 수법으로 공존한다고 볼 수 있다(김현주, 1998). 그런데 「토끼전」의 주제는 이본에 따라 별주부의 충성을 주로 다루기도 하고, 토끼를 통해 봉건 지배층의 무능과 위선에 대한 풍자를 앞세우기도 하며, 이러한 두 성향의 주제가 혼재되어 나타나기도 한다(인권환, 2001).

이후 「토끼전」의 별주부에 대해 중세 봉건 사회의 이념을 옹호하는 인물이면서 당대에 연민과 동정의 시선을 받기도 했다는 논의가 설득력을 얻으면서, 「토끼전」이 조선 후기의 이행기적 상황에서 당대인의 현실 인식에 따라 다양한 주제를 표출했다는 견해가 제시된 바 있다(민찬, 1995; 정출헌, 1999). 이러한 논의는 중세 봉건 해체기에 살았던 당대인의 고민과 갈등 양상이 「토끼전」에 다양한 주제로 표출되었다는 해석을 하게 했다는 점에서 의의가 있다.

한편 「토끼전」의 다양한 주제에 대해서는 두 주인공을 중심으로 진행되는 서사 양상을 바탕으로 검토된 바 있는데, 「토끼전」은 별주부 중심의 수궁 서사와 토끼 중심의 육지 서사가 결합되어 이원적인 서사가 대칭으로 진행되었기 때문에 그에 따라 다양한 주제와 결말 양상이 작품에 그려졌다고 해석할 수 있다(신호림, 2011).

작품 구조에 주목한 미학론

「토끼전」에 대한 미학론은 풍자와 해학 그리고 골계적인 측면에서 접근한 것인데, 주로 작품의 서사 구조를 다룬 논의와 주인공과 공간 이동의 관련성에 주목한 논의가 진행되어 왔다.

대체로 판소리계 소설의 서사는 고정 체계면과 비고정 체계면의 이원적인 구조로 인해 작품의 표면적 주제와 이면적 주제가 드러나며, 그 때문에 작품의 갈등이 표면화된다. 하지만 「토끼전」은 두 주제가 선명하지 않은 편이며, 갈등도 명료하게 드러나지 않는다. 이는 「토끼전」이 풍자 우위를 바탕으로 한 우화라는 장르적 속성을 지녔기 때문에 나타난 현상이라고 할 수 있다(조동일, 1972).

한편 토끼에게 일어나는 반복적인 위기에 주목해 작품의 성격을 미학적인 영역에서 해석한 논의 또한 주목할 만하다. 특히 「수궁가」에서 토끼의 거듭된 위기는 고리식 연쇄 부연의 원리에 따라 서사의 확장을 담당하는데, 이 때문에 풍자보다는 골계미와 해학성이 강조된다고 해석할 수 있다(이원수, 1982).

「토끼전」은 기본적으로 토끼의 간교함과 별주부의 충직함이 충돌하면서 인간 세상을 우의적으로 풍자했다고 해석할 수 있다.「토끼전」의 주인공 토끼와 별주부를 중심으로 서사 구조 전반을 살펴보면, 수궁과 육지의 반복 구조는 긴장의 고조, 흥미 유발, 기대 충족과 함께 작품의 극적 효과를 높이는 복합적인 기능을 한다고 할 수 있다(인권환, 2001).

탐구 활동

1. 경판본 「토생전」과 완판본 「퇴별가」를 읽고, 두 작품의 지향과 결말 양상을 비교해 보자. 또 두 판본의 차이가 드러난 까닭에 대해 토론해 보자.

2. 「토끼전」의 주요 인물(용왕, 별주부, 토끼)과 『전등신화』에 실린 「수궁경회록」의 주요 인물(사해용왕, 별주부, 여선문)을 비교해 보고, 각각의 역할과 성격을 설명해 보자.

3. 신재효본 「퇴별가」의 용왕의 형상, 수궁 신하들의 대립, 모족 회의 장면을 통해 드러나는 개작 의식을 검토해 보고, 이를 조선 후기 사회상과 관련지어 논평해 보자.

권장할 만한 텍스트

김진영 외, 토끼전 전집 1~6, 박이정, 1997~2003
인권환 역주, 토끼전, 고려대학교 민족문화연구소, 1993

참고 문헌

김동건(2003), 토끼전 연구
김현주(1998), 토끼전의 우의적 성격
민찬(1995), 조선후기 우화소설 연구
신호림(2011), 토끼전의 구조적 특징과 주제 구현양상
이원수(1982), 토끼전의 형성과 후대적 변모
이진오(2014), 토끼전의 계통과 지향
이헌홍(1982), 수궁가의 구조 연구
인권환(2001), 토끼전·수궁가 연구
인권환(2011), 한국문학의 불교적 탐구
정출헌(1999), 조선 후기 우화소설 연구
정충권(2005), 토끼전 결말의 변이양상과 고소설의 존재 방식
조동일(1972), 토끼전(별쥬전)의 구조와 풍자
최광석(2010), 토끼전의 지평과 변이

필   자   이진오

변강쇠전

「변강쇠전」은 동리桐里 신재효申在孝(1812~1884)가 정리한 여섯 바탕의 판소리 사설辭說[1]집에 수록되어 있으며, 창唱을 잃은 실전失傳[2] 7가 중 한 작품으로 전해 내려온다. 「변강쇠전」의 이본으로는 성두본, 고수본, 가람본, 새터본이 있으며, 이본에 따라 「변강쇠가」, 「변강쇠전」, 「횡부가」橫負歌, 「변강전」, 「가루지기타령」 등 각기 다른 제명題名이 붙어 있다. 청상살靑孀煞[3]을 지닌 옹녀가 평안도에서 쫓겨나 삼남三南 지방에서 올라온 변강쇠와 부부가 되었지만 변강쇠가 장승 동티로 죽는다는 전반부 서사와 변강쇠의 치상治喪을 진행하는 후반부 서사는 모든 이본에서 동일하게 발견되며, 마지막 장면에 갈이질 사설이 삽입되었느냐 여부만 다르게 나타난다. 작품에서 "신사년 괴질"辛巳年怪疾이라는 구절이 발견되기 때문에 1821년 이후에 작품이 성립된 것으로 보며, 19세기 중엽 송만재宋晩載의 「관우희」觀優戱와 이유원李裕元의 「관극팔령」觀劇八令에 7언 4구의 관극시觀劇詩[4] 형식으로 「변강쇠전」에 대한 기록이 남아 있다. 정노식鄭魯湜의 『조선창극사』朝鮮唱劇史에서는 가왕歌王 송흥록宋興祿과 장재백張在伯(張在白)이 「변강쇠전」을 잘 불렀다고 하며, 20세기 초에는 유공렬劉公烈과 전도성全道成이 「변강쇠전」을 판소리로 불렀다는 증언이 남아 있다. 현재는 전승이 끊겨 사설만 남아 있으며, 1970년대에 박동진朴東鎭이 판소리로 새로 짜서 부른 적이

1. 판소리 사설: 판소리의 대본으로, 서사적 골격을 전달하는 정보의 언술言述로 이루어진 사설과 그 사이사이의 빈틈을 채우는 사설로 구분된다. 판소리 사설은 구비서사시口碑敍事詩로서의 성격을 갖기 때문에 일반적인 서사체와 달리 판소리 창자唱者의 재량이나 청중의 성격에 따라 얼마든지 변화할 수 있다. 따라서 판소리 사설은 부분의 독자성, 장면 극대화의 논리, 상황적 의미와 정서 추구 등의 차별적인 특징을 갖는다.

2. 실전: 더 이상 판소리로 전승되지 않고 그 사설만 전해오는 작품을 일컬어 '실전 판소리'라고 부르며, 창唱으로 전승되지 않는다는 의미에서 '실창失唱 판소리'라고도 한다. 송만재의 『관우희』에서 언급된 「변강쇠타령」, 「배비장타령」, 「강릉매화타령」, 「옹고집타령」, 「장끼타령」, 「왈자타령」, 「가짜신선타령」이 실전 7가에 속하며, 정노식의 『조선창극사』에서는 「가짜신선타령」 대신 「숙영낭자전」이 제시되어 있다. 실전 7가에서는 주인공이 부정적인 인물로 그려졌다는 점, 당대의 세태를 다루었다는 점, 골계 위주로 되어 있다는 점 등의 공통점을 찾아볼 수 있다.

있다.

「변강쇠전」에 대한 연구는 형성론이 시도되기는 했지만 작품론이 주를 이루었다. 「변강쇠전」의 근원 설화로 『고금소총』古今笑叢에 실린 음담淫談과 「구부총九夫塚[5] 설화」가 주목받았고, 형성 과정에서 서도西道나 강원도에서 불린 「변강쇠타령」과의 관련성, 가면극과의 관련성 등이 제기되었지만 연구사적 쟁점을 형성하지는 못했다. 신화, 제의적 접근도 시도되어 「변강쇠전」이 어느 한 시대에 갑자기 돌출된 작품이 아니라 문학사, 민속예술사의 통시적인 흐름 안에서 형성된 것임을 강조하기도 했다. 여기서는 현재까지 제출된 작품론을 사회사적 접근, 여성주의적 접근, 미적 범주에 대한 접근으로 나누어 살펴보겠다.

1. 사회사적 접근

사회사적 접근은 작품이 형성되고 유통, 향유된 시대의 사회상을 고려해 작품에 나타나는 인물이나 갈등 구조를 해석해 내는 방식이다. 다시 말해 「변강쇠전」에는 다른 작품에서 찾아보기 힘든 다양한 인물 군상이 등장하며 변강쇠와 장승으로 대표되는 갈등 양상이 보이는데, 이와 같은 요소들을 「변강쇠전」이 유통, 향유된 19세기 조선 사회와 결부시켜 작품을 읽어 내는 데 초점을 두는 것이다. 당대 사회상이 「변강쇠전」에 어떻게 반영되었는가에 주목하는 것으로, 사회사적 접근은 「변강쇠전」 연구의 주류를 이루었다.

「변강쇠전」에서 추출할 수 있는 대립 구도는 다양한 층위에서 다룰 수 있지만, 사회사적 접근에서는 주로 '강쇠와 장승'의 갈등에 주목했다. 강쇠와 장승이 19세기 조선 사회의 특정 계층을 표상한다고 보는 것이다. 변강쇠를 옹녀와 함께 유랑민流浪民[6]으로 보는 시각이 우세하며, 장승의 경우 다양한 사회 계층을 상징하는 것으로 나오지만 기본적으로 유랑민을 정착하지 못하게 막는 세력으로 설명된다. 19세기 향촌 공동체의 경제적 분화 과정에서 드러난 사회정치적 갈등이 「변강쇠전」에 반영되었음을 알 수 있다.

이를 표로 정리하면 다음과 같다.

연구자(연도)	변강쇠	장승
서종문(1976a, 1976b)	생활 기반을 빼앗긴 유랑민	관권官權
정병헌(1986)	유랑민	지배 계층의 이념·체제
전신재(1989)	인간다운 삶을 소망하는 백성	국가의 지배 체제
이강엽(1993)	유랑민	당대 하층민 또는 기층민
최동현(2016)	향촌 사회 밖의 사람들	향촌 사회 내의 사람들

한편 당대 사회를 반영하는 변강쇠와 장승의 대립 구도는 특정 계급이나 계층을 가리기보다 19세기 조선 사회에서 욕망을 지닌 주체와 그 주체를 억압하는 사회 규범을 의미한다는 견해도 제출되었는데, 이는 개인이 갖는 성적 욕망에 대한 또 다른 해석을 이끌어 냈다. 그 양상을 표로 정리하면 다음과 같다.

연구자(연도)	변강쇠	장승
전신재(1989)	이드Id	초자아Superego
하은하(1997)	유희적 삶	문명적 질서
서은아(2001)	성 에너지의 근원적인 모습	성적 쾌락을 금기하는 사회 제도
이정원(2011)	개인	공동체(규범)

사회사적 접근에서 주목해야 할 다른 연구는 조선 후기에 창궐한 전염병을 작품과 연관 지어 설명한 논의다. 신동원(2004)은 뻣뻣한 성기, 장승을 뽑아 버리는 무모함, 장승처럼 빳빳하게 굳은 시체를 통해 괴질이 창궐한 19세기 조선 사회에서 도덕적 허물이 병의 원인이 된다는 전근대 시대의 관념을 추출함으로써, 유교적 관념과 전염병의 관련성을 구체적으로 보여 주었다. 이주영(2009)은 괴질로 대표되는 전염병에 대한 공포와 유랑민과 무주고혼無主孤魂[7]으로 대표되는 사회적 약자에 대한 배타적인 태도가 연결되면서 전염병의 이미지와 위험성이 유랑민들에게 덧씌워졌음을 기괴하고 끔찍한 변강쇠의 형상을 통해 밝혔다. 「변강쇠전」에서 질병의 경험과 시체 치우기의 경험,

3. 청상살: 청상은 '청상과부'를 줄인 말로, 젊어서 과부가 된 여자를 뜻한다. 살煞이 사람이나 생물, 물건 등을 해치는 부정적인 기운을 뜻하기 때문에 청상살은 청상과부가 될 부정적인 운명을 가리키며, 상부살喪夫煞과 유사한 의미로 사용된다.

4. 관극시: 판소리 연행 장면과 레퍼토리를 소재로 지은 한시 작품을 가리키는 용어다. 신위申緯의 「관극절구십이수」觀劇絶句十二首, 송만재의 「관우희」, 이유원의 「관극팔령」 등이 대표적인 관극시라고 할 수 있다.

5. 구부총: 어떤 여인이 아홉 번 시집을 가서 아홉 번 모두 과부가 되었는데, 아홉 명의 남편을 나란히 묻고 이후 자신도 죽어 그 옆에 묻힘으로써 모두 열 개의 봉분이 만들어졌다는 내용의 설화이다.

6. 유랑민: 삶의 터전을 잃고 일정한 거처 없이 떠돌아다니는 백성을 뜻한다. 양란兩亂 이후 조선 후기 사회의 구조적 모순이 극대화되면서 농민층도 분화하는데, 재물을 축적한 소수의 부농층과 다르게 궁핍의 나락으로 떨어진 다수의 빈농층이 생겨나면서 유랑민이 대량 발생했다.

7. 무주고혼: 죽은 뒤에 제사를 지내 줄 자손이 없어서 떠돌아다니는 외로운 영혼을 일컫는다.

유랑민에 대한 경험이 문학적으로 구조화되었다는 것이다.

2. 여성주의적 접근

여성주의적 접근은 「변강쇠전」의 여성 인물 옹녀에 주목한 논의다. 서사 전반에 걸쳐 사건을 지속시키는 주체인 옹녀는 어느 순간 가부장제의 횡포 앞에 타자화됨으로써 청상살을 지닌 음녀淫女로만 호명되는데, 이 과정을 고찰한 여성주의적 접근은 여성 인물인 옹녀의 왜곡된 형상을 바로잡고, 가부장제의 모순을 드러내는 기능을 수행했다. 즉 「변강쇠전」이 봉건 해체기의 계층적 모순뿐 아니라 가부장제의 질곡이라는 이중적 모순 속에 조건 지워진 옹녀의 삶을 봉건적인 시각으로 왜곡해서 그림으로써, 서술자와 청중의 허위적인 도덕적 우월감과 음란 취미를 만족시킨다고 본 것이다(박일용, 1991). 그래서 「변강쇠전」은 하층 여성의 개가改嫁와 그에 따른 삶의 문제를 음란하고 유희적으로 서술했으며, 지배와 피지배, 상층과 하층의 억압 규정이 남성과 여성의 관계에서도 동일하게 나타났다고 할 수 있다(최혜진, 1998).

한편 옹녀라는 여성 형상은 조선 후기에 창출된 새로운 인간형인 동시에 그와 같은 인물 군상들에 대한 당대인의 부정적인 시각이 만들어 낸 독특한 문학적 전형으로 지적되기도 했다. 그리고 옹녀에게 가해지는 노골적이면서도 집요한 비난이야말로 남성 중심적인 봉건적 지배 질서를 옹호하던 부류들의 위기감을 보여 주는 것이라는 견해도 제출되었다(정출헌, 1999). 「변강쇠전」에서 마을 사람들이 옹녀를 통제하거나 교화하지 않고 마을에서 퇴출시키는 '사회적 살인'으로 대응하는 것은 여성성에 대한 문명 공동체의 두려움이 「변강쇠전」의 서사에 반영된 것으로도 보는데, 마을 사람들이 '음란한 여성' 옹녀를 쫓아내는 것은 비정상적인 것과 스스로를 격리함으로써 정상성을 유지하려는 문명 사회의 태도라고 할 수 있다(이정원, 2011).

3. 미적 범주에 대한 접근

미적 범주에 대한 접근은 기본적으로 작품의 미학을 탐색하는 작업이다. 「변강쇠전」의 미적 범주가 중요한 이유는 비극적인 상황에 처한 인물을 희극적으로 그려 내는 작품의 독특한 미감 때문이다. 미적 범주가 문학에 반영된 삶의 의식 선택이라고 할 때, 「변강쇠전」의 미적 범주를 규정하는 과정은 작품이 취하는 세계에 대한 태도를 도출하는 것과 연결된다.

「변강쇠전」은 비장을 골계가 둘러싸는, 미감의 복합 결합이라는 특색을 보여 주며, 겉으로는 희극같이 보이지만 비극적인 본질을 지닌 작품으로 평가되었다(서종문, 1976b). 비극과 희극이라는 양립하기 힘든 두 층위가 공존, 충돌하는 이 양상을 기괴미奇怪美라고 규정할 수 있는데, 「변강쇠전」의 변강쇠가 뒤틀린 성격 때문에 도덕적으로나 사회적으로 긍정될 수 없었고, 따라서 쉽게 공격 대상이 되었기 때문에 신재효의 계층 의식과 연결되면서 기괴미라는 독특한 미적 범주가 산출되었다고 할 수 있다(김종철, 1993).

기괴를 공포와 혐오 그리고 희극적 효과의 교묘한 줄타기라고 본 서유석(2003)은 기괴가 구현되는 대상이 대부분 인간의 신체, 죽음, 성에 치중되어 있음을 포착했다. 그리고 기존의 사회 질서와 규범이 진지하게 바라보던 인간의 신체, 죽음, 성의 문제는 「변강쇠전」에 나타나는 기괴적 이미지를 통해 기존의 관념을 철저히 벗어남으로써 사회 질서 및 규범의 전복과 일탈을 가능케 했다고 주장했다.

한편 정환국(2009)은 「변강쇠전」의 등장인물들이 통념의 인간상이 아닌 '불편한' 모습으로 등장해 기존 이데올로기의 균열된 틈을 예리하게 헤집고 들어가는 방향성을 가지고 있다고 보았다. 그러나 결과적으로 어떤 극복이나 전망을 내놓은 것도 아니며, 오히려 균열 지점에서 방향을 잃어버리는데, 그 불편함은 바로 여기서 초래된 것으로 「변강쇠전」은 기존의 위계질서에 대한 비틀기를 아주 불편하게 수행함으로써 부조화를 극대화한 것으로 파악했다.

기괴, 그로테스크 등의 용어로 규정되는 「변강쇠전」의 미적 범주는 조금씩 다른 층위에서 다루어졌지만, 기본적으로 양립될 수 없는 요소들이 충돌하고 공존하면서 부조화가 극대화되었을 때, 그리고 그것이 서사가 끝날 때까지 해결되지 않았을 때 발현되는 것임을 알 수 있다.

탐구 활동	1. 그동안 「변강쇠전」에 나타난 인물상과 갈등 구조에 대한 다양한 논의가 나왔다. 본인이 가장 동의하는 논문을 한 편 선택해서 그 이유를 밝히고 내용을 정리해 보자.

1. 그동안 「변강쇠전」에 나타난 인물상과 갈등 구조에 대한 다양한 논의가 나왔다. 본인이 가장 동의하는 논문을 한 편 선택해서 그 이유를 밝히고 내용을 정리해 보자.

2. 「변강쇠전」의 여성 인물 옹녀를 억압하는 사회적 규범의 정체에 대해 논하고, 이를 오늘날에 적용했을 때 어떤 의미를 찾아낼 수 있을지 논의해 보자.

3. 「주장군전」朱將軍傳과 「관부인전」灌夫人傳을 읽고 성性을 다루는 문학적 방식이 「변강쇠전」과 어떤 공통점과 차이점이 있는지 장르의 관점에서 서술해 보자.

권장할 만한 텍스트

김태준 역주, 흥부전/변강쇠가, 고려대학교 민족문화연구소, 1995
김진영 외, 실창 판소리사설집, 박이정, 2004
정병헌, 쉽게 풀어 쓴 판소리 열두바탕, 민속원, 2011

참고 문헌

김종철(1993), 변강쇠가의 미적 특질
박일용(1991), 변강쇠가의 사회적 성격
서유석(2003), 변강쇠가에 나타난 기괴적 이미지와 그 사회적 함의
서은아(2001), 변강쇠가의 갈등구조와 그 의미
서종문(1976a), 변강쇠가 연구(상)
서종문(1976b), 변강쇠가 연구(하)
신동원(2004), 변강쇠가로 읽는 성·병·주검의 문화사
이강엽(1993), 신재효 변강쇠가의 성과 죽음의 문제
이정원(2011), 변강쇠가의 성 담론 양상과 의미
이주영(2009), 기괴하고 낯선 몸으로 변강쇠가 읽기
전신재(1989), 변강쇠가의 비극성
정병헌(1986), 변강쇠가에 나타난 신재효의 현실인식
정출헌(1999), 판소리에 나타난 하층여성의 삶과 그 문학적 형상
정환국(2009), 19세기 문학의 불편함에 대하여
최동현(2016), 문화적 갈등으로 본 변강쇠가
최혜진(1998), 변강쇠가의 여성중심적 성격
하은하(1997), 변강쇠의 위반과 반문명적 성격

필   자

신호림

화용도

「화용도」華容道는 중국 소설인 「삼국지연의」三國志演義[1]에서 '적벽대전'赤壁大戰과 '조조曹操의 화용도 패주敗走[2] 대목을 차용해 확대, 윤색한 판소리 작품이자 판소리계 소설이다. 「적벽가」라는 제명을 쓰기도 하는데, 제명이 장르나 계열을 구분하는 절대 기준은 아니다. 방각본·필사본·구활자본·판소리 창본[3] 등 140여 종의 이본이 학계에 소개되어 있으며, 방각본은 완판본만 전한다. 조선에 유입된 「삼국지연의」가 한글 번역본 등으로 민간에 널리 퍼진 것이 17세기고 판소리가 형성된 시점을 18세기 초엽 이전까지로 추정하기도 하므로, 이 작품의 초기 형태는 이르면 18세기 중엽, 늦어도 19세기 초엽에는 형성되었을 것으로 보인다.

1. 「삼국지연의」와 「화용도」의 차이

「화용도」가 작품의 소재 원천인 「삼국지연의」와 가장 다른 점은 영웅들의 이야기에 가려 있던 민중의 전쟁 체험을 생생한 목소리로 펼쳐 냈다는 것이다. 「삼국지연의」가 군웅할거群雄割據의 복잡다단한 정국과 그 안에서 피고 지는 영웅들의 모습을 두루 보여 주었다면, 「화용도」는 그보다도 전쟁 때문에 일상이 파괴되면서 목숨을 잃거나 패잔병이 된 군사들의 원성을 강조한다. 적벽대전을 앞두고 조조가 잔치를 열었을 때 군사들은 저마다의 서러운 사연을 말하며 일상의 행복을 그리워한다. 이후 전투에 크게 져서 도망하는 중에 군사점고軍士點考[4]를 할 때는 고향에 가지 못하는 것을 서러워하거나 각자의 직책에 따라 겪은 고초를 바탕으로 조조를 비판한다. 적벽대전에서 몰살당하는 군사들의 모습은 이른바 '죽고타령'이라는 노래가 되어 비극의 사실성과 해학성을 함께 보여 주며, 그렇게 죽어 간 군사들은 새가 되어 조조를 원망한다. 판소리 「적벽가」에서는 그 대목들에 해당하는 '군사설움타령', '죽고타령', '원조타령'(새타령)이 눈대목[5]으로 불릴 만큼 작품의 주제 지향을 대표하기도 한다.

'적벽대전' 대목 앞에는 유비劉備·관우關羽·장비張飛의 '도원결의'桃園結義,[6] 제갈공명諸葛孔明을 영입하는 '삼고초려'三顧草廬,[7] 제갈공명의 지략을 입증하고 다른 영웅들의 능력과 인성을 부각하는 '박망파博望坡 전투'와 '장판교대전', 유비 측과 손권孫權 측이 연합을 모의하는 과정에서 생긴 몇 가지 삽화가 추가되어 있다. '적벽대전'에 이르기까지의 서사 진행에 중점을 두는 것이다. 그에 반해 적벽대전에서 대패한 조조가 그의 잔병들과 도주하는 내용으로 이루어진 후반부는 원전인 「삼국지연의」에 없는 이야기들로 확대된다. 조조의 무능하고 간사하며 바보스럽기까지 한 모습을 부각하고, 전쟁에 동원된 군사들의 고단함과 원통함을 강조하며, 조조를 용서하는 관우의 의로움을 칭송하는 등의 내용이 주요한 분위기를 이룬다.

소재 원천인 「삼국지연의」에 비해 크게 달라진 성격을 보이는 인물로는 조조와 정욱程昱이 있다. 조조가 더러 간웅奸雄으로 평가되기는 하지만 군사력과 전술에서 당대의 가장 강력한 군주였음을 부정할 수는 없다. 그런데 「화용도」의 조조는 천하의 간사하고 비겁한 인물로 표현된다. 정욱과 군사들에게 조롱당하는 것은 물론 관우에게 살려 달라고 애걸하기도 한다. 그리고 조조의 책사策士인 정욱은 패주 과정에서 못난 모습만 보이는 조조를 군사들과 함께 조롱한다. 겉으로는 주군主君인 조조의 명을 듣거나 그에게 조언하는 것으로 보이지만, 실제로는 무능과 위선을 폭로하는 것이다. 그래서 정욱은 「춘향전」의 방자나 「봉산

1. 「삼국지연의」: 중국 후한의 역사적 사실을 바탕으로 원나라의 작가 나관중羅貫中이 쓴 연의(역사소설)로, 동아시아 문화권에서 현재까지도 널리 수용된다.

2. 패주: 싸움에 져서 달아남.

3. 판소리 창본: 판소리로 불리는 사설을 기록한 책.

4. 군사점고: 차례로 이름을 부르며 전쟁에서 살아남은 군사의 수를 파악하는 일.

5. 눈대목: 판소리 사설 가운데 가장 중요하게 인식되는 대목을 눈(目)에 비유해서 이르는 용어.

6. 도원결의: 유비·관우·장비가 복숭아 동산에서 의형제를 맺은 일. 뜻이 맞는 사람들이 특정 목적을 이루기 위해 행동을 함께하기로 약속하는 것을 비유하는 말이다.

7. 삼고초려: 유비가 제갈공명을 세 번이나 찾아가 군사軍師로 초빙한 일.

탈춤」의 말뚝이 등과 함께 방자형 인물[8]로 분류된다.

2. 이본의 제명과 계열 분류의 관계

현재까지 판소리로 전승된 창본의 제명이 모두 「적벽가」이므로 '적벽가'가 포함된 제명의 이본들은 창본 지향이며 '화용도'가 포함된 것은 소설본 지향이라고 구분할 수 있을 법하지만, 그렇지는 않다. 소설화 지향이 강한 이본 중에도 '적벽가'란 명칭이 붙은 경우가 있고, 그 반대에 해당하는 이본들도 존재하기 때문이다. 이본군의 대부분을 차지하는 필사본이 다양한 방식으로 형성되었기 때문에 표제와 텍스트의 성격이 일치하지 않는 경향이 구축된 것이다. 더구나 이 작품이 판소리로 불리던 초기에 '화용도타령'이라는 제명을 썼던 점을 감안하면, 적어도 이본 계열을 분류하는 데 제명을 기준으로 삼기는 어렵다.

제명에 따라 이본을 분류하는 것이 곤란함을 보여 주는 예로 완판 83장본 「화용도」를 들 수 있다. 1907년에 간행된 것으로 추정되는 이 이본은 가장 풍성한 내용을 포함하고 있어 대표적인 이본으로 취급된다. 여기에는 '공명축문 사설', '군사설움타령', '장승타령', '조조애걸 사설' 등 판소리 「적벽가」에만 있는 사설들이 들어 있어 판소리에서 파생된 이본으로 보인다. 그런데 '설전군유', '손권격동', '주유격동', '장간사항', '고육계' 등 「삼국지연의」에만 있는 사설들도 대폭 수용되었고, 그것들은 대체로 소설적 흥미를 유발하기 위해 군담軍談의 성격을 강화하는 요소라고 할 수 있다. 결국 완판본 「화용도」는 판소리 「적벽가」와 친연성을 지니면서도 '원본 지향적 성격'[9]으로 군담이 강화된, 독서물로서의 소설본인 것이다(김기형, 1993).

초기의 이 작품은 '화용도' 또는 '화용도타령'이란 이름으로 전승되다가 전반부의 내용이 추가되면서 '적벽가'로 확장된 것이라 짐작할 수 있다. 20세기 이후 판소리 작품으로서의 위상이 높아지면서 「적벽가」로 통칭되는 경향으로 정착되긴 했으나, 그간 파생된 이본들은 소설본이든 판소리 창본이든 두 명칭을 혼용했던 것으로 보인다.

3. 「삼국지연의」 개작의 시대정신

「삼국지연의」가 우리나라에서 유행한 것은 임진왜란 후부터다. 소설 자체가 재미있기 때문이기도 하지만 임진왜란 당시에 세워진 관제묘關帝廟의 영향도 컸다. 관우의 위패를 모신 관제묘가 민간 신앙에서 숭배 대상이 되었던 것이다. 또한 병자호란 이후 '대명의리론'對明義理論[10]이 대두하면서 촉한정통론蜀漢正統論[11]을 내세운 주희의 『자치통감강목』資治通鑑綱目이 강조되어, 그와 궤를 함께하는 '모종강평본'毛宗崗評本[12] 「삼국지연의」도 크게 유행했다. 이에 따라 유비와 조조의 선악 구도가 선명해졌다. 이후 상업 출판이 성행하면서 거질巨帙의 「삼국지연의」 대신 축약, 개작된 형태의 「화용도」가 등장했다. 「화용도」는 조조를 희화화된 악인으로 그리면서 그에 대응하는 군사들의 비판적인 목소리로 시대정신을 담아냈다. 따라서 적벽대전 이전의 이야기는 성리학적 정통론에 따른 서사로, 이후의 이야기는 지배층을 꾸짖고 참된 영웅을 희구하는 시대 비판의 텍스트로 읽을 수 있다(이은봉, 2016).

4. 판소리 소설 선행설의 반례

「화용도」는 판소리의 기원에 관한 여러 쟁점 가운데 이른바 '설화기원설'과 '판소리 소설 선행설'[13] 논의에 중요한 논거가 되는 작품이기도 하다. '설화기원설'을 주장한 김동욱은 '설화→판소리→소설'이라는 일반적인 도식을 제시했는데, 그 명백한 반례로 「적벽가」(「화용도」)의 존재가 일찌감치 부각되었다. 「적벽가」는 중국 소

8. 방자형 인물: 주인공의 조력자 역할을 하는 듯하지만 비판자의 목소리를 내기도 하는 인물.

9. 원본 지향적 성격: 「화용도」는 조선에서 개작된 작품이지만, 그 원본인 「삼국지연의」의 서사에 여전히 의지함.

10. 대명의리론: 명나라와의 의리를 중시한 조선의 외교정책.

11. 촉한정통론: 한나라를 계승한 유비의 촉나라를 정통으로 보는 시각.

12. 모종강평본: 청나라 때 모종강과 그의 아버지 모성산毛聲山이 개정한 『삼국지연의』.

13. 판소리 소설 선행설: 판소리계 소설은 판소리의 영향으로 그보다 나중에 성립되었다는 학설.

완판 83장본 「화용도」의 첫 장

설인 「삼국지연의」를 개작, 수용한 것이기 때문에 '소설→판소리'라는 명백한 추이만 읽히는 것이다. 물론 이 작품이 소설 「삼국지연의」를 그대로 수용한 것이 아니라, 국내에서 설화화된 「삼국지연의」의 내용이 다시 판소리 사설이나 소설본으로 정착된 것이라고 이해할 수는 있다. 또한 「삼국지연의」에서는 나타나지 않는 여러 대목을 추가한 '조선판 삼국지연의'로 개작해 민중의 현실 비판 의식과 처절한 생활상을 그려 낸, 재창작에 가까운 성격의 작품으로 설명할 수도 있다. 그렇다고 하더라도 설화가 판소리보다 앞서고, 소설이 판소리 뒤에 나타났다는 식의 장르 변동 양상을 모든 판소리계 소설이 겪지는 않았으리라는 것을 「화용도」의 예가 잘 보여 준다.

1. 「화용도」는 「삼국지연의」의 내용을 차용해 이루어진 작품이지만, 주제에서는 공통점과 차이점을 확연히 드러낸다. 「화용도」 형성의 사회적 배경이나 개작 의도를 생각해 보자.

2. 방자형 인물의 사례를 찾아보고, 「화용도」의 정욱이 그 인물들과 어떻게 구별되는지 비교해 보자.

3. 「화용도」의 내용은 '적벽대전'을 기준으로 이전과 이후의 분위기가 상당히 다르다. 전반부는 양반 향유층의 영향을 받은 것으로 추정되며, 후반부는 원전인 『삼국지연의』에는 없는 내용이 추가되어 민중의 색채를 띤다. 그 흔적을 작품 안에서 각각 찾아보자.

권장할 만한 텍스트

김현주·김기형, 적벽가, 박이정, 1998
정병헌, 쉽게 풀어 쓴 판소리 열두바탕, 민속원, 2011
최동현, 교주본 적벽가, 민속원, 2005

참고 문헌

김기형(1993), 적벽가의 역사적 전개와 작품 세계
김상훈(1992), 적벽가의 이본과 형성 연구
김종철(2006), 적벽가의 대칭적 구조와 완결성 문제
서종문(1997), 적벽가에 나타난 군사점고대목의 존재양상과 의미
이기형(2001), 필사본 화용도 연구
이성권(1996), 적벽가의 주제론적 검토와 문제점
이은봉(2016), 중국을 만들고 일본을 사로잡고 조선을 뒤흔든 책 이야기
정병헌(1997), 적벽가의 형성과 판소리사
정출헌(2009), 19세기 후반, 적벽가의 전환 양상과 시대정신
정충권(2007), 적벽가의 형성과 난리 체험
최동현·김기형(2000), 적벽가 연구

필   자

이태화

배비장전·오유란전·이춘풍전

「배비장전」裵裨將傳, 「오유란전」烏有蘭傳, 「이춘풍전」李春風傳은 19세기 무렵에 등장했을 것으로 추정되는 고전소설로 세 편 모두 작자 미상이다. 「배비장전」은 창(노래)을 잃고 사설만 전하는 판소리계 소설이며, 「이춘풍전」 역시 판소리와의 밀접한 관련 속에서 형성되었다. 「오유란전」은 한문소설이다.

「배비장전」은 현재 신구서림본(1916, 구활자본)과 김삼불 교주본(1950, 국제문화관본) 2종이 남아 전하는데, 김삼불 교주본은 신구서림본 이전에 전하던 필사본을 개작한 것으로 알려져 있다. 김삼불 교주본에는 신구서림본과 달리 결말 부분이 생략되어 있다.

「오유란전」은 국립중앙도서관본(1917), 한국학중앙연구원본(1874), 경북대학교 도서관본(1858) 등이 확인되는데, 모두 한문 필사본이다. 국립중앙도서관본의 겉표제는 '화사성몽'花事醒夢, 한국학중앙연구원본은 '오유란전'이라 되어 있다. 경북대학교 도서관본은 겉표제와 속표제 모두 국립중앙도서관본과 동일하나 김인하金麟河가 쓴 서문 마지막에 춘파산인春坡散人이 지었다는 기록이 있어 작자를 짐작하게 한다.

「이춘풍전」은 목판본이나 활자본 없이 6종의 한글 필사본(서울대학교 가람본·국립중앙도서관본·나손본 A, B·성산본·김영석본)이 전하는데, 그 내용이 대동소이하다.

1. 세태소설의 개념과 유형의 특성

「배비장전」, 「오유란전」, 「이춘풍전」은 중세 해체기인 19세기의 전환기적 성격을 지니는 소설이다. 당대 시정市井 세태와 문화를 반영하되 기존 통념의 전복轉覆, 위선적인 세계 폭로, 사회 비판적 의식을 보여 준다는 측면에서 풍자와 해학을 표방하는 '세태소설'世態小說[1]로 분류된다.

고전소설 분야에서 세태소설에 대한 언급은 조동일(1984), 이상택(1984), 이수봉(1991), 이종주(1993)로부터 비롯되었고, 이때 제기된 문제의식을 바탕으로 우창호(1997)가 "어느 특정한 시기의 자질구레하면서도 심각한 사연을 사실적으로 묘사한 소설"이라고 개념을 정리했다. 특히 조선 후기의 세태소설은 공간적 배경이 조선일 것, 중세적 이념보다 경험적 인식을 뚜렷하게 반영해야 할 것, 일원론적 세계관[2]을 지향할 것 등의 추가 조건을 충족해야 한다고 했다. 결국 고전소설사의 흐름에서 19세기 조선 후기에 집중적으로 세태소설이 등장한 데는 중세에서 근대로, 공동 사회[3]에서 이익 사회[4]로 전환하는 이행기에(이상택, 1984) 중세적인 사고방식에서 기인한 초경험적인 원리나 도덕적 규범에 대한 불신이 생기고 경험적 인식이 성장한 것(조동일, 1984)이 원인으로 작용했다고 볼 수 있다.

세태소설에 등장하는 인물은 이전 소설에서 활약했던 재자가인才子佳人보다는 잘난 척하지만 결국에는 별수 없는 인물이거나 평범하면서도 세속적인 욕망을 추구하는 일상적 인물이 대부분이다. 소설은 그들이 보여 주는 이중 행위를 통해 유교에 입각한 금욕적 행위에 대한 풍자, 경직된 이념적 명분이나 방탕하고 향락적인 생활에 대한 비판, 물질적 풍요의 중요성(신해진, 1999)을 우회적으로 드러낸다.

비판의 대상과 사건에 대한 과장된 희화화, 사실적이고 노

1. 세태소설: 어느 특정한 시기의 풍속이나 문화, 인정세태人情世態의 단면을 담아낸 소설.

2. 일원론적 세계관: 세속적·물질적 가치관에 입각한 현실적 세계관. 인간의 삶은 인간이 맞닥뜨린 환경과 대립하며 스스로 개척해 가는 것이라고 보는 사고방식.

3. 공동 사회: 인간의 본질적·자연적 의지에 따라 형성된 사회 집단 유형. 구성원 사이의 친밀한 인격적인 관계를 주축으로 결합하며, 상호 신뢰와 협동심을 발휘해 사회의 모든 측면에서 집단의 이익과 번영을 추구하려는 집단 형태.

4. 이익 사회: 인간의 합리적·선택적 의지에 따라 특정한 목적을 위해 형성된 사회 집단 유형. 구성원들의 공동 관심사나 서로 만족할 만한 거래가 있을 때 결합 가능하며, 계약과 규칙을 준수해야 유지할 수 있다. 이해타산적·목표지향적인 인간관계 속에서 효율성과 전문성을 중시하는 집단 형태.

골적인 장면 묘사에서 유발되는 '웃음'의 다양한 의미가 논의 대상이다.

2. 작품 형성 과정과 장르적 교섭

「배비장전」, 「오유란전」, 「이춘풍전」이 내용상 19세기 조선 후기의 시정 세태를 반영한다는 측면을 고려하면 세태소설이라는 유형적 특성을 거론할 수 있고, 이들 작품의 형성 과정을 비교해 살펴보면 19세기 소설 창작 방식의 일면을 가늠할 수 있다.

「배비장전」과 「이춘풍전」, 「오유란전」은 창唱(노래)은 전승되지 않은 채 사설만 남아 전하는 판소리 작품과 관련된다. 판소리 작품에는 현재도 연행演行되는 전승 5가(「춘향가」, 「심청가」, 「수궁가」, 「흥부가」, 「적벽가」) 외에 「변강쇠가」, 「옹고집타령」, 「장끼타령」, 「무숙이타령」, 「배비장타령」, 「강릉매화타령」의 창을 잃은 판소리 7편이 존재하는데, 이 중 「배비장타령」, 「무숙이타령」, 「강릉매화타령」이 이 세 작품과 관련 있다.

「배비장전」은 제명에서 짐작하듯 「배비장타령」의 사설이 기록문학으로 전환된 작품이다. 판소리에서 배비장의 존재는 이미 유진한柳振漢의 「가사춘향가이백구」歌詞春香歌二百句(1754) 제81구에 언급된다. 이후 송만재宋晩載의 『관우희』觀優戱(1843), 조재삼趙在三의 『송남잡지』松南雜識(1855)에도 등장하고, 신재효申在孝의 「오섬가」烏蟾歌에는 제주 기녀 애랑과 정비장의 이별 장면 등이 나올 정도였으니 배비장의 서사는 매우 오래전부터 알려졌다고 볼 수 있다. 그럼에도 현재 전하는 이본은 2종에 불과하다. 이에 대한 원인을 "지나친 풍자의 형상에서 기인한 대중의 공감 획득 실패"(권순긍, 1996)로 추정하거나, 당시의 인기 소설들이 갖고 있던 요소들을 갖추지 못하고, "풍자가 현실적 모순의 본질적인 국면을 부각할 수 있는 인간의 삶의 방식을 문제 삼지 못함"으로써 "삶의 보편성을 획득하지 못한 것"(박일용, 1988)으로 설명한다.

「이춘풍전」이 판소리로 불렸다는 기록은 없다. 다만 「무숙이타령」과 동일 작품으로 보이는 「왈자타령」의 사설 정착본 「게우사」(박순호 소장 필사본, 1890)와 구성과 내용이 유사하기 때문에 관련성을 논할 수 있다. 「게우사」에 등장하는 서울의 대방 왈자曰者[5] '김무숙'의 행적이 「이춘풍전」의 이춘풍과 매우 흡사하다는 점, 무숙과 관련된 기생 의양의 역할이 춘풍의 처 김씨와 기생 추월의 역할과 대응된다는 점(김종철, 1992; 권순긍, 1994; 김준형, 2000; 송철호, 2013; 조현우, 2012), 서사 구성을 비롯한 사설의 부연이나 장면의 확장 등 판소리의 문체적 특징이 나타난다는 점(여운필, 1987)을 들어 장르의 교섭을 유추할 수 있다. 하지만 「무숙이타령」이나 「왈자타령」의 창본이 전하지 않고, 「이춘풍전」의 이본이 필사본으로만 남아 있다는 사실로 이 계열의 작품 역시 대중적·상업적 인기를 얻지 못했음을 짐작할 수 있다. 이 역시 배비장의 서사와 마찬가지로 이춘풍의 서사도 당대의 독자가 받아들이기 힘든 내용이었기 때문으로 추정한다.

「오유란전」의 경우는 조금 다르다. 「오유란전」은 일찍부터 「강릉매화타령」과의 관련성이 언급되었으나(김기동, 1981; 정홍모, 1985), 「강릉매화타령」의 사설 정착본으로 추정되는 「매화가라」梅花歌라가 발견되고(김헌선, 1993) 그 내용이 검토되면서 직접적인 영향 관계를 증명하기 어렵다는 견해가 제시되었다(한정미, 1999; 정선희, 2003). 오히려 이전 시대의 소설 내용이나 구성을 비틀어 적용하는 방법이 사용되었다는 논의가 타당성을 얻는다. 전기소설의 관습을 수용하면서도 조선 후기의 다른 소설 양식이나 예술 양식을 받아 복합 양식의 면모를 띤다는 논의(박희병, 1997), 이질적인 양식과 내용이 공존하고 갈등한다는 견해(윤재민, 1999), 「구운몽」九雲夢→「종옥전」鍾玉傳→「오유란전」으로 이어진 변형된 환몽 구조 방식을 차용하고 「춘향전」春香傳이나 국문소설·판소리계 소설 등의 흥미 요소를 첨가해 보다 골계적이고 다양한 재미가 있는 작품으로 재탄생시킨 혼성모방적 패러디[6]가 적용되었다거나(정선희, 2003) 남주

5. 왈자: 17세기 이후 물산物産의 유통이 활발했던 서울 지역에 특히 왕성했던 무리를 가리키는 말로, 비교적 상층에 속하는 무반 관리부터 시정 상인에 이르기까지 매우 다양한 부류의 사람들로 이루어진 집단.

6. 혼성모방적 패러디: 여러 다른 장르나 예술 작품에 사용된 기법이나 스타일, 매체 등 일정 부분을 무작위로 모방하거나 짜깁기해 새로운 작품을 완성하되 비판적·풍자적 의도를 추가하는 일종의 창작 기법.

인공의 간절한 바람에 감응해 죽은 여인이 다시 살아난다는 전기소설의 비극적 모티프를 희극적으로 패러디했다(정출헌, 2006)는 논의가 모두 같은 맥락이라고 할 수 있다.

19세기에 이르면 고전소설은 매우 다양한 방향으로 발전한다. 유형 면에서만 보더라도 한문 장편소설의 본격적인 출현, 영웅소설의 쇠퇴, 성性에 대한 개방적 인식을 보여 주는 애정 전기소설의 등장, 몽유록계 소설의 존속, 다양한 번역소설, 판소리계 소설의 유행 등이 이 시기 고전소설의 지형도를 이룬다(김경미, 2011). 이렇듯 다양한 소설이 등장하면서 창작 기법에도 변화가 나타나는데, 「배비장전」·「이춘풍전」·「오유란전」이 그 일면을 보여 준다. 형식적으로는 판소리와 소설의 장르적 교섭交涉, 설화의 원용援用, 모방과 패러디 등의 다양한 방식이 적용되었으며, 내용적으로는 중세 이념에서 탈피하려는 의지가 충만했던 사회풍조가 이 세 편의 작품에 오롯이 반영되었다.

3. 희화화, 비속화된 남성과 풍자의 의미

「배비장전」, 「오유란전」, 「이춘풍전」의 서사는 인물에 집중되어 있다. 특히 어리석거나 허위 가득한 남성 주인공이 희화화戱畫化[7]되고 비속화卑俗化되는 과정에서 그 남성 주인공이 속한, 또는 그로 대표되는 세계가 부정되고 비판된다. 이러한 이유로 세 편의 소설 작품은 풍자성諷刺性을 획득한다. 특히 희화화의 정도와 목적, 동기, 그것을 목도目睹하는 주변 인물들의 시선 등에 따라 풍자의 층위와 의미가 다양해진다.

「배비장전」과 「오유란전」의 주요 사건은 남성 주인공 배비장과 이생의 훼절毀節이다. 이들을 훼절할 목적으로 주변 인물들이 공모하고 그 과정에서 남성 주인공의 민낯이 공개되기에 이른다. 훼절담毀節談[8]은 애초 사대부 소화笑話에 기원을 둔 것으로, 상당히 오랜 기간을 통해 견고하게 정형화된 형식(박일용, 1988)이면서도 끊임없이 새로운 이야기의 모티프로 작용한다는 점에서 인간의 본질적인 욕망과 맞닿아 있다. 그 욕망을 제어하지 못하는 인간의 나약함과 어리석음이 시대 사회적 문제와 결부되어 위선과 허위 등 비판 대상으로 전환되는 것이다.

「배비장전」의 풍자는 단일하지 않다. 배비장의 훼절과 비속화를 주도하는 주체에 따라 풍자의 의미가 달라진다. 서사 전면에서는 방자와 애랑이 공모해 배비장을 웃음거리로 만듦으로써 지배층의 허위와 위선을 신랄하게 비판하며, 이면에서는 배비장의 훼절에 애랑을 끌어들인 제주 목사와 관속官屬이 그들이 향유하는 유흥 문화에 공조하지 않는 경직된 인식과 가치를 비판한다. 마지막으로 해녀와 뱃사공, 도민島民의 눈을 통해 관료 사회 전체에 만연한 향락과 부패상을 드러내어 비판한다. 이것이 「배비장전」이 지닌 풍자의 세 가지 층위다(권순긍, 1994; 김영주, 2008; 송철호, 2013). 다만 신구서림본의 후일담에는 배비장이 벼슬을 얻어 관직에 나가고 애랑은 배비장의 첩이 되고 있어, 앞서 보인 배비장을 향한 공격적인 비판과 풍자에서 한 발 멀어진 모습을 보인다(이상일, 2015).

「오유란전」도 「배비장전」과 마찬가지로 남성 주인공 이생의 훼절을 주요 사건으로 다룬다. 이생의 훼절을 목적으로 한 죽마고우 김생과 기생 오유란의 공모 행위 역시 「배비장전」과 크게 다르지 않다. 양반의 위선적인 생활을 풍자했다거나 풍자 수법으로 경직된 관념 세계의 허위성을 폭로했다는 논의, 관료주도형 풍자면서 내기와 공모의 구조적인 공통성을 지닌다는 논의 역시 여전히 유효하다.

하지만 「배비장전」이 배비장의 훼절과 희화화를 매개로 당대 지배 관료 계층의 모순과 부패를 비판하는 사회

7. 희화화: 어떤 사물이나 사람의 특징을 과장하거나 우스꽝스럽게 묘사해 웃음거리로 만드는 표현.

8. 훼절담: 주로 정조를 지키려는 남성이 훼절과 망신을 당하는 공통된 줄거리를 지닌 이야기.

김홍도의 『평안감사향연도』 중 「부벽루연회도」. 평안도 관찰사 부임을 환영하기 위한 세 차례의 연회 장면 중 하나. 수많은 사람이 동원되어 성대한 잔치를 벌이는 모습에서 당시 평안도(평양)가 경제적으로 번성했던 지역임을 알 수 있다. 국립중앙박물관 소장

적 측면의 풍자가 강했다면, 「오유란전」은 이생의 훼절 사건을 해결하는 과정에서 지배층 남성의 현실 인식 부재와 무책임이 부각되고 은근슬쩍 사건을 덮어 버리는 듯한 결말로 풍자의 결을 달리한다. 「오유란전」을 한 젊은 관인官人 후보자가 관인 사회에 입문하는 과정을 그린 작품으로 보고, 남성 주인공은 성적 타락을 통해 정신적으로 새롭게 태어나도록 설정된 인물이며 작자층 또한 현실을 긍정하는 화해 지향적 인물 혹은 집단이거나 관인 사회를 적극 긍정하고 옹호하는 인물일 것으로 추정한 논의(곽정식, 1985)나 「오유란전」은 남성 윤리를 서사화한 훼절담이되 그 훼절담은 전형적인 남성 성장담이고, 그 과정에서 남성들이 대면하기 꺼리는 왜소한 자의식이 희화화된다고 보는 견해(김수연, 2009) 등에서 알 수 있다.

이러한 이유로 「오유란전」은 엄격한 의미에서 풍자의 성격을 논하기 어렵고, 김생과 이생이 작품 끝부분에서 교환하는 웃음은 화해의 웃음임과 동시에 공모자들만이 나누는 은밀한 웃음, 사회적 모순들을 무리 없이 은폐하는 웃음으로 해석할 수 있다(곽정식, 1985; 김수연, 2009).

「이춘풍전」은 왈자 이춘풍이라는 전형적인 인물이 대표하는 당대 풍속의 일면을 춘풍의 처라는 현실적 인물을 내세워 풍자하는 작품이다. 특히 조선 후기 번성한 시장 경제, 도시의 유흥 문화를 배경으로 돈 많은 한량의 그릇된 행각을 비판한다는 점에서 「배비장전」, 「오유란전」과 구별된다. 「배비장전」의 배비장, 「오유란전」의 이생이 동료 관속이나 기생에게 조롱의 대상이 되었다면, 「이춘풍전」의 춘풍은 아내 김씨 때문에 그의 무능과 무책임, 왜곡된 가장의 권위가 폭로된다. 그 덕분에 춘풍의 처 김씨는 중세 의식의 한계를 극복하고 근대성을 지향하는 인물로서 논의의 중심이 되기도 했다(장덕순, 1953; 이석래, 1989; 권순긍, 1994).

이춘풍의 비정상적이고 그릇된 행각은 19세기 물질문화에 휩쓸린 도시 문화와 화폐가 가져다주는 향락적 세태와 다르지 않다. 그것이 춘풍만의 특별한 행동이 아니라 당시 왈자들이 벌이는 일상이었기 때문이다. 물질문화가 가져다주는 부와 향락, 그리고 그것을 제대로 운용하지 못했을 때 벌어지는 좌절과 몰락을 이춘풍이라는 인물을 통해 동시에 보여 준다고 할 수 있다. 더구나 그것을 직접적으로 지적하고 노동의 가치를 실현하는 춘풍의 처 김씨 덕분에 춘풍의 왜곡됨은 더욱 극명하게 드러난다.

4. 조선 후기 현실 인식과 여성의 자리

19세기 조선은 정치적 불안함 속에서도 사회 경제적으로 상업 화폐 경제 체제가 정착되면서 중세의 산업 구조가 무너지고 상업 자본 중심의 구조 재편이 이루어지는 시기였다. 이러한 변화 속에서 사회 전체적으로 신구新舊의 이념이 충돌하고 계층 간 대립이 심화·표면화되는 역동적인 이행기의 면모를 드러냈다(이지하, 2009). 급변하는 시대적 상황과 맞물려 19세기 소설의 지형도 여러 방면에서 다양한 특징을 선보인다. 특기할 만한 변화 중 하나가 관념적인 세계관이나 도학 이념으로부터 관심이 멀어진 전문 작가들이 음악·놀이·음식 등 일상과 유흥에 관련한 내용을 소설에 반영하기 시작했다는 점이고, 또 다른 하나는 상업화된 소설 유통 구조 속에서 통속적이고 대중적인 소재나 요소가 소설 창작에 주요하게 삭용했다는 점이다(김경미, 2003).

「배비장전」, 「오유란전」, 「이춘풍전」이 바로 이러한 조선 후기 시대 상황과 소설의 변화된 흐름 속에서 등장했다는 사실을 염두에 두어야 한다. 일상과 유흥에 대한 관심, 통속적이고 대중적인 요소가 세 작품 안에서 성적 욕망을 도구로 삼을 수 있게 했으며, 상업 자본을 토대로 하는 유흥 문화의 실상과 물적 재화의 허상을 구체화할 수 있도록 이끌었다. 그리고 그 중심에 여성의 달라진 모습이 자리한다.

「배비장전」, 「오유란전」, 「이춘풍전」은 세태소설이며, 당대의 모순된 현실을 드러내고 비판하는 목적성을 지니는 작품이다. 이때 시정 세태에 대한 비판과 풍자의 임무를 전면에서 수행하는 인물이 「배비장전」의 애랑, 「오유란전」의 오유란, 「이춘풍전」의 김씨다. 애랑과 오유란은 기생이고, 김씨는 춘풍의 아내다. 이들은 남성 주인공의 훼절을 유도해 희롱하거나 남성 주인공의 잘못된 행적을 조롱하는 주체로서 기능한다. 애랑과 오유란이 기생이었다는 점은 배비장과 이생의 성적 욕망을 이끌어 내는 데 용이했고, 김씨는 춘풍의 아내였기 때문에 춘풍을 상대로 가정 내 경제 상황에 대한 책임을 물을 수 있는 자격을 부여받았다.

실상 세 작품에서 비판과 풍자의 대상이 되는 배비장, 이생, 이춘풍의 어리석음과 무능함은 변화하는 시대 상황과 현실을 제대로 바라보지 못하는 데서 비롯되었다. 그들은 새로운 시대의 혜택을 누리고자 하면서도 구시대적 관습을 버리지 못하고, 그렇다고 이전의 가치를 계승하지도 못하면서 허세만 부리는 인간의 표상이면서 신구의 문물과 가치관이 혼재되던 19세기 과도기(김경미, 2003)의 행적을 보이기 때문이다. 남성, 지배층 관료, 물적 재화라는 권력이 자신의 존재를 담보해 주리라 믿은 까닭이다.

「오유란전」에서 이생과 오유란의 대립이 최고조에 이른 부분은 암행어사가 되어 돌아온 이생이 오유란을 불러 죄를 묻고 답하는 장면이다. 과거 자신의 위선적인 언행과 경직된 태도에서 유발된 참담한 사건을 여전히 미천한 신분의 기생 오유란의 잘못으로 책임 전가하려는 이생의 어리석음이 오유란에 의해 당당히 고발된다. "산 사람을 죽었다고 하긴 했으나 산 사람은 자기가 죽지 않았음을 분간하지 못했고, 멀쩡한 사람을 귀신이라고 하긴 했으나 그 사람은 자기가 귀신이 아니라는 걸 깨닫지 못하면서" "졸개로서 오직 장군의 명령에 따라야 했던 자만을 응징하려 하는" 양반 남성의 모순적인 행위를 명확하게 짚어 내는 오유란의 모습은 오히려 담담하기까지 하다. 이에 "너는 묘령의 기녀요 나는 젊은이였으니 그런 일이 벌어졌다는 게 괴이할 것도 없는" 일이었고 "지금 와 생각해 보니 따질 일도 못 된다"며 모든 상황을 과거의 일, 미성숙한 시기에 있을 만한 일로 돌려 버리는 이생의 모습은 대비를 이룬다. 자신이 직면한 문제를 또다시 외면, 회피하는 이생의 모습에서 변하지 않은 또는 변하려는 의지를 상실한 구습舊習을 발견할 수 있다. 이후 오유란은 서사에서 사라진다.

「이춘풍전」에서 춘풍과 김씨의 대립은 더 첨예하고 반복적이다. 물신주의物神主義가 팽배한 시대에 올바른 경제 관념을 형성하지 못한 채 사치와 향락에 몰두하고 가정의 빈곤에는 관심을 두지 않는 춘풍 반대편에 남편의 행각을 폭로하고 끊임없이 계도啓導하려고 노력하는 아내 김씨가 존재한다. 춘풍이 '사치와 소비'의 상징이라면 김씨는 '절약과 생산'의 상징일 것이고, 춘풍이 '유산遺産'으로 물적 재화를 획득했다면 김씨는 '노동'을 통해 가산家産을 일으킨다. 춘풍에 의해 '부의 허상'이 폭로되었다면, 김씨에 의해 '부귀도 공명'임이 강조된다. 근대 산업 사회에 적합한 인물은 바로 김씨다.

그러나 춘풍은 김씨가 제시하는 삶의 방법을 근본적으로 거부한다. 결국 호조戶曹 돈을 빌려 평양으로 향하고, 추월을 상대로 이전에 누렸던 향락과 쾌락의 삶으로 회귀하려 한다(조현우, 2012). 하지만 추월 역시 돈이 떨어진 춘풍에게 더는 관심을 두지 않음으로써 당대 물적 재화가 지닌 위력을 확인할 수 있다. 급기야 남장까지 감행하고 평양을 찾아온 김씨의 도움으로 춘풍

신윤복의 『혜원전신첩』蕙園傳神帖 중 「유곽쟁웅」. 조선 후기 도시의 호사스러운 소비 생활과 유흥을 즐겼던 왈자와 기생의 모습을 볼 수 있다. 간송미술관 소장

은 자신의 입지를 회복하는데, 여기서 김씨가 본질적인 근대 여성상으로서 입지를 확보할 수 있는가 하는 문제가 제기된다(서경희, 1999). 김씨의 모든 행위는 결국 춘풍의 행각을 바로잡아 고치고 정신을 일깨우기 위한 수단으로 작용하기 때문이다. 「배비장전」의 애랑이 배비장을 상대로 지배 관료 체제의 허위와 위선을 폭로하는 데 앞장섰으면서도 결말에 이르러 배비장의 첩이 되는 길을 선택함으로써 반전을 보인 모습과 동일한 맥락이라 볼 수 있다.

「배비장전」, 「오유란전」, 「이춘풍전」은 애랑, 오유란, 김씨를 위선과 허위, 경직성과 향락에 매몰된 남성 주인공을 폭로하고 비판하는 인물로 설정했고 그녀들은 주어진 임무를 충실히 수행했다. 하지만 일정 정도의 성과를 거둔 뒤에는 비판의 대상이 되었던 세계로 편입하거나(애랑) 서사에서 사라지거나(오유란) 또다시 타자화된 존재로 머물면서(김씨) 여전히 해결되지 않은 숙제를 남겼다.

그럼에도 불구하고 변화하는 시대에 주체적으로 대응하지 못하고 좌충우돌했던 남성 주인공들과 달리 현실 상황을 보다 올바르게 이해하고 이에 적극적으로 대응·적응해 나가고자 했던 여성 주인공들이었기에, 우리가 그들에게 주목해야 하는 이유는 충분하다.

1. 「배비장전」에는 기롱妓弄 설화, 발치拔齒 설화, 미궤米櫃 설화를 차용한 장면들이 서사를 구성한다. 각 설화의 내용을 찾아보고 어떤 의미를 갖는 설화인지 생각해 보자. 특히 「배비장전」에서 이들 설화를 빌려 온 이유가 무엇인지 자신의 생각을 말해 보자.

2. 「오유란전」과 「종옥전」, 「이춘풍전」과 「게우사」(박순호 소장 필사본, 1890)의 관련성은 자주 거론된다. 관련 작품을 읽어 본 뒤 같고 다른 점을 찾아보고 토론해 보자.

3. 세태소설이란 당대의 모순된 현실을 희화화해 비판하는 소설 작품 유형을 일컫는다. 조선 후기 세태소설 같은 현대의 작품(소설, 드라마, 영화, 연극 등 모든 서사물)을 생각해 보자. 그리고 그 작품이 비판하는 대상(세계)은 무엇인지, 대상을 어떠한 방식으로 비틀어 웃음을 이끌어 내는지, 모순된 현실에 대한 대안은 제안하는지 토론해 보자. 만일 제시된 대안이 없다면 우리는 무엇을 대안으로 제시할 수 있는지 의견을 말해 보자.

권장할 만한 텍스트 김창진 옮김, 배비장전, 지만지(지식을만드는지식), 2012
박희병·정길수 편역, 세상을 흘겨보며 한번 웃다, 돌베개, 2010
신해진 역주, 조선후기 세태소설선, 월인, 1999
최혜진 옮김, 계우사/이춘풍전, 지만지, 2015

참고 문헌 권순긍(1996), 배비장전의 풍자층위와 역사적 성격
김경미(2003), 19세기 소설사의 한 국면
김경미(2011), 19세기 소설사의 쟁점과 전망
김수연(2009), 오유란전에 나타난 남성성장과 웃음의 의미
김영주(2008), 배비장전의 풍자구조와 그 의미망
김종철(2000), 배비장타령 외 기타 실전 판소리
김준형(2000), 게우사 연구의 몇 가지 문제에 대하여
김헌선(1993), 강릉매화타령 발견의 의의
박일용(1988), 조선 후기 훼절소설의 변이양상과 그 사회적 의미(상·하)
서경희(1999), 이춘풍전의 남성과 여성
송철호(2013), 이춘풍전에 있어서 풍자와 해학의 문제
여운필(1987), 이춘풍전과 판소리의 관련 연구
우창호(1997), 조선 후기 세태소설 연구
윤재민(1999), 조선 후기 전기소설의 향방
이문성(2012), 조선후기 막장 드라마 강릉매화타령
이상일(2015), 배비장전 작품 세계의 재조명
이종주(1993), 세태소설의 변모과정

이지하(2009), 고전소설에 나타난 19세기 서울의 향락상과 그 의미
정선희(2003), 오유란전의 향유층과 창작기법의 의의
정출헌(2006), 고전소설의 천편일률을 패러디의 관점에서 읽는 법
조현우(2012), 19세기 남성 주체의 곤경과 환멸
한정미(1999), 매화가라의 전반적 이해

필   자   김나영

천군전

성리학을 통치 이념으로 삼은 조선에서는 성리학의 이념을 내면
화하고 확산하는 것이 중요한 과제였다. 1566년 김우옹金宇顒이
지은 「천군전」天君傳을 필두로 조선에서는 성리학적 심성론을
보다 쉽게 이해하기 위한 방법의 일환으로 심성心性을 의인화한
작품들을 짓기 시작한다. 이들은 대부분 마음을 의인화한 천군
天君을 중심으로 사단四端(측은지심惻隱之心, 수오지심羞惡之心,
사양지심辭讓之心, 시비지심是非之心)과 일곱 가지 감정(七情: 희
노애구애오욕喜怒哀懼愛惡欲)이 신하가 되어 몸에서 일어난 사건
들을 풀어 가는 과정을 다룬다. 「천군전」은 김우옹의 문집인『동
강집』東岡集 17권에 실려 있다. 그동안 「천군전」 연구는 주로 창
작 동기, 장르 규명, 교육적 효과 등이 논의되었는데, 이 중 창작
의도와 장르 규명에 관한 논의는 작품의 성격과 밀접한 관련이
있어 주목해야 한다.

1. 「천군전」의 창작 의도

「천군전」은 천군의 통치를 충신과 간신의 대립을 통해 보여 주
는 작품이다. 충신인 경敬과 의義가 천군을 잘 보필해 나라가 평
안하던 중, 천군의 미행微行을 틈타 간신인 해懈와 오傲가 경을

내쫓고 나라를 혼란스럽게 만들지만, 천군이 경을 다시 불러들여 평안을 회복하는 이야기가 주 내용이다.

　김우옹이 「천군전」을 지은 것은 다름 아닌 스승 남명南冥 조식曺植이 「신명사도명」神明舍圖銘에 대한 전傳을 지으라고 명을 내렸기 때문이다. 「신명사도명」이란 마음의 집을 그림으로 그린 「신명사도」와 이를 풀이한 「신명사명」을 뜻하는데, 이들은 심학心學의 개념을 쉽게 전달하고자 조식이 그림과 풀이로 표현한 것이다. 그런데 이 같은 그림이나 풀이 역시 추상적이기에, 조식은 보다 이해하기 쉽게 표현해 보고자 김우옹에게 허구화된 이야기로 여기에 대한 설명을 해 보라고 한 것이다. 이러한 사실에 기반해, 「천군전」은 조식의 심성론이 시공간을 통해 구체화된 것이자 심학이라는 이념을 전달하는 도구로 파악되었다(김광순, 1996; 장경남, 2004).

　또한 「천군전」에 나타난 왕권王權과 신권神權의 균형을 맞추는 문제나 나라의 혼란을 해결하는 지식인 신하의 모습을 작품이 창작되던 당시의 정치적 상황과 관련지어, 이 작품이 남명이 품었던 정치적 이상을 중앙 정치에서 실현하면서 필요에 따라 지은 것이라고 보는 논의도 제기되었다(채휘균, 2005; 이기대, 2009; 엄기영, 2015).

2. 「천군전」의 장르 규명

허구화된 서사물인 「천군전」의 장르는 대상을 의인화해 입전立傳했다는 점에서는 가전의 성격을, 갈등을 중심으로 사건이 전개된다는 점에서는 소설의 성격을 띠고 있어, 어떤 측면을 중요하게 파악하는가에 따라 장르 규정에 대한 시각이 나뉜다.

　먼저 「천군전」을 가전假傳[1]이나 가전체假傳體 작품으로 보는 경우가 있다. 「천군전」은 심성心性을 의인화했다는 점과 전傳의 형식을 취했다는 점에 중점을 두어 '가전'으로 파악되기도 했다(이동근, 1995; 김성룡, 2005; 안세현, 2009). 또 가전의 형식을 빌린 교술敎述[2] 작품으로 보면서도, '가전'은 사건 전개가 나열로 이루어지는 데 비해 「천군전」은 인물들의 대립을 통해 사건을 전개해 '가전체'로 보는 견해가 있다(이동근, 1990; 조동일, 1994; 이복규, 2004).

다음으로 「천군전」을 소설로 보는 견해가 있다. 이 작품이 갈등을 중심으로 사건을 전개하는 점, 천군의 나라라는 배경을 설정한 점, 소설에 자주 등장하는 '천상계-지상계-천상계'를 순환하는 적강 구조를 활용해 구성한 점에 주목하는 경우 소설로 보았다(김광순, 1996; 장경남, 2004). 또한 심성을 대상으로 의인화한 서사 장르라는 점이 잘 드러나도록 '의인체 소설'로 보려는 견해도 있다(이민희, 2013).

한편 전체적인 서사 구조와 구성 면에서 각각 가전과 소설적인 특성을 보여 주어 가전과 소설의 장르 복합 현상이 일어난 작품으로 보고자 하는 견해도 있다(김선현, 2012).

1. 가전: 사물들을 의인화해 허구적으로 그 일대기를 입전한 작품들을 뜻한다.

2. 교술: 작품 외적인 세계의 개입에 따른 자아의 세계화가 이루어진 것으로, 구체적인 사실이나 작가의 경험, 사색을 서술해 독자에게 전달하는 문학 장르인 몽유록, 수필, 일기 등이 해당한다.

탐구 활동	1. 「천군전」을 고려 시대에 지은 가전 중 「국순전」, 「공방전」과 의인화 및 서사 구성 방식을 비교해 보자.

2. 조선 시대 유학자들이 소설에 대해 가졌던 인식과 관련된 논문을 찾아 읽고, 김우옹이 「천군전」을 지은 행위는 소설에 대한 어떤 인식을 보여 주는 것인지에 대해 토론해 보자.

권장할 만한 텍스트

김광순, 천군소설(한국고전문학전집 26), 고려대학교 민족문화연구소, 1996

윤주필, 조선 전기 우언소설, 문학동네, 2013

참고 문헌

김광순(2004), 천군전의 구조와 소설사적 위상

김선현(2012), 가전과 소설의 장르복합으로 본 천군전

김인경(2015), 16~17세기 심성서사 연구

신상필(2010), 천군류 출현의 철학적 기반과 서사문학적 지위

안세현(2009), 15세기 후반~17세기 전반 성리학적 사유의 우언적 표현 양상과 그
　　의미

엄기영(2015), 천군전, 남명학파의 정치적 상상력

윤주필(2010), 우언과 성리학

이기대(2009), 심성론의 역사적 전개와 김우옹의 천군전

이민희(2013), 천군전 장르 규정 및 명명에 관한 제언

이복규(2004), 우리 고소설 연구

장경남(2004), 천군전으로 본 17세기 소설사의 한 경향

조동일(1994), 한국문학통사

채휘균(2005), 천군전에 나타난 심의 수양론

필　자　　최수현

수성지

「천군전」과 비슷한 시기인 1580년을 전후해 지어진 「수성지」愁城誌는 허균許筠으로부터 "문자가 생긴 이래 하나의 별문자別文字이니 천지 사이에 이 글이 없다면 자연히 한 결함이 될 것이다"라는 평가를 받은 작품으로 주목받아 왔다. 이 작품은 「화사」花史, 「원생몽유록」元生夢遊錄의 작가인 백호白湖 임제林悌(1549~1587)의 시문집 『백호집』白湖集 4권에 실려 있으며, 그가 32세를 전후해 저술한 것으로 추정된다. 「수성지」에 대한 연구는 작가, 장르, 시름의 정체, 갈등 해결 방식, 주제 탐색, 천군 소설들과의 비교 등이 주로 이루어져 왔는데, 특히 '시름'의 정체와 갈등 해결 방식은 작품의 주제와 긴밀한 관련이 있어 주목할 필요가 있다.

1. 「수성지」의 '시름'의 정체

「수성지」는 천군을 중심으로 두 차례 빚어진 나라의 혼란을 회복해 가는 과정을 그린 작품이다. 이때 「수성지」에서 갈등을 유발하는 '시름'의 정체에 대해서는 작가의 생애와 연결해 봉건 이념의 모순으로 보거나 작품 내의 상황에 주목해서 해석하기도 했다.

먼저 '시름'의 정체를 중세 봉건 이념의 모순으로 파악한 경우, 작품과 작가의 관계에 주목했다. 임제는 관직에 나아갔으나 붕당이 심해지던 상황에서 한직 閑職을 맡았다가 유람을 하던 중 삶을 마감한 인물이다. 이런 경험이 작품에 반영되어 작품 속 '시름'을 심성 수양에 따라 세계의 안정을 꾀하던 성리학적 처방이 무위無爲로 돌아갔으며, 봉건 이념이 역사 현실과의 괴리를 수합하지 못해 파탄을 보이는 데서 생겨난 것이라고 보았다(임형택, 1984; 정학성, 1985; 윤주필, 1990; 권순긍, 1998).

이후 작품에 나타난 시름의 발생과 종류, 형태를 통해 시름은 불가해한 존재론적 본질로 불가항력적이며 예측 불가능하게 발생하는 것이라고 파악하고, 이 작품의 주제를 인간의 본원적 '시름'에 대한 진지한 고찰로 본 견해가 있다(전성운, 2007).

2.「수성지」의 갈등 해결 방식과 주제 탐색

「수성지」는「천군전」과 유사하게 천군의 나라에 발생한 혼란을 그린 작품인데, 갈등을 해결하는 과정에서는 차이를 보인다. 이 작품에서는 극심한 혼란을 가져온 근원인 수성愁城을 다름 아닌 술을 의인화한 국양장군麴糱將軍이 공략하는 것으로 갈등을 해결하기 때문이다. 수심愁心을 술로 해결하는 이러한 방식은 심성 수양에 따라 세계의 안정을 꾀하던 성리학적 이념이 지닌 한계나 사림士林 정권이 지닌 명분주의에 대한 회의를 보여 주는 것이며, 임제가 자신의 역량을 펴 볼 수 없는 현실 세상에 대한 불만을 토로한 것이라고 보았다(김광순, 1980; 임형택, 1984; 정학성, 1985; 김현양, 1995; 권순긍, 1998; 강혜규, 2008; 윤주필, 2010).

한편「수성지」의 주제가 주로 현실을 풍자한 것으로 언급된 데 비해 작품 안에서 시대성이나 자서전적인 성격을 찾기 어려운 점을 들어, 이 작품이 비록 구성이 산만하고 주제를 형상화하는 능력은 부족하지만 인간은 이성이나 감성을 잘 조화하는 노력을 경주해야만 마음의 안정을 기할 수 있음을 나타낸 것이라고 본 견해도 있다(이동근, 1990).

1. 「천군전」과 「수성지」에서 갈등을 유발하는 요소들을 비교해 보고, 각각 달라진 갈등 해결 방식과 그 의미에 대해 이야기해 보자.

2. 「수성지」를 애니메이션으로 만든다고 할 때, 그림이나 글로 각각의 캐릭터를 설정할 방법과 콘티 내용에 대해 이야기해 보자.

권장할 만한 텍스트

김광순, 천군소설(한국고전문학전집 26), 고려대학교 민족문화연구소, 1996

신호열·임형택·서한석 등 공역, 신편 백호전집(하), 창비, 2014

윤주필, 조선 전기 우언소설, 문학동네, 2013

참고 문헌

강혜규(2008), 수성지의 주제의식

권순긍(1998), 수성지의 알레고리와 풍자

김광순(1985), 임백호의 생애와 문학

김현양(2003), 16세기 후반 소설사 전환의 징후와 수성지

엄기영(2010), 역사의식 부재의 사서 읽기와 회고적 감정의 소비에 대한 비판

윤주필(1990), 수성지의 3단 구성과 그 의미

이동근(1990), 수성지

전성운(2007), 수성지에 나타난 시름의 정체

정학성(1985), 백호 임제 문학연구

필   자

최수현

作家 박지원

박지원朴趾源(1737~1805)은 조선 후기의 문장가이자 실학자다. 본관은 반남潘南, 자는 미중美仲·중미仲美·미재美齋이며, 호는 연암燕巖·연상煙湘·열상외사洌上外史다. 이용후생利用厚生[1]과 북학北學을 주장한 연암 그룹[2]의 리더이자 고전 문학사를 통틀어 가장 탁월한 문학적 성취를 이룬 문장가로 자리매김하고 있다. 『열하일기』熱河日記 외에 『방경각외전』放璚閣外傳, 『과농소초』課農小抄, 『한민명전의』限民名田議 등을 편찬했다.

1. 생애

박지원은 한양의 서쪽에 있는 반송방盤松坊 야동冶洞에서 박사유朴師愈와 함평咸平 이씨李氏의 2남 2녀 중 막내로 태어났다. 집안은 당대의 명문인 반남 박씨 가문으로 훌륭한 업적을 남긴 선조들이 많았다. 집안의 친척이 박지원의 사주를 보았을 때, "이 사주는 마갈궁磨蝎宮[3]이다. 한유韓愈와 소식蘇軾이 이 사주라서 고생을 겪었다. 반고班固와 사마천司馬遷 같은 문장을 타고났지만 근거 없이 비난을 받는다"라는 점괘를 얻었다고 한다.

16세에 처사 이보천李輔天의 딸과 결혼했다. 장인에게는 『맹자』를, 처삼촌 이양천李亮天에게는 『사기』史記를 배워 본격적인 학문의 길을 걷기 시작했다. 처남인 이재성李在誠과는 평생의 문우文友 관계를 맺었다. 처음으로 「항우본기」項羽本紀를 본떠 「이충무공전」을 짓자 처삼촌이 사마천의 글솜씨를 지녔다고 인정했다.

스무 살 때는 당시 유명한 문장가였던 황경원黃景源에게 글을 들고 찾아가 배움을 청했다. 황경원은 박지원의 글에 크게 놀라며 "훗날 내 자리에 앉을 사람은 틀림없이 자네가 될 거야"라고 감탄했다고 한다.

10대 후반에는 세력과 이익만을 좇는 세태에 크게 실망해 3년 동안 불면증으로 고생했는데, 이러한 고민을 바탕으로 진실한 인간형에 대해 모색한 『방경각외전』을 편찬했다. 현실에 실망한 박지원은 과거 시험을 거부하기도 했다. 당시의 과거는 자기 당파를 합격시키기 위한 비리의 온상이었다. 박지원은 답안지를 제출하지 않거나 소나무와 바위를 그리는 장난을 쳐서 과거에 미련이 없다는 생각을 나타냈고, 서른다섯 살 이후로는 과거장에 발길을 끊고 다시는 과거를 치르지 않았다. 대신 전의감동典醫監洞[4]에 은거하면서 홍대용洪大容, 이덕무李德懋, 박제가朴齊家, 유득공柳得恭을 비롯한 한양의 실학자들과 어울리며 학문과 우정의 세계를 펼쳐 갔다.

42세인 정조 2년(1778)엔 홍국영을 비판한 일이 빌미가 되어 생명에 위협을 느끼고 황해도 금천군金川郡에 있는 연암협燕巖峽으로 피신해 몇 년간 은둔 생활을 했다. 연암燕巖이란 호는 이 골짝 이름에서 가져온 것이다. 정조 4년(1780)인 44세 때 삼종형三從兄 박명원朴明源이 정사正使의 신분으로 연행燕行을 가게 되자 개인 수행원인 자제군관 자격으로 중국에 갔다. 이때 건륭 황제가 열하熱河에서 피서를 즐기는 바람에 조선 사신 최초로 열하를 가는 행운을 누렸다. 고국에 돌아온 박지원은 연암협에 머물며 3년간 집필한 끝에 『열하일기』를 완성했다.

정조 10년(1786) 유언호兪彦鎬의 천거로 음사蔭仕로 선공감繕工監 감역監役에 임명되었다. 정조 13년(1789)에는 평시서주부平市署主簿와 사복시주부司僕寺主簿를 역임했고, 정조 15년(1791)에는 한성부 판관을 지냈다. 그해 12월 안의安義 현감

1. 이용후생: 도구를 편리하게 만들어 삶을 풍요롭게 한다는 뜻.
2. 연암 그룹: 연암 박지원을 중심으로 모인 학문 공동체. 이덕무, 박제가, 이희경李喜經, 정철조, 유금, 서상수 등이 있다.
3. 마갈궁: 별자리 이름. 이 별자리를 타고난 사람은 남의 비난을 많이 받는다고 한다.
4. 전의감동: 지금의 종로구 견지동 일대.

에 임명되어 다음 해부터 임지에서 관직 생활을 시작했다. 이때 바르고 고운 언어 쓰기 운동인 문체반정文體反正을 전개하던 정조가 문체를 타락시킨 장본인으로 『열하일기』를 지목하고 남공철南公轍을 통해 순정한 글을 지어 바치라고 명령했다. 이에 연암은 낙척落拓하고 불우해 "글로써 놀이를 삼았다"(以文爲戲)라며 자신의 잘못을 자복했으나 끝내 반성문을 쓰지는 않았다. 정조 21년(1797) 61세에 면천 군수로 임명되었다. 이 시절에 정조 임금에게 『과농소초』[5]를 지어 바쳐 칭송을 들었다. 1800년 양양 부사로 승진했으며, 이듬해 벼슬에서 물러났다. 순조 5년(1805) 10월 20일 서울 가회방嘉會坊의 재동齋洞 자택에서 깨끗하게 목욕시켜 달라는 유언만을 남긴 채 세상을 떠났다. 선영이 있는 장단長湍의 대세현大世峴에 장사 지냈다.

2. 문학과 사상

박지원은 존재의 차별에 대해 깊이 고민하고 평등 정신을 구현하려고 했던 지식인이다. 젊은 시절부터 거지, 똥 푸는 사람 등 하층민을 주인공으로 입전하기도 했던 박지원은 권세 있는 자를 멀리하고 뜻이 맞는 서얼들과 어울리며 사귐을 맺었다. 박지원은 벗이란 "제이第二의 나"이며, "무슨 일에든지 바른길로 이끌어 준다면 돼지를 키우는 하인도 나의 훌륭한 벗이고, 의로운 마음으로 타일러 준다면 나무하는 머슴도 나의 좋은 친구다"라고 생각했다. 서른두 살 되던 해에 지금의 종로 파고다 근처인 백탑白塔으로 이사한 뒤로 홍대용, 이덕무, 유득공, 박제가, 이서구李書九, 서상수徐常修, 유금柳琴, 정철조鄭喆祚 등 대부분 서얼인 이들과 어울리며 학문과 사상을 심화해 나갔다. 박지원의 두 가지 핵심 사상, 도구를 이롭게 해 백성의 삶을 도탑게 하자는 이용후생利用厚生과 오랑캐 청나라일지라도 좋은 것이라면 적극적으로 배우자는 북학北學 운동은 이들과의 자유로운 토론과 연대 속에서 형성되었다.

　　박지원의 문학 정신은 '법고창신'法古創新이라는 말로 요약할 수 있다. '옛것을 본받되 변화를 알고 새롭게 지어내되 법도를 지킨다'는 의미다. 그는 문학의 참된 정신은 변화의 정신을 바탕으로 창조적인 글을 쓰는 데 있다고 생각했다. 옛것을 모방하는 것은 참되지 않으며, '닮았다', '비슷하다'는 말 속엔 이미 가짜와 다르다는 의미가 들어 있다는 것이다. 그는 억지로 점잖고 고상한 글을 써서는 안 되며 오직 진실한 마음으로 대상을 참되게 그려야 한다고 생각했다. 틀에 박힌 표현이나 상투적인 표현을 거부하고 자신만의 개성을 보여주고자 노력했다. 이와 같은 그의 글쓰기를 세상 사람들은 '연암체'라고 불렀다. 나아가 박지원은 고대 중국이 아닌 지금 여기를 이야기하고자 했다. 우리가 옛날이라고 부르는 시간도 그때로 돌아가면 하나의 지금일 뿐이므로, 지금을 이야기하면 훗날엔 고전이 된다고 주장했다. 따라서 중국이 아닌 여기 조선을, 과거가 아닌 지금 여기를 들려줄 때 진정한 문학 정신을 구현할 수 있다고 믿었다. 그는 이러한 정신을 조선의 노래, 곧 '조선풍朝鮮風이라고 불렀다.

연암의 학문 성취와 사상은 『열하일기』에 집대성되어 있다. 중국 여행기인 『열하일기』에는 강대국 문명을 객관적으로 담아내려는 박지원의 관찰 정신이 가득하다. 중국의 지리, 문물, 풍속은 물론이거니와 역사, 철학, 종교, 음악 등 모든 분야가 망라되어 있다. 당시 중국은 명나라를 무너뜨린 청나라가 지배하고 있었다. 명나라를 중화中華로 떠받들던 조선의 통치 세력과 사대부들은 대명 의리와 북벌을 국시로 삼고 청나라를 무찔러 명나라의 원수를 갚아 주자는 북벌론北伐論을 전개해 갔다. 하지만 박지원은 부강한 문명을 구가하는 청나라의 우수한 문물을 배워 가난한 조선의 현실을 바꾸어야 한다고 생각했다. 이를 '북학 사상'이라고 한다. 『열하일기』에서 연암은 이용후생의 정신을 기반으로 청나라의 선진 문물을 받아들여 낙후된 조선의 현실을 타개하자는 주장을 펼침으로써 북학파를 대표하는 학자로 우뚝 섰다.

5. 『과농소초』: 농업 기술과 농업 정책에 관해 논한 책.

참고 문헌   김명호(2001), 박지원 문학 연구
김혈조(2017), 열하일기
박수밀(2011), 연암 산문집
김윤조 역(1997), 역주 과정록
박희병 역(1998), 나의 아버지 박지원

필 자   박수밀

연암 소설

연암 박지원의 소설은 아홉 편이 전한다. 『방경각외전』放璚閣外傳[1]에 일곱 편이, 『열하일기』에 두 편이 실려 있다. 본래 연암은 『방경각외전』에서 아홉 편의 전을 썼는데 「역학대도전」易學大盜傳, 「봉산학자전」鳳山學者傳 두 편은 유실되어 제목만 전한다. 연암의 아들인 박종채朴宗采가 쓴 『과정록』過庭錄[2]에 따르면, "선군先君(연암)은 젊은 시절 사람들이 친구를 사귈 때 오직 세력과 이익을 따라 여기 붙었다 저기 붙었다 하는 세태가 싫어서 일찍이 구전九傳을 지어 세상 사람들을 왕왕 놀려 주고 비웃어 주었다"라고 기록했다. 『열하일기』[3]에는 「호질」虎叱과 「허생전」許生傳이 실려 있다. 두 작품은 형식과 사상 제 측면에서 고전문학이 나아간 최고 수준의 성취를 보여 주는 풍자문학으로서의 의의를 갖는다. 한편 『연암집』燕巖集 '연상각선본' 烟湘閣選本에는 연암이 안의 현감으로 재직할 때 쓴 열녀전烈女傳인 「열녀함양박씨전」烈女咸陽朴氏傳이 실려 있는데, 많은 연구자들이 단편소설로 보고 있다.

1. 외전: 모범이 될 만한 인물의 행적을 기록하는 전傳의 전통에서 벗어난 인물들을 입전했기에 외전外傳이란 명칭을 사용했다.

2. 『과정록』: 박지원의 둘째 아들인 박종채가 연암의 평소 행적과 삶을 기록한 글.

3. 『열하일기』: 1780년 박지원이 중국 건륭 황제의 70세 생신을 축하하기 위한 외교 사절단에 참가해서 보고 들은 중국의 문화와 제도, 국제 정세를 생생하게 담아낸 여행기.

1. 『방경각외전』 수록 소설

『방경각외전』에 실린 일곱 편의 전傳은 연암이 10대 후반부터

20대에 걸쳐 쓴 작품이다. 연암이 몇 년간 우울증을 앓을 때 이야기꾼을 불러 우스개와 세상사를 전해 들은 이야기에서 소재를 취해 전을 지었다. 『방경각외전』에는 진실한 인간형을 모색한 연암의 젊은 시절 사상이 잘 나타나 있다. 전통적인 전傳과 달리 하층민을 주인공으로 입전했기에 외전外傳이란 명칭을 붙였다. 「방경각외전자서」放璚閣外傳自序에서 연암은 "우도友道가 오륜의 맨 끝에 놓였다고 해서 하찮거나 비루한 것은 아니다. 그것은 마치 오행五行 가운데 토土가 사시四時에 골고루 작용하는 것과 마찬가지다. 오륜의 친의별서親義別序는 신信이 아니면 어떻게 되었는가? 오상五常이 만약 어긋나면 벗이 이를 바로잡아 준다. 우友가 맨 끝에 위치한 까닭은 뒤에서 이를 아우르려 함이다"라고 하여 진실한 우정과 인간의 참다운 도리에 대해 말하고자 전을 창작했음을 밝혔다. 실린 작품들은 다음과 같다.

「마장전」

「마장전」馬駔傳은 세 거지가 참된 우정에 대해 논하고 명예와 이익만 좇는 양반들의 거짓 사귐을 비판한 작품이다. 송욱宋旭, 조탑타趙閣拖, 장덕홍張德弘 세 사람이 광통교廣通橋에서 만나 벗 사귀는 도리에 대해 토론하는 형식으로 이루어져 있다. 세 사람은 거지지만 참된 우정을 갈망하는 진실한 인간들이다. 「마장전」은 인간관계에서의 신信이 세勢·명名·리利를 얻기 위한 술책으로 활용되며 세상의 군자들이 겉과 속이 다른 이중인격자라는 점을 폭로한다. 양반 사회의 위선된 사귐을 풍자하는 데서 더 나아가 위선적인 인간들을 만든 사회, 거짓 눈물을 흘려야만 친구를 사귈 수 있는 세태, 왜곡된 유교의 실행 원리를 비판한다. 작품의 후반부에서는 골계선생滑稽先生의 입을 통해 양반들의 타락한 교제술을 풍자하면서 이들의 윤리적 각성을 촉구한다. 「마장전」은 연암이 우정 문제를 제기한 첫 번째 작품으로, 연암의 청년기 시절의 현실 인식이 선명하게 드러나 있다.

「예덕선생전」

「예덕선생전」穢德先生傳은 엄행수嚴行首의 진실하고 성실한 삶의 자세를 기리는 작품으로 스승과 제자의 문답 형식으로 이루어져 있다. 엄행수는 똥 푸는 일을 하는 사람이다. 유학자인 선귤자는 그런 그를 예덕 선생이라 부르며 존경한다. 예덕穢德이란 '덕을 더러움 속에 감추고 있다'는 뜻이다. 겉으로는 분뇨를 치우는 더러운 일을 하지만 그 내면은 진실하고 훌륭한 인품을 갖춘 사람이라는 뜻을 담고 있다. 엄행수는 천한 직업을 가졌지만 가식이 전혀 없으며, 욕심 부리지 않고 자신의 일에 만족하며 살아가는 인물이다. 작가는 엄행수를 통해 진정한 사귐이란 무엇인가, 참다운 친구란 누구인가를 묻고 진실함을 갖춘 새로운 인간형을 제시하고자 했다. 「방경각외전자서」에서는 "선비가 먹고사는 데 매이면 온갖 행실이 이지러진다. 호화롭게 살다가 비참하게 죽어도 탐욕을 억제할 줄 모른다. 엄행수는 똥 푸는 일로 먹고살았으니 행위는 더럽지만 입은 깨끗했다. 이에 「예덕선생전」을 짓는다"라고 기술했다. 겉으로는 참다운 우정의 도리를 말하지만, 이면에는 그 시대 사귐의 세태에 대한 풍자를 담았다. 조선 후기 똥 푸는 직업에 대한 위상과 왕십리 부근 원예 문화의 발달상도 엿볼 수 있다.

「민옹전」

「민옹전」閔翁傳은 연령과 신분의 차이를 뛰어넘어 깊은 우정을 나누었던 민 노인에 관한 이야기로, 뛰어난 능력과 재주를 지닌 사람을 알아주지 못하는 당대 현실에 대한 비판 의식을 담은 작품이다. 민 노인은 당시 실존 인물이었던 민유신閔有信이 모델이다. 민 노인은 뛰어난 능력과 자유로운 영혼을 지닌 사람이었다. 어릴 적부터 벽에다 자신의 포부를 적어 나갔으나 꿈을 이루지 못하고 죽었다. 연암이 이를 안타깝게 여기고 그를 추모해 전을 써 준 것이다. 연암은 열여덟 즈음에 세상 사람들이 이익과 세력을 좇아 사귀는 현실에 실망해 수년간 우울증을 겪었다. 그런 그를 치유해 준 자가 민 노인이었다. 우울증에 시달리던 연암은 민 노인과 함께하면서 식욕 부진과 불면증을 고쳤다. 민 노인은 별나고 괴상한 사람이었지만 뜻이 높고 위트와 재치가 뛰어난 인물이었다. 하지만 세상은 그런 그를 알아주지 않았다. 연암은 정직하고 자유분방한 영혼을 쓰지 못하는 당대의 현실을 비판하고자 했다. 특히 무위도식하는 양반들을 종로 거리의 황충蝗蟲⁴으로 조롱하는 부분에서는 날카로운 풍자 정신이 빛난다. 작자 자신이 작중 인물로 등장하며, 작품 끝부분에 논평 대신 운문으로 쓴 추도사(誄)를 덧붙인 점이 이채롭다.

「광문자전」

「광문자전」廣文者傳은 거지 광문의 일화를 통해 모습은 추하지만 신의 있고 정직한 삶의 태도를 칭송하고 바람직한 인간형을 제시하고자 한 작품이다. 일련의 사건들을 거치며 광문의 진솔하고 정직한 태도, 인정 많고 의로운 성품, 자유로운 성격 등을 드러냄으로써 가장 비천한 인간에게서 진실한 인간형을 모색하려는 작가 의식을 보여 준다. 남의 보증을 선뜻 서 주고, 재산에 연연하지 않으며, 남의 싸움을 재치로 막아 내고, 남녀평등 의식을 보여 주는 등 순수하고 진실한 광문의 성품을 부각하고 있다. 속편 격인 「서광문전후」書廣文傳後도 있는데, 한 역모자가 광문의 인기를 이용해 광문 가족으로 속인 사건과 광문이 왈짜였던 표철주를 만나 시정인들의 인심과 풍속에 관해 대화하는 장면으로 이루어져 있다. 저자는 「방경각외전자서」에서 "광문은 궁한 걸인으로서 그 명성이 실상보다 훨씬 더 컸다. 즉 실제 모습은 더럽고 추해 보잘것없었지만, 그의 성품과 행적으로 나타만 모습은 참으로 대단한 것이었다. 그는 원래 세상에서 명성 얻기를 좋아하지도 않았는데, 마침내 형벌을 면하지 못했다. 하물며 도둑질로 명성을 훔치고, 돈으로 산 가짜 명성을 가지고 다툴 일인가"라고 하여 한 인간이 사람들의 입을 거치면서 그 이미지가 얼마나 확대 재생산될 수 있는가를 보여 줌과 동시에 돈으로 가짜 명성을 다투는 당시의 양반 사회를 비판했다.

「양반전」

「양반전」兩班傳은 조선 후기의 신분 변동 현상을 배경으로 삼아 양반 사회의 허위와 부패상을 폭로한 풍자소설이다. 본문에서 양반으로서 지켜야 할 행동 지침을 다룬 첫 번째 양반 공증 문서는 실제로는 복잡한 허례허식이었고, 두 번째 문서는 포악한 양반의 행위를 정당화하는 내용이다. 「방경각외전자서」에서 "선비는 하늘이 내려 준 작위니 사士와 심心이 합하면 지志가 된다. 그 지志는 어떠해야 할 것인가? 세력과 이익을 도모하지 않고 현달顯達해도 가난해도 사士를 잃지 말아야 한다. 명절名節을 닦지 아니하고 단지 문벌이나 판다면 장사치와 무엇이 다르랴? 이에 「양반전」을 쓴다"라고 저술 동기를 밝혔다. 곧 「양반전」은 무능한 양반, 부패한 관료, 무지한 농민 등을 희화적으로 풍자해 18세기 역사적 전환기의 신분 변동 양상을 보여 주고 양반들의 위선과 무능력을 비판한다. 「양반전」은 연암의 단편 중에서도 풍자의 강도가 직설적으로 드러난 뛰어난 작품으로 평가받는다. 특히 마지막 부분의 부자 농민이 외친 '도둑놈'이라는 말은 양반 사회에 대한 작가의 비판 의식을 단적으로 보여 준다.

「김신선전」

「김신선전」金神仙傳은 신선이 된 김홍기金弘基라는 인물의 기이한 행적을 좇는 연암의 체험을 적은 글이다. 김 신선의 존재에 큰 관심을 갖게 된 작가가 그를 만나고 싶어 끈질기게 추적한 경험담을 그렸다. 우울증을 앓던 연암은 김 신선의 신선술이 기이한 효험이 있다는 소문을 듣고 직접 김 신선을 찾아다녔으나 끝내 찾지 못했다. 작품 끝부분에서 연암은 "벽곡辟穀[5]하는 사람이 꼭 신선이라고 할 수는 없다. 그는 아마도 뜻을 얻지 못해 울적하게 살다 간 사람일 것이다"라고 하여 신선의 정체를 뜻을 얻지 못해 울울해하는 사람으로 이해했다. 「방경각외전자서」에서 "홍기는 큰 은자라 유희 속에 몸을 숨겼다. 세상이야 맑건 흐리건 청정淸淨을 잃지 않았으며 남을 해치지도 않고 탐내지도

4. 황충: 메뚜깃과의 곤충으로 농작물에 큰 해를 끼친다.

5. 벽곡: 곡식을 먹지 않고 솔잎 따위를 날로 먹는 것.

않았네. 이에 「김신선전」을 짓는다"라고 해 그를 숨어 사는 선비로 이해했다. 이 작품에는 신선에 대한 작가의 현실 인식이 잘 드러나 있다. 신선의 존재를 인정하지 않고 현실에서 뜻을 얻지 못한 사람으로 바라보는 그의 현실적이고 사실적인 면모가 잘 드러난다.

「우상전」

「우상전」虞裳傳은 일본에서 문명文名을 떨쳤던 역관 이언진李彦瑱의 짧은 생애를 추모하고 애도한 작품이다. 우상 이언진은 한어漢語 역관의 신분으로 일본에 사신으로 가서 뛰어난 시문을 지어 일본인의 존경을 받고 운아선생雲我先生이라는 이름까지 얻은 인물이다. 27세에 자신이 지은 글을 모두 불태우고 요절하고 말았다. 이를 안타까워한 연암은 상자를 뒤져서 그의 행적과 남긴 시를 모아 그의 불우한 삶을 추모했다. 연암은 「방경각외전자서」에서 "아름답다 우상이여, 고문을 배워 문장을 이루었도다. 예禮가 없어지면 야인에게서 구하는 법, 삶은 짧았으나 남긴 것은 길도다"라고 그를 기렸다. 연암은 「우상전」을 통해 나라의 명예를 빛낼 정도로 뛰어난 능력을 지닌 인재를 알아주지 못하는 국내의 부조리한 현실을 비판했다.

이와 같이 『방경각외전』에 수록된 소설들은 타락한 인간성을 회복하고자 하는 연암의 젊은 시절 사상을 보여 주며, 양반 사회에서 실종된 우도友道와 인간성을 하층민을 통해 발견하고자 한 작가 의식을 보여 준다. 똥 푸는 사람, 거지, 농부 등 비천한 하층민을 주인공으로 내세워 양반 사회의 허위와 모순을 비판하고 신의와 진실성에 바탕을 둔 새로운 인간형을 제시했다. 나아가 각 작품들은 전傳의 형식을 취하지만 문답과 대화체의 적극적인 활용, 인물과 배경에 대한 풍부한 묘사, 속담과 구어의 과감한 사용 등을 통해 생생한 현장감과 사실성을 획득함으로써 오늘날에도 읽는 즐거움을 제공해 준다.

2. 『열하일기』 수록 소설

「호질」

「호질」虎叱은 『열하일기』 「관내정사」關內程史 7월 28일 조의 일기 가운데 수록되어 있다. 일반적으로는 북곽 선생과 동리자가 몰래 밀회를 즐기다 동리자의 다섯 아들에게 들키는 장면에 주목해 작품 주제를 '위선적인 유학자에 대한 비판'이라고 이야기하지만, '호랑이의 꾸짖음'이라는 작품 제목을 고려하면 호랑이가 북곽 선생을 야단치는 내용이 핵심이다. 범은 인간의 추악함과 야비함을 노골적으로 폭로한다. 인간은 다른 생명체를 함부로 죽이고 남의 것을 빼앗으며 돈을 떠받들고 윤리를 빙자해 자기 이익을 챙긴다. 그러나 작가의 궁극적인 의도는 인간과 자연이 공존하는 데 있다. "하늘과 땅이 만물을 기르는 어짊으로 논하자면 범과 메뚜기, 누에와 벌, 개미는 사람과 함께 길러지는 것이니 서로 어그러져서는 안 되는 것이다"라는 범의 말이 작품의 주제 의식이다. 「호질」은 단순히 유학자에 대한 비판을 넘어 인간과 자연의 바람직한 관계를 묻고 있어 생태주의 관점에서도 큰 시사점을 준다. 「호질」은 내용 면에서는 고전 시대 풍자문학이 도달한 최대치를 보여 주며, 형식적으로는 연암의 글쓰기가 도달한 최고 수준의 성취를 보여 준다.

「호질」은 특히 작가 논란이 분분하다. 7월 28일 자 기사에 따르면, 「호질」은 중국 어느 가게의 벽에 쓰여 있던 글을 연암과 정 진사가 나누어 베껴 쓴 것이다. 「후지」後識에서는 비분강개한 중국인이 쓴 작품으로 밝혔다. 하지만 작품의 성취와 문체가 연암의 평소 세계관과 비슷하다 보니 작가 논란이 분분해졌다. 이에 따라 중국인 원작설, 연암 개작설, 연암 창작설 같은 주장들이 생겨났다.

'중국인 원작설'이나 '연암 개작설'을 주장하는 학자들은 『열하일기』의 기록을 그대로 믿어야 한다는 입장이다.『열하일기』는 일기 형식을 취한 기록문학의 양식이므로 거짓 언어를 쓰지는 않았을 것이며, 따라서 중국인이 창작한 작품으로 보아야 한다고 주장한다. 원작을 고쳤다는 연암의 발언을 얼마나 적극적으로 해석하느냐에 따라 중국인 원작설과 연암 개작설로 나뉜다.「호질」을 연암의 순수 창작물로 보려는 입장에서는 겉으로 드러난 발언을 그대로 믿어서는 안 되며, 연암의 글쓰기 전략이라고 본다. 글에서 다루는 내용이나 사상이 연암의 생각과 일치하며, 연암의 다른 작품에 그대로 반복되는 구절도 있다는 점을 증거로 내세운다. 위선적인 선비에 대한 풍자가 위험한 발언이기에, 자신이 쓰지 않은 척했다고 보는 것이다. 중국인 원작설이든 연암 창작설이든「호질」의 내용이 연암의 사상을 잘 보여 준다는 점에서는 일치된 견해를 보인다. 중국인 원작설을 따른다면 범과 북곽 선생은 청나라의 현실을 상징한다. 범은 절대 권력을 가진 청 왕조와 연결되고, 범에게 굽실거리는 북곽 선생은 청 왕조에 아부하며 살아가는 한족을 의미한다. 그러나 연암 창작설을 따른다면 풍자 대상은 당시 조선 유학자들의 곡학아세曲學阿世와 부조리에 대한 비판, 더 나아가 인간의 잔혹함과 야만성에 대한 비판으로 확장된다. 유만주俞晩柱가 쓴『흠영』欽英[6]에 따르면 당시 사람들은「호질」을 연암의 창작물로 여겼다.

「허생전」

「허생전」許生傳은 연암의 대표적인 소설로, 지배층의 무능과 허약한 경제 구조를 비판한 풍자소설이다. 본래는『열하일기』「옥갑야화」玉匣夜話에 실린 여러 이야기 중 하나였는데, 별도로 분리해「허생전」이란 제목을 붙였다. 옥갑이라는 지명이 실제로 존재하지 않아서「옥갑야화」전체를 허구적 장치로 보기도 한다. 주인공인 허생은 처음엔 글만 읽는 무능력한 선비였지만 아내의 구박에 집을 나가서는 남다른 능력을 발휘해 매점매석으로 큰돈을 벌고, 무인도로 들어가 작은 꿈을 시험하며, 지배층의 허위의식을 꾸짖는다. 허생에게 국가를 다스릴 방책을 물은 이완李浣 대장은 효종 때의 실존 인물로 체면과 예법에 집착하는 무능한 사대부를 상징한다. 허생에게 선뜻 만 냥을 빌려 준 변씨는 허생이 꿈을 펼치도록 도와주는 조력자다.「허생전」은 허위의식에 사로잡혀 쓸데없는 말만을 일삼는 위정자들과 양반의 허위의식을 폭로하고 적극적인 상행위를 통해 부국 강병의 길을 모색한 작품이다. 허생이 이완에게 제시한 인재 등 용, 훈척勳戚[7] 추방과 명나라 후예와의 결탁, 유학留學과 무역 등 의 주장을 시사삼책時事三策 혹은 시사삼난時事三難이라고 하는 데, 연암의 이용후생 정신과 북벌의 허구성을 잘 드러낸다. 「허 생전」에는 허생이 꿈꾸는 이상 세계인 무인공도無人空島가 나온 다. 허생은 변산의 도둑 떼를 이끌고 무인도에 들어가 농사를 지 으며 새로운 삶을 산다. 무인도는 백성의 삶을 풍족하게 만든 뒤 문자와 의관 제도를 새롭게 만들고 싶었던 허생의 꿈을 담은 공 간이다. 마지막 단락에서 허생이 가뭇없이 사라진 것은 조선 사 회의 병폐를 없애기는 불가능하다는 작가 의식을 드러낸다.

「호질」과 마찬가지로 「허생전」도 연암 자신이 직접 쓰지 않 았다고 밝혔다. 연암은 허생 이야기가 윤영이라는 노인에게 들 은 이야기라고 밝혔지만, 정작 「후지」에서는 윤영 노인이 자신 이 윤영이 아니라고 부정함으로써 허생 이야기의 출처를 모호하 게 만들었다. 「허생전」은 서두에 나오는 역관들 관련 일화, 변승 업의 부의 유래에 관한 이야기와 결합해서 이해할 필요가 있다. 기존의 전통적인 전기傳記소설과는 달리 사회의 부조리를 과감 하게 지적하고 사회 개혁안을 제시했다는 점에서 한국 소설사의 새로운 지평을 연 것으로 평가받는다.

「열녀함양박씨전」

「열녀함양박씨전」은 정절情節이라는 윤리 문제를 다룬 작품으로 『연암집』 '연상각선본'에 실려 있다. 연암이 1793년 안의 현감 으로 재직했을 때, 이웃 마을인 함양에서 일어난 박씨의 순절 소 식을 듣고 쓴 작품이다. 작품은 크게 서序와 본문으로 구성되어 있으며, 본문은 다시 두 과부의 이야기로 나뉜다. 서에서는 열 녀 행위가 전국적으로 퍼진 현상을 기술하면서 아내가 남편 따

6. 『흠영』: 유만주가 쓴 13년 간의 일기로, 연암 관련 내용 이 종종 담겨 있다.
7. 훈척: 나라에 공을 세운 임 금의 친척.

라 죽는 행위에 대해 열烈은 열烈이지만 지나친 일이라고 비판했다. 본문의 앞부분에선 엽전을 굴리면서 깊은 고독을 견뎌 낸 과부의 이야기를 통해 수절守節의 고통에 대해 들려준다. 후반부에서는 박상효朴相孝의 조카딸인 박씨가 시집간 지 반년이 못 되어 남편을 잃고 3년상을 마친 뒤 자결했다는 소식을 듣고는 그 절의 節義를 다룬다. 기본적으로는 열녀전列女傳의 전통을 따른 산문의 형식을 취했다. 하지만 작품이 대화체로 이루어졌으며, 본문의 전반부는 허구적 요소가 강하다는 점을 들어 소설로 보는 입장이 많다. 열녀 행위를 당연하게 여기는 시대에 열녀 행위가 만연한 사회 풍조와 지나친 열녀 행위를 완곡하게 비판했다는 점에서 주목되는 작품이다.

1. 『방경각외전』의 주인공들인 엄행수, 광문, 민유신, 김홍기, 이언진의 공통점이 무엇인지 생각해 보고, 이러한 인물들이 기존의 전傳에 등장하는 주인공들과 어떤 차이점이 있는지 알아보자.

2. 「마장전」과 「예덕선생전」에서 공통으로 말하고자 하는 주제 의식은 무엇인지, 우정의 문제에 주목해서 생각해 보자.

3. 다음은 「호질」에서 범이 북곽 선생을 혼내는 장면이다. 범은 "범이든 사람이든 만물의 하나일 뿐"이라고 하면서 "선악으로써 판별한다면, 벌과 개미의 집을 공공연히 빼앗아 가는 인간이야말로 천지의 큰 도둑"이라고 주장한다. 인간을 도둑이라고 꾸짖는 범의 입장에 대해 찬반 여부를 밝히고, 인간과 자연의 바람직한 관계에 대해 말해 보자.

> 네놈들이 이理를 말하고 성性을 논할 때, 툭하면 하늘을 들먹이지만, 하늘이 명령한 바로써 본다면 범이든 사람이든 만물의 하나일 뿐이다. 하늘과 땅이 만물을 기르는 어짊으로 논하자면 범과 메뚜기, 누에와 벌, 개미는 사람과 함께 길러지는 것이니 서로 어그러져서는 안 되는 것이다. 그 선악으로써 판별한다면, 벌과 개미의 집을 공공연히 빼앗아 가는 놈이야말로 천지의 큰 도둑이 아니겠느냐? 메뚜기와 누에의 살림을 제 마음대로 훔쳐 가는 놈이야말로 인의仁義를 해치는 큰 도적이 아니겠느냐?

4. 「허생전」에서 허생은 도둑 떼를 이끌고 무인도에 들어가 새로운 삶을 살게 하고, 일본의 섬인 장기도에 큰 기근이 들었을 때 굶주린 사람들을 구휼해 준다. 이에 허생은 "이제야 내가 조그만 시험을 마쳤구나"라고 탄식하면서 남녀 2000명을 모아 놓고, "내가 처음 너희와 이 섬에 들어왔을 때 먼저 부유하게 만들고, 그런 다음에 따로 문자를 만들고 의관 제도를 새로 만들려고 했다"라고 토로한다. 이 발언에서 허생은 어떠한 성격의 유토피아(무인도)를 꿈꾸었는지 유추해 보자.

권장할 만한 텍스트 박지원 지음, 김명호 편역, 지금 조선의 시를 쓰라, 돌베개, 2007
박지원 지음, 김혈조 옮김, 열하일기, 돌베개, 2009

참고 문헌 강명관(2017), 허생의 섬, 연암의 아나키즘
김명호(2001), 박지원 문학 연구
김수중(2016), 허생전의 무인공도 연구
김영동(1993), 박지원 소설연구
박기석(1993), 박지원문학연구

박수밀(2013), 연암 박지원의 글 짓는 법

박일용(2009), 옥갑야화 서두 이야기의 서사 전략과 문제의식

이가원(1965), 연암소설연구

이학당(2008), 열하일기 호질의 창작과 필담의 의미

정학성(2007), 호질에 대한 재성찰

최천집(2008), 호질 창작의 연원과 배경

필 자	박수밀

作家 이옥

이옥李鈺은 문文·사史·철哲의 통합적 개념으로서의 문학에서 문학만의 독자적인 영역으로 자리 잡는 데 기여한 조선 후기 문인이다. 1760년 부친 이상오李常五와 두 번째 부인인 홍이석洪以錫의 서녀庶女 사이에서 태어났으며, 병조판서를 지낸 정경조鄭景祚의 딸(1759~1815)과 혼인했다. 그는 전통 격식을 중시하는 고문에서 벗어나 명청明淸 소품체小品體[1]의 영향을 받아 자신의 개성과 자아를 자유롭게 표현했다. 이러한 그의 문학적 경향은 문체반정文體反正의 소용돌이에 휩쓸려 제도권에서 멀어지는 결과를 낳았다. 결국 본가가 있는 남양南陽으로 내려가 저작 활동에 매진했으며, 1815년에 생을 마감했다.

1. 소품체: 짧은 길이의 청신淸新한 문체로 주변의 일상이나 내면세계를 진솔하게 묘사한 산문체.

1. 가계와 교유 관계

이옥은 효령대군孝寧大君의 후손이다. 효령대군의 고손高孫인 이광윤李光胤부터 벼슬살이를 시작했으며, 그의 손자인 이경록李慶祿과 이경유李慶裕가 무과에 급제하면서 이 집안은 대대로 무반武班으로 자리를 잡았다. 이러한 사실을 통해 볼 때 이옥의 가문은 정치뿐만 아니라 학문 분야에서도 인지도가 거의 없었던 집안임을 알 수 있다. 특히 서얼이라는 신분으로 처가인 해

주 정씨 족보에조차 오르지 못한다. 이옥 가문의 사회적 위치와는 달리 경제적인 여건은 부족하지 않았다.

　그는 창작 활동에서 명청 소품체의 수용과 활용을 선도했다. 그럼에도 낮은 신분과 문체반정에 직접 연루된 점 등으로 당대 문인들의 글에 이름을 올리지 못했다. 그러나 성균관 생활은 그로 하여금 나름대로의 네트워크를 형성할 수 있게 했다. 김영진(2002)에 따르면 직접적인 교유 관계가 확인된 문인들은 김려金鑢 · 김선 형제, 강이천姜彝天, 유정양柳鼎養, 서유진徐有鎭, 민사응閔師膺, 박상좌朴尙左, 김약검金若儉, 최구서崔九瑞, 이상중李尙中 등이다. 이들 가운데 김려는 성균관 재학 시절부터 이옥과 함께 서로의 문학 세계를 이해하고 격려했으며, 그 관계가 만년까지 지속되었다. 강이천 역시 당색黨色과 지연地緣 그리고 활동 무대가 겹치면서 이옥과 긴밀한 관계를 유지했다. 이들은 모두 명청 소품체에 심취해 정조로부터 질책을 받기도 했지만, 18세기 말 성균관을 중심 무대로 활동하면서 개성 있는 문학 활동을 펼쳤다.

2. 이옥의 작품 세계

실시학사 고전문학연구회(2001)의 『역주 이옥전집』의 분류 기준에 따르면, 이옥의 작품은 부부賦 20편, 서書 1편, 서발류序跋類 9편, 기기記 13편, 논論 5편, 설說 6편, 해解 1편, 변辨 1편, 책책策 3편, 문여文餘 84편, 전전傳 25편, 이언俚諺 7편, 희곡 1편 등이다. 이 중 고전소설사에서 주목해야 할 몇 분야를 정리하면 다음과 같다.

서사체 기사문

기사문記事文은 주로 사실을 보고 들은 대로 적는 것이 일반적이다. 따라서 이는 대부분 여항閭巷 [2]에서 듣거나 본 기이한 이야기들이다. 이옥이 지은 기사문 가운데 세 편이 대표적인데, 「청남학가소기」聽南鶴歌小記는 여성의 목소리로 노래하는 얼굴 없는 가수의 이야기고, 「선경노기」善耕奴記는 농사를 짓는 데 뛰어난 능력을 발휘한 종 이야기이며, 「시간기」市奸記는 시장에서 가짜 물건을 팔아 돈을 버는 사기꾼 부자父子 이야기다. 이 글들은 야담의 취향을 갖고 있어서 홍미성이 매우 높을 뿐만 아니라 당시 시대상을 잘 보여 준다.

2. 여항: 일반 서민이 모여 사는 곳. 또는 인가人家가 모여 있는 곳.

인물전

현재 전해지는 이옥의 전傳 작품은 총 25편이다. 그중 타고 다니던 말에 대한 이야기, 담배와 족집게를 의인화한 이야기를 제외한 22편은 모두 인물전人物傳이다.

첫째, 조선 후기 여성의 삶을 잘 보여 주는 이야기다. 「상랑전」尙娘傳, 「열녀이씨전」烈女李氏傳, 「수칙전」守則傳, 「생열녀전」生烈女傳, 「심생전」沈生傳 등은 죽음에 처한 여성들의 심리와 단호한 태도를 보여 주며, 여성의 '열'烈에 대한 근본적인 물음을 던진다. 「협효부전」峽孝婦傳과 「포호처전」捕虎妻傳은 호랑이와 여성의 만남을 서로 다른 시각에서 다루며, 「협창기문」俠娼奇聞은 사랑하는 사람을 따라가 사랑을 나누다 자진하는 의협심 강한 기생의 이야기다. 「마상란전 보유」馬湘蘭傳補遺는 50대 여성을 사랑한 청년의 이야기를 담고 있다.

둘째, 시정의 세태를 잘 보여 주는 이야기다. 「성진사전」成進士傳은 사기꾼의 전형적인 모습과 그 사기꾼을 감동시킨 이야기이며, 「유광억전」柳光億傳은 18세기 과거 시험의 현장과 문제점을 잘 보여 주고, 「이홍전」李泓傳은 전문 소매치기의 이야기다.

셋째, 특정 분야 전문가를 다룬 이야기다. 「정운창전」鄭運昌傳은 당시 최고의 바둑 기사 이야기고, 「신아전」申啞傳은 칼을 잘 만드는 벙어리 대장장이 이야기이며, 「장봉사전」蔣奉事傳은 음식과 맛에 대한 철학적 사유를 표현하는 인물의 이야기다. 「가자송실솔전」歌者宋蟋蟀傳은 직업적인 가수 이야기고, 「부목한전」浮穆漢傳은 미래를 잘 내다보는 인물의 이야기다. 그 밖에도 「장복선전」張福先傳같이 협객을 다룬 이야기와 「최생원전」崔生員傳처럼 귀신을 보는 남자의 이야기 역시 주목할 만하다.

이러한 이옥의 전傳 작품들은 소설의 성격이 강하게 드러나 일찍부터 주목을 받았다. 특히 연암 박지원의 전傳과 함께 문예적 성과가 높다는 평가를 받는다.

「동상기」

「동상기」東床記는 이옥이 지은 조선 시대 최초의 희곡이다. 이 작품은 정조의 명에 따라 이루어진 1791년 김희집金禧集과 신씨 부인의 결혼 이야기를 다룬다. 18세기 말 남녀 혼인 적령기, 노총각과 노처녀의 기준, 혼례를 둘러싼 일상, 당대 가장 어려움을 느끼는 일, 가장 즐거움을 느끼는 일, 누구나가 빠져드는 망상들을 비롯해 신랑 발바닥 때리기 등이 생동감 있게 등장한다. 따라서 이 작품은 18세기 서울에 사는 보통 사람들의 생각을 가장 잘 담아냈다고 할 수 있다. 즉 작품에 나타난 일상성과 그 의미가 이 작품의 특징을 말할 때 주변적인 것이 아닌 가장 중요한 요소라는 사실을 알 수 있다.

「이언」

「이언」俚諺은 '일난一難, 이난二難, 삼난三難, 아조雅調, 탕조宕調, 비조俳調'로 구성되어 있다. 특히 '삼난'에서는 남녀의 정을 중심으로 한 '진정'眞情을 제시했다. 진정은 항상 진실을 내포하고 있으므로 '그 마음, 그 사람, 그 일, 그 풍속, 그 땅, 그 집안, 그 나라, 그 시대'의 정을 남녀의 정에서 살필 수 있다. 따라서 진정보다 더 진실된 것은 없다고 말한다. 이는 바로 이옥의 작가적인 면모와 작품의 경향을 이해할 수 있는 문학론의 핵심이라고 할 수 있다.

참고 문헌   강문종(2017), 동상기에 나타난 혼례의 일상

권순긍(2004), 이옥 전의 시정세태 묘사와 풍자

김균태(1977), 이옥 연구

김균태(1986), 이옥의 문학이론과 작품세계의 연구

김성진(1991), 조선 후기 소품체 산문 연구

김영진(2002), 이옥 연구 1

김영진(2003), 이옥 문학과 명청소품

김영진 외(2012), 이옥 문학 세계의 종합적 고찰

박희병(1993), 조선 후기 전의 소설적 성향 연구

실시학사 고전문학연구회(2001), 역주 이옥전집

안대회(2001), 조선 후기 소품문의 성행과 글쓰기의 변모

윤지양(2011), 동상기에 나타나는 문체 실험의 양상 고찰

이지양(2002), 이옥의 문학에서 남녀 진정과 열절의 문제

정출헌(2006), 두 중세인이 그려낸 사유와 정감의 극점-이옥vs김려

정환국(2013), 이옥에게 있어서 여성

정환국(2013), 이옥의 인간학

필　　자   강문종

심생전

「심생전」沈生傳은 이옥李鈺(1760~1815)이 창작한 조선 후기의 대표적인 애정 전기소설이다. 이 작품은 김려金鑢[1]가 편찬한 『담정총서』薄庭叢書 중 「매화외사」梅花外史에 수록된 것으로, 조선 후기 사회의 세태 풍정과 남녀의 애정 이야기를 사실적으로 형상화했다는 평가를 받는다.

작품 소개

조선 후기에는 특정 시기의 인정, 풍속, 제도 등을 주로 묘사하면서 그 시기의 사회상을 반영하는 주인공이 시대적 이념이나 가치 등과 대립, 갈등하고 이를 통해 당대인들의 인식과 태도 등을 구체적으로 서사화하는 소설이 유행했다. 이런 작품에는 신분제로 인한 갈등, 경제적 환경 변화에 따른 물질 중심주의, 무능한 양반의 출현 등 당대의 시대상이 드러났으며, 능동적이고 주체적인 여성 인물이나 개인의 이익만을 추구하는 반동 인물 등이 중세적 사고가 아닌 현실을 통한 경험적 인식을 바탕으로 문제를 해결하려는 모습을 볼 수 있는데(우창호, 1999),「심생전」역시 이러한 특징을 지닌 작품이라 할 수 있다.

　「심생전」의 내용은 대략적으로 다음과 같다. 종로에서 임금 행차를 구경하고 돌아오던 심생이 계집종에게 업혀 가는 한 여인을 본다. 여인을 뒤따르던 심생은 여인과 눈빛을 교환하고, 이후 여인에게 매혹되어 버린다. 심생은 마음을 주체할 수 없어 해가 지기를 기다린 뒤 여인의 집 담을 넘어 여인의 방 뒷문 아래 숨는다. 이후 여인을 관찰하다 아침이 되면 집으로 되돌아간다. 이를 20일 동안 계속하던 중 여인을 잠시 품을 수 있었으나 뜻을 이루지는 못한다. 다시 10일이 지나자 여인이 비로소 심생을 자신의 방으로 들이고, 자신의 부모에게도 심생을 낭군으로 섬기겠다고 말한다. 그 뒤 심생과 여인은 매일 밤 사랑을 나누는데, 이를 눈치챈 심생의 부모는 심생을 북한산성으로 보내 버린다. 심생은 산에 온 지 한 달쯤 되었을 때, 여인이 보낸 유서遺書를 받는다. 심생은 자신의 처지를 한탄하는 내용이 담긴 여인의 유서를 본 후 공부를 그만 두고 나중에 무변武弁이 되었지만, 일찍 죽고 만다. 「매화외사」의 논찬論贊[2]이 있다.

이와 같은 내용을 담고 있는 「심생전」은 작품의 구조와 주제 문제, 이야기와 논찬부의 연관성 문제, 작가 이옥과의 관계 등 다양한 층위로 논의되었다. 특히 작가 이옥은 문체반정文體反正[3]으로 정조正祖에게 문책을 받은 당사자이며, 또한 「이언」을 통해 '남녀의 정情'에 대한 독특한 관점을 제시한 인물이기 때문에 「심생전」 연구에서 이옥에 대한 접근은 꼭 필요한 작업이다.

1. 김려(1766~1822): 조선 후기의 문인으로 호는 담정薄庭. 이옥 등과 활발하게 교유했다. 저서로는 『담정유고』潭庭遺稿, 『담정총서』, 『우해이어보』牛海異魚譜 등이 있다.

2. 논찬: 역사적 사건이나 인물에 대해 기술記述한 뒤, 글 끝에 사건이나 인물에 관해 필자가 붙인 논평論評.

3. 문체반정: 조선 정조 때 당시 유행하던 한문 문체를 개혁해 순정한 고문古文으로 환원하려고 한 일련의 사건과 정책.

「이언」俚諺(좌), 『담정총서』 薄庭叢書(우)

1. 애정 전기소설사적 의의와 특징

「심생전」은 나말여초의 「최치원」, 조선 초기의 『금오신화』, 17세기 초의 「운영전」 등 애정 전기의 전통을 계승한 작품으로, 애정 전기의 본질적 특성인 비극적 정조를 잘 구현했다. 비극적 정조를 띠는 애정 전기는 시대적·개인적 문제성이 강하다는 특징을 지니는데, 이런 점에서 「심생전」은 우리나라 애정 전기의 적통을 잇는 전기소설사상 거의 마지막 작품이라고 할 수 있다(박희병, 2005).

「심생전」은 양반 사대부 심생沈生과 중인 여성 궐녀厥女의 비극적인 사랑 이야기를 다루었다. 이 작품은 명혼冥婚 같은 이원적 세계관이나 전쟁 같은 총체적 사회 혼란의 장애가 등장하지 않으면서도 조선 후기 서울 시정市井의 일상적인 삶을 통해 남녀의 애정 문제가 지니는 심각성을 사실적으로 다룬다.

조선 후기는 상업 경제의 발달로 중인층이 성장해 신분을 초월한 남녀의 애정에 대한 현실적 욕망이 표출되었음에도 여전히 공고하게 작동하는 봉건 질서 체제 속의 신분 제도는 이를 쉽게 허락하지 않았다. 이런 점에서 이 작품은 신분 갈등에서 비롯된 비극적 애정 문제(이우성·임형택, 1997)뿐만 아니라 여인의 비극적인 죽음을 통해 봉건적·신분적 관계의 비인간적인 폭력성을 비판(이상구, 1996)하는 작품이라고 할 수 있다.

또한 조선 후기 변화하는 도시 서울과 경제적인 부를 바탕으로 시정의 중심으로 새롭게 등장하는 중인 계층의 변화상, 그리고 그들과 긴장 관계에 있는 양반 계층을 그려 내는 작품으로, 작품의 공간적 배경이 보여 주는 시대 변화의 속도를 따라가지 못하는 당시 기득권층이 지닌 의식의 한계성을 여주인공의 일상을 통해 드러냈다고 할 수 있다(신경남, 2017).

「심생전」은 문체의 문제도 주의 깊게 살펴야 한다. 작가 이옥은 성균관 유생이었을 때 당시 유행하던 소품체小品體를 사용했다는 이유로 정조正祖로부터 문체를 개혁한 뒤에 과거에 응하라는 질책을 받은 인물이다. 그럼에도 이옥은 자신의 문체를 쉽게 바꾸지 않았다. 이런 점에서 「심생전」의 문체는 앞으로 더 심도 있는 논의가 필요한 부분이라고 할 수 있다.

2. 작품의 비극성 문제

「심생전」의 비극성에 관해서는 주로 남녀 주인공의 신분 차이를 중심으로 해석해 왔다. 양반 사대부 심생과 중인 집안 여인의 사랑은 당시의 신분 질서 체제에서는 허락하기 어려운 위험한 애정이었다. 그럼에도 남녀 주인공은 열정적으로 사랑을 나눴고, 종국에는 비극적인 죽음을 맞았다. 이처럼 「심생전」은 남녀 주인공의 순수하고 열정적인 애정이 사회적으로 용인받지 못하고 신분 질서라는 시대 상황에 의해 좌절됨으로써 비극적 정조가 강하게 표출되는 작품이다. 이런 점에서 「심생전」은 상업 경제의 발달과 신분 의식의 변화에도 여전히 공고하게 작동하는 봉건적 사회 질서가 남녀의 애정이라는 인간의 순수성을 폭력적으로 억압하는 기제로 작용함을 비판한 것이라고 할 수 있다.

　반면에 이 작품의 비극성의 원천인 여인의 죽음이 신분 질서의 문제가 아니라 인간의 존재론적 본질 문제와 연관되었다고 볼 수도 있다. 작품에는 여인의 죽음에 대한 직접적인 원인이 모호하게 처리되어 있다. 유서에 적힌 세 가지 한恨 때문에 여인이 죽었다고 보는 것이 일반적인 시각이지만, 작품을 면밀히 살펴보면 예기치 못한 어떤 질병으로 죽을 수밖에 없는 운명에 처했고, 이로 인해 세 가지 한이 가슴에 사무쳤다고 볼 수도 있다. 이렇게 볼 때 이 작품의 주제는 남녀의 애정은 신분 질서나 전쟁 같은 태생적 혹은 총체적 사회 혼란의 문제뿐만 아니라 인간이 살아가면서 누구나 경험하는 생로병사生老病死 같은 일상성 때문에 비극적인 결말을 맞을 수도 있다는 인간적 삶의 내면적인 진실성을 강조한 것이라고 할 수 있다(정규식, 2018).

3. 「이언」과의 관계

'이언'俚諺은 '항간에 떠도는 소문이나 이야기'라는 사전적 의미를 지닌다. 따라서 「이언」은 남녀의 정情을 고상하고 품위 있는 말 대신 평범한 여항인의 언어로 풀어낸 글이라고 할 수 있다. 「이언」은 총 50여 수의 시로 구성되었는데, 글의 서론에 해당하는 '이언인'俚諺引에 글 전체의 주제가 잘 드러나 있다.

> 대저 천지만물에 대한 관찰은 사람을 관찰하는 것보다 더 큰 것이 없고
> 사람에 대한 관찰은 정을 살펴보는 것보다 더 묘한 것이 없고 정에 대한
> 관찰은 남녀의 정을 살펴보는 것보다 더 진실된 것이 없다.
>
> _「이언」, '이난'二難

이옥은 남녀의 애정이 진정眞情이며 하늘과 자연의 지극한 도리라고 했다. 조선 후기 지식인들 사이에는 정情이나 성性을 음양의 이치(陰陽之理)로 이해하는 경향이 이미 있었지만, 이옥은 여기서 한 발 더 나아가 남녀의 정을 '천도의 자연적인 이치'(天道自然之理)라고 한 것이다. 진정은 중세의 시각처럼 관념적이거나 예교적인 데 있는 것이 아니라, 남녀가 혼인해서 서로 다투어 성내고 눈물을 흘리며 그리워하고 술 마시고 노래하고 이불에서 뒹구는 것과 같은 지극히 일상적이고 현실적인 것들에 있음을 강조했다. 이런 점에서 「심생전」을 조선 후기의 일상성과 연관되는 애정의 관점에서 새롭게 해석할 필요가 있다.

탐구 활동

1. 「심생전」은 우리 소설사에서 애정 전기소설의 후기 작품이라고 할 수 있다. 「최치원」, 「이생규장전」 등 초기의 애정 전기 작품들을 감상한 뒤 「심생전」과의 유사점과 차이점에 대해 토론해 보자.

2. 조선 후기 소설 가운데 '남성 상위 신분-여성 하위 신분'의 남녀 주인공이 등장하는 작품들(「심생전」, 「춘향전」, 「피우」避雨 등)을 대상으로, 이 작품들의 주제와 인물 성격 등에 대해 토론해 보자.

3. 「심생전」에서 처음 본 여인의 뒤를 좇아 담을 넘어 수십 일 동안 여인을 염탐한 심생의 행위와 이러한 심생을 오랫동안 지켜보다 결국 그를 받아들인 여인의 행위에 대해 당대성과 현대성의 관점으로 토론해 보자.

4. 이옥의 다른 작품인 「이언」의 '이난'에는 남녀의 사랑에 대한 독특한 시각이 제시되어 있고, 「봉성문여」鳳城文餘의 '시기'市記에는 시장의 풍경이 실감나게 묘사되어 있다. 이처럼 이옥의 다른 글 가운데 조선 후기 사회의 풍경을 형상화한 작품을 읽고, 이를 「심생전」과 연관 지어 토론해 보자.

권장할 만한 텍스트 실시학사 고전문학연구회 역주, 역주 이옥전집 1~3, 소명출판, 2001

참고 문헌

김균태(1986), 이옥의 문학이론과 작품세계의 연구
박희병(1997), 한국전기소설의 미학
박희병(2005), 한국한문소설 교합구해
신경남(2017), 조선후기 애정소설의 생활사적 연구
실시학사 고전문학연구회(2001), 역주 이옥전집 1~3
우창호(1996), 조선후기 세태소설의 개념과 그 성격
이상구(1996), 심생전의 인물 형상과 작가의식
이우성·임형택(1997), 이조한문단편집
전수연(1987), 심생전의 양식적 특성
정규식(2018), 심생전의 인물 성격과 작품의 비극성
정병호(1992), 심생전에서의 신분의 문제
정하영(2000), 심생전의 제재적 맥락과 서사방식

필 자 정규식

채봉감별곡

「채봉감별곡」彩鳳感別曲은 신구서림新舊書林에서 1913년 10월에 『신소설 츄풍감별곡』新小說 秋風感別曲이라는 표제로 초판이 발행되었다. 그 뒤 1914년 5월, 박문서관博文書館에서 『신소설 정본 치봉감별곡』新小說 正本 彩鳳感別曲으로 표제를 바꾸어 발행했다. 「추풍감별곡」과 「채봉감별곡」은 동일한 작품을 가리키는 다른 제명일 뿐이다. 작품 후반부에서 주인공 채봉이 자신의 처지를 옮겨 놓은 가사의 제목이 '추풍감별곡'이기 때문에 가사 제목을 책 제목으로 사용한 것이 「추풍감별곡」이며, 주인공의 이름을 덧붙인 것이 「채봉감별곡」이다. 표제에서도 드러나듯 이 작품은 신소설을 지향하면서 출판된 것이 분명하지만, 고소설로부터 확실하게 벗어난 작품으로는 평가되지 않는다. 그렇기 때문에 이 작품을 '신작 구소설' 같은 용어를 사용해서 활자본이 출현한 시기에 새롭게 창작된 고소설로 분석하는 연구가 다수를 차지한다.

작품 소개

작품의 줄거리는 다음과 같다. 주인공 채봉은 우연히 뒤뜰에서 강필성이라는 가난한 서생을 만나고, 두 집안은 혼인을 약속한다. 채봉의 아버지는 이때 서울에서 관직을 사기 위해 거금을 치러야 하는 상황이어서 빚을 진다. 이후 이 빚을 갚기 위한 조건으로 관직을 약속한 허 판서에게 채봉을 첩으로 넘겨야 하는 상황에 처한다. 채봉은 첩으로 들어가기를 거부하고, 스스로를 팔아 기생이 되어 빚을 갚으려 한다. 하지만 오히려 허 판서를 기만했다는 죄명을 쓰고 감옥에 갇히고 만다. 채봉은 기생이 되면서 이름을 송이松伊로 바꾸고 강필성과 주고받았던 시구를 시제詩題로 내걸어 손님을 거부하면서 오로지 강필성을 기다린다. 채봉은 이 시구를 통해 강필성과 다시 만나고, 과거의 약속을 이어 간다. 새롭게 부임한 평양 감사는 채봉을 찾고, 채봉의 재주를 높이 평가한다. 평양 감사는 돈을 주고 기적妓籍에서 채봉을 빼온다. 우연히 채봉이 지은 '추풍감별곡'을 읽은 평양 감사는 자초지종을 듣고, 허 판서의 죄를 벌한 뒤 채봉의 아버지를 방면한다. 이후 채봉과 강필성은 결혼을 하고, 모든 가족이 평안하게 산다.

1. 『금고기관』: 명나라 말, 포옹노인이 단편적인 이야기 40편을 모아서 편찬한 책.

1. 창작 시기와 장르 귀속의 문제

「채봉감별곡」 연구는 중국의 『금고기관』今古奇觀[1]과 유사하다는 비교를 통해 번역 여부에 초점을 맞춘 논문으로부터 시작되었다. 김태준(1939)이 이 작품을 중국 명나라 때 포옹노인抱甕老人이 작성한 『금고기관』 35회의 '왕교란백년장한'王嬌鸞百年長恨의 번역본이라고 파악한 이래 「채봉감별곡」의 모방 여부에 관한 논의가 전개되었다. 채봉과 강필성이 주고받는 시구 중 일부가 '왕교란백년장한'의 시구와 동일하다는 점, 사건의 발단 부분이 유사하다는 점, 「채봉감별곡」의 표지와 '왕교란백년장한'의 삽화가 유사하다는 점 등이 근거로 제시되었다. 하지만 이후의 연구에서는 '왕교란백년장한'을 일부 차용했을지라도 작품 전체를 번역한 것은 아니며, 전래의 서사 전통에서 크게 벗어나지 않는다는 점을 바탕으로 '번역'이 아닌 소재 차용으로 바라보는 관점도 등장했다.

작품의 내용은 간단하지만, 작품이 출현한 시기와 창작 배경이 얽히면서 다양한 관점에 따라 연구가 이루어졌다. 이 작품은 신소설이 태동하던 시기에 창작되었기 때문에 태생적으로 고소설과의 연관성이 모든 연구에 배경처럼 깔려 있다는 점을 부인할 수 없다. 이에 따라 「채봉감별곡」을 고소설과 신소설 중 어디에 귀속시켜야 하는지를 다룬 연구들이 등장했다. 「채봉감별곡」처럼 20세기 초반에 창작된 일군의 작품들 가운데 고소설과 신소설 어디에도 포함시킬 수 없는 작품을 '신작 구소설' 같은 유형으로 묶어 새로운 작품군에 편입하려는 시도가 이어졌다(조동일, 1986; 권순긍, 2000; 이은숙, 2000). 이와 같은 연구들에서는 「채봉감별곡」에서 구시대의 질서를 부정하려는 목적이 드러난다는 점을 함께 부각하기도 한다. 이 작품의 주인공인 채봉을 중심으로 발생한 일군의 사건들이 현실적인 남녀 간의 진실한 사랑을 보여 주지만, 기존의 질서를 비판하려는 의도 또한 포함되어 있다는 것이다(조동일, 1986; 권순긍, 2000).

2. 가사의 삽입 문제

작품의 창작 의도는 신구서림과 박문서관의 후기와 서문에서 드러난다. 신구서림의 후기와 박문서관의 서문은 공통적으로 이미 평양에서 불리던 노래 '추풍감별곡'을 기반으로 「추풍감별곡」과 「채봉감별곡」이 창작되었음을 밝히고 있다. 채봉이 자신의 처지를 한탄하면서 지은 작품 속 '추풍감별곡'은 이미 불리던 노래였으며, 이 노래가 불린 과정을 서사로 풀어낸 것이 「추풍감별곡」과 「채봉감별곡」이라는 것이다. 따라서 이 작품을 대상으로 연구한 논문 중에는 '가사의 소설화'를 밝히려는 시도도 있었지만, 노래 '추풍감별곡'이 작품 전체를 관통하는 내용이 아니라 단지 채봉의 처지에 한정되어 있다는 점을 부각해 반론을 편 것도 있다(김기동, 1964; 최진형, 1997). 하지만 이미 유행하던 노래를 작품에 삽입함으로써 '추풍감별곡'에 익숙한 대중을 소설로 전환시키려는 시도가 보인다는 점으로 대중성 획득의 일면을 설명하기도 한다(박상석, 2007).

탐구 활동	1. 1913년 신구서림에서 발행된 「추풍감별곡」과 1914년 박문서관에서 발행된 「채봉감별곡」을 비교해 보자. 차이점이 있다면 어떠한 목적을 가지고 동일한 소설을 다른 제목으로 출판했는지 생각해 보자.
	2. 「채봉감별곡」의 '채봉'과 「무정」(이광수)의 '영채'의 삶을 비교해 보자.

권장할 만한 텍스트	이정원, 채봉감별곡, 두산동아, 2007
	국립중앙도서관, 원문 검색

참고 문헌	권순긍(2000), 활자본 고소설의 편폭과 지향
	김기동(1964), 채봉감별곡의 비교문학적 고찰
	김태준(1939), 조선소설사
	박상석(2007), 추풍감별곡 연구
	이상익(1983), 한중소설의 비교문학적 연구
	이은숙(2000), 신작 구소설 연구
	이정원(2009), 신작 구소설의 근대성
	이혜숙(2001), 추풍감별곡 연구
	정규복(1986), 추풍감별곡의 신연구
	조동일(1986), 한국문학통사 4
	최진형(1997), 가사의 소설화 재론

필 자	김성철

두껍전·서동지전

「두껍전」은 장璋선생의 잔치에 초대받은 두꺼비와 여우가 윗자리를 차지하기 위해 누가 더 어른인지를 다투는 쟁년형爭年型(또는 쟁장형爭長形) 우화소설[1]이다. 이본은 30종이 넘는다. 「서동지전」鼠同知傳은 서동지鼠同知에게 양식을 구걸하다 거절당한 다람쥐가 앙심을 품고 서동지를 무고함으로써 일어난 송사 사건을 다루는 송사형訟事型 우화소설[2]이다. 이본은 총 11종이다. 두 작품 모두 이본별로 내용의 차이가 크기 때문에 선본善本을 정하기는 쉽지 않다. 다만 정해년丁亥 年본 「두껍전」(1887년 필사), 한문본 「서대주전」鼠大州傳, 회동서관본 「서디쥐전」 (1918), 영창서관본 「서동지전」(1918) 등이 많이 활용된다.

이 작품들에 대한 연구는 조선 후기 향촌 사회의 변화에 관한 사학계의 연구 성과를 바탕으로 그 양상이 문학적으로 어떻게 형상화되었는지를 살핀 것이 가장 대표적이다. 주요 모티프의 연원, 작품에 등장하는 지식들의 성격을 분석한 것, 송사 문서에 주목해 작품의 장르 전변 현상을 논의한 것 등이 있다.

1. 주요 모티프의 연원

「두껍전」에서 나이 다툼 모티프는 인도 불전佛典에다 중국 쟁장 설화가 결합된 형식을 취하고 있다. 그리고 언변言辯 대결 부분은 패관잡사稗官雜史[3]나 연의류演 義類[4]에서 습득한 지식과 견문, 생활 상식, 민간 전승 구비물 등을 종합해서 만들어졌다. 「서동지전」 역시 쥐와 다람쥐의 속성과 유래담에 뿌리를 두고 소설화한 작품이다(정출헌, 1999). 그런데 동물 우언寓言 작품 창작 전통이 오래되었고, 우화소설과 비슷한 시기에 등장한 동물 우언 작품들에서도 「두껍전」에서의 언변 대결, 「서동지전」에서의 뇌물 혹은 부당한 논리에 의한 판결 양상이 나타나는 것에 주목해 동물 우언과의 교섭 관계에도 주의를 기울여야 한다는 견해가 있다(윤승준, 1999).

2. 「두껍전」: 이본별 형상화 양상과 의미

초기 이본들[5]은 잔치에 참석한 두꺼비와 여우의 자리 다툼에 작품의 초점이 맞추어져 있으며, 여기에 두꺼비와 여우의 언변이 덧붙은 형태를 띤다. 이 잔치 자리는 향촌 사회에서 이해관계를 함께하는 특정 부류에게만 배타적으로 허용되던 장場(예컨대 향회鄕會)을 상징한다. 이 자리에서는 잔치 주최자로서 윗자리를 차지한 장獐선생뿐만 아니라 두꺼비, 여우 등 잔치 참석자 모두가 상대의 우위를 인정하지 않고 우열을 다투는 모습을 보인다. 장선생은 요호부민饒戶富民,[6] 두꺼비는 몰락해 가던 재지사족在地士族, 여우는 권력 주변에 기생하거나 유흥업에 종사하던 계층을 상징하는데, 특히 두꺼비는 이 과정에서 희화화 대상으로 전락하고 만다. 이는 조선 후기 신분제의 근간이 흔들리면서 기존 신분, 가문 위주의 질서가 경제력에 따른 질서로 재편되어 가던 상황에서 아직 절대 우위를 차지하지 못한 향촌민들이 우위를 점하려고 경쟁하고 갈등하는 모습이 반영된 것이다(정출헌, 1999; 소인호, 2001).

그런데 몇몇 이본[7]에는 잔치에 초대받지 못했던 백호산군이 침입하는 내용이 들어 있다. 이때 거의 대부분 두꺼비가 백호산군을 쫓아냄으로써 종전에 희화화되던 상황을 뒤집고 권위를

1. 쟁년형 우화소설: 나이나 윗자리를 놓고 다투는 이야기가 작품의 줄거리를 구성하는 우화소설 유형. 조선 후기 향권鄕權을 둘러싼 향촌 사회 내부의 갈등(요호부민饒戶富民 내부의 갈등, 요호부민과 재지사족在地士族 간의 갈등)을 다룬다.

2. 송사형 우화소설: 식량 문제를 두고 일어나는 소송과 판결이 작품의 줄거리를 구성하는 유형. 빈부의 양극화로 초래된 식량을 둘러싼 갈등, 말단 통치 체제의 일원인 수령과 아전들의 횡포, 수령과 요호부민층의 결탁을 문제 삼는다.

3. 패관잡사: '패관'은 민간의 이야기나 전설 등을 적어 모은 책을 가리킨다. 원래 패관은 민간에 떠도는 풍설風說과 소문을 수집하는 일을 하던 말단 관원을 일컬었다. '잡사'는 민간에 전하는, 체재를 갖추지 못한 역사책을 가리킨다.

4. 연의류: 중국에서, 역사적인 사실을 부연해 재미있고 알기 쉽게 쓴 서사, 극 작품의 총칭.

5. 초기 이본들: 전수록본餞睡錄本 「장생경연호섬토론」獐生慶宴狐蟾討論, 방각본 「녹처사연회」鹿處士宴會 등.

6. 요호부민: 18세기 이후 생산력의 증가, 상품 화폐 경제의 발전 등에 힘입어 경제적 부를 축적한 부류들로, 수령권과 결탁해 양반층 또는 향임으로 신분과 직임을 고정해 나감으로써 향촌 사회에서 영향력을 넓혔다고 한다. 최근 사학계에서는 이들의 세력과 영향력에 대해 많은 의문을 제기한 상황이다.

7. 몇몇 이본: 전수록본 「장생경연호섬토론」, 방각본 「녹처사연회」, 정해년본 「두껍전」 등을 들 수 있다.

확고히 한다. 또한 녹처사가 나서서 뇌물과 변론을 통해 백호산군을 돌아가게 만들기도 한다.[8] 이를 두고 조선 후기 향촌민들이 가졌던 수령에 대한 반감과 원망, 경제력을 앞세운 요호부민의 자신감 등을 드러낸 것으로 해석한다. 그리고 두꺼비의 위상 반전은 두꺼비와 여우의 언변 대결 확장 현상과 맞물려 있기도 하다. 두꺼비와 여우의 언변 대결에 초점을 맞춘 후대 이본들에서는 이 내용이 나오지 않기 때문이다(정출헌, 1999).

후대로 올수록 두꺼비와 여우의 언변 대결이 확장된다. 초기 이본에서는 역대 인물고사人物故事[9]와 천문 지리를 중심으로 펼쳐진다. 그러다 정해년본「두껍전」부터 후대 이본들에서는 일상생활의 도리, 지혜, 잡다한 상식들까지 덧붙이면서 대폭 확장되어 간다. 이러한 양상은 19세기 말에 창작된 것으로 추정되는 이본들에서 공통적으로 나타난다. 이에 따라 작품의 초점도 두꺼비와 여우가 벌이는 언변 내용으로 옮겨 간다. 이본에 따라 두꺼비와 여우의 대결 과정에서 두꺼비의 퇴폐적인 모습과 허세가 폭로되어 희화화 대상으로 전락하기도 하고, 두꺼비가 언변을 통해 향촌민들에게 필요한 지식, 상식을 전달해 주는 대변자로서 위상을 굳건히 하기도 한다(정출헌 1999, 소인호 2001).

3. 「서동지전」: 조선 후기 향촌민 간의 갈등, 요호부민과 관권의 결탁

「서동지전」은 작품 내용에 따라 크게 두 유형으로 나뉜다. 먼저 다람쥐가 모아 놓은 양식을 서대주(요호부민 또는 양반 토호土豪[10])가 강탈해 가자 다람쥐(중농 또는 빈농)가 이를 되찾기 위해 소송을 벌이지만 부당한 판결로 패소하는 유형이다.[11] 서대주는 자신을 잡으러 온 사령들을 후하게 대접하고, 수령에게는 그럴듯한 논리로 자신을 변론함으로써 부당한 판결을 이끌어 낸다. 이 유형에서는 빈부의 격차 심화로 생기는 요호부민과 평민의 갈등 또는 양반 토호와 요호부민의 갈등을 다루면서 공정해야 할 소송에도 재물의 힘이 관철되는 현실을 그려 냈다(이헌홍, 1997; 정출헌, 1999).

다음은 굶주림을 견디지 못한 다람쥐(몰락 사족士族)가 서동지(요호부민)에

1. 「두껍전」정해년본(1887). 『나손본 필사본고소설자료총서 8』, 보경문화사, 1991.
2·3. 「서동지전」표지와 본문(보급서관본, 1921). 김용범 편, 『구활자소설총서 고전소설 6』, 민족문화사, 1983.

8. 방각본「녹처사연회」가 그러하다.

9. 인물고사: 역대 인물의 뛰어나고 기이한 행적에 관한 이야기 또는 어구.

10. 토호: 지방에서 재력과 세력을 바탕으로 양반 행세를 할 정도로 힘을 과시하던 사람들을 일컫는다. 지방 호족 豪族.

11. 한문본「서대주전」이 가장 대표적이며, 국문본「서대주전」(25장본), 국문본「다람전」등이 여기에 속한다.

12. 회동서관본「서ᄃᆡ쥐전」, 영창서관본「서동지전」, 국문본「서대주전」(8장본) 등이 여기에 속한다.

게 양식을 구걸하다 거절당하자 앙심을 품고 소송을 벌이지만 무고죄로 패소하는 유형이다.[12] 서대주는 자신을 잡으러 온 사령들을 후하게 대접하고, 수령에게는 그럴듯한 논리로 자신을 변론한다. 특히 회동서관본「서ᄃᆡ쥐전」에서는 옥에 갇힌 서대주가 뇌물로 관권을 농락하는 모습을, 영창서관본「서동지전」에서는 방송放送된 서동지가 본격적으로 어른 행세를 하는 모습을 그렸다. 이 유형에서는 관권이 재물에 좌지우지되는 상황에 좀 더 초점을 맞춤으로써 관권의 수탈 대상이기도 했던 요호부민이 재물의 힘을 통해 관권과 결탁하고 향촌 사회에서 영향력을 넓혀 가던 양상을 드러냈다(이헌홍, 1997; 정출헌, 1999).

4. 지식의 성격

「두껍전」의 언변 대결 부분에서 두꺼비가 늘어놓는 천문 지리, 역대 인물고사, 육도삼략六韜三略,[13] 일상생활의 도리와 지혜, 잡다한 상식들은 당대인들의 세계 인식 방법이자 일상의 상식들이지만, 현실에서 두꺼비 자신이 경험할 수 없는, 현실과는 유리된 쓸모없는 지식들이라는 점에서 풍자적 의미를 지닌다(이강옥, 2002). 그런데 「두껍전」, 「서동지전」 등에 제시된 지식들은 모두 '보편적인 지식과 사상으로서의 지식'에 속하는 것들이다. 이는 가장 보편적이면서도 일정 정도의 지식을 갖춘 사람들에게 수용되어 우주 현상과 사물을 해석하고 이를 활용하는 데 소용된다. 「두껍전」, 「서동지전」 등에 이러한 지식들이 등장하는 현상은 하층민들이 상층민들의 문화와 관습 등을 모방해 자기 것으로 만드는 과정에서 부수적으로 따라온 결과물이라고 할 수 있다(장예준, 2010·2016).

5. 소송 문서로의 장르 전변과 의미

국립중앙도서관 소장본 『요람』要覽[14]에는 「율목리접오산소지」栗木里接鼇山所志, 「서대도공사」鼠大盜供辭, 「포도감고묘동년일만」捕盜監考猫同年一萬 등 「서대주전」의 내용을 바탕으로 한 소송 문서들이 실려 있다. 이 소송 문서들에서는 소설 작품과 달리 소송 방법, 곧 법리法理에 따라 실제 사실과 전혀 다르게 판결이 날 수 있는 현실을 부각한 점에 주목해야 한다. 아울러 이는 의인체擬人體 산문의 전통을 바탕으로, 이두吏讀가 사용되는 실용 문서를 문예물화했다는 점에서 이서吏

430

脣[15] 계층의 새로운 문자 문화 창출이라는 문학사적 의미도 지닌다(류준경, 2017).

13. 육도삼략: 중국의 오래된 병서兵書. 주나라 초기의 정치가 태공망太公望이 지은 『육도』六韜와 진나라 말엽의 병법가 황석공黃石公이 지은 『삼략』三略을 아울러 이르는 말. 병서와 병법을 통달했다는 의미로 많이 활용된다.

14. 『요람』: 교육적인 의도에서 필요하다고 여겨지는 문체의 글들을 모은 책. 서리 계층의 인물이 작성한 것으로 추정되며, 총 16편의 글이 수록되어 있다. 소설, 서문序文, 역사 기록물, 소지류所志類(공소장), 상언上言(왕에게 하소연하는 글), 제사題辭(판결문)로 분류할 수 있다.

15. 이서: 조선 시대에 중앙과 지방의 관청에 속해 있던 하급 관리의 총칭. 일반적으로 이서라 할 때는 서울의 경아전京衙前을 가리켰으며, 지방의 외아전外衙前은 향리라고 통칭했다.

탐구 활동	1. 우화소설 읽기와 관련해 다음 사항들을 토론해 보자.

(1) 당대 사람들은 「두껍전」, 「서동지전」에 등장하는 인물들을 어떤 관점에서 읽었을지, 어떤 내용이라 생각했을지 자유롭게 토론해 보자.

(2) 이를 바탕으로 당대 사람들은 우화소설이라는 유형을 어떤 시각에서 수용하고 어떻게 읽었을지 자유롭게 토론해 보자.

2. 현재 우화소설 작품에 대한 가장 체계적인 설명은 조선 후기 향촌 사회의 변동이라는 작품 외적 요소에 기반한 것이다. 그런데 작품 외적 요소에 대한 해석이 달라질 경우, 그것에 기반한 작품 설명도 설득력을 잃을 위험이 있다. 작품 내적 요소에 좀 더 바탕을 두고 우화소설 작품을 의미 있게 설명할 수 있는 방안은 없을지 토론해 보자.

권장할 만한 텍스트	김재환, 우화소설의 세계, 박이정, 1999
	신해진, 서류 송사형 우화소설, 보고사, 2008
	유영대·신해진, 조선후기 우화 소설선, 태학사, 1998
	윤해옥, 조선시대 우언 우화소설 연구, 박이정, 1997

참고 문헌	김재환(2005), 한국서사문학과 동물
	류준경(2017), 서대주전의 장르 전변과 그 의미
	민찬(1995), 조선후기 우화소설 연구
	소인호(2001), 쟁장형 우화소설의 사회사적 의미
	윤승준(1999), 동물우언의 전통과 우화소설
	윤해옥(1997), 조선시대 우언 우화소설 연구
	이강옥(2002), 두껍전의 말하기 전략과 그 의미
	이헌홍(1997), 한국송사소설연구
	장예준(2010), 19세기 소설의 지식 구성의 한 양상과 지식의 성격
	장예준(2016), 19세기 상·하층 소설의 접점과 문화적 의미
	정출헌(1999), 조선후기 우화소설 연구

필 자	장예준

장끼전

「장끼전」은 조선 후기에 널리 읽힌 우화소설이다. 아홉 아들, 열두 딸을 거느리고 살아가던 장끼는 까투리가 만류하는 데도 붉은 콩을 먹으려다 덫에 걸려 죽는다. 까투리는 장끼의 장례를 치르면서 여러 새의 청혼을 받는다. 「장끼전」은 서사민요에서 출발해 판소리, 가사, 소설로 유통되었으며, 이본 수도 100여 종에 달한다. 까투리의 수절과 개가改嫁 문제에 따라 다양한 결말이 존재해 주제적 편차를 드러내는데, 대개 개가 금지나 남존여비에 대한 풍자와 비판 의식을 담고 있다. 여기서는 「장끼전」을 주제론, 이본론, 전승과 유통론의 측면에서 살펴보도록 하겠다.

1. 주제론

「장끼전」은 동물을 통해 인간 사회의 부조리와 모순을 드러낸 우화소설이다. 인간의 모습을 동물로 치환했기 때문에 우화소설은 기본적으로 골계적 자질을 내포하고 있다. 이때 꿩이 갖는 가장 큰 특성은 암수의 모습이 서로 다르고, 특히 수컷의 모양새가 암컷보다 지나치게 화려하다는 것이다. 암수의 다른 모습을 통해 여성과 남성의 삶을 비교해 보려는 의도가 깔려 있는 것이다. 따라서 장끼와 까투리의 삶은 곧 인간의 부부상으로 치환될 수 있다. 우화 향유자들은 꿩 일반의 모습이 이와 같다면 인간의 삶도 여성과 남성이 큰 차이를 갖는다는 사실을 포착했다. 따라서「장끼전」은 장끼의 허세와 과장, 가부장적인 억압을 폭로하고 비하하고자 하는 서술 시각을 가지고 있다.

그런데 이러한 형상을 그려 내면서 서술자가 까투리의 삶을 어떠한 방식으로 이끌고 가는지가 주목된다. 까투리는 상층과 하층의 계층적 차별과 남성과 여성의 성적 차별이라는 이중의 질곡에서 허덕이던 당대 여성의 삶을 반영한다고 볼 수 있기 때문이다. 따라서「장끼전」의 후반부는 여러 면에서 재검토할 여지를 남겨 놓았다. 선학들의 연구에 따르면 장끼의 죽음으로 끝나는 계열이 초기본이며, 여기에 점차 까투리의 개가 내용이 덧붙여졌다고 보는 것이 한 관점이다. 다른 하나는 까투리의 개가 내용은 원래부터 있었는데, 이것이 점차 탈락, 변개되었다는 관점이다.「장끼전」의 경우 온전히 판소리의 면모를 간직한 이본을 발견할 수가 없다는 점에서 이 두 설은 완전히 정반대의 입장을 취한다고 할 수 있다.「장끼전」은 결말 양상을 중심으로 이본의 계열을 나눌 수 있다. 장끼의 죽음으로 끝나는 계열, 뭇새들의 청혼을 까투리가 거절하는 계열, 장끼에게 개가하는 계열, 까투리가 수절하는 계열 등이 그것이다. 이들 계열의 선후 관계에 대해서는 아직도 일정한 합의에 도달했다고 할 수 없다. 다만 다양한 결말은 까투리의 개가에 대한 다양한 시선을 반영했다는 점을 알려 주는 징표라고 해석할 수 있다.

장끼와 까투리는 포수와 사냥개, 보라매 등에게 쫓기며 극빈의 삶을 꾸려 나간다. 생명의 위협을 받으며 엄동설한에 주린 배를 쥐고 간혹 떨어진 콩이나 주워 먹고 사는 것이다. 아홉 아들, 열두 딸을 거느린 이들 부부의 삶은 처량하기 그지없다. 곧 장끼와 까투리는 간신히 배고픔을 때우며 살아가는 빈민층을 대변한다고 볼 수 있다. 이러한 점에서 이 작품은 기본적으로 비극적인 삶의 양상을 드러낸다. 그러나 그 와중에도 장끼의 화려한 치장은 허세와 위선, 허욕을 보여 준다. 장끼의 생활상과 치장의 부조화는 곧 장끼의 인물 성격을 그리기 위한 대조적 수사 방식이라 하겠다.

주제 면에서 장끼의 죽음은 가부장제의 모순을 풍자하기 위한 것으로 해석되어 왔다. 하지만 장끼 역시 유랑하는 빈민층을 상징한다는 점에서 유랑민의 비참한 현실을 드러내는 것이라고도 볼 수 있다. 가부장제 아래서 남성의 왜곡된 권위와 여성에 대한 뒤틀린 욕망을 반영한다는 점에서 「장끼전」이 당대 남성의 불편한 진실을 보여 준다고 해석하기도 한다(김종철, 1996; 정환국, 2009; 서유석, 2010).

「장끼전」에서 개가하는 계열의 경우, 중심 주제가 하층 여성의 비극적인 삶에 이은 개가 문제로 이동하기도 한다. 결국 「장끼전」은 가부장제 아래서 희생된 여성의 험난한 현실을 그려 낸다는 것이다. 결말부의 다양한 내용은 이 작품의 주제를 여러 상황으로 변주해서 보여 준다. 구활자본에서는 음란한 마음이 발동한다며 재혼하고, 정문연본에서는 장끼의 폭력이 두려워 개가하고, 김광순본에서는 오리의 재물이 탐나서 결혼하는 것으로 그려진다. 이러한 점에서 하층 여성의 삶의 질곡을 진지하게 다루기보다는 흥미 요소로 다루었음을 알 수 있다. 개가 자체를 희극적인 모습을 띠게 함으로써 개가 허용이나 그 정당성을 희석하고 통속적인 흥미를 삽입한 것이다. 특히 까투리가 장애자에다 가난뱅이인 장끼를 같은 처지라고 여기고 선택하는 경우, 개가는 까투리의 삶에서 해결의 전망이 되지 못한다. 곧 까투리의 개가가 비교적 그럴 법하게 그려진 이본에서조차 까투리의 삶이 개선될 여지는 전혀 없어 보이는 것이다. 이러한 점에서 「장끼전」은 당대 개가에 대한 부정적인 시선과 그럼에도 개가가 삶의 방편이 되어야 했던 여성의 현실을 보게 해 준다. 곧 「장끼전」의 작가들은 당대 여성의 문제적인 삶을 포착해 그것을 우화적으로 묘사하긴 했지만, 밝고 낙관적인 전망이나 속 시원한 개방적 관점을 보여 주지는 못했다(정출헌, 1991).

「장끼전」은 가부장제가 가진 모순과 허위의식을 풍자하면서 풍자 대상인 '남성'을 바라보는 향유층들의 의식이 점차 바뀌어 가고, '여성'의 개가에 대해 서로 다른 의견을 주장했던 현상을 그대로 보여 주었다.

2. 이본론

「장끼전」은 일찍이 판소리 열두마당의 하나로 언급되어 왔지만, 적어도 19세기 중후반쯤 창을 잃고 기록물로 전환된 것으로 보인다. 그러나 다른 실창失唱 판소리보다 상당히 오랜 기간 경쟁력을 가지고 살아남았음이 확인된다. 곧 실창되었던 소리가 가사로 전환되고 소설로도 정착되었으며, 다시 설화와 민요로 유입되었던 것을 보아 「장끼전」은 판소리로 불리지는 않았지만 다양한 향유 방식을 통해 그 생명력을 유지해 왔다.

판소리 「장끼전」은 민요 선행, 가사로의 유통이라는 점에서 다른 판소리들과 차별성을 지닌다. 게다가 「심청전」에 버금가는 많은 이본군을 가지고 있다는 점, 판소리·소설·가사·민요·설화를 넘나드는 갈래의 다양성을 보여 준다는 점에서 문학사의 중요한 존재였음을 확인할 수 있다. 가사, 소설, 창본류의 이본은 100여 종에 달하며, 관련 설화와 민요도 50여 종이 파악된다. 「장끼전」은 실창 판소리 작품 중에서 가장 다양한 갈래로 전승되었던 것이다(최혜진, 2010).

이 중 가사 계열의 이본들은 '건곤이 조판할 제' 유형으로 시작해 끝까지 율문체를 유지한다. 이들 가사 계열은 주로 귀글(2음보 2행 2줄 또는 3줄)로 필사되어 필사자들이 가사로 인식했음을 보여 준다. 제목은 주로 「자치가」로 되어 있지만 「장끼전 자치가」, 「까토리가」, 「장치전」, 「자치전」, 「꿩의자치가」 등 소설과 가사 사이에 있는 것들이 존재하는 점으로 보아 가사이기도 하고 소설이기도 한 저간의 사정을 보여 준다. 소설 계열이라 할지라도 전반적인 율문체 성향은 비슷하다고 할 수 있다. 특징적으로 문장체의 모습을 보이는 것은 「화츙선싱젼」과 「화츙전」 정도다. 「화츙선싱젼」은 독특한 삽화와 서사 구조의 독창성, 통속적인 성향, 세책본으로서의 특징 등이 있어 주목되며, 1892년에 필사되어 연도상 기준이 될 수 있다. 구활자본계 이본들은 20세기에 필사된 것으로 보인다. 제목 역시 「장끼전」, 「꿩의자치가」, 「꿩의전」, 「화충선생전」, 「치전이라꿩이요」, 「꿩타령이라」, 「자치가라」, 「자치가전」(까토리전) 등 가사와 소설의 경계를 넘나들고 있다.

한편 대체로 모든 이본이 소리개의 등장과 갈까마귀의 청혼 삽화까지 가지고 있음을 알 수 있다. 그중 「꽁의자치귀권계단」(김광순본)과 「화츙선싱젼」(서울대

본), 「자치가젼」(한중연본)은 이본의 독자성이 드러나는 것으로 보아 소설적 변개가 이루어졌다고 파악할 수 있다. 가사 계열의 이본인 경우 장끼의 죽음 부근에서 필사가 중단된 것이 아니라면 대부분 각 새의 청혼까지 가지고 있다. 그러니 청혼에 따른 까투리의 선택 여부는 너무나도 다양하게 처리되어 결국 개가에 대한 시선이 합일점을 찾지 못하고 열린 결말을 지향하는 것을 알 수 있다. 이는 판소리에서 장끼의 장례 이후 벌어지는 사건에 대해 미처 서사적 완성을 이루지 못하고

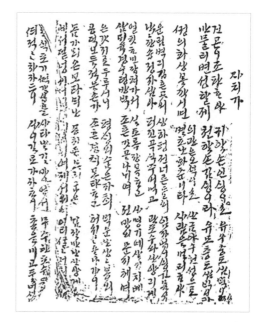

「자치가」, 한중연본

가사로 전환되어 정착되었기 때문으로 보인다. 그리고 이에 대한 다양한 시선과 관점이 필사를 통해 실현되었다고 본다.

곧 「장끼전」 이본군은 장끼의 장례 이후 행보에 대해 서로 다른 생각을 거침없이 필사하고 유통하면서 '다름'을 인정하고 '즐긴' 것이겠는데, 이는 진지하면서도 골계적으로 읽히는 상반된 미학적 지향을 포용하는 데로 나아가고 있다. 후대로 갈수록 까투리의 삶과 개가에 대한 진지성은 약화되고 음란성을 강화해 통속적인 흥미를 부여하는 것이다.

3. 전승과 유통론

「장끼전」은 민요-판소리-가사-소설의 형태로 전승되고 유통되어 왔다고 할 수 있다. 이것은 기존 판소리계 소설들과는 다른 형성 경로를 보여 주는 것이다.

먼저 「장끼전」은 민요에서 성립되어 서사민요화되어 불렸다. '꿩꿩 장서방' 계열의 민요에서 다룬 꿩의 생태와 가난한 삶의 모습, 사냥꾼에게 쫓기며 사는 삶이 서사민요화되어 불렸다는 점을 이학규의 「치기사」雉機詞[1]를 통해 확인할 수 있다. 이를 통해 1807~1808년경 「장끼전」의 서사는 장끼의 죽음과 애통해하는 까투리가 중심이었음을 알 수 있다. 곧 판소리 「장끼전」은 설화가 아닌 민요를 선행으로 이루어졌다는 것이다. 이 중심 서사가 판소리로 불리면서 사설이 확충되고 판소리화되는 단계를 거쳤다고 할 수 있다. 또한 19세기 중반경까지의 판소리는 장끼의 죽음에서 서사가 끝났을 것으로 보인다. 판소리 「장끼전」의 내용은 서민의 비극상을 다루던 서사에서 점차 가장으로서의 허세와 위선을 풍자하는 방향으로 변모했다.

19세기 판소리 열두 마당의 하나였던 「장끼전」은 애초 「꿩타령」으로 불렸을 가능성이 크며, 「장끼타령」은 정노식鄭魯湜(1899~1965)[2]이 붙인 명명법이라고 할 수 있다. 민요나 가사에서 「꿩타령」으로 불렸다는 증거가 남아 있으므로 판소리 「꿩타령」이 더 실상에 적합한 명칭일 것이다. 이 판소리 「꿩타령」 역시 양반 좌상객들의 참여와 호응으로 사설과 더늠을 확장하고 다듬었을 터이니, 이는 가사로 전환되기 전에 점차 후반부를 확대해 가는 양상이었을 것으로 추정해 볼 수 있다. 치레 사설이나 염치, 고집 사설, 장례 절차와 등물 등 양반으로서의 미의식이 첨가된 것도 양반층의 참여로 이루어진 것으로 보이며, 이로써 꿩의 신분이 하층민에서 몰락 양반으로까지 스펙트럼을 넓혔던 것이다. 또한 장끼의 장례 이후 소리개가 등장하고 갈까마귀가 청혼하는 삽화까지가 실창되기 전의 「장끼전」 서사였을 것이다. 왜냐하면 이들 삽화까지를 거의 모든 이본이 동일한 순서로 가지고 있기 때문이다. 판소리는 갈까마귀의 청혼 삽화까지를 고정 체계면으로 가지고 있었고, 이후의 사설은 생성기의 유동적인 흐름을 지향하던 와중에 실창된 것으로 파악된다.

판소리가 실창되면서 「장끼전」은 가사로 유통되었다. 이 시기에는 특히 「장끼전」의 후반부를 둘러싼 여성 독자들의 관심이 증폭되었으며, 경북 지역 상층 여성을 중심으로 가사가 유통되기 시작한 것으로 보인다. 경북 지역의 여성 독자들을 중심으로 전파된 것은 까투리의 고난과 꿩 부부의 삶에 자신들을 적절히 투영하던 정서적 동질감 때문이며, 특히 가사문학을 향유하는 데 매우 적극적이었던 지역 풍토가 있었기 때문이라고 보인다. 애초 판소리에서는 하층민인 꿩 부부의 삶과 가장을 잃은 까투리의 비극적인 정황이 주된 시점이었던 것으로 보인다. 그러다 점차 서사의 중심이 까투리 문제로 넘어왔다. 이는 「치기사」와 「관극팔령」에서도 보이는바, 불쌍한 까투리가 남은 데 주목한 것이다. 곧 장끼의 죽음을 지켜볼 수밖에 없는 까투리의 정황과 그 삶에 대한 독자의 연민이 지속되면서 서사가 파생되고 확장되었다. 그리고 이러한 관심이 가사로 필사, 전파되면서 다양한 결말을 낳았다. 이후 가사 계열의 「장끼전」은 인기를 얻으며 확산을 거듭했던 것으로 보인다. 가사가 정착되면서 판소리는 점차 자생력을 잃고 실창되었으며, 19세기 후반경 판소리로서의 생명력을 완전히 잃었다(최혜진, 2010).

'자치가' 류로 정착된 가사는 전면적으로 유통, 확산되면서 다시 소설·설화·민요 갈래에 영향을 주어 다양한 이본을 형성했다. 가사는 특성상 암송과 구송口誦이 쉽게 이루어지고 자연스럽게 이야기와 노래로 전파될 수 있었다. 가사의 내용은 서사 민요나 설화에 거꾸로 영향을 주기도 했고, 소설로 전환되어 유통되었다. 이들 설화, 민요, 소설들은 가사 계열 이본의 영향을 받았음이 확실한 사설 단위나 표현, 문체를 가지고 있다. 판소리가 가사로 유통되고, 이본이 전면적이고 활발하게 생겨난 것은 「장끼전」이 유일하다. 「장끼전」은 여러 갈래로 전파, 전환된 현상까지 있어 가장 다면적인 전승 양상을 보인 작품이라고 할 수 있다.

1. 「치기사」(꿩덫노래): 이학규李學逵(1770~1835)가 김해 지방에서 유배 중일 때 하층민으로부터 들었던 민요를 1807~1808년경에 '치기사雉機詞(꿩덫노래)라는 제목으로 한시화한 것이다. "꿩덫을 놓았더니/ 꿩이 머리를 비비면서 날개를 퍼덕거린다/ 모여든 꿩들은 서로 잘 알기에/ 꿩이 애타게 하소연하니 저절로 슬프다/ 산과 들에 먹을 것이 없고 산에는 눈이 쌓였는데/ 산촌의 아이가 재주 좋게 잡았구나/ 붉은 콩이 벌어진 꼬투리에 아주 탐스럽고/ 소록소록 눈이 내려 인적이 없는데/ 다가가 쪼자 천둥 치는 듯/ 오호라 명이 끊어지니 오늘 저녁이구나/ 화려한 모습 이제 아끼지 않아도 되고/ 둔덕에서 죽으니 부질없고 쓸쓸하다/ 산중에 깃들 곳 있어 자적할 만하고/ 아가위가 선명하니 딸 수 있을 텐데/ 까투리 떼가 그 둔덕을 두려워해/ 오래도록 보리밭에서 회한스러워 하며 동동거린다."(『한문악부·사 자료집』 4, 계명문화사, 1988, 56~57쪽)

2. 정노식: 독립운동가이자 판소리 연구가로, 최초의 본격적인 판소리 저술로 꼽히는 『조선창극사』(조선일보사, 1940)를 지었다.

1. 다음 글을 읽고 물음에 답해 보자.

이팔청춘 절문과부 운빈옥안이 다 늑넌다
인간이별 만亽즁의 독슈공방 못허것뇌
상亽불견 이 진정을 게 뉘 알가 믹친 서름
젼싱이싱 무솜 죄로 우리 두리 싱겨나셔
이별마자 빅년긔약 일죠一朝의 허亽虛事로셰
셰월이 여류如流허여 물 흐르듯 슈이 가니
훌광음 무정허여 소상小喪이 도러왓네
호천망극 서른 마음 극진갈녁 졔 지닉니
우넌 눈물 바다되여 만쳡쳥亽 그려딘들
한붓亽로 다 그릴가 쪼 딕상이 도러오니
히상허기 더욱 슬다 익통유쳬 亽른 마음
솜당 담졔 다 지닉고 亽식덜을 셩취허고
슈졀헐 길 젼혀 읍셔 혼쳐을 방구허여 보자
젹구지병 바니 읍다 쇼로기를 쳥혼허니
욕심만허 못 허것다 가마귀을 쳥혼허니
복싁服色 달버 못 허것다 쳥강녹슈 원앙시야
너와 나와 빅필되즈 틱일힝예 허넌 후의
젼힝 ᄎ려 도러갈 졔 낭군 슨쇼 하직허고
여필종부 헐 일 읍셔 갈가부다 갈가부다
님을 싸러 나넌 가네 만경창파 히오리야
기가헌다 웃지 마라 초목금슈 미물微物이야
음양지락 읍슬소냐 무정 셰월 졀노 가니
亽숀만단 부귀허여 닉외히로 죠흘씨고
예전 일은 전혀 잇고 만셰동낙 허여보셰
꿩의 타령 그만 허노라

_「까토리가」(임기중본)

(1) 「까토리가」는 가사체 형식으로 이루어진 작자와 연대 미상의 작품이다. 이
이본은 콩을 먹은 장끼가 덫에 걸려 죽은 후, 홀로 남은 까투리가 장끼의 소
상과 대상을 치른 뒤에 수절의 무상함을 토로하며 원앙새와 재혼한다는 결
말을 취하고 있다. 이 이본은 다른 이본에 비해 과부가 된 까투리의 신세 한
탄이 매우 길게 이어진다. 작품의 후반부를 이루는 까투리의 신세 한탄에는
어린 자식과 백발 양친 부양 등 홀로 남은 까투리가 감내해야 할 현실적인
문제가 드러나 있다. 까투리의 선택과 결말 부분이 의미하는 것은 무엇일지
생각해 보자.

(2) 가장 활발하게 유통되었던 구활자본 「장끼전」의 줄거리를 파악하고, 등장인물의 성격에 대해 논해 보자.

권장할 만한 텍스트   김진영 외, 실창 판소리사설집, 박이정, 2004

이유경 외, 장끼전의 작품세계, 보고사, 2013

최진형, 장끼전, 지만지(지식을만드는지식), 2011

참고 문헌   권영호(1995), 장끼전 작품군 연구

김광순(1987), 장끼전의 이본과 두 세계관의 인식

김선현(2013), 화충선싱전의 인물 형상과 그 의미

김종철(1996), 장끼전과 뒤틀림의 미학

민찬(1994), 조선후기 우화소설의 다층적 의미구현양상

박일용(1993), 장끼전의 문학적 의미 재론

서유석(2010), 장끼전에 나타나는 뒤틀린 인물 형상과 여성적 시선

소인호(2010), 장끼전에 나타난 수절과 개가의 문제

신효경(2018), 실창 판소리계 소설의 유형별 비판양상과 지향의식

정출헌(1991), 장끼전에 나타난 조선후기 유랑민의 삶과 그 형상

정출헌(1999), 조선후기 우화소설 연구

정환국(2009), 19세기 문학의 불편함에 대하여

최진형(2004), 고소설 향유 관습의 한 양상

최혜진(2000), 판소리계 소설의 미학

최혜진(2010), 장끼전 작품군의 존재 양상과 전승 과정 연구

필 자   최혜진

옥루몽

「옥루몽」玉樓夢은 64회의 회장체回章體[1]로 이루어진 장편소설로 조선 후기에 창작되어 널리 읽힌 인기 있는 작품이다. 작가는 19세기에 경기도 용인龍仁에 살던 담초潭樵 남영로南永魯(1810~1857)인데, 현재 그의 문집은 남아 있지 않고 소설 「옥련몽」玉蓮夢과 「옥루몽」 두 작품만 전한다.

현재 남아 있는 이본 현황을 개괄하면, 「옥루몽」은 한글 필사본, 한글 활판본, 현토 활판본[2]이 있고, 「옥련몽」은 한글 필사본과 한글 활판본만 있으며, 두 작품 모두 한문본은 없다. 「옥루몽」 이본이 더 많이 남아 있고, 「강남홍전」과 「벽성선전」도 「옥루몽」에서 파생된 것으로 볼 때, 두 작품 중 「옥루몽」이 더 널리 유통된 것으로 생각된다. 「옥루몽」의 이본은 규장각본, 신문관본, 현토본 등과 같이 서사를 온전히 구비한 것과 후반부가 축약된 동양문고본 같은 축약본 계열이 있다.

「옥루몽」은 천상의 선관仙官 문창성文昌星과 선녀 제방옥녀帝傍玉女, 홍란성紅鸞星, 제천선녀諸天仙女, 천요성天妖星, 도화성桃花星이 천상 백옥루白玉樓에서 꿈을 꾸고, 그 꿈속에서 인간계에 내려와 각기 양창곡楊昌曲, 윤부인尹夫人, 강남홍江南紅, 벽성선碧城仙, 황부인黃夫人, 일지련一枝蓮이 되어 온갖 부귀공명富貴功名[3]과 풍류를 즐기는 내용이다.

작품 소개

「옥루몽」은 19세기에 용인에 살던 담초 남영로가 창작한 장편소설로, 작가는 「옥련몽」을 창작한 뒤 개작해서 다시 「옥루몽」을 창작했다. 「옥련몽」과 「옥루몽」은 같은 작품이라고 할 수는 없지만 친연성이 상당히 높아, 「옥루몽」을 제대로 이해하기 위해서는「옥련몽」도 같이 살펴봐야 한다.

「옥루몽」은 문창성이 꿈속에서 인간계로 적강謫降[4]해 양창곡이 되어 부귀공명을 이루고 풍류를 극한으로 누리는 이야기다.

천상의 옥황상제가 백옥루를 고쳐 다시 짓고는 선관들을 모아 잔치를 벌였다. 여기에 참석한 문창성이 인간 세상을 그리워하는 내용의 시를 짓자, 옥황상제가 문창성과 제방옥녀, 천요성, 홍란성, 제천선녀, 도화성을 함께 인간 세상으로 내려보낸다. 그렇게 각각 양창곡, 윤소저, 황소저, 강남홍, 벽성선, 일지련으로 태어난다.

양현의 아들로 태어난 양창곡은 과거를 보러 황성으로 올라가던 길에 아름답고 활달한 기녀 강남홍을 만나 인연을 맺고, 항주 자사의 딸인 윤소저를 배필로 추천받는다.

양창곡이 과거를 보러 떠난 후 소주 자사의 겁박을 받은 강남홍은 정절을 지키기 위해 강물에 투신해 자살하려고 하지만, 이런 변괴를 짐작한 윤소저의 지략으로 구출된다. 목숨을 구한 강남홍은 도사를 만나 도술과 무술을 닦으며 지내지만, 양창곡은 강남홍이 죽은 줄로 알고 슬퍼한다.

양창곡이 장원 급제해 한림학사가 되자 당대의 권력가 황각로가 자신의 딸인 황소저와 혼인시키려고 혼담을 건네는데, 양창곡은 거절하고 강남홍이 추천했던 윤소저와 혼인한다. 분노한 황각로가 황제를 통해 양창곡을 압박하지만 굽히지 않는다.

결국 양창곡은 황제의 명을 거스른 죄로 귀양을 간다. 그는 그곳에서 기녀 벽성선을 만나 사귀고, 유배에서 풀려나 황성에 돌아온 뒤에는 마음을 고쳐 황각로의 딸인 황소저와도 결연한다. 그렇게 해서 윤부인, 황부인 두 명의 처를 맞이한다.

이때 남만南蠻이 중국을 침범하자 양창곡이 대원수로 출정해 연전연승을 거둔다. 남만의 우두머리 나탁은 양창곡을 이길 수 없자 홍혼탈이란 신출귀몰한 장수를 초빙해 오는데, 그는 사

1. 회장체: 장편소설 등에서 몇 개의 회回나 장章으로 내용을 구성하는 방식.

2. 현토 활판본: 한문에 토를 달아서 만든 내용을 활판 인쇄로 제작한 텍스트.

3. 부귀공명: 재물이 많고 지위가 높으며 공을 세워 이름을 떨침.

4. 적강: 천상계의 인물이 죄를 지어 지상으로 내려오는 일.

실 남자가 아니라 남장男裝을 하고 장수가 된 강남홍이었다. 강남홍은 명나라 대원수가 양창곡임을 알고는 즉시 투항해 그의 부하 장수가 된다. 그러자 남만의 나탁은 다시 축융국祝融國의 축융왕과 그의 딸인 공주 일지련을 초빙해 오지만, 일지련이 그만 양창곡을 사랑하는 마음이 생겨 아버지 축융왕까지 설득해서 모두 명나라에 투항한다. 번번이 실패한 나탁은 궁지에 몰려 결국 잡히고, 양창곡은 그를 용서해 주는 것으로 남쪽 반란을 평정하고 개선한다.

한편 벽성선은 황성의 양창곡 집에 찾아와서 살았는데, 그녀를 시기한 황부인이 그녀를 모해하고 핍박하자 견디지 못해 집을 나온다. 벽성선은 숨어 지내던 암자에서 황제를 만나 음률로 풍간諷諫[5]해 나라를 바로 세우는 데 공을 세운다.

남쪽 원정에서 개선한 양창곡은 연왕燕王을 제수除授[6] 받고, 홍혼탈은 자신이 강남홍임을 밝히고 용서를 구하자 그녀 역시 벼슬을 받는다. 이때 황제가 벽성선의 억울함을 알고, 황부인이 투기했음을 알아차려 그녀를 처벌해 유폐한다. 이후 황부인은 자신의 잘못을 크게 후회하고 개과천선한다.

이렇게 해서 연왕이 된 양창곡은 윤부인, 황부인 두 처와 강남홍, 벽성선, 일지련이라는 세 첩과 함께 행복한 가정을 꾸린다.

그 뒤에도 외적이 침입해 오고 간신들이 발호跋扈해 어려움에 처하기도 하나 모두 이겨 내고 극복한다. 그렇게 온갖 영화를 누리며 부귀공명의 정점에 오른다. 다섯 명의 처첩에게서 아들과 딸이 두루 탄생하는데, 그 자식들이 장성해서 모두 입신양명하고 높은 벼슬을 한다. 그들도 부모처럼 국가가 어려움에 처했을 때 앞에 나서서 모든 문제를 척척 해결해 낸다. 마침내 자식들도 부귀공명을 이룬다.

그러던 어느 날 강남홍이 꿈을 꾸는데, 꿈에 하늘나라 백옥루에 올라가서 문창성과 다섯 선녀가 잠들어 있는 것을 본다. 그렇게 잠자는 선관 선녀들이 바로 자신들임을 알아차리고, 아직 인간 세상에서 살아갈 날이 많으므로 한참을 더 행복하게 살다가 때가 되면 천상으로 돌아오라는 관음보살의 인자한 말을 듣고는 꿈에서 깬다.

그 뒤 양창곡과 다섯 명의 처와 첩은 계속 행복하게 산다.

1. 저자

초기 연구에서 「옥련몽」과 「옥루몽」의 작가로 남영로 외에 남익훈南益薰, 홍진사洪進士 모씨某氏, 허난설헌許蘭雪軒, 옥련자玉蓮子 등 다양한 추정을 했으나 차용주, 성현경, 장효현 등의 연구를 통해 19세기에 용인에 살던 담초 남영로로 확정되었다.

1877년에 필사된 가람본 「육미당기」六美堂記 발문에 두산斗山 서돈보徐惇輔가 "吾友南潭樵玉樓夢"(내 친구 남영로의 옥루몽) 이라고 쓴 것을 통해 19세기에 서돈보와 교유했던 인물 중에 '담초'라는 호를 사용한 인물로 남영로가 있었다는 사실과 1913년에 간행된 박학서원본 「옥련몽」의 서문을 쓴 남정의南廷懿(1872~1951)를 추적해 그의 후손 남상갑南相甲과 남성희南聖熙를 만나서 남영로가 남정의의 조부임을 확인했다. 이는 남정의가 박학서원본 「옥련몽」 서문에 "이 칙의 원본은 ㄴ의 본셩 션묘부 담초 공潭樵公의 져술ᄒ신 바ㅣ니"라고 쓴 것과 일치한다. 또 1912년에 간행된 현토 활판본 「옥루몽」 서문에 적힌 "快讀我玉蓮子之玉樓夢一篇"(나 옥련자의 옥루몽 한 편을 즐겁게 읽을지어다) 이란 기록으로 보아 「옥련몽」과 「옥루몽」의 상관관계가 짐작되는데, 이는 남영로가 「옥련몽」을 창작한 뒤에 「옥루몽」으로 개작한 것으로 판단된다(차용주, 1967; 성현경, 1968; 장효현, 1981).

남영로는 남구만南九萬의 5대손으로 당파는 소론少論에 속했으며, 본관은 의령宜寧이다. 현재 그의 문집은 남아 있지 않고, 소설 「옥련몽」과 「옥루몽」 두 작품과 산수화 한 점 그리고 사촌 남계우南啓宇(1811~1888)가 편찬한 『고시비평』古詩批評의 서문만 남아 있다(이기대, 2003). 남영로는 나비를 잘 그려 '남나비'로 경향京鄉 간에 이름이 높았던 사촌 남계우처럼 예술적인 소질이 있어 당대에 산수화로도 이름이 높았다.

5. 풍간: 완곡한 표현으로 잘못을 고치도록 간함.
6. 제수: 왕이 직접 벼슬을 내리던 일.

2. 창작 배경

우리 소설사에서 19세기는 소설에 새로운 전기를 마련한 중요한 시기다. 이전 시기부터 고조되어 온 새로운 글쓰기 방식을 시도한 것이 소설 독자층의 높아진 읽을거리 요구에 부응해 새로운 소설 창작 열망이 나타났다.

이전까지는 허구성虛構性을 폄하했기에 소설을 해롭게 여겼다. 단지 유교적 교훈을 주는 효용성效用性 측면에서만 어느 정도 인정을 받았을 뿐이지, 상상으로 거짓 이야기를 만들어 즐기는 쾌락성快樂性은 부정되었다. 그러던 인식이 19세기로 넘어오면서 바뀐다. 소설의 효용성보다 소설의 쾌락성이 전면에 나서기 시작한 것이다.

독자들은 새로운 읽을거리를 찾아 중국에서 소설을 들여와 읽기까지 하지만, 욕구를 완전히 충족하지는 못했다. 새롭고 재미있는 읽을거리를 찾는 이런 욕구와 이전 시기부터 시도되어 온 새로운 글쓰기 방식에 대한 실험은 소설의 허구성을 새롭게 인식하는 바탕이 되었으며, 나아가 소설의 쾌락성을 적극적으로 인정하고 수용하게 되었다. 급기야 주류 양반층이라고 할 수 있는 경화사족京華士族[7] 계층에서 이전 시기와는 다른 의도와 목적으로 소설을 창작하기에 이르렀다. 김소행金紹行(1765~1859)의 「삼한습유」三韓拾遺, 심능숙沈能淑(1782~1840)의 「옥수기」玉樹記, 서유영徐有英(1801~1874)의 「육미당기」, 남영로(1810~1857)의 「옥련몽」과 「옥루몽」 등이 이런 상황에서 창작된 소설들이다. 이 소설들의 작가는 자신이 '소설'을 창작한다는 분명한 의식을 가지고 창작에 임했으며, 그 목적을 '재미'와 '흥미'에 두었다. 이 작가들은 소설을 쓰기 위해 의도적으로 세련된 서사를 만들려고 거듭된 창작과 퇴고, 심혈을 기울인 개작 등 많은 노력을 했다.

남영로는 이런 시대, 사회 문화적 분위기 속에서 소설 「옥련몽」과 「옥루몽」을 창작했다. 그의 집안은 대대로 수많은 장서藏書가 있는 명문가로, 그는 문예 취향이 높았고 경제적으로도 여유가 있었다. 그는 이런 경제적·예술적 분위기 속에서 유희적으로 세련된 글쓰기를 시도한 것이다.

3. 원작 표기 문자

연구사 초기부터 「옥루몽」의 원작은 한문으로 창작되었다는 것
이 일반적인 견해였는데, 성현경이 한글 원작설을 제기했다.
「옥련몽」에 삽입된 국문 시가를 제시해 원작이 한글이 아니고는
있을 수 없는 일임을 주장하며, 「옥련몽」을 개작한 「옥루몽」에
도 그대로 국문 시가가 있는 것을 논거로 제시했다. 특히 한글본
「옥루몽」뿐만 아니라 현토본 「옥루몽」조차 국문 시가를 서툴게
번역한 것을 지적하며 원래 한글로 창작된 것임을 주장하고, '한
글 「옥련몽」→한글 「옥루몽」→현토 「옥루몽」'으로 이어졌다고
추정했다(성현경, 1968).

이에 차용주와 장효현은 한글 원작설의 근거인 국문 시가
삽입과 광고 문안에 대해 각기 비판하면서 다시 한문 원작을 주
장했다. 한문 「옥련몽」이 한문 「옥루몽」으로 개작되고, 한문 「옥
련몽」이 다시 한글 「옥련몽」으로 번역되었으며, 한문 「옥루몽」
이 현토본 계열과 규장각본 계열, 갑진본 계열로 각각 번역되었
다고 본 것이다(차용주, 1981; 장효현, 1981).

한문 원작설이 지배적인 근거는 양반 작가가 소설을 한글로
창작하는 것보다 한문으로 창작하기가 쉬웠을 것이라고 생각했
기 때문이다. 또한 「옥루몽」을 보면 한문으로 창작하지 않고는
표현해 내기 힘든 내용, 어휘 등이 많아서도 그렇다. 그래서 「옥
루몽」은 한문으로 창작되었고 이후 그것을 한글로 번역했는데,
원작인 한문 「옥루몽」은 사라져 현재는 남아 있지 않고 한글본
만 여기저기 필사되어 전해진 것이라고 보았다.

그러던 중에 이화여자대학교 도서관에 소장되어 있는 「옥련
몽」 두 종을 새롭게 면밀히 검토해 「옥련몽」과 「옥루몽」의 상관
관계를 분석하고, 그 결과 「옥루몽」은 바로 한글로 창작했을 가
능성이 매우 높다는 의견이 제기되었다(유광수, 2011). 즉 한문

으로 창작하지 않았다면 도저히 표현하기 힘든 것들은 「옥루몽」이 한문으로 창작되어서가 아니라, 한문 「옥련몽」에서 전해졌다는 것이다. 결국 남영로가 「옥루몽」을 창작하기 전에 먼저 「옥련몽」을 창작하고, 그것을 바탕으로 「옥루몽」을 만들었기에 그런 표현이 가능했다는 것이다.

현재는 작가 남영로가 '한문 「옥련몽」→한글 「옥련몽」→한글 「옥루몽」'으로 번역, 개작하면서 작품을 창작한 것으로 생각했다는 주장 이후 새로운 논의가 진행되지 못하고 있다.

4. 서사적 특징

「옥루몽」의 서사를 단순하게 말한다면, 양창곡의 욕망을 구체적으로 보여 주는 것이라고 할 수 있다. 양창곡이 어떻게 욕망을 성취하고 누리는지를 확인하고 그 즐거움에 동참하는 것이 독자의 즐거움이다. 그래서 「옥루몽」에는 양창곡의 욕망이 극대화되어 나타났다. 심지어 '가부장의 욕망'을 충족하기 위해 가부장제 아래서 마땅히 지켜져야 할 가치들이 은근히 거부되기까지 한다. 이에 따라 가부장제에 충실했던 황부인이 징치를 당하고, 가부장제 아래서 여성영웅으로 활약하는 강남홍을 겁박劫迫해 군중軍中에서 정사情事를 벌이기도 한다. 모든 서사는 자연스럽게 양창곡의 욕망대로 흘러가고, 양창곡은 모든 상황을 지배하고 누리는 가부장제로 호도된 가부장의 욕망을 성취하고 충족한다.

한편 「옥루몽」에는 서로 반대되어 충돌하는 가치를 동시에 동일한 비중으로 말하는 '중층 서술'이 등장했다. 이 중층 서술은 작가의 의도적인 서술 방식으로, 체제 전복적인 이야기를 형상화하지 않고 이상적인 중심·남성·가부장 이데올로기에 충실한 서술을 구사함으로써 체제 유지적인 내용에 일정한 긴장을 더하는 유연한 비판을 꾀할 뿐이다. 이것이 대중성을 높이는 기능을 함과 동시에 진지한 삶의 성찰을 유도한다는 점에서 「옥루몽」의 가치를 확인하게 한다.

「옥루몽」은 전대의 훌륭한 문예적 역량을 집적해서 완성한 문예미가 뛰어난 작품으로 개화기를 지나 1940~1950년대까지도 높이 평가받았는데, 그 이유는

「구운몽」같은 선행하는 작품을 창조적으로 수용하면서 사실적이고 입체적인 서사, 흥미 있으면서도 진지한 통찰을 세련되게 조화시켰기 때문이다. 크게는 지방의 한미한 선비 양창곡의 성공담, 남만과 홍도국을 정벌하고 내란을 평정하는 군담軍談, 투기 갈등으로 인한 가정의 치열한 암투 같은 이야기에, 작게는 음률과 풍간諷諫, 다양한 전투 장면, 사냥과 산천경개山川景槪 유람, 기녀들의 풍류와 놀이 등을 장면화·이미지화·입체화 등으로 활성화해 보여 주면서 에로틱한 감정, 비장미, 해학, 그로테스크[8] 같은 감정과 연관 지어 다채롭게 형상화해 놓았다.

이렇게 「옥루몽」은 내용, 주제, 표현 등 여러 측면에서 빼어난 서사를 담고 있다.

8. 그로테스크: 문학이나 회화 등의 예술에서 사물을 괴기스럽게 묘사하거나 기분 나쁠 정도로 섬뜩하게 표기한 초현실적 괴기성을 가리킨다.

권장할 만한 텍스트

김풍기 옮김, 완역 옥루몽 1~5, 그린비, 2006
한석수 옮김, 옥루몽 1~3, 박문사, 2009
리헌환 옮김, 옥루몽 1~4, 보리, 2008

참고 문헌

강상순(1995), 옥루몽에 나타난 남영로의 정치의식
김경미(1994), 조선후기 소설론 연구
김종철(1990), 옥루몽의 대중성과 진지성
김종철(1992), 19C 중반기 장편영웅소설의 한 양상
서대석(1985), 군담소설의 구조와 배경
성현경(1968), 옥련몽연구
성현경(1989), 한국소설의 구조와 실상
신재홍(1994), 한국몽유소설연구
심치열(1994), 옥루몽 연구
유광수(2006), 옥루몽 연구
유광수(2011), 옥루몽 한글원작설 변증
이기대(2003), 19세기 한문장편소설 연구
이승수(2001), 옥루몽에 나타난 왕패병용론의 역사적 맥락과 사상적 함의
장효현(1981), 옥루몽의 문헌학적 연구
정규복(1966), 옥루몽의 작자 및 창작연대에 대하여
조광국(1999), 옥루몽에 나타난 왕도·패도 병용의 정치이념 구현 양상
조혜란(2002), 옥루몽의 서사미학과 그 소설사적 의의
차용주(1967), 옥련몽의 작자 및 저작연대고

차용주(1981), 옥루몽 연구
최지연(2006), 옥루몽의 개작 양상과 그 소설사적 성취
한석수(1996), 옥루몽의 개혁사상 연구

필 자   유광수

삼한습유

「삼한습유」三韓拾遺는 19세기의 한문장편이다. 선산 지방 의열녀로 추앙되는 향랑의 일을 모티프로 삼아 삼국 통일 시기를 배경으로 쓴 소설이라고 하여 「삼한의열녀전」三韓義烈女傳이라 불리기도 한다. 이 소설은 상고 시대부터 당시까지, 조선은 물론 중국의 온갖 사건, 인물을 총망라한 거대한 서사 규모를 보이는 작품이다. 동시에 인간계와 천계天界와 마계魔界를 넘나드는 판타지 문학이라 해도 될 만큼 특이한 작품이기도 하다.

작품 소개

작가는 죽계竹溪 김소행金紹行(1765~1859), 창작 시기는 1814년이다. 작품 끝에 당대 문장가인 홍석주洪奭周, 홍길주洪吉周, 김매순金邁淳 등 여섯 명의 글이 있어 작품의 창작 경위나 작품에 대한 평까지 자세히 알 수 있다. 서울대 중앙도서관 고문헌실본, 서울대 중앙도서관 일사문고본, 서울대 규장각 가람문고본, 고려대 중앙도서관 한적실본, 연세대 중앙도서관 고서실본, 한국학중앙연구원 장서각본(완질본 1, 낙질본 1)이라는 7종의 이본이 전해지며, 모두 한문 필사본이다. 이 중 서울대 중앙도서관 고문헌실본은 3권 2책 총 299면이고, 매 면 11줄, 각 줄 22글자씩 적혀 있다. 영인해서 출간된 탓에 일반적으로는 이것을 기준으로 논의한다. 김소행은 병자호란 때 척화를 주장했던 청음淸陰 김상헌金尙憲의 5세손이다. 하지만 증조부 김수징金壽徵이 서출이었던 탓에 그의 후대인 김소행은 95세로 생을 마칠 때까지 별다른 관직에 오를 기회를 얻지 못했다. 펼쳐 보지 못한 폭넓은 지식이 「삼한습유」라는 작품에 오롯이 담겨 있다.

줄거리는 이렇다. 신라 땅 선산에 향랑이라는 여인이 있었다. 혼인을 했으나 시어머니는 가난한 집 딸이라며 늘 구박하고, 남편은 폭력과 외도를 일삼았다. 친정으로 잠시 돌아왔으나 친정에서도 친척집에서도 그녀를 거두어 주지는 않고 개가改嫁를 권했다. 어느 곳에도 있을 수 없었던 향랑은 결국 오태지라는 이름의 저수지에 몸을 던져 죽었다. 죽어 천계에 간 향랑은 환생해서 본래 혼인하고 싶었던 사람과 혼인하게 해 달라고 한다. 천계의 온갖 인물이 나와 격론을 벌인 끝에 환생이 결정되어 환생한 향랑은 가난하지만 학식이 있던 효렴과 혼인하기로 한다. 향랑의 혼주는 천계에서 맡고, 효렴의 혼주는 신라의 명장 김유신金庾信이 맡았다. 세상에 없던 혼인이 결정되자 마왕魔王이 침입한다. 이 소식에 천병天兵이 조직된다. 천병의 대장군은 항우項羽이며, 역대 온갖 장수와 불교계, 신선계의 장수들까지 모두 합세해서 싸움을 벌인다. 김유신을 대장으로 한 지상군도 신라 등의 역대 장수들이 총출동해 향랑을 보호하는 역할을 맡아 전쟁을 한다. 전쟁 중에 온갖 마계의 장수들이 나와 술수와 병법을 동원하고 마왕의 아내인 마모魔母의 치마를 이용한 색계色界 공격까지 이어지자 천군이 전의戰意를 상실하는 등 어려움을 겪지만, 결국 천군이 이겨 향랑과 효렴은 혼인을 한다. 그 뒤 효렴은 신라가 삼국을 통일하기 위해 백제를 공격할 때 함께하는데, 백제 백마강에서 용의 강력한 저항을 받아 어려워할 때 향랑의 말에 따라 백마를 미끼로 용을 낚음으로써 결국 신라는 삼국 통일을 이루었다. 이후 향랑은 더욱 추앙받는다. 80세가 되도록 늙지 않고 살던 향랑은 81세에 죽었다. 장례할 때 보니 관이 텅 비어 있어 신선이 되었다고들 했다.

「삼한습유」 첫 장. 서울대 일사문고본

1. 향랑 고사에서 「삼한습유」로

「삼한습유」의 주인공 향랑이라는 여인은 1702년 경북 선산에서 자결한 실존 인물이다. 선산 상형곡에 살던 농부 박자신의 딸 향랑은 같은 마을에 사는 임칠봉과 혼인했으나 남편의 폭력과 외도로 원활한 가정생활을 꾸리지 못했다. 주변 가족들의 개가 강요를 거절하던 향랑은 결국 어느 날 첫새벽 오태지에 몸을 던졌다. 죽기 직전 일찍 나물 캐러 나온 아이를 만나 사정을 말하고, 「산유화」라는 노래를 한 곡조 부른 뒤에 죽었다. 결국 1704년 숙종에게서 열녀로 정려旌閭[1]하라는 명을 받았다. 이후 향랑은 열녀의 대명사처럼 여겨졌다. 향랑이 죽은 뒤 선산의 선비들을 중심으로 수많은 이가 향랑의 이야기를 글로 썼다. 또 향랑이 죽을 때 불렀다는 「산유화」라는 노래를 제목으로 삼아 많은 이들이 시를 지었다. 절구 등 짧은 시부터 수십 줄로 이루어진 장편 서사시도 많았다. 산문 인물전도 여럿 지어졌다. 현재까지 향랑의 일을 글로 쓴 것이 50편이 넘는다. 한 시대 선비들이 한 사람의 일을 이토록 많이 글로 쓴 예가 더는 없을 정도다.

그런데 향랑 고사를 소설로 표현한 사람은 김소행이 유일하다. 기존에 향랑의 일을 시나 전으로 쓴 사람들은 향랑이 농민의 딸이지만 개가를 거부하고 죽은 열녀라는 내용만 반복해서 말했다. 하지만 김소행은 이들과는 전혀 달리, 향랑이 죽은 뒤에 환생하고 효렴과 혼인하는 과정을 그렸다. 환생을 요구하고, 그 요구

선산에 있는 향랑의 묘소

가 받아들여져 새로운 혼인을 하기까지 다양한 사람이 등장해서 그 옳고 그름을 논하는 새로운 장을 마련했다. 당시 누구나 알 만한 향랑의 일을 가져다 쓰되, 그간 익숙하게 보아 온 열녀 논의와는 다른 새로운 논의를 열었다는 점에서 지금은 물론 당대 지식인들에도 신선한 충격을 주었다.

2. 새로운 열녀론으로 당대 이데올로기에 저항해

소재素材를 확인하는 데서 더 나아가 이 작품의 주제를 다룰 때 우리는 열녀론을 만난다. 김소행은 「삼한습유」에서 18세기 대표적인 열녀로 자리매김한 향랑을 환생해 개가하도록 만들었다.

　현세에서 원통하게 죽은 향랑을, 천상에서 죄 없이 죽임을 당했다고 인간계에 다시 태어날 수 있게 허락한다. 향랑은 이에 덧붙여 예의를 알고 학식이 높은 효렴과 혼인할 수 있도록 해 달라고 한다. 이 문제를 두고 옥황상제를 비롯한 유교, 도교, 불교 인물은 물론 묵자墨子까지 두루 참여한 천상 회의가 열려 격렬한 쟁론이 펼쳐진다. 설왕설래 끝에 공자孔子가 최종적으로 "이는 예에 합당하다. 향랑은 음란한 것이 아니다"라고 선언해, 결국 향랑과 효렴의 혼인이 결정된다. 하지만 그런 논의를 하는 가운데 유교, 도교, 불교 그 어느 측도 완전하게 인정받지도, '멋있게' 형상화되지도 못했다. 논쟁 과정에서 희화되거나 사상의 모순을 폭로당하는 경우도 많다. 예컨대 이들의 결혼을 방해하러 온 마왕魔王의 무리가 미인계美人計를 쓰자 천군天君이 모두 정사情事를 펼치느라 위태롭기도 했다. 천군의 위태로움을 해결하기 위해 관음보살에게 도움을 청하자 그는 남녀 사이에 정이 통하는 과정을 자세히 설명하며 거절하려고 했는데, 오히려 그 이야기를 자세히 듣고 있던 여러 비구니와 비구가 "우리는 차라리 시주하는 줄기와 구렁(남근과 여근)이 될지언정 맹세코 사문寺門의 가죽 껍데기가 되지 않겠습니다. 우리는 모두 인간 세계에 왕생해 여러 사람과 함께 살고자 합니다"라며 떠나 버리기도 했다.

홍석주[2]가 발문에서 언급하듯이 열녀 향랑을 개가시킨 일을 불편해하는 문인도 많았지만, 작가 김소행은 굳이 향랑을 끌어와 개가시키면서 남녀의 정이야말로 세상 이치의 근원이라는 것을 말함으로써 당대 이념이나 제도에서 억압하는 열녀론에 반론을 펼친 것이다. 김소행은 작가의 말인 '지작기'誌作記에서 "굉장한 말솜씨와 넓은 지식으로 가슴속의 우울함을 토로하면서도 조물을 희롱하고 세상을 소란스럽게 했다"고 하기도 했다. 요컨대 열녀론뿐만 아니라 그것으로 대표되는 당대 이데올로기의 억압에 대한 저항, 이를 벗어나 참된 인간의 삶을 누리기 위한 욕망이 이 작품에 녹아 있는 것이다.

3. 연의와 패러디로 소설의 새 지평 열어

사실 「삼한습유」의 매력은 주제 자체라기보다 작가가 쏟아 내는 무한한 지식 정보의 양과 압도적인 스케일의 시공간 등이 어우러져 펼치는 절묘한 상상력과 신출귀몰한 글쓰기 방식에 있다. 한마디로 「삼한습유」는 연의적 구성과 패러디로 우리 식의 판타지를 구성한 뛰어난 한문장편소설이다

역사적 사실을 바탕으로 하면서 소설적 상상력을 섞어 스토리를 구성한 것을 '연의'演義라고 한다. 이 작품이야말로 연의 양식을 잘 발휘한 소설이다. 이 작품에는 중국과 우리나라의 수많은 서적과 실존 인물 이야기와 그들이 쓴 주장을 담은 문장들이 섞여 있다. 전혀 다른 시기에 살았던 실존 인물 굴원屈原, 항우, 우미인虞美人, 측천무후, 김유신, 계백, 연개소문 등이 서사 굽이굽이에 나오는데, 그들의 삶이 사실적으로 제시되기도 하면서 향랑의 혼인이라는 허구적 구성과 얽혀 하나의 스토리로 이어진다.

기존의 것을 가져오되 새롭게 창조하는 것을 '패러디'라고 한다. 작가는 중국과 우리나라의 다양한 서적과 서로 다른 시기의 사건들을 한꺼번에 불러오되 그

것들이 전혀 어색하지 않게 구성했다. 여러 사건이 아귀가 맞아 떨어지면서 낯익은 듯 낯선 새로움을 만들어 내도록 했다. 수십 종의 문헌이 여러 인물의 논쟁 과정에 녹아들어 있는데, 각 부분별로 보면 옛 문헌을 그대로 인용했는데도 그것들이 새로운 구성과 사건 속에 어색하지 않게 연결되어 있다. 때로 비틀어진 반어법으로 제시되기도 하고, 때로는 공통된 것끼리 모아져 쏟아지는 나열식으로 제시되기도 했다. 그래서 이 작품 곳곳에서 익숙한 듯 새로운 것을 발견하는 즐거움을 누릴 수 있다. 이것이야말로 패러디의 효과다.

소설사적으로 볼 때, 17세기를 시작으로 18세기에 소설사를 주도하던 장편가문소설은 19세기에도 있었지만 천편일률적이라는 평가 속에 새 작품을 요구했다. 온갖 지식을 한자리에서 새롭게 제시한 글쓰기 능력, 다양한 의론議論이 깊이 있게 이어지는 솜씨, 여러 장르와 여러 실존 인물이 얽히는 놀라운 구성 능력 등을 갖춘 「삼한습유」의 등장은 말 그대로 소설사의 새 장을 여는 것이었다. '잔단 것'이라 여겨지던 '소설'에 깊이 있는 사상을 펼치되, 섬세한 짜임새로 완성도를 갖추어 자신의 이름을 정확히 기록해 두는 한문장편소설의 등장은 19세기 소설사의 한 특징이다. 그 시작을 열고 가장 완성도 높은 성취를 거둔 것이 「삼한습유」이며, 이것이 동시대 「난학몽」鸞鶴夢, 「옥루몽」, 「옥수기」, 「육미당기」, 「청백운」靑白雲 등 한문장편소설의 등장을 이끌었다고 해도 과언이 아니다.

2. 홍석주: 김소행의 지인이었던 홍석주는 「삼한습유」 뒤에 '삼한의열녀전서'라는 제목으로 발문을 붙였다.

| 탐구 활동 | 1. 1702년에 죽은 향랑이라는 여인에 대한 당대의 평가와 김소행이 「삼한습유」에서 그린 향랑의 모습은 어떻게 같고 다른가? 이를 바탕으로 '열녀란 무엇인가'에 대해 이야기해 보자. |

> 선산의 열녀 향랑에게 정려문을 내렸다. ……좌의정 이여李畬가, "향랑은 무식한 촌 여자로 두 지아비를 섬기지 않는 의를 알아 죽음으로 스스로를 지켰고, 또 죽음을 명백하게 처리했으니 비록 『삼강행실도』에 실린 열녀라도 이보다 더하지는 못할 것입니다. 마땅히 정표를 하여 풍속을 장려해야 할 것입니다"라고 했으므로, 이러한 명이 있었다(참고: 『숙종실록』 39권, 30년 6월 5일(계유癸酉)조).

2. 「삼한습유」는 여러 역사 인물과 사건을 엮은 패러디적 연의소설이라고 할 수 있다. 「삼국지연의」, 「반지의 제왕」 등과 비교할 때 무엇이 같고 무엇이 다른가? 그 성취에 대해 이야기해 보자.

| 권장할 만한 텍스트 | 이승수·서신혜 역주, 삼한습유, 박이정, 2003 |

참고 문헌	김경미(2012), 지식 형성과 사유의 장으로서의 소설의 가능성
	김유진(2016), 삼한의열녀전의 창작방법 연구
	김윤미(2015), 삼한습유에 나타난 환상의 성격 연구
	박옥빈(1982), 향랑고사의 문학적 연변
	박일용(2001), 조선 후기 전과 소설을 통해서 본 사실과 허구, 그리고 소설적 진실
	서신혜(2003), 김소행의 글쓰기 방식과 삼한습유
	이기대(2010), 19세기 조선의 소설가와 한문장편소설
	이송희(2017), 삼한습유에 나타나는 의/열녀의 불안정성
	이승수(2007), 삼한습유의 공간과 주제
	이춘기(1983), 삼한습유연구
	장효현(2001), 삼한습유에 나타난 열녀의 형상
	정출헌(2001), 향랑전을 통해 본 열녀 탄생의 매카니즘
	조혜란(2011), 19세기 서얼 지식인의 대안적 글쓰기, 삼한습유

| 필 자 | 서신혜 |

절화기담·포의교집

「절화기담」折花奇談과 「포의교집」布衣交集은 18, 19세기 서울을 배경으로 상층 유부남과 하층 유부녀의 사랑을 다룬 한문소설이다. 「절화기담」은 석천주인石泉主人이 20세 때 겪었던 경험을 그의 벗인 남화산인南華散人[1]이 듣고 1809년에 개작, 윤색한 것이고, 「포의교집」은 1886년 이후에 창작된 것으로 추정된다. 두 작품은 각기 일본 동양문고[2]와 서울대 규장각에 소장되어 있는 유일본이다.

　「절화기담」의 순매와 「포의교집」의 초옥은 결혼한 하층 여성으로, 각기 자유연애와 포의지교布衣之交[3]를 욕망하며 이를 성취하기 위해 상층 유부남과 불륜을 감행한다. 그런데 「절화기담」의 남녀 관계는 순매의 외모에 반한 이생이 순매와 한번 관계를 맺고자 하는 이야기로, 그냥 스쳐 지나가는 바람에 불과하다. 둘의 만남은 진정성이 결여된 것이기에 아홉 번의 만남 끝에 겨우 하룻밤을 함께 보내고는 미련 없이 각자의 일상으로 돌아간다. 이에 비해 「포의교집」의 남녀 관계는 자신을 알아주는 지기知己 같은 남성과의 교류를 꿈꾸던 초옥이 이생을 진정한 포의지사로 착각한 데서 비롯된다. 하지만 이생은 초옥의 생각과는 달리 나이 많고 가난하며 글재주가 없을뿐더러 초옥의 일방적인 사랑 앞에서도 주저하고 의심하는 나약한 인물에 불과하다. 이를 알게 된 초옥은 남성과 동등한 관계에서 인격적으로 존

1. 석천주인, 남화산인 등 자신을 드러내지 않은 이유는 조선 시대의 부정적인 소설관과 「절화기담」이 다루는 불륜 제재 때문이다.

2. 일본 동양문고: 일본 도쿄에 있는 동양학 연구 기관 및 도서관. 1924년 미츠비시 그룹에서 설립했다.

3. 포의지교: 벼슬이 없는 선비나 서민의 교제. 여기서는 자기를 지기知己로 존중하는 남성과의 만남을 뜻한다.

중받길 원했던 애초의 꿈을 접고 미련 없이 이생을 떠난다. 이와 같이 두 작품은 유부남과 유부녀의 간통이라는 제재와 음란한 짓을 저지른 여성을 처벌하지 않고 일상으로 돌려보낸다는 서사 방식에서 파격을 보인다. 나아가 두 작품은 아내에게 폭력을 행사하는 무식하고 사나운 남성의 모습에도 주목함으로써 여성의 불륜이 남성의 폭력과 연관이 있음을 암시한다.

1. 순매와 초옥의 인물 형상

「절화기담」의 순매와 「포의교집」의 초옥은 남편이 있는 하층 여성이면서 아내가 있는 상층 남성과 간통하는 인물이다. 순매와 초옥이 남편을 두고 또 다른 사랑을 갈구하는 동기는 폭력적인 남편의 굴레를 벗어나 인간다운 삶을 살기 위함이다. 이렇게 볼 때 두 여성의 간통은 단순한 성적 일탈이기보다 자신을 인격적으로 존중해 줄 진실한 남성을 만나고 싶은 욕망의 분출로 읽힌다. 순매와 초옥은 양반 남성을 상대하면서도 전혀 주눅 들지 않고 남성의 구애를 받고 자신이 선택하거나 직접 구애하는 모습을 보인다. 이처럼 불륜의 사랑을 주도해 가는 순매와 초옥의 서사는 여성 섹슈얼리티의 문학적 표상[4]이라 이를 만하다.

「절화기담」의 순매가 남들의 시선을 의식해 몰래 만남을 이어 가다 결국 남편에게 돌아가는 반면, 「포의교집」의 초옥은 남들의 시선에 아랑곳하지 않고 대담하게 만남을 이어 가다 이생에게 실망한 나머지 그와의 사랑도 끝내고 남편마저 포기한다. 초옥의 이와 같은 모습에 이끌려 그간 두 작품의 인물 형상에 대한 논의는 대부분 초옥에게 집중되어 왔다. 초옥을 "개인의 욕망을 앞세우는 자유로운 개인"(조혜란, 2001), "근대적 욕망을 소유한 여성"(윤채근, 2007), "세계의 모순에 정면으로 맞서고자 하는 특별한 인물"(김수연, 2011) 등으로 파악한 것은 모두 초옥을 개아적個我的 존재로 인식해 남성 지배 질서에 도전하는 근대 여성으로 평가한 경우다.

반면 초옥의 주체성에 대한 평가에 의문을 제기하면서 그녀를 하층 여성으로서의 균형 감각을 상실한 비극적 주체의 표상으로 파악한 경우도 있다(정환국,

2007). 그렇다면 초옥과 같은 하층 여성의 비극은 어디서 비롯된 것일까. 이와 관련해 「포의교집」의 불륜 서사에 짙게 깔려 있는 남성 중심의 시선에 주목한 논의가 잇따른다. 「포의교집」에 형상화된 사랑을 초옥이 아닌 이생의 성적 욕망이 발현된 서사로 보면, 초옥은 상층 남성의 욕망을 체현한 이물에 불과한 존재(이유정, 2012)로 평가된다. 초옥의 간통에 처벌이 따르지 않는 것도 그녀가 남성 주인공의 시선에 의해 대상화된 존재이기 때문이다. 이와 같이 초옥을 남성에게 대상화된 존재로 볼 경우 「포의교집」은 남성 중심 사회에서 욕망의 주체가 될 수 없었던 하층 여성의 비극적인 현실을 환기한 것(유해인, 2017)으로 해석되기도 한다.

4. 여성 섹슈얼리티의 문학적 표상: 여성의 성 행동은 물론 성적 욕망이나 심리, 이데올로기 등을 문학 작품에 형상화한 것.

2. 두 작품의 장르적 성격

「절화기담」과 「포의교집」에 관한 다양한 논의는 두 작품의 장르 속성에 대한 연구자의 상이한 인식을 기반으로 삼는다. 개별 연구자에 따라 두 작품은 전기소설, 세태소설, 새로운 애정소설 등으로 달리 파악된다.

첫째, 두 작품을 전대 전기소설의 계승, 변용으로 보는 관점이 있다. 「절화기담」에는 순매의 고난과 이생의 욕정 사이에 괴리가 있다. 정길수는 이에 주목해 진정성과 통속성이라는 작가의 모순된 시각을 들추어낸다. 그러면서도 하층 여성 순매의 고독한 신세 모순과 이생과 순매의 애정 성취욕이 절박함을 보다 적극적으로 해석해, 이 작품을 전대 애정전기 작가의 문제의식을 계승한 작품으로 평가한다. 그런데 「절화기담」의 애정은 전대 전기소설에 비해 세속적이고 현실적인 모습을 보인다. 이 작품의 핵심 서사는 이생과 순매가 몰래 만나 잠자리를 갖는 것이다. 남녀 주인공의 관심은 오로지 성애에 있을 뿐이며, 이를 성취하기 위해 거래도 마다하지 않는다. 이처럼 「절화기담」은 성정性情에 충실한 인물들을 내세워 시정市井의 자유로운 애정 세태를 반영할 뿐 심각한 문제의식은 보여 주지 않는다(이정원, 2004). 본래 문인 지식인층의 꿈과 원망을 담아내던 전기소설이 「절화기담」에 이르러 문제의식은 실종되고 통속성만 남은 것이다(윤재민, 1999).

「절화기담」과 「포의교집」이 형상화한 상층 남성과 하층 여성의 간통은 17세기 이후 강화된 애정 전기소설의 남성 중심적 시각이 극대화된 제재다. 두 작품은 남성 중심적 서사 구조를 상반된 서술 시각으로 전개해 상이한 서사 세계를 구축했다. 즉 「절화기담」은 남성 주인공에게 편향된 서술 시각으로 '이생의 호색담'을 그려 낸 것이고, 「포의교집」은 남녀 주인공에게 비판적인 거리를 확보한 객관적 서술 시각으로 '초옥의 자기 찾기 실패담'을 그려 낸 것이라고 볼 수 있다(유해인, 2017).

둘째, 두 작품을 애정 세태소설[5]로 보는 관점도 존재한다. 「절화기담」과 「포의교집」은 19세기 서울의 세태와 풍속을 실감나게 그려 낸 소설이다. 이생과 순매, 이생과 초옥이 만들어 낸 애정 서사에는 서울의 밤 풍경과 주거 형태, 유흥 문화, 거리 모습 등이 생생하게 묘사되어 있다. 순매와 초옥은 애정 문제로 심각하게 고민하고 갈등하지만 그 안에 매몰되지 않으며, 사랑의 환상이 깨지자 미련 없이 일상으로 복귀한다(김경미·조혜란, 2003). 이처럼 두 작품은 19세기 서울의 세태, 그중에서도 향락적인 사회에서 발생하는 인간의 욕망을 집중적으로 그려 낸 것이므로 애정 세태소설로 분류되기도 한다(백성기, 2010).

셋째, 두 작품을 조선 후기의 새로운 애정소설로 보기도 한다. 두 작품에 재현된 서울의 도시적 분위기가 남녀 주인공의 사랑 방식을 달리 이끈 것으로 해석한다. 즉 「절화기담」의 이생과 순매는 향락과 축제의 공간에서 '육체적 욕망과 정념에 기반한 사랑'을 펼쳐 나가고, 「포의교집」의 이생과 초옥은 열등과 소외의 공간에서 그 열등과 소외를 극복하기 위해 '자기애로 침잠하는 사랑'을 추구한다. 18~19세기 서울은 유흥적이고 향락적이지만 그 공간 속 인물이 체감하는 서울의 외연적 의미와 내포적 의미는 다를 수밖에 없는데, 두 작품은 서울의 두 모습과 각기 다른 사랑의 의미를 드러낸 것(김문희, 2009)이라고 볼 수 있다.

「절화기담」과 「포의교집」에서는 유교적으로 젠더화된 공간인 서울의 거리가 연애의 공간으로 재현되면서 섹슈얼리티의 공간화가 이루어진다. 따라서 이러한 서울을 배경으로 한 남녀의 만남은 '도시적 사랑의 한 전형'을 재현해 낸 것이라고 볼 수 있다(김경미, 2009). 그런데 「절화기담」과 「포의교집」은 불륜의 사랑을 재현한 작품임에 유의할 필요가 있다. 두 작품의 서술자는 불륜을 주도적으로 소화하는 여성 주인공들을 그려 내고, 그녀들이 불륜을 저지르는 이유에는 남편도 포함된다는 사실을 명확하게 서술한다. 즉 순매와 초옥의 불륜 선택은 폭력적인 남편으로 인한 불행한 결혼 생활의 탈출구이자 자신의 고유한 성향을 발현하는 유일한 기제로 해석할 수 있다(조혜란, 2016).

3. 소설사적 위상

「절화기담」과 「포의교집」이 향유된 19세기 서울에는 유흥 풍조와 사치를 추구하는 경향이 만연해 있었고, 이러한 향락적 분위기에 힘입어 소설에서도 성과 사랑을 자유분방하게 표현할 수 있었다. 특히 순매와 초옥처럼 기존의 유교 이념이 강제한 억압에서 벗어나 자신의 본성을 추구하는 개아적 여성[6]의 등장은 그것대로 의미 있는 일이지만, 그 이면에 도덕적 가치 기준이 부재한 데 따른 문제도 만만치 않게 도사리고 있다(이지하, 2008). 더구나 초옥은 전통 윤리에서 벗어났지만 아직 근대적 윤리가 마련되지 않은 시점에서 자신의 정체성에 회의를 갖고 이 세계의 모순에 정면으로 맞서고자 한 인물이다(김수연, 2011). 이런 맥락에서 「절화기담」과 「포의교집」은 신구 문물과 가치관이 혼재했던 19세기의 시대적 고민을 반영한 작품이라고 할 수 있다.

「절화기담」과 「포의교집」은 전기소설의 해체기 모습과 세태

5. 세태소설: 특정 시기의 풍속이나 세태의 단면을 묘사하는 소설.

6. 개아적 여성: 남과 구별되는 개인으로서의 자아를 지닌 여성.

소설의 성격을 아울러 지니면서 이전의 고소설사에 없던 새로운 변혁을 꾀한 작품으로 평가된다. 신분제와 가부장제라는 이중의 굴레에서 억압된 삶과 사랑 없는 정절을 강요받던 순매와 초옥은 자신의 사랑을 자신이 선택하는 파격적인 행보를 보임으로써 중세의 애정 윤리에 커다란 충격을 던져 주었다. 특히 「포의교집」은 자신의 성적 권리를 억압하는 정절 윤리의 질곡을 벗어나 성적 주체성을 실현하려는 초옥의 환상과 초옥의 성을 상품처럼 여기는 이생의 속물적인 태도를 교차해, 질곡적인 가부장제의 성 윤리와 여성의 성을 상품처럼 인식하는 물신주의적 사고를 전복코자 한 작품으로 평가된다(박일용, 2014).

| 탐구 활동 | 1. 「절화기담」, 「포의교집」과 로렌스D. H. Lawrence의 「채털리 부인의 사랑」을 여성 섹슈얼리티의 재현이란 관점에서 비교해 공통점과 차이점에 관해 토론해 보자. |

탐구 활동

1. 「절화기담」, 「포의교집」과 로렌스D. H. Lawrence의 「채털리 부인의 사랑」을 여성 섹슈얼리티의 재현이란 관점에서 비교해 공통점과 차이점에 관해 토론해 보자.

2. 「포의교집」의 초옥은 화옥이라는 기녀가 이생과의 사귐이 정절 있는 행동이었냐는 물음에 다음과 같이 대답한다.
"해와 달이 이지러진다 해도 밝음에 무슨 해가 되며, 강과 바다가 비록 흐려진다 해도 크기에 무슨 해가 됩니까? 저의 언행이 비록 정도正道라 하기에는 부족하지만 또한 정절貞節에 무슨 해가 되겠습니까?"
보기와 같은 주장의 배경과 의미에 관해 토론해 보자.

3. 「절화기담」과 「포의교집」의 서사와 캐릭터를 원천 소재로 삼아 영화, 드라마 등의 새로운 문화콘텐츠를 기획해 보자.

권장할 만한 텍스트

김경미·조혜란 역주, 19세기 서울의 사랑: 절화기담, 포의교집, 여이연, 2003

참고 문헌

김경미(2009), 서울의 유교적 공간 해체와 섹슈얼리티의 공간화
김문희(2009), 절화기담과 포의교집에 재현된 한양과 사랑의 의미
김수연(2011), 포의교집 주인공 초옥의 반열녀적 성격
박일용(2014), 포의교집에 설정된 연애 형식의 전복성과 역설
백성기(2010), 19세기 애정세태소설에 나타난 풍속 연구
신상필(2000), 한문소설 포의교집 연구
유해인(2017), 절화기담·포의교집의 간통 형상과 서술시각
윤채근(2007), 포의교집에 나타난 근대적 욕망 구조
이유정(2012), 포의교집의 남성주인공 이생에 관한 연구
이정원(2004), 조선조 애정 전기소설의 소설시학 연구
이지하(2009), 고전소설에 나타난 19세기 서울의 향락상과 그 의미
정길수(1999), 절화기담 연구
정환국(2007), 초옥과 옹녀: 19세기 비극적 자아의 초상
조혜란(2001), 포의교집 여성주인공 초옥에 대한 연구
조혜란(2016), 한국고전문학에 나타난 불륜의 사랑
한의숭(2004), 포의교집의 문체와 서사적 특징

필   자

정준식

김영철전

「김영철전」金英哲傳은 주인공 김영철이 17세기 초 중국의 명청 교체기에 가족과 이별한 후 심하전투深河戰鬪[1]에 원군援軍으로 출전, 전쟁 포로가 되어 후금後金[2] 땅 건주建州와 명나라 땅 등주登州에서 가정을 이루고 살다가 죽을힘을 다해 고국으로 돌아온 뒤, 이국땅의 처자들을 평생 그리워하며 고통스러워하던 이야기를 그린 역사소설이다. 처음에는 홍세태洪世泰(1653~1725)의 『유하집』柳下集에 수록된 한문본을 원전으로 보고, 작가를 홍세태라고 생각해 왔다. 그러나 같은 책에 전하는 시 「독김영철유사」讀金英哲遺事의 병서幷序를 근거로 홍세태의 순수 창작이 아니라 기존의 「김영철유사」로 전하는 실기實記를 소설 형식으로 기술한 것으로 보게 되었다. 이후 한글본인 나손본과 서인석본, 한문 필사본인 박재연본과 조원경본이 발견되면서 이본과 작가에 대한 연구가 활발하게 진행되어 김응원金應元을 작가로 보는 입장이 대두되었다. 명청 교체기의 전란 상황과 역사적 인물들의 형상이 매우 사실적으로 그려져 소설의 주인공 김영철이 실존 인물인지 허구로 창작된 인물인지 판단하기 어려울 정도이며, 실기를 소설화한 뛰어난 작품으로 평가 받는다.

작품 소개

김영철은 평안도 영유현永柔縣 사람으로, 집안 대대로 무과를 익혀 고을의 무학武學을 담당했다. 1618년 명나라가 후금을 치기 위해 조선에 원군을 요청하자 그는 강홍립姜弘立을 도원수로 한 군대에 소속되어 출전했다. 명나라가 패하자 영철은 후금의 포로가 되었고, 후금 장수 아라나阿羅那의 하인으로 끌려간다. 영철이 두 번 탈출을 시도하자 아라나는 두 발의 뒤꿈치를 베는 형벌을 내린다. 그리고 그를 붙잡아 두려고 과부가 된 제수와 혼인하게 하고, 1621년 후금이 선양瀋陽으로 도읍을 정하자 그곳으로 옮겨 갔다. 5년 후 영철이 두 아들을 낳자 아라나는 그를 믿으며 명나라 포로들을 감시하면서 전투 말을 키우라고 명한다. 그러나 영철은 명나라 포로 전유년田有年의 회유로 급히 그곳을 탈출하고, 처자식과 인사도 나누지 못한 채 떠난다.

영철은 우여곡절 끝에 탈출해서 명나라 조정의 보살핌으로 등주에 정착했다. 전유년은 자신의 여동생과 영철의 혼인을 주선했고, 영철은 아들 둘을 낳았다. 그러다 1630년 조선 사행단使行團이 등주 부두에 정박하자, 그는 고향 소식을 들을까 싶어 찾아갔다가 고향 친구 이연생李連生을 만나 아버지의 전사 소식과 몰락한 집안 소식을 듣고 탈출을 결심한다. 영철의 탈출 의지를 알아차린 아내는 그에게 매달렸고, 영철은 고민 끝에 아내를 술 먹여 재우고 도망친다. 그는 마침내 이연생의 도움으로 꿈에 그리던 고국으로 돌아왔다. 흩어진 가족을 모으고, 아버지 시신을 찾고자 했으나 가산이 탕진되어 생활마저 힘들었다. 이연생의 주선으로 인근 재력가의 딸과 혼인해서 처가의 덕으로 겨우 할아버지와 어머니를 모시고 살 수 있었다.

병자호란 이후에는 만주어와 중국어를 구사할 수 있다는 이유로 세 차례나 징병되었다. 그는 종군해 건주와 등주의 처자식 소식을 듣고 슬퍼했으며, 전쟁터에서 건주의 큰아들을 만나 부자의 정을 풀었다. 전쟁이 끝나 고향에 돌아오자 군 지휘관은 영철을 구명하기 위해 쓴 군수 자금을 갚으라고 독촉했고, 그는 나라에서 별다른 보상을 해 주지 않자 가산을 날리고 가난하게 살았다. 그 뒤 네 아들의 병역을 덜기 위해 온 가족이 자모산성慈母山城으로 이주해서 성을 지키는 일을 했다. 그는 건주와 등주에 두고 온 처자식에게 미안한 마음으로 괴로워하다가 85세에 생

1. 심하전투: 조선 광해군 때인 1619년 강홍립姜弘立이 이끄는 조선 부대가 중국 랴오닝성 심하 지역에서 명나라 군대와 연합해 후금 군대와 벌인 전투.

2. 후금: 여진의 족장 누르하치가 1616년 만주 지역에 세운 나라. 고려 시대에 여진족이 세운 금金나라의 뒤를 이었다고 하여 국호를 후금으로 삼았다. 뒤에 청淸나라로 이름을 바꾸었다.

을 마친다.

1. 이본 계통과 작가 및 창작 연대 연구

「김영철전」은 홍세태의 문집『유하집』에 수록된 한문 목판본으로 세상에 알려져, 홍세태가 이전의 누군가가 기술한「김영철유사」를 보고 소설화한 것이라고 판단했다. 그런데 나손본인 한글 필사본「김철전」金哲傳이 어떤 한문본을 번역한 것으로 밝혀졌고, 이후 홍세태본보다 다섯 배는 긴 분량의 한문 필사본인 박재연본 「김영철전」이 발견되어 원작 계열의 이본이라는 의견이 제시되었다. 또한 한글 필사본인 서인석본「김영텰뎐」이 추가로 발견되고, 최근에는 한문 필사본인 조원 경본이 발견되어 이본 연구가 활발하게 진행되고 있다.

이본이 거듭 발견되면서 작가와 창작 연대에 대한 논의도 본격화되었는데, 가장 최근에 발견된 조원경본을 근거로 작가를 김응원金應元으로 여기고 창작 시기도 1688년 이후로 보고 있다. 조원경본은 경상도 청도에 살던 박증대朴增大가 1762년을 전후해 필사한 것으로 확인된다. 한문본에 고향 사람인 김응원이 자모 산성에서 힘들게 말년을 보내는 김영철을 만나 살아온 생애를 듣고 기록한 것으로 나오므로 작가로 추정한 것이다. 이름이 알려지지 않은 사람이 김응원의 원작을 윤색했고, 윤색된 이본을 필사한 것이 조원경본이라고 본다. 조원경본은 현재까지 알려진 이본들 가운데 가장 원작에 가까운 이본이라고 여기는데, 인명과 지명 표기가 다른 이본들에 비해 정확하고 구체적이며, 홍세태본 및 서인석본, 나손본과 문장 단위로 유사한 곳이 매우 많고, 한글본은 조원경본의 축자역逐字譯[3] 이라고 할 만한 부분도 적지 않기 때문이다. 또한 박재연본이 한문 원작을 한글로 번역한 저본을 다시 한역漢譯한 19세기 이본이라고 규정하는 입장이라, 이 작품에 대한 이본 연구는 더욱 활발할 것으로 예측된다(권혁래, 1999·2006; 송하준, 2013).

2. 17세기 전란기 역사와 현실에 대한 사실적 묘사

3. 축자역: 한문 원문의 한 구절 한 구절을 본래의 뜻에 충실하게 번역하는 것.

「김영철전」은 한문본과 한글본 등 이본에 따라 정도의 차이는 있지만 17세기 명청 교체기의 전란에 참전해 전쟁 포로가 된 주인공의 심리와 동선을 매우 사실적으로 표현했다는 점이 특징이다. 홍세태의 『유하집』에 수록된 한문본으로 처음 세상에 소개되었고, 같은 책에 실린 시 「독김영철유사」를 통해 사실에 입각해서 기록된 실기를 전(傳)으로 윤색한 것이라는 점을 명확하게 확인할 수 있다. 시의 내용은 다음과 같다.

> 굳은 마음의 김영철, 천추千秋에 그 일 슬퍼할 만하네.
> 일심으로 부모를 그리워해 양국의 처자도 모두 버렸네.
> 말 훔쳐 험한 산 넘는가 하면, 배에 숨어 거친 바다 건너
>   왔다네.
> 도리어 고국에서 나그네 신세, 죽도록 수졸守卒로 성을
>   지켰네.
> (주: 김영철은 평안도 영유현 사람인데, 1618년 심하전투에 종군했다가 오랑캐의 포로가 되었다. 그곳에서 처자를 두었지만 도망해 중국의 등주에 살면서 거기서도 처자를 두었다. 그 뒤 우리 사행선을 몰래 타고 고국으로 귀환했다. 그러나 가산이 아무것도 없어 자모산성의 수졸이 되었고, 80여 세에 죽었다. 내가 매우 슬피 여겨 그의 전을 지었다.)

홍세태가 사실 기록인 「김영철유사」를 읽고 전란기를 매우 불운하게 보낸 주인공을 위해 전을 지었는데, 실기를 전으로 옮기는 과정에서 인물 간의 대화나 심리 묘사가 생략된 경우도 있으나 명과 후금의 전투 상황이 매우 구체적이고, 강홍립·김응하金應下 등 조선 원군의 장수, 아라나 같은 후금 장수의 행적이 역

사적 사실과 부합해, 그 자체만으로도 사실성이 부각된다.

홍세태본보다 다섯 배가량 긴 분량의 박재연본은 그에 비해 빼어난 형상화 국면들을 지니고 있다는 점에서 소중하다. 기본적인 서사 골격이야 비슷하지만 소설 장르의 생명인 디테일에서 현격한 차이를 드러낸다. 작중 인물의 심리 묘사가 탁월할 뿐 아니라 현실과의 갈등과 대결 양상이 유달리 돋보인다는 점에서, 한마디로 작품의 형상화가 매우 구체적이고 생동감 넘치는 역작이라 할 수 있다 (양승민·박재연, 2004).

특히 2대 독자로서 귀환해 집안의 대를 이어야 한다는 김영철의 강력한 귀속 의지와 후금 건주와 명나라 등주에서 혼인한 아내들이 갖는 버림받을 것에 대한 불안한 심리가 대화나 행동을 통해 매우 사실적으로 그려져, 읽는 이로 하여금 애처로움을 갖게 한다. 그리하여 죽음을 앞둔 노년에 북쪽 건주와 서쪽 등주를 바라보며 자신이 살아온 삶을 한스러워하는 장면은 지나치게 사실적이라서 더 비극적이다.

한편 전란기에 국가의 징발로 처음 참전하고, 귀환한 뒤에도 통역병으로 세 차례나 종군했으나 국가로부터 어떤 포상도 받지 못한 채 오히려 목숨 값으로 변통한 담배 대금을 갚기 위해 전 재산을 바쳐야 했던 상황은 극도로 궁핍하게 살아가던 당대 민중의 삶의 모습을 여실하게 그려 냈다. 고소설 장르에서 리얼리즘의 결여를 일반적인 결함으로 보는 시각을 뒤집을 수 있을 정도로 극도의 사실주의적인 작품이라고 평가할 수 있겠다.

1. 주인공 김영철을 통해 17세기 남성이 갖는 가족에 대한 가치관을 복합적으로 읽어 낼 수 있다. 김영철은 전쟁에 징발되면서도 2대 독자로서 살아 돌아와 가문을 계승해야 한다는 할아버지의 당부를 고단한 포로 생활과 도피 중에도 잊지 못한다. 그 결과 두 번의 혼인으로 꾸린 처자식에게 이별의 말 한마디 전하지 못하고 도망친다. 조상을 봉양해야 한다는 자손으로서의 의무와 처자식을 부양해야 하는 가장으로서의 책임감이 심각한 충돌을 보이는 상황에서 어떤 가족 윤리를 가져야 하는지 이야기해 보자.

2. 김영철은 국가의 부름 앞에서 가족을 남겨 두고 전쟁에 나갔고 포로로 잡혀 수많은 고초와 죽을 위기를 넘기고 귀환했는데, 국가는 이에 대한 어떠한 보상도 없이 계속 종군을 요구하고 군역을 부여한다. 국가의 안위와 개인의 삶이 심각한 충돌을 일으키는 상황에서 어떤 가치관을 가져야 하는지 이야기해 보자.

3. 이 작품은 포로 실기로서 17세기 전란기의 문화 지리를 구체적으로 제시한다. 17세기 동아시아 전란기의 역사 탐방 코스 개발이나 문화콘텐츠 원천 소스로 활용할 방안에 대해 이야기해 보자.

권장할 만한 텍스트 권혁래·박재연·양승민, 김영철전, 휴머니스트, 2017

참고 문헌 권혁래(1999), 나손본 김철전의 사실성과 여성적 시각의 변모

권혁래(2006), 김영철전의 작가와 작가의식

김경미(2013), 동아시아적 시각에서 다시 읽는 최척전, 김영철전

김진규(2000), 김영철전의 포로소설적 성격

박희병·정길수(2007), 전란의 소용돌이 속에서

서인석(2011), 국문본 김영텰뎐의 이본적 위상과 특징

송하준(2013), 새로 발견된 한문필사본 김영철전의 자료적 가치

양승민·박재연(2004), 원작 계열 김영철전의 발견과 그 자료적 가치

엄태식(2011), 김영철전의 서사적 특징과 서술 시각

이승수(2007), 김영철전의 갈래와 독법

이종필(2014), 명청교체기 전쟁 포로의 특수성과 김영철전

필   자 김종군

유연전·다모전

조선 후기에 쓰인 전傳[1] 중에는 제목이나 논찬論贊 등 양식적인 측면에서는 전의 전통을 계승하되, 사실 그대로 기록하는 전의 서술 원리를 벗어나 허구적 상상력을 동원해서 다양한 인물의 이야기를 서술하는 작품들이 등장했다. 이들 작품을 '전계소설'이라고 한다. 「유연전」柳淵傳과 「다모전」茶母傳은 전계소설을 대표하는 작품들이다.

역사 기록의 하나인 전의 사실성과 소설의 허구성이라는 상호 모순적인 두 속성이 전계소설이라는 하나의 텍스트를 형성한다. 그렇기에 전계소설은 우리 고전문학사에서 장르의 역동성을 드러내는 개성적인 장르라고 할 수 있다. 또한 중세 봉건 사회의 이념과 가치 중심에서 벗어나 자신의 정체성에 대해 고민하고 이를 탐색해 가는 '자기 서사'로서의 근대성을 드러낸다는 점에서 주목된다. 전계 소설의 시작이라 평가받는 「유연전」과 TV 드라마의 제재가 되기도 한 「다모전」을 통해 전계소설에 대해 살펴보자.

1. 「유연전」

백사白沙 이항복李恒福(1556~1618)이 1607년에 쓴 「유연전」은 1564년에 있었던 선비 유연의 사건을 다룬다. 유예원의 아들 유유가 가출한 뒤 실종되자 유연은 형인 유유를 대신해 장남의 도리를 다한다. 어느 날 유연의 매형 이지가 유유 같은 자가 나타났으니 만나 보라고 한다. 자신을 유유라고 자처하며 나타난 채응규를 본 유연은 형이라고 확신하지 못하고 관아에 판결을 요청한다. 채응규가 유유인지 아닌지를 확인하기 위해 부사는 고향 사람들과 채응규를 대질 심문한다. 하지만 진위眞僞는 가려지지 않은 채 채응규가 사라지는 사건이 발생한다. 유유의 부인 백씨는 유연이 형을 죽이고 그 흔적을 없앴다며 상소하고, 이지를 비롯한 사람들은 사라진 채응규가 틀림없이 유유였다고 진술한다. 결국 사건을 담당한 판관 심통원은 유연이 형인 유유를 죽였다고 판결한다. 유연은 고문을 받다 죽는다. 16년이 흐른 뒤 유유의 생존 가능성이 제기되고, 천유용이라는 사람이 진짜 유유로 밝혀진다. 채응규와 춘수는 체포된다. 채응규는 자살하고, 춘수의 자백으로 16년간 숨겨졌던 사건의 전모가 드러난다. 이지를 비롯해 거짓으로 유연을 무고했던 자들은 엄벌에 처해지고 유연은 신원伸寃[2]된다.

실사의 소설화

「유연전」은 유연의 옥사를 다룬 송사소설訟事小說[3]로 주목된 이래(김태준, 1939; 이수봉, 1983; 이헌홍, 1987), 유연이라는 한 인물에 관한 전의 양식을 취하지만 사람들 간의 갈등 관계에 초점을 맞추고 오랜 시간에 걸친 사건을 서사화한다는 점에서 '전의 소설화', '실사實事의 소설화'라는 장르 전환 차원에서 논의되어 왔다(박희병, 1989; 이헌홍, 1990; 노꽃분이, 1995).

　　김태준은 「유연전」을 「장화홍련전」같이 실화를 그대로 소설화한 것이라고 했다. 이수봉은 여기서 더 나아가 '사실 내용을 신빙성 있게 객관적으로 전달하려는 작가의 의도에서, 풍부한 문장력과 그 사실을 흥미 있게 조직한 창작적인 구조가 엿보이는' 창작소설로 규정한다. 전의 양식을 취하지만 「유연전」이 갖고 있는 허구적인 구성 측면을 적극적으로 평가한 것이다. 「유연전」은 역사적 사실을 그대로 기록하는 전으로부터 점차 실제

1. 전: 문인 학사가 충·효·열 같은 유가의 가치를 고양하기 위해 그 규범을 실천한 인물을 표창하고 이들의 행적을 역사적으로 전하려는 목적에서 서술한 것.

2. 신원: 억울하게 죄를 뒤집어써 원통한 일을, 그 진위를 명확히 가려 푸는 것.

3. 송사소설: 억울한 일을 관청에 호소해서 해결하는 것을 주요 내용으로 하는 고전소설.

사건을 서술자의 입장에서 재구성하는 서사로 나아가는 지점에 놓인 텍스트로 평가되기에 이르렀다.

서술자의 권위 약화와 허구적 재구성

「유연전」의 서사적 특징은 다음과 같다. 첫째, 한 인물에 초점을 맞춰 서술하기보다 유연이라는 인물을 둘러싼 여러 인물 간의 갈등 관계에 초점을 맞췄다. 둘째, 오랜 시간에 걸쳐 예상하지 못한 방향으로 전개되는 복잡한 사건이 상세하게 서술된다. 셋째, 판관에 의해 명백하게 밝혀졌다고 믿어 온 사건의 진실이 시간이 흐른 뒤 정반대로 뒤집히는 반전을 통해 새롭게 재구성된다. 이 가운데 주목할 것은 세 번째 지점이다.

이지와 심륭, 김백천은 함께 모여 채응규를 유유로 만들기 위해 모의한다. 이들의 모의 장면은 어떤 역사 기록에도 남아 있지 않다. 그런데 이 장면은 마치 바로 옆에서 보고 들은 것처럼 등장인물들의 대화로 제시된다. 이 장면은 서술자가 허구로 재현한 것이다. 유연이 죽고 16년이 지난 뒤 이지와 심륭, 김백천은 사건의 주동자로 밝혀진다. 그런 점에서 사건의 진실은 허구적으로 재구성된 이들의 대화 장면 속에 존재한다.

일반적으로 전을 비롯한 역사 기록은 3인칭 전지적 작가 시점으로 서술한다. 충과 효, 그리고 열烈이라는 유가의 가치 역시 이 서술자의 목소리에 권위를 더해 준다. 독자는 그 목소리의 권위를 의심하지 않고 받아들인다. 그러나 유연의 뒤바뀐 옥사를 통해 판관의 서술은 잘못된 것으로 드러난다. 진짜 유유의 출현으로 채응규가 가짜였으며, 이는 유연의 재산을 가로채려는 이지 등의 거짓 계략에 따른 것이었음이 밝혀진다. 유연이 범인이라고 판결했던 서술자의 목소리는 권위를 잃는다. 또 다른 서술자가 유연의 자백은 실은 고문에 의한 '무복'誣服[4]이었다고 서술함으로써 패륜아였던 유연은 억울한 누명을 벗는다. 독자는 또 다른 서술자에 의해 지금까지 사실로 믿으며 읽었던 이야기가 사실은 사실을 말한다고 믿어 왔던 서술자(판관 심통원)가 잘못 서술한 것임을 깨닫는다.

「유연전」의 문학사적 의의

또 다른 서술자에 의해 앞선 서술자의 권위가 붕괴됨으로써 독자들은 사실 기록이라고 생각했던 전의 서술마저 과연 절대적으로 신뢰할 수 있는가 하는 의문을 갖는다. 「유연전」은 역사적 서술인 전이 실재했던 사건과 실제 인물을 서술한 것이므로 사실 그대로 기록되었을 것이라는 장르 관습에서 벗어나, 역사적인 실제 사건도 서술자의 입장에 따라 재구성될 수 있음을 인식하게 해 준 작품이다.

유연 옥사와 관련된 작품들은 대부분 유연의 사건을 통해 지방관의 신중함과 책임 의식을 강조한다. 그러나 이는 동시에 절대적으로 옳다고 여겨 왔던 형옥刑獄과 법 집행의 최종 책임자인 국가 권력에 의문을 제기할 수 있다는 점에서 문제적이다. 특히 임진왜란과 병자호란 이후 중세 봉건 왕조에 정당성을 부여했던 유가 질서에 대한 의심이 서사적 표현 욕구 확대와 함께 (김균태, 1986) 기존의 전 양식에도 그 범위를 넘어선 변화를 가능케 한 것이다. 「유연전」은 바로 이 시기의 서막을 알리는 작품이다(이동근, 2003).

2. 「다모전」

송지양宋持養(1782~1860)의 「다모전」은 조선 시대 여형사라 할 수 있는 주인공 다모의 의협심이 인상적으로 묘사된 작품이다. 역사적 실제 인물인 다모의 성명을 명확히 밝히고, 그의 행위를 칭찬하는 것을 목적으로 하며, 제시된 배경 등이 역사적 사실과 부합하고 논찬이 있다는 점에서 「다모전」은 분명 전의 양식을 따른다. 그런데 동시에 다모라는 인물의 성품에 초점을 맞추기보다 다모를 둘러싼 인물 간의 갈등 관계와 다모가 겪는 일련의 사건을 중심으로 서술하고 다양한 주변 인물들을 개성화하는 등 인물의 구성과 사건의 재현 방식 등에서는 역사 기록으로서의 전보다는 허구적으로 구성된 소설의 성격을 많이 드러낸다(박희병, 1991).

　　다모는 관아에 속해 잡무를 보던 관비였는데, 때로는 범죄가 발생했을 경우 남성 포졸들이 할 수 없는 역할을 수행하기도 했다. 순조 32년(1832) 서울의 다모 김조이는 임금의 명에 따라 엄격히 금해진 밀주密酒를 단속하기 위해 상관과 함께 한 노파의 집에 잠입한다. 주인 노파의 밀주를 발견하지만 노파로부터 사정을 듣고는 그의 처지를 딱하게 여겨, 밀주 양조를 다시는 하지 않겠다는 다짐을 받은 뒤 밀주를 쏟아 버린다. 노파의 남편이 모진 병에 걸려 겨우 곡주로 연명하기에 병구완을 위해 조금 빚었을 뿐 다른 뜻은 없었다는 것이다. 어떻게 노파의 밀주 사실이 알려졌는지 궁금했던 다모는 마침 성묘를 가는 시동생에게 고마운 마음으로 밀주 한 사발을 권했다는 말을 듣는다. 다모는 현상금을 노리고 형수를 고발한 시동생 양반을 대낮에 관아 앞에서 모욕하며 비난한다. 이 일로 다모는 곤장에 처해지지만 관아의 주부主簿[5]는 업무가 파한 뒤 다모를 불러 위로하며 포상금을 내린다. 비록 법의 지엄함 때문에 범인을 은닉하고 상관과 양반을 모욕한 일에 대해서는 죄를 물었지만, 노파의 처지를 딱하게 여긴 다모의 행위는 실로 의롭다는 것이다.

인정기술의 약화와 극적 장면의 제시

일반적으로 전은 인물의 집안과 이름 등을 서술하는 인정기술人定記述, 인물의 성품과 선행을 기술하는 행적行蹟, 그리고 서술자가 인물의 삶에 대해 표창하고 비평하는 논찬論贊으로 구성된다. 하지만 「다모전」은 다모 김조이의 성명과 신분만을 언급해 인정기술 부분이 매우 약화되어 있음을 보여 준다. 전의 특징적인 부분인 논찬부도 소략하다. 반면 주인공 다모라는 인물은 사건 속에서 그의 행위를 통해 매우 입체적으로 형상화된다. 특히 다모의 행적을 기술함에 있어 전에서는 보지 못했던 실감나는 장면을 제시한다. 형수를 밀고하고 현상금을 받기 위해 사거리에서 아전을 기다리던 노파의 시동생을 발견한 다모는 "손을 들어 그의 뺨을 때리면서 욕을 하고 침을 뱉으며 말하길, 네가 양반이냐? 양반이 되어서 형수의

밀주를 고발해 상금을 받으려 했느냐?"고 말한다. 일반적으로
전에서는 인물에 대한 평가를 서술자가 직접적으로 서술하는데,
「다모전」에서는 다모 김조이의 당돌함과 의로움이 그의 말과 행
동을 통해 극적으로 재현되는 것이다.

아전은 다모가 금주법 위반자를 은닉하고 오히려 신고자,
그것도 양반 남성을 모욕했다며 즉시 체포해 주부에게 고발한
다. 주부는 다모로부터 잘못을 자백 받고 곤장 20대의 벌에 처
한다. 하지만 오후 다섯 시 관아가 파하자 주부는 다모를 은밀
히 자신의 처소로 부른다. 그리고 낮에 있었던 일에 대해 설명하
고 용서하며 돈을 주어 칭찬한다. 비록 법을 어긴 것은 잘못이지
만, 다모의 행위야말로 진정 의로운 일이라는 것이다. 여기서 부
각되는 것은 다모만큼이나 다모의 의로움을 인정하고 치상하는
현명하고 자애로운 주부다. 이와 같이 주변 인물들까지 개성화
하는 것은 「다모전」이 보여 주는 소설의 특성 가운데 하나다. 또
관아가 파한 후 주부 처소에서 벌어지는 주부와 다모 두 사람만
이 알 수 있는 은밀한 대화 장면이 마치 옆에서 보고 있는 듯 재
현되는 것도 주목된다.

5. 주부: 조선 시대에 각 관아
의 문서와 부적符籍을 주관하
던 종6품 벼슬.

다양한 인물의 입전과 주체 지향의 담화 구조

전이 유가적 가치 규범을 고양하기 위한 목적에서 쓰인 것인 만
큼 전의 주인공들은 유가적 가치 규범을 실천하는 전형으로 기
술되는 반면, 전계소설의 인물들은 이러한 일변도에서 벗어나
다양한 계층, 다양한 성격의 인물을 서술한다. 김조이의 신분은
천민이요, 하는 행적을 보면 상관에게 거짓으로 보고하고 범인
을 은닉했을 뿐만 아니라, 양반 남성을 대낮에 길거리에서 모욕
하는 여자기 때문이다. 또한 주인공 다모만큼이나 주부도 눈여
겨볼 만한데, 부수적인 인물에 불과할 수도 있는 주부가 법의 집
행자로서 법의 권위를 지키는 동시에 오히려 법으로는 보호받지

못한 다모가 실제로는 진정한 의인이라고 평가함으로써 작품의 주제를 구성하는 핵심적이고 개성적인 인물로 부각되는 것이다.

　그러나 그런 만큼 전계소설에서는 서술된 인물과 사건의 사실 여부가 중요해진다. 왜냐하면 당대의 일반적이고 전통적인 관점에서는 이들은 결코 평범한 인물들이 아니기 때문이다. 가부장적인 봉건 사회에서 좀처럼 보기 드문 이러한 인물들의 사실성을 강조하기 위해 인물의 존재와 그의 행적에 대한 견문을 서술자가 직접 등장해서 진술하는 등의 새로운 방식이 동원된다. 이때 빈번하게 등장하는 서사 기법이 액자 구성이다.

　대상을 어떻게 이야기하느냐 하는 것을 담화 방식이라고 한다. 전의 경우는 인물과 그의 행적을 통해 드러나는 유가적 가치가 중요하기 때문에 인물의 행적을 사실 그대로 기록하는 것을 서술의 제일 원칙으로 한다. 그러므로 이야기되는 대상, 곧 입전 인물과 그가 표상하는 가치를 온전히 재현하는 '대상 지향의 담화 구조'를 갖는다. 반면에 전계소설은 입전 인물에 대한 유가적 가치 기준에 따른 표창 의도가 전에 비해 상대적으로 적다. 또 서술되는 인물의 사실성을 강조하기 위해 서술자 자신이 직접 이야기에 등장하는 등 주체로서의 서술자가 노출되기도 한다. 이때 주목되는 것은 서술되는 대상과 함께 그것을 서술하는 주체, 곧 서술자 자신의 정체성이다. 따라서 전계소설의 담화 구조는 '주체 지향의 담화 구조'다. 다모의 의로움과 주부의 현명함도 부각되지만, 궁극적으로는 돈 몇 푼에 형수를 고발한 양반 남성에 의해 윤리가 어그러진 세상을 비판하고자 했던 서술자가 조명되는 것이다.

「다모전」의 문학사적 의의

유가적 가치를 널리 고양하기 위해 기술한 것이 전이다. 전에서는 그 절대적인 가치를 확인하는 것이 목적이므로 그 가치를 실천한 인물의 행위를 기록하면 된다. 그러나 임병양란의 경험은 유가적 가치와 그 가치에 따라 정당성을 부여받았던 절대 왕권에 대한 신뢰에 균열을 일으켰다. 이제 중요한 것은 자신의 정체성이다. 자신의 정체성에 대한 고민과 탐색을 시도해 나가는 문학적 움직임 가운데 하나가 전계소설이다. 전계소설은 다양한 인간 군상의 모습을 통해 나는 누구인가, 나는 어떻게 해야 하는가를 고민하고 탐구하는 자기 탐색의 서사다. 인간으로 여기지도 않았던 관비, 다모가 정작 권위가 사라진 관아에서 정의로움을 역설하는 것을 주목하는 이유다. 대낮에 사거리에서 양반 남성이 관비 다모에게 모욕을 당하는 장면은 바로 그 허울뿐인 가부장적 봉건 사회의 권위가 붕괴되는 현장인 것이다. 돈 몇 푼에 아픈 형을 위해 할 수 없이 밀주를 담은 형수를 고발한 것은 소생원 개인의 패륜이지만, 그 바탕에는 밀주자를 색출하지 못하면 벌을 주어 바로잡겠다고 해 도리어 사람이 사람을 믿지 못하고, 사람이 사람을 고발하게 함으로써 인륜마저 어그러지게 만든 사회의 부조리와 무능력한 왕권이 자리하고 있다. 「다모전」은 지금껏 절대적인 진리로 여겼던 봉건 사회 질서에 의문을 제기하고, 정작 의로움을 바로 세우는 것은 스스로의 삶을 주체적으로 모색해 나가는 자신들에게 있음을 주장하는 작품이다.

1. 형을 죽인 패륜아로 낙인찍혀 죽임을 당했던 유연은 16년이 지나서야 신원된다. 이러한 결과에 맞춰 「유연전」의 결말을 각색해 보자. 그리고 「유연전」의 결말이 갖는 의미에 대해 생각해 보자. 전계소설은 소설의 허구성을 갖고 있다. 하지만 전계소설이 곧 소설은 아니다. 가장 큰 차이점은 소설에서는 가능한 낭만적인 결말이 전계소설에서는 보이지 않는다는 것이다. 그 이유가 무엇일지 생각해 보자.

2. 전계소설은 전으로부터 그 양식적 특성을 물려받았지만 상상력이 동반된 허구적 구성을 통해 인물과 사건을 재현한다는 점에서 전과는 다른 새로운 장르적 특성을 드러낸다. 다음 두 글은 모두 효자에 관한 내용인데, 인용된 부분을 읽고 어떤 작품이 전계소설인지 가려내고, 두 글의 차이가 무엇인지 생각해 보자.

a. 권 효자는 예안 사람으로, 이름은 이단이다. 지금은 전두리에 살고 있다. 효자의 아버지는 눈이 멀어 사물을 볼 수 없었다. 효자의 삶은 음식의 좋고 나쁨을 분간해 늘 아침저녁으로 아버지 앞에 서서 음식을 살피고 고르는 것으로 시작되었다. (중략)
30여 년 동안 이같이 하여, 마음을 다하고 게으름을 피우지 않는 것이 하루 이틀 하는 것과 같았다.

_ 안석경安錫儆, 「권효자전」權孝子傳, 『삽교집』霅橋集

b. 효자 정도창의 자는 '태보'고 본관은 '연일'로, 포은圃隱 선생의 후손이다. 영주에 살았다. (중략)
옥란에게 수향이가 숨은 곳을 묻자, "영천의 팔공산 깊은 골짜기 속에 마을이 있는데, 그곳에는 포수砲手가 많다"고 했다. 효자는 변고가 생길까 우려해 군수 이중길에게 서둘러 사로잡도록 했다. 이에 효자는 즉시 칼로 옥란을 베고, 또 수향의 다리를 잘랐다.

_ 이광정李光庭, 「정효자전」鄭孝子傳, 『눌은선생문집』訥隱先生文集

3. 다음 작품들을 읽고 작품 속에 드러나는 사실성과 허구성을 이야기해 보자.

이항복, 「유연전」; 허균, 「남궁선생전」·「장생전」; 신광수, 「검승전」; 채제공, 「만덕전」; 박지원, 「민옹전」·「김신선전」; 이덕무, 「은애전」; 이옥, 「이홍전」·「심생전」·「신병사전」·「유광억전」; 송지양, 「다모전」

권장할 만한 텍스트
박희병, 한국한문소설 교합구해, 소명출판, 2005
박희병·정길수 편역, 기인과 협객, 돌베개, 2010
신해진, 조선조 전계소설, 월인, 2003

진재교, 조선 후기 인물전, 현암사, 2005

참고 문헌

김균태(1986), 이옥의 문학이론과 작품세계의 연구
김태준, 박희병 역(1997), 교주 증보조선소설사
노꽃분이(1995), 유연전의 구성적 특징과 서술의식
박희병(1991), 조선후기 전의 소설적 성향 연구
송하준(2001), 관련 기록을 통해 본 유연전의 입전의도와 그 수용태도
신상필(2009), 사실의 기록과 전 양식의 새로운 가능성: 유연전을 중심으로
이동근(1991), 조선후기 전 문학 연구
이수봉(1983), 유연전 연구
이헌홍(1990), 실사의 소설화: 유연전을 중심으로
정인혁(2009), 조선후기 전계단형서사체 연구
조동일(1977), 소설의 성립과 초기소설의 유형적 특징

필   자   정인혁

IV

고소설의 새로운 지평

1. 새로운 시각

여성주의로 읽는 고소설

고소설 연구는 여성주의 관점을 수용해 여성 인물과 여성 작가, 여성 독자 등 조선 시대 고소설과 관련된 '여성'에 대한 연구를 촉발했다. 고소설 자료를 새로운 연구 방법으로 분석하는 데 그치지 않고 다른 문학 장르나 문화 범주, 그리고 학문 영역을 연계한 주제를 제안하거나 현재의 문제의식과 연대할 수 있는 방안을 제시하는 성과를 거두었다. 여성주의는 고소설 연구와 결합하면서 인물이나 사건, 작가와 독자 등에 대한 전통적인 고소설 연구와 더불어 독서와 교양, 섹슈얼리티, 일상의 구성, 감정, 유흥 등 문화로 관심사를 확장한 연구, 조선 시대 지식에 대한 연구, 국문 문장에 대한 연구, 필사와 유통에 대한 연구 등 광범위한 문화 연구들에 접점을 마련했다.

아울러 고소설을 여성주의 관점으로 연구하면서 소재로서 '여성'에 대한 연구의 경계에 갇히지 않고 '여성'의 역사적 존재 방식에 대해 질문하기 시작했다. 여성은 정치 담론이나 권력 구조, 경제적 토대, 윤리 규범, 지식 등 당대의 역사적 지평에 존재했고, 고소설이 보여 준 것은 당대의 여성들이 살았던, 혹은 살아야 했던 삶의 문화 형식이기 때문이다.

1. 고소설을 여성주의 관점으로 읽는다는 것

고소설을 읽을 때 독자는 인물, 사건, 배경 등을 엮은 이야기를 주어진 것으로 받아들이고 인물을 분석하고 사건의 성격을 논한다. 하지만 소설은 서술자의 시선에 따라 전개되기 때문에 고소설에서 보편적으로 쓰이는 전지적 시점에서 서술자가 전개하는 이야기는 당대 주도적으로 목소리를 낼 수 있었던 남성의 지배적인 시선일 수밖에 없다. 고소설을 여성주의 관점으로 읽는다는 것은 남성의 시선으로 펼쳐진 이야기에 비판적 거리를 유지한다는 뜻이다. 고소설을 분석할 때 여성주의 관점은 다음과 같은 성과로 이어질 수 있다.

주인공 중심으로 이야기를 이해하는 관행에서 시선을 돌리게 한다. 고소설에서 남성 주인공 주변에 배치된 여성 인물들에 대한 관심은 중심 이야기에서 단순화되거나 배제된 이야기를 복원하는 동기를 제공한다. 「소대성전」에서 주인공 소대성 이야기는 주요 정보로 제시되지만, 소대성의 부인이 되는 이채봉은 소대성과 엮이는 지점에서만 등장할 뿐 줄곧 서술자의 시선에서 배제되어 있다. 여성주의 관점은 서술자가 전하는 이채봉 이야기를 기본으로 그녀가 집이라는 공간에서 소대성을 기다리며 핍박을 견디면서 살아야 했던 이야기의 결정 조건들을 사유하게 한다. 채봉이 소대성을 기다리며 절의를 지키기로 결심했던 이유는 상대에 대한 신의 때문인가, 유교적 가치에 순종하기 때문인가? 이야기에서 생략된 이채봉의 내면 또는 그녀조차 의식하지 못했을 사회적 무의식을 사유하는 여성주의 상상력은 고소설을 풍요롭게 읽을 수 있도록 해 준다.

또한 남성의 인생 경험에 부수적으로 등장하는 여성 인물들의 자질과 사회적 쓰임새에도 관심을 기울이게 한다. 「구운몽」에서 심요연은 뛰어난 무공을 바탕으로 자객으로 뽑혀 양소유를 해치러 그의 장막으로 들어갔다가 인연을 맺는다. 변방의 여인이 지닌 뛰어난 무예가 오로지 남편을 만나기 위해서 쓰이며 별다른 사회적 쓰임새를 찾지 못한다. 심요연이 결국 양소유의 부인으로 정착하는 이야기 전개에 대해 여성주의 관점은 무엇이 그녀의 인생을 단선적으로 만들었는지 의문을 던지게 한다. 또 당대 이야기에서 간혹 나타나는 시문詩文 능력이나 무예 실력을 갖춘 여성들이 실제 현실 세계에 있었다고 할지라도 남성 위주의 사회 체제에서 무엇을 할 수 있었을까 하는 역사적 문제 제기로도 이어질 수 있다.

또한 목소리가 거의 나타나지 않는 신분이 낮은 여성 인물들에게도 관심을 기울일 수 있도록 하는 것이 여성주의 관점이다. 「옥루몽」에서 황부인은 자신의 기대에 못 미치는 애정 결핍 상황을 질투로 반응하며 온갖 악행을 저지른다. 그렇지만 실제로 악행을 계획하고 실천하는 것은 몸종 춘월이고, 악행에 따른 신체적 징벌도 춘월이 받는다. 선한 여성 주인공의 몸종도 주인과 일체화된 동기와 도덕성을 갖추고 있는 경우가 흔하다. 몸종과 같이 특정 신분에 예속된 여성들은 개별화된 목소리를 갖지 못하고, 신분이 높은 여성들의 행위를 대리해서 행한다. 몸종들의 형상에 주목하면 그들의 삶에서 제거된 개별성을 어떻게 복원할 수 있을지 고민하게 된다. 어디에서도 제대로 된 기록을 찾을 수 없는 하층 여성이 걸어갔던 삶의 편린을 찾는 작업은 이야기에 대한 세심한 접근과 두텁게 읽기로 시작할 수 있다.

여성주의 관점은 여성들이 흔히 부딪치는 갈등 요소를 이해하고 감정의 사회적 조건을 발견하는 데도 도움을 준다. 질투와 분노 등 여성의 악행을 드러내는 감정들은 이야기에서 교정되고 제거되어야 할 것으로 그려지지만, 한편으로는 그들의 삶에 늘 질투와 분노를 촉발하는 갈등 조건이 있다는 것을 암시하는 것이기도 하다. 여성들의 자질로 오인할 수 있는 질투에 대한 분석은 질투라는 감정이, 여성이 가문에 예속되어 배치되고 특정 역할로 살아가도록 하는 가부장제와 전제된 윤리 규범에서 비롯됨을 깨닫게 해 준다. 「사씨남정기」의 교채란은 악인이지만, 그녀를 이해할 때 후처로 들어와 처했던 불안한 지위에도 주의를 기울여야 한다는 뜻이다.

여성주의 관점은 인물이나 사건 등의 이야기 구성 요소들에 더해 이야기의 구성 자체에도 생각거리를 제공한다. 고소설이 흔히 택하는 영웅의 탄생부터 입신양명, 부귀영화에 이르는 행로는 '발단-전 개-위기-절정-결말'이라는 플롯의 전개 방식을 택하고 있다. 하지만 사대부 여 성들이 주요 독자였을 것이라고 논의되었던 국문장편소설은 많은 인물을 바탕으 로 유사한 사건과 갈등을 반복적으로 배치하는 플롯을 갖추고 있다. 이는 자연스 러운 고소설의 이야기 전개, 갈등 구조라고 받아들였던 사건 배치가 특정 역사적 시간에 향유되었던 남성 중심의 플롯일 수 있다는 깨달음을 준다. 여성주의 관점 은 과거에 형성된 이야기 구성 자체에 주목해 소재와 인물, 사건을 선택하고 배 치하는 공동의 관념에 대해 논할 기회를 준다. 아울러 현대인들이 즐기는 이야기 는 어떤 원리를 따라 구성되는지 비교할 수 있는 시야를 열어 준다.

2. 고소설을 읽는 여성 독자들의 문화적 의미

고소설에서 여성 독자의 문제는 여성주의 관점에서 의미 있는 연구 주제다. 고소 설 작가는 거의 이름이 알려져 있지 않기 때문에 여성 소설가가 있었는가 하는 문제는 접근하기에 쉽지 않은 주제다. 여성 소설가의 가능성을 논하는 연구도 있 지만 작가의 실체를 밝히기는 어렵다. 하지만 '소설'이 애초에 통속적인 읽을거리 였기 때문에 작가는 독자의 요구에 민감할 수밖에 없었다. '통속' 소설은 독자 집 단의 상식적인 감수성에 부응해 서사를 구성하기 때문이다. 국문으로 창작된 고 소설 작품을 읽은 독후 기록에 여성 독자들의 흔적이 남아 있고, 이야기에는 여 성들의 삶이 반영되었으며, 대부분 소설의 기록 문자가 여성들의 문자 생활에서 주축이었던 국문이라는 사실은 여성 독자들에 대해 논의해야 할 필요성을 설명 한다.

특히 여성 독자는 매우 긴 분량의 국문장편소설과 관련한 기록에서 모습을 드러냈다. 세책집을 이용했던 여성들, 소설책을 읽었던 왕실과 상층의 여성들, 책을 빌려 주고 필사했던 여성들은 실존했던 여성 독자들의 일면이다. 상대적으 로 분량이 적은 방각본 소설에 대해서도 연구자들은 여성 독자를 논의하지만, 이 야기에서 유추할 뿐 실체로 논하기에는 어려움이 있다. 하지만 20세기 초 신문소설이나 출판된 소설에서 여성들이 소설의 독자로 목소리를 내는 사례들을 본다면, 여성 독자들은 오랜 시간 소설을 읽으면서 문화적 역량을 키우며 세를 불려 왔던 것으로 보인다.

여성들은 공식적인 문文의 세계에서는 소외되었지만, 언해된 윤리서를 읽거나 편지를 쓰고 소식을 주고받으며 문자 생활을 했다. 여성들이 실용적인 목적이나 윤리적 교훈이 아닌 즐거움을 위해 글을 읽었다는 점에서 소설 읽기는 주목할 만한 문화 현상이었다. 비록 소설에서 형상화되는 이상적인 여성들이 직접 쾌락을 추구하거나 쾌락을 명시적으로 언급하는 일은 없었지만, 소설에 나타난 다양한 인물 형상과 사연들은 소설을 읽는 여성들에게 간접 경험과 공감, 희로애락의 쾌락적 경험을 제공했다.

여성들의 소설 읽기는 근대 본격적인 국문의 시대로 넘어가기 전, 조선 후기 실제 생활에서 나타난 현상이었다. 여성들이 억압되었던 욕구와 역량을 상상을 통해 해소할 수 있는 문화 형식으로 소설을 선택했고, 소설 읽기를 통해 삶을 해석하고 의지를 표상하며 여성의 새로운 가능성을 타진했다. 남성 영웅의 자리에 여성영웅을 세워 보는 여성영웅소설이나 부조리한 강요를 거부하는 기생의 이야기 「춘향전」을 여성 독자들이 읽는 경험이 어떤 문화적 의미를 지닐지 논의가 필요하다. 시대를 혁명적으로 선도했다고 성급하게 말할 수는 없지만, 다가오는 시대와 조응하는 문화 현상이었다고 할 수 있다. 이와 같이 고소설에 대한 여성주의 관점은 텍스트 분석 방법론에 머물지 않고 고소설 독서와 유통의 문화 환경에서 여성의 역할과 영향, 그리고 독서 경험의 문화적 의미에 주목하도록 한다.

1. 고소설 한 편을 선택해서 읽어 보고 여성 인물들이 이야기에서 어떤 역할을 담당하는지 생각해 보자. 어머니나 부인 등 집안의 고정 역할이나 기생, 몸종 등 신분에 따른 일정한 기능에서 벗어나는 서술이 있다면 그것을 어떤 의미로 이해해야 할지 논의해 보자. 또 주요 이야기에서 생략되었지만 여성 인물들이 경험했을 현실을 복원할 방법이 있을지 이야기해 보자.

2. 소설을 읽는 여성에 대한 사대부의 다음과 같은 시선에서 당대 여성에 대한 기대를 생각해 보고, 여성이 소설을 읽는다는 것이 지닌 의미에 대해 논의해 보자.

> 근래에 부녀자들이 다투어 능사로 삼는 일은 오직 패설稗說(이야기)을 숭상하는 것뿐인데, 날이 갈수록 더 많아져서 그 수가 수천 종에 이르렀다. 쾌가儈家(세책집)는 이것을 깨끗이 베껴 쓰고 빌려 주어 그 삯을 받아서 이익을 얻었다. 부녀자들은 생각 없이 비녀나 팔찌를 팔거나 혹 빚을 내서라도 다투어 빌려 가서 그것으로 하루 종일 시간을 보낸다. 음식을 만들고 바느질해야 하는 책임도 잊어버린 채 이렇게 하기 일쑤였다. 그런데 부인은 홀로 풍속이 변해 가는 것을 탐탁지 않게 여겨 여자로서 할 일을 하고 여가에 책을 읽었는데, 오직 「여사서」女四書만이 규방의 부녀자에게 모범이 된다고 생각했다.
>
> _ 채제공蔡濟恭, 「여사서서」女四書序

참고 문헌

김경미(2010), 전기소설의 젠더화된 플롯과 닫힌 미학을 넘어서

김복순(2008), 페미니즘 미학의 기본 개념과 방법

김정녀(2006), 고소설의 여성주의적 연구의 동향과 전망

신해진(2004), 조선전기 고전소설에 나타난 여성형상의 특징과 그 의미

이경하(2008), 여성문학사 서술의 필요성에 관하여

이지영(2008), 한글 필사본에 나타난 한글 필사의 문화적 맥락

이지하(2004), 고전소설과 여성에 대한 문제제기와 전망

장시광(2006), 한국 고전소설과 여성인물

정선희(2013), 조선후기 여성들의 말과 글 그리고 자기표현

정창권(2004), 조선조 궁중여성의 소설문화

정출헌(2000), 가부장적 가족제도의 질곡과 사씨남정기

조혜란(2005), 조선시대 여성 독서의 지형도

주형예(2011), 유씨삼대록의 감정 규칙과 독서경험

최기숙(2008), 젠더비평: 메타 비평으로서의 고전 독해

최기숙(2012), 탈경계를 위한 도전: 고전-여성-문학-사를 매개하는 젠더 비평의 학술사적 궤적과 방향

탁원정(2017), 국문장편소설과 여성지식, 여성지식인

한국고소설학회(2009), 한국 고소설과 섹슈얼리티
한길연(2013), 완월회맹연의 정인광: 폭력적 가부장의 가면과 그 이면

필 자   주형예

공간 배경으로 읽는 고소설

일반적으로 소설 구성의 세 요소로 인물과 사건, 그리고 배경을 든다. 소설 독법은 수없이 많겠지만, 먼저 쉽게 시도해 볼 수 있는 것은 세 요소를 중심으로 읽는 것이다. 물론 배경을 중심으로 읽을 수도 있다. 배경은 시간과 공간을 포괄한다. 모든 사건은 지리 공간에서 펼쳐지는데, 그것은 반드시 '시간의 흐름'으로 나타난다. 그러니 소설에서 시간과 공간은 분리될 수 없는 것이지만, 관점에 따라 각각 서사 시간과 서사 공간을 중심으로 소설을 읽을 수 있는데, 이 각각에도 매우 다양한 방법을 동원할 수 있다. 한 편의 소설은 관점과 방법에 따라 매우 다른 모습을 보이기도 하고, 때로는 깊이 감추어져 있던 의미를 드러내기도 한다.

1. 공간 배경으로 소설을 읽는 방법

이 글은 공간 배경, 특히 중국 배경을 중심으로 한국 고전소설을 읽는 방법에 대한 안내다. 소설은 3차원의 지리 공간을 4차원의 의미 공간으로 만드는 특별한 힘을 발휘하곤 한다. 사람들은 이 의미를 좇아 3차원의 지리 공간을 찾는다. 남원의 광한루와 만복사지는 3차원의 공간에 지나지 않지만, 이곳을 찾는 대부분의 사람들은 그 공간에 담긴 4차원의 의미를 여행한다. 「춘향전」과 「만복사저포기」의 사건들이 이곳을 배경으로 펼쳐지기 때문이다. 박경리는 하동 악양마을을 방문하지 않고 『토지』를 지었지만, 이 마을에는 현재 소설의 묘사대로 집들이 들어서 있다. 현실은 상징을 낳고, 상징은 또 다른 현실을 만든다. 그리고 사람들은 상징 속을 여행한다.

　우리는 한국의 고전소설에서 중국을 배경으로 한 작품을 쉽게 만난다. 「구운몽」에서 성진과 8선녀가 만나는 곳은 남악南嶽 형산衡山이고, 「창선감의록」과 「숙향전」의 사건은 「삼국지연의」만큼이나 방대한 중국 대륙을 배경으로 펼쳐진다. 이들 공간에서는 좀처럼 현실감이 느껴지지 않는데, 우린 이를 어떻게 해석해야 할까? 이와는 달리 특정 시기의 역사적 충격으로 지어진 소설들이 있다. 이들 작품에서 사건들은 대부분 한국 기준으로는 북방, 현재 중국의 동북삼성東北三省[1] 지역에서 펼쳐진다. 한국문학의 지리 공간이라면 이는 당연히 한국문학 연구 차원에서 다루어져야 한다. 그곳들은 본질적으로 광한루나 만복사, 허생이 살았던 남산 아래 묵적골과 다르지 않다. 이 지리 공간에 대한 이해는 작품의 새로운 독법은 물론 역사 체험을 가능하게 할 것이다.

2. 전란의 발생과 서사 영역의 확장

1592년부터 대략 60년 동안 조선에서는 전란이 끊이지 않았다. 그중에는 임진왜란과 병자호란처럼 조선 본토에서 벌어져 국가 산업과 사회 기반을 초토화시킨 전쟁도 있었고, 이 전쟁의 여파로 출병해 외국에서 벌인 전투도 있었다. 1619년의 심하전역 深河戰役, 1641~1644년의 금주전투錦州戰鬪, 그리고 1654년과 1658년의 나선정벌羅禪征伐이 후자의 예다. 심하전역은 명나라의 요청에 따라 후금의 본거지를 공략한, 반대로 금주전투는 청淸의 요청에 따라 대명對明 전쟁에 출병한 사건이다. 나선정벌 역시 칭나라 군대와 합동으로 동쪽을 향해 힘을 뻗쳐 오는 러시아군과 벌였던 싸움이다. 세 전투는 모두 우리의 의사와 무관하게 국외에 파병된 사례고, 한반도의 북방이자 지금의 중국 영토에서 벌어졌던 사건이라는 공통점을 지닌다.

전란의 여파는 컸다. 수많은 인명이 살상되었고, 가족이 이산되었으며, 재정이 고갈되고 국가의 모순이 고스란히 드러났다. 다른 한편 예기치 않게 새로운 문물을 체험했으며, 세계를 새롭게 인식하는 계기가 되었다. 전란이 끝난 뒤에는 다양한 관점에서 그 경위를 기록하려고 시도했다. 『충렬록』忠烈錄 편찬에는 김응하 장군의 충렬을 과장 선전해서 심하전역의 모순을 은폐하려는 이념적 의도가 노골적으로 들어 있는 데 반해, 『책중일록』柵中日錄(이민환李民寏, 1579~1649)에는 전투의 전 과정이 비교적 객관적인 시각에서 소상하게 기록되어 있다. 『북정록』北征錄(1658; 신류申瀏, 1619~1680)은 장수의 전형적인 진중 일기인데, 출병과 전투의 전 일정은 물론 북방의 지리와 러시아군에 대한 많은 정보를 담고 있어 사료 가치가 높다.

이들 실기류 저술에 이어 소설들이 지어졌다. 그 이유는 다음과 같다. 첫째, 전란은 문학의 입장에서도 매우 흥미로운 소재다. 인간사의 갈등과 대립이 극단적으로 표출되는 사건이라는 점에서 전란은 서사의 본질과 부합하고, 영웅 탄생의 조건이라는 점에서 영웅 서사를 위한 더없는 호재다. 둘째, 사건의 공간과 그 위의 사람과 풍물, 그리고 전투 대상자들까지 모두 미지의 세계라는 점이다. 미지의 세계는 호기심과 상상력을 자극한다. 셋째, 그럼에도 역사 실기는 잘 알려지지 않았으며, 기술 내용이 지나치게 간략하거나 관점이 일방적이어서 일반 대중의 지적 욕구를 충족시키지 못했다. 소설 창작은 사회 참여의 일환이자 특정 사안에 대한 의사 표현의 특수한 형식으로, 역사의 중요한 동력이다.

소설은 실전實傳을 표방한 작품이 있고 허구가 지배적인 작품이 있으며, 지배 이념이 강조된 작품이 있고 하층민의 실상에 초점을 맞춘 작품이 있다. 한문 작품이 있고 한글 작품이 있으며, 시대가 달라지면서 여러 이본이 산출된 작품도 있다. 「김장군전」, 「강로전」, 「김영철전」, 「최척전」 등의 공통 사건은 심하전역인데, 「최척전」의 서사는 그 전의 임진왜란에서 시작하고, 「김영철전」은 금주전투까지 이어진다. 「임경업전」과 「임장군전」은 금주전투를 다루는데, 내용의 차이가 적지 않다. 한글 소설 「배시황전」은 나선정벌을 다루는데, 서사는 「북정록」의 내용을 골격으로 하지만 전투의 규모 등에서 변개變改의 폭이 크다. 이들 작품의 지리 배경은 크게 보면 한국문학의 서사 영역인 셈이다.

「김영철전」의 부차 들판

「김영철전」은 홍세태(1653~1725)의 작품을 시작으로 여러 한글 이본이 산출되었다. 형식상 실전을 표방한 홍세태의 작품에 비해 후대로 올수록 소설의 요소가 강화되었지만, 전체 골격은 그대로 유지된다. 짧은 분량에 비해 서사 시간은 60년이 넘으며, 공간 배경은 김영철의 고향인 평안도 영유현永柔縣에서 건주建州, 영원성寧遠城, 등주登州, 가도椵島, 개주蓋州, 금주錦州, 자모산성에 이르기까지 넓게 분포되어 있다. 이 중 후금 군대와 벌인 전투에서 사로잡혀 건주에서 포로 생활을 하다 탈출하기까지가 심하전역의 범주에 든다. 1619년 2월 28일, 강홍립이 이끈 조선군 1만 3000명은 보급도 제대로 받지 못한 상태에서 추위와 주림과 불안에 떨며 우모령牛毛嶺을 넘었다. 나흘 뒤인 3월 4일 부차富車 들판에서 청군과 만났다. 8000여 명은 그날 전사하고, 나머지는 옆의 동산에서 이 광경을 지켜보다가 투항해 허투알라성으로 끌려갔다. 포로 중에서도 항왜병降倭兵과 사족 출신은 선별되어 살해당했다(『책중일록』). 소설을 역사에 대응하면, 김영철은 허투알라성으로 끌려갔다가 간신히 목숨을 건진 채 농노 생활을 했던 조선군 포로 중의 하나다. 장소는 오늘날 중국 요령성 본계시本溪市 환인현桓仁縣과 무순시撫順市 신빈현新賓縣 일대다.

　　김영철이 포함된 조선군은 지금의 보락보진普樂堡鎭 와방촌瓦房村에서 우모령을 넘기 시작해 맞은편 대전자촌大甸子村으로 내려왔다. 우모령은 우모대산牛毛大山(최고 해발 1319미터)이다. 부차 들판은 이호래진二戶來鎭 부산촌釜山村 앞 들판이고, 나머지 군사가 일시 피신해서 이 장면을 지켜보았다는 산은 그 남쪽의 부산釜山이다. 심하로 일컬어진 물줄기는 육도하六道河이며, 5000명가량의 포로는 화첨자진鏵尖子鎭 옛길로 후금의 본거지인 신빈新賓의 허투알라성에 끌려갔다. 김영철이 농노 생활을 하며 말을 기른 강가는 소자하蘇子河 일대로 비정된다.

3. 문명의 교류와 서사적 질문

예나 이제나 중국은 우리가 국경을 맞대고 있는 유일한 나라다. 때문에 두 나라의 운명은 긴 세월을 지내 오는 동안 서로에게 깊이 연루되어 있다. 먼 고대로 올라갈수록 우리와 중국은 주로 대결과 갈등의 관계였다. 한중 관계는 조선과 명대에 이르러 비로소 안정되기 시작했다. 두 왕조 초기에 있었던 심각한 알력과 갈등을 제외하면 조명朝明 관계는 대체로 순탄하게 진행되었다.

중국과의 외교는 사신의 왕래로 실천했다. 시대에 따라 변화가 있기는 했지만, 중국 사행은 보통 '연행'燕行으로 일컬어졌다. '연경행'燕京行의 줄임말로, 북경이 고대 연燕나라의 수도였던 데서 기인한다. 북경은 원元나라가 1271년 대도大都를 세우면서 중국의 수도가 되었고, 이때부터 고려의 사신이 빈번하게 북경을 오갔으니, 중간의 단절을 고려해도 육로 연행의 역사는 대략 600년이 된다. 외교 사행으로서의 연행이 끝나는 시점은 1894년이다. 연행사燕行使, 연행로燕行路, 연행록燕行錄은 연행에서 파생된 용어다. 적극적으로 의미를 부여하면, 연행로는 한중 교류의 대동맥이자 문화의 이동 경로였으며, 연행록은 한중 교류의 역사 기록이자 기행문학으로, 동아시아 문화사에서 매우 독특한 존재로 인정받고 있다.

조선 시대 지식인들이 이국 문화를 체험하고 견문을 넓히는 방법은 연행燕行과 해행海行(일본 사행)이 전부였는데, 관심과 비중은 연행이 압도적으로 컸다. 시기나 사안에 따라 연행을 기피한 적도 있었지만, 세계를 호흡하고자 했던 지식인들은 연행을 강렬하게 염원했다. 이들은 연행을 통해 문헌으로 익힌 지식을 확인하고, 여러 가설과 자각을 증험했으며, 견문과 체험으로 학문과 문학을 성장시키고 싶어 했다. 예로부터 사람들은 '독만권서'讀萬卷書와 '행만 리로'行萬里路, 즉 풍부한 지식과 견문을 좋은 문장의 탄생 조건 으로 믿어 왔다. 조선의 지식인들에게 연행로는 하나의 '만리로' 였으며, 이 길 위에서 수많은 문학 작품이 지어졌다.

간략한 노정기와 일기, 한시 정도에 지나지 않았던 연행록은 17세기 중엽 이후 달라지기 시작한다. 분량이 많아졌고, 기록의 내용과 관점도 다채로워졌다. 가장 큰 이유는 국제 질서의 변화 다. 특히 명의 몰락과 청淸의 건국은 조선에 큰 충격을 주었다. 자명한 이치가 와해되고 당연한 질서가 붕괴되면서, 조선의 지 식인들은 어쩔 수 없이 자신과 세계를 새롭게 봐야만 했다. 청과 의 외교 관계는 외형상 큰 변화 없이 지속되었지만, 정치적인 사 대事大와 문화적인 모화慕華 사이가 크게 벌어졌다. 여기에 서양 의 학문도 암암리에 스며들었다. 조선의 모순을 자각하기 시작 했고, 중국이 세계의 작은 부분으로 조정되었다. 연행을 통해 의 문은 깊어지고 자각은 커졌는데, 이 중 일부가 소설로 빚어졌다.

「호질」의 옥전 무종산

1780년 6월 24일, 박지원은 사행단의 일원으로 압록강을 건넜 다. 사행의 목적은 건륭제의 70세 생일 축하였고, 그의 신분은 정사正使[2] 박명원의 자제군관子弟軍官[3]이었다. 그런데 강희제가 북경 동북쪽 220킬로미터 지점에 피서산장避暑山莊을 세운 이 래, 황제들은 이곳에서 한여름을 보내곤 했다. 이때 건륭제도 마 침 피서산장에 있었으니, 조선 사행은 북경에 도착하자마자 그 곳으로 가야만 했다. 피서산장이 있던 곳을 당시에는 열하熱河 라고 했다. 박지원은 횡재한 기분으로 열하를 다녀왔는데, 그의 여행기 제목이 '열하일기'熱河日記가 된 이유다.

『열하일기』는 서문을 제외하고 모두 26편으로 구성되어 있 다. 1780년 6월 24일~8월 20일 사이는 일기 형식으로 7편에

2. 정사: 사신의 총책임자.

3. 자제군관: 사신의 친인척 중에서 선발한 비공식 수행원.

담았고, 나머지는 주제별 묶음이다. 26편 안에는 수십 편의 독립 기기와 녹錄과 필담筆談, 독립 산문에 준하는 논論을 배치했으니, 그 체제가 무척 입체적이다. 비유하면 『열하일기』는 수천 개의 시석詩石(시의 벽돌)과 수십 개의 논주論柱(논 문 기둥)로 지은 건축물이다. 『열하일기』 안에는 소설도 들어 있으니, 「호질」虎叱과 「허생전」許生傳이 그것이다. 『열하일기』를 살아 있는 동물에 비유한다면, 「호질」과 「허생전」은 두 눈에 해당한다.

「호질」은 산해관山海關에서 북경까지의 여정을 기록한 「관내정사」關內程史 안에 들어 있다. '관내'는 산해관 안을, '정사'程史는 일정 또는 여정旅程을 일종의 역사로 표현한 것이다. 일행은 7월 28일 옥전玉田에 도착했고, 「호질」의 곁 이야기는 "저물녘 옥전현에 이르다. 무종산無終山이 있다. 연燕 소왕昭王의 사당이 여기 있다고 한다"라는 구절로 시작된다. 무종산은 '옥전'이라는 지명을 발생시킨 전설의 배경이고, 연 소왕은 천하의 인재를 모아 약소국 연燕을 일약 강대국으로 탈바꿈한 장본인으로, 조선 지식인들에게는 연경의 표상 인물이다. 평범해 보이는 이 기술도 눈여겨볼 필요가 있다. 먼 옛날의 역사 사연과 전설을 품은 무종산은 신비한 「호질」의 맨 가장자리를 형성하며, 동시에 그리로 가는 출발점이기 때문이다.

그 뒤 박지원은 몇 단계를 더 거쳐서 옥전 거리의 한 점포로 들어가고, 또 몇 단계를 거쳐 나오다가 다시 들어가서 기이한 문장이 적힌 족자를 발견한다. 이 기이한 문장이 바로 「호질」이다. 옥전은 북경에서 사나흘 거리로, 연행사의 7, 80퍼센트가 묵어 갔던 도시다. 현재 허베이성河北省 탕산시唐山市에 속해 있으며, 옛 고루鼓樓 자리를 중심으로 난 고루동서가鼓樓東西街가 바로 기록상 박지원이 음악 소리에 이끌려 들어간 점포가 있던 곳이다. 실제 옥전엔 무종산이 없고, 연 소왕의 무덤 소재 또한 천고의 수수께끼로 남아 있다.

4. 몽환과 현실의 다리 위에서

따지고 보면 고대 신화의 공간은 북방이었다. 『삼국유사』에는 태백산太白山(太伯

山)이 세 번 등장한다. ①환웅이 신시神市를 건설한 곳, ②북부여 왕 금와가 유화柳花를 만난 곳, ③발해가 나라를 세운 곳. 일연은 ①에 묘향산이라고 주석을 달았지만, 이는 당시의 고려 영토에 고대의 서사 공간을 끼워 맞춘 오류다. 북부여는 초기 고구려 북쪽에 있던 나라고, 발해가 도읍한 곳은 지금의 헤이룽장성 黑龍江省 닝안시寧安市 발해진渤海鎭이기 때문이다. 같은 맥락에서 동명왕 신화에 나오는 모든 지명 또한 압록강 북쪽의 어느 곳일 수밖에 없다.

발해가 멸망한 후 우리 역사에서 관념 속으로 잠복한 북방이, 우리의 현실로 되살아난 때는 아이러니하게도 국권 상실기였다. 이 시기 수많은 식민지 조선의 백성은 자의 반 타의 반으로 고국을 떠나 북쪽에 자리를 잡았고, 그 후손들이 지금도 한국어를 모어로 사용하면서 거기에 살고 있다. 본토에서는 사라진 풍속이 남아 있기도 하고, 한국어로 신문을 간행하고 문학 작품을 발표한다. 이 시기를 배경으로 하는 많은 문학 작품에 그곳이 등장하고, 거기서 지어진 소설에는 우리 역사 어디에도 나오지 않는 그곳 사람들의 삶이 그려져 있다. 영유권과는 별개로 그곳은 우리 역사의 현장이자 소설의 무대인 것이다. 지금 우리는 관념과 몽환의 북방과 현존과 실재의 북방 사이에 놓인 다리 위에서 있다.

1. 역사의 허구성과 소설의 진실성에 대해 조사하고, 서사의 특성을 중심으로 그 이론적 근거를 제시한 뒤 구체적인 사례를 들어 설명해 보자.

2. 연행의 맥락에서 「호질」과 『의산문답』을 읽고, 범과 북곽선생의 관계와 실옹과 허자의 그것을 비교 분석해 보자.

3. 조선 중기 전란을 다룬 소설의 목록을 작성하고, 전란에 대응하는 방식을 몇 개의 유형으로 나누어 보자. 전란이 문학에 끼치는 영향, 그리고 전란이 일어날 수 있는 현실에서 문학이 해야 할 일에 대해 기술해 보자.

4. 심하전역 관련 역사서, 개인 실기, 소설 등 여러 텍스트를 읽어 보고, 하나의 사안에 작동하는 시선과 해석이 왜, 어떻게 다른지 분석해 보자.

5. 서사에서 지리 공간 설정이 지니는 중요성에 대해 조사하고, 실효 지배 영토와 다른 역사 공간 또는 서사 지리의 의의에 대해 생각해 보자.

예: 「구운몽」의 서사 공간인 남악 형산은 어떤 곳이며, 한국문학을 연구하는 관점에서 적극적으로 해석할 수 있는 방법은 무엇인가?

참고 문헌

권혁래·신춘호 외(2015), 심하전투 서사의 문학지리학적 고찰
신유, 박태근(1980), 북정일록
양승민(2004), 김영철전의 형상화 방식과 그 작가의식
이민환, 중세사료강독회(2014), 책중일록
이민희(2011), 기억과 망각의 서사로서의 만주 배경 17세기 전쟁 소재 역사소설 읽기
이승수(2017), 연행로의 지리와 심적

필 자   이승수

2. 새로운 자료

외국어로 출판된 한국 고소설

우리 고소설은 19세기 후반부터 여러 외국어로 번역 소개되어 왔다. 120여 년 동안 영어, 프랑스어, 독일어, 러시아어, 체코어 등 다양한 언어로 전 세계에서 출간된 번역 고소설들은 한국의 문학뿐 아니라 한국의 문화를 소개하는 역할을 해 왔다. 또한 한국 독자들은 외국인의 시각으로 번역된 한국 고소설을 통해 우리가 미처 주목하지 못했던 우리 문화의 독자성을 인식할 수 있었다.

1. 호러스 알렌Horace Newton Allen: 1858~1932. 미국인. 의사, 선교사, 외교관. 광혜원에서 의사와 교수로 일했으며, 주한 미국 공사관의 서기관, 총영사, 공사 등을 지냈다.

1. 한국 고소설 번역의 두 가지 경향

한국 문화 소개의 수단인 초기 고소설 번역

번역 초기에는 한국에 온 선교사들이 한국 문화를 소개하기 위한 목적으로 한국문학 작품을 번역 출간했다. 최초의 한국소설 번역서라고 할 수 있는 알렌Allen[1]의 『한국의 이야기』Korean Tales도 마찬가지다. 한국에서 선교사이자 의사, 외교관으로 지냈던 알렌은 많은 사람이 가지고 있던 한국인은 반미개한 민족이라는 잘못된 생각을 바로잡기 위해 1889년 미국에서 이 책을 출판했다. 알렌은 한국의 설화와 고소설들을 통해 한국이 문명국임을 알리고자 했던 것이다.

독일인 아르노스Arnous는 1893년에 알렌의 이 책을 다시 독일어로 중역重譯
해 『한국전래동화와 전설집』Märchen und Legenden으로 출간했다. 또한 1892년
프랑스에서는 홍종우와 보엑스Boex 형제가 『춘향전』Printemps parfumé을 출간했
는데, 러시아에서는 이 프랑스어판 『춘향전』을 중역한, 체홉Чехов의 『아름다운
춘향을 향한 이도령의 사랑』Любовь И Торенга к прекрасной Чун Хиянг이 1895
년에 출판되었다.

특히 일본은 일제강점기에 조선의 풍토와 인정을 이해하기 위해 한국 고전들
을 일본어로 출간했는데(권순긍, 2017), 중일전쟁 이전까지 일본인이 한국문학
을 번역한 것은 조선을 지배하기 위한 수단이었다고 볼 수 있다(유럽사회문화연
구소, 2005).

이와 같이 당시 여러 나라에서 한국문학 작품보다는 한국 문화를 소개하기
위한 수단으로 한국 고소설 번역서가 출간되었으며, 작품의 원전을 그대로 살려
서 옮긴 번역은 아니었다.

한국문학 작품으로 소개된 고소설들

초창기에는 문화를 소개할 목적으로 고소설을 번역 출간했다면, 1920년대 이후
에는 한국의 문학 작품을 소개하려는 목적이 컸다. 이때 한국 내에서보다 국외에
서 출판된 책들이 외국인 독자들에게 더 많이 읽혔다. 영어권에서 유통된 작품을
예로 들면 「심청전」 같은 판소리계 소설들, 「홍길동전」 같은 국문문장체 소설들,
「구운몽」 같은 한문소설들, 「허생전」 같은 연암의 전들, 「한중록」 같은 궁정서사
류가 출간되었다. 한국문학번역원의 지원을 받아 번역 출간된 한국 고전 작품 목
록을 통해 볼 때, 비영어권도 영어권과 출간 작품 목록이 매우 유사하다.

이 번역서들은 작품 원전에 충실한 번역임을 볼 수 있는데, 예를 들어 1922년
에 출간한 게일Gale[2]의 영문 『구운몽』The Cloud Dream of the Nine은 한문 원전의
한자들을 한 글자씩 번역해 나갔다.

게일 이후에 이루어진 고소설 번역들도 대부분 축자역逐字譯을 했다. 이와 같
이 작품을 최대한 그대로 옮기면서 문학성도 살리는 번역서들은 모두 좋은 번역
자와 연구자들이 있었기에 나올 수 있었다. 영어권을 중심으로 보면 번역 초기에

는 선교사였던 알렌, 게일, 헐버트Hulbert 등이, 이후에는 미국 대학의 한국학 교수였던 피터 리Peter Lee, 마샬 필Marshall Pihl, 김자현JaHyun Kim Haboush 등이 있으며, 현재는 국내외 한국문학 전공자들이 번역자로 활약하고 있다. 하지만 최근에는 고소설 번역에 필요한 한국 고어古語, 한문, 영어에 능통한 번역자가 점차 감소하는 추세여서 대책이 필요한 형편이다.

2. 제임스 게일James Scarth Gale: 1863~1937. 캐나다인. 선교사, 한국어 학자.

2. 한국 고소설에 대한 외국의 반응

주목 받은 작품들

「구운몽」은 타 문화권에서 보기에 매우 인상적인 작품이다. 특히 기독교 선교사인 게일이 유교, 불교, 도교 등 다양한 사상이 나타나는 「구운몽」에 흥미를 느낀 것은 당연하다. 스콧Scott은 서문에서 "「구운몽」은 가장 감동적인 중혼重婚의 연애담"이라고 평하며, 현실 세계뿐 아니라 비현실계에 대한 동양인의 관념을 나타낸다고 설명했다(Gale, 1922). 또한 페슬러Fessler는 「구운몽」을 특정 종교의 배경과 관계없이 궁극적으로 '삶의 의미가 무엇인가?'라는 의문을 던진다고(Gale, 2003) 분석했다. 실제로 체코에서도 '부귀공명의 허망함'이 당시 체코 독자들에게 관심을 끌어 1992년 뢰벤스타이노바M. Löwensteinová가 번역한 『구운몽』이 1만 5000부나 팔리는 성공을 거둔(유럽사회문화연구소, 2005) 것을 볼 때, 「구운몽」의 주제는 타 문화권에서도 주목받았다.

　「한중록」은 3종의 영역본 외에도 프랑스어, 이탈리아어, 스페인어, 체코어로 출간된 인기작인데, 동양의 궁궐이라는 장소와 아버지가 아들을 살해했다는 소재가 매우 흥미롭고도 자극적이었던 것 같다. 『혜경궁 홍씨의 회고록』The Memoirs of Lady

Hyegyŏng(Haboush, 1996)에서, 역자는 「한중록」이 혜경궁 홍씨의 자서전적인 문학으로서 동양은 물론 서양에서도 매우 드문 여성의 자서전이라는 데 그 가치를 두었다. 또한 「한중록」은 왕과 그 아들의 매우 공적인 이야기를 며느리의 입장에서 사적으로 풀어쓴 한편, 그녀의 사적인 기억을 공적인 역사로 풀어냈다고 평가했다.

「홍길동전」 또한 외국인에게 호소력 있는 작품으로, 로빈 후드가 되어 가는 양반 가문의 사생아에 대한 상징적인 서사로 읽혔다. 2013년 미국 미주리 주립대의 강민수 교수가 영역한 『홍길동전』The Story of Hong Gildong은 2016년에 영국의 전통 있는 문학 선집인 '펭귄 클래식' 시리즈로 출간되었다. 1000권이 넘는 펭귄 클래식엔 중국 「홍루몽」과 일본 「겐지 이야기」는 이미 들어가 있었지만 한국 고소설은 처음 포함된 것이다.

이 외의 인기작으로는 「춘향전」, 「허생전」 등이 있다. 최근 한국 고소설들은 원전을 그대로 옮겨 번역해, 외국인 한국학 연구자들의 대학 강의 자료나 연구 자료로도 적절하게 활용되고 있다. 반면 외국의 일반 대중에게는 주로 한국 설화 번역본을 통해 한국 문화를 소개하는 경향이다.

3. 고소설 번역의 의의

한국인의 우리 문화에 대한 재인식

이제는 고소설을 단순 번역 소개하는 것이 아니라 문학사적인 이해를 바탕으로 작품을 선정하고, 서문을 쓰고, 번역하고, 각주를 다는 책들이 출간되는 것을 볼 수 있다. 동아시아언어문명학, 중문학 등을 전공한 페스트라이쉬 교수는 연암의 전들을 번역하면서 중국 문화, 동양철학 등에 관한 상세한 주석을 붙여 놓아 독자가 전의 내용을 쉽게 이해할 수 있도록 했다(오윤선, 2014).

콜롬비아대학 역사 전공 교수였던 김자현은 「한중록」 영역서에서 역사 배경에 대한 상세한 각주들을 달아 외국인들의 작품 이해를 돕고 있다. 예를 들어 무명옷을 입은 사도세자가 영조에게 큰 꾸중을 듣는 부분에서, 흰 무명은 장례에 쓰이는 옷감이므로 영조는 사도세자가 자신의 죽음을 바란다고 생각했다고 설명(Haboush, 1996)한다. 이와 같은 주석들 덕분에 김자현의 영역본은 원문을 그대로 옮겼음에도 독자들이 이해하기 어렵지 않은 글이 되었다. 또한 한국인 독자도 이 책을 접할 때 우리 문화와 다른 나라의 문화 차이를 깨닫고, 우리 문화의 고유성을 재인식하는 기회를 갖는다.

강민수의 「홍길동전」 영역본

한편 가끔 보이는 관용구, 한국 풍속, 호칭 등의 오역들을 통해서도 서로의 문화 차이를 실감하고, 우리 것을 다시 돌아보게 된다. 「춘향전」의 주인공인 춘향과 몽룡은 이팔청춘인데, 번역자 러트Rutt는 16세를 서양의 계산법으로 환산해 15세로 옮겼다. 반면 게일Gale은 『구운몽』에서, 장원 급제한 양소유의 나이에 두 살을 더해 18세로 번역했다. 원래 한국의 나이가 서구의 나이보다 한 살 또는 두 살이 많은데도 여기에 또 두 살을 더한 것은 인물들이 사회적 성공을 거두고 배우자를 만나기에는 너무 어리다고 생각했기 때문일 것이다. 하지만 동양의 나이 계산법은 태아부터 생명체로 인식한다는 우리 고유의 생각을 반영하며, 현대의 관점에서 어리다고 생각되는 나이도 동양 고전의 인물에게는 적은 나이가 아니다(오윤선, 2008).

영어권 독자뿐 아니라 한국 독자들도 이와 같은 번역의 양상을 통해 한국 문화가 갖는 독자성을 인식한다.

세계 문화 속에서의 역할

이상 번역 소개된 작품들은 한국문학과 한국 문화를 알리는 역할을 할 뿐 아니라, 새로운 작품을 창출하는 데 영향을 주기도 한다. 2005년 영국의 소설가 마거릿 드레블Margaret Drabble이 「한중록」 영역본을 소재로 신작 장편소설 『붉은 여왕』The Red

김자현의 「한중록」 영역본

Queen을 발간한 것은 한국 영역 고소설이 세계 문학의 흐름에 동참하게 된 좋은 예다(오윤선, 2008). 또한 불어판 「춘향전」은 모나코에서 발레 「사랑의 시련」, 베트남에서 「춘향낭자」 등으로 변모했다(전상욱, 2010).

하지만 한국 고소설이 세계 문화에 동참하기 전에 무엇보다 선행되어야 할 것은 한국 문화와 한국 고전에 대한 올바른 이해다. 최근 국내외에서 인기 있는 한국 TV 드라마 시리즈들은 한국 고전에 기반한 경우가 많은데, 2016년작 드라마 〈도깨비〉도 한국 설화의 모티프가 반영된 것이다. 외국에도 소개된 이 드라마는 비공식적으로 떠도는 드라마 영상들의 제목으로 '고블린'Goblin이라는 서양 귀신 이름이 붙어 있다. 도깨비와 고블린은 각 나라의 문화가 반영된 다른 존재이므로, 한국 도깨비에 대한 이해가 없는 영어권 시청자들에게 '고블린'이라는 제목으로 드라마를 소개하는 것은 매우 위험하다.

이와 같이 우리 한국의 전통문화는 물론이고 한국 대중문화를 바르게 소개하기 위해서는, 그 바탕이 된 한국 고전문학에 대한 이해가 선행되어야 한다. 또한 외국인들이 우리 고전 작품들을 훌륭한 번역으로 접할 수 있도록 다양한 분야 전문가들의 노력이 뒷받침되어야 할 것이다.

탐구 활동

1. 외국인에게 한국 문화를 소개하기 위해 「구운몽」을 읽고, 작품에서 어떤 문화 요소가 한국을 이해하는 데 도움이 될지 고민해 보자. 유럽 문화 배경을 가진 독자와 중국 문화 배경을 가진 독자를 대상으로 각각 문화 요소를 선정해 보자.

2. 다음은 판소리계 소설을 영역한 외국인 학자들의 서문이다. 글에 나타난 판소리계 소설을 바라보는 역자들의 시각에 대해 논의해 보자.

> (1) 중국문학 작품을 인용해 화려하게 꾸미고, 때때로 음란한 삽화들까지 등장해서 관중을 즐겁게 하는 내용의 완판본을 소설이라 부를 수 있을까? 완판본은 주로 율문으로 쓰였으며, 일종의 민중극일 뿐이고, 그 내용이나 양식은 시장에서 청중들의 기대에 맞추어 나간 것이다. 반면 경판본은 꾸밈이 없어 지루한 감이 있지만, 상당한 수준의 도덕적 내용을 담고 있다. 이 경판의 내용이 주는 분명한 답은 심청의 희생이 정당화되는 것인데, 그녀의 희생으로 아버지가 새로 결혼해서 아들을 낳고 그들이 고위직에 오르는 결과를 가져왔기 때문이다.
>
> _ 스킬런드Skillend

> (2) 「열녀춘향수절가」의 네 부분으로 나뉘는 작품 구조는 어떤 면에서는 영화 대본을 닮았는데, 최근에 원작을 거의 그대로 영화화해서 큰 성공을 거둔 것이 한 근거다. 이 구조는 단순하지만 주제를 강조하고 화려한 인용문들과 노래들을 삽입해서 흥미가 유지된다. 삽화로 이루어진 구조는 느슨한 작품을 만들었고, 서구의 독자들은 서구 소설에서 중요한 양상인 지적인 구조와 캐릭터의 발달을 기대하지만, 「춘향가」에서는 그것들을 찾을 수 없다. 대중 예술 작품 가운데 하나를 만들어 낸 영감은 개인 예술가의 솜씨라기보다는 청중의 요구에서 온 것이다.
>
> _ 러트Rutt

참고 문헌

권순긍(2017), 세계가 취한 봄의 향기, 춘향전의 번역
오윤선(2008), 한국 고소설 영역본으로의 초대
오윤선(2014), 2000년 이후 출간 한국고소설 영역본의 양상
유럽사회문화연구소(2005), 한국문학의 해외수용과 연구현황
이상현(2010), 춘향전 소설어의 재편과정과 번역
장효현(2001), 한국 고전소설 영역의 제 문제
전상욱(2010), 프랑스판 춘향전 *Printemps Parfumé*의 개작양상과 후대적 변모
Allen, H. N. M.D.(1889), *Korean Tales*
Chung Chong-wha ed.(1989), *Korean Classical Literature: An Anthology*
Gale, James S.(1922), *The Cloud Dream of the Nine*
Haboush, JaHyun Kim(1996), *The Memoirs of Lady Hyegyŏng*
Lee, Peter(2017), *An Anthology of Traditional Korean Literature*

Pastreich, Emanuel(2011), *The Novels of Park Jiwon*

Rutt, Richard & Kim Chong-un(1974), *Virtuous Women: Three masterpieces of traditional Korean fiction*

필 자   오윤선

2. 새로운 자료

근대 전환기 고소설의 확산

고소설은 여타의 문학 양식과는 달리 일찍부터 경제적 교환 가치를 지닌 상품의 하나로 소비되었다. 조선 후기에 세책가가 등장하고 방각본이 간행된 것은 바로 고소설의 이러한 속성 때문이라고 할 수 있다. 이업복과 같이 소비자의 집에 방문해 맵시 있게 소설을 읽는 낭독자나 길을 지나는 행인들에게 직업적으로 소설을 읽어 준 전기수는 소설이라는 상품이 파생한 새로운 직업이기도 했다. 고소설의 이와 같은 성격은 서구의 문물이 본격적으로 도입되기 시작해 신문예가 들어오던 근대 전환기에 그 위력을 더욱 발했다.

당대 새롭게 등장한 신문예에는 독자들이 이전에는 경험하지 못했던 새로운 내용과 형식, 그리고 외국 문물과 개화에 대한 작가의 성급한 의도가 작품 전면에 두루 포진되었다. 그러나 이러한 것들은 고소설의 내용과 형식에 익숙한 당대의 독자들에게 큰 호응을 받지 못했다. 반면 고소설의 문제의식과 대중성에 공감한 독자들은 근대 전환기에도 여전히 고소설을 애독했으며, 고소설은 이전 시기에 비해 더욱 활발하게 소비되었다.

때로는 신문, 잡지에 연재되거나 활자본의 형태로 대량 생산과 소비가 이루어졌다. 또한 고소설은 당시 새롭게 등장한 다른 예술 양식의 주요 콘텐츠로도 활용되면서 문화 예술 전반에 큰 영향을 주며 더욱 확산되었다.

1. 고소설의 신문·잡지 연재

신문 연재

일본인들이 서울에서 창간한 『한성신보』는 1896년부터 일본에 대한 우호적인 여론을 조성하고 오락성을 강화하기 위해 고소설을 최초로 연재하기 시작했다. 그중 여자의 각성을 주창한 「조부인전」趙婦人傳을 비롯해 「곽어사전」郭御使傳 등의 작품은 전자의 이유로 연재되었으며, 「남준여걸」男蠢女傑이나 「몽유역대제왕연」夢遊歷代帝王宴 등은 후자의 이유로 연재되었다. 또한 인천에서 일본인이 발간한 『대한일보』에는 고소설적인 내용을 바탕으로 개화기의 문물과 의식이 뒤섞인 「여영웅」女英雄(1906), 「일념홍」一捻紅(1909) 등의 작품이 연재되었다. 한편 민족지라고 할 수 있는 『황성신문』에는 「신단공안」神斷公案(1906)을 연재했으며, 『제국신문』에는 「견마충의」犬馬忠義(1906)와 「허생전」(1907)을 연재했다. 고소설을 가장 많이 연재한 신문은 총독부의 기관지인 『매일신보』였는데, 1912년에는 이해조李海朝가 판소리 창본을 산정한 「옥중화」(=「춘향가」), 「강상련」(=「심청가」), 「연의각」(=「흥부가」), 「토의간」(=「수궁가」) 등을 연이어 연재했다. 이처럼 신문에서 고소설을 연재한 것은 읽을거리를 확충하는 데 주목적이 있었다.

잡지 연재

잡지는 신문에 비해 늦게 창간되었기 때문에 고소설의 잡지 연재는 신문에 비하면 많이 늦은 편이다. 가장 이른 시기에 연재된 것으로는 1927년 1월에 『신민』新民에 수록된 「토끼전」과 같은 해 12월부터 『계명』啓明에 연재된 「홍길동전」이 있다. 이후 『동광』東光에 「이생과 최랑」(=「이생규장전」, 1931)이 연재되었으며, 『신가정』新家庭에는 전영택田榮澤이 쓴 「흥부와 놀부」(1934), 「콩쥐와 팥쥐」(1934)가 수록되었다. 그 밖에도 「춘향전」(『사해공론』, 1935), 「장화홍련전」(『가정지우』, 1937) 등을 비롯해 많은 작품이 잡지에 게재, 연재되었는데, 이 또한 신문과 마찬가지로 독자들에게 읽을거리를 제공한다는 의미가 컸다.

2. 활자본 고소설의 성행과 레퍼토리의 확대

활자본 고소설은 1906년 「서상기」(박문사 외)와 1908년 「강감찬전」(광동서국)의 간행을 시작으로 20세기 초에 매우 활발하게 간행되어 당시 독서 시장에서 최고의 상품으로 자리매김했다. 활자본 고소설은 대부분 전래하던 작품의 서사와 인물 형상을 거의 그대로 담거나 부분적으로 변개해서 발행되었다. 그중 「춘향전」, 「심청전」, 「조웅전」, 「유충렬전」, 「적벽대전」의 순서대로 활자본이 많이 발행되었는데, 「춘향전」은 「옥중화」, 「별춘향가」, 「성춘향전」, 「옥중가인」 등의 제목으로 100회가 넘게 활자본으로 발행되었다.

그 밖에도 다음과 같은 방식을 통한 고소설 레퍼토리 확대는 고소설에 대한 독자들의 관심을 환기하는 한편 소비를 촉진했다.

전대 소설의 개작

당시 활자본 고소설 가운데는 전래하던 소설의 구조와 인물, 사건 등을 바꾸어 새롭게 등장한 작품도 많았다. 「최호양문록」을 개작한 「월영낭자전」, 「창선감의록」을 개작한 「강남화」 등이 이에 해당하는데, 이와 같은 개작은 독자에게 익숙한 작품을 낯설게 보이도록 함으로써 결과적으로 활자본 고소설의 레퍼토리에 새롭게 추가되었다. 그중 「종옥전」을 개작한 「미인계」는 원작에 없던 새로운 화소를 많이 추가했으며, 낭만적인 사랑 이야기로 바꾸었다. 또한 주인공의 재자가인 형상을 이어받으면서도 더욱 고상한 인물로 그려 내는 한편 남성 훼절담으로서의 풍자성은 약화시키면서 통속적 흥미를 더욱 높이는 방향으로 개작했다.

전대 소설의 파생작

이 시기에는 전대에 큰 인기를 끌었던 작품 가운데 주요 사건이나 인상적인 인물을 중심으로 작품을 다시 구성한 파생작도 활자본으로 많이 발행되었다. 이러한 작품들 가운데는 「관운장실기」, 「산양대전」, 「장비마초실기」, 「황부인전」, 「강유실기」, 「한수대전」, 「오관참장기」 등과 같이 「삼국지연의」에서 파생한 작품이 가장 많다. 그중에 「황부인전」은 제갈량의 부인인 황부인에 대한 것인데, 「삼국지연의」의 삽화에서 모티프를 취했으나 원작에는 없는 새로운 내용으로 구성되었다. 한편 「옥루몽」에서 파생한 작품으로는 「강남홍전」과 「벽성선전」을 들 수 있는데, 「강남홍전」은 「옥루몽」에 나오는 매력적인 여성 주인공의 서사를 짜깁기 방식으로 엮어 나갔다.

역사 전기물 및 실기류의 등장

실제 역사적인 사건과 인물에 허구적인 내용을 가미한 역사 전기물과 실기류 고소설들은 당대 식민지 시대의 상황과 맞물려 많이 창작되었다. 그중에 「고려태조」, 「단종대왕실기」, 「발해태조」, 「성종대왕실기」, 「세종대왕실기」, 「영조대왕야순기」 등은 역대 왕의 일화를 중심으로 이야기를 엮었으며, 「강감찬실기」와 「개소문전」, 「권률장군전」, 「김덕령전」, 「남이장군실기」 등은 외세의 침략을 물리친 영웅적인 인물의 이야기를 담았다.

3. 새로운 예술 장르의 고소설 수용과 활용

근대 전환기의 고소설은 당대 우리나라에 새롭게 들어온 영화와 유성기 음반, 만문만화 등의 예술 장르를 대중에게 알리고 그것을 소비하도록 하는 데도 유용하게 활용되었다. 즉 고소설은 이러한 예술 장르의 주요한 소재가 되어 대중의 관심과 호응을 유도하는 한편 새롭게 등장한 예술 장르를 정립하고 확산하는 데도 기여했다.

영화

한국 영화사에서 앞 시기를 차지하는 무성영화에는 고소설을 원작으로 한 것이 많은데, 1923년에 하야카와 코슈早川孤舟가 연출한 〈춘향전〉(1923)을 시작으로, 1924년에는 박정현 감독의 〈장화홍련전〉이 상영되었다. 1925년에는 「운영전」을 각색한 윤백남 감독의 〈총희寵姬의 연戀〉과 이경손 감독의 〈심청전〉, 그리고 하야카와 코슈 감독의 〈토끼와 거북〉, 김조성 감독의 〈흥부놀부전〉이 상영되었으며, 1928년에는 〈숙영낭자전〉(이경손 감독)이 상영되었다. 1935년에는 〈홍길동전〉(김소봉·이명우 감독)이 상영되었으며, 같은 해 한국 최초의 발성영화인 〈춘향전〉(이명우 감독)도 상영되었다.

이처럼 고소설을 원작으로 한 영화가 많이 제작, 상영된 것은 고소설을 애호하는 독자들을 영화라는 새로운 매체로 끌어들이기 위한 것이라고 하겠다.

유성기 음반

1928년부터 전기 녹음 방식에 따라 유성기 음반이 생산되고 판소리 같은 전통 음악과 신민요, 유행가, 만극漫劇[1]과 만담漫談[2] 등이 많이 실리면서 유성기 음반은 대중적인 오락 수단이 되었다. 고소설 또한 귀로 듣는 즐거움을 선사하는 유성기 음반의 매체 특성에 맞게 전환되어 유성기 음반으로도 소비되었다. 즉 '영화극 숙영낭자전」, 「만극 모던 심청전」, 「고대소설극화 장화홍련전」, 「가요극 춘향전」 등의 제목에서 알 수 있듯이, 이 작품들에서는 변사와 배우, 가수 등이 등장해 연기를 하는 극의 형태로 장르 변신을 시도했다. 이때 '영화극'이나 '근대극' 등은 원작이 되는 고소설의 가치 지향이나 정체성을 유지하는 반면, '만극' 등은 원작이 되는 고소설을 웃음과 즐거움을 유발하는 소재로 삼았다.

1. 만극: 대중적인 소재를 연극 형식으로 꾸며 익살스럽게 펼쳐 낸 이야기.
2. 만담: 재미있고 익살스럽게 세상이나 인정을 비판, 풍자하는 이야기.

「모던춘향전」 1회 1면(부분)

만문만화

만문만화는 1920~1940년대에 신문과 잡지 등에 실린 만화의 한 형태를 말하는데, 한 컷의 만화와 이와 관련된 단상斷想을 서술한 것이 일반적이다. 그런데 김규택은 판소리계 소설에서 비롯한 「모던춘향전」, 「모던심청전」, 「만화흥보전」, 「억지춘향전」 등의 장편 만문만화를 통해 당대 모던 열풍에 풍자적으로 접근했다. 이처럼 만문만화에서 판소리계 소설을 받아들일 수 있었던 것은 판소리계 소설의 인기에 더해 '부분의 독자성'이라는 구성적 특성과 '골계미'라는 미학적 특성을 공유했기 때문이라고 하겠다.

기타

고소설은 현대문학 작가에 의해 새롭게 탄생하기도 했는데, 장혁주는 『삼천리문학』에 「춘향」(1938)을, 채만식은 『인문평론』과 『신시대』에 「흥보씨」(1939)와 「심봉사」(1944~1945)를 각각 현대문학으로 재탄생시켜 수록했다. 그 밖에도 여러 작가에 의해 고소설이 현대적으로 수용, 개작되었다.

참고 문헌	권순긍(2000), 활자본 고소설의 편폭과 지향
	김성철(2011), 활자본 고소설의 존재 양태와 창작 방식 연구
	김종욱(2002), 실록 한국영화총서(상)
	김준형(2006), 근대 전환기 글쓰기의 변모와 구활자본 고전소설
	김준형(2015), 한성신보 수재 고전소설의 실상과 향유 양상
	박상석(2009), 한문소설 종옥전의 개작, 활판본 소설 미인계 연구
	방효순(2001), 일제시대 민간서적 발행 활동의 구조적 특성에 관한 연구
	심재숙(2000), 근대계몽기 신작 고소설의 현실대응 양상 연구
	오윤선(1993), 구활자본 고소설의 성격 고찰
	유춘동(2015), 활자본 고소설의 출판과 유통에 대한 몇 가지 문제들
	이은숙(2000), 신작 구소설 연구
	이정원(2009), 신작 구소설의 근대성
	이주영(1998), 구활자본 고전소설 연구
	장효현(1991), 근대 전환기 고전소설 수용의 역사성
	조상우(2002), 애국계몽기 한문산문의 의식지향 연구
	최호석(2015), 옹초 김규택의 장편 만문만화에 대한 연구
	최호석(2016), 유성기 음반 속 고전소설
	최호석(2017), 활자본 고전소설 서지데이터베이스
	최호석(2017), 활자본 고전소설의 기초 연구
	한기형(1999), 한국 근대소설사의 시각
	한원영(2010), 한국신문연재소설의 사적 연구 1
	허찬(2016), 고소설 원작 무성영화 연구

필 자	최호석

3. 새로운 활용

문화콘텐츠로서의 고소설

4차 산업혁명 시대로 지칭되는 21세기를 맞이해 문화 산업의 중요성은 날이 갈수록 커지고 있다. 문화와 산업이 서로 결합될 수 있을까에 대한 의문은 이제 우문이라고 할 정도로 둘은 긴밀한 연관을 맺고 있다. 잘 만든 영화나 드라마, 게임이 가져오는 부가가치는 제조업이 따라올 수 없을 정도로 대단하다. 문화 산업이 국가의 브랜드 가치에까지 미치는 영향을 고려한다면 문화 산업은 이제 국가의 경쟁력 자체로 부상한 지 오래다.

　이런 문화 산업에서 가장 중요한 요소가 '이야기'다. 문화 산업이 문화콘텐츠를 기반으로 작동한다면 이 문화콘텐츠의 근간은 '이야기'일 수밖에 없다. 영화, 드라마, 게임은 물론이고 캐릭터나 관광, 공연 이벤트까지도 '이야기'를 전제로 한다. '이야기'가 결여된 문화콘텐츠는 설사 성립한다고 해도 성공할 가능성이 현저히 떨어진다. 현대에 새롭게 생산되는 이야기도 중요하지만 문화 산업에서 무엇보다 중요한 것은 오랜 시간 그 구성원들에게 공유되어 온 원천 이야기다. 고소설이 문화콘텐츠로서 가지는 의의를 여기서 찾을 수 있다. 학계에서도 이미 오래전부터 고소설의 이러한 현재적 가치에 주목한 연구 성과가 나오기 시작했다.

1. 연구의 관점

고소설이 문화 산업에서 중요한 이유는 이것이 한국의 원형 이야기가 될 수 있기 때문이다. 원형 이야기는 신화나 설화 같은 형태로도 존재하지만, 고소설 역시 보편성과 특수성을 균형 있게 지니고 있는 원형 이야기다. 문화 콘텐츠로서 가장 가치 있는 원형 이야기는 세계가 공유할 수 있는 보편성과 해당 공동체만이 지닐 수 있는 특수성을 동시에 가지는 형태의 이야기다. 고소설이 이 조건을 충족하고 있다. 게다가 고소설은 설화나 신화에 비해 장면과 사건의 구체성을 획득하기 때문에 보다 활용 가치가 높다고 할 수 있다.

그런데 고소설이 원천 서사로서의 가치를 인정받기 위해서는 오랜 기간 우리 공동체 속에 살아 있는 이야기라는 점을 증명해야 한다. 조선 시대에 일시적으로 유행한 이야기라면 문화콘텐츠로서의 가치는 그만큼 떨어진다. 문화콘텐츠로서의 고소설에 대한 연구는 바로 이런 관점에서 시작된다.

우리 공동체의 정서 속에 무의식적으로 작동하는 이야기가 고소설이라는 것은 굳이 연구하지 않으면 알 길이 없다. 고소설을 많이 읽은 독자라면 현대의 드라마를 보면서 고소설과 상당히 유사하다는 느낌을 받을 수 있다. 고소설 연구자라면 막연한 유사성을 넘어 서사 구조나 원리의 공통성을 감지할 수 있을 것이다. 이런 까닭에 고소설과 TV 드라마의 연관성을 밝히려는 연구가 여러 방향에서 진행되고 있다. 〈쾌걸춘향〉과 같이 고소설을 직접 겨냥한 드라마와 비교를 하는 것도 한 방편일 수 있다. 그러나 고소설과 전혀 연관이 없는 드라마와 고소설의 연관성을 밝히는 연구가 더 적극적인 경우라 할 것이다. 이런 연구가 있어야만 고소설의 이야기가 원천 서사의 가치를 지님을 밝힐 수 있다.

원천 서사로서의 고소설의 가치를 밝히는 연구만큼이나 중요한 것은 영화나 드라마 같은 현대 대중 서사물과의 연관성을 통해 고소설이 지니는 현재성을 밝히는 일이다. 이런 연구가 활성화된다면 현대 문학 분야에서 비평 분야가 별도로 존재하듯이 고소설 분야에서도 비평이 가능해질 것이다. 예를 들어 한국은 물론이고 중국에서 일대 파란을 일으킨 드라마 〈별에서 온 그대〉는 아무리 봐도 고소설의 이원적 구조를 그대로 담고 있다. 또 드라마 〈도깨비〉는 고소설의 이원적 구조와 닮았지만 사뭇 다르기도 하다. 이를 통해 고소설의 이야기가 현대의 정서 구조 속에서 어떤 길항 작용을 하는가를 살펴볼 수 있다.

문화콘텐츠로서의 고소설을 연구하는 일은 고소설이 현재와 만날 수 있는 길을 여는 단초이자 연구의 현재성을 담보할 수 있는 길이기도 하다. 영화나 드라마뿐만 아니라 게임, 캐릭터 등 다양한 문화 산업 속에도 고소설의 서사 구조가 잠재되어 있을 것이다. 이를 읽어 내는 일이 문화콘텐츠로서의 고소설을 가치 있게 할뿐더러 고소설 연구의 새로운 지평을 열 수 있는 길이다.

2. 개발의 관점

텍스트의 시각화

2002년부터 한국 정부는 문화콘텐츠 분야에서 문화 원형의 중요성을 인식하고 국가가 주도해 콘텐츠로서의 문화 원형을 개발하기 시작했다. 문화 원형을 시청각 콘텐츠 형태로 개발해 그것을 디지털화하는 방향으로 개발이 이루어졌다. 그 결과 각종 『의궤』儀軌,[1] 검안檢案,[2] 『진법』陣法[3] 같은 특정 기록물, 국악 등이 시청각 자료로 개발되었다. 이 중에 설화나 고소설 같은 문학 장르도 포함되어 있지만 고소설은 단 한 차례만 개발되었을 뿐이다. 다양한 이유가 있겠지만 문화콘텐츠로서의 고소설에 대한 가치 인식이 부족했고, 다른 장르에 비해 개발이 어려웠기 때문이다.

고소설이 문화콘텐츠로서 제 역할을 담당하기 위해 무엇보다 필요한 것은 시각화 작업이다. 중국에는 「홍루몽」에 대한 다양한 시각 자료가 개발되어 있다. 「홍루몽」의 주요 인물들에 대한 캐릭터 작업을 비롯해 주요 장면을 그림으로만 처리한 「홍루몽」 회화책 등이 있다. 만일 「홍루몽」을 드라마나 영화의 소재로 활용한다면 이런 시각 자료는 매우 요긴하게 사용된다. 우리의 경우는 이런 시각화 작업이 부족한 편이다. 초등학생을 대상으로 하는 일부 고소설 책에 삽화가 등장하지만, 그로 인해 오히려 고소설의 원래 의미를 왜곡할 우려가 생긴다. 원전에 대한 정확한 이해와 묘사에 대한 세밀한 분석을 통해 학계에서 합의할 수 있는 캐릭터 작업이라도 먼저 시행할 필요가 있다.

고소설은 다른 관점에서 보자면 문화 원형의 총화라고도 할 수 있다. 이를테면 주인공이 전쟁터에 나가는 모습을 보면 '망용대홍포', '수전포', '봉시투구', '상방참사검', '백옥산호채' 등의 치장이 나온다. 「춘향전」의 '의복 치레' 대목에는 조선 시대의 복식이 망라되어 있다. 따라서 복식, 무기, 가옥 등의 문화 원형 요소를 별도로 개발하지 않아도 고소설의 시각화가 제대로 이루어진다면 그 자체로 모든 문화 원형을 효과적으로 구현할 수 있다. 그렇게 구현된 문화 원형은 따로 떨어져 있지 않고 이야기 속에서 하나로 연결된다. 이런 작업은 물론 고증이라는 어려운 일을 수반해야 하며, 화가나 디자이너의 손을 빌려야 한다. 그러나 고소설의 문화콘텐츠화를 위해서는 필요한 일임이 분명하다.

이와 같은 개발이 이루어진다면 이제 고소설 텍스트는 완전히 새로운 형태로 개발할 수 있다. 텍스트와 시각 자료가 공존하는 고소설 한 편을 통해 조선 시대의 문화를 입체적으로 이해하는 길을 열 수 있을 것이다.

텍스트의 다각화

고소설 텍스트는 과거에 비해 상당히 많이 개발되었다. 각종 전집류는 물론이고 삽화를 곁들인 다양한 형태의 텍스트가 존재한다. 또 초등학생부터 성인에 이르기까지 독서 대상별로도 텍스트가 개발되어 있다. 그러나 형태의 다양성에 비해 개발된 소설의 종류는 한정적이다. 엄밀히 말하면 학습 과정에서 필요한 소설만을 대상으로 텍스트가 재생산된다고 할 수 있다.

따라서 고소설 텍스트는 이제 보다 다양한 작품으로 확대할

1. 『의궤』: 조선 시대 왕실의 행사를 기록한 책.
2. 검안: 조선 시대 살인 사건 수사 기록.
3. 『진법』: 조선 시대의 병법 책으로 용병술, 전투 기술 등을 다룬다.

필요가 있다. 그중에서 가장 시급한 분야가 장편소설이다. 특히 문화콘텐츠 측면에서 장편소설은 그 가치가 대단히 높다고 할 수 있다. 우리는 중국이나 유럽권 국가에 비해 세계적 인지도를 가진 풍부한 분량의 원형 스토리를 개발한 적이 없다. 하지만 장편소설은 개발 가능성을 충분히 지니고 있다. 장편소설에는 중국의 『삼국지연의』를 훨씬 뛰어넘는 방대한 분량과 심오한 가치가 있다. 그 속에는 전쟁과 영웅, 사랑과 갈등, 가문과 복수 등 현대의 대중 서사가 견지하려는 주요 요소가 총망라되어 있다. 그럼에도 아직 일반인들이 흥미롭게 읽을 수 있는 형태의 텍스트는 본격적으로 개발되지 않았다. 원문의 일차적 현대어역 수준이 아니라 현대적 감각과 원전의 분위기가 공존하는 텍스트 개발이 이루어져야 할 것이다.

3. 활용의 관점

문화 산업에서 흔히 사용하는 용어의 하나가 'OSMU' One Source Multi Use다. 하나의 콘텐츠가 다양한 분야에 동시에 활용된다는 의미다. 이것은 문화콘텐츠로서의 문화 원형이 갖는 가장 힘 있는 가치로 일컬어지기도 한다. 중국의 「삼국지연의」는 영화, 드라마, 게임, 애니메이션 등 다양한 문화 산업에서 활용된다는 점에서 'OSMU'의 전형적인 경우라고 할 수도 있다. 이런 관점에서 고소설이 지닌 원천 서사는 문화콘텐츠 분야에서 대단히 중요하다.

고소설은 서사를 기반으로 하기 때문에 일차적으로 영화나 드라마 같은 대중 서사물로 활용할 가치가 있을 것이다. 이 경우 한 작품을 그대로 활용할 수도 있고, 특정 모티프나 화소를 활용할 수도 있다. 「홍길동전」이나 「전우치전」, 「춘향전」 등은 이미 많이 활용되었다고 할 수 있겠다. 그러나 우리는 다른 나라에 비해 고소설이 활용되는 사례가 극히 적다고 할 수 있다. 그것도 'OSMU'가 아니라 영화나 드라마에 단선적으로 활용되는 경우가 대부분이다. 따라서 고소설의 원천성을 충분히 개발함으로써 문화 산업 전반에 활용할 수 있는 길을 열어야 할 것이다.

이런 점에서 본다면 문화 산업 관점에서의 작품 발굴과 아울러 고소설의 주요 모티프나 사건을 중심으로 별도의 콘텐츠를 개발할 필요가 있다. 고소설이 유형성과 정형성이 강한 장르라는 점을 감안한다면 후자의 작업이 더 중요하다고 할 것이다. 이를테면 캐릭터 창고, 모티프 창고, 사건 창고, 구조 창고 등을 만들어 두는 것이다. 어떤 창고에서 어떤 재료를 가져다 써도 된다. 다루고자 하는 주제나 내용에 따라 그에 걸맞은 재료를 가져다 새로운 이야기를 만들면 된다. 이런 창고를 만들어 두면 새로운 창작 소재, 이야기의 풍부한 원천성에 굶주려 있는 문화 산업에도 활용 가치가 클 것이다.

조선 시대의 고소설 역시 이와 같은 방식으로 다양한 이야기를 생산했을 것이다. 현대의 대중문화 같은 역할을 당시의 고소설이 담당했다면, 지금 문화 산업과 고소설의 만남은 당연한 일이다.

1. 고소설의 주요 모티프가 현대의 영화나 TV 드라마에 활용된 사례를 찾아보고, 이를 바탕으로 고소설 모티프의 현대적 활용 방안을 생각해 보자.

2. 원천 서사가 문화 산업에 활용되어 성공한 다른 나라의 사례를 찾아보고, 우리 고소설의 문화 산업적 경쟁력에 대해 생각해 보자.

3. 고소설의 모티프 중 현대적으로 계승, 변용할 만한 것을 골라 문화콘텐츠 기획안을 작성해 보자.

참고 문헌

박경하(2004), 한국의 문화원형콘텐츠 개발현황과 과제

송성욱(2005), 문화콘텐츠 창작소재와 문화원형

송성욱(2017), 고전소설의 이원적 구조와 TV드라마

인문콘텐츠학회(2006), 문화콘텐츠 입문

정병설(2004), 고소설과 텔레비전 드라마의 비교

정혜경(2018), 고전서사를 활용한 콘텐츠 동향과 기획

조광국(2008), 고전대하소설과의 연계성을 통해 본 TV드라마의 서사 전략과 주제

홍순석 외(2018), 한국 고전서사와 콘텐츠

필 자   송성욱

3. 새로운 활용

고소설 독서의 즐거움,
그 현재적 의미

고소설은 더 이상 현대인에게 매력적인 독서물이 아니다. 현재 고소설 작품은 오로지 학습용으로 소비될 뿐, 자발적인 독서의 재미와 감흥을 선사하는 주체에서 멀어진 지 오래다. 국문학, 국어 교육 또는 인접 인문학 전공자도 고소설 전공자가 아니라면 일부러 고소설 작품을 찾아 읽지 않는다. 교실 현장에 있는 국어 교사도 마찬가지다. 오늘날 고소설 독서에 관한 한, 선수보다 방관자 내지 구경꾼이 다수다.

1. 고소설 독서의 현주소

무엇이 문제인가? 고소설이 일상과 유리된 채 교육 대상이 된 뒤로 지식에 방점을 둔 문학 교육, 곧 대학 입시를 위한 기능 교육으로 전락해 버렸기 때문이다. 고소설을 왜 읽어야 하고 현재와 미래 생활에 무슨 소용이 될지 그 본질을 모색하는 작업보다는 대학에 들어가기 위한 수단으로, 또는 문학 능력을 평가하기 위한 대상으로서 목적을 두고 독서를 추구해 왔기 때문이다. 사실 고소설 독서는 고소설이어서가 아니라 소설 자체가 좋아서 읽는 독서의 대상이어야 한다. 그러나 지금까지 고소설 독서는 '고전'이라는 이름 아래 의무를 얹었을 뿐, 고소설 독서가 필요한 이유를 깊이 궁구하지 못했던 것이 사실이다. 고소설을 현대인이 왜, 그리고 어떻게 즐기고 감상할 것인가에 대한 진지한 고민이 필요한 이유다.

작품의 주제와 작가 의식을 지식 차원에서 학습하고 수동적으로 이해하던 주제 인문학 교육은 설자리가 좁아졌다. 디지털을 일상으로 사용하는 오늘날 작품을 둘러싼 여러 창작 및 향유 조건과 상태, 소설의 사적史的 전개 과정과 작품별 표현 및 기법, 서사 형식 등 주요 특징을 문학사의 맥락에서 이해하고 이를 적절히 '표현'해 낼 수 있는 표현 인문학 교육이 더 중요해진 시대에 살고 있다. 즉 자신의 감정과 생각을 기꺼이 글과 말로 적절히 제시하고 재구성할 수 있는 능력이 요구된다. 표현이 곧 지식이자 논리이면서 정서가 되고 감상 능력이 된다. 그렇다면 고소설 작품을 읽고 그 속에 담긴 문제의식과 문화 DNA를 현재적 가치로 자기화하는 공론장公論場을 어떻게 마련할 수 있을까? 고소설을 현재적으로 향유한다는 것의 진심을 찾고, 고소설을 교육하고 감상하는 방안을 구체적으로 고민해야 한다.

2. 고소설 독서의 실제적 유용성

그렇다면 오늘날 고소설 독서의 목표를 어디에 두어야 할까? 무엇보다 고소설 읽기가 즐거워야 한다. 소설적 재미야말로 고소설 독서의 자발성과 몰입을 위한 원천이다. 그런데 소설적 재미는 서사적 흥미뿐 아니라 도덕적 깨달음과 자기 일체화 과정에서도 맛볼 수 있다. 현대에 소설적 재미를 어떻게 확보할 수 있을까?

첫째, 훌륭한 고소설 현대어역본과 만나야 한다. 현대인이 읽을 만한 독서물이라는 인식을 갖게 하는 일이 긴요하다. 오늘날 성인들까지 고소설을 읽을 때 겪는 일차적인 어려움 또는 거부감은 생경한 한자어와 어려운 고어 표현에서 비롯된다. 현재 생활 속에서 사용하지 않는 어휘와 표현이 가득하기 때문이다. 예를 들어 「유충렬전」 번역본에 '조참적소'遭讒謫所, '탑전'榻前처럼 현대어로 풀어 설명해 주어야 하는 한자어가 다수 등장한다. 소설 작품은 시가 작품과 달리, 원문의 의미를 상실하지 않는 범위에서 충분히 윤색할 수 있다. 따라서 처음부터

'조참적소'를 '참소를 당해 귀양을 가다'로, '탑전'을 '임금 앞에서'로 풀어쓴다 한들 원문 내용과 달라지지 않을뿐더러 원전의 묘미를 맛보는 데 크게 지장이 없다. 또한 원문에서 벗어나지 않은 채 내면 심리나 갈등 국면, 분위기를 현대 독자들의 감각에 맞는 표현으로 제시할 때, 현대물과는 또 다른 흥미와 관심을 불러일으킬 수 있다.

둘째, 중고등학교 시절부터 고소설 작품 전체를 제대로 읽고 감상할 수 있는 기회와 환경을 마련해 주어야 한다. 2015 교육 과정에서 '한 학기 1책 읽기' 활동을 새로 추가한 것도 이와 무관하지 않다. 작품 전체를 온전히 읽지 않은 채 줄거리만 외운다거나, 주제를 암기하고 고소설 작품을 다 읽었다거나 내용을 안다고 말하는 것만큼 허망한 일도 없다. 고소설 작품을 천천히 완독한 후, 자신의 감상과 의견을 여러 형태로 표현하고 주제 의식을 음미하거나 직접 사유할 수 있는 기회를 자주 제공하고 질문과 토론을 생활화할 수 있어야 한다.

셋째, 고소설 작품을 문학사회사적 측면에서 만나도록 하는 작업이 필요하다. 대학 전공 강의에서는 소설사 전개 흐름을 고려해서 하위 갈래별 주요 작품들을 직접 읽은 뒤 각 작품의 특징을 하위 갈래, 사건, 배경, 인물, 주제 의식, 사회적 향유 맥락 등을 두루 살펴 지식 차원에서 파악하고, 작품이 지닌 심미적 가치와 문제의식을 이해하는 것이 중요하다. 예를 들어 「최치원」, 「이생규장전」, 「하생기우전」, 「주생전」, 「최척전」, 「운영전」을 차례로 읽은 후, 각 작품의 공통점과 차이점을 토론하면서 전기傳奇소설 작품군의 보편적 특징과 전기소설의 변모 양상, 그리고 각 작품의 고유한 특장들을 변별해서 이해하는 한편, 전계傳系 소설 또는 몽유록계 소설, 야담계 소설과의 거리까지 분별할 수 있도록 이끄는 수업이 필요하다. 그 과정에서 소설 독서 환경, 곧 누가 짓고 읽었으며, 어떤 환경에서 소설을 읽고 유통, 출판했는지까지 이해할 때, 고소설 독서의 현재적 의미까지 메타적으로 바꿔 놓고 생각해 볼 수 있다.

소설사 교육은 소설이 과연 무엇인지 그 본질을 이해토록 하는 데 도움을 줄 수 있어야 한다. 역동적으로 구조화하고 삶의 과정성과 총체성을 체현할 뿐만 아니라 과거와 현재를 이해하는 매개로, 또는 지식과 감수성을 통합하는 기제로 두루 활용할 수 있는 종합 갈래가 바로 고소설이다. 따라서 고소설의 역사와 하위 갈래 분화를 이해한다는 것은 변화와 누적이라는 역사적 논리로 문학의 질서를 재구성하는 것이나 다름없다. 하나의 개별 작품을 독립적으로 이해하고 감상하는 것 외에 동시대의 다른 작품과 비교하고, 또 다른 시대의 작품과 대조하는 과정에서 이를 현재의 소설 독서와 견주고, 현대 사회를 읽어 내는 단서를 마련할 수 있다.

3. 고소설 독서의 현재적 매력

고소설 작품이 의미 있는 독서물이 되려면 현대인에게 의미 있는 흥미소를 적극 찾아내 제공하는 것이 중요하다. 작품 속 주인공 이름을 통해 주제 의식을 읽어 내는 것이 하나의 방법이다. 예를 들어 「구운몽」에서 주인공 '성진'性眞은 문자 그대로 '참된 본성'을 지닌 인물이다. 성진을 통해서는 작품의 서사가 끝없는 진리를 추구하는 과정을 강조하고자 했음을 엿볼 수 있다. 반면에 성진의 꿈속 주인공 '양소유'楊少遊는 여덟 여인과 만나 쾌락을 즐기다 인생무상을 느끼는 존재다. 그런데 양소유가 고전문학 작품에서 흔히 남녀 간 애정과 춘정을 상징하는 수양버들의 의미를 지닌, '양'楊 처사(부친)와 '유'柳씨 부인(모친) 사이에서 태어난 것은 기막힌 설정이 아닐 수 없다. 더욱이 '소유'少遊는 '젊을 소少' 자와 '놀 유遊' 자가 결합된 것으로, 영어로 바꿔 보면 'play boy', 곧 호색남을 뜻한다. '성진과 양소유' 두 주인공의 이름 자체가 「구운몽」의 주제를 드러내는 메타포임을 알아차릴 수 있다. 작품 창작과 관련해 숨겨진 상징과 서사 장치를 이해하는 것이야말로 당대 전통문화와 선인들의 관심사, 그리고 의식 세계와 만나는 열쇠다.

오랜 지혜와 시대 의식의 응축과 투영의 산물인 고소설(특히 '고전' 소설)은 200년, 400년 세월을 이겨 내고 살아남은 것들이다. 따라서 가치 면에서 검증이 완료된 것이라 할 수 있다. 거기서 본질적이고 근본적인 것을 찾아내어 적용하는 것이 현대인의 몫이자 고소설의 현재적 효용 가치의 양에 해당한다. 고소설에서 추출해 낼 수 있는 삶과 죽음, 현실 투쟁의 문제의식 등은 현대인에게도 여전히 유용한 토론거리다.

예를 들어 「최척전」과 「김영철전」에서 다룬 전란 서사는 자연스럽게 오늘날 국제 난민 문제와 연결 지어 공론화할 수 있다. 「장끼전」, 「변강쇠가」, 「흥부전」 등에서는 자기 고향을 등지고 타지로 이주해 사는 이들의 사회 문제를 다룰 수 있다. 「장화홍련전」은 재혼 가정이 급속도로 늘고 있는 한국 사회에서 가정 구성원 간 관계 맺기와 화목의 문제를 논하고자 할 때 흥미로운 고전 서사임에 틀림없다. 「운영전」도 마찬가지다. 「운영전」을 읽는다면, 우리는 자살이 과연 합리화할 수 있는 행동인지, 과연 최선의 선택인지 되묻고 생명 존중의 가치를 함께 논할 수 있다. 자살률 1위의 불명예를 안고 있는 한국 사회에서 자살 심리와 윤리 문제와 생명 의식, 그리고 자살을 강요하는 사회 문제에 이르기까지 가치관 교육, 인성 교육, 치유 교육을 거드는 긴요한 참고 자료로 효과적이다. 그뿐인가. 「박씨전」을 통해 미모를 출세와 성공의 기준으로 삼는 외모 지상주의 한국 사회의 민낯을 들여다볼 수 있고, 바람직한 사회적 가치관 형성 문제를 다룰 수도 있다.

오늘날 도덕적 딜레마 상황에서 개인적·사회적으로 어떤 가치 판단을 내리고, 인간의 실존을 어떻게 현실적으로 받아들여야 할지 고민할 때가 많다. 이때 고소설은 재미를 기반으로 독자로 하여금 등장인물과 자신을 동일시하게 하고, 작품의 도덕적 긴장을 직접 체험하게 해 줄 수 있다(이정원, 2017). 「심청전」에서 효란 명분과 죽음 앞에 두려워하는 인간적 고민 사이의 내적 갈등과 도덕적 긴장을 맛볼 수 있다면, 「홍길동전」에서는 부친이나 나라와 갈등하면서까지 인간 자체의 존엄성(적서 차별 폐지)을 위해 적극 실천하는 모습까지 읽어 낼 수 있다. 이처럼 고소설은 현대보다 앞서 살면서 고민했던 인간의 삶과 죽음, 현실과 환상, 고통과 기쁨의 제 문제를 구체화한 인생 서사임을 자각토록 해야 한다.

고소설 독서가 자발적으로 이루어지도록 하기 위해서는 감동과 재미를 동시에 충족시킬 수 있는 명작품을 엄선해 그 의의를 부각하는 작업이 필요하다. 단순히 소재가 유사한 것뿐 아니라 현재 우리가 고민해야 할 문제의식을 고스란히 내포한 데 주목해 그 본질을 찾아내는 독서를 즐길 때, 고소설은 그 자체로 우리 곁에 가까이 왔음을 느낄 수 있다.

4. 매체 변용을 통한 고소설의 상생

고소설은 전근대에 이미 다른 장르와 적극 교섭하며 당대 사회가 원하는 서사 욕구를 충족해 왔다. 오늘날 영화나 만화, 웹툰, 더 나아가 인터넷 게임과 고소설이 만날 여지와 기회는 여전히 충분하다. 소설 독서는 독자의 선호도와 밀접한 관련이 있다. 수요를 외면하지 말고, 현대적 매체와 만나 문자 텍스트 중심인 기존 고소설이 적극 변신할 수 있도록 전향적이고 유연한 자세를 견지해야 한다. 더 이상 문자 중심의 텍스트 연구와 교육만으로는 고소설을 제대로 즐길 수 없는 강을 우리가 지금 건너고 있음을 인정해야 한다.

이런 점에서라도 고소설은 현재의 관심사를 질문하고 그 답을 찾는 원천이어야 한다. 디지털 콘텐츠와 창의융합적 사고 및 토론을 접목한 고소설 교육을 시도할 때, 그 흥미도 배가된다. 예를 들어 조별로 호기심 차원의 탐구 주제를 정해 이를 상대 조에 질문하면, 질문을 받은 조는 자신들만의 관점과 태도를 정해 요구 사항에 충분히 조사해서 답하는 발표를 수행할 수 있다. 이른바 '조별 발표 배틀' 수업이라고 할 수 있다. 한 조가 고소설 속 영웅 주인공을 모아 어벤저스 팀을 구성할 수 있을지 묻는다면, 상대 조는 국내 고소설 작품 속 영웅들의 특성을 파악해 팀원을 정한 뒤 그 이유를 작품에 근거해서 나름대로 제시하고 함께 토론할 수 있다. 오늘날 '마블'Marvel로 대표되는 영웅 캐릭터 영화에 현대인들이 열광하는 이유는 심오하지 않다. 다만 '결핍' 상태인 현실의 문제를, 힘들지만 끝내 해결하고, 그 과정에서 영웅의 다양한 능력을 통해 일종의 쾌감과 볼거리를 맛보며, 해피엔딩을 통한 카타르시스와 정의 구현이라는 기대치를 공통으로 충족받기 때문이다. 그런데 이런 심리 기저야말로 영웅소설만이 지닌 전형적인 특장이기도 하다. 이처럼 고소설에서 현대인의 흥미소를 찾아내는 일은 결코 멀리 있지 않다.

고소설은 과거에 산출된 허구적 서사지만 현재보다 앞서 최첨단의 사유를 담아 낸, 상상적 인간학의 총화라는 점에서 현재와 여전히 함께 호흡할 수 있는 대상이다. 고소설 작품 속에 내재된 문제의식은 현대와 미래에 계속 호명해 내면서 작품을 만날 수 있는 이유 그 자체다.

고소설의 최근 연구 성과를 반영한, 다양한 방법론으로 작품을 분석하는 법을 느끼게 하자. 고소설 서사가 독자 자신의 자기 서사와 겹치는 지점을 느끼게 하고, 독자의 내적 상처를 치유하거나 내적 변화를 유도하는 공감의 문학으로 만나도록 안내하는 일부터 시작하자. 현대인이 관심 갖는 주제에 골몰해 현대적 해석과 적용 문제를 끊임없이 시도할 때, 현대에도 고소설이 여전히 멋진 동행자임을 느낄 수 있다. 인문학적 소양을 토대로 기술과 과학, 음악과 미술 등 제 분야와 만나 교양 교육, 인성 교육, 창작(작문) 교육, 토론 교육, 독서(감상) 교육으로 확장할 수 있는 상생 서사로 고소설만 한 것도 없다.

참고 문헌	간호윤(2014), 그림과 소설이 만났을 때
	권순긍(2001), 문제제기를 통한 고소설 교육의 방향과 시각
	김종철(1999), 소설의 이본 파생과 창작 교육의 한 방향
	노대환·신병주(2005), 고전 소설 속 역사 여행
	서유경(2014), 고전소설 교육 실행과 연구의 과제
	신재홍(2013), 고전소설의 재미 찾기
	이민희(2016), 재미있는 고소설 교육을 위한 실천적 수업활동의 실제
	이정원(2017), 고전소설의 도덕교육적 가치
	정선희(2014), 고전소설 연구와 교육의 소통
	조현우(2010), 고전소설의 현재적 가치 모색과 교양교육
	한민고등학교 창의융합팀(2015), 창의융합 교실, 허생전을 파하다

필　자	이민희

3. 새로운 활용

소통과 치유의 고소설 읽기

소통과 치유의 고소설 읽기는 텍스트 중심의 문학 연구로부터 작가와 작품을 향유하는 독자로 관심의 폭을 확장하는 접근 방식이다. 기존의 문학 연구에서도 작가와 독자에 대한 연구는 있었다. 통상 작가론이라 불리는 연구에서는 작가를 둘러싼 사회사적 맥락이나 작가 개인의 심리적 특성을 탐구했다. 또 독자론에서는 유통, 독서 환경, 카타르시스 등의 문제를 다루어 왔다. 이제 소통과 치유의 관점을 적용한 고소설 읽기에서는 작가는 창작을 통해, 독자는 감상을 통해 어떠한 개인의 성장을 이루어냈는가에 더 역점을 두려 한다.

창작과 감상을 통한 개인의 성장이란 작가와 독자가 고소설을 매개로 의식적, 무의식적으로 경험한 주체의 바람직한 변화를 말한다. 소통과 치유의 고소설 읽기에서는 이 과정을 구체화하고 체계화하는 것을 목표로 삼는다. 이러한 관점은 최근 서사이론들과도 밀접한 관련이 있다.

독자 반응 이론에서는 독서 행위를 독자가 능동적으로 의미를 생성해 가는 활동으로 본다. 창작마저도 작가 고유의 독창성이 발현된 것으로 보지 않는다. 창작은 예측된 반응 또는 상상의 목소리로 참여하는 독자와의 상호 작용에서 산출된 산물이라고 본다. 이처럼 작가와 독자의 구분을 해체하고 동등한 행위자로서 상호 작용적 소통을 중시하는 관점은 소통과 치유의 고소설 읽기에서도 맥을 같이한다.

무엇보다도 최근 서사 이론의 흐름은 창작에서부터 독서 행위에 이르기까지 작가와 독자의 소통을 중요시하며, 독자의 의미 구성 과정이 새로운 담론과 사회를 형성하는 데 기여하는 실천성을 강조한다. 이러한 맥락은 자연스럽게 고소설 읽기의 효용이 즐거움을 제공하거나 당위적인 윤리를 전달하는 데 그치지 않는다는 시각을 열어 주었다.

최근 내러티브 연구에서는 서사를 전통적인 장르 개념을 넘어 보편적인 인지 활동의 하나로 보고 있다. 인간이 살아가면서 파편화된 상태로 경험한 사건들을 하나의 방향성을 갖는 것으로 구조화하고, 이를 통해 자기 삶의 의미를 이해하는 것이 곧 서사화 과정과 다르지 않다고 본다.

이처럼 확장된 서사 개념은 독자가 부지불식간에 행하는 인식 행위를 비추어 포착해 낼 수 있는 준거로 문학 작품을 활용할 수 있다는 견해를 지지한다. 이에 소통과 치유의 고소설 읽기에서는 고소설을 지식의 대상이 아니라 다양한 삶을 경험할 수 있는 매개로 활용한다. 또 독자로 하여금 자기 정체성과 소망을 투사해 자기를 이해하고, 타자를 알며, 세상과 소통하는 다양한 방식에 주목하게 한다. 다음에서는 소통과 치유에 대한 관점들 중 문학치료학의 이론을 중심으로 치유를 위한 고소설 읽기의 내용과 방법에 대해 살펴보겠다.

1. 문학치료학의 방법론을 활용한 고소설 읽기

문학치료학의 관점으로 고소설을 읽을 때는 텍스트의 서술 전략에 주목하기보다는 각각의 소설이 어떤 인간의 삶에 대해 이야기하는지에 관심을 가져야 한다. 문학치료학에서는 소설 읽기를 통해 보편적이면서도 특별한 인생살이를 경험해 볼 것을 강조하고, 그 경험을 현재 독자의 인생과 연결해 볼 수 있는 다양한 방식을 제안한다. 특히 인간이란 관계를 맺고 사는 존재라는 점을 염두에 두면 인생살이를 경험한다는 것은 다양한 인간관계를 경험하는 것이라고 말할 수 있다. 따라서 소통과 치유의 고소설 읽기에서는 고소설 분석과 감상을 위해 무엇보다도

인간관계를 주요한 요소로 다룬다.[1]

흔히 소설의 세 가지 구성 요소로 인물, 사건, 배경을 말한다. 그런데 서사를 전개하는 데 중요한 사건의 발생이나 상황의 변화는 모두 인간관계의 형성이나 위기와 밀접한 관련이 있다. 또 인물을 분석할 때도 인간관계를 주요 관점으로 삼을 수 있다. 인간관계를 통해 인물을 논의하는 것은 인물character의 특성을 타고난 것으로 보지 않는다. 한 인물의 특성은 다른 인물들과 맺는 관계 속에서 발견되고 수정되며 구성된 결과물이다. 예컨대 영웅의 특성 역시 태어나면서 부여된 것이 아니다. 어떤 인물이 자기 앞에 펼쳐진 인간관계 속 문제를 해결해 가면서 성숙하고, 깨달음을 얻은 결과 그런 특성을 지닌 인물로 거듭난 것이다. 이처럼 인물의 특성을 인간관계의 산물로 이해하는 관점은 독자로 하여금 성격이나 행동 면에서 자신과 관련이 없다고 생각했던 작품 속 인물과의 연결을 용이하게 한다.

한편 소통과 치유의 고소설 읽기에서는 인간관계를 중심으로 지금껏 연구해 온 고소설 관련 논의들을 재해석하고 재분류하는 작업에도 관심을 기울인다. 「구운몽」을 예로 들어보자.

「구운몽」에 대한 연구는 많은 성과가 축적되었다. 그중 「구운몽」의 주제론에서는 불교적 인생관과 유교적 인생관의 갈등을 보여 준다거나 인생무상을 언급한 것이 대표적이다. 그런데 인간관계를 중심에 두고 「구운몽」의 갈등을 살펴보면 또 다른 논의도 가능하다. 성진이 양소유가 되었다가 다시 성진으로 돌아오는 삶의 행로는, 육관대사와 맺은 관계 속에서 제자로 살던 성진이 성적 욕망을 한껏 드러내며 여성들과 관계를 맺는 남성 양소유로 살다가 다시 제자로 돌아온 과정이라고 이해할 수 있다. 그러니까 인간관계를 중심으로 고소설 「구운몽」을 정리하면, 자녀의 영역에서 벗어나 남녀의 영역으로 넘어갔다가 다시 자녀의 영역으로 복귀한 서사라고 할 수 있다.

1. 문학치료학에서는 서사를 인간관계의 형성과 위기와 회복에 관한 진술이라고 정의한다. 또 서사(작품의 서사와 인생살이의 기반이 되는 서사)에서 주목하는 인간관계의 양상에 따라 서사를 네 가지로 범주화하는데, 자녀 서사·남녀 서사·부부 서사·부모 서사가 그것이다. 이 네 종류의 서사는 가족 관계를 모델로 한 것으로 탄생, 성별, 결혼, 출산이라는 인생의 계기를 기준으로 삼은 것이기보다는 순응, 선택, 지속, 양육 같은 인간관계 속 과업을 기준으로 삼는다.

성진이 팔선녀를 만나 불도에 품은 회의는 이성에 눈뜨면서 자녀가 부모와의 관계에 문제가 생긴 경우와 유사하다. 성진은 잠시 동안 회의를 느꼈을 뿐 다시 불도에 정진하려 하지만, 「구운몽」의 서사는 육관대사가 성진을 쫓아내는 것으로 진행된다. 양소유로 태어나 여덟 여인과 두루 만나며 세상의 여자들과 온갖 인연을 맺은 뒤에야 성진은 비로소 다시 돌아올 수 있었다.

이와 같은 「구운몽」의 서사 진행을 치유의 관점에서 해석해 보면, 육관대사의 대처는 자녀의 성적 욕망을 인정하고 그것을 철저히 탐구할 것을 권하는 부모의 모습과 같다. 또한 성진이 자신의 성적 욕망을 누린 뒤에야 다시 제자로 복귀할 수 있는 것은 부모의 법칙에 순응만 하던 단계에서 벗어나 자기 소망에 따라 선택하는 경험을 한 뒤에야 비로소 진정한 자녀로 거듭나는 인간관계의 발전 양상을 보여 주는 것이다.

이처럼 자녀에서 출발해 남자로 옮겨 가고, 부모로부터 독립한 뒤에 진정한 자녀의 역할을 할 수 있게 되는 과정을 드러내는 독법은 오늘날 독자들이 「구운몽」을 통해 미리 경험해야 할 삶의 모습이 무엇인지, 그리고 자신의 삶에 참조해야 할 바가 어떤 것인지를 보여 줄 수 있다.

2. 고소설 읽기를 통한 자기 성찰과 성장

고소설이 향유되는 현장을 살펴보면, 동일한 작품에 대한 독자들의 반응은 각양각색이다. 그러한 반응 중에 주류에 들지 않은 반응에 대해서는 주관적인 취향의 문제라고 폄훼하고, 망각에 대해서는 작품 이해 능력의 열등함이라고 치부하며 소홀히 다룬 감이 없지 않다. 그러나 치유의 관점에서 볼 때 다양한 반응은 하나하나가 주의를 기울여 살펴보아야 할 현상들이다. 그것은 독자들이 작품으로부터 구성해 낸 의미가 달라서거나, 그들 각각의 경험이 달라서 비롯된 것이기 때문이다. 그야말로 작품을 매개로 자기에 대한 이해를 활발히 전개할 수 있는 지점이다.

이처럼 독자의 다양한 작품 읽기를 문학치료학에서는 작가나 서술자가 주목한 인물 외에 작품 속 다양한 서사 주체의 입장에 독자가 편승해서 작품의 흐름에 동조하거나 반론을 펼친 결과라고 이해한다. 이처럼 서사의 주체를 주목하면 독자가 수용하는 다양성을 구체적으로 설명할 수 있고, 이해와 공감의 전략도 수립할 수 있다. 물론 독자의 입장에서는 자신이 동일시하는 주체가 누구인지, 왜 그러한 동일시가 일어나는지를 분석함으로써 자기에 대한 이해를 심화할 수도 있다.

독자는 고소설 읽기를 통해 작품의 서사 진행과 자신의 반응이 일치하거나 혹은 거리가 있다는 사실을 발견하는데, 특히 거리가 있는 반응이 독자로 하여금 자기를 변화시키는 계기가 될 수 있다. 왜냐하면 서사 주체의 입장에서 고소설을 읽는다는 것은 특정 인물과 동일시를 경험하는 것과는 차이가 있기 때문이다. 그것은 서사 주체의 입장에서 작품 속에 형상화된 인생의 단면을 누려 본 뒤에 그것으로부터 빠져나와 객관적으로 작품에 형상화된 인생에 대해 다시 생각해 보는 지점을 마련하는 데까지 나아가야 한다.

서사 주체의 입장에서 고소설을 읽는 과정은 「홍부전」을 예로 살펴보자. 「홍부전」은 등장인물의 수만큼 다양한 서사의 주체가 있다. 그래서 그들 각각을 중심으로 서로 다른 서사를 구성할 수 있다. 만일 독자가 놀부를 서사의 주체로 두고 「홍부전」의 서사를 재구성한다고 가정해 보자. 놀부도 나름대로 자기의 입장이 있고 논리가 있기 때문에 그것은 충분히 가능하다. 「홍부전」 각편 중에는 놀부의 아버지가 놀부에게는 일을 하라고 하고, 홍부에게는 공부를 하라고 해서 놀부가 내심 불만을 갖는 경우가 있다. 그런데도 동생 홍부는 벼슬도 못하고, 결혼한 뒤에도 여전히 형에게 얹혀산다. 이런 상황을 고려하면 놀부의 심술은 충분히 이해할 수 있다.

앞에서도 이미 말한 것처럼 놀부를 서사의 주체로 삼아 「홍부전」의 서사를 재구성한다는 것은 놀부와 동일시하는 것과는 다른 과정이다. 그래서 「흥부전」의 전개를 거스를 수 없다. 서술자가 주인공으로 설정한 인물이 아니라 독자가 동일시하는 서사의 주체를 따라서 작품을 읽어 가는 것이긴 하지만 동시에 동일시로부터 빠져나올 수 있어야 한다.

놀부에게 동일시하는 독자는 놀부가 패망하는 「흥부전」의 결론이 속상하기만 할 것이다. 그러나 놀부를 서사의 주체로 삼아 「흥부전」의 서사를 구성해 보는 활동은 놀부를 매개로 자신을 한껏 드러냈다가 다시 작품을 매개로 놀부와 같은 입장에 처한 자신의 문제를 객관적으로 검토하거나 조정해 보는 것에까지 나아가야 한다.

결국 놀부를 서사의 주체로 「흥부전」을 읽는다는 것은 놀부의 입장이 어디까지 용인될 수 있는지, 어디서부터는 놀부의 논리가 먹혀들 수 없는지를 깨닫는 것이다. 이것이 쉬운 일은 아니다. 아버지의 차별과 못난 동생 때문에 불만이 쌓인 놀부가 자신의 마음을 다스려 갈 수 있는 과정과 맞물렸기 때문이다. 이것은 놀부에 대한 강렬한 동일시를 내려놓고 거리 두기를 하면서 능력도 없이 마음만 착하다고 생각했던 동생 흥부가 놀부를 살릴 수 있다는 데까지 생각이 미쳤을 때 가능한 일이다.

이처럼 서사의 주체를 따라 고소설 작품을 읽는다는 것은 처음에는 동일시를 통해 자신이 어떤 인물과 유사한 입장이며 인간관계를 운영하는 방식은 어떤지를 알 수 있는 것이면서, 다른 한편 자신의 입장과 다른 서사의 진행을 통해서는 독자의 내면에 자리한 서사에 거리 두기를 하고 자신의 서사를 다르게 평가하거나 새로운 의미를 부여하는 경험과 관련이 있다.

그래서 서사의 주체를 통해 고소설을 읽는 과정은 독자가 자기 이야기를 다시 써 보는 경험으로 이어질 수 있다. 지금까지는 눈여겨보지 않았던 고소설 속 장면들을 볼 수 있고, 이를 통해 작품의 의미를 처음과 다르게 이해할 수 있는 것은 독자의 자기 정체성 구성 과정과도 깊은 관련이 있다. 그러니까 텍스트의 의미를 구성해 나가는 과정은 한편으로는 독자 자신의 정체성을 발견해 나가는 과정인 동시에 자기 정체성의 재구성 또는 변화 과정에 상응하는 것이라고 하겠다.

우리가 알고 있는 고소설 작품은 서사가 진행되어 가면서 주요한 고비들마다 매우 특별한 하나의 선택을 함으로써 지금의 모습을 갖추었다. 이 고비들은 대부분 인간관계의 위기에서 발생한 것이고, 선택은 그 위기에 대한 대응 방식이다. 그리고 독자들 또한 인생을 살다 보면 많은 고비를 만나고, 그때마다 무수히 많은 갈림길 앞에서 현명한 선택을 해야 하는 상황에서 자유롭지 않다. 그때 우리는 가장 나은 결론이라고 예상되는 길을 선택할 텐데, 그 예상은 대부분 지금까지 우리가 익혀 온 다양한 이야기 속에서 인물들이 인간관계를 운영해 온 방식을 참조할 가능성이 높다. 왜냐하면 우리의 파편화된 시간이 논리적으로 연관되고 의미를 얻는 과정이 바로 이야기를 구성하는 방식과 닮아 있기 때문이다.

이것이 우리가 고소설을 소통과 치유의 관점에서 읽어야 하는 이유기도 하다. 고소설에는 현대소설이 보여 줄 수 없는 우리 시대와는 다른 인간관계 운영 방식과 문제 대처 방식이 담겨 있다. 아울러 우리 시대의 문제가 시작된 원인을 보여 줄 수 있고, 우리가 회복해야 할 미래를 담고 있기도 하다. 고소설 작품에서 발견한 의미 있는 길이 복원될 때 그 길은 소통과 치유로 향할 것이다. 나아가 소통과 치유를 위한 고소설 읽기에서 적극적으로 해 나가야 할 과제는 고소설에서 탐색한 치유의 힘들이 현대인들의 삶의 문제로 이어지고, 현대의 문제 해결 방식과 비교되면서 더 나은 방안을 모색하고, 작품 속 문제 해결이 독자의 삶에서 실현될 수 있는 방법들을 다각화해 나가는 일이다.

탐구 활동

1. 문학치료학적 「구운몽」의 독법이 나에게 주는 의미를 생각해 보자.

2. 지금까지 읽은 고소설에 등장하는 인물 가운데 가장 좋아하는 인물과 싫어하는 인물을 뽑아 보고, 내가 왜 그들을 선택했는지 이유를 말해 보자.

3. 「운영전」에 등장하는 여러 인물을 주인공으로 이야기를 재구성해 보고, 각 인물이 스스로의 입장을 표현하는 역할극을 해 보자.

참고 문헌

김석회(2004), 문학치료학의 전개와 진로

김수연(2011), 소통과 치유를 꿈꾸는 상상력, 숙향전

류수열(2009), 고전문학의 사회·문화적 소통과 방언의 행방

박기석(2004), 김신선전 연구

박일용(2015), 용궁부연록에 설정된 윤필연의 의미와 그 치유적 함의

서사와문학치료연구소(2016), 행복한 삶과 문학치료

서유경(2009), 소통적 관점에서 본 금방울전 읽기 교육 연구

신동흔(2016), 옥루몽과 정명의 철학, 그리고 치유

이지영(2015), 조선시대 장편한글소설에 나타난 못된 아버지와 효자 아들의 갈등

임치균(2007), 고전소설에 드러난 부부 갈등에 대한 정서적 대응

정선희(2014), 고전소설 연구와 교육의 소통

정운채(2005), 인간관계의 발달 과정에 따른 기초서사의 네 영역과 구운몽 분석
　　　시론

정충권(2015), 흥부전에 나타난 분가와 우애 문제

하은하(2016), 고전서사 속 결혼과 이혼에 대한 대학생의 반응과 합류적 사랑 이야
　　　기로서의 조신, 검녀, 부부각방의 의미

필　자　　하은하

V

부록

고소설 답사지

【경상북도】

경주시 사정동 흥륜사지, 황성공원 - 「김현감호」

『삼국유사』「감통편」'김현감호'의 공간적 배경은 흥륜사興輪寺다. 김현은 흥륜사 탑돌이에서 만난 호랑이 처녀와 사랑에 빠진다. 신라 천경림天鏡林에 세워진 흥륜사는 최초의 절집이다. 현재 흥륜사지에는 이차돈이 불교 공인을 위해 순교한 장면을 새겨 넣은 비석이 있다. 호랑이 처녀의 명복을 빌기 위해 김현이 창건한 호원사虎願寺도 경주시 황성공원에 폐사된 채로 남아 있다.

경주시 금오산(남산) 용장골 용장사지 - 『금오신화』

김시습의 『금오신화』는 금오산 용장사茸長寺에서 집필되었다. 용장사는 매월당 김시습의 방외인적 삶을 통해 볼 때 매우 중요한 창작 공간이다. 현재 용장사지에는 김시습이 살면서 들매화를 보고 시를 지었던 집터가 남아 있을 뿐만 아니라 최근에는 매화나무도 심어 놓았다. 집터 위쪽에는 용장사지 삼층석탑과 석조여래좌상, 마애불이 남아 있다.

상주시 이안면 가장리 쾌재정 - 「설공찬전」

채수의 「설공찬전」은 쾌재정快哉亭에서 집필되었다. 상주시 공검면 율곡에는 채수의 묘와 신도비가 있다. 채수(1449~1515)는 부친이 부임한 경산군에서 꾸었던 꿈을 작품 창작의 원천으로 삼았다. 이 작품은 윤회 화복禍福하는 내용으로 민심을 현혹한다는 죄명으로 금서가 되었지만, 이문건李文楗의 『묵재일기』默齋日記 제3권 이면에 적혀 있던 국문본 '설공찬이'가 발견되면서 학계의 관심을 끌었다.

구미시 형곡동 정열사 - 「삼한습유」 향랑의 사당과 묘

김소행의 「삼한습유」에는 열녀 향랑이 등장한다. 김소행은 1814년 열녀 향랑의 이야기를 토대로 「삼한습유」를 지었다. 이 작품은 숙종 시대에 선산에서 발생한 향랑의 순절을 소재로 각종 역사서와 개인의 만록을 엮어서 재창작한 것이다. 열녀 향랑이 투신한 곳은 길재吉再의 충절을 기리기 위해 세운 지주중류비砥柱中流碑 앞의 오태지고, 향랑의 묘와 사당인 정렬사貞烈祠는 구미시 형곡동 산 21번지에 있다.

군위군 고로면 화북리 인각사 - 『삼국유사』

일연은 생애 마지막을 인각사麟角寺에 주석하면서 『삼국유사』를 편찬했다. 인각사에는 일연의 정조탑靜照塔과 보각국사탑비普覺國師塔碑가 남아 있다. 화산 인각사는 폐사되어 초라한 절집에 불과했으나 최근에 대대적인 발굴이 진행되면서 옛 모습을 되찾아 가고 있다. 인각사에는 일연의 시비詩碑와 기념관이 있으며, 맞은편에 펼쳐진 기린이 뿔을 걸었다는 학소대鶴巢臺의 경치도 볼만하다.

구미시 금오산 - 「금생이문록」(「금오몽류록」)

최현의 「금생이문록」(「금오몽유록」)은 금오산을 배경으로 전개된다. 최현은 1591년(선조 24) 금오산을 중심으로 충신과 의사를 만난 꿈속 이야기를 통해 영남 사림파의 전통을 옹호하고 있다. 금오산에는 야은冶隱 길재吉再의 충절과 덕德을 추모하기 위해 1768년(영조 44)에 세운 채미정採薇亭이 있다.

【경상남도】

합천군 가야면 치인리 가야산 해인사 - 「홍길동전」

「홍길동전」에서는 홍길동이 활빈당을 조직해 가야산 자락의 해인사海印寺를 습격한다. 당시 해인사에는 백성을 수탈해서 모은 재물이 많았기 때문이다. 해인사는 팔만대장경판과 그것을 보관하는 수다라장이 있는 법보法寶 사찰이다. 해인사 홍제암弘濟庵에는 임진왜란 때 승병으로 활약했던 사명당四溟堂 유정惟政의 부도와 석장비가 있다.

남해군 상주면 양이리 노도 - 「사씨남정기」

김만중은 유배지인 남해 노도櫓島에서 「사씨남정기」를 집필했다. 남해 노도에는 서포 김만중의 유배 생활을 확인할 수 있는 다양한 공간을 복원해 놓았다. 남해군 남해읍 남변리에는 김만중(1637~1692)을 포함해 남해로 유배되었던 문인들의 유배문학관도 조성되어 있다. 한편 김만중은 함경도 선천의 유배지에서 「구운몽」을 지었다.

함양군 안의면 안의초등학교, 상림공원 - 「열녀함양박씨전」

박지원은 안의 현감 시절에 들었던 이야기를 토대로 「열녀함양박씨전」을 지었다. 당시 안의현 청사가 지금의 안의초등학교 자리다. 연암 박지원은 1793년 안의 현감이었을 때 발생한 사건을 토대로 작품을 창작했다. 「열녀함양박씨전」의 입전 모델이기도 한 '밀양박씨지려'의 비석은 함양군 상림공원에 있다. 상림은 신라 최치원이 함양 태수로 부임해서 조성한 숲인데, 현재 천연기념물로 지정되어 있다.

사천시 와룡산 암자 - 「종옥전」

목태림은 와룡산 암자에서 「종옥전」을 집필했다. 1803년 와룡산 암자에서 종옥의 이야기를 기록했던 목태림이 1838년 분실했던 자료를 되찾아 개작한 작품이 「종옥전」이다. 도덕적으로 경직된 인물을 풍자하는 세태소설 「종옥전」에는 남성 훼절소설 「종옥전」과 송사형 우화소설 「와사옥안」蛙蛇獄案이 합본되어 있다.

【전라북도】

남원시 왕정동 만복사지 - 「만복사저포기」

김시습의 『금오신화』에 수록된 「만복사저포기」에는 만복사萬福寺가 공간적 배경으로 등장한다. 기린산 자락의 만복사는 노총각 양생이 외로움에서 벗어나기 위해 부처와 저포 놀이를 했던 공간이다. 현재 정유재란으로 폐사된 만복사지에는 고려시대 5층 석탑, 부처의 좌대, 석조여래입상 등의 유물이 남아 있다.

장성군 황룡면 아곡리 - 「홍길동전」

허균의 「홍길동전」에 등장하는 홍길동은 황룡면 아곡리에서 출생했다. 아곡리에는 역사적 실존 인물인 홍길동의 생가가 복원되어 있다. 생가에는 '호부호형' 조형물을 설치해 당시의 적서 차별 문제를 구체적으로 보여 준다. 더욱이 생가에는 의적 활동을 했던 활빈당의 산채와 홍길동전시관도 새롭게 조성되어 있다.

남원시 남원읍성 - 「최척전」

조위한의 「최척전」에는 남원읍성이 공간적 배경으로 등장한다. 만복사 동쪽에 살았던 최척은 정유재란으로 남원읍성이 함락될 때 가족과 함께 지리산 연곡사로 피신한다. 최척 가족들은 한국에서 중국, 일본, 베트남 등으로 유랑했다가 다시 남원읍성으로 돌아온다. 당시 조위한은 남원시 주생면 제천리에 살았기 때문에 최척의 기구한 삶을 들었을 가능성이 매우 높다.

남원시 광한루원 - 「춘향전」

판소리계 소설 「춘향전」에는 광한루원이 공간적 배경으로 등장한다. 춘향과 이몽룡은 광한루원에서 첫사랑을 품는다. 광한루원은 남원부南原府 관아官衙에 딸린 정원으로 당시의 경치와 풍광을 아름답게 보여 주는 유흥 공간이다. 광한루원에는 「춘향전」과 관련된 광한루, 춘향사당, 월매집, 오작교 등을 복원해 놓았다. 춘향과 몽룡이 이별하던 오리정五里亭도 남원시 사매면 월평리에 2층 누각으로 존재한다.

남원시 인월면 성산리와 아영면 성리 - 「흥부전」

판소리계 소설 「흥부전」에는 인월면 성산리와 아영면 성리가 배경지로 등장한다. 흥부와 놀부가 경상도 함양과 전라도 운봉의 경계에 살았다고 작품에 기록되어 있기 때문이다. 인월면 성산리는 흥부가 출생한 곳이고, 아영면 성리는 흥부가 정착해서 부자가 된 발복지發福地다. 특히 성리에는 흥부의 모델로 추정되는 박춘보朴春甫의 무덤도 있다.

고창군 고창읍성 - 동리 신재효의 고택

판소리의 후원자 신재효의 고택은 고창읍성 옆에 있다. 동리 신재효(1812~1884)는 기존의 판소리를 6마당으로 정리했던 개작자다. 고창의 아전 출신인 신재효는 판소리 교육과 작품 개작을 통해 판소리 향유층을 양반층으로 확장했던 인물이다. 신재효 고택 주변에는 동리국악당과 고창판소리박물관도 있다.

전주시 완산구 교동 - 완판본문화관

완판본문화관은 전주에서 간행된 완판본을 전시한다.

【전라남도】

나주시 다시면 회진리 영모정 - 임제의 생가와 묘

임제는 「화사」, 「수성지」, 「원생몽유록」 등을 지었다. 백호 임제(1549~1587)는 나주에서 출생했다. 나주 회진리 영모정은 임제가 어린 시절 글을 배우고 시를 지었던 공간이다. 영모정에서 영산강이 내려다보이는 곳에 임제의 백호문학관이 있다. 그리고 임제의 묘는 가운리 신걸산 중턱에 있는데, 그곳에서 바라본 영산 강의 풍광은 으뜸이다.

순천시 낙안읍성 뿌리깊은나무박물관 - 경판본 책판과 고소설 자료 소장

낙안읍성 곁에 뿌리깊은나무박물관이 있다. 그 박물관에는 한창기韓彰璂 선생이 평생 수집한 고소설 500여 종과 경판본 「월왕전」越王傳의 책판冊板이 보관되어 있다. 방각본 고소설 중에서도 경판본으로 유통된 책판은 매우 희귀한 자료다. 경판본 「월왕전」의 책판으로 서울에서 유통된 고소설의 상업성과 대중성을 확인 할 수 있다.

【충청북도】

충주시 달천 탄금대 - 「달천몽유록」

윤계선의 「달천몽유록」과 황중윤의 「달천몽유록」에는 임진왜란 때 남한강 줄기와 달천達川이 합쳐지는 탄금대彈琴臺가 공간적 배경으로 등장한다. 윤계선은 1600 년에 「달천몽유록」을 지었고, 황중윤은 1611년에 「달천몽유록」을 지었다. 현재 달천 탄금대에는 옛 흔적을 기억할 수 있는 기념물이 조성되어 있다.

청주시 흥덕구 운천동 - 고인쇄박물관

흥덕사지에 들어선 고인쇄박물관은 고소설을 포함해 인쇄와 출판에 관한 전문적 인 내용을 전시하고 있다. 더욱이 흥덕사興德寺는 세계 최초의 금속활자인 직지 심경直指心經을 간행한 곳으로 유명하다.

【충청남도】

부여군 외산면 만수산 자락 무량사 - 김시습의 부도와 초상화

매월당 김시습이 생을 마감한 무량사無量寺는 만수산萬壽山 자락에 있다. 현재 무량사에는 1493년에 세상을 떠난 김시습의 부도와 그의 초상화를 봉안한 영각影閣이 있다.

【경기도】

서울 종로구 창경궁 자경전, 문정전 - 「한중록」

혜경궁 홍씨의 「한중록」은 창경궁 자경전慈慶殿에서 집필되었다. 「한중록」은 사도세자의 한 많은 죽음과 혜경궁 홍씨 자신의 인생을 기록한 궁중문학이다. 창경궁의 문정전文政殿 앞마당은 사도세자가 뒤주 속에 갇혀 생을 마감했던 비극적 공간이다. 혜경궁 홍씨가 머물렀던 창경궁 자경전은 양화당 뒤쪽의 계단이 있는 곳에 있었지만 지금은 빈터만 남아 있다. 조선 후기에 제작된 동궐도東闕圖를 통해 그 모습을 확인할 수 있을 뿐이다.

서울 마포구 현석촌, 강화도 삼해면 홍매촌 - 석주 권필 생가

권필은 애정 문제를 내포한 「주생전」과 「위경천전」을 지었다. 마포구 서강 주변의 현석촌에서 출생한 석주 권필(1569~1612)은 임진왜란 때 의병을 따라 강화도 삼해면(송해면 하도리) 홍매촌에 정착했다. 홍매촌에는 권필의 집터와 유허비遺墟碑가 세워져 있다. 권필의 묘는 고양시 위양리 황룡산黃龍山에 있다.

용인시 처인구 원삼면 맹리 639-3 - 허균의 묘

「홍길동전」의 작가 허균의 묘는 원삼면 맹리에 있다. 허균의 묘역 곁에는 부친인 초당草堂 허엽許曄의 묘와 형인 허봉許篈과 허성許筬의 묘도 함께 조성되어 있다.

서울 동작구 노량진동 - 사육신 묘역

노량진에는 성삼문, 박팽년, 이개, 유응부, 하위지, 유성원 등을 모신 사육신 묘역이 있다. 사육신死六臣은 세조가 일으킨 계유정난과 왕위 찬탈 과정에서 절의를 지킨 6명의 충신을 말한다.

서울 종로구 와룡동 - 창덕궁 낙선재

창덕궁 낙선재樂善齋는 낙선재본 고소설이 발굴된 곳이다. 창덕궁 낙선재에는 궁중에서 유통되던 다량의 장편대하소설이 소장되어 있었다. 헌종 13년(1847) 후궁 김씨의 처소로 건립된 낙선재에 소장된 고소설을 낙선재본 고소설이라 부른다.

서울 용산구 용산동 - 국립한글박물관

국립한글박물관은 용산동의 국립중앙박물관 곁에 있다. 한글박물관에는 박순호 교수 소장본 고소설 자료가 소장되어 있다.

【강원도】

양양군 강현면 진전리 낙산사 - 「조신」

『삼국유사』 탑상편 「조신」의 공간적 배경은 낙산사다. 낙산사 원통보전圓通寶殿에는 조신의 사랑과 욕망의 무상함을 깨우쳐 주었던 관음보살을 봉안하고 있다. 낙산사에는 의상대사義湘大師와 연관된 홍련암과 의상대, 해수관음보살 등이 있다. 낙산사에서 가까운 강현면 둔전리에는 일연이 14세에 출가했던 진전사지陳田寺地와 삼층석탑이 남아 있다.

강릉시 초당동 - 허균의 생가

「홍길동전」을 지은 허균의 기념관은 초당동에 있다. 초당동에는 허균의 누이 허초희許楚姬와 함께 어린 시절을 보낸 생가와 허균허난설헌기념관도 있다. 허균의

자호 '교산'蛟山은 강릉시 사천면 교산에서 따온 것이다. 그곳의 지형이 '이무기가 승천하는 모습을 닮아서' 자신의 호를 삼았다고 한다. 허균이 출생한 애일당 자리에는 교산 시비가 소나무 숲속에 조성되어 있다.

강릉시 운정동 - 김시습 기념관

매월당 김시습 기념관은 강릉시 운정동에 있다. 조선 시대 선조의 명으로「김시습전」을 지은 율곡 이이의 생가도 강릉이다. 강릉시 죽헌동 오죽헌에는 율곡 이이와 신사임당의 생가가 복원되어 있다.

인제군 북면 용대리 설악산 오세암 - 김시습의 은둔처

설악산 오세암五歲庵은 매월당 김시습이 만년에 머물렀던 공간이다. 오세암은 설악산 만경대萬景臺에 있는 백담사百潭寺의 부속 암자다.

철원군 근남면 복계산 매월대 - 김시습 은둔처

김시습은 복계산 매월대梅月臺에 은둔했는데, 그곳에 매월대 폭포가 남아 있다.

필자 김재웅

한국 고소설 관련 홈페이지

고려대장경 지식베이스 시스템: http://kb.sutra.re.kr/ritk/
고려 시대에 판각한 모든 대장경의 원문 서비스를 제공한다.

고전번역서 각주정보: http://db.itkc.or.kr/kakju/
한국고전종합DB 내에 있는 각주 정보 서비스로, 난해한 고전 용어 이용자의 이해와 활용을 돕는다. 한국 고소설 속의 고사 정보를 대부분 확인할 수 있다.

국가문화유산포털: http://www.heritage.go.kr/
각종 유형·무형 문화재들을 체계적으로 정리해 그 정보를 제공한다.

국악아카이브: http://archive.gugak.go.kr/
각종 판소리와 민요에 관한 동영상을 제공한다.

규장각 원문검색서비스: http://kyudb.snu.ac.kr/
규장각 내 다양한 고문서의 원문 텍스트와 이미지를 제공한다.

규장각한국학연구원: http://e-kyujanggak.snu.ac.kr/
규장각 내 고문서들의 이미지들을 제공하고, 고문서에 대한 해제를 제공한다.

기초학문자료센터: https://www.krm.or.kr/
KCI에 등록된 다양한 연구 성과와 연구 보고서를 찾아볼 수 있다.

동방미디어(Korea A2Z): http://www.koreaa2z.co.kr/
한국학과 관련한 각종 지식들을 데이터베이스화해 모아 두었다. 특히 『삼국사기』와 『삼국유사』의 원문과 번역문을 제공한다.

동양고전종합DB: http://db.cyberseodang.or.kr/
한국 고소설에 기본이 되는 경經, 사史, 자子, 집集 및 기초 교양서의 원문과 번역을 서비스한다. 또한 주요 경전에 대한 동영상 강좌도 제공한다.

명·청실록: http://sillok.history.go.kr/mc/main.do
고소설의 주된 배경인 중국 명나라와 청나라의 실록 원문을 제공한다.

문화콘텐츠닷컴: http://www.culturecontent.com/
고전문학, 역사, 국악, 민속 등 문화 원형을 디지털화해 문화콘텐츠로 만들 다양한 창작
소재들을 제공한다.

민족문화연구원 해외한국학자료센터: http://kostma.korea.ac.kr/
국내에 없는 해외 한국학 자료를 DB화해서 제공한다. 특히 미국 버클리대학교 동아시아
도서관과 일본 동양문고 소장 자료를 모두 DB화했다.

옛문서생활사박물관: http://life.ugyo.net/
문집, 일기류, 목판, 고문서 등의 다양한 자료를 경제, 사회, 문화, 교육, 가족의 범주로 나
누어 그 원문 이미지와 해제를 제공한다.

유교넷: http://www.ugyo.net/
각종 고문서와 일기류 등 유교와 관련된 기록 자료의 이미지와 텍스트를 제공한다.

장서각 디지털 아카이브: http://yoksa.aks.ac.kr/
고古도서 및 고문서의 이미지와 원문 텍스트를 제공하며, 구비문학과 한문 용어 용례 등
다양한 자료도 함께 제공한다.

조선시대 왕실문화 도해사전: http://kyujanggak.snu.ac.kr/dohae/
조선 시대 그림들 속의 다양한 물건에 대해 그림과 함께 상세한 해설이 붙어 있다.

조선시대 토지자료 서비스: http://kyujanggak.snu.ac.kr/yan/
조선 시대의 다양한 토지 자료들을 살펴볼 수 있다.

조선왕조실록: http://sillok.history.go.kr/
조선왕조실록 전체를 완전 DB화해 원문과 번역문을 제공하며, 각 왕대별 실록에 대한 해
제 정보를 제공한다.

지리지 종합정보: http://kyujanggak.snu.ac.kr/geo/
조선 시대의 지리지들을 모아 둔 곳으로, 당시 다양한 지역의 지도와 이야기들을 정리해
두었다.

한국고소설학회: www.hanguksoseol.org
1988년에 창립된 학회로, 한국 고소설 작품을 연구하고 관련 자료를 발굴 정리하며, 새로운 이론을 정립함으로써 한국 고소설 연구의 새로운 방향을 제시한다. 학회 홈페이지 안에 최신 논문을 업로드한다.

한국고전적종합목록시스템: https://www.nl.go.kr/korcis/
전국 및 해외에 흩어져 있는 고서적 목록을 각 소장처별로 정리해 두었다.

한국고전종합DB: http://db.itkc.or.kr/
고전 번역서, 조선왕조실록, 승정원일기, 일성록, 한국문집총간 등 한국고전번역원의 사업 성과물을 담은 고전 문헌 종합 데이터베이스다. 문집 대부분의 원문과 번역을 서비스한다.

한국금석문 종합영상정보시스템: http://gsm.nricp.go.kr/
각 시대별 금석문들을 탁본해 그 이미지와 텍스트, 번역문을 제공한다.

한국민족문화대백과사전: http://encykorea.aks.ac.kr/
한국학 각 분야의 전문 연구자들이 집필한 대백과사전으로, 고소설 및 한국학과 관련한 다양한 용어가 수록되어 있다.

한국사 데이터베이스: http://db.history.go.kr/
국사편찬위원회에서 고대부터 현대까지 한국 역사의 주요 자료를 정리해 제공한다.

한국역대인물 종합정보시스템: http://people.aks.ac.kr/
고려와 조선 시대 인물에 대한 상세한 생애 정보를 담은 인물 사전이다. 인물의 과거 합격 신상 정보, 성씨와 본관 정보, 관직명 정보 등이 종합적으로 수록되어 있다.

한국역사정보통합시스템: http://www.koreanhistory.or.kr/
한국의 역사 자료를 체계적이고 종합적으로 전산화해 사용자들에게 제공한다.

한국학 자료포털: http://kostma.aks.ac.kr/
고문서, 고서 등 국내외에 흩어진 각종 역사 자료를 체계적으로 수집, 정리, 분석하고 표준화된 형식으로 가공, 집적해 한국학 지식콘텐츠를 구축해 놓았다.

필자 유요문

찾아보기

일러두기

1. 색인어는 서지/인명/전문 용어로 분류했다.

2. '서지'에서 작품명은 소설, 판소리, 영화, 드라마 등 매체의 구분 없이 단일 항목으로 통일했다. 단, 대표 작품을 색인
   어로 두고 나머지 파생 작품은 파란색 작은 글씨로 병기했다.
   예: 남원고사/방자전(영화)/별춘향가/쾌걸춘향(드라마) → 춘향전

3. 서지 색인의 경우, 편명이나 책명을 표시하는 낫표나 겹낫표를 사용하지 않았다.

4. 인명 색인의 경우, 작가명 위주로 하되 꼭 필요하다고 판단되는 인명도 포함했다.

5. 전문 용어 색인의 경우, '가전체'나 '고정 체계면'처럼 학습에 필요하다고 판단되는 용어만 엄선했다.

1. 서지

2. 인명

3. 전문 용어

ㄱ

탁전托傳 23

이 책을 만든 사람들(가나다 순)

<편찬위원>

박일용(홍익대)　엄기영(대구대)　　이정원(서강대)　　이지하(성균관대)　　정선희(홍익대)

조현우(인천대) · 황혜진(건국대)

<검토위원>

간호윤(인하대)　강우규(중앙대)　　구선정(선문대)　　권혁래(용인대)　　김도환(대진대)

김동욱(계명대)　김문희(경기대)　　김서윤(경상대)　　김선현(숙명여대)　　김용기(중앙대)

김유진(덕성여대) 김은일(충북대)　　김인경(고려대)　　김일환(동국대)　　김정숙(고려대)

김진영(충남대)　김현양(명지대)　　류수열(한양대)　　박은정(영남대)　　서보영(선문대)

서정민(홍익대)　신경남(가천대)　　신재홍(가천대)　　심치열(성신여대)　　윤세순(제주대)

윤승준(단국대)　윤정안(서울시립대)　이강엽(대구교대)　이명현(중앙대)　　이문성(고려대)

이상현(부산대)　이승은(고려대)　　이유경(한국공학대)　이은봉(인천대)　　이주영(서원대)

임형택(성균관대) 장경남(숭실대)　　장영창(한국연구재단) 전진아(고려대)　　정충권(충북대)

정혜경(강남대)　정환국(동국대)　　조경은(서강대)　　조광국(아주대)　　조용호(목포대)

조재현(국민대)　조혜란(이화여대)　최귀묵(고려대)　　최지녀(홍익대)　　한의숭(전남대)

허원기(건국대)　홍성남(전 한신대)　홍현성(한국국학진흥원)

<집필진>

강문종(제주대)　강상순(고려대)　　김나영(성신여대)　김문희(경기대)　　김성철(목포해양대)

김수연(서울여대) 김재웅(경북대)　　김정녀(단국대)　　김종군(건국대)　　김준형(부산교대)

류준경(성신여대) 박수밀(한양대)　　서경희(한신대)　　서신혜(한양대)　　서유경(서울시립대)

서유석(경상대)　서혜은(경북대)　　소인호(청주대)　　송성욱(가톨릭대)　　신상필(부산대)

신태수(영남대)　신호림(안동대)　　양승민(선문대)　　엄기영(대구대)　　엄태식(조선대)

엄태웅(고려대)　오윤선(한국교원대)　유광수(연세대)　　유요문(고려대)　　유춘동(강원대)

이기대(고려대)　이대형(동국대)　　이민희(강원대)　　이상일(가톨릭관동대)

이승수(한양대)　이정원(서강대)　　이종필(대구대)　　이지영(충북대)　　이지하(성균관대)

이진오(고려대)　이태화(고려대)　　장시광(경상대)　　장예준(강릉원주대)　전상욱(숙명여대)

전성운(순천향대) 정규식(동아대)　　정길수(서울대)　　정선희(홍익대)　　정인혁(관동대)

정준식(동의대)　조상우(단국대)　　조현우(인천대)　　주형예(연세대)　　차충환(경희대)

최수현(이화여대) 최윤희(경희대)　　최혜진(목원대)　　최호석(부경대)　　탁원정(홍익대)

하은하(서울여대) 한길연(경북대)　　허순우(부산대)　　황혜진(건국대)